LE MARCHAND D'INDULGENCES

DU MÊME AUTEUR
CHEZ POCKET

LA DAME DE BLACKINGHAM
LE MARCHAND D'INDULGENCES

BRENDA VANTREASE

LE MARCHAND D'INDULGENCES

Traduit de l'américain
par Georges-Michel Sarotte

BELFOND

Titre original :
THE MERCY SELLER
publié par St. Martin's Press, New York

Ce livre est une œuvre de fiction. Tous les personnages, les organisations et les événements décrits dans ce livre sont le fruit de l'imagination de l'auteur ou utilisés fictivement.

Le papier de cet ouvrage est composé de fibres naturelles, renouvelables, recyclables et fabriquées à partir de bois provenant de forêts plantées et cultivées durablement pour la fabrication du papier.

ISBN 978-2-266-19370-2

Pour Don

PROLOGUE

Prague, Bohême
1410

Jan Hus choisit une fenêtre ouverte, tout en haut de la tour gauche de Notre-Dame-de-Týn, pour assister à l'autodafé. Cette église lui donnait du courage. C'était une église tchèque hussite qui n'avait pas été construite grâce à des fonds romains mais par les seuls habitants de la Bohême et pour eux. Or, même dans cet endroit sacré, il ne parvenait pas à maîtriser les crampes d'estomac que lui causait la scène qui se déroulait sous ses yeux. Cet autodafé sur la place de la ville constituait la déclaration de guerre de l'archevêque Zybnek.

Ce jour-là, on brûlait seulement des livres ; pas de la chair, ni des os, ni du sang. Si on ne livrait aux flammes que des mots sacrés, et non leurs auteurs, il ne s'agissait là que du prélude à une plus grande tragédie.

Hus le savait parfaitement, tout comme il savait que l'Église qui l'avait excommunié était corrompue jusqu'à la moelle. Tel le poisson, elle avait commencé à pourrir par la tête : la papauté prêchait des mensonges et monnayait une fallacieuse rémission des péchés pour financer son appétit de pouvoir. John Wycliffe avait été le premier à signaler les abus perpétrés par le clergé, le premier à traduire la Bible dans la langue du peuple, afin que celui-ci sache que les « vérités » prêchées par les clercs étaient des mensonges qui servaient leurs propres intérêts et non le Christ, dont ils se disaient les serviteurs. Jan Hus était décidé à poursuivre en Bohême le mouvement lancé en Angleterre par Wycliffe.

Alors pourquoi n'était-il pas en bas pour faire cesser le bûcher ? Lui qui osait défier la doctrine de la sainte Église en offrant aux fidèles le vin ainsi que le pain pour célébrer la messe ? Lui qui, chaque dimanche, depuis sa chaire dans la chapelle Bethléem, vitupérait l'enseignement trompeur des frères érudits et des prélats de l'Église catholique romaine ? Était-il trop lâche pour rassembler une troupe de lollards « hérétiques » et jeter un peu d'eau sur les flammes de l'archevêque ?

Tôt ou tard, ils auront ta peau, lui soufflait son bon sens. *Patiente, tu ne perds rien pour attendre. Il ne s'agit que de papier, d'encre et de parchemin. Les livres peuvent être remplacés, contrairement aux mains qui les copient. Plus l'archevêque en brûle, plus nous en copierons jusqu'à ce que la plus humble masure du Saint Empire romain possède son propre Évangile écrit dans la langue de ses habitants.*

Pourtant, malgré ses courageuses pensées, au

moment où il scrutait la pénombre du crépuscule, il se voyait attaché au pal du bûcher. La sueur coulait de ses aisselles, comme si les flammes embrasant les fagots léchaient avidement sa robe de recteur. Il percevait l'odeur de brûlé émanant de ses cheveux en feu, sentait sa peau se boursoufler. Il eut un haut-le-cœur. Refermant la fenêtre, il tourna la tête pour éviter que son visage, ses yeux, sa gorge ne fussent brûlés par l'air incandescent imaginaire qui s'engouffrait jusqu'au fond de sa poitrine.

Donne-moi du courage pour affronter ce jour-là, Seigneur !

Il récita la prière de Gethsémani, non pas en latin mais en tchèque, un peu revigoré par la pensée qu'aujourd'hui en tout cas il ne boirait pas le calice jusqu'à la lie. Car il n'avait pas encore terminé son œuvre.

L'archevêque s'était montré très malin en choisissant cet endroit au cœur du Staré Město, la Vieille Ville. La fumée s'élevant de son feu de joie contaminerait l'air jusqu'à Betlémská kaple, où tous les dimanches Hus prêchait ce qu'il avait appris de l'Anglais John Wycliffe.

Il regarda de nouveau la place où l'archevêque se pavanait et prenait des poses. Les vêtements de brocart, la croix pectorale en or, la mitre blanche, fourchue comme une langue de serpent, étincelaient dans la lumière du feu. Chaque fois qu'un nouveau parchemin était jeté dans les flammes, le feu crépitait et crachait des étincelles orange en direction d'un ciel crépusculaire. La foule hurlait son indignation. Tout ce travail, toute cette richesse, toutes ces saintes pensées précipités dans le feu.

Zybnek brandit sa crosse pour saluer le clocher de

l'église, comme s'il savait que sa proie assistait à la scène depuis une fenêtre obscure.

Hus, si tu ne prends pas garde, la prochaine fois c'est toi qui te trouveras sur le bûcher que je réserve aux hérétiques. L'odeur du vélin brûlé paraîtra agréable comparée à celle de ta délicate peau pâle. Tel était l'avertissement que Hus pouvait lire dans le feu et la fumée.

Il s'écarta de la fenêtre, mais l'ardeur de son zèle brûlait aussi fort que les flammes jaunes qui dévoraient les livres. Grâce au soutien du roi Wenceslas, en dépit de l'animosité de l'archevêque, le mouvement allait perdurer. Tandis que ces livres-là se consumaient, une légion de copistes était déjà en train de les remplacer. Et dès le sabbat suivant, dans la chapelle Bethléem, à nouveau les fidèles entendraient Hus prêcher la bonne parole, non pas au cours de quelque homélie figée en latin qui leur serait incompréhensible, mais en tchèque, leur langue maternelle, et chacun d'entre eux célébrerait la messe à Notre-Dame-de-Týn en buvant dans le calice le sang symbolique du Christ.

Toutefois, la vision qui l'avait montré attaché au pal du bûcher au centre de la place poursuivit Hus jusqu'en son logis, et même dans ses rêves. Il allait être maintes nuits réveillé par l'odeur de cheveux roussis, jusqu'au jour où cette odeur ne serait plus le fruit de son imagination.

UN

Prague, Bohême
Juillet 1412

L'Avon coule vers la Severn,
La Severn vers la mer,
Et sur les vastes étendues d'eau
Les cendres de Wycliffe vogueront vers les terres lointaines.

Extrait d'une allocution de
Daniel WEBSTER (1849)

Anna ne se rendit jamais au *hrad*, le grand château entouré d'une enceinte qui domine Prague sur la colline située à l'ouest. Il s'élevait juste de l'autre côté de la Vltava, c'est-à-dire dans un autre monde. Elle ne fréquentait pas non plus la grande cathédrale qui monte la garde près du château, de peur d'y rencontrer le redouté archevêque. Zybnek, le brûleur de livres.

Anna assistait à la messe à Notre-Dame-de-Týn ; c'est là, à la chapelle Bethléem, qu'elle rencontrait les autres dissidents. Après le grand feu alimenté par les tracts de Wycliffe et les Évangiles traduits, textes lollards et hérétiques selon l'Église, parce qu'ils dénonçaient la corruption papale et défiaient l'autorité des prêtres, Hus avait averti ses fidèles, dont le nombre ne cessait de croître : « Nul doute, avait-il prédit, que le jour viendra où, non contents de brûler le Verbe, les prélats romains partiront à la recherche de ceux qui apportent la Bonne Nouvelle au peuple pour servir de combustible à leur feu. Nous devons prier pour que Dieu nous donne la force de défendre nos croyances. Il nous faut fortifier notre courage en prévision d'un tel jour. »

Le grand-père d'Anna avait mis en garde son petit groupe d'érudits et de traducteurs, les tançant pour leur zèle inconsidéré.

Ça lui allait bien de faire la morale aux autres !

Après tout, c'était lui, son grand-père, Finn l'enlumineur, Finn, le copiste lollard, qui, en compagnie de maître Jerome, avait fondé l'entreprise secrète de Prague afin de disséminer les traductions interdites. Après un séjour à Oxford, en tant qu'étudiant participant à un échange universitaire, Jerome était revenu dans son pays d'origine chargé des textes lollards, le *Trialogus* et *De Ecclesia* de John Wycliffe, lesquels, interdits en Angleterre, avaient connu une seconde jeunesse à la nouvelle université de Prague. Jan Hus, son recteur, avait traduit en tchèque les textes condamnés par l'Église, ainsi qu'une bonne partie des Évangiles. Et, durant des années, au nez et à la barbe de l'archevêque, le grand-père d'Anna, réfugié en Bohême après avoir jadis frayé avec le lollardisme anglais, avait abrité un vivier d'universitaires dissidents dans sa petite maison où ils copiaient les manuscrits interdits.

Anna jeta un coup d'œil au château et aux flèches de la cathédrale Saint-Guy qui se dressait derrière lui. Frissonnant malgré la chaleur estivale, elle refusa cependant de penser au monstre de la colline. C'était hors de question un jour où le soleil éparpillait des diamants dansant sur l'eau et où aucune odeur de brûlé ne polluait l'atmosphère, un jour où les oiseaux tournoyaient allégrement au-dessus de la rivière, caressant les nuages cotonneux de la pointe de leurs ailes.

Un jour où elle avait rendez-vous avec Martin.

Tournant le dos au château, elle laissa son regard suivre le cours de la rivière. Elle aperçut au loin une sorte de campement, sans doute des pèlerins qui, pour faire pénitence, traversaient la chrétienté en direction d'un ou de plusieurs lieux saints, Jérusalem étant le plus important. Voilà ce que faisaient les pécheurs, ceux qui n'avaient pas les moyens d'acheter des indulgences à l'Église.

Une silhouette familière émergea de la ville qui s'étendait à sa gauche, mais ce n'était pas celle qu'elle guettait. « Maître Jerome ! J'avais rendez-vous avec Martin », s'écria-t-elle. Elle sentit son visage s'empourprer, sa déception sautant aux yeux.

« Martin est occupé à d'autres tâches », répondit le maître chenu. Il lui tendit le sac contenant les textes traduits qui devaient être recopiés à la prochaine réunion. « Merci de vous occuper de mon linge, mam'selle ! » lança-t-il à voix haute.

La carpe nageant dans la rivière avait-elle des yeux et des oreilles ? Le bûcheron qui tirait sa charrette sur le pont de pierre était-il un espion à la solde de l'archevêque ? Mais elle ravala ses sarcasmes. Éprouvant un trop grand respect pour tout ce que maître Jerome avait accompli, elle ne souhaitait pas se gausser de son excessive prudence.

Elle prit le « linge » du professeur et s'apprêtait à lui souhaiter une bonne fin d'après-midi quand elle entendit à l'autre bout du pont des pas précipités qui venaient dans sa direction. Tournant la tête, elle découvrit un homme seul qui courait vers eux comme s'il avait le diable à ses trousses. Quelques instants plus tard, Martin les rejoignait dans l'ombre protectrice de la tour de la porte. Hors d'haleine, il avait le visage empourpré et ses cheveux noirs tombaient en cascade sur son front.

« Veuillez m'excuser, maître Jerome. J'ai été retenu…

— Tu n'as pas eu le temps de mettre ton bonnet ? » Anna repoussa d'une main les mèches rebelles, prétexte pour caresser le visage de Martin.

« Je l'ai perdu. Mais pour la bonne cause », répondit-il en haletant. Il lui fit un clin d'œil, prit une profonde inspiration et baissa la voix, chuchotant presque. « Je vous les montrerai à la réunion. Non, je ne peux pas attendre, il faut que je vous les montre tout de suite. » Il attira maître Jerome et Anna dans la cavité ombreuse de la porte de la tour, puis extirpa de son austère pourpoint marron d'étudiant un étui de velours noir marqué de la croix de Jérusalem.

« Range ça, siffla Jerome. Comment cette chose se trouve-t-elle entre tes mains ?

— C'en est vraiment ? demanda Anna, oubliant de

baisser le ton. Je n'en ai jamais vu. Puis-je y jeter un coup d'œil ? »

L'inquiétude se lut sur le visage de Jerome. « Pas ici, Martin ! Vous n'avez pas…

— Non, nous n'avons pas fait de mal au marchand d'indulgences. On ne l'a même pas malmené… Disons, juste deux ou trois coups… Il n'a eu que de petits bleus, vous savez. Il dressait son établi devant la cathédrale Saint-Guy. Stasik lui a donné des coups de pied dans les tibias et notre homme a lâché ses "billets de faveur". Pendant qu'il s'occupait de ses tibias – il jurait même en latin –, on a filé le long de la ruelle Serpentine. Stasik a gagné la Ville nouvelle tandis que je me dirigeais vers la Vieille Ville. Ç'a été aussi facile que de voler les sous d'un mendiant aveugle. »

Ça te ressemblerait davantage de donner des sous à un mendiant aveugle, se dit Anna, mais elle se tut pour le laisser jouir de son exploit.

Souriant de toutes ses dents, Martin lançait des coups d'œil sur le pont pour s'assurer qu'il n'avait pas été suivi. En ce milieu d'après-midi, comme d'habitude, à cause de la chaleur, le pont était désert, excepté le bûcheron qui atteignait l'extrémité opposée et un mendiant assis devant la porte située de l'autre côté de la rivière.

À sa mine renfrognée, Anna devinait que Jerome n'était guère impressionné.

« Espèce d'idiot ! Vous voulez nous faire essuyer le courroux de l'archevêque ? Attendez que Finn apprenne vos exploits ! Ce n'est pas notre façon d'agir. » Il saisit l'étui contenant les indulgences papales et en un tournemain le glissa sous sa chemise.

En entendant prononcer le nom du grand-père d'Anna, Martin perdit un peu de sa superbe.

Jerome fronça ses sourcils grisonnants. « Je ne crois pas que ce genre d'exploit comptera beaucoup en ta faveur quand l'enlumineur désirera marier sa fille. »

Il n'était pas homme à s'embarrasser de circonlocutions. Absolument jamais.

Le sourire de Martin disparut sur-le-champ.

« Je veux en voir une, maître Jerome, insista Anna. Toute ma vie je vous ai entendus, vous et mon grand-père, vitupérer la vente d'indulgences par le pape afin de financer ses guerres, comme si elles étaient rédigées de la main du diable, mais je n'en ai jamais vu une seule. »

Le vieil homme la fixa en secouant la tête. « Vous êtes aussi niaise que votre galant. Les deux font la paire ! Priez seulement que je ne sois pas arrêté avant que j'aie eu le temps de m'en débarrasser.

— S'il vous plaît, maître Jerome, apportez-les à la prochaine réunion. Afin que nous puissions tous voir, à nos risques et périls, de quoi nous cherchons à libérer le monde. Ensuite vous pourrez les brûler. Nous allumerons notre propre feu de joie. »

Elle le gratifia de son sourire enjôleur, celui qu'elle adressait à son grand-père depuis l'enfance pour disperser la nuée de mélancolie qui envahissait parfois la maisonnette sur la place. « Je vous en prie, notre propre petit feu de joie… Douce revanche. Afin de redonner du courage à nos troupes.

— Nos troupes sont déjà trop téméraires, me semble-t-il, lança-t-il d'un ton narquois, l'air un peu moins sombre.

— Il les apportera, affirma Anna comme le vieux maître s'éloignait.

— Évidemment ! Comment pourrait-il résister à cette jolie moue ? À moi, en tout cas, ça me serait impossible. » Martin toucha les lèvres d'Anna du bout des doigts, se penchant en avant comme pour l'embrasser.

Elle le repoussa. « Pas ici, Martin. On risquerait de nous voir. Et nous ne sommes pas fiancés. Pas encore. Pas avant que Dědeček ait donné son consentement.

— C'est vrai, fit-il en laissant retomber ses bras. Ton grand-père… C'est là que le bât blesse. »

Ce fut au tour de Martin de faire la moue. Elle résista au désir de lui donner un baiser pour le dérider.

« Je ne crois pas qu'il m'aime beaucoup », dit-il.

Il avait les lèvres pulpeuses, rouges comme des cerises bien mûres.

« Ne dis pas de bêtises. Il t'aime beaucoup, Martin. Il te trouve seulement un peu têtu. Il pense que personne ne peut s'occuper de moi aussi bien que lui.

— Eh bien ! de mon point de vue, te mêler deux fois par semaine à une assemblée d'hérétiques, ce n'est pas s'occuper bien de toi. Et d'ailleurs, pourquoi est-ce que tu l'appelles Dědeček ? Je croyais que vous étiez tous les deux anglais… »

Elle lui prit la main et l'entraîna. « Allons, viens ! Je te permets de me raccompagner jusqu'à ma porte… Je l'appelle comme ça depuis notre arrivée ici, quand j'étais encore toute petite. En outre, je ne me sens pas anglaise, bien que ma grand-mère ait été anglaise elle aussi. C'était une grande dame qui habitait dans un château. Mais je ne voudrais pas vivre là-bas. Je ne me vois pas vivre ailleurs qu'ici, entre toi et Dědeček. »

Il regarda le château sur la colline, écarquillant les yeux de terreur feinte. « Ne me dis pas que l'épouse que je vais mettre dans ma couche a du sang bleu !

— Ma grand-mère appartenait à la petite noblesse. Mais il y a bien longtemps que nous avons dévalé la pente. Si tu m'épouses, tu prendras pour femme la petite-fille d'un humble artisan avec une dot aussi modeste que sa condition…

— Eh bien, c'est un grand soulagement. Sauf peut-être en ce qui concerne la dot ! répliqua-t-il avec un large sourire. Tu l'as connue ?

— Ma grand-mère anglaise ? Juste de nom. Kathryn. Ce n'était pas l'épouse de Dědeček. Sa femme s'appelait Rebecca et elle est morte en donnant naissance à ma mère. Kathryn était la mère de mon père, mais elle et Dědeček se connaissaient. Je pense qu'ils étaient amants. Même s'il parle rarement d'elle, je crois qu'il l'aimait beaucoup. Elle est morte quand je n'étais encore qu'une enfant. Je la revois vaguement – c'est plus un rêve qu'un souvenir – en train de me chanter une chanson. Elle m'appelait "ma poupée" ou "mon poupon", ou quelque chose comme ça. Elle m'a emmenée voir Dědeček, qui était enfermé dans une sorte de château fort. »

Elle jeta un coup d'œil au *hrad* et frissonna. Le soleil était passé derrière l'un des nuages cotonneux, dont la partie inférieure devint grise. Le château paraissait encore plus impressionnant sous un ciel sans soleil. « Un château sur une colline comme celui-ci mais plus… fortifié. On l'appelait "la prison du château". Chaque fois que je pense à l'Angleterre, je pense à cet atroce endroit.

— Tu as connu ton père ?

— Non, répondit-elle en secouant la tête. Je marchais à peine quand il est mort.

— Il est mort sur le champ de bataille ? »

Elle aurait préféré qu'il n'eût pas évoqué le sujet. Elle n'aimait pas y penser, mais elle se dit que si Martin devait devenir son époux il avait le droit de connaître son passé.

« Il est mort en servant la cause des lollards. Tué par les soldats de l'évêque. Kathryn est morte au cours d'une jacquerie. Les paysans ont mis le feu à son château. L'Église a accusé les lollards d'avoir fomenté les émeutes et ses sbires ont tué tous ceux qui leur tombaient entre les mains. Mon grand-père et moi avons fui l'Angleterre et gagné l'Europe continentale. »

Il émit un petit sifflotement. « Par conséquent, tu appartiens à une noble lignée d'hérétiques. Et ton grand-père continue à soutenir le mouvement. C'est surprenant qu'il ne soit jamais retourné en Angleterre. Le vieux Jerome affirme que là-bas une partie de la noblesse a pris fait et cause pour la réforme. La vie y serait peut-être plus facile pour vous.

— Mon grand-père affirme n'avoir là-bas que de douloureux souvenirs. Quelle raison aurait-on de vouloir quitter Prague ? On a été heureux ici. Il a son art et ses amis de l'université. Moi aussi j'ai des amis ici. »

Elle s'efforçait de parler d'un ton léger et badin, mais l'évocation de toutes ces morts avait alourdi l'ambiance. Comme ils approchaient de la place, Martin glissa son bras autour de ses épaules, l'attirant vers le refuge de la rue sinueuse. Elle secoua la tête et désigna la grande horloge astronomique.

« Dépêchons-nous, Martin ! Regarde, il est presque trois heures. Mon grand-père va se faire du souci, et l'inquiétude le rend hargneux. De plus, il faut que je prépare son dîner. Je ne vais pas avoir le temps de lui faire autre chose que du poisson. »

Le soleil ne ressortit pas de derrière le nuage et Anna eut soudain l'impression que, tout comme la lumière du soleil, la joie s'était désormais dissipée.

« Ne m'accompagne pas plus loin. Tu ne voudrais pas qu'il pense que c'est ta faute s'il doit se contenter de poisson pour le dîner au lieu de savourer un rôti bien doré ?

— En effet. Je veux qu'il soit de bonne humeur lorsque je lui présenterai ma requête. Et si je faisais ma demande tout de suite ? Avant qu'il ne voie le contenu de son assiette ? »

Elle regarda leur maisonnette de brique cuite à colombages dont la jolie porte sculptée était ouverte sur la place. À cette heure, nul doute que son grand-père avait terminé son travail de la journée, nettoyé ses pinceaux et entassé en piles régulières ses pots de peinture sur le rebord de la fenêtre. Il devait même être en train de somnoler dans son fauteuil.

« Pas aujourd'hui, Martin. Laisse-moi le temps de le préparer à cette idée. »

Il fit la grimace. « Tu as déjà dit ça la semaine dernière, Anna. Combien de temps me faudra-t-il encore attendre ?

— Quelques jours seulement, je te le promets. » Elle s'éloigna après avoir écarté les mèches rebelles derrière lesquelles les yeux de Martin lançaient des éclairs de dépit.

Et maintenant les deux vont être furieux. En essayant de les contenter tous les deux je les mécontente l'un et l'autre.

Elle soupira et releva le bas de ses jupes pour courir chez le poissonnier avant qu'il ne ferme boutique.

DEUX

Cantorbéry, Angleterre
12 juillet 1412

Quoi qu'il en soit, pour finir,
à l'église c'était un digne ecclésiastique.
S'il lisait fort bien une épître ou une légende,
il excellait surtout à chanter l'offertoire.
Sachant fort bien qu'une fois chanté le verset
il devait affiler sa langue pour prêcher,
afin de ramasser des pièces, art qu'il maîtrisait
à merveille

Geoffrey CHAUCER,
Prologue des *Contes de Cantorbéry*

Le frère Gabriel avait dressé son établi de marchand d'indulgences juste devant le portail de la cathédrale de

Cantorbéry. Après toute une journée passée à prêcher, il était enroué et épuisé d'avoir contemplé tant de souffrance sur le visage des pénitents.

« Obtenez le pardon de vos péchés. Tous ceux qui se repentent, qui se sont confessés et qui ont apporté leur contribution obtiendront la complète rémission de tous leurs péchés », déclamait-il de son meilleur ton de prédicateur.

Des mains se tendaient vers lui de tous côtés, tirant sur son habit noir. Les pénitents le suppliaient d'accepter leurs ducats, leurs shillings et leurs pennies en échange des petits bouts de papier que recelait son étui de velours brodé de la croix de Jérusalem. Les bouts de papier n'étaient autres que des morceaux de parchemin attachés par un ruban, reçus attestant que le pardon avait été accordé et l'expiation payée. L'étui contenait également la bulle papale lui octroyant le droit de vendre des indulgences. Il la plaçait ostensiblement sur une bannière brodée d'or et, contrairement à celle de nombreux imposteurs, son autorisation était authentique, le pape la lui ayant remise en main propre.

« Écoutez les voix de votre malheureux père et de votre malheureuse mère. Ils vous ont élevés avec amour, et à présent ils vous supplient de donner la maigre somme qui va délivrer leur âme des tourments du purgatoire… Dès que la pièce sonne dans le tronc, du purgatoire l'âme sort d'un bond. »

Il avait moult fois répété ce refrain, mais le cœur n'y était plus. Il se faisait tard et la foule des pèlerins s'éclaircissait. Les cloches sonnaient les vêpres. Assourdies par le brouillard naissant, les sonneries remontaient la vallée tels les fantômes de saints depuis longtemps disparus. Quelque chose dans le carillon l'attristait. À l'approche du soir, un sentiment de solitude imprégnait l'atmosphère.

Pour la première fois depuis des heures, il s'assit sur le tabouret garni d'un coussin de velours et fixa le bout de la file des pèlerins. Comme en signe de bénédiction, un soleil boursouflé drapait les épaules des pénitents d'un manteau de lumière. Vêtus de tuniques de pèlerins toutes simples et de capes à capuchons, vieillards, jouvenceaux, jouvencelles, épouses, veuves, maîtres et vassaux avançaient à genoux pour entrer dans la grande cathédrale, jusqu'à la chapelle de la Trinité. Telle une rivière boueuse submergeant lentement les marches, ils se traînaient pour aller adorer le martyr Thomas Becket qui reposait dans la châsse incrustée de pierreries.

Les vétérans arboraient de nombreux insignes sur leur pèlerine et leur capuchon. Acquises au sanctuaire de Little Walsingham, de petites broches de plomb astucieusement conçues étaient dotées de minuscules réceptacles renfermant des larmes de la Vierge, tandis que celles du sanctuaire de Winchester présentaient l'image de saint Pierre ou de saint Paul. Les deux lieux constituaient des étapes sur le « chemin des Pèlerins », le chemin de pénitence. Il nota en souriant que tous les pèlerins portaient des cloches de Cantorbéry et de petits flacons d'étain contenant de l'eau du puits de Becket sous lesquels on pouvait lire la minuscule inscription suivante : « *Optimus egrorum medicus fit Thomas bonorum* ». Thomas est un bon médecin pour les malades honorables. Thomas était également un bon médecin pour les coffres de l'Église, de la ville et de la couronne, se dit Gabriel. Comme la cassette des vendeurs de souvenirs de Mercery Lane, le tronc de quêteur de Gabriel était lourd de pièces.

Le pardon était une denrée coûteuse : six florins d'or pour un duc ou un comte, quatre pour un nobliau, deux pour un marchand fortuné, et ainsi de suite en descendant l'échelle sociale. Gabriel disposait même d'une certaine quantité d'indulgences gratuites destinées aux indigents incapables de les acheter ou d'effectuer leur pénitence. Toutefois, les instructions étaient strictes et il avait déjà épuisé sa réserve. Il est temps de fermer boutique, se dit-il, et il se leva pour se préparer à partir. Il avait promis de présider l'office divin.

« S'il vous plaît, mon frère, c'est combien ? »

Il se retourna vers la personne qui venait de parler. C'était une jeune femme, enceinte jusqu'aux yeux.

« Je ne peux pas gravir à genoux les marches menant à la chapelle, expliqua-t-elle en rougissant. Je ne peux même pas m'agenouiller. »

Elle venait de loin, à en juger par l'état de son manteau, étriqué et usé jusqu'à la corde. Elle ne portait même pas la « pèlerine » que beaucoup achetaient pour le voyage. Sa panetière n'était qu'un balluchon attaché par une cordelette tout en haut de son ventre proéminent.

« D'où venez-vous, mame ?

— De Charing. Ici, c'est le sanctuaire le plus proche. »

Parcours à pied de plusieurs jours, très pénible pour une femme enceinte, pensa-t-il, maudissant dans son for intérieur le prêtre qui lui avait infligé une telle pénitence. Elle avait les yeux rouges, cerclés de profonds cernes. Ses pieds nus étaient crasseux, couverts de la poussière des routes.

« Quel péché avez-vous commis pour pousser votre confesseur à vous infliger une pénitence si mal adaptée à votre état ?

— J'ai profané l'hostie. »

Oh ! s'écria-t-il à part soi. Elle appartient à cette engeance de dissidents lollards qui mettent en doute la vérité de l'Eucharistie, niant que le vin et le pain consacrés soient véritablement le sang et le corps du Sauveur. Sa compassion faiblit.

« C'est un grave péché, déclara-t-il.

— Je le sais, mon frère, mais je ne l'ai pas fait exprès. Au moment où le père s'apprêtait à placer l'hostie sur ma langue, sa manche de fourrure m'a chatouillé le nez et j'ai éternué. Et l'hostie est tombée par terre. » Elle ouvrit de grands yeux effrayés en décrivant son énorme péché.

Gabriel aurait éclaté de rire si elle n'avait pas eu l'air aussi pitoyable. Il sentit au contraire une bouffée de colère monter en lui. Il imaginait très bien le prêtre de la paroisse, furieux que la jeune femme ait gâché son numéro, lui infliger rageusement cette pénitence disproportionnée. Il connaissait ce genre de prêtre : pompeux, imbu de sa position, plastronnant en chaire. Un prêtre charitable aurait compris qu'il s'agissait d'un accident, même si beaucoup de ses confrères niaient l'idée de l'« accident » – tout étant la conséquence de l'intervention directe de Dieu ou du diable.

Elle désigna le portail de la cathédrale. « J'avais cru pouvoir y arriver, dit-elle d'une voix douce qui tremblait légèrement. Je n'imaginais pas qu'il y aurait tant de marches. Mais j'ai peur que si… J'ai l'argent pour acheter une indulgence. Mon mari a vendu la vache pour payer le pèlerinage. Il m'aurait volontiers accompagnée mais il est resté au logis pour s'occuper de notre petite fille et rentrer la récolte. Il me reste deux shillings.

— Il a vendu votre vache ? »

Elle jeta un regard significatif sur son ventre gonflé. « Mon frère, je ne peux pas accoucher en état de péché mortel. Je risquerais… »

Elle n'eut même pas la force de terminer sa phrase. Ce n'était pas nécessaire, d'ailleurs. Même isolé du monde par un nuage d'ignorance, il savait qu'un grand nombre de femmes mouraient en couches. Il extirpa de son étui l'un des morceaux de parchemin et le lui tendit, après avoir défait le ruban.

« C'est ça ? demanda-t-elle en scrutant le feuillet. Qu'est-ce que ça dit ?

— Qu'aux yeux de l'Église et de Dieu vous êtes pardonnée, que votre péché est absous. C'est valable deux mois. Cela devrait vous permettre de passer le cap. »

Elle ferma les yeux et s'en saisit comme si, au lieu de n'être que du papier et de l'encre, l'indulgence était en or incrusté de pierres précieuses. Une larme apparut au coin de son œil et coula le long de sa joue poussiéreuse. Elle enroula soigneusement le parchemin, rattacha le ruban et le mit dans son balluchon, dont elle extirpa deux shillings, qu'elle posa sur l'établi. Gabriel les repoussa vers elle.

« Vous avez vendu la vache. Vous aurez besoin des shillings pour acheter du lait pour vos enfants. Vous avez d'ailleurs accompli la majeure partie de votre pénitence en effectuant ce voyage. »

Une fois qu'elle se fut prosternée aussi bas qu'elle osait le faire pour baiser l'anneau, qu'il l'eut renvoyée avec un « Allez et ne péchez plus ! » d'avertissement, il ramassa ses indulgences et pénétra dans l'immense cathédrale pour dire les vêpres, tout en se demandant pourquoi Dieu l'avait appelé, alors qu'il semblait si peu fait pour cette mission.

On n'était encore qu'au milieu de l'après-midi mais les soiffards s'assemblaient déjà dans les tavernes. Le frère Gabriel franchit à cheval la porte nord du London Bridge. Il lui tardait à lui aussi de déguster une boisson fraîche de l'autre côté du fleuve. Tandis qu'il attendait qu'un magnifique cortège de péniches royales passe lentement sous le pont, le soleil tapait sur sa tonsure et le cheval écumait et piaffait d'impatience. Songeant que deux ou trois coupeurs de bourse devaient sans doute se trouver parmi la foule, il marmonna dans sa barbe des injures contre le maire, qui n'avait pas débarrassé le pont en prévision de la conférence des évêques.

« Écartez-vous, écartez-vous ! » cria-t-il quand le pont fut enfin abaissé, tout en éperonnant son cheval pour passer en tête de la foule des piétons, sans tenir compte des jurons et des malédictions marmonnés par le charretier repoussé sur le côté par le nez du cheval, ni des grognements de protestation des autres piétons. Les paysans vitupéraient constamment les curés, jusqu'à ce qu'ils eussent besoin d'eux.

Sur le pont, la proximité des maisons à plusieurs étages et des échoppes serrées les unes contre les autres le rendait claustrophobe. Il avait presque oublié l'odeur nauséabonde de Southwark émanant du marécage de Lambeth. Il ne s'agissait pas seulement de la saumâtre odeur de marais de la rive sud en été, mais aussi de la puanteur de la misère et de la luxure dégagée par les lupanars de Bankside Street. Sans parler des égouts, des immondices, des déchets en décomposition et même d'un cadavre ballonné échoué sur la berge qui empestaient encore davantage l'atmosphère surchauffée. Était-ce le corps d'un humain ou d'un animal ? Difficile à dire depuis la porte sud du London Bridge. Soudain, il aperçut, tapie sur la rive, une taverne à l'enseigne du Tabard. Le nom lui était familier, bien qu'il n'eût pas souvenance de s'y être déjà rendu. Cela avait l'air d'un endroit agréable pour y déguster une boisson fraîche.

La salle était toute en longueur, basse de plafond et merveilleusement ombreuse après le brûlant soleil d'été. Il choisit une table dans un coin près d'une fenêtre, loin des fêtards de l'après-midi, qui se distrayaient en contant fleurette à la serveuse. L'hôte s'approcha de lui.

« Suis un brin surpris de vous voir céans, mon frère.

— Et pourquoi donc ?

— Vu la réputation du lieu. J'aurais cru qu'elle vous aurait rebuté. Que vous seriez choqué.

— Je voudrais une chope de bière, s'il vous plaît. Provenant de votre cellier si vous en possédez un. Pourquoi serais-je choqué par votre établissement, tavernier ? Frelatez-vous votre bière ? Ou bien ne donnez-vous pas bonne mesure ?

— J'ai la meilleure bière de ce côté-ci de la Tamise et je la sers généreusement. Bailey… Je m'appelle Harry Bailey. Vous êtes dans la taverne du Tabard. » Il attendit une réaction. « Celle des célèbres *Contes de Cantorbéry.* »

Voilà donc pourquoi le nom lui était familier. Il l'avait lu chez le poète Chaucer, lequel avait dressé un portrait peu flatteur du marchand d'indulgences.

« Et en quoi cela me mettrait-il mal à l'aise ? » Il

avala une petite gorgée de bière, qui rafraîchit délicieusement son gosier desséché.

Le tavernier eut la bonne grâce de paraître gêné. Il désigna l'étui en velours orné de la croix de Jérusalem. « Je vois que vous êtes non seulement un frère mais également un marchand d'indulgences.

— Un honnête marchand d'indulgences, maître Bailey. Mes indulgences papales ne sont pas des faux comme celles du personnage de Chaucer. Le moindre penny recueilli par moi va à Rome pour servir à construire des hôpitaux et à nourrir les miséreux. Tous les métiers ont leur lot de charlatans, pas vrai ? On en trouve même parmi les taverniers », ajouta-t-il en se désaltérant une nouvelle fois.

L'hôte se contenta de hausser les épaules et, chargé de son plateau de chopes, se dirigea vers la table suivante. Gabriel but plusieurs gorgées, appréciant la fraîcheur du liquide. Il parcourut la salle du regard. Des petits groupes de francs-tenanciers, trois pèlerins, plus intéressés par la littérature que par la religion, à en juger par la façon dont ils se poussaient du coude en montrant le panneau accroché au-dessus de leur table, sur lequel on lisait : GEOFFREY CHAUCER S'EST ASSIS À CETTE TABLE. Le tavernier rit avec eux en leur servant leur bière, puis désigna sur les murs la représentation grossièrement dessinée, sans doute par lui-même, des pèlerins de Cantorbéry. Le portrait du marchand d'indulgences richement vêtu, charlatan jusqu'au bout des ongles, était le plus caricatural. Dans son habit noir, Gabriel ne lui ressemblait en rien.

De l'autre côté de la salle, pas plus large que deux tables mises bout à bout, l'unique autre client solitaire était aussi un clerc. Mais là s'arrêtait la ressemblance. Il avait l'air de l'un de ces « prêtres pauvres », comme ils aimaient à se décrire, allant nu-pieds, vêtus d'une soutane marron aussi élimée que celle d'un franciscain, bien qu'ils n'appartinssent à aucun ordre religieux. Installé près de l'autre fenêtre, il lisait un livre grossièrement relié.

Gabriel se racla bruyamment la gorge pour attirer son attention. Le prêtre pauvre leva la tête, et fixa Gabriel avant de se replonger dans sa lecture.

Qu'avait-il espéré ? Que le prêtre lollard, intimidé par son habit de dominicain, s'empresserait de dissimuler son livre ? Peut-être bien. Dans un monde où l'ordre divin n'était pas menacé par des agitateurs démagogues et des dissidents religieux… Ou peut-être n'était-il pas du tout en train de lire la Bible mais un autre livre anglais ? Peut-être l'exemplaire de la maison des *Contes de Cantorbéry* ? Nul doute que, pour le plaisir de ses clients, l'orgueilleux tavernier en possédât un minable exemplaire.

Gabriel appela l'hôte.

« Offrez de ma part une chope à ce prêtre et dites-lui que le frère Gabriel souhaiterait discuter avec lui du livre dont la lecture semble totalement l'absorber. »

Très étonné, le tavernier haussa les sourcils et apporta une chope de bière au prêtre pauvre. Gabriel vit son hôte chuchoter en faisant de grands gestes dans sa direction avant de revenir vers lui. Seul.

« Il vous remercie pour la bière, mais il me charge de vous dire qu'il n'a aucune envie de débattre avec vous. Toutefois, si vous le désirez, il considérerait comme un grand privilège de lire en votre compagnie le Livre saint en anglais. »

Ils étaient devenus d'une telle impudence ! Pas

étonnant que l'archevêque Arundel eût convoqué au palais de Lambeth son conseil sur l'orthodoxie. Le lollardisme était un cancer qui rongeait la société. Le nombre croissant de ses adeptes sapait les fondements de l'Église, ses enseignements, sa puissance.

« Dites-lui de boire sa bière en paix, et peut-être un jour prochain aura-t-il l'occasion de lire la Bible en anglais "en compagnie" de l'archevêque lui-même. »

Gabriel vida sa chope d'un trait et tira avec ostentation deux pennies de sa bourse pour payer sa bière et celle du lollard, sans attendre que l'aubergiste la lui offre, comme il risquait de le faire. Les pièces tintèrent sur le bois blanc de la table.

« Peut-être lirai-je un de ces jours la poésie de M. Chaucer, vu la chaleur avec laquelle vous la recommandez ! » lança-t-il en partant.

Il remonta à cheval et prit la direction de Lambeth. Mais la rencontre de la taverne l'avait troublé. Il n'aurait pas dû venir dans ce quartier. Il aurait dû faire un détour par l'ouest et traverser le fleuve en empruntant le bac qui l'aurait conduit au plus près du palais de Lambeth, résidence de l'archevêque. Le frère Francis, mentor de Gabriel, n'aurait pas laissé la poussière de Southwark souiller l'ourlet de sa soutane.

Au moment où le frère Gabriel s'approchait du palais de l'archevêque, des nuages bas sillonnés d'éclairs, se contorsionnant tels des vers luisants, s'amoncelaient à l'horizon.

L'odeur de marécage imprégnait toujours l'atmosphère lourde de chaleur, mais la puanteur avait disparu. De l'autre côté de la Tamise, la vue des hautes tours de l'abbaye de Westminster, brillant comme de l'or dans la lumière chatoyante, lui mit du baume au cœur. Une légère brise les rafraîchissait, lui et son cheval. Au loin, les éclairs de chaleur annonçaient la pluie. Lorsqu'il atteignit le corps de garde du palais de Lambeth, deux valets l'accueillirent, l'un pour prendre son cheval et l'autre pour le conduire à ses appartements.

« Dès que vous serez remis de votre voyage, Son Excellence vous recevra dans la chapelle de la crypte. Je dois vous annoncer que le prince Harry assistera à la rencontre. »

Un archevêque et un prince !

Le frère Francis serait fier des relations de son protégé.

« Que savez-vous du dénommé sir John Oldcastle ? » lui demanda l'archevêque Thomas Arundel, tout en lâchant un rot.

Arrivé le premier, Gabriel était à présent assis en compagnie de ce dernier à une vaste table oblongue placée au centre de la chapelle. À un bout, un fauteuil à haut dossier, plus grand que les autres sièges, était sans nul doute destiné au prince. Les arcs-boutants soutenant l'édifice jetaient d'étranges ombres dans la salle. Aucune lumière solaire ne se répandait sur l'autel, situé au fond de la pièce, où des cierges s'alignaient en rangs serrés.

Il a l'air encore plus maigre que la dernière fois où je l'ai vu, se dit Gabriel. Sans se donner la peine de creuser ses traits, l'archevêque aurait pu jouer la Faucheuse dans un spectacle présenté par les corporations. La grosse torche qui éclairait la chapelle souterraine donnait à son visage une pâleur orangée. Ou était-ce la couleur naturelle de son teint ? Gabriel avait ouï dire qu'il était malade. Peut-être était-ce la raison qui poussait Arundel à libérer l'Angleterre de l'hérésie. Peut-être préparait-il sa succession.

« Vous voulez dire lord Cobham ? demanda Gabriel.

— Lui-même. »

En présence de l'archevêque, il se sentait toujours mal à l'aise. Il ne se rappelait pas l'avoir jamais vu sourire. « Tout ce que j'ai entendu dire à son sujet, répondit Gabriel avec prudence, c'est qu'il s'agit d'un homme de qualité, fort affable et qui a prouvé sa valeur et son courage sur le champ de bataille. »

L'archevêque se renfrogna. À l'évidence, ce n'était pas la réponse qu'il attendait.

« Il paraît que c'est un ami particulier du prince Harry », ajouta Gabriel.

L'archevêque se rembrunit encore et émit un autre rot derrière ses doigts squelettiques. « C'est un hérétique.

— Je ne le savais point. Je n'ai jamais eu vent de… », bredouilla Gabriel.

Les doigts couverts de bagues du prélat intimèrent le silence à Gabriel. « Nous sommes décidés à mettre fin à ses errements. Quitte à l'envoyer au bûcher. C'est un ennemi de l'Église. »

Le ton féroce d'Arundel faillit lui couper le souffle. « De quels errements s'agit-il ?

— Il propage les Écritures en anglais à l'étranger, tient des réunions secrètes de lollards au cours desquelles il reçoit des prêtres pauvres, comme ils s'appellent eux-mêmes… Comme si nous n'avions pas tous fait vœu de pauvreté ! »

Gabriel pensa à celui qu'il avait vu à la taverne du Tabard, comparant sa tunique marron usée à la cape doublée d'hermine d'Arundel – qu'il portait même par cette chaleur –, ornée de la croix pectorale incrustée de pierreries. Quelle sorte de pauvreté est-ce là ? se demanda-t-il, avant de se reprocher cette pensée impie. Toutefois, lorsque Arundel croisa avec affectation ses jambes maigres enserrées dans de coûteuses chausses de soie – les souliers en cuir à bout pointu, souples comme des gants, selon la dernière mode grotesque, se redressant brusquement vers le haut –, Gabriel réprima un sourire et dut se pincer pour revenir à la théorie orthodoxe selon laquelle même les richesses de l'archevêque appartenaient en fait à l'Église.

« Oldcastle dénonce haut et fort les prétendus abus commis par le pape et propage l'hérésie de Wycliffe, reprit l'archevêque. Il est parvenu à faire voter au Parlement un texte en vertu duquel tous les prisonniers de la sainte Église se trouvent dans la juridiction royale. C'est pourquoi nous sommes obligés d'obtenir l'autorisation de Sa Majesté avant de poursuivre Oldcastle. Et puisque le roi est trop malade pour l'accorder, nous devons la solliciter auprès du prince Harry.

— Mais je croyais qu'Oldcastle était un ami du prince Harry.

— Et moi, je suis l'archevêque de Cantorbéry ! Sans mon approbation, comment le prince Harry peut-il devenir le roi Henri V ? Nous obtiendrons son autorisation… »

Et quel est mon rôle dans ta stratégie ? se demanda Gabriel, souhaitant soudain se trouver ailleurs.

TROIS

Par conséquent, nous décrétons et ordonnons que dorénavant personne ne pourra de son propre chef traduire en anglais un texte des Écritures... l'odieux John Wycliffe, ce misérable de maudite mémoire, enfant du diable, rejeton ou disciple de l'Antéchrist.

Extrait d'un édit de Thomas ARUNDEL,
archevêque de Cantorbéry

La perspective d'une telle réunion n'enchantait guère le prince Harry. C'était son premier conseil religieux officiel et il allait être en retard. Il s'était assoupi après le dîner et son chambellan venait de le tirer péniblement d'un rêve fort agréable.

Dans ce rêve, il n'était pas encore le prince Harry, sur

le point de devenir le roi Henri V. Il était le prince Hal, de l'époque de la vieille bande et de Joyeux Jack. Lui et Jack étaient en train de disputer une farouche partie de bras de fer sur le comptoir de la taverne de la mère Quickly, sous les encouragements des autres clients assemblés autour d'eux. Le vainqueur était tenu de payer la prochaine tournée d'ale.

« Allez-y, sir John, battez-le, ce freluquet ! grognait Pistol de sa voix gutturale.

— Nenni ! Moi, j'parie sur l'prince Hal. La différence de poids, il la compense par la fougue ! rétorquait Bardolph en soulignant sa déclaration par une claque sur la cuisse.

— Prenez garde ! Vous allez casser la bouteille. Je vais appeler le sergent pour qu'il vous arrête tous autant que vous êtes ! » gémissait la mère Quickly d'une petite voix aiguë.

Les deux hommes avaient penché d'un côté puis de l'autre. La victoire semblait d'abord aller à Jack, puis à Hal, puis de nouveau à Jack, avant que, poussant un profond soupir, Hal réussisse presque…

« Votre Grâce, Votre Grâce, réveillez-vous ! Lord Beaufort est arrivé. Il dit que vous devez être à Lambeth dans une heure. »

Ouvrant un œil, Harry avait alors aperçu le chambellan penché au-dessus de lui, l'air affolé.

L'agréable et joyeuse époque s'était dissipée dans une bouffée d'haleine au relent d'ail.

Il avait ouvert l'autre œil et s'était levé d'un bond, enfilant lui-même ses bottes. « Faites-le entrer ! »

Au moment où Beaufort avait fait irruption dans la chambre, Harry agitait les épaules pour ajuster son pourpoint. De la main droite il accrochait son arme de poing tout en saisissant la coupe de vin de l'autre.

« Votre Grâce, avait dit lord Beaufort, je ne crois pas que ce soit une très bonne idée que je vous accompagne. Ma venue déplaira à Arundel.

— Raison supplémentaire pour que vous m'accompagniez, avait répliqué Harry après avoir vidé la coupe. L'archevêque doit apprendre à partager le pouvoir. »

Gabriel s'apprêtait à arguer poliment auprès de l'archevêque de son incompétence dans le domaine de la chasse aux hérétiques – même s'il appréciait l'insigne honneur qu'on lui accordait en l'invitant à participer à cette réunion – quand il entendit un bruit de pas pressés qui approchaient de la chapelle. À ses beaux habits et à ses manières affectées il reconnut l'évêque Flemmynge. Il l'avait jadis brièvement rencontré chez les dominicains de Blackfriars, et l'homme ne lui avait guère plu à cause de ses manières de flagorneur. Le visage empourpré, le nouvel arrivant s'installa en face de Gabriel tout en marmonnant des propos sur les embarras du London Bridge.

Arundel fronça les sourcils. « Je crois que vous connaissez le frère Gabriel. Quoiqu'il ait dû traverser le même pont, lui est arrivé en avance. »

S'empourprant encore davantage sous l'effet du reproche implicite, Flemmynge esquissa un signe de tête en direction de Gabriel. Il balbutiait des excuses quand il fut interrompu par la brève sonnerie du cor du héraut royal, qui retentit de façon discordante dans la crypte. L'archevêque et l'évêque se mirent sur pied d'un bond, comme sous l'impulsion d'une bourrade. Gabriel les imita.

Deux hommes entrèrent dans la pièce.

Le prince s'installa dans le fauteuil à haut dossier placé pour lui à l'extrémité de la table, tandis que l'autre homme se postait à sa droite, juste en face de l'archevêque.

Les yeux respectueusement baissés, Gabriel regarda le prince. Il ne ressemblait en rien au chenapan sur qui tant de ragots couraient dans les tavernes. L'air mûr, voire austère, les cheveux rasés très haut au-dessus des oreilles, tels ceux d'un moine, il portait un pourpoint et des chausses en cuir garni de clous dorés, comme un soldat. Il se racla la gorge et parla d'une voix bien timbrée, d'un ton presque étudié.

« Archevêque Arundel, vous pouvez faire les présentations. Vous connaissez, bien sûr, Henri Beaufort, notre honorable oncle et évêque de Winchester, ici présent à notre invitation, et qui sera bientôt rétabli dans le poste de chancelier. »

L'air tendu de l'archevêque et la tache rose qui apparut sur ses joues creuses montraient à quel point il désapprouvait cette décision. Bâtard de Jean de Gand, Beaufort était l'oncle du roi, mais, aux yeux de l'archevêque, sa bâtardise aurait dû suffire à l'exclure du Conseil privé. Gabriel avait entendu dire qu'un différend existait entre eux dont il ne connaissait pas la nature, qu'il préférait d'ailleurs ignorer. Il fallait se mêler le moins possible des intrigues de la Cour. En fait, le plaisir qu'il avait d'abord ressenti à faire partie de cette auguste assemblée commençait à s'estomper. Il avait cru que seraient réunis là de nombreux participants, les esprits les plus brillants et les plus savants de l'Église, pour discuter de l'orthodoxie religieuse.

« Chancelier ? Hum… À votre guise, Votre Grâce », déclara Arundel. Mais le regard glacial qu'il décocha à Beaufort aurait flétri un chou. « À côté de lord Beaufort (à voir l'amère expression du visage de l'archevêque, le nom de lord Beaufort semblait avoir un goût de vinaigre) se trouve Richard Flemmynge, de l'université d'Oxford, diplômé en théologie et commissaire chargé par Son Altesse votre père d'étudier les écrits de feu John Wycliffe, afin d'en éliminer toute trace d'hérésie. »

Flemmynge fit un pas en avant et mit un genou à terre, les bords en dents de scie de ses manches à volants balayant le sol. « Votre Grâce. »

Gabriel aurait soudain souhaité être à mille lieues de là.

« Et à votre droite ? demanda le prince Harry en plantant sur Gabriel un regard perçant comme pour le jauger.

— Votre Grâce, c'est le frère Gabriel, dominicain des frères prêcheurs. Il est encore jeune, mais il possède déjà beaucoup d'expérience au service de l'Église. En tant qu'envoyé à Rome de l'abbaye de Battle, Sa Sainteté lui a accordé une audience, et il jouit à présent de l'insigne privilège de se mouvoir dans des milieux que certains d'entre nous n'ont jamais l'occasion de fréquenter. Au cours de son travail de prédicateur, il garde toujours les oreilles et les yeux grands ouverts, guettant le moindre signe d'hérésie. »

N'importe où ailleurs !

« Frère Gabriel. » Le prince Harry fit un léger signe de tête afin d'indiquer qu'il acceptait la présentation.

Gabriel esquissa une petite révérence, espérant que cela satisferait le protocole.

« Avez-vous remplacé la trompe de l'archange Gabriel par cet étui de velours du marchand d'indulgences accroché à votre ceinture ? » s'enquit le prince.

L'archevêque répondit à sa place. « Votre Grâce, non seulement le frère Gabriel sert son Église en tant que prédicateur et prêtre ayant reçu les ordres, mais il appartient à la précieuse et rare espèce des marchands d'indulgences honnêtes. Grâce au trésor sacré des mérites amassé par le Christ et tous les saints, la couronne s'enrichit également chaque fois qu'une âme reçoit le pardon. »

Réponse fort judicieuse, pensa Gabriel, puisqu'elle rappelait au prince que la vente contestée des indulgences remplissait ses coffres. Raison supplémentaire pour que la couronne pourchassât les lollards, qui vitupéraient cette pratique.

« Par conséquent, vous rendez un double service, frère Gabriel. À votre Église et à votre roi.

— Monseigneur, intervint Arundel, nous tous qui sommes réunis en ce lieu – le commissaire Flemmynge, le frère Gabriel et moi-même – sommes décidés à extirper l'hérésie qu'a si vigoureusement combattue le roi votre père. Excepté, bien sûr, l'évêque Beaufort, dont je ne connais pas la position en ce qui concerne les lollards. »

Il interpellait directement Beaufort, mais ce fut le prince Harry qui répondit à sa place.

« En tant que chancelier, lord Beaufort s'occupera d'affaires plus temporelles. Il nous conseillera sur la guerre contre la France. Toutefois, s'il se trouve aujourd'hui ici, c'est parce qu'en tant que principal conseiller du roi il s'intéresse *ex officio* à toutes les questions importantes pour l'Angleterre. Vous pouvez vous asseoir, messeigneurs, et nous allons commencer la discussion. »

Thomas Arundel s'éclaircit la gorge. Le raclement domina celui des chaises et des semelles sur le sol, et plus encore le bruissement des bas de soie.

« Votre Grâce, je considère qu'il n'est pas suffisant de s'en prendre aux paysans et aux soi-disant prêtres pauvres. Le lollardisme s'est répandu au-delà de la paysannerie, qui est attirée par la théorie hérétique selon laquelle Dieu a créé tous les êtres égaux. Dans les villes et dans les universités, les adeptes se rencontrent impunément pour discuter des harangues lancées par Wycliffe contre la sainte Église et lire le texte profane de la Bible en anglais. En outre, nous pouvons désormais nous targuer d'avoir exporté cette hérésie vers d'autres pays. L'échange d'idées entre Oxford et l'université Charles de Prague, effectué par les universitaires, a porté jusque là-bas les enseignements des lollards.

— Si loin que ça ! »

Gabriel fut d'abord surpris lui aussi, avant de se rappeler qu'un échange de savants entre l'université Charles et celle d'Oxford avait commencé à l'époque de la reine Anne, qui appartenait à la maison royale de Bohême. Il était assez logique – surtout au début – qu'ils eussent inclus les œuvres de John Wycliffe parmi les textes échangés.

« L'hérésie se propage comme la peste dans tout le Saint Empire romain. Il y a deux semaines, l'évêque Zybnek de Prague a brûlé les gribouillis hérétiques de Wycliffe en place publique et interdit qu'on les enseigne. En pure perte. Quotidiennement, un hérétique nommé Jan Hus prêche toujours en chaire cet enseignement et les Pragois se rallient à lui en grand nombre. Si nous n'agissons pas tout de suite, l'Angleterre deviendra une seconde Bohême. »

Le prince prit un air songeur. Arundel sembla s'impatienter.

Finalement le prince parla. « Pourquoi est-ce si mal de lire la Bible soi-même ? Depuis que j'ai éprouvé un regain d'intérêt en matière de foi – sous l'égide de Mgr l'archevêque –, je me suis souvent surpris à penser que j'aimerais lire l'Écriture moi-même, mais mon incompétence en latin fait de cette tâche plus une corvée qu'un plaisir. »

Gabriel entendit quelqu'un prendre une brusque inspiration et espéra que ce n'était pas lui. Le teint d'Arundel devint bilieux. Gabriel se tassait sur son siège au moment où l'archevêque tapa du poing sur la table.

« Je vais vous expliquer pourquoi, Votre Grâce. La lecture de la Bible par les masses incultes pousse celles-ci à la rébellion. Vous êtes trop jeune pour vous rappeler les émeutes de quatre-vingt-un. Moi j'en ai gardé souvenance. Les paysans ignares ont utilisé leur imparfaite connaissance de l'Écriture sainte comme prétexte pour brûler et piller les biens de leurs supérieurs. Votre père s'en souvient, lui aussi. Posez-lui la question. Demandez à Henri Bolingbroke comment les rebelles ont brûlé le palais Savoy, décapité l'archevêque, exercé un chantage sur le jeune roi Richard en marchant sur Londres. Pourquoi croyez-vous que votre père a déployé tant d'efforts et vidé son trésor pour extirper l'hérésie ? Si les lollards peuvent tuer un archevêque, Votre Grâce, pensez-vous vraiment qu'ils hésiteraient à renverser un roi ? »

Arundel se tut afin de laisser au prince le temps de digérer sa tirade, avant de poursuivre ses explications d'un ton plus mesuré.

« Et il y a la question de la vente d'indulgences, que les lollards ont en horreur. Or la couronne perçoit son écot. »

Le prince leva la main pour indiquer qu'il avait compris. « Si ces lectures de la Bible ont été interdites, pourquoi ne pas simplement interrompre ces réunions et confisquer les textes ? demanda-t-il. Si c'est la loi… C'est bien la loi, n'est-ce pas ? »

Thomas Arundel opina du chef. « La loi *De haeretico comburendo*, sur le brûlement des hérétiques.

— Eh bien, si la loi existe, faites-la respecter ! N'avons-nous pas des soldats ?

— Nous avons essayé cette méthode. Nous avons même livré aux flammes un prêtre hérétique du nom de William Sawtry. Ils se disent prêtres laïques – ce qui bafoue la loi –, et leur nombre croît de jour en jour. Ils s'en tirent parce qu'ils sont protégés par certains de vos nobles devenus adeptes de l'hérésie. Certains siègent même au Parlement… Vous ne pouvez pas ne pas voir le danger que cela représente : si l'hérésie gagne le Parlement, eh bien… Tant que nous ne poursuivrons pas en justice un ou deux de ces hommes, nous n'avancerons pas.

— La noblesse ? s'étonna le prince Harry. Voilà une grave accusation. Détenez-vous des preuves ?

— Pas assez solides pour être valables au tribunal. Mais nous sommes déterminés, avec votre permission, à les obtenir.

— Vous voulez dire qu'il faut espionner mes

nobles ? Je répugnerais à aller jusque-là, me semble-t-il. »

Gabriel éprouva une certaine sympathie pour le prince. Il était évident qu'il n'avait pas l'intention de commettre la même erreur que son père, Henri Bolingbroke. Il ne voulait pas que la moitié de ses nobles se retournent contre lui. Si une guerre civile éclatait, le règne ne débuterait pas sous de bons auspices.

L'archevêque se renfrogna et ses rides s'accentuèrent, puis son visage émacié se détendit et il sourit. Gabriel devinait ce qui allait suivre.

« Ceux qui sont coupables d'hérésie risquent l'enfer, affirma l'archevêque. Vous n'êtes pas sans savoir que, en tant que leur prince, vous êtes responsable de leur âme. Votre père le savait bien, lui. Il n'aurait pas rechigné à espionner les nobles afin de sauver leur âme. Si on laisse cette hérésie prendre de l'ampleur, toute l'Angleterre risque d'être excommuniée par le pape. Êtes-vous prêt à avoir sur la conscience la damnation de toutes ces âmes ? »

C'était le fouet toujours utilisé par l'Église pour ramener le monarque dans le droit chemin. L'excommunication. La fermeture des portes du paradis. Le roi et tous ses sujets refoulés. Le malaise de Gabriel croissait au même rythme que celui du prince Harry. Quel rôle était-il censé jouer dans cette affaire ? Il n'en était pas sûr, mais quelque âme qui se trouvât trop près d'Arundel risquait de sentir la brûlure d'une telle flamme.

« Une fois les preuves rassemblées, s'enquit le prince, qui déciderait de déclencher les poursuites ?

— Avant qu'une action punitive puisse être entreprise, toute preuve devra être présentée à Sa Majesté, si elle se rétablit, ou à Votre Grâce, si Sa Majesté reste souffrante. C'est aussi la loi, ajouta-t-il en fronçant les sourcils, comme s'il désapprouvait cette loi. Une seule action intentée par vous suffira sans doute à ramener les autres dans le droit chemin. »

Gabriel regarda le jeune prince se concentrer en faisant la moue. Il devinait presque ce qui se passait dans son esprit. Des poursuites contre un seul noble, certes, mais qui aurait ses hommes liges… Ce gentilhomme alimenterait la sédition, assemblerait des partisans, prendrait les armes contre un roi qui emprisonnait ses propres nobles. Il le voyait déjà brandir une bannière sous laquelle tous les ennemis du souverain se regrouperaient. Toutefois, la menace d'une excommunication ne pouvait être prise à la légère.

Le prince Harry respira profondément.

« Je suppose que nous pouvons mettre le processus en branle s'il s'agit uniquement de rassembler des preuves, mais aucune poursuite ne doit être lancée contre la noblesse sans le consentement du roi.

— Votre Grâce donne donc son accord ? »

Le prince opina du chef. « Seulement pour la recherche des preuves. Et ce, dans le plus grand secret. »

Arundel se frotta les mains avec vigueur comme s'il était impatient de se mettre au travail. « Vos désirs sont des ordres, Votre Grâce. Comme je vous l'ai indiqué, le commissaire Flemmynge est en train d'étudier tous les documents rédigés par Wycliffe afin de détecter les hérésies qu'ils recèlent. Nous afficherons tous ces passages hérétiques, pour que nul ne puisse dire qu'il ignorait la loi. Entre-temps, nous avons choisi la façon d'entamer le processus. Le frère Gabriel va s'introduire comme confesseur dans une abbaye située non loin de la maison d'un hérétique notoire qui siège au Parlement.

C'est là qu'il va commencer à rassembler des preuves, et quand il en possédera un nombre suffisant nous lancerons les poursuites officielles. »

Rassembler des preuves ! Il n'avait donc pas été convoqué pour être consulté sur des questions théologiques. *Espèce d'idiot, tu as été flatté par les attentions de l'archevêque ! La vanité précède toujours la chute.* On lui avait donné le rôle de Judas. Il allait devoir jouer les espions. Comme il avait eu raison de vouloir être à mille lieues de là ! Il avait l'impression d'avoir reçu un coup à l'estomac.

« Le frère Gabriel a-t-il votre autorisation de se mettre à l'œuvre sans plus tarder ? » demanda l'archevêque.

Arundel ne lui avait même pas demandé son avis, ne lui avait pas permis de refuser.

« Le frère Gabriel a notre autorisation. Mais seulement pour rassembler des preuves. »

Arundel sourit.

« Puis-je savoir le nom du noble en question ? demanda le prince.

— Il s'agit de l'une de vos connaissances, Votre Grâce… Sir John Oldcastle, lord Cobham », répondit l'archevêque en déroulant un parchemin.

Ce fut au tour du prince d'avoir l'impression de recevoir un coup de poing dans le ventre. Gabriel vit le sang quitter son visage. Il n'avait pas deviné qu'on parlait de son vieux compagnon d'armes et de bouteille. Avec quelle adresse Arundel avait traqué et acculé sa proie !

« Il doit y avoir une erreur. Le sir John que je connais se soucie de la religion comme d'une guigne. Il s'en gausse, mais il est inoffensif. » Les mouvements de la bouche du prince, qui se mordillait la lèvre, trahissaient son inquiétude.

« Il n'est plus inoffensif, Votre Grâce. C'est désormais un lollard et il ne cherche pas le moins du monde à s'en cacher », ajouta Flemmynge en tendant une plume au prince. Son air de boire du petit-lait déplut à Gabriel. « Sir John Oldcastle est devenu pieux, ricana-t-il. À en juger par sa réputation, un peu de religion ne devrait pas lui faire de mal. L'ennui, c'est qu'il n'a pas choisi la bonne, et les flammes l'attendent. »

Le prince posa sa plume et le fusilla du regard.

« Je veux dire celles de l'enfer. S'il ne se repent pas, bien sûr. »

Pour la seconde fois ce jour-là, l'archevêque lança un regard noir à son acolyte, avant de pousser l'ordre de mission devant le prince Harry.

Le prince saisit la plume, la reposa, la reprit, la tritura entre ses doigts.

« Votre Grâce, l'âme de l'Angleterre… »

Le prince parapha le document d'un grand geste, la colère lui faisant faire une grosse tache. Il ne regarda que Beaufort, qui ne chercha pas à cacher sa commisération, tout en l'encourageant à contrecœur d'un hochement de tête.

On entendait le tonnerre rouler. Gabriel interpréta ce grondement comme un signe de mauvais augure. D'un trait de plume rageur, le prince avait transformé un aristocrate en fugitif et un prêtre en espion.

QUATRE

Ils seront mon peuple, et je serai leur Dieu.

JÉRÉMIE, 24, 7, cité durant le Seder
de la pâque juive

Anna se trouvait juste devant les murs de la Judenstadt quand elle entendit les quolibets. Elle décida de n'en faire aucun cas. D'ailleurs, qui l'avait désignée comme protectrice des âmes meurtries ? C'était le travail des saints et des anges, et elle ne faisait partie ni des uns ni des autres.

Elle voulait seulement porter le livre au rabbin de la Staronová synagóga, puis rentrer préparer la réunion du soir. Son grand-père avait insisté pour qu'elle apportât au rabbin la megillah décorée dès qu'il l'aurait terminée, et il avait achevé son travail la veille au soir.

« Dědeček, c'est l'histoire d'Esther ! Le rabbin n'en

aura pas besoin jusqu'à la fête de Pourim. Tu l'as dit toi-même. Il te reste encore plusieurs mois pour la finir. »

Il avait frotté ses yeux fatigués. « Que sait une petite fleur de jasmin comme toi du sentiment d'urgence qu'éprouve un vieillard ? Toi, tu n'es pas pressée, tu as tout le temps. »

Tout le temps ? Va dire ça à Martin, pensa-t-elle.

Les moqueries montèrent de plusieurs tons. « Faisons la ronde autour du petit crétin de juif, petit crétin de juif… »

Jeu d'enfants. Rien que des enfants faisant la ronde en chantant.

Il faisait très chaud. Même le drapeau qui flottait au-dessus des murs de la Judenstadt ne trouvait pas le moindre souffle d'air pour soulever bravement son étoile de David. Les gamins se lasseraient bientôt de leurs jeux et rentreraient chez leurs mères pour prendre des boissons fraîches. Elle détourna le regard. De sa main libre elle essuya des gouttes de sueur perlant sur son front, puis défit le foulard couvrant sa chevelure, qui déferla alors sur ses épaules. Elle s'épongea le visage avec le foulard, huma l'âcre odeur… Elle avait lavé ses cheveux et le foulard seulement deux jours auparavant. Si elle se pressait elle rentrerait peut-être assez tôt pour les laver à nouveau.

« Faisons la ronde autour du semeur de peste, semeur de peste… »

Elle savait bien sûr ce qu'aurait fait Dědeček s'il avait été présent. Mais elle n'avait pas son courage. Et il lui fallait encore préparer le dîner. Tout devait être parfait, Martin étant décidé à demander sa main ce soir-là. Elle renoua le foulard autour de ses cheveux. Un souffle de brise lui rafraîchit la nuque.

« Les poches pleines de ronds. Assassin du Christ, assassin du Christ ! » Ces litanies étaient accompagnées du bruit de mottes de terre qui se brisent contre quelque chose de dur. L'enfant encerclé se mit à pleurer en poussant de petits gémissements.

Seigneur Dieu !

Comment une chrétienne, comment n'importe quelle femme aurait pu s'empêcher d'intervenir ? Anna posa son paquet en soupirant et se précipita au milieu de la bande de gamins, qui poussèrent des cris aigus lorsqu'elle tira l'un d'eux par le bras, le meneur, l'arrachant à la ronde.

« Honte à toi, Petr ! Je connais ton père. Rentre chez toi immédiatement, si tu ne veux pas que je le mette au courant de tes méfaits. »

Elle avait envie de le secouer jusqu'à ce que ses dents claquent dans son horrible petit crâne, mais, lui lâchant les bras, elle se tourna vers les autres gamins. « Allez. Rentrez tous chez vous ! Avant que je vous flanque ma main sur le visage ! » Elle les chassa devant elle comme une troupe de poules. « Fichez la paix à cet enfant. Il ne vous a rien fait. »

Les garnements se dispersèrent.

« Amie des juifs ! » lui lança l'un d'eux par-dessus son épaule, tout en jetant une nouvelle motte de terre, qui tomba aux pieds d'Anna et salit le bas de sa robe.

« Ça servira à rien d'en parler à mon père, hurla Petr. Il aime pas les juifs, lui ! »

Cependant, ils continuaient à fuir.

« Bon, à toi maintenant ! »

L'enfant se recroquevilla sur lui-même, comme si ses pieds étaient pris dans le sol desséché.

« Je te connais, toi aussi. Tu es Jakob, le fils du rabbin. »

Il la fixait en silence de ses grands yeux noirs noyés de larmes. Ses cheveux bruns plaqués sur le front, il était coiffé du ridicule petit chapeau conique, le *cornutus pileus*, qui le désignait comme juif, cible des quolibets et des sarcasmes des autres. Chaque fois qu'elle pénétrait dans le sordide quartier juif surpeuplé, elle avait envie de brandir son poing vers le ciel et d'injurier Dieu, qui permettait que son peuple élu soit traité de la sorte, tout en se retenant de se jeter à genoux pour Le remercier de ne pas être l'une des « élues ».

« Tu sais bien que tu ne devrais pas jouer hors des murs de la Judenstadt », le gourmanda-t-elle.

Le gamin ne devait guère avoir plus de six ans. Une énorme larme roula sur sa joue, traçant un sillon sur son visage poussiéreux. Elle le prit dans ses bras et le serra contre elle, tout en lui essuyant le visage avec son tablier.

« Allons, arrête de pleurer, dit-elle d'un ton plus doux. On ne t'a fait aucun mal, Jakob. Viens ! Je vais te ramener à la synagogue. J'allais justement voir ton père, car j'ai quelque chose de très particulier à lui montrer. » Elle ramassa le livre et le sortit de son emballage. « Regarde ! »

Il sourit en voyant la lumineuse menorah s'étaler sur la couverture. Anna ouvrit le livre et le garçonnet étendit la main pour toucher les figures humaines à têtes d'animaux qui décoraient les marges : Aman à tête de belette, Mardochée à tête de bœuf pour indiquer son endurance, et Esther au splendide corps de femme surmonté d'une tête de lionne afin de signaler son courage. *Tu n'auras pas d'autres dieux en face de moi, tu ne feras pas d'images taillées.* Mais son grand-père avait peint les images avec un tel talent que même un enfant ne pouvait douter de la réalité des personnages de l'histoire.

« La reine est belle, dit-il en désignant la tête de lionne.

— Oui, en effet. C'est mon grand-père qui l'a peinte. Mais il est vieux et il lui arrive de ne pas très bien voir. Regarde cette drôle de petite marque ocre : là il a débordé. Tiens, porte le livre pour moi. Je devine que toi aussi tu as un vieux grand-père. Raconte-moi pendant qu'on marche… Tu as un grand-père ?

— *Ano.* » L'enfant hocha la tête et, sa peur et son humiliation oubliées, babilla sur son grand-père. Comme ils franchissaient la porte de la Judenstadt, Anna n'écoutait que d'une oreille.

Elle se demandait comment elle réagirait si son grand-père refusait la requête de Martin.

Finn explora délicatement son visage puis examina le bout de son doigt. Ça saignait toujours. Il appuya fortement sur l'écorchure. Il fallait que ça s'arrête avant le retour d'Anna. Elle serait furieuse qu'il eût essayé de se débrouiller tout seul. Et les accès de colère de sa petite-fille étaient spectaculaires. Toutefois, un homme devait garder sa dignité. Même un vieil homme dont les doigts tremblaient. Il toucha un autre endroit de son menton. Apparemment le rasoir avait dérapé plus d'une fois. Quand elle rentrerait il aurait l'air d'un idiot au visage grêlé.

Vieillir était atroce, mais le pire était l'effet que cela produisait sur son travail. Doigts tremblotants, yeux chassieux… La megillah serait sans doute son dernier livre. Il savait que sa petite-fille retouchait ses manuscrits quand elle le croyait endormi. Il l'avait plus d'une fois surprise, tassée au coin du feu dans sa légère chemise de nuit, enveloppée dans son châle de laine, ses yeux bleus peinant à discerner, dans la maigre lumière d'une chandelle presque consumée, les endroits où il fallait égaliser une bordure irrégulière ou rajouter de la couleur.

Il aurait aimé peindre son portrait dans cette lumière. Dommage qu'il ne l'eût pas fait avant d'avoir tant vieilli ! À présent, dissimulé dans l'ombre, il ne pouvait que la regarder, à la fois dépité et ravi, car il était secrètement fier du privilège d'être le seul à jouir d'une telle beauté, quoique son âme d'artiste eût souhaité partager avec le monde entier le tableau imaginé par son œil de peintre. De sa mère elle avait hérité les grands yeux en amande, mais pas leur couleur bleue, ni d'ailleurs cette cascade de boucles rousses. Ces deux caractéristiques, elle les tenait de Kathryn, ainsi que la mâchoire volontaire. Mais la grande bouche et le noble front lui avaient été légués par Rose, la fille de Finn.

Sans y prêter grande attention, il entendit des cris et des jurons provenant de la place animée qui s'étendait devant chez eux. Le vacarme du commerce et des véhicules altérait souvent la tranquillité du lieu, la petite maison étant située au coin diagonalement opposé à celui où se dressait le Staroměstké radnice – l'hôtel de ville –, de l'autre côté de la place de la Vieille-Ville. La maisonnette se composait au rez-de-chaussée d'une salle où l'on faisait la cuisine, prenait les repas, travaillait, tandis qu'à l'étage se trouvaient deux petites chambres et la garde-robe. Le logis était bien tenu

– grâce à Anna –, confortable et correctement meublé de deux chaises, d'une table et d'un banc en bois à dossier, garni de coussins en plumes. Il y avait également de beaux étains, une salière en argent, et même une tapisserie accrochée en bonne place, sur le mur face à l'établi et à la table de travail de Finn. Le mobilier de chaque chambrette, en haut de l'étroit escalier à vis partant tout près de la porte d'entrée, était constitué d'un lit de cordes tirées sur un châlit en bois supportant un bon matelas de plumes et d'un coffre équipé de vrais tiroirs. Et depuis toutes les fenêtres – des fenêtres aux vitres en vrai verre –, au rez-de-chaussée comme à l'étage, Finn apercevait la grande horloge astronomique avec ses deux cadrans et ses aiguilles en or.

À son arrivée à Prague, venant de Gand, en compagnie de sa petite-fille, il s'était installé à mi-chemin entre le quartier juif et l'université, dans l'espoir de gagner sa vie en illuminant des manuscrits pour les deux communautés. Ç'avait été une bonne idée.

Il ouvrit la porte pour laisser l'air entrer. Mais aucune brise ne soufflait. Seul le bruit s'engouffra dans la pièce. N'était-ce pas dimanche ? Si, il était certain qu'on était dimanche. Il avait projeté d'aller assister à la messe de Notre-Dame-de-Týn pour recevoir la sainte eucharistie, mais il avait dû terminer le manuscrit. La place était généralement calme le dimanche après la messe hussite, une fois les fidèles rentrés chez eux.

Finn sortit pour découvrir la cause du tumulte. De l'autre côté de la place, un petit groupe de bruyants badauds s'étaient assemblés devant l'église de Týn et à les entendre on n'avait pas l'impression que c'étaient des fidèles. De toute façon, cela ne le regardait pas. Lui avait depuis longtemps décidé de quel côté il se trouvait.

Il était trop vieux et trop fatigué pour se préoccuper des diverses Églises et de leur politique. Depuis peu, il avait de nouveaux soucis, des douleurs dans la poitrine, et il lui arrivait d'avoir du mal à reprendre haleine après avoir gravi l'escalier jusqu'à sa chambre. Et des scrupules blessaient sa conscience, comme un caillou dans la chaussure blesse le pied, l'empêchant de dormir et lui causant autant de souffrances que son vieux genou usé. Il se tracassait à propos d'Anna.

Il était temps de laisser partir sa petite-fille, grand temps. Il en était conscient. Voilà longtemps qu'elle aurait dû construire son propre nid au lieu de nettoyer le sien. Et Finn savait que Martin cherchait davantage qu'une simple amourette. Il le voyait bien à la manière dont son regard suivait le moindre mouvement d'Anna. Aiguisait-elle les plumes utilisées pour copier les textes, se penchait-elle en plongeant la louche dans le chaudron accroché au-dessus du feu afin de servir le potage ? Martin ne la quittait pas un instant des yeux. Et il ne s'agissait pas seulement de la concupiscence d'un jeune homme. Finn le voyait également à la façon dont il se précipitait pour aider Anna à jeter une bûche dans le feu ou lui ôtait des mains un plateau chargé de chopes pleines lorsqu'elle servait les autres étudiants.

D'autres soupirants s'étaient présentés avant Martin. Tout aussi estimables. Par exemple l'étudiant d'Oxford, un Anglais bon teint. Finn aurait été ravi que sa petite-fille épousât un Anglais, mais, quand celui-ci serait rentré dans son pays, il aurait emmené son épouse avec lui, alors que Finn savait que lui ne pourrait jamais retourner en Angleterre.

Il n'aurait jamais le courage de creuser si près de la racine de toutes ses douleurs.

Puis il y avait eu le bourgeois qui vivait dans une belle demeure de Malá Strana, le petit quartier juste au pied du Hradčany, à l'ombre du grand château. Pourquoi n'avait-il pas jadis délicatement poussé Anna dans cette direction ? À l'heure qu'il était, elle aurait balayé son propre foyer, tancé une nichée de gosses et se serait occupée des florissantes affaires de son mari. À l'époque, il s'était dit qu'elle ne devait pas gâcher sa grande intelligence en effectuant des travaux ménagers.

Tout au fond de lui, il savait qu'il ne l'avait pas encouragée à se marier parce que son départ lui aurait brisé le cœur. Elle était l'incarnation des femmes qu'il avait aimées et perdues. Et l'heure était venue de la perdre elle aussi. En tout cas, celle-ci ne lui serait pas arrachée. Il la laisserait partir volontairement.

Les cris et le tumulte sur les marches de la cathédrale devinrent de plus en plus violents. Naguère, il aurait traversé la place pour voir ce qui attirait une telle foule, ce qui brisait la paix du sabbat, mais ce jour-là il rentra chez lui et referma la lourde porte de chêne, emprisonnant l'atmosphère calme et surchauffée de la salle.

Soudain, il se sentit épuisé, et le simple fait de respirer profondément lui faisait mal. Il allait juste prendre quelques instants de repos avant le retour d'Anna.

CINQ

[Une indulgence est] la rémission de la pénitence temporelle due pour obtenir le pardon du péché, en vertu des mérites du Christ et des saints.

The Oxford Dictionary of the Christian Church

Le frère Gabriel contempla l'enfilade des vieux bâtiments de guingois qui languissaient le long de Bankside Street. À l'issue de la réunion du palais de Lambeth, il n'avait pas eu l'intention de rentrer par ce chemin, de repasser par Southwark et Bankside. Toutefois, les souvenirs l'attiraient vers ce quartier. Les souvenirs et la contrariété provoquée par le tour qu'avait pris la réunion. Il avait besoin de se rappeler l'endroit où il avait grandi et la vie qu'il y avait menée avant que le frère Francis le sauve.

Il avait cru que son avenir était assuré. « Père », « frère », il acceptait avec joie ce double sacerdoce. Quand il avait reçu l'ordre de vendre des indulgences papales, il avait été moins enthousiaste, et le sentiment que ce nouveau service rendu à son Église prenait le pas sur ses deux autres fonctions n'avait fait que s'accroître. Et voilà que son archevêque avait décrété que l'espionnage ferait désormais partie de ses missions ! Mais qui était à l'origine de ce nouvel aspect de sa vocation ? Or, poser cette question revenait à mettre en doute le bien-fondé de l'institution qui lui avait apporté le moyen d'assurer son salut. Autant qu'il pouvait en juger, il n'en existait toujours pas d'autre.

Émergeant de cette crise de confiance en soi – c'était certainement de cela qu'il s'agissait, puisqu'il ne lui était pas permis de douter de son Église –, il contempla le quartier du haut du cheval que lui avait fourni cette même Église. L'endroit, les odeurs, les jurons, les cris accompagnant les combats d'ours et de chiens, les discussions de marchandage semblaient appartenir à quelque rêve à demi oublié plutôt qu'à ses propres souvenirs d'enfance. Il n'avait que six ans lorsque le frère Francis l'avait sauvé du cloaque de Southwark.

Était-il toujours là, le lupanar où, à peine sortie de l'enfance, sa mère avait exercé son métier ? Apprentie catin à douze ans, catin à quatorze, mère à seize. Gabriel s'était révélé un fœtus têtu qui refusait de se détacher même après un grattage pratiqué à l'aide d'une corde nouée. « Choisi par Dieu, avait déclaré le frère Francis, un enfant protégé dans le ventre de sa mère afin de Le servir. »

Malgré tout, il s'accrochait au vague espoir que sa mère l'avait aimé. Plus généreux que d'autres, le bordel qui l'employait lui accordait une demi-journée de liberté par mois. Elle parcourait alors à pied une distance de cinq milles pour venir le voir au prieuré. Elle lui avait apporté chaque fois des friandises et ils avaient joué à la balle dans les jardins de l'abbaye. Et chaque fois, au moment du départ, elle l'avait serré avec force dans ses bras, enfouissant dans sa poitrine le visage du gamin que faisaient suffoquer la senteur musquée de sa transpiration et ses odeurs de femme, dominées par le parfum d'essence de rose fourni par la maison et dont le coût était déduit de ses gages.

« Mon joli chérubin blond, disait-elle. Mon doux Gabriel. » Tous les mois. Pendant deux ans. La dernière fois – il ne savait pas que ce serait la dernière et son attitude aurait peut-être été tout autre s'il l'avait deviné –, les yeux de sa mère avaient brillé de larmes tandis qu'elle posait les bras sur son ventre rebondi et porté haut. Il avait compris ce que cela signifiait. Et il avait eu honte pour elle. Honte pour lui-même. Alors, lorsqu'elle avait voulu l'étreindre avant de partir, il s'était arraché à ses bras et avait détourné le regard.

Elle n'était jamais revenue.

À présent, son regard suivait la rue, à la recherche de la maison dont il se souvenait.

La voilà ! La maison au pignon délabré… Non. Elle est trop étroite… Celle qui penche vers la rue ? Non, celle-là ne possède pas de large fenêtre. Il se rappelait une banquette placée sous une large fenêtre où, enfant, on lui avait permis de jouer. Mais seulement pendant la journée. La nuit, il avait dû dormir dans un petit réduit. Enfermé dans le cagibi obscur, il avait parfois entendu sa mère gémir ou pousser un cri, et il avait eu peur pour elle. Peur pour lui. Mais elle lui avait enjoint de ne pas sortir du réduit avant qu'elle ouvre la porte. Il n'avait jamais désobéi.

Le jour où le frère Francis l'avait emmené, sa mère avait pleuré. Or la cause du chagrin de sa mère avait été pour lui une grande chance et l'occasion de son salut. Lui, le fils bâtard d'une catin, s'était rendu à Rome où il avait baisé l'anneau du pape. Le frère Gabriel était un homme destiné à un grand avenir. C'est ce qu'avait affirmé le frère Francis. À maintes reprises. Ce devait donc être la vérité.

Son cheval avançait avec précaution. Southwark n'était qu'un bourbier malodorant, même s'il n'avait pas plu depuis plusieurs jours et il y avait belle lurette que la vague de chaleur n'était plus appréciée par personne. Des poissons morts et un cadavre en décomposition échoués sur la berge ajoutaient à la puanteur de l'air.

Il se disait qu'il aurait vraiment dû prendre le bac quand il aperçut la maison.

En un éclair il reconnut l'endroit, et une bouffée de souvenirs surgit dans son esprit. Son cœur cogna dans sa poitrine au rythme de celui du gamin enfermé dans le réduit. Il aurait dû s'en aller sur-le-champ et laisser ce lieu à jamais enfoui sous les décombres de honteux et tristes souvenirs.

Il mit pied à terre.

Un garçonnet de douze ans environ s'appuyait contre la porte, triturant les croûtes ornant ses bras. Employé, produit maison, rejeton de quelque chevalier, voire bâtard du lord-maire lui-même ? Qui le saurait jamais ? En tout cas pas le gamin qui attrapa les rênes. Moi à douze ans, songea Gabriel, s'il n'y avait eu la grâce de Dieu. Et du frère Francis.

« Par ici, mon révérend. » Le gamin ouvrit la porte et s'éloigna, avec sur les lèvres un sourire narquois que le frère Gabriel nota à peine. « N'avez qu'à sonner pour l'avertir de vot' venue. »

Le frère Gabriel leva la main pour tirer la clochette dont le battant pendait sous la jupe en forme de cloche d'une peinture obscène représentant une femme vêtue comme une prostituée. Les maigres notes s'égrenèrent pitoyablement dans le vestibule désert. Son métallique familier, lieu familier.

Il se sentit pris au piège de l'étroit vestibule au plafond bas où s'ouvrait à gauche le petit salon encombré. La journée, il avait joué dans ce salon, agrippant un cheval de bois qu'il faisait galoper sur le sol glacial. La pièce n'avait pas changé. Une lumière aqueuse filtrait par les grandes fenêtres sales de la façade donnant sur la rue. Il y régnait la même odeur indéfinissable de renfermé et de levain, mêlée de relents de cendres et de vin suri. Même par temps très sombre et très froid on n'allumait le feu et les lampes que le soir.

L'atmosphère était trop étouffante et son cœur cognait dans sa poitrine. Entendant le bruit d'une porte qui s'ouvre à l'étage, il s'apprêta à fuir. Il perçut alors le parfum d'essence de rose comme si le souvenir avait pris corps à ses côtés. Mais ce n'était pas un souvenir qui dévalait l'escalier en froufroutant pour lui souhaiter la bienvenue.

« Entrez donc, mon père. Je m'appelle Mary. Comme la mère de Notre-Seigneur. »

Ce blasphème faillit lui couper le souffle.

« Je peux faire disparaître cet air bougon », déclara la femme.

Ce bleu qui commençait à s'estomper sur le cou, était-ce une marque laissée par son dernier client ? Le regard de la catin parcourut la soutane du frère de haut en bas, puis de bas en haut. Elle lui fit un sourire de bienvenue, passa ses doigts dans ses cheveux d'un air gêné, cambrant la taille, rejetant la tête en arrière. Ses mamelons pointaient à travers la fine étoffe du corsage.

« Les plus jeunes d'entre nous sont toujours au lit. » Elle gloussa. « En train de dormir. Il est encore très tôt pour nous. La plupart des clients viennent le soir. »

Son sourire aujourd'hui édenté avait peut-être été jadis séduisant. Difficile à dire…

« L'expérience peut compenser la perte de la jeunesse. J'ai appris deux ou trois trucs qui ne manqueront pas de vous procurer du plaisir. » Puis, baissant les paupières, lui saisissant la main, elle ajouta : « Et je sais rester discrète. »

L'expérience lui avait-elle appris que la robe de dominicain ne protégeait pas contre ses avances libidineuses ? L'habit ne me protège guère moi non plus, pensa-t-il en sentant un intempestif durcissement dans son bas-ventre. Il joignit les mains pour empêcher la femme de le toucher, et pour maîtriser leur tremblement. La trahison de sa chair en réponse aux promesses lascives de cette femme lui donna la nausée.

« Vous faites erreur », rétorqua-t-il.

S'il était difficile de lui donner un âge, il devina qu'en dépit de son air épuisé elle n'était pas plus vieille que lui, qu'elle ne devait avoir guère plus de la trentaine. Elle n'était donc pas assez âgée pour être sa mère.

« Je suis venu pour une tout autre affaire, déclara-t-il

d'un ton qu'il jugea lui-même pompeux et prétentieux. Je voudrais savoir… pour le compte d'un de mes paroissiens… s'il y a ici une fille… une femme… du nom de Jane. Jane Paul.

— Jane, vous dites ? Eh bien, mon père, si ce nom vous plaît, pour vous je serai Jane. »

Cette fois-ci ce fut son cœur qui le trahit. Le désespoir qu'il lut dans les yeux caves, le besoin de plaire l'émurent, suscitèrent plus de pitié qu'il n'aurait dû en ressentir pour une personne se livrant au péché de façon aussi délibérée.

« Une autre fois, peut-être », répondit-il, se maudissant d'avoir permis à son sentiment de compassion de prendre le pas sur la réputation du clergé. Il ébaucha un sourire, vite réprimé, de crainte qu'elle ne considère ce sourire pour un encouragement, au lieu d'y voir une marque de pitié. « Aujourd'hui je recherche une femme du nom de Jane Paul, expliqua-t-il, après un raclement de gorge.

— Il n'y a personne de ce nom ici », affirma-t-elle d'une voix sans timbre, le regard dur.

Sur ce, elle fit demi-tour et remonta l'escalier, le dos raide, gravissant une marche après l'autre, cherchant sans doute à recouvrer sa dignité. Une vague de soulagement envahit le frère Gabriel, le faisant flageoler sur ses jambes. Quelle idée stupide l'avait poussé à se renseigner en ce lieu ? Une porte claqua violemment. Qu'aurait-il dit, qu'aurait-il fait si cette femme lui avait répondu qu'elle connaissait sa mère, si elle lui avait donné son adresse ? Ou, pis, si elle lui avait annoncé que Jane Paul était en train de dormir à l'étage ?

Le gamin lui tendit les rênes du cheval. « Ça va, mon père ? Vous avez pas l'air dans votre assiette. »

La gorge nouée, incapable de répondre, le frère Gabriel se débarrassa du gamin d'un hochement de tête, enfourcha son cheval et s'éloigna promptement, de peur de vomir dans la rue.

Ce n'est qu'après avoir fui les lieux qu'il repensa au garçonnet. Il aurait dû lui donner une pièce. Il était encore temps de le faire, mais il n'avait pas le courage de retourner là-bas.

Tout en posant sur la table des assiettes d'étain, du pain, du fromage et du raisin, Anna gardait un œil sur l'horloge astronomique par l'ouverture de la porte. Dans le récipient de terre cuite enfoui sous les braises, la chair des pigeons devait à présent se détacher de l'os. Il fallait qu'elle mette le ragoût au four avant de partir pour la Judenstadt. Les étudiants arriveraient dans un quart d'heure. Les encriers avaient été remplis, les feuilles de papier vierges et les nouvelles plumes disposées sur la table, ainsi que la Bible de Wycliffe que son grand-père lirait à haute voix. En tant qu'universitaires, la plupart d'entre eux écouteraient l'anglais avec attention, puis Jerome lirait la traduction de Jan Hus. Anna devait réveiller Dědeček, s'assurer qu'il était en bonne forme, et ensuite il lui resterait peut-être assez de temps pour se brosser les cheveux et changer de tablier.

« Dědeček, as-tu terminé ton petit somme ? C'est presque l'heure, lança-t-elle du bas de l'escalier.

— Laissez-le dormir. » La voix familière appartenait à un homme dont la silhouette se profilait dans l'encadrement de la porte.

Jerome était arrivé en avance. Elle n'aurait donc pas

le temps de se donner un coup de brosse dans les cheveux ni de changer de tablier.

« Entrez donc ! J'allais juste réveiller mon grand-père. »

Jerome baissa la tête pour passer sous le linteau, s'arrêtant dès le seuil franchi. « Laissez-le dormir. Il sera toujours temps pour lui d'apprendre les mauvaises nouvelles au réveil. Je suis venu vous dire qu'il n'y aura pas de réunion ce soir, déclara-t-il d'un air lugubre.

— Pas de réunion ? Martin ne vient pas non plus ? »

Elle se sentit rougir d'avoir posé une question aussi révélatrice. Évidemment que Martin ne viendrait pas si les autres ne venaient pas ! Mais le vieil homme ne remarqua pas son trouble ou ne s'y attarda pas.

« Non, Anna. Martin ne viendra pas. Il a été arrêté en même temps que Stasik et Jan.

— Arrêté ? Pourquoi donc ? » Mais elle savait pourquoi et elle fut prise de vertige. *Je T'en prie, mon Dieu, fais qu'il se taise. S'il Te plaît, fais qu'il ne cite pas le nom de Finn l'enlumineur !* « Jan Hus aussi ? » demanda-t-elle. Si Jan Hus avait été arrêté, c'est que des preuves irréfutables contre lui avaient été trouvées !

« Non. Jan, l'étudiant du trivium. Je crains que toutes ses connaissances en rhétorique et en dialectique ne lui aient attiré des ennuis. Mais Jan Hus ne perd rien pour attendre. Les évêques s'en prennent d'abord au menu fretin… C'est ma faute, ajouta-t-il en triturant son chapeau qu'il avait ôté à cause de la chaleur. Je n'aurais jamais dû apporter d'Oxford les œuvres de Wycliffe.

— Non, maître Jerome. Ce n'est pas votre faute. Vous n'avez fait qu'agir selon votre conscience. Et vous n'êtes pas le seul à les avoir apportées ici. »

Les pensées tourbillonnaient dans sa tête pendant

qu'elle tentait de le rassurer. La prochaine fois, serait-ce le tour de son grand-père ? On n'allait quand même pas chercher noise à un vieillard qui ne faisait qu'étudier la Bible dans son propre logis ! C'était certes interdit mais tout le monde lisait la Bible en langue vernaculaire, bravant ouvertement l'édit. Cependant il serait plus difficile de justifier la présence des textes des lollards et des traductions de Wycliffe au domicile de Flynn.

« Qu'ont-ils fait pour fournir une raison à l'évêque d'intervenir ? A-t-il découvert l'existence des réunions ? »

Jerome secoua la tête d'un air agacé. « Ces jeunes exaltés ont assisté à la messe à Notre-Dame-de-Týn et mis le feu à des indulgences sur l'autel. Les espions de l'archevêque étaient présents. Comme toujours.

— Les indulgences ! Mais je croyais que vous les aviez prises…

— Martin a réussi à me persuader de les lui rendre. Il m'a assuré que j'étais surveillé par les hommes de l'archevêque et que je faisais courir un grand danger à ma famille en les gardant. Il m'avait promis de les brûler… Et il les a brûlées, en effet », conclut-il avec un rire amer.

Anna sentit sa gorge se nouer. Elle imaginait Martin, ses yeux lançant des éclairs de défi, en train de haranguer la foule. Elle l'avait déjà entendu disserter sur le sujet. *Les saints pères vendent des indulgences comme s'ils gardaient les portes de l'enfer. Dans ce cas ce seraient les sbires du diable, non ?* Quelle idiotie de développer sa thèse dans un endroit aussi public ! Le mieux est l'ennemi du bien. Les gens se rendaient à la chapelle Bethléem, de toute façon. Une telle témérité fournissait à l'Église le prétexte qu'elle cherchait. Le charmant, l'impatient Martin ! Il avait besoin d'elle autant que Dědeček. Celui-ci était trop vieux pour écouter la voix de la raison et celui-là trop jeune pour la comprendre. Elle se trouvait coincée entre les deux hommes.

« Jan Hus essaie de les faire libérer, annonça Jerome. En ce moment, il est en train de parlementer avec Zybnek. Mais les choses vont mal tourner. Même le roi Wenceslas est sous pression. Il a toujours été tolérant, mais ce n'est pas facile quand la couronne reçoit sa quote-part de la vente des indulgences. »

Entendant des pas traînants dans l'escalier, elle porta le doigt à ses lèvres pour lui intimer le silence. Si Hus obtenait la libération des étudiants, on pourrait laisser Dědeček dans l'ignorance. Son grand-père apparut au bas de l'étroit escalier de bois, s'accrochant à la rampe pour garder l'équilibre. Le teint grisâtre, il avait l'air mal en point.

Anna avait toujours refusé d'envisager l'avenir sans lui, mais, en le voyant appuyé sur la balustrade de bois sculpté, le spectre de la maisonnette de Staroměstké náměstí après sa disparition surgit dans sa conscience. La sueur qui perlait sur son front se glaça. Elle n'avait jamais connu que lui. Depuis toujours, il était tout pour elle : père, mère, sœur, frère. Ce vieil homme et sa passion pour son travail avaient illuminé sa vie.

« Dědeček, Jerome est venu nous annoncer qu'il faut ajourner la réunion de ce soir. »

Elle se dirigea vers lui pour lui offrir son bras, qu'il repoussa gentiment tout en fronçant les sourcils.

« Qu'est-ce qui va mal tourner ? demanda-t-il.

— Rien de particulier. Toujours la même chose. L'archevêque et ses menaces. » Interceptant le regard de

Jerome, elle secoua très légèrement la tête, puis s'empara du ragoût, dissimulant son visage à son grand-père de peur qu'à sa mine il ne devinât qu'elle mentait.

« Le dîner est prêt. Maître Jerome, votre épouse ne vous en voudra pas, n'est-ce pas, si vous dînez avec nous, pour nous tenir compagnie ? » Elle le suppliait en écarquillant les yeux.

Agrippant le bord de la table, son grand-père plia les genoux pour s'installer sur le banc. « Et Martin, il ne vient pas ? »

À l'aide d'une louche, Anna servit l'odorant ragoût dans les assiettes. « Non, Dědeček, Martin ne viendra pas ce soir. »

Elle eut un sommeil agité. Après le départ de Jerome, son grand-père avait eu une violente quinte de toux. Il arrivait qu'une crise survînt après une séance de travail de plusieurs heures avec ses peintures et ses encres, mais cette fois-là le flegme qu'il avait fini par expectorer après une quinte de toux asthmatique était glauque. Anna lui avait donné de la teinture de marrube, du miel et de l'alcool distillé. Finalement, s'étant assurée qu'il n'avait pas le front fiévreux, elle avait couvert le feu de cuisson et était allée se coucher.

Il fit très chaud cette nuit-là. Elle demeura éveillée, écoutant les bruits nocturnes qui entraient de temps à autre par la fenêtre ouverte : grincement de roues de bois sur les pavés, appel d'un hibou à sa compagne, sonneries lointaines des cloches du cloître convoquant les moines de la cathédrale aux vigiles. Elle guettait aussi la toux rauque. Elle rejeta le drap. Martin était-il enfermé dans quelque cellule sans air ? Avait-il peur, ou, pis, était-il torturé dans un cachot du château ? Juste avant l'aube, elle finit par tomber dans un sommeil agité.

Quand le carillon de cloches sonnant prime la réveilla, le soleil avait déjà posé un sabre de lumière sur sa courtepointe. Elle passa en toute hâte un peigne dans ses cheveux emmêlés qu'elle enserra dans un foulard, laça son corsage par-dessus la chemise de la veille – pas le temps d'en chercher une propre – et enfila sa cotte. Puis elle se précipita vers la chambre de Dědeček et frappa délicatement à la porte avant de l'ouvrir. Le lit était vide. Elle sourit en constatant avec quel soin il l'avait refait. Comme toujours. La chambre de son grand-père était si nette et bien rangée qu'à côté la sienne avait l'air d'un véritable capharnaüm.

Dans la lumière du matin, son monde redevenait normal. Elle allait sans doute bientôt apprendre que Martin et les autres avaient été relâchés, s'en tirant avec une simple mise en garde.

Dědeček n'aurait pas dû la laisser dormir si tard. Il doit être en train de préparer mon porridge, se dit-elle, mais quand elle atteignit le bas de l'escalier elle le trouva debout devant la porte, baigné par la lumière du brûlant soleil. Il bavardait avec la jeune fille qui leur vendait du lait et des œufs.

« Tu aurais dû m'appeler, dit Anna.

— Anna, fit-il, la mine renfrognée, la petite laitière m'apprend qu'ils ont arrêté des étudiants pour avoir interrompu des offices dominicaux.

— Je sais, mais tout ira bien. C'était hier. Maître Hus a déjà dû réussir à les faire tous relâcher.

— Tu aurais dû m'en parler », lança-t-il par-dessus son épaule, tout en comptant les pièces qu'il devait à la laitière. Refermant la porte sur celle-ci, il se tourna vers

Anna, l'air renfrogné. « Tu savais que Martin se trouvait parmi eux ? »

Elle attrapa son tablier suspendu à un crochet près de la cheminée et, évitant son regard, fit pivoter la casserole d'eau. « Maître Jerome me l'a appris hier soir, mais je voulais que tu dormes bien, et j'allais te l'apprendre ce matin. Ne te fais pas de souci. Ce n'est pas la première fois qu'ils se retrouvent dans ce genre de situation. »

Il s'affala devant son établi, triturant, l'esprit ailleurs, les pinceaux soigneusement rangés dans l'égouttoir qu'il avait fabriqué lui-même pour les mettre à sécher. Anna le fixait anxieusement. Un vieil homme n'avait vraiment pas besoin de ce genre de tracas.

« Au diable le porridge ! s'écria-t-il. Je n'ai pas d'appétit, ce matin. Je voudrais que tu traverses la place pour voir si tu peux glaner quelques nouvelles à l'hôtel de ville. Et s'ils ont déjà été relâchés, rends-toi à l'université à la recherche de Martin. Il faut que je lui parle. » Une quinte de toux le secoua soudain des pieds à la tête.

« Je ne veux pas te laisser seul. » Elle posa le dos de la main sur le front du vieil homme. « Tu as de la fièvre. Viens, laisse-moi t'aider à te recoucher. »

Il repoussa brusquement sa main. « Anna, fais ce que je te dis ! »

Les seules fois où il avait utilisé ce ton bourru, c'était quand, enfant, elle jouait trop près du feu ou s'amusait avec ses peintures sans sa permission.

Elle ne lui avait jamais franchement désobéi, pas même une fois devenue femme. Le moment était-il désormais venu ?

D'un geste impatient il lui intima l'ordre de partir, tout en tenant ses côtes de l'autre main, un geste qu'il faisait systématiquement quand ses quintes de toux le prenaient depuis qu'il était revenu de la prison du château. S'il avait le corps faible, son esprit et son âme étaient aussi vigoureux que jamais. Lui tenir tête risquerait de saper sa force de caractère, et alors il se sentirait vraiment vieux. L'hôtel de ville se trouvant juste de l'autre côté de la place, elle pouvait au moins aller jusque-là pour voir si les hommes étaient toujours retenus. Peut-être pourrait-elle voir Martin.

« D'accord, Dědeček, je vais y aller, mais d'abord laisse-moi t'aider à regagner ton lit. »

Il secoua la tête. « Il fait plus frais en bas. » La quinte de toux avait éraillé sa voix. « Je vais simplement m'asseoir dans mon fauteuil et attendre. Laisse la porte ouverte, que je puisse te voir traverser la place. » Il indiqua le profond siège garni de coussins qu'il avait fabriqué lui-même en attachant des sangles de cuir sur un tronçon de saule incurvé.

Elle apporta un coussin de plumes pour sa tête, cassa un œuf qu'elle mélangea à l'aide d'un bâtonnet de cannelle dans un verre de lait au miel.

« Bois ça, et je vais y aller. »

Dès qu'il fut installé dans le fauteuil, elle lui tendit le verre. Il le fixa en fronçant les sourcils, puis avala une ou deux gorgées du breuvage.

« Bois tout. Ça te fera du bien. De plus, par cette chaleur, le lait risque de tourner rapidement.

— Je vais le boire. Vas-y tout de suite. »

Anna sortit sur la place inondée de soleil. Il faisait lourd, et elle sentait les pavés brûlants à travers ses minces semelles de cuir.

La température montait déjà alors que l'aiguille de la grande horloge n'indiquait que sept heures et demie.

SIX

Il est possible qu'une vieille femme soit plus compétente en amour de Dieu […] qu'un théologien avec ses inutiles études.

Richard ROLLE, ermite du XIVe siècle

« Révérende mère, venez vite à l'écritoire ! C'est sœur Agatha et sœur Matilde. Elles sont…

— Inutile de me préciser de quoi il s'agit. Elles sont en train de se disputer, une fois de plus ! »

L'abbesse de la plus récente abbaye de Rochester, en Angleterre, posa sa plume et s'empressa de couvrir les liasses de parchemins rayés de lignes d'écriture qui s'amassaient sur son bureau. Kathryn agit ainsi inconsciemment, par habitude de prudence. Elle se leva avec précaution, car depuis peu elle grinçait comme un vieil escalier de bois.

« Non, ma sœur, je n'ai pas l'intention d'aller jusqu'à l'écritoire. Cette fois-ci, ce sont elles qui vont se déplacer. Dites aux sœurs que je souhaite les voir chez moi. Séance tenante !

— Bien, révérende mère. »

La novice repartit à toute vitesse. Le cœur battant, Kathryn entendit un bruit de pas et des éclats de voix dans le couloir. Les sempiternelles querelles de deux vieilles nonnes donnent un mauvais exemple aux jeunes, se dit-elle comme les voix montaient de plusieurs tons. Les deux antagonistes avaient dû attendre dans les parages et à présent chacune se dépêchait pour se plaindre avant l'autre.

La porte s'ouvrit brusquement. Les coiffes donnaient à ces femmes aux larges hanches l'air de bateaux voguant toutes voiles dehors. Elles tentèrent toutes deux de prendre la parole en premier.

À tout autre moment, ce spectacle aurait pu faire rire Kathryn, mais pas ce jour-là. Afin qu'elles puissent voir sa mine agacée, elle souleva le fin voile qui dissimulait les cicatrices de son visage.

Sur le point d'émettre une plainte, les lèvres de sœur Matilde se figèrent en un O parfait. Celles de sœur Agatha se serrèrent selon une fine ligne, la lèvre inférieure avançant légèrement, poussée vers le haut par les grosses bajoues. Les yeux de sœur Matilde lançaient des éclairs bleu azur. Au milieu d'un visage couleur de jambon cuit, ceux de sœur Agatha étaient réduits à deux minuscules pointes de pure colère.

Kathryn se rassit, ravie d'être protégée de la tempête par le vaste bureau de chêne. Elle leur fit signe de s'asseoir.

Matilde cala son immense postérieur dans un fauteuil récalcitrant.

L'abbesse pensa vaguement qu'il serait peut-être nécessaire de confier aux deux femmes des travaux de jardinage à tour de rôle, le travail sédentaire ne leur réussissant pas.

Agatha resta debout, tapant le sol du pied. « Révérende mère, c'est révoltant. C'est choquant. C'est de… de l'hérésie.

— Votre manque de retenue, ma sœur, est tout aussi choquant. Expliquez-moi, calmement, ce qui vous met dans un pareil état. »

Matilde répondit à sa place. « Cela semble être l'état naturel de sœur Agatha. Le fonctionnement de ses intestins serait peut-être amélioré par une purge. »

Kathryn décocha un regard désapprobateur à sœur Matilde. Celle-ci baissa la tête pour cacher son sourire de satisfaction après cette pique bien lancée, mais Kathryn savait qu'elle la répéterait plus tard aux autres sœurs, qui s'en amuseraient fort. Si sœur Matilde, grâce à son sens de l'humour, son esprit et sa bonté, était très aimée dans leur petite communauté cloîtrée, sœur Agatha n'était guère appréciée des autres nonnes à cause de son pharisaïsme. Il aurait été préférable qu'elle restât à Sainte-Foy quand elles avaient quitté cette abbaye pour s'installer dans la nouvelle. Mais Agatha était une excellente copiste. Elle ne faisait jamais la moindre erreur et son écriture était d'une parfaite fluidité.

« Les intestins de sœur Agatha ne sont pas votre affaire, sœur Matilde. »

Enhardie par la réprimande, sœur Agatha morigéna Matilde. « Vous feriez mieux de vous préoccuper de l'état de votre âme immortelle. »

Sœur Matilde releva la tête. Le sourire avait disparu. « Il s'agit de la Bible anglaise, révérende mère. Sœur Agatha se considère en droit de me reprocher de la lire.

— Uniquement parce que je crains pour l'âme de sœur Matilde », rétorqua Agatha, ses petits yeux ronds écarquillés de vertueuse indignation.

Les traits du visage de Matilde, d'habitude si doux, se durcirent. « Occupez-vous de la vôtre, ma sœur. Laissez la mienne en paix. Notre-Seigneur a dit d'ôter la poutre de son propre œil avant de… »

Kathryn leva la main. « Ça suffit !… Sœur Agatha, vous connaissez notre règlement. Vous savez que nous servons de copistes pour toutes sortes de textes. Notre tâche est de produire des pages recopiées. Nous faisons des livres comme d'autres établissements fabriquent du pain, du vin ou du fromage. Grâce à la confection des livres, nous avons un toit sur la tête et nous pouvons aider les pauvres de Rochester.

— Mais, révérende mère, sœur Matilde ne se contentait pas de la copier. Elle la lisait, s'indigna-t-elle, sa voix montant de plusieurs tons. J'ai vu bouger ses lèvres ! »

Kathryn baissa la voix pour contrer le ton strident d'Agatha. « Cela pourrait nous faire du bien à tous de la lire. Les paroles de Notre-Seigneur dans n'importe quelle langue élèvent notre âme. »

Le visage d'Agatha devint aussi rouge que l'étoffe écarlate qui couvrait l'autel de la Sainte Vierge derrière elle. « Blasphème… Voilà ce que c'est…

— Nous avons déjà débattu maintes fois sur ce sujet, ma sœur. » Kathryn baissa son voile afin de lui signifier son congé. « Si vous ne souhaitez pas copier la Bible de Wycliffe, vous pouvez travailler sur *La Vie de sainte*

Marguerite. Nous avons reçu plusieurs commandes pour ce livre. Ou bien sur *Les Divines Révélations de Julienne de Norwich*, ou encore sur *La Vie de sainte Brigitte*.

— *La Vie de sainte Brigitte* ? Je refuse aussi de m'occuper de cela. Voilà encore une femme bien trop savante pour être honnête. »

L'abbesse sentit son dos se raidir spontanément. « Peut-être devrez-vous travailler au jardin pendant un certain temps. Cultiver un peu le sol et cueillir quelques fruits permettra peut-être à vos mains de copiste de jouir d'un repos bien mérité. »

Le visage de sœur Agatha accusa le choc. « Mais je suis la meilleure…

— L'orgueil est un péché mortel, ma sœur. Et l'orgueil spirituel est le plus grave. »

Juste avant qu'Agatha ne baisse la tête et murmure : « Comme vous voulez, révérende mère », Kathryn aperçut un éclair de ressentiment dans ses yeux et sut que la blessure s'envenimerait.

Toutefois, elle refusait de s'occuper de cette question en ce jour où elle avait à redresser la comptabilité bancale de l'abbaye. Et puis elle avait mal dormi, d'anciens souvenirs, d'anciens désirs ayant hanté ses rêves.

Après le départ des deux femmes, qui sortirent cette fois-ci l'une derrière l'autre – l'une d'un air tranquille et l'autre ne cherchant guère à cacher sa rancune –, Kathryn couvrit son œil droit de la main et regarda la pièce. Elle faisait régulièrement cette expérience. Depuis peu la vision de son œil endommagé semblait s'améliorer. Elle pouvait désormais distinguer la lumière de l'obscurité. Elle réussissait même à discerner de temps en temps des formes et des ombres aussi évanescentes que des fantômes.

Ce jour-là, à travers le brouillard lumineux, elle aperçut l'une de ces formes, un fantôme familier. Il paraissait si réel qu'elle pouvait deviner la plus infime trace de lapis-lazuli encore accroché aux poils de martre du pinceau qu'il tenait, peinture dont la couleur s'accordait avec le bleu de ses yeux. Son vieux cœur faillit s'arrêter de battre. Elle tendit le bras pour toucher l'apparition. Mais, à l'endroit où s'était trouvée la main de l'homme, la sienne ne rencontra que la froide barre métallique de la porte laissée ouverte par les deux nonnes.

Simple hallucination. Rien de plus.

Cependant, l'apparition lui avait laissé un sentiment de malaise, avait froissé la sérénité dans laquelle elle s'était drapée, comme dans une mante, durant toutes ces années. S'il ne s'agissait sans doute que d'un trouble suscité par la dispute des sœurs dont l'âme était sous sa garde, elle n'en demeurait pas moins troublée. Et le mot était faible. Elle éprouvait, en fait, un sentiment de douloureuse solitude et de perte imminente, comme au chevet d'un être cher sur le point de trépasser.

Quelle ineptie ! Chimères de vieille femme... Le travail – elle l'avait appris par expérience – l'aiderait à dépasser son angoisse. Chaque fois qu'elle avait senti chanceler son esprit, elle avait saisi sa plume et l'avait trempée dans l'encrier. Ce fut donc ce qu'elle fit ce jour-là.

Or l'abbesse n'appliqua pas immédiatement la pointe de la plume sur le parchemin au-dessus duquel elle était suspendue, car dans son esprit était fichée l'image d'une enfant en train de faire mine de tremper son pinceau dans un rayon de soleil. La vision lui fit monter les larmes aux yeux. Elle se demanda – ce n'était pas la première fois depuis un certain nombre d'années – ce qu'était devenue la fille de Colin. Sa petite-fille devait être une femme, aujourd'hui, sans doute mère de plusieurs enfants. Et Finn ? Non, il ne fallait pas penser à eux. Il y avait longtemps qu'elle avait assumé sa décision et à son âge il n'était pas question de la remettre en cause.

Combien de temps demeura-t-elle ainsi, plongée dans ses pensées, avant que sa rêverie ne fût interrompue par un léger coup frappé à la porte ?

« Ma mère, un frère prêcheur désire vous voir. Un certain frère Gabriel. Il affirme être envoyé par l'archevêque.

— Je vais le recevoir au parloir. »

Un frère prêcheur ? Dans quel but ce prêtre érudit venait-il à l'abbaye ? Elle espérait qu'il cherchait seulement à être hébergé pour la nuit. Les frères prêcheurs et leur doctrine « pure » la rendaient nerveuse. Quand elle lisait les passages sur les pharisiens qui défiaient le Christ elle les voyait vêtus de la robe des dominicains.

Elle recouvrit le manuscrit qu'elle était en train de copier et vérifia que son visage était voilé.

L'âme inquiète, elle partit rejoindre le frère, après avoir refermé soigneusement la porte derrière elle.

SEPT

Ne craignez pas ceux qui tuent le corps. [...] Quiconque, prêtre ou laïque, connaît la vérité doit la défendre jusqu'à la mort. Autrement c'est un traître, non seulement à la vérité mais aussi au Christ.

Jan HUS dans une lettre
aux habitants de Pilsen, octobre 1411

Anna traversa en toute hâte la place de la Vieille-Ville, dont les pavés réverbéraient la lumière en vagues de chaleur déferlantes. Notre-Dame-de-Týn et ses tours jumelles biscornues, hérissées de flèches et de pinacles, chatoyait dans le soleil de l'été pragois.

L'église était d'un calme inquiétant. Même les pigeons ne trottinaient pas sur ses marches.

Elle se dirigea vers le grand portail. Aucune affiche n'annonçait de châtiments publics ou quelque interdiction ecclésiastique. Rien non plus sur les portes de l'hôtel de ville.

Son appréhension était ridicule. L'église était calme à cause de la chaleur. Son imagination lui jouait des tours. Martin et ses compagnons avaient sans doute reçu un avertissement, avant d'être relâchés. Elle venait de prendre le parti de rentrer dire à son grand-père de ne pas se tracasser, qu'elle s'était dérangée pour rien et qu'elle ferait mieux de faire la lessive, quand elle entendit des cris lointains venant de la direction de la Vltava et plus précisément du pont de pierre. Cris de colère. Sifflets.

Au fur et à mesure qu'elle approchait de la foule, son angoisse croissait. Une flagellation publique ? Elle n'avait aucune envie de voir la malheureuse victime. Elle avait déjà assisté à une flagellation… Elle ferait mieux de se rendre à l'université pour voir si les étudiants avaient été libérés.

Les cris de la foule s'intensifiaient.

L'homme qu'elle avait vu fouetter était un braconnier surpris au Hradčany en train de chasser les chevreuils du roi. On l'avait emmené sur la place de la Vieille-Ville pour servir de leçon aux habitants du quartier. Selon les bourgeois de la ville, en faisant fouetter le manant au lieu de le faire pendre comme l'exigeait la loi, le roi Wenceslas s'était montré généreux et plein de compassion.

Étrange compassion, aux yeux d'Anna. On avait fait mettre torse nu l'homme dont le seul crime était d'avoir cherché de la viande pour nourrir sa famille au cœur de l'hiver. Les gardes du roi l'avaient attaché à un poteau et sa femme les avait regardés lui lacérer le dos. Les soldats la retenaient tandis qu'elle se débattait en hurlant le nom de son mari. Karl. Il avait à peu près l'âge de Martin.

Martin ! Mais les sbires de l'évêque n'infligeaient pas le fouet et le roi soutenait bien les hussites, non ?

En outre, se dit-elle, on n'organiserait pas une séance de flagellation sur le pont.

Une immersion, alors ! Un avertissement donné par l'évêque à eux tous. L'évêque n'avait pas besoin de la permission du roi pour cela. Martin détestait tellement l'eau qu'il refusait même de chercher à attraper des poissons au grappin dans les hauts-fonds.

Elle retroussa ses jupes et se mit à courir.

Comme elle approchait de la tour crénelée à l'entrée du pont, elle rencontra des étudiants qui accouraient dans sa direction. L'un d'eux l'écarta sans ménagement. « Faites attention où vous… »

« Anna ! » Quelqu'un, un vieillard, lui saisit le bras. C'était Jerome. « Non, Anna, n'y allez pas ! Il ne faut pas que vous voyiez…

— Il faut que j'aille auprès de lui. Quel que soit le châtiment, il faut qu'il sache que je suis là pour lui donner du courage. » Le cœur battant, elle s'arracha à l'emprise du vieil homme et entreprit de se frayer un chemin à travers la foule.

Elle franchit la porte de la tour.

« Anna, on vous apercevra, et vous… »

Elle passa devant le grand crucifix de bronze qui l'ornait.

Elle était vaguement consciente que Jerome tirait sur sa jupe. Elle finit par se dégager.

« Anna, s'il vous plaît. Pensez à votre grand-père. Vous allez nous faire courir à tous un grand danger. »

Elle continua à se faufiler un chemin dans la cohue, sans savoir s'il la suivait toujours. Peu importait, d'ailleurs. Elle parvint au premier rang de la foule, qui s'était soudain tue.

Tous les regards étaient tournés vers le haut. Elle aussi leva les yeux.

Et là, à côté du grand crucifix de bronze, se dressaient trois poteaux. Telles les trois croix sur le Golgotha, se dirait-elle plus tard, au cœur de la nuit, lorsque son esprit ressasserait sans cesse les atroces images.

Au sommet de chaque poteau était plantée une tête humaine.

Jan, du trivium, à gauche. Stasik à droite.

Et, empalée sur le pieu du milieu, se trouvait la tête de Martin, naguère si belle. Le sang, dégouttant des cheveux noirs ondulés, éclaboussait la pierre du pont.

Finn guettait le retour d'Anna. Il l'avait vue traverser la place, puis disparaître en direction de la rivière. Son inquiétude et les flots de lumière qui se déversaient par la porte ouverte accéléraient le rythme des battements de son cœur. Il avait du mal à respirer et, à ses lèvres gercées, ainsi qu'à la façon dont sa langue se plaquait contre son palais, il savait qu'il était fiévreux. Et il avait froid. Malgré les vagues de chaleur qui dansaient dans le soleil, il frissonnait sous la couverture. Il avait envie de fermer les yeux pour se protéger du vif éclat de la lumière mais il se retenait, car il voulait guetter Anna.

Elle apparut enfin sur le seuil.

Elle n'entra pas, resta appuyée contre le chambranle, le teint livide, le visage creusé et les traits affreusement tendus.

La peur étreignit son cœur. Le pire était donc arrivé. Or, en dépit des menaces de l'archevêque et des mises en garde de Hus, il était pris au dépourvu.

Il se leva et se dirigea vers la porte aussi vite qu'il le put pour empêcher Anna de s'écrouler sur le sol.

Elle avait les yeux hagards. « Dědeček, ils ont tué Martin. Ils lui... ont coupé la tête. » Sa voix se brisa en prononçant le dernier mot d'un ton incrédule et si bas qu'il ne l'aurait pas entendue s'il ne l'avait pas tenue dans ses bras. « On leur a coupé la tête à tous. »

On les avait décapités ? Avait-il bien saisi ? Il devait garder son calme pour la soutenir.

« Tout ira bien, Anna. » Au moment où il prononçait les mots qu'il avait utilisés chaque fois qu'elle pleurait il se rendit compte de leur ineptie en la circonstance. Elle ne s'était pas écorché le genou, n'avait pas cassé son jouet préféré... On avait tué son promis presque sous ses yeux. Il n'aurait pas dû l'envoyer s'enquérir de son sort, il aurait dû y aller lui-même. Mais il n'aurait jamais pensé que les choses en arriveraient là. Je T'en prie, mon Dieu, fais qu'elle n'ait pas assisté à l'exécution elle-même. « Explique-moi, mon enfant.

— Sur le pont. Leurs têtes plantées sur des pieux... sur le pont. »

Il la guida vers la banquette de bois placée sous la fenêtre. Elle pesait de tout son poids dans ses bras, sur son cœur. « Raconte-moi tout, lui dit-il en lui caressant la tête. Je suis là.

— Ils sont morts, chuchota-t-elle d'une voix rauque. Leurs têtes sont empalées sur le pont. Tous les trois. Jan, Stasik. Et Martin. Martin est au milieu. Comme le Christ. »

Il ferma les yeux et la vision suscitée par la

description lui arracha un douloureux soupir. Il savait que la persécution était imminente, mais il ne s'était pas douté qu'elle éclaterait comme un orage d'été. Il avait cru qu'ils percevraient des signes prémonitoires, les roulements de tonnerre ayant paru lointains, à l'horizon. Il avait imaginé qu'il aurait le temps de protéger sa petite-fille, sinon lui-même. Comment avait-il pu être aussi égoïste et aveugle ?

« Martin voulait te demander ma main, mais je l'ai fait patienter. J'ai eu tort… car alors il n'aurait pas été aussi imprudent. C'est ma faute… ma faute… puisque je l'ai forcé à attendre. » Elle éclata en sanglots. De grands râles lui déchirèrent la poitrine et les firent haleter tous les deux.

« Chut, mon enfant. Évidemment que ce n'est pas ta faute. Si, quelqu'un est responsable, à part l'archevêque, c'est moi. Pas toi, car j'aurais dû prévoir ce qui est arrivé. »

Elle entreprit de se lever, mais s'écroula sur le sol. Elle enserra les chevilles de Finn, plaqua son visage sur ses genoux. À travers l'étoffe de ses chausses il sentait tressaillir les épaules de sa petite-fille, qui s'efforçait de se maîtriser.

Lorsqu'elle était enfant il ne l'avait jamais emmenée voir les têtes des criminels plantées sur des piques, contrairement aux autres parents, qui, en guise d'avertissement, donnaient à leurs enfants du : Sois sage, car autrement ta tête risque un de ces jours de se retrouver là-haut. Ou, en tout cas, si tu fais des bêtises, sois très malin… J'aurais dû l'emmener voir ce spectacle, se dit-il, car aujourd'hui elle n'accuserait pas le coup à ce point. Elle serait aguerrie, trouverait cela normal. Tout à fait normal. *Mais cette fois-ci il s'agit de jeunes gens que tu connais et que tu aimes, et tu as contribué à leur perte*, affirma avec force une voix intérieure.

Stasik et Jan. Et Martin. On avait éteint leur jeune vie comme on mouche une chandelle. Qu'allait-il advenir d'Anna, à présent ?

Son cœur battait par à-coups. Le vieil homme aspira une bouffée d'air pour emplir ses poumons, qui lui semblaient percés. Du temps ! Le temps manquait.

« Tout doux, Anna ! Ressaisis-toi ! » Les mots sortirent en sifflant. « Il faut que tu sois forte. Nous pourrons pleurer plus tard la mort de Martin et des autres. Pour le moment, il s'agit de sauver notre peau. Lève-toi et va chercher Jerome.

— Jerome était là, Dědeček. Il était sur le pont, là où ils… où j'ai vu…

— Je sais, mon enfant, je sais ce que tu as vu. Mais nous n'avons pas beaucoup de temps. » Il aspira de l'air une nouvelle fois, perçut le sifflement dans sa poitrine. « Jerome retournera à l'université pour avertir les autres. Dis-lui qu'il faut que je le voie immédiatement. Je dois lui donner des directives. » Il lui toucha la joue. La peau était fraîche sous la paume de sa main.

Anna détacha sa tête des genoux de son grand-père, leva les yeux vers lui, essuya ses larmes avec sa manche. Elle posa le dos de sa main sur le front de Finn. La main était aussi fraîche sur le front de Finn que la joue d'Anna l'avait été sous sa main.

« Dědeček, tu es brûlant ! Il faut que je te conduise jusqu'à ton lit. » Mais elle ne bougea pas. « Il faut que je… trouve un médecin…

— Anna… »

Telle une somnambule, elle passa son bras autour du cou de son grand-père et, se remettant sur pied, le traîna autant qu'elle le souleva hors de son fauteuil. Tandis que, accrochés l'un à l'autre, ils gravissaient marche après marche, la maison tournoyait autour de lui.

« Trouver un médecin, c'est le plus urgent… » Elle avait cessé de pleurer, mais sa voix avait un timbre étrange et semblait venir de loin.

« Non, Anna… Jerome…

— Ne te préoccupe pas de Martin, fit-elle en s'essuyant le visage du dos de la main. Il n'a plus besoin de Jerome. Les anges transporteront son âme au paradis. Mais toi et moi sommes toujours là et nous devons nous débrouiller par nous-mêmes. Je dois désormais m'occuper de toi, comme j'aurais dû m'occuper de Martin. Toi, je t'ai toujours, et je vais m'occuper de toi. »

Il ouvrit la bouche pour lui répondre, mais il n'avait pas assez de souffle. Il sentit le lit se précipiter vers lui.

Quand il se réveilla, des heures plus tard, Anna était penchée au-dessus de lui et lui baignait le front.

« Dědeček, tu es réveillé. Dieu soit loué ! » s'exclama-t-elle en faisant un brave sourire, comme si l'horrible spectacle qu'elle avait vu n'avait été qu'un mauvais rêve.

Elle ressemblait à Rebecca, sa belle épousée, le jour où il s'était engagé à la protéger – mais il avait été incapable de la préserver de la mort –, ainsi qu'à leur fille, leur Rose, morte en donnant le jour à Anna. Et quand elle lui toucha le visage avec une extrême délicatesse il vit Kathryn lors de sa visite dans la prison de Norwich ; elle tenait alors sa minuscule petite-fille entre ses mains et la lui offrait comme en sacrifice.

« Jerome est venu pendant que tu dormais, Dědeček,

et voici ce qu'il t'a apporté. » Elle lui fit boire à la cuiller un liquide au goût infect, couleur d'encre de calmar. Il faillit s'étrangler en l'avalant. « Jerome considère qu'on sera en relative sécurité pendant un certain temps. Les autorités vont attendre de voir si ce qui s'est passé réduit Hus au silence, et comment réagit la populace. Elles vont éviter d'encourir trop vite sa colère. »

Dědeček tenta de se redresser, mais, constatant qu'il était contraint de chuchoter par manque de force, il fit signe à sa petite-fille de se pencher vers lui.

« Il faut que tu partes, Anna. Tu dois retourner en Angleterre. Prends du papier et une plume et écris le nom que je vais te donner.

— Chut, Dědeček ! Nous, insista-t-elle, nous devons partir tous les deux. Je refuse de te quitter. »

Dans ses yeux, il lisait la peur, le chagrin et l'incrédulité, mais il n'avait pas le temps de l'apaiser.

« Anna, fais ce que je te dis. Le papier… » La voix était rauque. Il ferma les yeux pour reprendre des forces, entendit un bruissement de feuilles de papier, le claquement d'un pot d'encre. Quand il rouvrit les yeux, il l'aperçut, penchée au-dessus de lui, la plume en attente entre les doigts. *Elle ne veut pas me contrarier*, pensa-t-il. Peu importait, elle lui obéirait, se rappellerait ses instructions.

« Sir John Oldcastle, lord Cobham.

— Non, Dědeček. C'est de la folie. Je refuse de…

— Écris, Anna. Château de Cooling, Kent, Angleterre. » Il balbutia les dernières syllabes d'une voix éraillée qui dominait le grattement de la plume. « Si quelque chose m'arrive, voilà où tu dois te rendre.

— Mais rien ne va…

— Sir John est un homme puissant, poursuivit-il sans

prêter attention à son ton suppliant, et un honnête homme. Il te protégera en vertu de notre cause commune. As-tu écrit son nom ? Répète-le-moi.

— Sir John Oldcastle, fit-elle, la voix tremblante d'émotion.

— Jerome va se charger d'organiser ton voyage. Vends les meubles et les objets ménagers. Il y a un peu d'argent dans ma bourse et aussi dans le coffre sous la bible. Le loyer est payé, mais mame Kremensky est une femme honnête et elle te remboursera en partie si tu pars avant la fin du bail. Ne vends pas la bible. Emporte-la et montre-la à sir John pour prouver ton identité.

— Dědeček, je t'en prie, tu m'effraies. Ne parle pas ainsi, Jerome est allé chercher le médecin. »

Elle pleurait ouvertement, à présent, ses larmes coulant sur la poitrine de son grand-père. Mais il était trop fatigué pour réagir. Il ferma les yeux et somnola par intermittence. Chaque fois qu'il les rouvrait, elle était là, tenant sa main, humectant ses lèvres desséchées de ses doigts trempés dans de l'eau fraîche et qui sentaient le jasmin. Sa petite fleur de jasmin. Une minuscule enfant occupée à jouer par terre parmi ses coquilles de peinture vides, « peignant » avec une plume cassée trempée dans la lumière d'un rayon de soleil égaré.

« Le papier ? » Il tenta de lui demander si elle avait tout bien inscrit, mais lui-même ne comprit pas le galimatias qui sortait de sa bouche.

« Le voici, Dědeček. C'est écrit dessus… “Sir John Oldcastle”. »

La dernière fois où Finn se réveilla, la tête d'Anna reposait sur son sein comme si elle écoutait les battements de son cœur. Il sentait les ciselures de la croix qu'elle portait au cou se graver dans sa poitrine. La croix qu'il lui avait donnée. Celle qu'il avait dessinée pour Rebecca, la grand-mère d'Anna. Le seul bien qu'elle avait hérité de Rose, sa mère. « Cela me ferait plaisir si tu la portais constamment, avait-il dit en la lui donnant, afin que tu te souviennes de ton héritage. » Même si Dieu seul savait qu'il ne lui avait pas appris grand-chose sur cet héritage. Même si Dieu seul savait qu'il en avait bien eu l'intention. Un de ces jours...

La chambre était désormais plus sombre. Il devait être déjà tard. La chevelure rousse d'Anna filtrait la lumière, faisant rougeoyer l'atmosphère comme après le coucher du soleil.

Il ferma les yeux mais la lumière demeura, devenant même plus vive en son centre. Il crut voir sa grand-mère lui tendre la main, debout dans la lumière et flanquée de Rebecca, sa jeune épouse. Et il y avait également Rose, leur fille. Toutes trois lui souriaient, lui faisaient signe de les rejoindre. C'étaient de très belles femmes, encore plus belles que dans son souvenir.

Une senteur de jasmin envahit toute la pièce. Il prit une profonde inspiration, le parfum entêtant lui faisant tourner la tête de plaisir. La douleur, sa compagne si fidèle qu'il avait oublié ce que signifiait ne pas souffrir, avait disparu. Un bien-être extrême l'avait remplacée, sensation si intense qu'il recouvra presque son souffle.

Il s'aperçut alors que parmi les femmes baignées de lumière il en manquait une.

Kathryn n'était pas là. Elle ne se tenait pas dans la lumière.

Il entendit à nouveau les paroles de la prieure lui indiquant que Kathryn avait signé un contrat de pension avant de s'endormir. « Avant de s'endormir », avait-elle précisé. Elle n'avait pas dit « mourir ». Et ensuite : « Il restera assez de l'argent des loyers de ses terres pour s'occuper de son corps et de son âme. » Dans son chagrin il avait cru qu'elle parlait de messes dites pour le repos de l'âme de Kathryn. « Nous avons fait tout ce qui était en notre pouvoir », avait-elle déclaré. La prieure ne lui avait pas menti, elle lui avait seulement laissé croire que Kathryn était morte.

Tout devint aussi lumineux que l'air autour de lui, et cette découverte fit rire son vieux cœur. Kathryn ne se trouvait pas parmi les âmes des disparues parce qu'elle l'avait trompé. Ils avaient passé toutes ces années loin l'un de l'autre alors qu'ils auraient pu être ensemble ! Mais non, ce n'était pas vrai. Il n'y avait pas eu d'autres solutions. Et au milieu de cette lumière pure la colère ne pouvait demeurer. Ni le regret. L'important était que Kathryn fût en vie.

Et Kathryn vivait en Angleterre.

Il ne partait pas en laissant Anna se débrouiller toute seule dans le vaste monde.

Trouve Kathryn. Il essaya de souffler ces mots à l'oreille de sa petite-fille. Mais le seul son perceptible dans la pièce était celui de sanglots étouffés, qui, étonnamment, ne troublaient pas la sérénité de Finn comme c'eût été le cas auparavant. Car, par la déchirure dans l'étoffe du temps, au moment où, en son envol, l'âme frôle les fils du rideau qui nous sépare du paradis, l'âme de Finn parlait en chuchotant à celle de Kathryn.

Puis il fut englouti par la lumière et cessa d'entendre les bruyants sanglots d'Anna.

HUIT

Nous ne présentons pas un goinfre choyé
Un vieux donneur de leçons pour jeunes pécheurs
Mais un homme dont la vertu rayonnait entre tous
Un vertueux pair et un vaillant martyr

Prologue de *Sir John Oldcastle* (1600)

Le lendemain, en fin d'après-midi, lady Cobham trouva son faucon pèlerin le cou tordu. Il s'était étranglé avec les cordons emmêlés du petit capuchon qui lui couvrait la tête. Si le garçon d'écurie n'avait pas été présent, elle aurait juré. Pis, la jument favorite de sir John refusait de s'alimenter. En outre, on avait le matin même informé la châtelaine que les poules couveuses avaient cessé de pondre. Si lady Joan n'était pas superstitieuse – elle n'observait pas les astres, ne tirait pas au sort des chiffres porte-bonheur et choisissait ses prophètes dans l'Écriture sainte –, elle devinait que ces événements n'auguraient rien de bon. D'ailleurs, sir John étant absent, comment la journée aurait-elle pu être bonne, même si les astres étaient parfaitement alignés ? Ce qui, à l'évidence, n'était pas le cas, puisque les signes ne s'étaient pas trompés.

La journée n'avait pas été bonne.

Et voilà que, pour ajouter à la liste de ses contrariétés, son intendant lui indiquait qu'un envoyé de Cantorbéry demandait audience au seigneur des lieux. Son premier mouvement fut de l'éconduire en invoquant l'absence de lord Cobham et une indisposition de lady Cobham. Toutefois, son bon sens lui déconseilla d'agir ainsi. Si l'émissaire venait de la part de Thomas Arundel, il valait mieux le recevoir. Sir John avait déjà contrarié l'archevêque en se dérobant à une convocation à Cantorbéry. Au lieu de faire bénéficier ces dignitaires de sa personne bien en chair et de son caractère fougueux, il avait envoyé une tout aussi substantielle missive, rédigée dans un style ménageant l'archevêque, sans pour autant renier ses convictions religieuses.

« Dites au frère que je vais le recevoir dans la petite salle », déclara lady Joan, dans l'espoir que, le soleil de l'après-midi y ayant surchauffé l'atmosphère, le moine aurait moins envie de s'attarder.

Non. La journée n'avait pas été bonne. Et la nuit ne serait sans doute pas meilleure. Elle dormirait à nouveau seule ce soir, blottie seulement en songe contre le réconfortant embonpoint de son mari. Songe qui ne lui serait accessible qu'une fois débarrassée de l'intrus.

Gabriel suivit le valet en livrée rouge et argent jusqu'à la petite salle du château de Cooling. Il aurait dû attendre le lendemain matin, afin d'œuvrer à la fraîche, mais il avait préféré se débarrasser au plus vite de cette tâche angoissante. Il détestait les faux-semblants, or les directives de l'archevêque étaient claires. « Ne heurtez pas Oldcastle de front. Donnez-lui assez de corde pour se pendre. Vous êtes seulement chargé de recueillir des indices d'hérésie. » Gabriel sentit la sueur perler à son front en comprenant que quelqu'un risquait de se retrouver sur le bûcher à cause de lui. Même s'il s'agissait d'un hérétique.

« Je vais vous apporter une bassine d'eau et une serviette afin que vous puissiez vous rafraîchir, mon frère. Aimeriez-vous une boisson fraîche ? demanda le serviteur.

— Oui, s'il vous plaît. »

Le valet s'éloigna à pas feutrés, laissant Gabriel essuyer la poussière et la sueur de son visage.

Gabriel avait appris que sir John avait fait un beau mariage. En reconnaissance de ses faits d'armes durant les guerres contre la France, il avait été adoubé chevalier, recevait depuis une pension annuelle de quarante livres et avait acquis une riche et noble épouse. La veuve Cobham lui avait apporté en dot un siège au Parlement et les terres de Cobham. Rien que les tapisseries de la pièce où il se trouvait équivalaient à la rançon d'un roi. Sans parler des livres posés sur la table. Si certains ouvrages étaient fort simples et dépourvus de toute ornementation, d'autres possédaient une luxueuse reliure de cuir estampé et incrusté de pierreries. Il ouvrit l'un des livres ordinaires.

Par tous les saints ! Ce type n'avait pas froid aux

yeux ! Là, au vu et au su de tous, se trouvait une bible de Wycliffe. Le frère Gabriel la referma vivement. *Espèce d'idiot, crains-tu qu'une poussière d'hérésie ne se dégage de ces pages, ne traverse tes yeux et ne souille ton âme ?* Il comprit en tout cas que, pour l'amateur de cette sorte de distraction, découvrir en ce lieu des indices d'hérésie serait un jeu d'enfant.

Le valet apporta une aiguière remplie d'eau. « Milady va bientôt vous rejoindre », précisa-t-il en versant de l'eau dans une bassine où flottaient quelques fragments de lavande séchée. Il tendit un petit linge à Gabriel.

Celui-ci apprécia le contact du tissu frais sur son visage. Le valet lui servit une coupe de cidre puis se retira. Il se tapota les aisselles avec l'eau parfumée, n'ayant pas envie d'offenser une dame, fût-elle l'épouse de l'homme contre qui il était en train de recueillir des preuves à charge.

La bassine et l'aiguière se trouvaient sur un guéridon placé sous une étroite fenêtre donnant sur des marais désolés. Une brise marine rafraîchissante pénétra dans la pièce. Le château de Cooling, splendide dans son isolement, montait la garde sur une péninsule qui se projetait dans la mer du Nord. C'était l'un des châteaux qui avaient reçu le privilège de protéger les rivages anglais contre les maraudeurs français, et le lieu se prêtait assez bien à un complot ourdi par le propriétaire pour renverser son Église. L'archevêque avait affirmé qu'Oldcastle y tenait des réunions clandestines, au cours desquelles artisans, paysans, voire quelques nobles, se mêlaient afin de lire la Bible de Wycliffe, en une sorte de parodie de la sainte messe.

« Mon frère, je dois vous dire que sir John est absent. Il se trouve dans le Herefordshire où il visite ses propriétés. Mais le château de Cooling sera honoré de vous offrir l'hospitalité avant que vous ne rentriez à Cantorbéry. » Elle avait une voix basse pour une femme, prenante et puissante.

Gabriel ne l'avait pas entendue entrer. Il leva les yeux, le linge avec lequel il venait de se débarbouiller le visage toujours entre les mains. Il sentit son teint clair s'empourprer, comme si ses pensées étaient inscrites dans les airs et que la châtelaine pût les lire. L'abbesse l'ayant informé de l'absence de lord Cobham, il s'était dit que sa première incursion en territoire ennemi en serait facilitée d'autant. Il sonderait l'épouse ; il est plus aisé de lire dans les pensées du sexe faible.

« Je vois que mon valet vous a déjà offert un minimum d'hospitalité. Puis-je vous proposer une collation avant que vous ne repreniez la route ?

— Vous êtes fort aimable, lady Cobham, mais je n'ai besoin de rien. Les sœurs m'ont offert un repas au réfectoire de l'abbaye. Comme il faisait encore très jour et que les vêpres avaient déjà été célébrées, j'ai pensé rendre visite à lord Cobham. »

Le joli visage en forme de cœur de la châtelaine se plissa et se renfrogna. De fines rides se formèrent autour des commissures de ses lèvres. Une mèche châtaine se détacha du bandeau et encadra le visage. Il nota également la façon dont la poitrine débordait de l'encolure du corsage serré. Il s'empressa de détourner les yeux. Le démon de la chair était l'un de ceux qu'il fuyait, mais celui-là lui tendait toujours une embuscade dans ses moments de faiblesse spirituelle, comme à présent. Il était venu pour démasquer sir John et non pour reluquer sa jolie femme potelée. Il posa le linge sur la table et rentra ses mains dans les larges manches de son habit.

« Je crains, mon frère, que vous n'ayez perdu votre temps. Lord Cobham risque de ne pas rentrer avant plusieurs semaines et je suis certaine que vos devoirs…

— Alors je vais être utile à sa maisonnée en son absence. L'archevêque m'ayant envoyé dans une abbaye voisine comme confesseur, peut-être vais-je pouvoir, milady, vous servir également en cette capacité. Si vous n'avez pas de prêtre à demeure, il va sans dire. »

Les traits de lady Cobham se figèrent. Une expression de mécontentement durcit son visage dont les lèvres parurent moins pulpeuses, moins attirantes, tandis qu'un pâle demi-sourire s'incurvait autour d'une seule commissure.

« Frère…

— Gabriel. Frère Gabriel.

— Frère Gabriel, vous pouvez dire à Son Excellence que le château de Cooling et sa maisonnée n'ont pas besoin de confesseur. Nous confessons directement nos péchés au Sauveur, Jésus-Christ, Notre-Seigneur. »

Une telle témérité faillit lui couper le souffle. Apparemment, il y avait deux Cobham hérétiques à débusquer.

« Je suis moi-même plutôt en faveur de cette attitude », répliqua-t-il. Il s'imposerait plus tard une pénitence pour avoir menti, mais une légère, car ce mensonge avait été proféré dans le cadre d'une mission accomplie pour son Église. « Je comprends parfaitement. Je me suis souvent demandé quelle impression cela produirait de prêcher devant des fidèles qui apportent leur… propre interprétation de la parole de Dieu. »

Était-ce le fruit de son imagination, ou bien les traits de la châtelaine se détendirent-ils quelque peu ?

Toutefois ses yeux ambrés restèrent prudents. Le soleil de cette fin d'après-midi s'attardait dans la brume de l'autre côté des vitres, illuminant des particules de poussière qui flottaient entre eux. Une ou deux se posèrent sur le châssis de la large croisée. Il se sentait oppressé par l'atmosphère et par la présence de cette femme. Elle palpa une rose d'un bouquet placé sur le rebord de la fenêtre, en essuya la poussière, arracha du bout des doigts un pétale fané, écorchant sa peau couleur de vin, libérant le parfum entêtant de la fleur dans la pièce surchauffée. Gabriel transpirait sous sa soutane.

« Vous dites que vous avez été envoyé par l'archevêque ?

— Seulement comme confesseur de l'abbaye. J'ai juste pensé… Bien sûr, si vous n'avez pas besoin d'un prêtre…

— Nous n'avons pas besoin des services d'un prêtre de Rome, déclara-t-elle d'une voix ferme, avant d'ajouter d'un ton plus doux : Mais nous ne saurions nous montrer inhospitaliers envers un voisin. Il se fait tard, et Rochester est à six milles d'ici. Vous pouvez passer la nuit au château et rentrer à l'abbaye demain. Sauf, bien sûr, si les sœurs ont besoin de vous pour prime.

— C'est fort aimable à vous, milady, et, en vérité, je n'ai guère envie de reprendre la route à cette heure tardive. Quant à prime, le vieux prêtre que je soulage dans ses devoirs est très matinal. »

Arrivant une fraction de seconde trop tard, le hochement de tête de la châtelaine ne cacha guère sa déception.

« Mes besoins sont modestes, reprit-il. Je me contenterai d'un petit lit dans une chambrette.

— Au château de Cooling on veillera à ce que vous ayez vos aises, frère Gabriel », répondit-elle en évitant son regard. Elle agita une minuscule clochette pour appeler le valet. Les belles hanches se balancèrent légèrement au moment où elle se tourna pour partir. « Nous sommes connus pour notre hospitalité chrétienne.

— Il y a autre chose, milady. Je me suis laissé dire que sir John possède une Bible qui donne les paroles de Notre-Seigneur en langue anglaise. Auriez-vous la bonté de me la montrer ? »

Il joignit le bout de ses doigts, habitude nerveuse dont il s'efforçait de se débarrasser, puis laissa retomber ses mains de chaque côté. Le regard de lady Cobham effleura la bible placée sur la table derrière lui et sembla se poser sur le rebord de la fenêtre.

« Mais vous pouvez lire la parole de Dieu en latin. Pourquoi donc…, fit-elle.

— J'ai toujours rêvé de voir comment le Verbe peut apparaître aux yeux des humbles. D'y découvrir une vérité accessible à tous les hommes. »

La mine de la châtelaine parut un peu moins suspicieuse et ses traits se détendirent un brin. Elle eut l'air d'hésiter.

« Une telle bible se trouve sur le guéridon derrière vous. Je ne peux refuser l'autorisation de la consulter à une personne dont les intentions sont pures. C'est bien votre cas, n'est-ce pas, frère Gabriel ? »

Le parfum des pétales écorchés se mêlait à la chaleur, entravant la respiration du religieux. « Je vous assure que mes intentions sont pures, milady. »

Décidé à arriver chez lui le soir même, sir John Oldcastle chevaucha à bride abattue depuis Rochester. Un soupir de soulagement s'exhala de son ample abdomen lorsqu'il aperçut la façade de pierre blanche du château de Cooling. Il humait l'odeur de la sueur de son cheval à la robe tachetée d'écume, la senteur de l'eau salée, celle de l'herbe des marais et des nappes de brume vespérale en provenance de la mer. L'odeur du logis.

Se penchant très bas sur la selle, il chuchota à l'oreille de son cheval : « Encore un petit bout de chemin, Jack. Un sac d'avoine fraîche t'attend, mon vieux. » Puis il éperonna vigoureusement les flancs de l'animal.

Après la chaleur de la journée, il appréciait la caresse agréable du vent sur son visage. Un sac d'avoine fraîche pour le cheval et une chope de bière rafraîchie dans la cave pour le cavalier. Et cette nuit, il allait dormir dans son propre lit à côté de sa femme aimante. Ah, qu'il ferait bon se retrouver chez soi !

Les sabots claquèrent sur les pavés de la cour, et quand le cheval s'arrêta sir John lança les rênes au portier.

« Bienvenue, milord. Vous nous avez manqué, lui dit le vieil homme.

— Content d'être de retour, Tim. Dis au palefrenier de donner ce soir un sac de plus à mon bon vieux Jack. Et assure-toi qu'il est bien rafraîchi, car il a porté une pesante charge à grande allure et sans faiblir. » Il faisait allusion au lourd poids du cavalier depuis le Herefordshire, et à la charge qu'il transportait dans ses sacoches de selle depuis l'abbaye de Rochester, bien plus pesante encore.

« À vos ordres, milord. Milady ne vous attendait pas avant demain. Voulez-vous que je l'envoie quérir ?

— Nenni, Tim. Je vais la surprendre », répondit-il en faisant un clin d'œil au domestique.

Il commença par dissimuler le contenu des sacoches dans leur cachette, sous l'escalier du vestibule. Un psautier et deux exemplaires de l'Évangile selon saint Jean, un de l'Évangile selon saint Matthieu et un des Actes des apôtres. C'était une bonne récolte, dont il avait dû prendre livraison lui-même, par souci de ne pas mettre en péril les secrets de l'abbesse en envoyant ses assistants, même les plus sûrs.

Il empila soigneusement les livres, s'assura qu'aucune étiquette risquant d'indiquer un lien avec l'abbaye ne restait accrochée à l'emballage. Il hésita un bref instant. Sangdieu, il avait une faim de loup !

Mais il avait encore plus envie de voir sa Joan.

Il se dirigea vers la petite salle. C'est là qu'elle devait se trouver, en train de prendre une légère collation toute seule. De toute façon, ce serait plus plaisant de partager son dîner.

Il entendit son doux rire mélodieux avant d'atteindre la porte. Comme ce rire lui avait manqué ! Ce fut seulement au moment où il franchit le seuil de la petite salle qu'il comprit qu'elle n'était pas seule, qu'elle ne se languissait pas de lui.

Certes, sa dame se trouvait en compagnie d'un homme, mais ils semblaient se livrer à une activité plutôt innocente. Dos à la porte, ils dégustaient, semblait-il, un chapon rôti garni de petits pois. Le délicieux fumet flottait dans l'air… Il s'agissait bien d'un chapon rôti. Deux coupes et l'une des meilleures bouteilles de sa cave se trouvaient sur la table. Il embrassa la situation d'un seul coup d'œil, avant même que les deux dîneurs, tant ils étaient plongés dans leur conversation, s'aperçussent de sa présence. Il fut grandement soulagé de voir la soutane, même si d'habitude, à dire vrai, la vue de l'habit ecclésiastique ne l'enchantait guère.

« Je n'ai été absent que deux semaines et ma dame a déjà pris un amant. » La remarque était une plaisanterie à l'intention de son épouse et une pique à l'adresse du frère prêcheur, une insulte contre son ordre.

Joan poussa un soupir de plaisir, puis, se levant d'un bond, se jeta dans ses bras. Avant qu'il ait pu ajouter un mot de plus, elle planta un vigoureux baiser sur ses lèvres.

« John, vous n'avez pas honte ? Alors qu'à elle seule votre odeur pourrait bien justifier l'inconduite de votre dame ! Je vous présente le frère Gabriel. Il est envoyé par Cantorbéry.

— Cantorbéry, dites-vous ? » Il fut immédiatement sur ses gardes. À quoi pensait son épouse ?

« L'archevêque nous envoie un confesseur », expliqua-t-elle, une lueur espiègle dans les yeux.

Soudain, la fatigue de la longue chevauchée s'abattit sur lui. Sa bonne humeur s'évapora à cause de cet intrus qui gâchait son retour au logis.

« Je suis surpris, ma chère épouse, que vous n'ayez pas indiqué à l'émissaire de Cantorbéry que nous n'avions que faire d'un confesseur.

— Bien sûr que je le lui ai dit, monsieur. Il est en réalité venu prêcher à l'abbaye, et sa visite et sa proposition sont de pure courtoisie. »

Cet argument au moins semblait véridique. L'abbesse avait signalé l'arrivée du frère, craignant un peu que sa présence ne ralentît la production de l'abbaye. Mais que faisait-il là, au château de Cooling ?

Lady Joan se pencha vers sir John et lui chuchota quelque chose à l'oreille, ou plutôt fit semblant de chuchoter, car elle parla assez fort pour être entendue du frère. « Le frère Gabriel éprouve de la sympathie pour les lollards. N'est-ce pas choquant ? »

Sir John se dégagea des bras de son épouse pour regarder l'intrus de plus près. Il était plutôt bel homme pour un moine. Se rappelant le rire de Joan, il ressentit une pointe de jalousie.

« Et, plus précisément, avec quels aspects du lollardisme l'émissaire de l'évêque est-il d'accord ? »

Le frère Gabriel planta sur lui un regard franc et honnête. « Je ne puis dire que je sois en complet accord, ni que je sois en total désaccord avec les enseignements de messire Wycliffe. Disons, sir John, que je suis en quête de la vérité. Milady a eu la bonté de me montrer votre exemplaire de la Bible de Wycliffe. Je l'ai trouvé tout à fait impressionnant.

— Et pensez-vous que l'archevêque le trouverait "impressionnant", lui aussi ?

— Je crains que non, répondit le frère en souriant. Mais l'archevêque n'exprime pas mes idées personnelles dans tous les domaines. » Après avoir avalé une autre gorgée du vin de John, le visiteur se leva et s'essuya la bouche. « Je vois, sir John, que votre voyage vous a fatigué. Je vais donc vous souhaiter le bonsoir. Nous pourrons peut-être discuter théologie demain ou après-demain. » Il inclina légèrement le buste puis se dirigea vers la porte. « Merci, lady Cobham, de votre aimable hospitalité. Inutile de sonner un valet, je retrouverai tout seul le chemin de ma chambre. »

« De quoi retourne-t-il donc ? s'enquit sir John, après le départ du prêtre.

— Allons, mon chéri, faites-moi un peu confiance ! Inutile de vous mettre dans tous vos états… Je ne lui ai rien dit de nos travaux. Il a aperçu la Bible de Wycliffe sur la table et a demandé à l'examiner. Un point c'est tout. J'ai pensé que si je faisais semblant de n'avoir rien à cacher, il se lasserait et finirait par partir. Parfois, quelques paroles franches hardiment prononcées dissimulent parfaitement un secret. En outre, si Arundel s'attaquait à tous ceux qui possèdent une bible de Wycliffe, il serait forcé de mettre aux fers la moitié de l'Angleterre. Et n'oubliez pas, mon chéri, que le jeune roi vous a toujours tenu en haute estime.

— Il n'est pas encore roi.

— Il ne manque que le couronnement. » Elle l'attira vers un fauteuil, l'y fit asseoir et s'installa sur ses genoux. « Vous devez mourir de faim. Tenez… » Se saisissant d'un fragment de viande, elle le lui glissa entre les dents, puis porta sa propre coupe à la bouche de son mari et, après qu'il l'eut vidée, sécha d'un baiser les gouttes qui s'attardaient sur ses lèvres. « Ne vous préoccupez pas du moine, John, il est plutôt inoffensif. On pourra peut-être le convaincre… Qui sait ? Et cela n'enlèverait-il pas une plume au panache du vieil Arundel ? »

Sir John donna une tape sur le fessier charnu de son épouse, avant de se lever. Il éclata de rire. Mordieu, c'était bon d'être de retour chez soi !

Seul dans la chambre où le valet l'avait conduit, le frère Gabriel essaya de ne pas trop goûter l'élégance de la décoration et le confort des meubles qui l'entouraient. On risquait de s'accoutumer aux objets de luxe, tels le matelas de plumes et les bougies à la cire d'abeille dont la douce lumière rougeoyait dans l'obscurité. Oublieux de leur vœu de pauvreté, trop de ses confrères, à son avis, avaient déjà succombé à l'amour du luxe. Lui refusait de céder à cette tentation. Il appréciait la bougie, cependant, car grâce à elle il allait pouvoir examiner la Bible de Wycliffe.

La copie était médiocre. Pas de majuscules décorées, aucune couleur dans les marges. Rien que des lignes en anglais d'une écriture étriquée. On avait l'impression que le scribe était avare de son papier. Un rapide coup d'œil suffisait pour deviner qu'il s'agissait d'un document profane. Imaginez l'Écriture sainte, qui méritait les plus belles décorations, recopiée de façon aussi grossière ! Dans une langue aussi vulgaire ! Imaginez les mains sales et calleuses qui allaient toucher ce livre et tourner ces affreuses pages ! Mais le pire était que les mots eux-mêmes allaient tomber des lèvres de paysans ignares, indignes de prononcer les mots sacrés.

Autant jeter des perles aux pourceaux… C'était là la doctrine établie de l'Église qu'il servait, et qui était-il pour la désavouer ?

Or, au lieu de repousser le texte profane, il l'ouvrit aux Actes des apôtres. Il ne s'intéressa d'abord qu'à la traduction elle-même, et force lui fut de reconnaître qu'elle était bonne, à part une inexactitude ici ou là. Fier de son latin, il aurait sans aucun doute remarqué tout mot mal traduit, toute phrase malvenue. Il est vrai que personne n'avait accusé Wycliffe d'ignorance. Ce qui le frappa le plus, c'est que longtemps après la mort de Wycliffe, alors que la traduction avait été terminée par d'autres, recopiée par des scribes plus ou moins instruits, elle était tout à fait lisible et relativement précise.

Ce nonobstant, il s'agissait d'un document profane. L'Église l'avait condamné et l'histoire avait prouvé que la condamnation était justifiée. Ces mêmes mots n'avaient-ils pas en effet incité des ignorants, des êtres incultes, à la révolte et au meurtre ? Sans les prédications hérétiques de John Wycliffe, selon qui chaque homme était son propre prêtre, sans ses sermons dénonçant les abus commis par le clergé, Wat Tyler et John Ball auraient-ils jamais osé fomenter la révolte contre la noblesse et le clergé, allant jusqu'à tuer l'archevêque ? Pourtant, le livre paraissait si inoffensif.

La bougie crachota. Où la nuit était-elle passée ? Bien sûr, aucune cloche ne sonnait les heures dans une maison aussi dépravée, c'eût été trop demander… Mais, vu l'état de la bougie, on ne devait pas être loin des matines.

Il s'agenouilla sur le sol parsemé de joncs et récita l'office divin : *Domine labia mea aperies.* L'image de la jolie épouse potelée de lord Cobham s'interposa. *Et os meum annuntiabit laudem tuam.* Il s'efforça de ne pas imaginer ce que ses hôtes étaient peut-être en train de faire parmi les ombres de leur chambre. Or des pensées charnelles interrompirent ses dévotions avec une force incroyable : carnation de la naissance de la gorge de lady Joan, parfum des roses écorchées dans la chaleur de l'après-midi… Il avait cru que l'époque de cette lutte intérieure était passée avec l'adolescence, après son écart de conduite, après l'épisode de la fille du petit fermier. La jouvencelle était plus âgée que lui et elle n'était plus vierge, mais il avait cru l'aimer. Il avait pleuré quand elle s'était enfuie avec un étameur ambulant ; il avait confessé ses péchés, effectué sa pénitence et juré d'oublier les femmes. Elles partaient toujours, de toute façon, avait affirmé le frère Francis. Seule la Vierge Marie était fidèle. Il tenta de penser au visage de la Vierge, mais le sourire de lady Cobham – sourire de coquette, réservé à son mari – s'interposa lui aussi.

Quand il eut récité ses prières – répétant certains mots plusieurs fois pour chasser les mots anglais profanes qu'il venait de lire, stupéfait de la rapidité avec laquelle le diable œuvrait en suscitant d'abord les images lascives et à présent les mots du texte hérétique –, le frère Gabriel n'utilisa pas le lit de plumes. Un pécheur qui ne parvenait pas à maîtriser ses pensées méritait de passer la nuit sur le sol de pierre pour mortifier sa chair. Il n'avait pas apporté avec lui son *flagellum*, cet instrument d'expiation ne lui étant plus d'aucune utilité depuis bien longtemps. La vanité, la vanité spirituelle – et la lecture prolongée du texte profane – avait affaibli sa maîtrise de soi, et voilà qu'à présent ces idées lascives lui avaient traversé l'esprit, souillant sa contemplation. Passant la main sous sa soutane, il se pinça la cuisse jusqu'à ce qu'il sente un élancement de douleur.

Quand il se réveilla pour les laudes, il songea que ce bleu suffirait à l'empêcher d'avoir des visions impures, car cela lui faisait mal quand il marchait. Il récita l'office des laudes – son esprit ne s'égarant pas une seule fois, s'en tenant au sens des mots latins prononcés –, puis s'allongea tout habillé en travers du lit de plumes et tomba dans un sommeil profond mais agité.

NEUF

Diseurs de bonne aventure, ventriloques et sorciers [...] qui, inspirés par Satan, prétendent prédire l'avenir...

Extrait d'un texte byzantin
du début du XIIIe siècle

Ce ne fut pas l'arrivée du crépuscule pragois qui chassa la vieille gitane du pont de pierre sur la Vltava, ni l'approche des vêpres, mais l'apparition des soldats.

« Fiche le camp, sorcière, sauf si t'as envie qu'on allume des fagots sous tes jupes crasseuses ! »

Jetta savait pourquoi les soldats se trouvaient sur le pont. Ils étaient venus descendre les crânes, et elle était là pour voir le spectacle. Elle s'écarta un peu, de manière à se trouver hors de leur portée, tout en restant assez près pour apaiser les voix qu'elle entendait dans sa tête.

Trois crânes luisaient dans la lumière oblique, tels des globes d'ivoire. Ils avaient été complètement nettoyés par les oiseaux. Cela n'avait pas pris très longtemps – elle avait assisté au picotage quotidien –, moins d'une semaine dans le soleil d'été, les becs pointus picorant la peau, les nerfs et la chair pourrissante. À la fin, même les oiselets vinrent en gazouillant se gaver des restes laissés par les corneilles noires. Ainsi va le monde : prédateurs et proies. Et les oiseaux picotaient ces dépouilles dans l'ignorance qu'il s'était agi de chair ayant naguère palpité de vie. Peu leur importait, d'ailleurs, pas plus qu'aux hommes qui mangent la chair des oiseaux. Ainsi fonctionne la nature.

Jetta, elle, ne consommait pas de viande et en donnait peu à son Petit Bek, parce qu'il ne pouvait pas garder dans l'estomac des aliments solides et qu'elle devait d'abord mâcher sa nourriture. Il devenait de plus en plus fort malgré tout. Un jour prochain il pourrait mâcher lui-même ses aliments, même s'il risquait de ne jamais être capable de marcher. Ni de parler. Mais cela ne la dérangeait pas. Il y avait déjà assez de bavardage dans sa tête.

Elle plaça ses mains sur ses oreilles, glissant ses doigts maigres dans les mèches grises et sales qui pendouillaient sous son foulard, et secoua la tête d'un côté puis de l'autre. Rien, pas même le secouement frénétique de sa tête, n'arrivait à la débarrasser des voix démoniaques.

« Jetta va regarder, Jetta va regarder », marmonna-t-elle pour répondre à leur constant harcèlement.

L'un des soldats pointa vers elle la longue pique dont il se servait pour décrocher les crânes. « Vous voyez ! lança-t-il. C'est une sorcière, elle parle à ses démons familiers. Arrêtons-la et enchaînons-la à l'autel de la cathédrale Saint-Guy pour que ses oreilles de sorcière entendent la messe !

— Non. C'est pas une sorcière, c'est seulement la vieille Jetta, répondit un autre. Elle est inoffensive. Elle fait partie des pèlerins errants égyptiens qui campent en aval de la rivière. » Puis il éleva le ton. « Fiche le camp ! Retourne dans ton campement de vagabonds. Personne ici ne veut *dukker* tes prédictions. »

Pourtant, Jetta ne s'enfuit pas. Les voix qu'elle entendait dans sa tête ne le lui permettaient pas. Elle trottina jusqu'à l'extrémité du pont, mais de là elle pouvait toujours voir et entendre ce qui se passait. Elle n'était pas venue pour dire la bonne aventure. Comme tous les jours elle avait gagné le pont de pierre, poussée par les chuchotements qu'elle entendait dans sa tête, chuchotements qui se changeaient en hurlements quand elle n'obéissait pas. Au début, elle avait résisté, fredonnant des plains-chants comme les moines ou gémissant comme les violons autour des feux de camps gitans, mais les voix insistaient pour qu'on les écoutât. Elles la tourmentaient jusqu'à ce qu'elle attachât Petit Bek sur sa chaise et partît à la recherche de la jeune femme rousse.

Les soldats abaissèrent leur pique. L'un d'eux enleva le crâne du poteau du milieu, le soupesa. « Ça c'est une belle boîte crânienne ! » s'écria-t-il.

Il s'apprêtait à le lancer dans la rivière, mais son collègue, celui qui avait défendu Jetta, l'arrêta. « Est-ce qu'il ne faudrait pas les enterrer chrétiennement ?

— Voici tout l'enterrement que mérite un hérétique, m'est avis », rétorqua le soldat, qui, prenant son élan en rejetant la main en arrière, précipita le globe lisse dans la rivière.

Jetta regarda le crâne décrire un arc de cercle dans les airs, puis ricocher une fois sur l'eau, avant de tourbillonner et d'être happé par le courant. Une vive lueur d'os blanchi, un éclat lumineux sur l'eau, et le crâne disparut. Ses camarades de poteau le suivirent, plongeant dans les eaux noires à l'ombre du pont avec un plouf grotesque.

Le soldat ramassa ensuite un bouquet de fleurs fraîches posé au pied de la perche. Des chrysanthèmes roses et rouges attachés avec un ruban bleu. « Et voilà pour eux ! » fit-il en les jetant dans la rivière.

« Partis. Tous partis. Avalés par les esprits de la rivière. Elle ne reviendra plus, gémit Jetta à l'intention de ses voix. Laissez Jetta se reposer maintenant. Laissez Jetta rentrer pour s'occuper de Petit Bek. Petit Bek a besoin de Jetta. »

Or, elle savait que les voix démoniaques la tourmenteraient jusqu'à ce qu'elles eussent obtenu satisfaction. Comme la fois où elle avait trouvé Petit Bek sur un tas de chiffon, abandonné sur le pont, tel un poisson incomestible rejeté, frappant des mains la pierre dure, chancelant dangereusement sur ses jambes torses près du bord de l'eau. Elle l'avait appelé Bek, parce que c'était le seul son qu'il émettait, criant comme un oiseau blessé : *bek, bek, bek.* Il avait crié de plus en plus fort tandis qu'elle le transportait sur son dos voûté vers son campement, ses jambes grêles pendant presque jusqu'au sol.

Si les soldats étaient partis, ils avaient laissé les perches nues, plantées sur le pont dans l'attente de leurs prochaines décorations.

Le soleil déclinant teintait la rivière de rouge sang. La jeune femme ne viendrait pas aujourd'hui. En fait, Jetta savait qu'elle était déjà venue car les fleurs qui flottaient désormais sur la rivière étaient fraîches. En général, les voix se taisaient quand la femme rousse avançait prudemment sur le pont et déposait son offrande au pied de la perche.

Jetta l'avait regardée plusieurs fois. Quels démons la poussaient vers le pont ? se demandait-elle. Parfois la femme pleurait et jetait des pierres pour chasser les oiseaux. D'autres fois elle se contentait de regarder les crânes de ses grands yeux cernés, et son visage aurait été beau s'il n'avait pas été déformé par le chagrin. Ces fois-là Jetta pouvait lire dans ses pensées. Alors elle tremblait pour elle et avait envie de l'aborder.

Attends, disaient les voix. *Pas maintenant.*

Pour quelle raison l'incitaient-elles à assister en silence au chagrin d'autrui ?

Les soldats étaient partis. Les voix ne se faisaient plus entendre. Jetta se dirigea vers l'extrémité du pont, regarda en arrière vers le grand crucifix de bronze, dressé à l'autre bout. Éclairé lui aussi par le soleil déclinant, il était couleur de sang.

Elle fit prudemment quelques pas. Les voix se taisaient toujours, pour le moment. Elle retroussa sa jupe effrangée et se mit à courir, comme si en s'éloignant du pont elle allait réussir à les tenir à l'écart. Entre-temps, Bek se serait fait des bleus aux poignets en frappant les bords de sa chaise, et maintenant il aurait faim. Ç'aurait été plus charitable de le laisser tomber dans la rivière, mais les voix l'en avaient empêchée.

L'écorce d'un soleil orange flottait à la surface de l'eau. Il ferait bientôt nuit et Jetta n'aimait pas se trouver dans la rue le soir, mais il lui fallait encore gagner Celetná, la rue du boulanger, pour acheter du *calty*. Et elle n'avait pas assez d'argent même pour acheter le pain le plus petit. Elle jeta un rapide regard alentour, en quête d'un *gorgios*, et elle en repéra un, qui venait d'entrer dans la rue. C'était un riche marchand.

« *Dukkeripen* », chuchota-t-elle d'une voix rauque, pour lui proposer de lui dire la bonne aventure. Puis, avant qu'il ne se détournât d'elle, elle murmura d'un ton plein de sous-entendus : « Vous avez frôlé trois fois la mort. »

Cela captait toujours leur attention, car elle tombait toujours juste. Qui ne vivait pas entouré de périls mortels ?

Le marchand regarda furtivement autour de lui avant de lui donner le penny d'argent et de lui tendre sa paume. Elle s'empressa de glisser la pièce dans le tablier qu'elle mettait pour mendier, jeta un coup d'œil de biais à l'un des soldats qui l'avaient chassée du pont, puis marmonna l'habituelle litanie : long voyage entrepris pour échapper à un danger, rencontre fortuite avec une belle femme. Le *gorgios* aperçut lui aussi le soldat, qui s'était arrêté sur le seuil de la boutique du chandelier et paraissait les surveiller.

La paume du marchand dont elle suivait la ligne de vie d'un ongle abîmé tressaillit nerveusement et tenta de se retirer. Jetta la retint un instant de plus, rien que pour s'amuser : « Vous êtes entouré de dangers », marmotta-t-elle.

La main potelée chargée de bagues, dont la plus grosse, une chevalière, entourait un gros doigt boudiné – aucune chance de la voler, celle-là, elle était bien trop serrée, mordant la chair –, se retira d'un coup sec. Jetta gloussa en voyant l'homme s'essuyer la main sur son beau manteau et s'éloigner d'un pas faussement désinvolte tout en jetant des regards furtifs vers le soldat. Pour avoir tenté de connaître son avenir en recourant aux diseurs de bonne aventure et autres gitans, il risquait une amende. Voire pis, les prêtres considérant comme l'œuvre du diable toute magie, toute divination.

Peu importe, se dit-elle en palpant le penny d'argent. En se protégeant, les *gorgios* protégeaient également les gitans. Elle fit un geste de son poignet chargé de bracelets en direction du soldat et se précipita chez le boulanger. Elle avait son penny, Bek aurait son pain, et une lueur de plaisir apparaîtrait dans ses yeux quand il la verrait.

Et, pour le moment, les voix s'étaient tues.

Les voix restèrent silencieuses jusqu'au lendemain midi. Jetta chantait pour Petit Bek, ravie de l'entendre lui répondre en chantonnant à son tour. C'était toujours le même *bek bek*, mais il suivait la mélodie de sa douce voix haut perchée, même lorsqu'elle introduisait des variations.

Il apprenait aussi à mâcher sa propre nourriture. Il gardait un morceau de pain dans la bouche jusqu'à ce qu'il fût amolli par la salive, allant parfois jusqu'à le mastiquer avec ses dents, tout en regardant Jetta pour copier la façon dont elle actionnait ses mâchoires, avant de l'avaler. Il n'avait avalé de travers qu'une seule fois, mais cela n'avait pas été grave. Il était en train de tousser pour reprendre haleine lorsque les chuchotements se firent à nouveau entendre dans sa tête.

Retourne au pont. La jeune fille rousse est en train de s'y rendre. Vas-y tout de suite. Tout de suite. Tout de suite. Tout de suite.

« Pas tout de suite, marmonna-t-elle. Pas tout de suite. » Petit Bek fixa sur elle un regard effaré et se mit à frapper le plancher du chariot de ses poings meurtris. Il devinait ce qui allait se passer, et elle détestait devoir le faire. Mais plus elle résisterait, plus ce serait douloureux, au point de lui donner mal à la tête, et elle serait de toute façon forcée d'y aller.

« Cela ne durera pas longtemps, Bek. Calme-toi. Tu pourras chanter pendant mon absence », lui dit-elle en l'attachant sur son fauteuil. Il protesta en en frappant les bords de ses bras. *Bek, bek, bek*… Ce n'étaient plus des sons mélodieux, mais des cris aigus. Il cognait contre les côtés du fauteuil avec une telle fureur – elle dut plus d'une fois tourner la tête pour éviter ses poings – qu'elle craignait que ses fragiles poignets ne se brisassent. Elle avait envie de pleurer en voyant à quel point l'enfant redoutait d'être attaché, mais elle n'avait pas le choix. La seule fois où elle ne l'avait pas fait, il s'était traîné jusqu'au bord du chariot et avait basculé dans le vide. Cela s'était passé dans la journée, en pleine chaleur, à un moment où le campement était déserté par ses habitants. Quand elle l'avait trouvé, il était épuisé, couvert de poussière, et, à force de s'être traîné sur son petit derrière, celui-ci était tout écorché.

Elle évita un poing lancé en l'air et lui tendit une petite poupée. « Tiens ! Chante à la poupée pendant l'absence de Jetta. » Elle fredonna l'air mélodieux qu'elle lui avait appris plus tôt. Alors l'enfant, au grand étonnement de Jetta, cessa de hurler et de frapper le fauteuil et se mit à chantonner en serrant la poupée contre sa poitrine.

Vas-y tout de suite, pendant que le petit est calme, disaient les voix. *Vas-ytoutdesuite, toutdesuite*

toutdesuite toutdesuite toutdesuite vasytout desuite desui TE DE SUI TE SU I TE.

Couvrant ses oreilles, Jetta se précipita hors du camp en direction du grand pont de pierre.

Anna attendait toujours que l'horloge à double cadran, de l'autre côté de Staroměstké radnice, marquât midi, heure à laquelle la chaleur montant des pavés qui cuisaient au soleil poussait les Pragois dans la pénombre de leur maison et des ruelles. Chaque jour depuis une semaine elle s'était forcée à quitter son lit, oubliant trop souvent de peigner ses mèches rebelles. Parfois elle enfilait ses vêtements, mais le plus souvent elle s'endormait tout habillée et ne se changeait que lorsqu'elle se rendait compte qu'elle était débraillée et qu'elle commençait à sentir mauvais.

Alors, comme tirée d'un rêve, elle se rappelait à quel point son grand-père avait été méticuleux et ordonné, se souvenant également de son enfance, lorsqu'il avait tant de mal à natter les cheveux de sa petite-fille pour en faire une couronne de jolies tresses. À cette époque ils vivaient à Gand, en Flandre. Mais c'était avant que la ville ne périclitât, que les Anglais ne se fussent mis à tisser l'étoffe qui avait rendu Gand célèbre et que les grands marchands de tissus ne devinssent trop pauvres pour acheter des livres.

Elle n'avait que six ans lorsqu'ils avaient quitté la ville, mais elle se rappelait le nom de la rue où ils habitaient. Sint Veerleplein. Il lui arrivait d'y penser, surtout le matin, quand son esprit avait eu tout son saoul de sommeil mais que sa volonté ne voulait pas lâcher prise. Lorsque vers midi le soleil chauffait la façade est de sa chambre, l'obligeant à sortir de l'oubli où l'avait plongée le sommeil et à s'arracher à son lit, elle s'attendait à se retrouver dans la chambre de son enfance.

Puis elle se rappelait où elle était.

Sa moelle épinière se durcissait comme du plomb et ses membres devenaient si lourds qu'elle ne pouvait plus les bouger.

Dědeček n'était pas là. Il dormait dans le cimetière derrière Notre-Dame-de-Týn. Elle était toute seule. Et Martin… Quand elle pensait à Martin, à son sourire taquin, à ses yeux étincelants, elle était si accablée de chagrin qu'elle se mettait à crier et à marteler de ses poings les murs de sa chambre. Avec pour seul résultat des mains aussi meurtries que son cœur.

Même maître Jerome n'était plus là. On l'avait arrêté trois jours après l'enterrement de son grand-père. Jan Hus était venu le lui annoncer et lui avait conseillé de vendre ses affaires et d'aller vivre chez des parents. Il lui avait même proposé de lui envoyer un diacre de la chapelle Bethléem pour l'aider. Elle l'avait poliment remercié avant de le congédier.

Ensuite elle avait mouché sa bougie et s'était couchée.

Comment pouvait-elle partir ? Alors que Dědeček dormait tout seul dans le cimetière de Týn… Elle lui avait promis d'aller chez sir John Oldcastle. Le nom était inscrit dans sa cervelle, mais son grand-père n'aurait sans doute pas voulu qu'elle accomplît ce voyage toute seule. Ce serait trop dangereux, et désormais il n'y avait plus personne pour l'accompagner.

De temps à autre, prise de honte au souvenir de la méticulosité de son grand-père, elle se peignait, changeait sa chemise et sa blouse, balayait les cendres de l'âtre où ne flambait plus aucun feu de cuisson, se forçant même parfois à avaler un biscuit sec. Puis elle s'aventurait dans la chambre de son grand-père, en quête de sa présence, avançant aussi silencieusement qu'un fantôme, afin de ne pas troubler l'atmosphère. Si elle demeurait parfaitement immobile dans son fauteuil, peut-être ressentirait-il son chagrin et la rejoindrait-il. Mais il ne vint jamais.

Elle sortait toujours de la chambre aussi silencieusement qu'elle y était entrée, marchant sur la pointe des pieds, de manière à éviter même le bruit de ses pas sur le sol. Ensuite elle se rendait chez les fleuristes de la place pour acheter deux bouquets.

Un pour le cimetière.

Un pour le pont.

Jour après jour.

Le vieux fleuriste la plaignait. Bien qu'elle ne se fût jamais confiée à lui, elle voyait dans ses yeux qu'il savait à qui les fleurs étaient destinées.

« Deux pour le prix d'un, disait-il. De toute façon, les fleurs ne vont pas tarder à se faner. »

Chaque fois Anna voulait le remercier, mais les mots restaient coincés dans sa gorge.

Ce jour-là, comme tous les autres jours, le soleil était bas dans le ciel lorsque Anna quitta le cimetière pour gagner le pont. Les ombres commençaient déjà à recouvrir la terre de la nouvelle tombe durcie par la chaleur. Au moment où elle parvint au pont, l'ombre du *hrad* perché sur la colline atteignait la rivière.

Dans la main gauche elle portait son petit bouquet commémoratif, et dans l'autre une poignée de cailloux ramassés sur la berge. Le premier jour où elle était venue, elle avait décidé de chasser les oiseaux de leur festin en criant et en lançant des pierres, et ç'avait marché. Ils s'étaient envolés dans un grand battement d'ailes et en croassant tant et plus, tourbillonnant très haut dans le ciel avant de se poser sur la balustrade à l'extrémité du pont et de s'y figer, telles des gargouilles. Elle savait qu'ils n'attendaient que son départ pour revenir. La première fois, elle s'était acharnée à protéger les crânes, comme, dans la bible en hébreu que Dědeček avait enluminée, Riçpa, la femme qui avait campé durant des mois sous les corps pendus de ses deux fils morts afin d'empêcher que les oiseaux ne profanassent leurs cadavres. Anna était restée sous les poteaux durant des heures, à hurler et lancer des pierres contre les rapaces.

Mais elle n'avait pas regardé la tête de Martin.

Elle ne supportait pas l'idée que le grotesque objet planté sur la perche avait jadis été la belle tête de son promis. Elle fixait son regard sur les deux autres pour guetter le retour inéluctable des oiseaux. Alors elle secouait le poteau en criant, et leur lançait des pierres jusqu'à ce que les soldats vinssent la forcer à partir. Elle quittait donc chaque jour ce lieu, tremblant de soulagement quand on l'en chassait, tout en pleurant à chaudes larmes, car elle se maudissait de ne pas avoir le courage de Riçpa.

Ce jour-là, au moment où elle approchait du pont, elle leva les yeux, effrayée à l'idée de ce qu'elle allait découvrir. Mais pas un seul oiseau n'était perché sur le crâne lisse.

Le pont était vide.

Les berges étaient désertes, elles aussi, excepté une vieille femme, tapie sous un saule pleureur au bord de l'eau, qui secouait la tête en marmonnant. Des vagues de chaleur vibrant de lumière s'élevaient des pavés. Au milieu du pont les poteaux nus montaient la garde… Était-ce un mirage ? Quelque vautour avait-il dévoré même l'os ? Surgi de l'enfer, quelque oiseau du diable au bec acéré avait-il avalé les derniers vestiges ?

Elle détourna les yeux et, comme si elle cherchait à y lire une réponse, scruta la face sanglante du soleil déclinant. Un gros oiseau aux ailes noires tournoya paresseusement devant l'astre enflé. Elle reporta son regard sur les poteaux… trois perches noires se profilant à contre-jour, leurs pointes dépouillées de leur ornement.

Elle lâcha ses pierres et, agrippant sa jupe d'une main, le bouquet dans l'autre, se précipita vers le milieu du pont. Les marmonnements de la vieille femme s'étaient arrêtés. Anna courait, seule, dans un monde de chaleur et de silence suspendu dans les airs. La tête des fleurs se balançait à chaque pas, éparpillant des épis de couleur sur les pavés gris.

Parvenue au milieu du pont, elle s'arrêta d'un seul coup et leva les yeux… Ce n'était pas un mirage. Rien n'était fixé au sommet des perches, les crânes avaient disparu.

Médusée, elle restait les yeux en l'air, au point d'en avoir une crampe dans la nuque. Ce n'était pas l'image de la tête de Martin qui s'imposait à son cerveau meurtri. Elle voyait sa propre chevelure lumineuse, sa bouche grande ouverte, abri pour les mouches et les abeilles. Elle émit un petit cri et ferma les yeux pour se protéger de la lumière, mais l'image se peignit aussi sur ses paupières serrées.

Elle secoua la tête pour chasser l'atroce vision puis rouvrit les yeux. Si les perches étaient à nouveau libres de tout ornement, elles paraissaient légèrement osciller. Ou était-ce elle qui vacillait ? Elle baissa les yeux.

Le pont semblait étrangement silencieux pour une fin d'après-midi. Comme si le Christ était revenu chercher tous ses saints et les avait emportés avec lui et qu'elle seule eût été abandonnée à la solitude de l'édifice, dans un monde où même le soleil était ensanglanté. Elle et une autre femme, la vieille tapie au bord de l'eau qui regardait Anna comme si celle-ci jouait dans une pantomime.

Je devrais pleurer la mort de Martin, se dit-elle. Un dernier flot de larmes, versées en souvenir de l'homme qui devait l'épouser. Un honnête homme. Un homme au beau physique et au caractère encore plus admirable. Un homme qui l'avait aimée et qui aurait été le père de ses enfants.

Mais les yeux d'Anna étaient aussi secs que les pierres qui lui brûlaient la plante des pieds à travers les semelles de cuir. Comment faire un dernier adieu quand on n'a plus de larmes ? Elle ramassa les cailloux lisses et tièdes qu'elle avait lâchés en traversant le pont et les disposa en forme de croix sous le poteau. Elle recula d'un pas pour contempler son œuvre commémorative, à peine plus durable que la belle chair transformée en nourriture pour oiseaux. Toutefois, cette croix symbolique marquerait le souvenir pendant un certain temps. Les passants hésiteraient à détruire une croix.

Elle baissa les yeux vers le bouquet qui se fanait déjà et dont les fragiles tiges s'étaient brisées tant elle les serrait. La surveillance qu'elle assurait était enfin terminée. Elle n'aurait plus à chasser les oiseaux. Plus aucun… sauf dans ses rêves. Mais qu'était-elle censée faire à présent ? Elle s'appuya à la balustrade du pont et contempla la rivière qui coulait en dessous. L'eau semblait si fraîche.

Où avait-on emporté les têtes des trois jeunes hommes ? Elle scruta la rivière, les vaguelettes sombres dans l'ombre projetée du pont. Serait-ce si désagréable de s'y baigner ? Ce serait frais, obscur, profond. Elle aurait envié Martin d'être dans un endroit aussi paisible. Plus besoin de fuir. Plus besoin de se cacher. Ces eaux seraient capables d'éteindre le feu allumé par un évêque en colère. Ce serait un ultime baptême.

Était-ce là, dans l'eau, la lueur d'un os blanchi ?

Non. Ce n'était qu'un poisson qui, illuminé par le soleil, envoyait des éclats de lumière en nageant dans l'eau profonde. Penchée par-dessus la balustrade pour lâcher ses fleurs une par une, elle fut prise de vertiges. La chaleur continuait à monter du pont en vagues invisibles et elle sentait l'odeur des pavés brûlants. Qu'était-elle censée faire maintenant ? *Sir John Oldcastle, lord Cobham*. Le nom lui martelait la cervelle. Mais comment traverser la mer pour gagner l'Angleterre ? Elle ne pouvait voler comme la grande mouette dont l'ombre se profilait sur le soleil.

Fascinée, elle regarda les fleurs flotter au gré du vent puis se diriger vers les vaguelettes et se sentit planer avec elles.

Et c'est ce qui se passa.

Elle ne sut jamais si elle avait sauté ou si elle était tombée, si la chaleur, son chagrin et les efforts déployés sur le pont avaient eu raison de son endurance. Ou si, tel un marionnettiste invisible, le désir de son âme avait manœuvré son corps.

Tout ce qu'elle sut, c'est qu'au moment où elle plongea dans l'onde fraîche elle se sentit devenir extrêmement légère, comme libérée de quelque énorme fardeau. La rivière releva ses jupes et la porta tel un pétale, telle une feuille ou une libellule flottant à la surface de l'eau.

Elle était libre. Libérée de son chagrin, libérée de sa promesse.

Elle n'était plus un esprit prisonnier d'un corps. Puis, au fur et à mesure que ses vêtements s'imbibaient d'eau, elle se mit à couler. Elle ne se débattit pas, s'enfonçant seulement dans l'obscurité fraîche, ouvrant les bras à la mort comme s'il s'agissait de l'amant de ses rêves.

Cela aurait-il été ainsi avec Martin ? Ou bien était-ce Martin qui l'étreignait et non pas la rivière ? Rêvait-elle seulement de la rivière, et la tête fichée sur le pal n'avait-elle appartenu qu'à un atroce cauchemar ? Elle se détendit et s'enfonça peu à peu sous la surface ondoyante. L'eau se referma sur ses yeux et se glissa entre ses lèvres, l'emprisonnant, l'acceptant comme elle avait un peu plus tôt accepté les offrandes tombées du pont.

À la surface de l'eau un pétale de chrysanthème se heurta à une plume et flotta lentement vers la berge, où attendait la vieille femme.

DIX

Qui est le chevalier et qui est le vilain,
Maintenant que les vers ont rongé leur carcasse à ce point ?
Ils Le servent tous, chrétiens, juifs et païens,
Sur toute Sa création Dieu veille avec soin.

Walter VON DER VOGELWEIDE,
extrait de *Mon prochain*, XIIIe siècle.

Anna se réveilla dans un sursaut de panique.

Ces cris, ce *bek, bek, bek*, étaient-ce les cris d'âmes damnées souffrant les tourments de l'enfer ?

Elle ouvrit lentement les yeux. La lumière qui rougeoyait au-dessus d'elle dans cette sorte de caverne, était-ce le reflet de la fournaise du diable ? Avaient-ils eu raison, ces prêtres en robe noire qui annonçaient la perdition des âmes inabsoutes ? En ce moment même était-on en train de pendre son corps et de le traîner à travers les rues, châtiment du suicidé, tandis que son âme s'éveillait en enfer ?

Non. Il y avait plus que son âme… Elle sentait son enveloppe charnelle. Son corps souffrait. Mais n'était-ce pas normal si elle devait subir les tourments éternels ? En tout cas, c'est ce qu'affirmaient les savants moines.

Toutefois, si elle se trouvait en enfer, il n'y avait aucune odeur de soufre, pas la moindre trace de pyrite – là-dessus ils s'étaient trompés. Au lieu de ça, elle percevait une odeur de friture et un grésillement de graisse qui chauffe. Ce n'était pas désagréable. On aurait dit une odeur de… de bacon ? La vision incongrue d'un diable cornu maintenant sa fourche au-dessus des flammes comme une fourchette à griller le pain aurait pu la faire rire s'il y avait eu assez d'air pour qu'elle pût s'esclaffer, ou hurler d'effroi s'il y en avait eu assez pour qu'elle pût crier.

Elle ouvrit la bouche, tenta de prendre une profonde inspiration et s'étrangla, toussa, crachotant dans l'atmosphère surchauffée. Elle se dressa brusquement sur son séant, un sentiment de panique montant en elle. Le rougeoiement vibra et dansa à un bout de l'étroit local, rutilant comme un rideau de braises. Elle prit une minuscule inspiration mais la brûlure dans ses poumons l'empêcha une nouvelle fois de respirer. Le rideau s'ouvrit et le mouvement fit trembler les charbons ardents et jaillir des étincelles.

Une vieille femme au visage basané tout ridé et aux cheveux gris et raides apparut. L'acolyte du diable venue la tourmenter ? Lui ronger le foie ? Ou lui pincer les chairs avec des tenailles chauffées à blanc, comme dans les représentations de l'enfer sculptées sur le porche des cathédrales ?

« Buvez, mam'selle. »

Vifs comme des lucioles, d'étranges yeux s'activaient, au-dessus d'une main griffue qui lui tendait un gobelet métallique. Un gobelet d'eau en enfer ? À moins que la créature ne fût venue la narguer, comme dans la légende de Tantale.

Anna prit le gobelet et le garda entre ses mains, sans le porter à ses lèvres. Elle toussa de nouveau mais moins violemment, les spasmes de sa poitrine s'étant un peu calmés. Elle commençait à se souvenir…

Sa frayeur diminua.

Soulevant la tête avec précaution, consciente de sa lourdeur, elle réussit à évaluer son environnement avec calme. Elle était allongée sur un amas de couvertures posées sur un sol de bois. Une voûte en berceau s'incurvait au-dessus d'elle. Des fenêtres s'ouvraient de chaque côté, drapées de rideaux rouges bon marché dont le grossier tissage filtrait la lumière d'un soleil éclatant, et le rideau de braises au bout de la pièce était en fait un rideau de perles aux vives couleurs. La vieille femme qui tenait le gobelet dans ses mains griffues était celle qu'Anna avait aperçue sous le pont.

Un souvenir aussi vague qu'un rêve s'efforça de se détacher… Elle était tirée de l'eau, on la frappait, on lui donnait des bourrades, on la traînait autant qu'on la portait et, finalement, tandis que des yeux noirs la scrutaient d'un air curieux, de nombreuses mains la soulevaient et la hissaient dans le local où elle était à présent étendue. Elle se trouvait dans une sorte de chariot, assez semblable aux luxueuses voitures dans lesquelles voyagent les aristocrates, mais plus petit et construit dans un matériau de moindre qualité.

Anna voulut rendre le gobelet. « Je pense avoir bu assez d'eau pour aujourd'hui. »

Secouant la tête, la vieille femme refusa de le reprendre. « C'est pas de l'eau. C'est une médecine. *Tate shilalyi.* Chaud-froid. Ça va empêcher la température et la fièvre à cause de la rivière. Buvez. »

Anna pensa faire semblant de boire le breuvage pour ne pas vexer la vieille femme. Ne l'avait-elle pas sauvée des eaux ? Elle porta le gobelet à ses lèvres. L'odeur fit frémir ses narines. « Qu'est-ce qu'il y a dedans ?

— De la poudre de poumons et de foie de grenouille », répondit-elle sans regarder le gobelet. Les yeux agités avaient fini par se fixer sur la tête d'Anna, qu'ils regardaient d'un air presque affamé.

Peut-être était-elle réellement en enfer…

« Alors je ne peux pas le boire, s'écria Anna, tout en cherchant un prétexte qui ne fût pas vexant. J'ai jadis bu quelque chose qui contenait des… organes de grenouille et ç'a fait… enfler ma langue. Je me sens déjà beaucoup mieux. Vraiment. »

Réprimant le haut-le-cœur qu'elle sentait venir, Anna tendit à nouveau le gobelet, et, cette fois-ci, la vieille femme le reprit, le posa par terre et, sans les quitter du regard un seul instant, approcha la main des cheveux d'Anna. La jeune femme sentit les doigts noueux tenter de les démêler. Elle se força à ne pas s'écarter. Elle ne devait pas oublier que cette étrange créature lui avait sauvé la vie, et ce sauvetage devait être une bénédiction divine. Un ongle éraillé s'accrocha dans ses mèches poisseuses, tira dessus. Anna ne put réprimer un cri. En séchant, ses cheveux étaient devenus une tignasse crépue. Elle devait avoir l'air d'une furie et s'étonna que la vieille n'eût pas peur d'elle.

« *Rawnie bal*, chuchota la femme, palpant les cheveux d'Anna comme s'ils étaient en or.

— Plaît-il ? »

Anna était certaine que ce n'était pas la langue de la Bohême, pas même de l'allemand.

« Cheveux de dame. Cheveux rouges. Grand porte-bonheur. » Elle retira ses doigts, soupirant comme si elle renonçait à un trésor. Était-ce là la raison pour laquelle sa bienfaitrice l'avait tirée de la rivière ? À cause de sa chevelure rousse ?

« Eh bien, en tout cas, à moi ils n'ont guère porté chance. Où suis-je ? » demanda Anna pour essayer de détourner l'attention de la vieille qui avait peut-être bien l'intention de lui couper ses beaux cheveux. Même s'ils étaient devenus pour le moment rebelles, elle répugnait un peu à s'en séparer. « Et vous, qui êtes-vous ?

— Je m'appelle Jetta, répondit la vieille, en détachant son regard de la tête d'Anna. Je suis une romani. Vous êtes chez les romanis. Vous êtes en sécurité.

— Une romani ? » Anna n'avait jamais entendu ce mot, bien que Martin lui eût parlé d'un étrange groupe de pèlerins qu'il avait vus traverser le Hradčany sur le haut promontoire rocheux au-dessus de la Vltava. Ils s'étaient finalement établis en aval du pont, d'où elle avait aperçu leur campement.

« Nous sommes des pèlerins chrétiens, des Égyptiens qui n'ont pas combattu les Sarrasins quand ils sont venus en Égypte. En guise de pénitence, nous sommes condamnés à errer sur la terre pendant sept ans pour satisfaire Notre-Seigneur. »

Elle semblait réciter une leçon apprise par cœur. Cette

Jetta, puisque c'était son nom, était le pèlerin le plus étrange qu'Anna eût jamais vu. Pas de bâton, ni de cape, ni de panetière. La tête ceinte d'un foulard effrangé, vêtue d'une longue jupe déchirée et d'une ample chemise, Jetta portait autour du cou de grands colliers colorés en ficelle et en métal. Avec ses minces courtines aux fenêtres, son rideau de perles à l'entrée, ses vives couleurs, le chariot au plafond en berceau paraissait être une sorte de logis permanent. Mais Anna ne remarqua pas le moindre autel, pas la moindre statue de la Vierge. Les parties du sol et des parois qui n'étaient pas recouvertes de tissu aux couleurs éclatantes semblaient faites de planches à deux sous, exactement, en fait, de la largeur de deux sous.

Anna était également surprise par les bizarres cris suraigus, qui à présent montaient même de plusieurs tons.

« Vous avez des oiseaux dans votre campement ? demanda Anna, en essayant de ne pas frémir au souvenir des corneilles noires du pont et de sa chute dans la rivière.

— Pas des oiseaux. Mais Petit Bek, mon petit garçon. Il ne sait pas parler, alors quand il veut quelque chose il fait ce bruit. Il est impatient et il sent le bacon que Bera a apporté pour vous.

— Bera ?

— Le roi des romanis.

— Mais pourquoi m'apporterait-il du bacon ?

— Parce qu'il aime les jolies femmes. Ou à cause des cheveux roux. C'est bon pour les femmes en couches de porter une amulette de cheveux roux sur le ventre. Lela, la femme de Bera, est presque pleine à craquer.

— Je lui donnerai volontiers une mèche de cheveux

pour sa femme. J'en ai à revendre. C'est le moins que je puisse faire pour le remercier. » L'odeur du bacon se faisait plus forte et Anna avait faim. « Ça risque de brûler si vous ne vous en occupez pas. Je me sens beaucoup mieux. Je vais me lever et vous accompagner. Je peux distraire votre enfant pendant que vous faites la cuisine. » Elle repoussa la légère couverture aux lumineuses couleurs, avant de la tirer à nouveau sur elle à toute vitesse.

Elle était entièrement nue.

« Mes vêtements ! Où sont mes vêtements ?

— On les a lavés. Ils sont en train de sécher. Vous aussi on vous a lavée pour que vous ne soyez pas *mahrime*. Souillée. Par l'eau sale de la rivière. »

Imaginant les yeux qui avaient parcouru son corps, elle sentit soudain ses joues s'empourprer.

« Qui m'a déshabillée ?

— Moi. Et Lela m'a aidée. » Jetta décrocha une blouse rouge et une jupe d'un portemanteau. « Bera a apporté ça pour vous, en attendant que vos habits soient secs. »

Anna prit les étranges vêtements. Ils avaient l'air neufs et – ce n'était pas une question de taille – très amples. Une large ceinture de cordons de soie tressés entourait la taille, mais la jupe ne couvrait pas ses chevilles. Elle avait le choix entre porter ces habits ou rester couchée en attendant que les siens fussent secs. Une main tenant la courtepointe devant sa poitrine, Anna tendit l'autre vers la blouse. Au moment où elle se disait qu'apparemment on ne lui offrirait pas de sous-vêtements, Jetta sortit d'un placard une chemise en toile écrue, à la fois trop large et trop courte pour elle, mais elle l'accepta avec gratitude et l'enfila par la tête.

Lorsque Anna émergea de l'arrière du chariot, des bras costauds couverts d'un duvet noir se tendirent vers elle pour l'aider à descendre. Ces bras étaient rattachés à un torse revêtu d'une blouse écarlate assez semblable à celle qu'elle portait, mais en soie, pas en coton comme la sienne. Voilà la première vision qu'elle eut, puis elle remarqua la large ceinture en soie rouge qui retenait la culotte. Un homme qui avait plus ou moins l'âge de Martin, mais mesurait au mieux cinq pouces de moins, lui fit un grand sourire, dévoilant de larges dents d'une blancheur éclatante. Il la déposa sur le sol et lui fit une profonde révérence, accompagnée d'un grand geste de la main.

« Bienvenue à notre humble campement, déclara-t-il. Je suis Bera, roi des romanis, chef de ce groupe de pèlerins. »

Malgré sa petite taille, c'était l'homme le plus impressionnant qu'elle eût jamais vu : torse large, hanches étroites, yeux aussi noirs que ses cheveux – un noir de jais.

« Nous sommes venus vous offrir l'hospitalité et fêter votre sauvetage des eaux par nos soins. »

D'un gracieux mouvement du bras, davantage figure de danse que simple geste, il indiqua une petite foule d'hommes et de femmes groupés autour d'un feu de charbon de bois de frêne. Au-dessus du feu se trouvait une poêle gigantesque. D'autres chariots en forme de barrique et aux vives couleurs entouraient le feu de cuisson. Anna jaugea ses hôtes d'un rapide coup d'œil et comprit que certains d'entre eux ne souhaitaient pas fêter son arrivée. Une femme, notamment, plus jeune qu'elle, de petite taille comme Bera et plutôt trapue – même s'il était vraiment injuste de juger son apparence, vu son état de grossesse avancée –, fixait Anna d'un air suspicieux. Elle se tenait un peu à l'écart des autres, qui, eux, la dévisageaient d'un regard à la fois amical et ouvertement curieux.

Voici Lela, se dit Anna, l'épouse de Bera, à qui de toute évidence quelque chose déplaît. Son regard rappela à Anna que ses vêtements n'étaient pas à sa taille. Ils devaient lui appartenir, et il s'agissait sans doute de ses plus beaux habits, qu'elle avait rangés dans l'attente du jour où elle pourrait les porter à nouveau. Pas étonnant qu'elle eût l'air si maussade. Anna lui sourit, mais la jeune femme à la mine butée ne se dérida pas.

Bera saisit la main d'Anna et l'attira dans le cercle des personnes assises en tailleur à une certaine distance du feu pour éviter la chaleur.

« Nous avons préparé un festin en votre honneur. » Son large geste ne désignait pas seulement le bacon grésillant mais englobait une table chargée de miches noires, de gros morceaux de fromage et d'oignons. Il y avait aussi un melon récemment coupé en tranches dont l'écorce verte transpirait et dont la chair rose suait du jus par ce brûlant après-midi.

« Vous êtes trop bons, balbutia Anna. Comment pourrais-je… ?

— Les bonnes actions apportent leur propre récompense, répliqua Bera en souriant. Bien sûr, nous sommes toujours ravis qu'on nous rende la pareille. »

Le sens de ses propos était clair : il s'attendait à recevoir une marque de gratitude. Elle pensa à ses maigres ressources, aux quelques florins qui lui restaient du petit pécule que lui avait laissé Dědeček, déjà bien écorné. Bientôt, il ne lui resterait plus rien. Son cœur fit soudain un bond dans sa poitrine. Ils n'avaient quand même pas l'intention de la prendre en otage et de réclamer une rançon !

« Je ne suis pas riche, hélas ! Je suis orpheline, sans époux, et je n'ai que quelques meubles. » Un cercle d'yeux la fixèrent, attendant la suite. « Je ne possède qu'un lit, deux chaises et les vêtements mis à sécher sur les buissons derrière vous, poursuivit-elle en rougissant, car cette dernière indication était un mensonge. Dědeček l'avait toujours habillée du mieux possible, dans les limites de la loi somptuaire.

Bera haussa les épaules. Sa déception était patente. Tout le petit groupe parut désappointé. Sauf Lela. Elle avait l'air ravie qu'ils n'eussent pas pris dans leurs filets l'épouse ou la veuve d'un riche.

Bera fit contre mauvaise fortune bon cœur. « Nous n'attendons aucune rétribution, répliqua-t-il. Mais peut-être possédez-vous quelque talent que vous pourriez mettre au service de notre fête. Vous chantez ? »

À ces mots, un garçonnet de sept ou huit ans – il était difficile d'évaluer son âge à cause de sa difformité – s'approcha vivement sur des jambes grêles, trop petites pour son corps, et, d'une voix à la fois douce et haut perchée, se mit à fredonner une vague mélodie.

Bera éclata de rire. « Pas toi, Bek. On entend assez tes coassements comme ça ! »

Le ton n'était pas méchant et l'enfant hocha sa grosse tête comme s'il comprenait. Alors le gamin et les autres visages du cercle se tournèrent vers Anna, dans l'attente d'une réponse.

« Je suis désolée, répondit-elle, l'air gênée. Je n'ai aucun talent pour le chant et je suis enrouée à force d'avoir toussé. »

Bera sourit, fit une pirouette, puis effectua un ciseau de ses jambes bien galbées.

« Ni pour la danse, hélas !... Et je ne sais jouer d'aucun instrument », ajouta Anna en apercevant un tympanon posé à côté du pain et du fromage.

Du coin de l'œil, elle vit Lela sourire pour la première fois. Mais ce n'était pas un sourire chaleureux. Anna chercha mentalement une façon de les satisfaire, de les remercier. Alors elle eut une idée.

« Vous avez dit que vous êtes des pèlerins chrétiens. Je peux vous montrer quelque chose qui vous plaira peut-être.

— Une sainte relique ? » Bera sourit poliment, découvrant ses dents d'une incroyable blancheur, mais le tressaillement de la commissure des lèvres indiquait qu'il se forçait.

Elle se douta qu'il avait déjà vu trop de reliques et qu'il savait avec quelle facilité on les fabriquait. Peut-être en avait-il vendu lui-même de fausses. Martin avait expliqué qu'il s'agissait d'une étrange bande qui vivait d'expédients.

« Ce n'est pas exactement une relique, répondit-elle. C'est quelque chose de mieux. Un livre. »

Il éclata de rire. « Mais les romanis ne savent pas lire ! Nous n'accordons aucune valeur à... Un livre, vous dites ? »

Trop tard. Elle voyait presque les pensées tourbillonner dans la tête de Bera.

« C'est un livre que je ne pourrais jamais vendre, s'empressa-t-elle de préciser. Il s'agit d'un livre tout à fait particulier. Il contient la parole écrite de Dieu et il est très beau. Je l'apporterai la prochaine fois où je viendrai et vous pourrez le voir.

— Mais si vous possédez un tel livre, pourquoi est-ce que vous ne pouvez pas le vendre ? Alors vous ne seriez plus pauvre. »

Parce que mon grand-père me l'a interdit. C'est tout ce qui me reste de lui.

« J'y tiens beaucoup. De plus, si les autorités avaient vent de son existence, il serait confisqué et brûlé. C'est illégal de posséder un tel livre. »

En prononçant ces mots elle comprit à quel point elle avait été stupide d'en parler. Mais son grand-père ne l'avait jamais caché et l'avait montré à quiconque demandait à le voir. *À quiconque peut lire le texte, petite idiote*, se gourmanda-t-elle.

Jetta avait enlevé la poêle du feu et l'avait placée sur la table. Les autres faisaient déjà la queue, trempant des morceaux de pain dans la graisse, découpant des bouchées de bacon et de fromage. Jetta prit un petit bout de bacon et l'écrasa entre ses doigts jusqu'à ce qu'il fût réduit en minuscules fragments qu'elle commença à donner à Petit Bek. Bera brisa un morceau de pain qu'il tendit au gamin, lequel hocha la tête en souriant. Sa tête oscillait comme une lourde fleur sur une tige trop fine.

« Quand nous aurons terminé notre festin, dit Bera, je vous accompagnerai chez vous et vous pourrez me montrer ce livre qui contient les paroles de Notre-Seigneur Jésus-Christ.

— Maintenant que j'y pense, je ne crois pas que cela puisse vous intéresser. Il est écrit en anglais, pas dans la langue de la Bohême.

— La langue importe peu puisque je ne sais pas lire, rétorqua-t-il avec fierté. C'est la parole de Notre-Seigneur. Vous pouvez me la lire. Je toucherai le livre et cela me portera chance. »

Elle entendit un bruit derrière elle, quelque expression romani, quelque chose comme « *gadjé* ». Quel qu'en fût le sens, elle sut qu'elle était visée et qu'il ne s'agissait pas d'un compliment. Se retournant, elle vit Lela s'éloigner du groupe à grands pas et se hisser dans le chariot aux couleurs les plus criardes, puis tirer le rideau à l'entrée avec un bruit sec.

Comme si elle lui avait claqué la porte au nez.

Si Anna ne retourna plus à la Vltava, elle continua à se rendre chaque jour au cimetière de Týn, où elle parlait à haute voix comme si son grand-père pouvait l'entendre. *Je me rappelle le nom. Vraiment. Et je sais que j'ai promis. Mais comment puis-je m'y rendre seule ? Je courrais de grands risques.*

Il n'y avait jamais de réponse.

On était à la mi-août et deux semaines s'étaient écoulées depuis son plongeon dans la rivière. Anna n'avait pas permis à Bera de la raccompagner chez elle mais avait laissé un message à Jetta indiquant qu'elle reviendrait bientôt. Et, en effet, elle avait chaque jour pensé marcher jusqu'au petit campement afin de rendre la jupe rouge et la blouse qu'elle avait déjà lavées, repassées et soigneusement pliées. Elle avait eu l'intention d'y aller ce jour-là, sans faute. Or, comme la pluie de la nuit avait été assez drue pour mouiller le sol et rafraîchir l'atmosphère, elle avait décidé d'accomplir une tâche plus urgente.

Tout en semant de nouvelles graines pour gazon sur la tombe, elle jeta un coup d'œil à la position du soleil et se dit qu'il était sans doute trop tard pour se rendre au campement. La tâche qu'elle était en train d'effectuer était plus importante. Si elle ne pouvait tenir sa promesse, elle pouvait au moins s'occuper de la tombe. Le tumulus était déjà moins arrondi, un jour il s'affaisserait comme les plus anciennes tombes alentour, abandonnées car il n'y avait plus personne pour en prendre soin. Elle éparpilla des graines de fleurs sauvages et les arrosa avec le petit broc d'étain qu'elle avait apporté.

Un mois plus tôt, j'aurais pu les arroser de mes larmes, pensa-t-elle, mais depuis que la vieille gitane l'avait repêchée, son chagrin s'était allégé, comme si elle avait été rebaptisée, en quelque sorte, dans les eaux de la Vltava. Si elle avait toujours mal, comme lorsqu'une blessure se cicatrise, sa rage, qui commençait à s'estomper, avait cédé la place à une colère plus sourde, à une douleur diffuse dans les os.

Or, depuis peu, elle avait remarqué que chaque fois qu'elle se rendait sur la tombe de son grand-père, au lieu de cette colère sourde, une étrange paix l'envahissait, comme s'il était toujours près d'elle. Et parfois cette paix l'accompagnait sur le chemin du retour et demeurait avec elle durant son dîner solitaire, puis pendant qu'elle se préparait pour dormir, ôtant sa tunique et la pliant soigneusement comme Dědeček aurait aimé qu'elle le fît. Il lui arrivait même de parler à son grand-père tandis qu'elle brossait et nattait sa masse de cheveux emmêlés. Une fois, elle éclata de rire en enlevant des brins de cheveux des poils de la brosse en argent qu'il lui avait offerte pour son anniversaire, avant de la reposer face en dessous, exactement comme il l'avait replacée chaque fois qu'il était entré dans sa chambre. *Tu vois, Dědeček, je m'en souviens. Je me les rappelle toutes. Toutes les leçons que tu m'as apprises.*

Mais, ce jour-là, les choses se passèrent différemment.

Après qu'elle eut arrosé les graines qu'elle venait de planter et arraché les mauvaises herbes autour de la croix de pierre – achetée avec quelques-uns de ses précieux florins –, la paix ne fit pas le chemin avec elle jusqu'à sa petite maison, où elle ne l'attendait pas non plus.

À sa place, Anna trouva sur le pas de sa porte une femme aux larges hanches, à la mâchoire carrée et au visage fermé, encadré par la dentelle de son bonnet blanc.

« Mame Kremensky ! Quelque chose… ne va pas ? » demanda Anna, tout en cherchant à se rappeler si elle avait rangé les pièces du rez-de-chaussée avant de partir pour le cimetière.

La porte était ouverte mais le corps massif de mame Kremensky, qui se tordait frénétiquement les doigts, emplissait l'espace, bloquant l'entrée. « Y a quelque chose que je… »

Anna se dressa sur la pointe des pieds pour tenter de voir l'intérieur de la pièce par-dessus l'épaule de la propriétaire, mais elle n'aperçut qu'une plume d'oie flottant dans l'air.

« Attendez… Ne…

— Je crains de ne pas être aussi bonne ménagère depuis… Je promets de faire un effort… »

Elle tenta de la contourner, mais mame Kremensky continuait à entraver le passage. Elle avait cessé de se tordre les doigts mais secouait la tête pour signifier que le problème ne concernait pas les talents de ménagère de sa locataire. Anna n'avait jamais vu sa propriétaire dans un tel état de nerfs. Enfin, elle s'expliqua.

« Je suis désolée, Anna, mais je n'ai pas pu les en empêcher. Ils m'ont menacée. Ils ont dit… » Elle fixait ses pieds, évitant le regard d'Anna. Ses propos restèrent en suspens.

Anna lui toucha l'épaule, la secoua légèrement, comme si elle cherchait à faire sortir les mots de sa bouche. « Empêcher qui, mame Kremensky ? De qui parlez-vous ? Qu'est-ce qui vous met dans cet état ? »

Il ne pouvait s'agir que des gitans. Elle aurait dû leur rendre la jupe rouge, ne pas leur fournir un prétexte pour venir chez elle. Mais comment avaient-ils fait pour la retrouver ?

« C'est les soldats. Ils viennent de repartir.

— Des soldats ! »

Anna l'écarta et pénétra dans le chaos de la pièce du bas.

Elle prit une profonde inspiration. Des papiers étaient éparpillés partout, le fauteuil taillé dans le saule gisait sur le côté, le coussin lacéré, éventré. Les coussins du banc de l'établi avaient eux aussi été dépecés. Sur la table de la cuisine, un verre de lait était renversé. Mais ce fut le spectacle qu'offrait l'établi de son grand-père, dont il avait pris soin comme d'une chapelle, qui lui tira les larmes. Pots de peinture, pinceaux, plumes d'oie, tout était renversé, éparpillé, brisé.

Ils n'avaient pas le droit.

Une grosse goutte de peinture rouge se figeait sur l'un des coussins déchirés. Anna la toucha du doigt. Elle avait la consistance du sang. Elle la fixa du regard, puis s'essuya la main sur sa jupe déjà tachée par la boue de la tombe.

Ils n'avaient pas le droit !

Elle sentit la colère sourde monter depuis la moelle de ses os, les traverser et menacer de se transformer en une éruption dévastatrice que Dědeček avait passé toute une vie à lui apprendre à maîtriser.

« Ils ne vont pas s'en tirer à si bon compte ! J'irai me plaindre aux autorités », hurlait-elle, incapable de se retenir et tremblant si fort qu'elle craignait de s'effondrer sur le sol. Elle passa ses bras autour de son corps pour tenter d'arrêter le temblement. « Je vais m'adresser au maire. Je vais… »

La propriétaire l'attira dans ses bras, autant pour la soutenir que pour la calmer, les brûlantes laves d'une telle éruption emportant son propre désarroi.

« Du calme, ma petite. Les murs ont des oreilles. Maîtrisez-vous.

— Je me plaindrai aux autorités…

— Anna, ne comprenez-vous pas ? Ce sont les autorités qui ont fait ça. Les soldats cherchaient quelque chose. Ils m'ont montré un mandat de perquisition. Autrement je ne les aurais pas laissés entrer.

— Mais il y a erreur. Je n'ai rien…

— Ils ont affirmé être à la recherche des écrits interdits de l'hérétique Wycliffe.

— Mais tout ce que j'ai, c'est… »

Mame Kremensky posa doucement la main sur la bouche d'Anna. « Je ne tiens pas à savoir ce que vous possédez, Anna. Je disais toujours à votre grand-père que je ne voulais rien savoir. Ça ne me regarde pas. On a exécuté des gens pour avoir commis ce délit, et maintenant les autorités vous soupçonnent vous aussi. Il faudra que ça change. Je ne crois pas qu'ils aient trouvé quelque chose aujourd'hui, donc pour le moment vous n'êtes pas en danger. Mais ils vont revenir. Ils reviendront jusqu'à ce qu'ils trouvent ce qu'ils cherchent. »

Anna l'écoutait à peine. Son regard parcourait la

pièce à toute vitesse. On avait brisé la serrure du petit coffre de la cuisine. Le linge de table était jeté pêle-mêle tout autour, mais le double-fond dans lequel son grand-père gardait la Bible de Wycliffe semblait intact.

« Pour votre propre sécurité et pour la nôtre, il faut que vous partiez. Je ne peux pas me permettre de vous garder ici. » Mame Kremensky prononça ces propos d'un ton de compassion, mais en se penchant de côté comme on s'écarte d'une rafale de vent chargée d'étincelles.

Ces paroles firent à Anna l'effet d'une claque en plein visage.

Non. Elle avait dû mal comprendre. Mame Kremensky avait toujours été si bonne envers elle, depuis son enfance. Femme d'affaires par certains aspects, elle avait néanmoins toujours été gentille. Et depuis la mort de Dědeček, elle s'était montrée particulièrement généreuse avec Anna, lui apportant de la nourriture, l'encourageant à se reposer, l'accompagnant même une fois sur la tombe.

« Vous voulez dire que je dois quitter ma maison ? Me mettez-vous à la porte de chez moi ? »

Elle ne criait plus. L'éruption s'était calmée aussi vite qu'elle s'était déclenchée, laissant en elle un froid engourdissant. De petites perles de transpiration bordaient le front de mame Kremensky. Mais Anna frissonnait.

« Mettez-vous à ma place, Anna… »

Une supplication était perceptible dans la voix et dans les minuscules yeux gris qu'Anna avait toujours comparés aux petits boutons brillants cousus sur le visage d'une poupée de chiffon au corps rebondi.

« Vous devez comprendre… Je n'ai pas le choix. Je croyais qu'ils ne vous ennuieraient pas puisque votre grand-père n'est plus de ce monde. Une femme seule, quel danger cela peut-il représenter ? Mais à présent il semble que, pour une raison ou une autre, vous avez attiré leur attention, bien que les… réunions ne se tiennent plus ici. »

Mame Kremensky se tordait à nouveau les doigts. N'osant pas fixer Anna droit dans les yeux, elle regardait par-dessus son épaule.

Anna se déplaça pour obliger sa propriétaire à lui faire face, tout en s'efforçant de maîtriser la peur qui montait en elle. « Mame Kremensky, si vous me mettez à la porte, je n'ai nulle part où aller.

— Nul doute que vous ayez quelque ami, quelque parent qui puisse vous héberger.

— Mon grand-père était mon seul parent, mon seul parent vivant. Et l'Église m'a pris mes amis. »

A livré leur chair en pâture aux oiseaux et réduit leurs os en cendres. Comment faire comprendre à cette femme qu'on ne pouvait l'arracher à ce lieu, dernier lien avec la seule famille qu'elle eût jamais connue ?

La propriétaire porta la main à son front. Sa large main carrée couvrit ses petits yeux tout ronds, poussant ridiculement son bonnet de travers.

« Je suis désolée, Anna, mais je dois penser à mon mari. Il n'est pas en bonne santé. Cette maison est notre seule source de revenus et si je vous permettais de rester on risquerait de nous la confisquer. »

Elle s'apprêtait à partir et Anna était trop abasourdie pour l'en empêcher.

« Votre grand-père avait payé le loyer jusqu'à la fin de l'année. Je vais donc vous rembourser la différence. Changez de nom et installez-vous dans une nouvelle ville. Aucun de nous n'est en sécurité tant que vous habitez là. Il faut que vous le compreniez. »

Mais Anna ne comprenait pas. Sauf qu'elle était seule

désormais. Et voilà qu'elle allait bientôt se retrouver à la rue.

« Je vous en prie, Anna, essayez de partir dès demain. Il ne faut plus que vous soyez là quand les soldats reviendront… Et je ne souhaite pas savoir où vous allez. Désolée. »

Anna ne se retourna pas. Elle entendit la porte se refermer derrière elle. Elle resta figée sur place, parmi les papiers éparpillés et le linge froissé. Une plume d'oie, dérangée par le courant d'air créé par la porte en se refermant, se posa sur la jupe rouge de Lela que soulevait le vent.

Bouillant de rage contenue, Anna commença par remettre en ordre l'établi de son grand-père. Les soldats n'avaient pas dérangé les chambres du premier. Peut-être n'avaient-ils pas remarqué la porte en retrait qui menait à l'escalier ou bien étaient-ils intéressés uniquement par la pièce où se tenaient les réunions d'études bibliques. À présent, Anna avait presque fini de la ranger. Elle s'était fait un devoir d'effectuer cette tâche en premier, avant même de penser à partir. Elle avait relevé le fauteuil, nettoyé le lait renversé, jeté les coussins éventrés, tout en marmonnant des paroles rageuses tandis que les larmes coulaient sur ses joues – comportement qu'elle croyait avoir banni avec l'enfance. Elle était en train de remettre en place le contenu du coffre quand un coup fut frappé à la porte.

Mame Kremensky était-elle revenue pour lui annoncer qu'elle avait changé d'avis, ou même la supplier de rester ? Ou, en tout cas, pour lui laisser un peu plus de temps ? Elle s'efforça de se faire un visage plus présentable, s'essuya les yeux, se moucha, avant de se diriger vers la porte et de soulever la lourde barre.

« Je suis si contente que vous soyez revenue... », lança-t-elle, la porte à peine entrebâillée, assez fort pour que sa voix dominât le grincement du gond.

Mais la silhouette qui se détachait dans l'encadrement de la porte sur la lumière de cette fin d'après-midi n'était pas celle de sa propriétaire repentante.

« Jetta avait raison ! On vous a enfin retrouvée ! s'écria le roi des gitans... Je suis venu voir le livre saint », ajouta-t-il en chuchotant. Il sourit et lui décocha un clin d'œil pour lui faire comprendre qu'il savait que ce n'était pas un secret à crier sur tous les toits.

Quand les soldats revinrent, au début de la semaine suivante, la petite maison sur la place Staroměstké náměstí était totalement nettoyée. Il ne restait même pas un pot de peinture en souvenir des anciens locataires.

« Ma locataire a déménagé à la cloche de bois, en pleine nuit. Sans laisser d'adresse. » Mame Kremensky se dressait au milieu de la pièce, se forçant à avoir l'air indignée. De minuscules grains de poussière flottaient autour d'elle dans un faisceau lumineux. « Si vous la voyez, elle me doit son loyer du mois d'août. »

Satisfaits, les soldats repartirent.

À part une couronne tressée autour de la petite croix de pierre dans le cimetière de Týn, Anna ne laissa rien dans la ville de Prague. Les fleurs avaient déjà commencé à se faner lorsque la petite troupe de pèlerins romanis, qui se dirigeait vers l'ouest, entra dans la forêt obscure.

ONZE

Le sage fermement décidé à sauver son âme veille avec rigueur à réprimer ses vices en ceignant ses reins du cilice, ceinture de l'absolue mortification.

Peter DAMIAN,
L'Idéal monastique (XIe siècle)

« Mais j'ai déjà été baptisée, mon cher époux, déclara lady Joan Cobham à son mari. En bonne et due forme, par un prêtre. »

Par une belle journée de septembre, sir John, tenant sa femme par la main, traversait la cour du château de Cooling. Ils dépassèrent le corps de garde, les écuries, franchirent la haie marquant la limite du parc, et pénétrèrent dans les bois où les glands et les feuilles de chêne desséchées de l'année précédente craquaient sous leurs pas. Ils continuèrent à descendre la pente abrupte jusqu'au moment où les feuilles mortes cédèrent la place à un épais tapis de mousse.

« Ce n'est pas un baptême que j'ai en tête, ma chère épouse, mais un autre saint sacrement. »

Lorsqu'ils débouchèrent dans une petite clairière, où le soleil lançait une flèche de lumière contre la muraille de la forêt vert sombre, il la prit dans ses bras. « Je veux vous montrer quel autre usage nous pouvons faire de ce lac sacré », déclara-t-il, le souffle un peu court à cause de la forte pente.

Lady Cobham contempla le paysage du haut de la roche où ils se trouvaient. Une étendue d'eau pure couleur saphir étincelait sous le faisceau lumineux. Ce fut à son tour d'avoir le souffle coupé.

Durant tout l'été elle avait suivi les travaux avec étonnement. Sir John avait fait creuser le sol, barrer une source, déplacer de la terre, installer des rochers, planter des arbres, afin de transformer en vallon sylvestre caché la seule cavité entre Gravesend et le château de Cooling. « C'est un lac baptismal secret », avait-il déclaré. Comme celui dans lequel il avait été lui-même baptisé six ans plus tôt dans la vallée de l'Olchon au cœur des Black Mountains, les Montagnes noires du pays de Galles. Sous ses yeux s'étendait le résultat de ses efforts.

Un filet d'eau coulant d'une roche intriguait Joan. John déplaça deux grosses pierres en ahanant, inclina un rondin, et le filet d'eau devint une cascade jaillissante qui se déversait du haut de la roche dans le lac.

« Oh, John ! » C'est tout ce qu'elle trouva à dire.

« Venez ! Rafraîchissons-nous !

— Vraiment ? Ç'a été créé pour devenir un lieu saint.

— L'Éden également. Allons-y ! » Il lui saisit la

main et la conduisit le long d'un sentier en courbe, ôtant son pourpoint chemin faisant.

Elle sentait son regard tandis qu'elle délaçait sa chemise. Bien qu'elle fût veuve de deux maris, quand il la fixait ainsi elle avait l'impression d'être une pucelle. Elle résista à l'envie de se couvrir la poitrine de ses bras.

« Vous d'abord », dit John.

Elle entra dans le lac. L'eau fraîche qui tourbillonnait autour de ses chevilles la fit suffoquer ; elle apprécia la maigre chaleur que lui procurait sa chevelure dénouée tombant sur sa nuque et ses épaules.

« Allez ! Vous vous y habituerez. Placez-vous sous la cascade ! »

L'eau lui éclaboussait le crâne, la nuque, le dos. Elle se retourna, le visage levé, regarda les gouttelettes s'éparpiller, roses, vertes et jaunes, dans un rai de soleil égaré, avant d'atterrir sur sa peau. Je joue dans un arc-en-ciel, se dit-elle. Elle entendit son mari plonger dans le lac, au lieu d'y entrer sur la pointe des pieds comme elle, puis sentit ses bras l'enlacer.

Une ombre passa au-dessus d'elle. Il y eut un mouvement parmi les arbres, un bruissement dans les broussailles au-dessus de leur tête. Puis le calme revint.

« J'ai apporté du savon, lui chuchota-t-il à l'oreille. Celui que vous aimez. » Il commença à la laver, l'agréable parfum de lavande se mêlant à la senteur de boue, de terre humide et de rocher brûlé par le soleil. Les mains glissaient sur son corps au milieu de la mousse de savon.

« À moi maintenant ! s'écria-t-elle en riant, et, lui prenant le savon, elle se mit à laver les larges épaules, toute la vaste étendue de la poitrine et du ventre.

— Ça suffit ! s'esclaffa-t-il. Il n'est pas normal qu'un homme sente trop la fleur. »

Il jeta le savon sous la cascade. De petites bulles flottèrent à la surface de l'eau, éclatant autour des pieds de Joan en petits jaillissements de couleur et de lumière. Il l'attira contre lui, la réchauffant avec son corps. Elle sentit ses lèvres dans le creux de son cou.

« Oh John ! » Le souffle coupé, elle ne put en dire plus.

Tôt le lendemain matin, au moment où sir John traversait la cour, il reconnut les insignes familiers de l'Église romaine sur le cheval qui transportait le cavalier en soutane noire. Depuis que ce moine avait pris son poste de confesseur des sœurs, il leur rendait constamment visite, sous un prétexte ou un autre.

Sir John étouffa un soupir. Il n'était pas idiot, le frère Gabriel les espionnait. Autrement, pourquoi serait-il toujours venu les voir à l'improviste ? Il le trouvait dans la cuisine en train de bavarder avec la cuisinière chaque fois qu'il allait y chercher sa ration de petite bière allouée par sa femme – fini les pleins seaux de capiteux vin des Canaries, juste assez d'alcool pour s'humecter le gosier ! –, ou dans la petite salle en train de rire avec Joan. Le moine faisait semblant de s'intéresser pieusement au texte de Wycliffe, tout en cherchant à tirer les vers du nez à sa finaude de femme.

Ce matin-là, par conséquent, sir John ne fut ni surpris ni heureux de s'entendre saluer dans sa propre cour. Sous quel prétexte le frère Gabriel venait-il cette fois-ci ? Surtout aujourd'hui ! Deux prêtres lollards étaient attendus et une réunion de tous les prêtres laïques des comtés du Kent et du Suffolk devait se tenir dans la semaine. Sir John avait projeté d'y distribuer les nouveaux tracts de Wycliffe, qui, selon la promesse de l'abbesse, devaient être prêts.

« Frère Gabriel, quel bon vent vous amène ? » s'enquit-il en s'efforçant d'émousser l'ironie du ton.

Le frère se pencha sur sa selle pour lui répondre, mais il semblait avoir bizarrement perdu son habituelle aisance. Il détournait les yeux, comme lorsqu'on tombe sur une personne dévêtue.

Sir John caressa sa petite barbe pointue pour vérifier que son petit déjeuner n'y avait pas laissé de traces de graisse, puis, rassuré sur ce point, jeta un coup d'œil à sa braguette afin de s'assurer qu'elle était bien lacée. Tout paraissait en ordre. Étonné de constater à quel point le malaise du religieux était contagieux, il se dit que jamais il n'avait vu le frère Gabriel aussi gêné, lui qui, de tempérament affable, avait l'habitude de traiter tout le monde de pair à compagnon.

Le moine finit par regarder sir John en face. « Je pars pour le Sud afin d'apporter la grâce de Notre-Seigneur aux pécheurs des ports. Je suis venu vous faire mes adieux, à vous et à lady Cobham. »

Eh bien, en voilà une bonne nouvelle ! Ils étaient donc sur le point d'être débarrassés de cet espion. Il aurait dû s'en douter, vu la luxueuse soutane noire que portait le dominicain et le grand étui de velours où se trouvait la fameuse « grâce », autrement dit les bulles et les indulgences papales destinées à être échangées contre des espèces sonnantes et trébuchantes. *Le moment est venu de renflouer les coffres d'Arundel ?* avait-il envie de demander.

« Et les sœurs de l'abbaye ? Qui va leur administrer le

sacrement durant votre absence ? » se contenta-t-il de demander, même s'il savait que l'abbaye jouissait des services d'un prêtre résidant et que la présence du marchand d'indulgences n'était qu'un prétexte. Toutefois, sir John ne se faisait aucun souci à propos des sœurs, l'abbesse étant une femme intelligente à la foi solide et qui savait tenir sa langue. En outre, il s'inquiétait moins pour les partisans de la cause des lollards depuis qu'il avait contribué à faire adopter par le Parlement la loi selon laquelle les personnes accusées d'hérésie seraient considérées comme prisonnières de la couronne et non plus de l'Église. Modification capitale pour sir John, qui possédait des amis haut placés – très haut placés – à la Cour. Bien que le bruit eût récemment couru que le prince Hal s'était entiché de piété.

Mais comment le lui reprocher, sir John étant lui-même extrêmement pieux ? Certes, lui et le futur roi se trouvaient dans des camps opposés, le Christ servant de lien entre eux – le Christ et les bons moments que le prince Hal et « Joyeux Jack » avaient jadis partagés –, mais étaient-ils pour autant très éloignés l'un de l'autre ? Qu'Arundel et son espion s'en donnent à cœur joie ! À en juger son apparence, le vieil archevêque allait devoir bientôt rendre des comptes à son créateur. Ça lui aurait fait vraiment plaisir d'assister à la scène ! Quoi qu'il en fût, sir John était ravi de voir le prêtre tourner les talons. La vie serait plus facile au château de Cooling et à l'abbaye près de Rochester, sans les apparitions intempestives du larbin de l'archevêque.

« Le vieux prêtre de l'abbaye peut me remplacer durant mon absence. Malgré les maux qui l'affligent il est encore capable de célébrer une simple messe, même s'il s'endort dans le confessionnal, paraît-il. »

Mais pas toi, je parie, pensa sir John. *Tes oreilles pointent comme celles d'un lévrier sur la piste d'un renard.*

« Alors, vous allez manquer aux sœurs... Combien de temps comptez-vous rester absent ?

— Je reviendrai avant que les pluies d'hiver ne rendent les routes impraticables, et j'ai l'intention de passer quelque temps avec mon propre père confesseur. Il est très vieux et presque aveugle. Je crains qu'il ne passe pas l'année.

— Vit-il à Cantorbéry ?

— Non, dans les South Downs, à l'abbaye de Battle.

— Je vais donc aller appeler lady Cobham, s'écria sir John, l'âme généreuse et le cœur léger comme un écolier auquel on accorde une récréation. Elle désirera sans aucun doute vous souhaiter bon voyage. »

C'était vrai, car, malgré la religion et la mission dont ce frère était chargé, Joan l'aimait beaucoup.

Or, bizarrement, le frère Gabriel se montra réticent. « N'en faites rien, je vous prie ! fit-il en rougissant jusqu'à la racine des cheveux. Je ne voudrais pas la déranger. »

À quoi rimait cette soudaine timidité ? C'était la première fois que le prêtre rechignait à rencontrer lady Joan. En fait, leurs discussions étaient souvent très animées. Joan se moquait gentiment de son orthodoxie, jouait avec lui, lui mettait l'eau à la bouche en distillant des renseignements, sans jamais faire de réelles révélations.

« Transmettez-lui mes adieux, je vous prie. »

Comme pour saluer ces propos, le cheval du marchand d'indulgences rejeta la tête en arrière, faisant tinter les clochettes d'or accrochées à son harnais écarlate.

« Dites à lady Joan que je viendrai lui rendre visite à mon retour. Pour l'heure, il faut absolument que je prenne la route. »

Il semblait troublé comme un jouvenceau.

Sir John regarda le frère traverser la cour sur sa monture élégamment harnachée, passer devant le corps de garde et franchir la barbacane. Le soleil faisait reluire la couronne blonde autour de la tonsure, dont le cuir était aussi rose que la peau d'une jeune baie au printemps... Était-ce possible ? Ce fut au tour de sir John de rougir, car lui aussi avait entendu le bruissement dans les buissons au moment où son épouse s'était déshabillée, avant de se placer sous la cascade au milieu des bois. Il avait attribué le bruit à la fuite d'un lièvre, sans y prêter davantage attention, afin de ne pas inquiéter sa femme. Était-il possible que le serpent quittât volontairement l'Éden ?

À d'autres !

Quoi qu'il en fût, ils allaient jouir d'un répit. Il pourrait rencontrer en paix les prêtres lollards.

Dans le jardin du prieuré, l'abbesse transpirait sous sa guimpe et son voile. On était au début de l'après-midi, juste après sexte, et sous la pression du soleil le parfum du romarin et de la sauge s'exhalait dans les airs. La voilette flottante emprisonnait son souffle, de petites perles d'humidité se formaient dans les plis de ses joues, mais il ne lui venait jamais à l'idée d'ôter son voile, même dans l'intimité du jardin du cloître. Le voile diaphane était une seconde peau sans laquelle elle se sentait nue et vulnérable, même si de temps en temps, comme à ce moment-là, en privé, elle en soulevait le côté droit afin que sa vue ne fût plus gênée par la mince gaze noire. Elle se penchait pour cueillir les baies de l'arbuste *Vitex agnus-castus*, qui poussait dans le quadrant droit du jardin, quand elle entendit un bruit de pas dominant le clapotis de la fontaine centrale. Les pas étaient plus sonores que ceux des sœurs et une voix masculine se fit bientôt entendre.

« Sœur Agatha m'a dit que je vous trouverais ici », lança une voix familière, sonore et enjouée. L'abbesse se redressa, abaissant complètement son voile avant de se retourner pour accueillir le visiteur.

« Sir John. Je vous attendais plus tôt. Comment va lady Joan ?

— Ma dame va bien. Elle vous envoie ses chaleureuses salutations. Elle aurait aimé m'accompagner, mais elle prépare la réunion de prières de ce soir. On attend plus de cent convives et, après les prières et la lecture de la Bible, elle a l'intention de leur offrir un repas à tous.

— Passeront-ils la nuit au château ?

— Certains d'entre eux s'installeront dans le vestibule, d'autres dans la cour.

— Ce sera donc un impressionnant bivouac.

— C'est que lady Joan et moi-même avons l'idée de les renvoyer bien nourris et pleins d'ardeur sur les routes pour prêcher la bonne parole. »

Elle sourit, revigorée par sa fougue. Un tel homme donnait du lustre à la cause des lollards, sa cause à elle depuis vingt-sept ans.

Elle s'installa sur l'un des bancs sous le péristyle qui entourait le jardin, invitant d'un geste son visiteur à s'asseoir à son côté. Les sœurs s'asseyaient souvent là en fin d'après-midi après le dîner et avant les vêpres ; c'était le seul moment de la journée où elles pouvaient bavarder comme les femmes ont accoutumé de le faire. Mais à midi le promenoir était vide, les nonnes étant toutes en plein travail dans l'écritoire. Le seul autre occupant du lieu était un papillon qui s'enfuit en agitant ses ailes crème, dédaignant la compagnie d'intrus humains. L'abbesse jeta un rapide coup d'œil sur le jardin pour s'assurer qu'ils étaient seuls et que leur conversation n'était entendue que par les saints sculptés autour des chapiteaux des piliers.

« Je serais venu plus tôt mais votre moine m'a mis en retard, expliqua sir John tout en installant son corps volumineux sur le banc. Vous allez être privée de sa compagnie durant un certain temps, semble-t-il. »

Elle éclata de rire. « Vous aussi allez être privé de son amitié, même si tous deux nous allons survivre à son départ. Toutefois, force m'est de constater que le frère Gabriel est très apprécié dans notre petit cloître de femmes.

— Le renard dans la basse-cour, en quelque sorte, n'est-ce pas ? »

Elle rit à gorge déployée, ses éclats de rire résonnant dans tout le jardin. « Mes sœurs sont toutes de saintes femmes et ne courent aucun risque à regarder un beau visage. Cependant, le frère Gabriel prend bien soin de ne jamais rester seul avec aucune d'entre elles. Il ne les confesse qu'à l'intérieur de la forteresse du confessionnal et je devine que le célibat est sa croix. Pour son voyage il a pris à l'infirmerie le reste du poivre des moines.

D'une main gantée, elle montra une poignée de

petites baies toutes rondes qu'elle avait cueillies sur l'*agnus-castus*. « Voilà pourquoi vous m'avez trouvée dans le jardin d'herbes aromatiques où je renouvelais notre réserve.

— Abbesse, si ce n'est pas indiscret, pourquoi un groupe de femmes seules auraient-elles besoin de poivre des moines ? » demanda sir John en exhibant de belles dents d'une blancheur éclatante au-dessus d'une petite barbe pointue.

Si par ses peu délicates allusions sexuelles il croyait se moquer un brin de l'abbesse, eh bien, elle aussi pouvait jouer à ce petit jeu.

« Les baies de l'agneau chaste soulagent également les maux féminins. À certains moments du cycle lunaire, dans notre communauté de femmes, quelques-unes deviennent irascibles et acariâtres. Nul doute qu'un homme d'expérience comme vous n'ait constaté ce phénomène. »

Le gloussement que poussa sir John secoua son ventre rebondi et fit trembler le banc de bois sur lequel ils étaient assis. Elle craignit un instant pour sa stabilité, mais, fabriqué en bon chêne anglais, le banc était capable de supporter une vieille femme frêle et un robuste chevalier.

Sir John se pencha en avant et coupa une tige de menthe poivrée. « C'est bon pour l'estomac, affirma-t-il en commençant à la mâchonner. Vous avez donc intérêt à donner à sœur Agatha quelques-unes de ces baies, poursuivit-il. Elle était aussi acariâtre qu'une poule couveuse. Elle a pointé sur moi un navet comme s'il s'agissait d'un poignard.

— Ah, sœur Agatha, soupira l'abbesse, elle est… Je crains que sa mauvaise humeur ne soit pas du genre à croître ou à décroître selon les cycles lunaires. Elle sème de l'ivraie depuis des semaines, car elle voudrait qu'on cesse de copier les textes de Wycliffe et les Évangiles en anglais. » Elle soupesa les baies d'une main, le jus tachant le gant qui cachait les cicatrices de ses bras. « Je ne sais plus que faire d'elle. Bien que ce soit l'une de mes meilleures copistes, je l'ai expédiée dans le jardin potager. J'ai pensé que travailler au milieu de la divine nature pourrait adoucir son caractère.

— Il ne semble pas que votre projet porte ses fruits, répondit sir John dans un ricanement venu tout droit du fond de la gorge.

— Je suis ravie que vous trouviez cela si amusant », répliqua l'abbesse d'un ton espiègle. Mais, en fait, vous et moi devrions prendre très au sérieux sœur Agatha. Je devine qu'elle s'est déjà plainte auprès du frère Gabriel à propos des documents hérétiques que nous copions. Il a paru prêter une attention toute particulière à ses confessions… ou à ses plaintes.

— Là-dessus je vous crois volontiers, renchérit sir John d'un ton sérieux. Prenez garde à ce prêtre. Il est possible qu'il ne soit pas chez vous uniquement pour entendre des confessions. Il se peut que ce soit un espion de l'archevêque.

— J'y ai pensé. Je lui ai affirmé que nous ne produisions plus de copies de la Bible en anglais, mensonge pour lequel j'ai déjà demandé pardon, arguant que c'était pour servir un plus grand bien.

— Vous avez bigrement les pieds sur terre pour une sainte femme, ma mère. »

Elle ne releva pas sa remarque, pourtant empreinte d'admiration. « Le frère Gabriel est un homme charmant mais je suis ravie d'être libérée de sa compagnie pendant quelque temps. En tout cas jusqu'à ce que je trouve une solution à propos d'Agatha. »

Elle se leva. « Venez, je vais vous remettre les copies pour la réunion de ce soir, mais gardez-les bien cachées, je vous prie. Je sens que Rome durcit sa position, et l'archevêque est extrêmement préoccupé de l'héritage qu'il va laisser.

— Je vais distribuer les évangiles aux participants.

— Faites bien attention à qui vous les donnez, mon vieil ami. Le frère Gabriel affirme que la simple possession d'une bible anglaise suffira bientôt à faire taxer d'hérésie son détenteur.

— C'est ce que j'ai entendu dire moi aussi. La loi est sur le point d'être votée par le Parlement, même si je fais tout ce qui est en mon pouvoir pour l'empêcher de passer. Et je devine que le nouveau roi sera partisan de la tolérance. Je le connais. C'est un homme raisonnable. En outre, il paraît que le vieil Arundel n'en a plus pour longtemps à vivre. Sans combustible, la flamme s'éteindra d'elle-même. »

C'étaient là de bonnes nouvelles. Si elle fut surprise d'apprendre que l'héritier de Henri IV serait plus tolérant envers leur cause, elle savait qu'on pouvait faire confiance à sir John, qui, en tant que membre du Parlement, tenait ses renseignements de bonne source.

« Par conséquent, nous allons bientôt avoir un nouveau roi et un nouvel archevêque ? Et, en matière de religion, vous espérez une plus grande tolérance ?

— J'ai bon espoir, abbesse. Tout en restant prudent. Quand il s'agit de Rome, en matière de tolérance on n'est jamais certain.

— Non, en effet. Il faut raison garder. » Un bourdon sonna trois fois pour appeler les sœurs à la prière.

« Hâtons-nous ! Il ne faut pas que sœur Agatha vous voie les bras chargés de textes. »

Ils sortirent du jardin ensoleillé, traversèrent l'intérieur ombreux de la chapelle et pénétrèrent dans le salon des visiteurs de l'abbesse.

« Attendez-moi ici », fit-elle avant d'entrer dans sa chambre puis dans sa garde-robe. Du fin fond de cette pièce, là où même sa femme de chambre n'entrait pas, elle tira une brassée de copies.

Quand elle réapparut avec les textes, sir John se précipita pour l'aider. « En voilà une belle quantité ! Comment faites-vous pour effectuer autant de copies ? Surtout avec des sœurs qui rechignent à la besogne ?

— Elles ne sont pas toutes réticentes. Certaines soutiennent ardemment notre cause. Et chacune croit que ses consœurs travaillent sur un autre genre de texte. Je répartis suffisamment d'autres écrits – poésie, textes latins, chansons, traités d'agriculture – pour donner l'impression qu'on accomplit des tâches légales. »

Elle vérifia soigneusement que les quelques pages d'« un autre genre de texte » se trouvaient bien sur le dessus, avant d'ouvrir un large sac où placer le tout.

« La facture se trouve à l'intérieur de la dernière copie. Vous savez que nous – en tout cas certaines d'entre nous – exécuterions ces copies gratuitement, mais sans votre généreuse contribution nous ne pourrions poursuivre notre œuvre. Nous formons un groupe de pauvres nonnes. Pas une seule d'entre nous ne jouit d'une pension ou d'une dotation satisfaisante. Nous vous sommes extrêmement reconnaissantes de votre aide.

— Et moi je vous suis reconnaissant d'accomplir tout ce travail pour moi. Si vous et vos sœurs ne passiez pas autant de temps à exécuter mes commandes, vous copieriez assez de textes “d’un autre genre” pour remplir votre garde-manger de provisions. Contentez-vous de continuer à produire ces copies, sans vous soucier du prix. »

Elle lui sut gré de la désinvolture avec laquelle il écarta la question du coût, tout en appréciant la profondeur de sa bourse.

« Comment faites-vous pour en distribuer autant ? s’enquit-elle.

— J’envoie les sermons de Wycliffe à l’université de Prague par l’intermédiaire d’un échange d’étudiants avec Oxford. Là-bas le mouvement est plus que mûr. À peine Rome a-t-elle le temps de les brûler que de nouveaux textes de Wycliffe y sont traduits dans la langue de la Bohême. Les prêtres laïques peuvent utiliser autant d’évangiles, voire davantage, que peuvent leur en fournir vos copistes zélées. Les gens ont soif de la vérité de la parole divine.

— Vous courez de grands risques, sir John. Pourquoi faites-vous cela ? » s’enquit-elle en frottant l’endroit de son bras gauche où s’était appuyée la lourde liasse de manuscrits.

« Vous demandez pourquoi ? La réponse est facile à formuler, abbesse. Une fois qu’on a vu la lumière de la vérité, il est impossible de lui tourner le dos. À moins de renoncer à son honneur d’homme. Je pourrais vous poser la même question. Vous pourriez aisément entretenir votre abbaye sans copier de textes interdits. Vous risquez gros, surtout si le Parlement en interdit la simple possession.

— Oh, c’est pour lui que je le fais.

— Pour Notre-Seigneur.

— Pour Lui également », répondit-elle, surprise par ses propres paroles. Stupéfaite d'avoir exprimé un secret profondément enfoui, si profondément qu'elle ne se l'était jamais vraiment avoué à elle-même.

« Je ne poursuivrai pas ce lièvre, fit-il en souriant. Une dame a le droit de protéger les secrets de son cœur. »

Elle le regarda passer le seuil, portant le lourd sac sur un bras, comme s'il s'agissait d'un simple sac de navets. Elle tremblait pour lui, craignant qu'il n'eût trop confiance en son pouvoir, en ses capacités, en sa cause. Ce ne serait pas le premier homme fort qu'elle aurait vu abattre parce qu'il croyait trop au pouvoir de la vérité.

« *Les secrets de son cœur* », avait-il dit.

Il faisait frais dans sa chambre. Par la fenêtre qui donnait sur les jardins du cloître elle vit que le papillon jaune était revenu et s'était posé sur un souci. Bougeant à peine, ses ailes palpitaient dans l'air brûlant et serein. Les nonnes se trouvaient toutes dans la chapelle. Les plains-chants répondaient aux murmures du vieux prêtre qui lisait l'office. On aurait dit un bourdonnement d'abeilles en été. Elle allait s'offrir le plus délicieux des luxes : demeurer tranquillement assise dans l'ombre de sa chambre. Tandis que le soleil de l'après-midi faisait mûrir le jardin empli de lumière sous sa fenêtre et que les créatures cloîtrées – humaines ou autres – vaquaient à leurs occupations bien réglées, elle allait se remémorer le passé et, tel un avare, examiner avec délectation chaque trésor de son coffre aux souvenirs.

Soulevant son voile, elle perçut un courant d'air sur sa joue gauche et, pour la première fois depuis longtemps, sentit une larme couler le long de son visage mutilé. Voilà pourquoi je fais cela, pensa-t-elle. Non qu'elle ne crût pas de tout son cœur au droit des gens à s'adresser à Dieu directement, à lire la merveilleuse vérité de l'Évangile dans la langue qu'ils comprenaient, comme elle reconnaissait les vérités des autres dogmes du lollardisme condamnés par l'Église. La façon dont sir John avait interprété sa réponse n'avait donc pas été fausse. Elle le faisait vraiment pour Lui.

Toutefois elle aurait pu Le servir de plusieurs autres manières, toutes moins dangereuses que celle-là. Elle prenait délibérément le risque, travaillant bien après avoir passé l'âge, pour l'autre « lui », car à chaque trait de plume et chaque fois qu'elle faisait passer un manuscrit en fraude, elle sentait sa présence. Elle savait qu'il en aurait été content. Copier le Verbe était une tâche qu'elle partageait avec un amant depuis longtemps disparu.

Elle chercha à se rappeler le haussement des sourcils, la forme de sa main lorsqu'il tenait la plume, le contact de cette main sur sa peau. Son visage. Mais elle n'y réussit pas. Tout cela s'était évanoui depuis longtemps. Or, durant toutes ces années, chaque fois qu'à force d'écrire elle avait des crampes aux doigts et mal aux yeux, elle avait eu l'impression qu'il se trouvait dans la pièce où elle était en train de travailler. Fermant les yeux, elle s'efforça de susciter sa présence.

Un peu plus tard, elle entendit les sœurs revenir de la chapelle à pas feutrés, puis parler dans le réfectoire pendant qu'elles dressaient la table en prévision du repas du soir. Elle abaissa son voile, alluma la lampe et saisit sa plume, dans l'attente du coup frappé à la porte qui l'inviterait à partager le frugal repas pris entre femmes.

Will Jaggers détestait voler un prêtre. Ça portait malheur et, à en juger par la soutane élimée, celui-ci paraissait poursuivi par la malchance. Malgré tout, il devait bien avoir un morceau de pain dans sa besace, voire une croûte de fromage, et Will n'avait pas mangé depuis la veille, lorsqu'il avait mendié un maigre quignon aux cuisines du château de Rochester, plus connu pour la dame blanche qui hantait ses créneaux que pour ses œuvres de charité.

Puisque l'homme faisait la grasse matinée devant son feu de camp, le voler serait un jeu d'enfant, même s'il allait falloir le retourner. Will s'approcha donc à pas de loup et tira délicatement sur la lanière de la besace. Le prêtre ne broncha pas. À l'intérieur il trouva un flacon – Will le devinait au renflement visible –, et, vu la profondeur du sommeil du prêtre, ce n'était pas de l'eau qu'il contenait. Avec moins de délicatesse il fit rouler le dormeur sur le côté afin de libérer la besace, puis se signa, tout en jurant entre ses dents.

Il avait certes vu assez de cadavres pour reconnaître un corps sans vie mais, de toute façon, le couteau enfoncé dans la poitrine jusqu'au manche grossièrement taillé aurait suffi à l'éclairer. Le pauvre bougre ! Il n'avait probablement pas eu la moindre chance de se défendre. Pourtant, il ne semblait pas être le genre d'homme à tenter les voleurs… Il avait plutôt dû tomber sur une bande de fanatiques qui n'approuvaient pas sa forme de religion et pensaient débarrasser le monde d'un hérétique de plus. C'était l'un de ces prêtres pauvres, un lollard, qu'on savait peu adonnés au luxe. C'est bien ma chance, se dit Will, de tomber sur le cadavre d'un prêtre pauvre plutôt que sur celui d'un moine riche. Mais il n'avait pas tout perdu : les nuits glaciales n'étant pas loin, la soutane pourrait lui tenir chaud. De plus, un prêtre pauvre recevrait de meilleures aumônes qu'un mendiant ordinaire.

Jetant un coup d'œil à l'entour afin de s'assurer que personne n'assistait à la scène, il traîna le prêtre derrière les buissons et s'empressa de le déshabiller, lui laissant ses caleçons, car même mort un homme doit garder quelque once de dignité. Il enfila la soutane marron, se tint quelques instants immobile, bras croisés, chaque main passée dans la large manche opposée. Il essaya le capuchon... Oui, ce serait idéal pour les nuits froides, mais pas pour le moment, sous l'éclatant soleil de l'après-midi. Il le rejeta donc en arrière, saisit la besace, l'ouvrit et la retourna complètement. Un bout de papier tomba en voletant jusqu'au sol. Pas le moindre aliment, pas même une croûte moisie, et le flacon ne contenait que de l'eau. Dépité, il jeta la besace par terre et ramassa le bout de papier.

C'était une carte.

Will ne savait pas lire, mais ce qui figurait sur la carte était un dessin sommaire représentant un château surmonté d'un massif donjon rond qui ressemblait énormément au château de Rochester. Une ligne s'incurvait vers le nord-est, finissant en *X*, et il y avait une autre esquisse d'un plus petit donjon, ainsi que les lettres C. DE COOLING. Il ne fallait pas être grand clerc pour deviner que le prêtre venait de Rochester et se dirigeait vers un autre lieu. Will connaissait un seul autre château dans la région, juste au nord de Gravesend, le château de lord Cobham, où il s'était arrêté une fois. La cuisinière lui avait donné un morceau de pâté, une chope d'ale et du pain pour la route. Le château se trouvait hors des chemins battus, sur un promontoire en pleins marais.

Certes il lui faudrait cheminer quelques jours, mais sans doute aurait-il la chance d'être bien nourri en ces lieux.

Comme il couvrait tant bien que mal le cadavre avec des broussailles, il tenta de se rappeler le Pater, sans succès. Finalement il se contenta de se signer et de marmonner : « Salut à toi, mon père. »

Se sentant désormais moins mendiant, il partit vers l'ouest en direction de Gravesend. Il marchait d'un air grave, les mains enfouies dans les manches.

Frère William. Ça sonnait bien.

« Dieu vous bénisse, mon fils ! » lança-t-il à un arbuste élancé. Et il sourit en pensant que c'était bien commode de pouvoir donner sa bénédiction en anglais. Il n'avait même pas à se soucier de baragouiner du charabia en latin.

Un homme plus avisé aurait pu se demander si une bénédiction donnée en anglais n'était pas justement la cause de la mort du précédent propriétaire de la soutane.

Comme il revenait du château de Cooling, le frère Gabriel se faisait des reproches. Il aurait dû accepter de voir lady Cobham. Sir John s'était sans doute interrogé sur le motif de sa visite. Alors qu'il se dirigeait vers le sud il avait fait un détour de cinq milles vers le nord, sous le futile prétexte de dire adieu à deux personnes dont il venait de faire la connaissance, piètre subterfuge dont sa gaucherie d'adolescent accentuait la maladresse. Il savait que lord et lady Cobham le soupçonnaient de les espionner, et cette visite destinée à les détromper avait au contraire, à cause de son ridicule comportement, renforcé leur suspicion.

Il approchait tout juste de Rochester, mais cette

fois-ci il ne s'engagea pas dans le sentier menant à l'abbaye. L'abbaye… Voilà au moins un lieu où le frère Gabriel serait regretté. Il s'était mis dans les petits papiers des sœurs, d'une en particulier, toute flattée de recevoir son attention. Sœur Agatha avait la langue bien pendue et elle en avait dit assez pour lui faire comprendre que l'abbaye était plongée dans l'hérésie jusqu'au cou. Même si l'abbesse avait prétendu ne plus accepter les commandes de copies des Écritures en anglais, il savait qu'elle avait au moins un bon client. Mais comment le prouver ? La possession d'un seul exemplaire, tel celui que Cobham exhibait sans vergogne dans sa petite salle, ne suffisait pas à faire accuser un gentilhomme d'hérésie. Un paysan, voire un marchand, mais pas un lord anglais siégeant au Parlement, ni l'abbesse qu'il protégeait. À dire vrai, le frère Gabriel doutait qu'une petite abbaye fût capable de produire assez de copies pour l'exportation. C'est ce qu'il avait écrit à l'archevêque dans son dernier rapport.

Afin de dissiper un peu les soupçons, Arundel avait suggéré qu'il s'éloignât quelque temps de l'abbaye et des Cobham. Il s'agissait de s'absenter une quinzaine de jours, de vendre quelques indulgences sur le chemin des Pèlerins avant la fin de la saison. Peut-être lord et lady Cobham, et même l'abbesse, s'habitueraient-ils à ses allées et venues. S'ils finissaient par le considérer comme un membre semi-permanent de la communauté, peut-être s'inquiéteraient-ils moins de sa présence et baisseraient-ils la garde.

Gabriel appréciait ce répit, car il avait horreur d'espionner les Cobham. Il les aimait bien, enviait même le réconfort que chacun trouvait en l'autre, leurs rapports faciles, leur connivence laconique. Toutefois, leur fréquentation ayant douloureusement accru son sentiment de solitude, il était content de repartir. Quelle que fût la force avec laquelle il se pinçait la cuisse ou resserrait sa haire, il ne parvenait pas à chasser de son esprit la scène des bois dont il avait failli être témoin. Après avoir vu sir John creuser la terre durant l'été sous la cascade détournée, il avait compris le but de ces travaux au moment où, comme il allait sortir du bois ce jour-là, il avait aperçu les deux époux, innocents comme des enfants, y entrer. Il avait alors fait demi-tour et décampé à bride abattue.

Mais il en avait assez vu pour que de mauvaises pensées assaillent son esprit.

Les anciens désirs charnels qu'il pensait avoir depuis longtemps surmontés s'étaient réveillés et le poivre des moines pris dans l'infirmerie de l'abbaye ne produisait aucun effet.

Comme il approchait de Rochester, il n'engagea pas son cheval dans High Street, la grand-rue, mais se dirigea vers Boley Hill Street et pénétra dans le groupe des principaux bâtiments ecclésiastiques au-delà de la grande cathédrale, du monastère et du palais épiscopal. Sa première étape : l'étroit passage du Pèlerin menant à la tombe de saint Guillaume de Perth, sanctuaire qui rivalisait avec la tombe de Thomas Becket sur la route des pèlerinages.

Il mit pied à terre, tendit les rênes de son cheval à un palefrenier, puis, plongeant la main dans son étui de velours, en sortit la bulle frappée du sceau du pape Grégoire XII. Non pas le faux cachet de l'un des antipapes d'Avignon ou de Pise, mais l'original de Rome, empreinte du véritable descendant du Pêcheur d'hommes, qui l'avait remis au frère Gabriel en personne. Le sceau le désignait comme pourvoyeur officiel de la grâce divine puisée dans le trésor de pardon amassé par les saints.

Comme il dépliait la bulle et l'étalait avec soin sur la table qu'on lui avait fournie à l'entrée du passage du Pèlerin, il ne ressentit pas le vif frisson que lui procurait d'habitude le simple contact du document. Il ne se réjouissait pas non plus à la perspective d'une journée de prédication et de dispensation de la Grâce à la longue file de pèlerins amassés à l'entrée de l'étroit passage, attendant patiemment, comme des clients devant un étal de foire – lui n'étant qu'un marchand parmi d'autres. Persuadé que le diable était encore à l'œuvre dans son esprit, il s'attela à la tâche.

« En effectuant un don pour reconstruire la basilique de Rome vous obtiendrez le pardon de vos fautes », psalmodia-t-il.

Mais la Grâce divine ne devrait-elle pas par nature être gratuite ? demandait en lui avec force une voix de lollard. Il haussa les épaules, comme pour se débarrasser de cette pensée hérétique et aussi pour soulager un instant la brûlure de son dos. En pure perte dans les deux cas.

« Si vous ne pouvez pas vous rendre à Rome, vos ducats et vos marks accompliront le pèlerinage à la ville sainte à votre place. Sa Sainteté elle-même vous assure que votre acte de pénitence sera pris en compte. »

Mais le Christ ne nous a-t-il pas déjà accordé cela par sa mort et sa résurrection ? S'il suffit d'un pot-de-vin pour être assuré du pardon, pourquoi donc portes-tu la haire qui réduit ton dos à une énorme plaie ?

Voilà bien l'argument du diable, et à l'intérieur de sa

propre tête ! Il pouvait certes identifier le péché qui avait ouvert la porte au diable, mais comment s'en débarrasser ?

Jeune homme, dès les premiers assauts du désir charnel, il était allé voir le frère Francis pour lui demander conseil. « La “discipline” », lui avait répondu son mentor en lui tendant le petit fouet à nœuds aux lanières cordées. Il lui avait appris à s'en flageller le dos jusqu'à ce que les zébrures le brûlent intensément. « Pense à Notre-Seigneur, pense à Ses lacérations, avait dit le frère Francis. Ton célibat est le don que tu Lui fais. Au fur et à mesure que tu avanceras en âge, ton sang se calmera et ton instinct animal s'atténuera. »

La première personne de la file plongea la main dans sa panetière et en retira une pièce.

« Des pennies en échange de la pénitence », lui proposa-t-il. Elle était accompagnée d'une autre femme et sa maudite imagination l'aidait à discerner leurs formes provocantes sous leur pèlerine.

Combien de pennies devrais-je donner pour obtenir la paix ? se demanda-t-il. Combien de coups de discipline faudrait-il pour chasser le diable de mon esprit ?

Sir John écoutait le prédicateur qui se tenait devant sa congrégation de frères. Assis sur des bancs fabriqués à partir d'arbres taillés, abattus par sir John lui-même et ses valets, tout ouïe et les yeux grands ouverts, les fidèles suivaient le prêche. Toutefois, les yeux et les oreilles de sir John étaient en alerte. Il guettait un bruit de sabots annonçant les hommes de l'archevêque, les soldats traquant leurs proies.

« Nous sommes réunis ici, sous le bleu du firmament,

au sein de cette cathédrale édifiée par la main de Dieu, afin de célébrer le sacrifice accompli pour nous par Son Fils unique et Son grand amour pour nous », déclama le prêtre, vêtu d'une simple soutane marron, d'une voix assez forte pour déranger les corneilles qui nichaient très haut au-dessus de leur tête.

« Rome nomme hérésie ce que nous faisons ici, nie notre vérité et prône ses erreurs. C'est le pape et ses suppôts qui pratiquent l'idolâtrie comme les païens. C'est le pape et ses suppôts qui s'agenouillent devant des reliquaires en or incrustés de pierreries. C'est le pape et ses suppôts qui s'agenouillent dans de grandes cathédrales de pierre construites avec l'argent des pauvres. Ils vendent les mensonges du diable et des pardons fallacieux. Vous, mes frères, allez prêcher la vérité. La grâce est gratuite. Comme paiement la grâce ne requiert que l'obéissance. Nous n'adorons pas une croix en or, mais Notre-Seigneur qui est mort sur la Croix. Et celle-ci n'était pas en or mais en bois. Et Il n'est plus cloué sur l'arbre puisqu'Il est ressuscité. »

Armés de pied en cap, les hommes de son entourage en qui sir John avait le plus confiance faisaient cercle autour du groupe de fidèles, leur tournant le dos pour mieux les protéger. Si des envoyés de la couronne ou de l'Église venaient le chercher au château, Joan devait leur dire que lui et ses hommes étaient partis à cheval dans le Herefordshire pour assister à une assemblée. Nul doute qu'ils ne se lancent alors à ses trousses dans l'espoir de le prendre en flagrant délit. Sir John savait qu'il pouvait faire confiance à son épouse pour se débarrasser d'eux. Pour les faire déguerpir au plus vite, avait-elle annoncé, elle invoquerait en dernier ressort la maladie, ferait une allusion à la peste, tout en leur offrant l'hospitalité. Ou bien, avait-elle ajouté, une lueur de malice dans les yeux, tout en examinant les boudins et les pâtés préparés pour ses invités, elle leur raconterait que « pour faire pénitence elle donnait à manger aux lépreux du coin », avant de les inviter au repas.

Après l'office, si le champ était libre, elle enverrait un valet inviter tous les assistants à venir dans la grande salle déguster du chapon rôti et des crèmes, et peut-être y aurait-il des tartelettes aux pommes, enfouies sous des monceaux de crème en grumeaux…

Il aurait vraiment dû écouter le sermon.

« Chacun d'entre nous confesse ses péchés directement à Dieu. Nous ne marmonnons pas des prières en latin que nous ne comprenons pas. Nous lisons nous-mêmes Sa parole dans notre propre langue et nous partirons d'ici pour aller libérer les gens de la calomnie d'un pape apostat qui met en danger l'âme du peuple de Dieu en lui imposant les chaînes de la superstition forgées au feu de la cupidité. »

L'un des prêtres mena deux convertis, un franc tenancier et sa femme, qui devaient avoir à peu près l'âge de sir John, au lac baptismal. Ils frissonnaient dans la brise du crépuscule. La cascade avait été barrée et le lac reflétait l'indigo du ciel. La première étoile du soir avait apparu à côté d'un pâle croissant de lune.

Sir John récita ses prières personnelles en action de grâces tandis que la communauté des frères commençait le Notre Père dans un langage clair, un langage d'homme que comprendrait Dieu, à l'image de qui l'homme avait été fait. Le Dieu de sir John n'était plus suspendu, ensanglanté et vaincu, emprisonné comme une idole morte au-dessus de quelque autel. Il soupirait dans le vent, hurlait dans le tonnerre et riait dans le rugissement de l'océan. Et sir John espérait qu'en ce moment Il posait sur eux un regard approbateur. Ainsi soit-il ! pria-t-il en silence. Tous avaient énormément besoin de Son approbation. Un bruissement se faisait entendre dans le dais de feuilles qui les surplombait. Était-ce la voix de Dieu qui leur chuchotait : « Libérez mon Église » ?

Ou bien son imagination lui jouait-elle des tours ? Allait-il devoir guetter à genoux plus attentivement, plus longtemps, « le son doux et subtil » de sa conscience ?

Le lendemain, après que le dernier frère laïque eut reçu son paquet de nourriture pour la route de la part des généreuses cuisines du château de Cooling et que les châtelains se furent retirés dans leurs appartements, sir John contempla sa femme qui brossait ses cheveux châtains devant son trumeau.

« Par conséquent, milord, vous êtes satisfait de l'assemblée ? demanda-t-elle.

— Très satisfait, milady. Tout s'est passé comme prévu. Ç'a été une bonne réunion. Nous avons distribué jusqu'à la dernière des traductions.

— Donnez-moi la facture de l'abbesse et je vais veiller à ce qu'elle soit rapidement réglée. Les ressources de l'abbaye sont fort maigres. »

Trop tard… Sir John se rappela soudain quelque chose. Il poussa un grognement.

Lady Joan reposa sa brosse et se tourna vers lui.

« Que se passe-t-il, mon cher époux ? Je vous avais prévenu de ne pas manger cette dernière part de…

— Jusqu'à la dernière… Nous avons distribué les

traductions jusqu'à la dernière. La facture se trouvait dans la dernière. »

Ce fut au tour de son épouse de gémir.

« L'abbesse inscrit-elle votre nom sur la facture ?

— Toujours. Pour sa propre protection j'insiste pour qu'elle l'inscrive. Elle écrit seulement : “Copies d'Évangiles”. Elle ne précise pas “Évangiles en anglais”.

— Mais John, si on trouve la facture avec le livre…

— C'est trop tard pour se tracasser à ce sujet. De toute façon, le frère qui a le livre découvrira la facture et la détruira. Et s'il ne le fait pas, peu importe, puisque nos activités ne sont pas secrètes. Le frère Gabriel a déjà aperçu la Bible de Wycliffe dans la petite salle.

— Le fait d'en posséder une seule sera peut-être toléré, alors qu'en distribuer plusieurs exemplaires risque de ne pas l'être. » Elle se tut, la main posée sur la brosse. « Quoi qu'il en soit, il faut que vous vous rendiez à nouveau à l'abbaye pour demander à l'abbesse ce qu'on lui doit. »

Il opina du chef. « Il est probable qu'on n'en entendra plus parler. La facture a déjà dû être perdue ou jetée. Sauf si quelqu'un la découvre en même temps que le livre, ça ne peut guère tirer à conséquence. » Mais même lui ne trouvait pas ses propos très convaincants.

Elle se pencha en avant et lui déposa un petit baiser sur la joue. « Ce qui est fait est fait. Pas moyen de revenir en arrière. N'y pensons plus ! » fit-elle en reprenant la brosse.

Au moment où sir John sentait la caresse des lèvres sur sa peau, il grimaça en se remémorant un frère qui avait l'air mal à l'aise et qui avait somnolé durant toute la lecture de la Bible, avant de dévorer son repas avec un appétit de loup. Mordieu, ce n'était qu'un bout de papier, après tout !

« Reste-t-il des tartelettes aux pommes ? demanda-t-il.

— Vous êtes insatiable, mon cher époux ! » s'esclaffa-t-elle. Puis elle clappa de la langue et passa la brosse dans ses cheveux dénoués.

« Je sais », répliqua-t-il. Puis, entourant de ses bras la taille de sa femme, il lui fit reposer la brosse.

DOUZE

Qu'il [un moine] se confine entre les murs de son cloître [...] car le monde est [...] souillé par tant de crimes que leur vue seule contamine n'importe quel esprit saint...

Peter DAMIAN,
L'Idéal monastique (XIe siècle)

Gabriel était épuisé par ses voyages : deux semaines de cours de châteaux, de marchés de campagne, d'églises, de places de villages, de Maidstone au château de Bodiam, tous ayant besoin de « grâce divine ». Il avait plus d'une fois pensé qu'il n'était guère qu'un colporteur chargé d'un sac de marchandises, mais il se rappelait alors que dans son sac se trouvait la Grâce de Dieu et que cette seule pensée constituait un blasphème.

Quand il arriva à Hastings, c'était déjà la fin du mois de septembre. Une pluie froide tombait et il pensa chercher abri, mais il savait qu'il était proche du but : Senlac, à Hastings Field. Le vieux nom normand signifiait « lac de sang », et la terre détrempée donnait vraiment l'impression de suer du sang. Les gens du coin considéraient que le lieu était hanté depuis la bataille normande durant laquelle Guillaume le Conquérant avait tué le roi Harold. Pour un peu Gabriel aurait cru lui aussi à cette légende par cet après-midi où des vagues de brume déferlaient depuis la mer, les effluves salins se mélangeant aux senteurs de terre et de mousse.

Il apercevait la résidence en grès de l'abbaye Saint-Martin qui se dressait au loin sur la colline. Gabriel savait que le frère Francis y était et qu'il trouverait du réconfort auprès du vieil homme, ainsi que l'absolution, car il y avait trop longtemps qu'il ne s'était pas confessé. Son âme était lourde d'un désir si vague qu'il ne pouvait même pas le définir. Il tira sur son capuchon pour protéger son visage de la pluie, et éperonna son cheval pour le forcer à gravir la pente en évitant les flaques rouges qui bouillonnaient comme du sang.

« Vous avez terminé, frère Francis ? »

Mame Clare sentait l'irritation tirer les traits de son visage anguleux et la désapprobation pincer fortement ses lèvres. Ce que mangeait le vieil homme n'aurait pas suffi à maintenir en vie un coucou. Peu importait qu'elle fût restée debout malgré ses chevilles enflées pour couper le bœuf en minuscules morceaux, après avoir balayé l'âtre, vidé le pot de chambre du frère, repassé sa chemise, enlevé la boue de ses chaussures et lavé, avec une extrême délicatesse de peur de la déchirer, sa peau aussi fragile qu'un crêpe. La douceur ayant depuis très longtemps fui le caractère de mame Clare, cette délicatesse indiquait son désir d'éviter coûte que coûte l'apparition des sombres taches violettes dont se marquait facilement la peau des bras du frère Francis. Bientôt elle lui mâcherait les aliments comme une mère, ou plutôt une grand-mère, puisqu'elle avait largement passé l'âge d'avoir des enfants. Mais le frère Francis n'était pas son enfant.

Il n'avait pas touché la bière non plus, alors qu'autrefois il eût demandé une deuxième voire une troisième ration de viande et de bière. Elle le regardait avec stupéfaction, n'arrivant pas à s'y faire, comme si, quelque part sous les joues ridées et les yeux creux qui scrutaient constamment les ombres à l'entour, elle discernait la force vitale de l'homme qu'elle avait jadis connu.

« Voulez-vous que j'appelle l'un des novices pour qu'il vous fasse la lecture ? »

Elle n'avait jamais appris à lire. « En quoi cela serait-il utile à une servante de savoir lire ? » avait-il demandé chaque fois qu'elle lui en avait parlé, tout en fixant sur elle un regard vide. Il n'avait pas cherché à la blesser, mais était sincèrement intrigué par cette requête incongrue.

Il ne répondit pas à sa question, se contentant de se recroqueviller en frémissant sous sa couverture de laine.

« Vous avez froid ? Voulez-vous que j'ajoute de la tourbe dans la cheminée ? »

Fermant ses yeux chassieux, il secoua la tête. Elle lui trouvait l'air d'une tortue d'eau douce tapie à l'intérieur de sa carapace.

« Ça ne ferait que produire de la fumée, répondit-il. La fumée me fait tousser. » Et, comme si le seul fait d'en parler l'avait déclenchée, une quinte de toux grasse le prit, le laissant épuisé et frissonnant. Mame Clare saisit la cuiller en corne et fit couler une décoction de feuilles de consoude dans le gosier du frère, puis, recueillant l'excès de liquide qui dégouttait au coin des lèvres, le lui reversa dans la bouche.

Tandis que le vieil homme toussait, la pluie dégoulinait sans bruit le long de la fenêtre aux vitres sombres.

Par tous les saints, comment trouvait-elle la force de supporter ces fléaux ! L'un ou l'autre, ou les deux. Les violentes quintes lui faisaient mal aux oreilles et l'humidité suintant des murs en pierre rendait ses os douloureux.

Car mame Clare partageait le petit appartement avec le frère Francis – quoique « partager » ne fût sans doute pas le terme adéquat, le vieux prêtre vivant depuis longtemps davantage dans sa tête que dans le monde réel. La plupart du temps il ne remarquait guère la présence de sa servante. Au même titre que les bougeoirs qui l'éclairaient, le fauteuil où il se reposait et le lit dans lequel il dormait, elle n'était guère plus qu'un vieux meuble usagé.

Un rideau de laine séparait les deux pièces du logis contigu à la résidence des moines, tout en possédant une entrée séparée. La petite chambre de la servante servait d'office et de garde-manger ; c'est là qu'elle préparait les repas du frère Francis. Si jadis il les avait pris au réfectoire avec les autres moines, à présent il ne s'aventurait que rarement loin du minuscule braisier près duquel il se pelotonnait. Parfois ses confrères ou d'autres visiteurs venaient le voir, car il était très respecté. Mame Clare était alors requise pour les servir eux aussi.

Mais le vieux moine n'avait pas toujours été ainsi, ayant jadis joui d'un puissant physique – une barbe drue, un corps robuste et un esprit vif. À présent il lui arrivait de la regarder comme s'il la connaissait à peine, ses yeux à demi aveugles scrutant son visage, la tête penchée de côté pour que le bord extérieur de ses yeux fatigués pussent percevoir son image.

« Vous êtes mame Clare, dit-il, comme si elle venait d'arriver en visite, alors qu'elle le servait jour et nuit depuis près de douze ans.

— Non, frère Francis. Je suis dame d'honneur de Sa Majesté la reine d'Angleterre. » Puis, pour se faire pardonner et adoucir ses paroles, elle lui tapota immédiatement l'épaule. « Bien sûr que je suis mame Clare, mon père. C'est d'ailleurs fort dommage et pour vous et pour moi. »

Elle enleva le bol de soupe, le gobelet de bière intact, et, ouvrant la porte, en jeta le contenu dans la pluie, manquant tout juste d'éclabousser le cavalier qui s'apprêtait à mettre pied à terre. Il avait le visage dissimulé par le capuce rabattu très bas sur le devant, mais elle aurait reconnu son beau corps n'importe où.

« Il vaudrait mieux que vous attendiez demain, car j'étais sur le point de coucher le frère Francis. De toute façon il est probable qu'il ne vous reconnaîtrait pas ce soir. »

Le cavalier opina du chef et se dirigea vers la résidence des hôtes de passage.

Mame Clare se tint sur le seuil, insoucieuse de la pluie battante qui s'engouffrait sous le linteau de la porte et mouillait sa jupe et son tablier taché. Elle serrait si fort le gobelet et le bol vides que les grosses articulations de ses doigts rougeauds virèrent au blanc et que les deux récipients se seraient sans aucun doute brisés s'ils avaient été fabriqués dans une matière plus fragile.

Ce fut seulement lorsqu'elle entendit le vieux prêtre l'appeler que, refermant la porte sur le vent et la pluie, elle rentra dans l'appartement, à la fois dépouillé et en désordre, du vieux prêtre. Elle demeura longtemps sur son petit lit dans l'obscurité à regarder les gouttes de pluie rouler le long de la fenêtre sombre, telles les larmes d'une veuve. Peu avant le chant du coq, elle tomba dans un demi-sommeil troublé.

Le frère Gabriel se réveilla au son des cloches sonnant la vigile. *Opus Dei.* L'œuvre de Dieu. Il guetta les pas dans l'escalier de la résidence et, lorsque ces bruits furent remplacés par les délicates premières notes du plain-chant, il sortit de son lit avec l'intention de rejoindre ses frères dans le chœur. Comme il traversait le cloître, qui se trouvait tout près de sa cellule d'hôte de passage, il entendit un léger bruissement. Il crut d'abord qu'il s'agissait de quelque créature nocturne se livrant à sa perpétuelle quête de nourriture, mais le bruissement se précisa en bruit de pas accompagné d'un petit reniflement. Les créatures nocturnes ne reniflent pas.

Cela recommença, et cette fois-ci on ne pouvait s'y tromper.

À l'intersection d'un banc et d'un mur, Gabriel crut apercevoir une plaque d'ombre, un simple épaississement de la texture de la nuit, qui frissonna et s'aplatit contre le mur. La tête baissée et les bras croisés, attitude du moine contemplatif sur le chemin de la prière, le frère

Gabriel longea le couloir enténébré. Le reniflement cessa au moment où il s'approchait du coin où se trouvait le banc.

Il ralentit le pas.

Il percevait la présence de la créature tapie là et retenant son souffle. Sans doute l'un des *infantes*, les oblats, cherchant à éviter les prières des heures. Mais pourquoi l'enfant se serait-il tapi ici dans le froid humide ? À moins qu'il ne se fût enfui. Cette incartade rendrait furieux le seigneur qui avait généreusement payé l'Église pour l'éducation du gamin et son futur sacerdoce, mais, l'espace d'un instant, Gabriel ressentit de la compassion pour le désir de liberté du garçonnet. Enfant, il avait éprouvé le même besoin mais n'avait eu aucun endroit où s'enfuir.

Lorsque le pied de Gabriel parvint au niveau du banc, il lança brusquement sa jambe, plaquant la mystérieuse créature. Il se pencha en avant et il découvrit un gamin tremblant qu'il força à se lever. Il le traîna à travers la cour vers une lanterne à la flamme vacillante, accrochée à la façade de la maison chapitrale et qui faisait danser les ombres. La nuit, le promenoir du cloître était un endroit effrayant pour un gamin. Gabriel s'en souvenait parfaitement. Ce fut peut-être ce souvenir qui donna à sa voix un ton bourru.

« Voyons un peu à quoi tu ressembles », dit-il, en maintenant sous la lumière le garçonnet, qui devait avoir environ six ans, l'âge de Gabriel lorsque le frère Francis l'avait emmené vivre avec les frères.

« Vous allez me battre ? » demanda-t-il d'une voix ténue mais courageuse, exigeant de connaître le pire presque d'un ton de défi. Dans un monastère, l'esprit de défi n'était pas une qualité chez un gamin. De cela aussi Gabriel se souvenait.

« Je devrais te battre ? Quelqu'un te bat-il ?

— Le frère Barthélemy.

— Et pourquoi le frère Barthélemy te bat-il ?

— Parce que je ne vais pas à la chorale.

— Pourquoi ne vas-tu pas à la chorale ? Tu n'es pas un endormi, si ? » demanda-t-il en ébouriffant la tignasse du gosse. La lumière de la lanterne crachotante tombait sur le visage de l'enfant, soulignant les épais sourcils qui pointaient vers le bas. La note de défi avait disparu quand il répondit.

« J'ai peur.

— De quoi as-tu peur ? »

Gabriel se rappela soudain le grand crucifix sculpté suspendu en haut dans la chapelle et comment, lorsque les frères chantaient le *kyrie*, il avait eu peur que le Christ en bois ne fût ressuscité et ne se mît à saigner, lâchant de grosses gouttes de sang sur sa tête. Il chantait doucement, craignant de faire entendre sa voix, et ensuite il avait honte parce qu'il avait eu peur du sang, du sang qui sauve. Il n'avait jamais avoué sa peur à personne, car c'était sûrement un péché mortel d'avoir peur du sang du Sauveur.

Il avait appris à ne pas regarder le crucifix lorsqu'il pénétrait dans le chœur.

« J'ai peur des diables qui s'y trouvent, chuchota la petite voix.

— Des diables ? Quels diables ?

— Les diables sculptés sur les miséricordes. »

Misericordia. De *miserere*, « avoir pitié ». Enfant, avant d'apprendre le latin, il avait cru que le nom des sculptures venait de *miseria*, la « misère ». C'est peut-être ce qu'avait aussi cru le sculpteur, car la pitié n'était guère présente dans ses sculptures. Il se souvenait d'avoir suivi du doigt les diables cornus et les grotesques gargouilles sculptés sur les abattants des stalles du chœur.

Gabriel tint le garçonnet à bout de bras, le forçant à lever la tête pour pouvoir regarder son visage. « Tu n'es pas en train de t'échapper, pas vrai ?

— Non. Je me cachais seulement du frère Barthélemy. Il ne va pas avoir l'idée de me chercher ici la nuit. » Le ton recelait une note d'espoir, presque de bravade. « Ce matin il aura déjà oublié. »

Gabriel se promit de parler au frère Barthélemy.

« Bon. Comment t'appelles-tu ?

— Andrew. »

Il entendait le plain-chant psalmodié dans la chapelle. Ce serait bientôt la fin des vigiles. « Eh bien, Andrew, viens au réfectoire avec moi. On va chercher un peu de pain et de fromage et je vais t'apprendre à ne pas avoir peur d'un personnage sculpté dans le bois. Je vais te montrer comment en sculpter un toi-même. »

L'enfant glissa sa petite main dans celle de Gabriel. Gabriel eut un pincement au cœur.

« Et les ombres de la nuit. Elles me font peur elles aussi.

— Les ombres, il va falloir s'y habituer. On doit tous apprendre à vivre avec elles, chacun à sa façon. Mais tu as le cœur brave et tu peux y arriver. C'est comme ça que les cœurs braves se renforcent.

— C'est comme ça qu'on devient un homme ?

— Oui, je suppose, Andrew. En effet. »

TREIZE

Pour jeter un sort à votre ennemi, tirez quelques-uns de ses cheveux du peigne, plongez-les dans votre urine, puis jetez-les sur ses vêtements […]. Il ne connaîtra plus le repos, ni le jour, ni la nuit.

Extrait d'un livre de charmes gitans

Anna détestait l'idée d'avoir une dette envers Bera et sa maussade épouse enceinte. Elle avait tenté de rendre la jupe rouge, mais Lela l'avait refusée.

« Elle est *mahrime* », avait expliqué Jetta quand elles se retrouvèrent seules dans le chariot – appelé *vardo* par les gitans –, avec Petit Bek, qui dormait sur sa natte.

— Mais je l'ai lavée ! » s'était écriée Anna, consciente de l'indignation perceptible dans son ton.

La vieille femme avait haussé les épaules. « Elle a été portée par une *gadjé*. Pour Lela elle est souillée. Vous pouvez la garder, elle ne la portera plus. Ne vous vexez pas. C'est comme ça chez les romanis. »

Anna se retint de répondre en jetant un coup d'œil à l'entour sur l'espace étriqué, encombré et poussiéreux du chariot. Elle regrettait le parquet ciré et les pièces ensoleillées bien tenues de sa petite maison de Prague. Elle se sentait pareille au gamin juif coiffé de son ridicule chapeau pointu, seul et effrayé devant les murs de la Judenstadt. Comme sa condition d'exclu lui avait fait pitié ! Or même lui avait sa tribu juive, sa famille juive. Mais elle, qu'avait-elle ? Elle était une *gadjé* dans un milieu romani.

Ses paupières la piquaient, mais elle refusait de pleurer. À quoi cela servirait-il ? Qui allait se soucier de ses larmes ? Pas Jetta, en tout cas. Elle se contenterait de regarder sa nouvelle pupille de ses yeux gris vides et marmonnerait entre ses dents. Et Petit Bek pleurerait avec elle en faisant *bek*, *bek*, *bek*, ce qui rappellerait à Anna que certains avaient de plus lourdes croix à porter.

Il y eut le cliquetis des perles du rideau à l'entrée du chariot, un changement de luminosité, suivis d'un bruit sourd : Jetta sautait du chariot en marche sur un tapis d'aiguilles de pin. Elle devait sans doute se diriger vers un autre chariot plein de femmes romani, des femmes avec qui papoter, peut-être même à propos de la *gadjé* rousse qui alourdissait le fardeau de leur vie quotidienne. Tout en reprochant à Jetta de l'avoir tirée de la rivière, elles riaient aux éclats. Elle avait entendu leurs rires, alors qu'elles gardaient toujours l'air sombre lorsque Anna se trouvait dans les parages.

Comme la caravane serpentait à travers les forêts

denses d'arbres verts, ce qui donnait une impression de perpétuel crépuscule, Anna cligna fortement les paupières, puis, fermant les yeux à cause des soubresauts du chariot, tenta d'échapper à l'ennui et à la solitude en somnolant. Or ses pensées rendaient le sommeil impossible. Pour quelle raison avait-elle accompagné le groupe ? Mais elle connaissait la réponse. Le soir même où on l'avait chassée de chez elle, Bera avait apparu sur le seuil de sa porte et lui avait offert le moyen de fuir. Il avait annoncé qu'ils allaient se diriger vers l'ouest.

« Vers l'Angleterre ? avait-elle demandé, voyant peut-être en lui un sauveur envoyé par Dieu, voire par son grand-père par-delà la tombe.

— L'Angleterre se trouve-t-elle à l'ouest de Prague ?

— C'est extrêmement loin, mais ça se trouve à l'ouest », avait-elle répondu. Il avait parcouru du regard la pièce avant de lui décocher son éclatant sourire.

« Alors, on va en Angleterre. Accompagnez-nous, si vous voulez. Mais apportez le livre saint. »

Elle se demandait à présent si elle avait commis une erreur. Mais avait-elle eu le choix ?

Elle se posait également d'autres questions. Quand allaient-ils s'arrêter pour installer le camp ? Pourquoi les femmes ne la laissaient-elles pas faire la lessive et la cuisine avec elles ? Pourquoi insistaient-elles pour la baigner, l'habiller, préparer sa nourriture et la servir comme si elle était quelque princesse, alors que ces soins, dispensés à contrecœur, s'ajoutaient à leurs innombrables tâches ?

Mais elle avait cessé de les interroger.

« C'est la coutume des romanis, répondait Jetta en

haussant les épaules. Si vous voulez aider, vous pouvez laver Petit Bek. Il est *gadjé* lui aussi. »

Petit Bek bougea sur sa natte, ouvrit les yeux, la regarda en clignant les paupières comme s'il comprenait sa tristesse. Pour la consoler il lui fit son sourire tordu et baveux.

« Chantons, Petit Bek ! » lança-t-elle.

Et comme elle entonnait le chant, il se joignit à elle en fredonnant une mélodie sans paroles. La mélopée s'échappait du chariot et se fondait dans l'épais dais de verdure qui cachait le ciel.

À la Saint-Michel, Anna et ses compagnons romanis avaient établi leur camp à l'ombre de la cathédrale de Strasbourg. La troupe avait tellement grossi que, lorsqu'ils traversèrent le Rhin, il y avait cinq chariots et plusieurs cavaliers. Selon les jours le groupe comptait plus ou moins de quarante pèlerins. Anna avait cependant remarqué que, à la nuit tombée, la troupe se divisait en deux communautés distinctes. Le petit groupe de chariots peints s'abritait toujours dans le bois le plus proche, tandis que les autres, les « vrais » pèlerins – comme Anna avait fini par les appeler en son for intérieur –, installaient leur campement dans une clairière peu éloignée autour d'un feu de camp commun. S'ils s'arrêtaient à côté d'une auberge ou d'une ville, les pèlerins trouvaient le confort d'un matelas de paille sous un vrai toit. Parmi les *gorgios*, les étrangers, seule Anna était autorisée à camper au milieu de la communauté. Elle et Petit Bek.

Anna leur était reconnaissante de l'avoir acceptée parmi eux, même si elle se demandait parfois pourquoi.

Certes, elle payait son voyage en puisant dans sa petite réserve de shillings, de nobles et de florins cachée dans son coffre en bois, mais elle devinait que les « pèlerins », dont les visages changeaient à chaque ville, achetaient eux aussi à Bera le droit de voyager sous l'égide du sauf-conduit délivré par l'empereur du Saint Empire romain, document que Bera se vantait souvent de posséder. Si on les arrêtait sur la route ou si on refusait de les laisser entrer dans une ville fortifiée, il sortait de sa poche le document enroulé et l'exhibait avec un grand geste. « Voyez ! lançait-il, en tchèque ou en allemand, y mêlant même quelques mots anglais qu'Anna lui avait appris. Droit de libre passage. » Puis il désignait le sceau de l'empereur Sigismond, comme s'il était capable d'en lire chaque terme.

Anna ne sut jamais comment il l'avait obtenu, bien que cela eût l'air d'être un document officiel, qui faisait son effet. Même le maire ou l'échevin se laissaient convaincre, leur permettant de pénétrer dans la ville ou dans la cour du château, voire d'installer leurs petites baraques près des cathédrales et des sanctuaires pour vendre de grossières copies en métal d'insignes de pèlerins « authentiques », reconnus par l'Église. Anna soupçonnait Bera de faire payer aux pèlerins le droit de se déplacer sans entraves d'un territoire à l'autre, d'où la façon dont le nombre de gitans – et leur fortune – croissait et décroissait.

Ce jour-là, ils s'étaient installés à la foire de la Saint-Michel à Strasbourg, et la journée s'annonçait sous les meilleurs auspices. Le soleil de cette fin de septembre se déversait à flots sur les voies envahies de pèlerins en route pour les différents sanctuaires éparpillés autour de Strasbourg.

Anna espérait que la journée serait vraiment bonne. Ils en avaient besoin. Bera avait annoncé que la canicule de cette fin d'été avait presque complètement desséché la provende destinée aux chevaux qui tiraient les chariots, ce qui les avait obligés à acheter du foin. La semaine précédente il était même venu, pour la première fois, lui demander tout à trac quelques shillings supplémentaires. Auparavant, il s'était toujours contenté d'indiquer que le groupe avait besoin de ceci ou de cela, et alors elle donnait quelques pièces. Mame Kremensky avait effectué un remboursement généreux des loyers payés à l'avance et avait racheté à Anna les meubles qu'elle avait dû laisser, mais il ne restait à présent à celle-ci que quelques pièces en or et plus aucune pièce en argent. Elle était décidée à préserver ce petit pécule jusqu'à son arrivée en Angleterre.

Elle ne craignait guère que les gitans ne l'expulsent. Elle espérait même qu'ils étaient assez superstitieux pour se sentir responsables d'elle, puisque l'un d'entre eux lui avait sauvé la vie. En dépit du fait qu'au moins l'un des membres du groupe était plutôt désireux de se débarrasser de sa présence… Plus son ventre enflait, plus Lela se montrait hostile envers elle, et plus Anna était gênée du regard ouvertement appréciateur de Bera. Anna les avait entendus se disputer la nuit précédente, Lela en pleurs affirmant qu'elle allait devenir folle si elle devait rester claquemurée dans le chariot, si elle n'avait pas le droit d'aller à la foire, tandis que Bera lui rétorquait en hurlant qu'elle ne devait pas se montrer avant l'accouchement, que c'était la coutume chez les romanis.

Et voilà qu'à présent Anna avait pris le travail de Lela derrière l'étal, nouveau grief à ajouter à la liste des offenses que l'épouse de Bera gardait en tête. Anna devait reconnaître malgré tout qu'elle était ravie qu'on lui confiât enfin une tâche. Elle aimait disposer les petits insignes de métal, les aligner avec grand soin, placer sur le devant ceux qui représentaient les sanctuaires les plus proches et poser un minuscule bouquet de fleurs des champs au centre de l'étal pour attirer le chaland. Les femmes romani ne pouvaient l'empêcher d'effectuer ce travail, puisque cela n'impliquait pas qu'elle touchât leur nourriture, leur eau, ni même leur linge sale.

Elle plaça devant les fleurs des champs la médaille ornée de l'image de la Vierge portant l'Enfant Jésus dans ses bras. C'était son insigne favori. Même sur cette grossière copie, l'expression du visage de la Madone évoquait pour Anna un désir si intense que c'était presque une douleur physique qu'elle ne savait comment interpréter. Était-ce soif d'amour pour la mère qu'elle n'avait jamais connue, ou pour l'enfant qu'elle n'aurait sans doute jamais ?

Levant les yeux, elle vit que Bera la regardait, l'air concentré et calculateur. Cette expression était celle qu'il affichait chaque fois qu'il négociait ou s'apprêtait à conclure l'une de ces affaires de maquignonnage dont il se vantait souvent. Elle plaignait sa victime.

Puis elle se rendit compte qu'à part elle il n'y avait personne dans les parages. Le regard rusé lui était destiné.

Elle fit semblant de ne pas s'être aperçue de sa présence, tant elle était absorbée par la mise en place de sa marchandise.

Elle avait réfléchi à la façon dont elle pourrait payer son voyage. Peut-être en fabriquant un insigne de pèlerin de meilleure qualité, qui eût moins l'air d'être une copie, une croix brodée qui ressemblât à la croix accrochée à une chaîne en argent sous son chemisier, celle qui avait appartenu à sa mère et que Dědeček lui avait donnée. Elle pourrait reproduire les perles incrustées dans la traverse de la croix avec de petits nœuds en fil de soie. Elle possédait un corsage bleu en soie dans lequel elle pourrait découper des coussinets carrés. Elle avait aperçu du fil de soie crème dans une baraque voisine. Pour un demi-penny elle en aurait une quantité suffisante, quoique l'expression du visage de Bera au moment où il s'avança vers elle lui eût indiqué que si elle ne prenait pas garde il ne lui resterait même pas un demi-penny.

Sans lever la tête, elle le vit approcher. Le col de sa chemise en soie rouge était élimé et la manche de son blouson décousue. Elle savait qu'il porterait cette chemise jusqu'à ce qu'elle tombât en lambeaux – chez les romanis on ne réparait rien – et qu'alors il la jetterait et en choisirait une nouvelle, absolument identique. Elle ne l'avait jamais vu porter autre chose.

Il était maintenant si près d'elle qu'elle percevait la forte odeur de santal, son parfum personnel. Il plissa les paupières, comme ébloui par le soleil. Mais elle n'était pas dupe : il se concentrait. Il resta un moment silencieux, appuyé contre le mât de la tente d'Anna, se curant les dents avec une paille dans une pose de nonchalance étudiée.

Elle affecta d'être occupée par la disposition des icônes. Il finit par lui adresser la parole.

« Les chevaux ont besoin de fourrage, dit-il.

— Je le sais », répondit-elle. Elle sentit le rouge lui monter au front, mais elle avait décidé de parler sans ambages elle aussi. « Hélas, cette fois-ci je ne puis vous aider car je n'ai plus d'argent. »

Elle poussa un profond soupir pour souligner ses propos mensongers, enlevant d'une chiquenaude un grain de poussière imaginaire sur un insigne métallique. Il allait lui répliquer que si elle ne pouvait pas payer elle n'avait qu'à déguerpir. Que ferait-elle alors ? Où aller ? Or c'était justement la raison pour laquelle elle ne pouvait pas dépenser ses pièces d'or jusqu'au dernier liard. Elle devait garder une réserve afin d'éviter d'être absolument démunie s'il la chassait du groupe.

« Dommage ! fit-il, tout en semblant attendre quelque chose.

— Toutefois, j'ai un projet afin d'en gagner un peu. Il s'agit d'un insigne de pèlerin, non pas en métal mais en tissu. Une croix brodée. Je…

— Moi aussi j'ai un projet. Je sais comment nous pourrons avoir assez de foin pour aller jusqu'en France. »

Nous. Il avait dit *nous*. Ce n'était pas bon signe. « Mais vous ne voulez pas écouter…

— Vous avez toujours le livre anglais ? »

C'était donc là son projet. Il savait qu'elle avait apporté « le livre » avec elle, qu'il se trouvait dans son coffre de voyage puisqu'il l'avait aidée à l'y ranger lorsqu'elle s'était enfuie de Prague. Mais il n'y avait encore jamais fait allusion.

Jusqu'à maintenant.

Il pouvait le lui voler, mais s'il en avait eu l'intention il l'aurait déjà fait, même si elle savait que les romanis commettaient de petits vols, de la nourriture en général, tels que des pâtés placés sans surveillance à refroidir sur le rebord d'une fenêtre ou des melons dans un champ.

Elle l'avait vu une fois chaparder un poulet dans la cour d'une maisonnette. Il avait attaché un grain à une ficelle, puis l'avait jeté dans la cour en passant devant d'un pas tranquille, et lorsque le poulet avait avalé l'appât Bera l'avait entraîné dans un bois voisin en tirant sur la ficelle. Anna se doutait que si elle avait plus d'une fois dégusté une bonne fricassée de poulet, c'était grâce à ce subterfuge. Elle avait la reconnaissance du ventre.

Les hommes du groupe considéraient le produit de ces larcins comme un tribut payé à leur débrouillardise. Ils s'en vantaient, d'ailleurs, comme si les nourritures terrestres avaient dû être équitablement réparties et qu'ils ne fissent que redresser un tort. Ils se montraient également fiers de leur rouerie. Bera était capable de vendre plusieurs fois de suite le même cheval épuisé, remplissant de goudron la cavité des dents usées d'une vieille haridelle afin qu'on la prît pour le centre noir des dents d'un jeune cheval. Quand la supercherie était découverte, un autre membre du groupe affichait sa compassion. « Tss tss, qu'est-ce qu'y a comme crapules ici-bas ! » Puis il proposait de racheter la vieille rosse à un prix inférieur. « Juste pour vous en débarrasser. »

Ils jugeaient que cela faisait simplement partie des qualités du bon maquignon. Toutefois, Anna ne les avait jamais vus dérober de l'argent ou des objets de valeur, et sûrement pas à quelqu'un à qui ils offraient l'hospitalité.

« Le livre anglais, reprit Bera, cherchant à peine à cacher son impatience. La bible que vous m'avez montrée à Prague. Vous l'avez toujours ?

— Oui », répondit-elle, sachant que ça ne servirait à rien de le nier. D'ailleurs, selon la moralité biscornue de Bera, un mensonge de la part d'Anna lui aurait en quelque sorte donné un motif légitime de voler le livre.

« Je l'ai toujours en ma possession, mais, comme je vous l'ai déjà dit, je refuse de le vendre, poursuivit-elle du ton le plus ferme possible, afin que sa détermination fût patente. Je le protégerai jusqu'à mon dernier souffle.

— Tout doux, ma petite jument ! » s'esclaffa-t-il.

Elle l'avait entendu utiliser cette même formule avec Lela quand elle lui avait reproché son manque d'attentions. Furieuse, Anna s'apprêtait à rétorquer que, roi ou non, il ne pouvait lui parler ainsi, qu'elle refusait d'être comparée à une jument, quand il poursuivit :

« Je ne vous demande pas de le vendre, il suffirait qu'on le sorte et qu'on l'ouvre. L'homme que vous voyez là-bas, le franc-tenancier qui se trouve près de l'atelier de notre maréchal-ferrant, il nous a promis une cargaison de foin rien que pour passer quelque temps avec le livre. » L'une des nombreuses façons, en effet, dont les gitans gagnaient un peu d'argent lorsqu'ils allaient de ville en ville était d'installer une forge pour ferrer les chevaux.

« Mais il ne serait pas capable de le lire, car il doit sûrement parler l'allemand ou le français. »

Fronçant les sourcils, Bera tritura une cuticule éraillée. « Ça n'a aucune importance. Il est probable qu'il ne sait lire aucune langue. Il accepte de payer rien que pour le regarder. Il en a entendu parler et il insiste pour le voir, pour le toucher. »

Un étranger en train de toucher les pages que son grand-père avait copiées, sur lesquelles il avait peiné des années durant à la lumière de la bougie, chaque fois qu'il lui restait un peu de temps après les longues heures passées à enluminer des manuscrits… Elle le revoyait en train de frotter ses doigts noueux pour soulager les crampes, avant de poursuivre la copie de la page sans le moindre répit.

« *Toutes les copies de l'Écriture que nous avons effectuées, durant toutes ces années, Anna. Celle-ci est pour nous. Nous ne la vendrons pas. Celle-ci, nous ne nous en séparerons jamais.* »

« Non. Ce livre n'est pas quelque insigne en fer-blanc ou un prétendu os du doigt d'un saint. Il ne possède aucun pouvoir magique à la romaine. Le fait de le toucher ne guérira pas le corps, ne fournira pas au pécheur un billet de sortie du purgatoire. »

Bera haussa les épaules. « À votre guise. Mais sans fourrage on ne va pas pouvoir quitter Strasbourg. Vous avez dit que vous vouliez aller en Angleterre. Si on est forcés de vendre les chevaux, on ne pourra pas partir d'ici.

— Je dois veiller sur le livre, déclara-t-elle.

— Le franc-tenancier comprend. Vous pouvez rester à côté de lui pendant qu'il le feuillette. Vous pouvez même le lui lire. Je sais que vous aimez le lire. Je vous ai vue le faire. »

Il l'avait regardée à son insu ! Qu'avait-il vu à part ça ? À l'avenir elle devrait mieux protéger son intimité.

« D'ailleurs, vous ne devriez pas tant vous moquer de ceux qui considèrent le livre comme un objet magique, alors que vous le traitez vous-même comme s'il s'agissait d'un merveilleux objet sacré. Ce n'est que du papier et de l'encre », conclut-il en agitant les mains en un geste d'agacement.

Il avait raison, bien sûr. Dědeček aurait sans doute été d'accord avec lui à ce sujet. Le livre n'était pas en soi un objet sacré. Ce qui comptait, c'était le Verbe, la vérité de la Parole, pas le papier sur lequel les mots étaient inscrits. Malgré tout, ce papier, cette encre étaient pour elle sacrés parce qu'ils constituaient l'héritage que lui avait légué son grand-père.

Toutefois les dernières paroles de son grand-père avaient été : « Va en Angleterre ! » Elle ne pouvait pas éternellement rester avec ces gitans. Elle jeta un coup d'œil au franc-tenancier qui les regardait discuter avec attention… Il avait l'air plutôt inoffensif. De taille moyenne, il portait des vêtements propres, de bon aloi, et ses cheveux et sa barbe avaient connu le peigne, ne serait-ce que brièvement.

« Pas plus de deux heures, dit-elle. Et il doit venir dans le chariot de Jetta, et Jetta doit être présente. »

Fier de ses pouvoirs de persuasion, Bera lui décocha son éclatant sourire en guise d'assentiment. Elle savait que c'était un sacripant roublard et manipulateur. Et il savait qu'elle le savait.

« Il va être aux anges, car je ne lui avais promis qu'une heure », répondit Bera en faisant signe au franc-tenancier d'approcher. L'homme s'exécuta avec une telle hâte et passa si près du marteau du maréchal-ferrant qu'une étincelle, jaillie de l'enclume, atterrit dans ses cheveux. Il dut l'éteindre en se tapant sur la tête des deux mains. Geste ridicule qui fit s'esclaffer bruyamment Bera.

« Ce soir, nos chevaux auront du foin, dit-il. Demain, nous partirons pour Reims.

— Et l'étal ?

— Je vais surveiller l'étal, Anna de Prague », répliqua-t-il, tout en dérangeant promptement les insignes. À l'évidence il n'appréciait pas la méthode ordonnée d'Anna. « Vous avez des choses plus importantes à faire. Une fois que vous aurez terminé la lecture de votre livre magique, il faudra que vous alliez au marché pour chercher les matériaux nécessaires à la fabrication de votre original insigne de pèlerin. »

Elle n'avait même pas été sûre qu'il l'eût écoutée.

QUATORZE

Tout le monde serait converti si les prêtres étaient parfaits,
Or ils bafouent la loi du Christ et déshonorent la Chrétienté.

William LANGLAND,
Pierre le laboureur (XIVe siècle)

Prime était passée depuis longtemps lorsque, ayant terminé ses dévotions, le frère Gabriel avait ceint sa haire et s'était mis en quête du frère Barthélemy. Il avait fait la leçon à ce père fouettard à la mine sévère, lui rappelant d'une part la douceur du Christ envers les enfants et, d'autre part, la vulnérabilité d'un garçonnet. Cette démarche avait, au moins pour cette fois, épargné le fouet au gamin.

Lorsque Gabriel fut prêt, la pluie avait cessé et un

faible soleil menaçait de déchirer la fine gaze du brouillard matinal. La femme à l'air austère qui l'avait éconduit la veille répondit au coup frappé à la porte et le salua sans sourire d'un hochement de tête.

« Il est en train de manger mais il vous attend. Je serai dans le jardin de plantes aromatiques quand vous aurez terminé votre visite. J'ai préparé du pain et du fromage de chèvre pour vous également.

— Merci, mame Clare. C'est gentil à vous. »

Son visage parut s'adoucir, mais si brièvement que ce ne devait être qu'une illusion.

« Il se fatigue facilement », ajouta-t-elle, restant un instant immobile comme si elle voulait ajouter quelque chose. Elle le fixa avec une telle intensité que cela le mit mal à l'aise. Puis elle souleva le loquet et sortit.

« Je ne suis jamais arrivé à comprendre cette femme, dit-il en s'agenouillant à côté du vieux moine, avant de lui saisir la main et d'y déposer un baiser. Elle a le visage et la voix d'une harpie et j'ai le sentiment qu'elle éprouve une antipathie toute particulière envers moi.

— Elle est aigrie, mais c'est une bonne servante. Dieu la récompensera pour ses peines. La vie lui fait payer son amertume.

— Un jour, j'aimerais entendre le récit de sa vie, mon père.

— Cela ne te regarde pas, mon frère. Mets-toi plutôt sur le côté pour que je puisse mieux te voir. À cause de mes vieux yeux, je ne vois pas ce qui est juste devant moi. »

Gabriel plaça son tabouret près du genou du frère Francis afin de se trouver de biais par rapport à lui. Le vieil homme pencha la tête de côté.

« Bien. Maintenant, parle-moi de la façon dont tu

accomplis l'œuvre du Christ », dit-il d'une voix aussi fine et éraillée que sa peau.

Ils discutèrent, comme le font les prêtres, des questions ecclésiales, de la politique de l'Église, du gouvernement de l'Église. Finalement, le frère Gabriel évoqua la dernière mission que lui avait confiée l'archevêque.

« Donc l'archevêque t'a choisi pour une tâche particulière. Je savais que tu irais loin.

— Je ne peux pas dire que cette mission m'agrée, car je m'aperçois que je m'attache à lord et lady Cobham. Je ne leur veux aucun mal.

— Alors lutte pour sauver leur âme ! Quel mal peux-tu leur faire en les ramenant dans le giron de l'Église ?

— En effet, répondit-il d'un air songeur. Quel mal ? » Il s'était maintes et maintes fois posé cette question, et la réponse ne lui plaisait pas. Mais il ne souhaitait pas avoir un tel débat avec son mentor. Sûr de perdre la partie, il ne pouvait remettre en cause des siècles de doctrine établie. Pis, il décevrait alors un vieil homme qui ne méritait pas ça.

Le soleil matinal avait finalement traversé le brouillard et glissé un rai de lumière sous la porte laissée entrouverte par mame Clare. Il entrait également par les fenêtres sans volet, éclairant les poils gris du visage du vieux prêtre. Quand est-il devenu si vieux ? se demanda Gabriel. Où étais-je quand sa joue a commencé à se flétrir et sa vue à décliner ? Une grande tristesse l'envahit.

« Mon père, voulez-vous m'entendre en confession ? » Comme Gabriel, le frère Francis n'était pas seulement moine mais avait également été ordonné prêtre.

« Bien sûr, mon fils », répondit le vieil homme, avant d'être secoué par une effroyable quinte de toux.

Le frère Gabriel le regarda d'un air inquiet. « Voulez-vous que j'appelle mame Clare ? »

Le frère Francis fit non de la tête. « Ça va passer », expliqua-t-il en tendant la main vers son amict.

Gabriel lui donna le fin vêtement de lin frangé de soie. Le vieux prêtre chercha à tâtons la croix brodée, la porta à ses lèvres avec respect, puis plaça le vêtement sur ses épaules.

Gabriel commença sa confession. « Pardonnez-moi, mon père, parce que j'ai péché. J'ai commis le péché de chair dans mon cœur. »

Et Gabriel décrivit à son confesseur les images charnelles qui hantaient ses rêves nocturnes et les pensées lascives qui tourmentaient ses journées. Il évoqua également sa solitude et les doutes qui l'assaillaient à nouveau à propos de ses devoirs d'homme d'Église.

Le frère Francis l'écouta en silence. Lorsque Gabriel eut vidé son cœur, son confesseur lui indiqua la pénitence, plutôt légère en la circonstance, plus légère que celle que Gabriel eût lui-même infligée. Peut-être le vieux prêtre avait-il mal compris.

« Est-ce suffisant pour des pensées aussi pécheresses ? »

Il y eut un long silence. S'était-il assoupi ? N'avait-il pas entendu ?

Puis le père Francis prit lentement les deux mains de Gabriel dans les siennes, tremblantes et couvertes de taches brunes. « Nous avons déjà parlé de ça, quand tu étais plus jeune, tu te rappelles ? Lors de ton écart de conduite… »

Gabriel s'en souvenait parfaitement, et il eut honte à

la fois de l'épisode et de l'excitation que le souvenir produisait en lui. Il avait été accablé de chagrin quand la jeune fille, pour laquelle il avait pensé sacrifier sa vocation, s'était enfuie avec un autre. L'amertume causée par ce chagrin d'amour lui avait permis d'accepter plus aisément la règle du célibat, lui avait rendu moins lourd le poids de la solitude. Jusqu'à présent.

« Tu as prié pour que te soit accordée la force de résister à la tentation et tu l'as obtenue, n'est-ce pas ?

— Soit. Mais la tentation est revenue, et, comme le démon revenant harceler le possédé de l'Écriture, elle a amené avec elle ses acolytes. Je ne peux pas respecter mon vœu de célibat et demeurer sain d'esprit.

— As-tu utilisé toutes les méthodes que je t'ai enseignées ? Te distraire en étudiant les Saintes Écritures ? Jeûner ? Prier ? As-tu essayé la mortification de la chair ?

— Oui, oui. J'ai tout essayé. Je peux réciter par cœur les Psaumes et les Actes des apôtres. Ma chair est à vif sous ma soutane à cause de ma haire en poil de chameau. Je crains d'avoir mal compris le sens de ma vocation. Autrement pourquoi… ? » Il porta ses mains à son visage et le frotta comme pour arracher la peau couvrant la chair qui le tourmentait tant. « Peut-être devrais-je renoncer à mes vœux et quitter l'Église.

— Personne ne t'a jamais dit que ce serait facile. » Le vieux prêtre ôta son amict, posa un baiser sur la croix cousue dessus, le replia soigneusement et le tendit à Gabriel. « Voici mon conseil. Tu commettrais un plus grand péché en laissant tes doutes entraver ta mission d'homme d'Église. Ils t'ont déjà empêché d'effectuer ta tâche. Si tu y retournes sans avoir connu quelque soulagement, je crains que ton obsession actuelle ne gêne l'accomplissement de tes devoirs.

— "Quelque soulagement" ? Comment puis-je obtenir un soulagement tout en restant fidèle à mon vœu ? » Puis, devinant ce à quoi le frère Francis faisait peut-être allusion, il ajouta : « J'ai également utilisé cette méthode. »

Le vieux prêtre toussota, se racla la gorge et cracha dans le récipient que mame Clare avait posé près de son fauteuil. Il pencha la tête en arrière de biais afin que sa vision périphérique lui permît de voir son jeune pupille. Gabriel fut triste en se rappelant son regard direct de jadis.

« J'ai connu des hommes de bien, de bons prêtres, qui, se trouvant dans le même état d'esprit que toi, ont connu le soulagement en contractant une discrète liaison… avec la… femme adéquate. »

Avait-il bien compris ? Son confesseur, son mentor, lui conseillait-il la fornication ? Le vieux prêtre était-il en train de perdre sa vision morale en même temps que sa vision oculaire ?

« Me conseillez-vous de violer mon vœu de célibat ? »

Le frère Francis respira bruyamment. On aurait dit le gémissement d'un soufflet. « Ce serait un péché moins grave. Après tout, saint Paul a dit : "Il vaut mieux se marier que brûler." Bien sûr, tu ne peux pas te marier et garder ton poste, bien que saint Pierre lui-même ait été marié. Et jadis l'Église nous permettait de prendre femme. » La voix était si rauque que cette dernière phrase n'était guère plus qu'un grognement. « Tu n'es pas sans savoir que tu ne serais pas le premier dans ce cas. Aucun d'entre nous n'est parfait. Nous avons tous nos défauts. Un prêtre, même un bon prêtre, peut avoir recours à la compagnie d'une femme. Du moment qu'il est discret. » Les mots sortaient de sa bouche par intermittence au milieu de sifflements et de toussotements.

Le frère Gabriel n'en croyait pas ses oreilles. Il avait envie de demander : « Est-ce ce que vous avez fait, vous ? » Mais il n'osait pas poser la question à l'homme qui avait joué auprès de lui le rôle de frère, de père spirituel, et de père tout court. À l'homme qu'il avait considéré comme un saint.

« Toutefois, une telle solution pose un double problème, reprit le frère Francis. À l'évidence, il ne faut pas déflorer une vierge, mais dans les bordels certaines femmes ont des maladies. Alors une femme ordinaire, à l'expérience limitée… Peut-être une veuve. »

Certes, le frère Gabriel n'ignorait pas l'existence de ces pratiques parmi les hommes d'Église. Celles-ci et d'autres encore. À l'époque de sa puberté il avait entendu les rumeurs qui circulaient au monastère parmi ses camarades, les plaisanteries à propos de relations contre-nature entre certains des moines. Il avait aussi ouï parler de liaisons entre des moines et des nonnes voluptueuses. Mais que l'homme qu'il admirait le plus lui conseillât la fornication, cela suffisait presque à chasser toute pensée libidineuse.

« Bien sûr, il faudrait veiller à ce qu'elle ne présente aucun signe de vérole, et il faudrait la… rémunérer pour ses peines, afin de lui ôter toute tentation de faire courir des bruits. Il y a déjà assez de scandales comme ça.

— Mais…

— L'*opus Dei* compte davantage que tes faiblesses personnelles. Si tu ne peux pas annihiler tes désirs charnels, eh bien, force t'est de les maîtriser en y cédant avec modération. Autrement le diable les utilisera pour t'éloigner des œuvres que tu accomplis au nom du Seigneur. L'archevêque a raison : toute hérésie doit être éradiquée. Rien ne doit entraver ta mission. Tu as été choisi par Dieu pour atteindre les sommets, voire obtenir le chapeau de cardinal. » Il se tut et respira bruyamment. « Je suis vieux et maintenant je dois me reposer. On reparlera plus tard.

— Bien sûr », acquiesça Gabriel. Car de quoi d'autre auraient-ils pu parler ? Sauf peut-être d'un désir supérieur au soulagement des sens. Mais comment exprimer ce besoin de quelque chose dépassant la simple relation physique ? Oserait-il avouer qu'il eût voulu qu'une femme le regardât comme lady Cobham regardait lord Cobham, souhaité que les yeux d'une femme s'illuminent comme ceux de lady Cobham lorsque son mari entrait dans la pièce où elle se trouvait ? Oserait-il demander pourquoi, puisque le mariage est un sacrement, ils ne pouvaient, eux, le recevoir ?

« Appelle mame Clare, dit le vieux prêtre. Les matinées se font fraîches. Nul doute qu'elle grelotte dehors. Et cela ne va pas améliorer son humeur. »

Gabriel entendit un bruissement de l'autre côté de la porte et devina que mame Clare n'était pas très loin. Quand il ouvrit la porte, elle était assise sur le talus herbeux du jardin d'herbes aromatiques, si droite et si immobile qu'on aurait dit une statue de pierre.

« Le frère Francis vous demande, mame Clare. » Il voyait sa propre haleine sortir de sa bouche.

Elle se leva. C'était une femme de haute taille, presque aussi grande que lui. Le soleil faisait briller ses cheveux gris qui n'étaient recouverts qu'à moitié par le capuchon de sa mante.

« Ce sera bientôt les premières gelées, dit-elle en le

regardant droit dans les yeux. Il est probable que le frère Francis ne survivra pas à l'hiver. »

Son ton impassible le stupéfia. « Voilà une atroce nouvelle ! répliqua-t-il.

— Je ne dis que la vérité. Il est vieux, faible et de santé fragile. » Elle passa si près de lui que le bas de sa grande mante lui balaya les pieds. « Je vous préviens parce que je connais votre étroite relation. Je veux que vous sachiez que je vous enverrai quérir lorsque l'échéance sera venue afin que vous vous occupiez de l'enterrement. Indiquez au prieur le lieu où l'on pourra vous avertir. »

Elle hésita, comme si elle s'apprêtait à ajouter quelque chose, avant de tourner les talons et de s'éloigner. Dès qu'elle eut refermé la porte il s'installa sur le talus herbeux qu'elle venait de quitter. S'il y avait toujours de la rosée sur l'herbe, l'endroit où elle s'était assise était sec et gardait la chaleur de son corps. Il resta là un bon moment, réfléchissant au conseil que lui avait donné le frère Francis. Entre ce conseil et la prévision de mame Clare il avait du mal à déterminer ce qui le troublait le plus.

Il tenta d'imaginer son univers sans le vieux prêtre, sans l'être qui avait représenté un repère spirituel dans un monde qui n'avait aucun sens pour lui. *Que ferait le père Francis dans ce cas ?* Voilà la question qu'il s'était toujours posée quand il avait dû résoudre un problème.

Il y avait longtemps qu'il ne s'était trouvé dans une telle incertitude. Il ferma les yeux et le jardin ensoleillé disparut… Il était redevenu un petit garçon enfermé dans le réduit d'une maison de Bankside Street, les mains plaquées sur les oreilles pour essayer de ne pas entendre les bruits de l'autre côté de la porte. Le cœur cognant dans la poitrine, il rouvrit les yeux pour calmer son sentiment d'effroi.

« Un chapeau de cardinal », avait dit le frère Francis. Voilà ce que voulait pour lui son mentor. Était-ce ce qu'il aurait souhaité pour lui-même ? Une mitre d'évêque, voire un chapeau de cardinal ? Il tenta de se représenter, lui, le frère Gabriel, avec ces attributs, mais l'image d'Arundel s'imposa à son esprit. Lui-même en Arundel. La vision n'était guère séduisante. Et cependant, se dit-il, une tête coiffée d'une mitre d'évêque ou d'un chapeau de cardinal aurait si peu à voir avec Bankside Street qu'il n'aurait plus jamais à repenser à cette époque. La tête coiffée d'une mitre n'aurait plus le temps d'avoir des pensées lubriques.

Or, sous la mitre, quelles pensées chasseraient les images indignes ? De saintes pensées ? À nouveau, son esprit évoqua le visage émacié, usé d'Arundel sous la mitre d'un blanc éclatant, et il sut à quoi pensait l'archevêque… À la façon de prendre au piège et de conduire au bûcher un homme dont le seul crime était de porter la bonne parole de l'Évangile.

Un Évangile hérétique, Gabriel, une hérésie, se rappela-t-il. *Et si ta mission au service de ton Église consiste à débusquer les hérétiques, tu n'as pas une minute à perdre.*

Mais il s'attarda quelques instants encore. Le soleil chauffait agréablement sa tonsure. Il leva la main pour toucher la partie dénudée du cuir chevelu, la marque de saint Pierre indiquant qu'il était l'esclave du Christ. Il avait été si fier le jour où l'évêque lui avait rasé la tête, si fier de ressembler au frère Francis. Cela avait constitué la première partie du rituel de son ordination. Il n'était alors guère plus qu'un gosse, un enfant de chœur, donné aux frères pour servir Dieu en les servant. Et après la cérémonie, après la dernière prière, Gabriel avait marché à côté du frère Francis, en se disant que maintenant ils étaient semblables, que désormais ils étaient frères.

Il passa la main sur les poils qui repoussaient. Il se rasait les cheveux une fois par mois mais sans pratiquer une aussi large tonsure que certains de ses frères, trouvant cela vaniteux et ostentatoire, même s'il prenait toujours bien soin de dégager la large bande autour des oreilles, sa « couronne d'épines ». Or, dans sa distraction actuelle, il avait aussi négligé cela. Bientôt cette couronne d'épines disparaîtrait s'il ne la rasait pas.

Il se leva du talus en rabattant son capuce sur son crâne pour dissimuler sa négligence. Au fait, avait-il mis son rasoir dans son bagage ? Il était toujours l'esclave du Christ. Ou de l'Église. Cela revenait d'ailleurs au même. C'est ce que le frère Francis lui avait toujours appris. Et, que ça lui plût ou non, il était temps de se mettre au travail.

QUINZE

En prévision de l'accouchement, une mèche de cheveux roux est cousue dans un sachet à porter contre la peau du ventre durant toute la période de gestation...

Talisman gitan

Durant les deux dernières semaines, la petite troupe des *vardos* était allée bon train et avait enfin quitté les forêts profondes. À la sortie de Strasbourg, les gitans s'étaient joints à un autre groupe de romanis, et les chariots atteignaient désormais le nombre de huit. S'ils avaient laissé certains pèlerins à Strasbourg ils en avaient recueilli d'autres, qui souhaitaient traverser la France sous la protection du sauf-conduit de l'empereur du Saint Empire romain. Le convoi comptait chaque jour une trentaine d'individus.

« Si le temps ne se dégrade pas, on arrivera en France avant la Toussaint », se vantait Bera chaque soir.

Le beau temps continua. Les journées d'automne ensoleillées et les nuits étoilées, claires et fraîches, rendaient plus agréable la vie d'Anna parmi les romanis. Mais le soir, lorsqu'ils se rassemblaient autour des feux de camp pour danser et chanter, elle se sentait tristement étrangère dans un monde qui n'avait plus aucun sens pour elle. Les femmes la laissaient toute seule. Même les enfants, quand elle tentait une approche, fixaient sur elle leurs grands yeux noirs avant de courir se cacher dans les jupes de leur mère. Une fois ou deux, après avoir dansé d'un pied aussi léger que s'il se trouvait sur des œufs, satisfait de la pluie de pièces lancées par les pèlerins ravis du spectacle, le roi basané s'était accroupi un court instant à son côté et lui avait décoché un clin d'œil accompagné d'un sourire éclatant.

Ce soir-là, ils s'étaient tous réunis autour d'un grand feu de joie, y compris les pèlerins, qui d'habitude restaient devant leur propre feu de camp. Les flammes faisaient des bonds aussi hauts et aussi frénétiques que les éblouissantes pirouettes de Bera, qui s'accroupit près d'Anna et tenta de l'entraîner dans le cercle des danseurs. Toujours consciente du vigilant regard de Lela, Anna se recula dans l'ombre, bien que, ce soir-là, elle ne l'eût pas vue assise à sa place habituelle, à l'entrée de son *vardo*, la porte ouverte et le rideau tiré afin d'assister aux rituels du feu de camp tout en demeurant à l'écart, les femmes enceintes n'étant pas admises dans la compagnie des hommes.

Une branche qui pendait au-dessus d'elle bougea

dans la brise et, par-dessus le chuintement et les crépitements du feu, Anna entendit des aiguilles de pin et des feuilles mortes desséchées craquer sous des pas. Levant les yeux, elle aperçut Bera qui l'avait suivie lorsqu'elle s'était éloignée du feu. Elle jeta un regard appréhensif vers le *vardo* de Lela, qui n'apparaissait toujours pas sur son seuil. Même si Anna et Bera n'étaient pas seuls *stricto sensu*, c'était comme s'ils l'étaient, les ombres de la forêt les séparant du cercle éclairé par le feu.

« Anna de Prague, dit-il, il faut que vous m'accompagniez. C'est l'heure. » Il ne souriait pas et le ton était très pressant.

« L'heure de quoi ? » demanda-t-elle, le rythme de son cœur s'accélérant. Jusqu'à présent il ne l'avait approchée que pour lui demander de l'argent. Elle se raidit dans l'attente de sa réponse.

« De la naissance de mon fils. Lela vous appelle.

— Lela ! Elle m'appelle ? »

Il lui prit la main.

« Mais je… »

Jetta apparut de l'autre côté des arbres. « Vite ! Lela accouche. On a besoin de vous. »

Il doit y avoir erreur, pensa Anna. Pourquoi voudraient-elles qu'elle les aide, ces femmes qui refusaient même qu'elle touche leurs aliments ! Ayant été élevée parmi les hommes, Anna était si peu au fait des questions féminines…

Alors, sans prêter plus d'attention à ses protestations qu'à la fumée dégagée par le feu de bois, Bera et Jetta l'entraînèrent vers le chariot.

Comme elle approchait du *vardo* de Bera, le plus voyant de tous avec son vert lumineux et la feuille d'or sur les portes sculptées visible même dans la seule lumière du feu, elle entendit une femme pousser un cri déchirant à l'intérieur. Bera lâcha aussitôt la main d'Anna et se dépêcha de regagner la chaude atmosphère de camaraderie autour du feu.

« Venez ! » insista Jetta, en tirant Anna par le bras. Bien qu'elle eût été inconsciente lorsque Jetta l'avait sortie de la rivière, Anna se rappelait vaguement cette sensation. Si Jetta était toujours en train de sauver une chose ou une autre, à présent elle comptait sur l'aide d'Anna.

Jetta s'écarta.

« Vous n'entrez pas avec moi ? demanda Anna.

— Il n'y a pas assez de place dans le chariot. »

D'où leur venait cette idée qu'elle était capable de les aider ?

« Mais je ne suis pas sage-femme. Je n'ai même jamais vu…

— *Rawnie bal*, répliqua Jetta, en levant la main pour ôter le fichu de la tête d'Anna. Touchez juste son ventre avec vos cheveux. » Elle fit un sourire édenté. Anna ne l'avait presque jamais vue sourire. « Portez-lui chance, c'est tout. »

Que je lui porte chance, moi ? s'étonna Anna. Mais elle était trop troublée pour s'attarder sur une telle ironie. Un autre cri déchirant se fit entendre. On aurait dit la plainte suraiguë d'une *banshee*, cette fée irlandaise dont les cris présagent la mort. Ce cri à vous glacer les sangs fut suivi d'une bordée de jurons en romani agrémentés de deux ou trois mots en bohémien.

« Lela me déteste, siffla Anna. Elle refusera que je m'approche d'elle. Ou de son bébé.

— Elle ne vous détestera pas si elle met au monde un enfant en pleine santé… Allez-y, Anna de Prague ! »

insista la vieille en poussant légèrement Anna vers la porte arrière. La sage-femme est déjà là. Vous n'aurez qu'à regarder et à apprendre. »

Un autre cri déchira l'air, et Anna, à demi poussée par Jetta, se hissa sur les marches de bois et pénétra dans le chariot.

Lela était allongée sur une natte posée à même le sol. Elle n'était pas installée sur un siège de parturition comme ceux qu'Anna avait vus dans certains des manuels pratiques qu'elle avait copiés pour les Pragoises et dans les marges desquels elle avait exécuté des illustrations rudimentaires. Au moment où elle atteignait l'âge adulte, Dědeček lui avait donné l'un de ces textes pour se faire la main, affirmant que les illustrations étaient assez simples pour qu'elle pût les effectuer. Tu n'as qu'à dessiner ce que le texte décrit, avait-il expliqué. Malgré son innocence, elle avait compris pourquoi il lui avait confié cette tâche. Il avait deviné qu'elle les étudierait avec avidité, recueillant tous les renseignements que ni mère ni sœur ne pourraient lui fournir sur des sujets qu'il n'osait aborder avec sa petite-fille sur le point de devenir femme. Lorsque *Les Maux des femmes* de Gilbert de l'Egle étaient passés entre ses mains, Anna en avait recopié pour elle-même de larges extraits en anglais et les avait souvent consultés au cours des ans. Comme elle eût aimé les avoir à présent sous la main !

Observant l'évident inconfort de Lela et l'accroissement des douleurs, les jambes écartées repliées aux genoux comme deux tours gardant l'entrée de la grande montagne du ventre et la sage-femme accroupie entre elles, Anna se rappela son dessin sommaire et constata qu'elle avait vu juste, dans l'ensemble. La sage-femme, en qui Anna reconnut une vieille logeant dans le dernier chariot, se releva de l'entrejambe de Lela, rejeta la tête de côté en faisant tinter ses pendeloques, et d'un geste indiqua à Anna de s'agenouiller près de l'énorme ventre.

« Comme ça, expliqua la sage-femme en jetant sa tête en avant, comme si ce qu'elle priait Anna de faire était d'une totale banalité.

— Comme ceci ? » demanda Anna. Elle sentit sa chevelure dénouée déferler par-dessus sa tête, lumineux rideau auburn tombant devant ses yeux.

« Non. Plus près. Sur le ventre », rectifia la vieille en appuyant sur la tête d'Anna jusqu'à ce que sa joue touchât l'abdomen de la parturiente et que ses cheveux le recouvrissent entièrement.

La peau de Lela était lisse et tiède, frémissante de vie. Anna comprit que sa joue percevait les pulsations non pas d'une mais de deux vies. Le monticule sous sa joue tressaillit soudain et Lela commença à gémir et à geindre, saisissant à deux mains des poignées de cheveux d'Anna. Puis elle hurla, tirant sur les cheveux. Violemment. Or, consciente d'être sur le point d'assister à un miracle, Anna sentait à peine la douleur, l'accueillait avec joie, en fait. C'était comme si elle aussi, mystérieusement, illogiquement, participait au miracle de la parturition.

« La tête du bébé apparaît, annonça la sage-femme. Pousse une fois de plus. Pousse très fort une dernière fois. »

Lela lança une insulte en romani à l'adresse de la sage-femme, insulte que même Anna put comprendre. Langage féminin universel qui existait depuis la naissance de Caïn. Elle se raidit en prévision d'une dernière violente secousse dans sa chevelure qu'elle savait imminente. D'une main, Lela saisit une poignée de cheveux et de l'autre le collier qui était sorti du corsage d'Anna. Au moment où Lela poussait, en réaction au nouveau déferlement de douleur, Anna sentit la chaîne d'argent se briser et tomber de son cou. Puis Lela lança un dernier cri, à la fois suraigu et puissant, qui monta très haut avant de s'affaiblir en un gémissement décroissant. Quelques instants après, un petit vagissement lui répondit.

« Le voilà, Jetta. Le voilà ! lança la sage-femme assez fort pour être entendue par la vieille femme qui attendait dehors. Appelle Bera. Dis-lui qu'il a un fils. Un fils en bonne santé. » Lela lâcha Anna, qui releva la tête et se lissa les cheveux.

La sueur ruisselait sur le visage de l'accouchée et il y avait du sang partout. Anna n'avait pas imaginé qu'il y aurait tant de sang, mais la sage-femme ne paraissait pas trouver cela anormal. Ayant apporté en toute hâte de l'eau chaude et des chiffons, Jetta entreprit de nettoyer d'abord le bébé et ensuite Lela. Le bébé pleurait pour de bon, à présent. Ravie d'entendre ces robustes cris, la vieille sage-femme se moqua de lui, puis le plaça sur sa mère, à laquelle il était toujours relié par le cordon ombilical.

Émerveillée, Anna observa le complet changement d'attitude de Lela. Elle semblait avoir tout à fait oublié la douleur, et caressait la tête mouillée du nouveau-né tout en s'efforçant de relever la sienne. « Couvrez-le, il risque de prendre froid. Il va bien ? Vous êtes sûres qu'il va bien ? »

Et voici qu'un autre miracle se produisit : l'esprit farouche de l'orageuse, de la fougueuse Lela était totalement conquis par cet enfant qui venait de lui causer tant de souffrances.

Après avoir été rassurée par Jetta et la sage-femme sur le fait que son fils était le plus joli bébé qu'elles eussent jamais vu, la nouvelle maman ferma les yeux et soupira. Elle va sans doute dormir, à présent, se dit Anna. Il était donc temps qu'elle partît. Elle rechignait toutefois à quitter le petit groupe de femmes auquel elle avait très brièvement appartenu. Elle s'apprêta néanmoins à se lever de l'endroit où elle était assise, à même le sol, si près de Lela qu'elle voyait sa poitrine se soulever et retomber. L'enfant était couché, aussi immobile qu'une poupée si l'on exceptait les petits mouvements de succion de sa minuscule bouche sur son poing fermé. Anna aurait aimé le toucher, mais elle n'osait pas, car elle était *gadjé*.

S'efforçant de se lever aussi silencieusement que possible, elle n'était encore qu'agenouillée quand Lela lui saisit le bras. « Anna de Prague, je vous suis reconnaissante. »

Anna demeura interloquée. Voilà le vrai miracle…

« Je n'ai rien fait », répondit-elle en rejetant en arrière sa masse de cheveux emmêlés.

Lela éclata de rire. « J'ai eu peur qu'il ne vous reste plus un seul cheveu. Mais vous en avez des tas. Je suis désolée d'avoir cassé votre collier. Tenez ! Donnez-le à Bera. Il va vous le réparer. Il sait tout réparer. »

Anna reprit son collier et le glissa sans rien dire dans sa poche. Elle n'oserait jamais le confier à Bera.

« Aujourd'hui, vous avez porté bonheur au *vardo* de Bera, le roi des gitans », déclara Lela, telle une reine conférant une grande distinction.

Ne sachant que répondre, Anna se contenta de

murmurer qu'elle était contente d'avoir apporté son concours. Cela ne semblait pas le moment de faire la leçon à Lela à propos de la stupidité de ce genre de superstition. Elle s'apprêta à partir.

« Voulez-vous le tenir ? » demanda Lela.

Avait-elle bien entendu ? C'était impossible. Lela ne permettrait jamais à une *gadjé*, surtout celle-là, de toucher son nouveau trophée, alors qu'elle refusait de revêtir une de ses robes favorites pour la simple raison qu'elle avait été portée par une *gorgio*.

« Allez-y ! Prenez-le. Il ne va pas vous mordre. Il n'a pas de dents. »

Anna avait une irrésistible envie de le serrer dans ses bras, mais, n'ayant jamais tenu un nourrisson, elle n'était pas sûre de savoir s'y prendre correctement.

Lela était appuyée sur des coussins aux couleurs vives, ses cheveux noirs humides étalés sur le tissu éclatant. La sage-femme avait coupé le cordon et continuait à s'occuper des parties intimes de la jeune mère. Lela ne lui prêtait pas attention mais fit un signe de tête à Jetta, qui plaça le bébé dans les bras d'Anna tendus comme pour recevoir un fagot. Le bébé se mit à pleurer.

« Comme ça », dit Jetta en faisant un berceau de ses bras et en balançant son buste d'un côté puis de l'autre.

Anna essaya de l'imiter, approchant de son sein la tête de l'enfant, qui frotta sa bouche dans tous les sens contre la blouse avant de trouver son poing et de se remettre à le sucer.

« C'est un petit goulu », dit la sage-femme en glissant un bracelet de perles rouges sur le bras de l'enfant.

Ce doit être une sorte d'amulette, pensa Anna. Elle avait remarqué que tous les enfants romanis – en tout cas tous les bébés portés dans les bras – en avaient de semblables. Elle berça délicatement le nouveau-né, redoutant le moment où elle devrait le rendre. Elle contempla les mouvements de sa bouche. Comment était-il venu au monde en sachant téter ? Qui le lui avait appris ? Qui lui avait enseigné à se blottir dans le pli du coude d'une femme, suscitant en Anna une douloureuse sensation de manque ? Voilà des phénomènes qu'aucun livre ne lui avait expliqués. Elle se rappela alors le fragment d'un verset du prophète hébreu Jérémie : « Avant de te façonner dans le ventre, je te connaissais, et avant ta sortie du sein… » Elle voyait encore l'éclatante couleur d'aigue-marine dont son grand-père avait enluminé le « A » majuscule.

Lela saisit une mèche des cheveux d'Anna, qui lui tombaient presque jusqu'à la taille, et la frotta délicatement sur le corps du bébé et même sur son visage. Au moment où la mèche lui toucha la joue, il s'arrêta de sucer son poing et sourit comme s'il rêvait – ou se souvenait – du paradis.

Devant la beauté de ce sourire Anna eut l'impression que son cœur allait se rompre.

« Laissez-nous, maintenant, déclara Lela du ton impérieux d'une reine. Qu'on prenne l'enfant et qu'on aille le montrer à son père ! »

Anna le rendit à contrecœur, puis, se relevant, resta un peu courbée, posture qui lui était devenue habituelle.

« Non. Anna de Prague, restez, vous. Je souhaite vous parler. »

Surprise, Anna se rassit à côté de Lela. Un coussin propre avait été placé sur le plancher. Tout le linge ensanglanté avait été emporté, ainsi que le placenta. Suivent-ils un rituel pour s'en débarrasser ? se demanda-t-elle. Mais elle n'osa pas poser la question.

Lela s'appuya sur ses coussins et ferma les yeux, sous lesquels avaient apparu des cernes grisâtres. S'était-elle endormie ? Rien d'étonnant à cela, vu les souffrances qu'elle avait endurées. Mais si les livres – et Anna n'avait pas d'autres critères – disaient la vérité, pour un premier accouchement, Lela n'avait pas trop à se plaindre. « Vingt accès de douleur, parfois moins », avait affirmé Gilbert de l'Egle. Et, à en juger par ses cris, Lela avait beaucoup moins souffert. Elle avait malgré tout droit au repos.

« Êtes-vous à l'aise, Lela ? Puis-je vous apporter quelque chose ?

— Vous m'avez déjà assez donné. »

Anna fut tentée d'expliquer à Lela que la théorie selon laquelle les cheveux roux portaient chance relevait de la superstition la plus ridicule, qu'on devait avoir foi en Dieu, mais elle s'abstint.

« J'ai encore quelque chose à vous demander, Anna de Prague. Mais d'abord je dois vous faire un aveu. »

On étouffait dans le chariot. Jetta et la sage-femme avaient refermé la porte derrière elles, emprisonnant l'air saturé de l'odeur bizarre et entêtante des herbes que les femmes avaient fait brûler à l'occasion de la naissance.

« Voulez-vous que j'ouvre la porte ? demanda Anna.

— Non. Ce que nous allons dire doit rester entre nous. Me le promettez-vous ? »

C'était difficile de promettre avant de savoir de quoi il s'agissait, mais Anna ne voulait pas que Lela s'agitât, vu son état de faiblesse. De toute façon, elle n'avait personne avec qui échanger des ragots, personne à qui révéler le secret, quel qu'il fût, que Lela était sur le point de lui confier. Elle hocha la tête.

Lela ferma les yeux et prit une profonde respiration. « C'est moi qui vous ai dénoncée aux autorités de Prague. C'est moi qui leur ai dit de fouiller votre maison pour trouver la Bible. Je vois maintenant que vous êtes une gentille fille et je regrette mon acte. »

Le ton était aussi tranquille que si elle priait qu'on lui pardonnât une peccadille. Anna revit l'invasion de la petite maison, tout ce qu'elle avait perdu, la mélancolie qui s'était ensuivie. Les propos de cette femme, les odeurs tourbillonnant dans la pièce, les volutes de fumée et les grains de poussière flottant dans le soleil, tout concourait à lui couper le souffle. Elle suffoqua.

À cause de cette femme, elle avait été contrainte de quitter la maison de son enfance. À cause de cette idiote, elle avait dû abandonner les ossements de son grand-père, laisser son corps se décomposer dans le cimetière d'un pays où il était improbable qu'elle retournât jamais. Elle essaya de se relever mais elle tremblait.

« Vous ne voulez pas savoir pourquoi ?

— La raison importe peu, espèce de sale petite sorcière. Je me fiche de savoir pourquoi ! » hurla-t-elle, effrayée par le cri de colère strident qui sortait de sa gorge.

Maîtrise-toi, Anna. Calme-toi, entendit-elle son grand-père lui conseiller, du ton égal qu'il utilisait chaque fois qu'elle sortait de ses gonds.

« Bon. D'accord. Eh bien, expliquez-moi pourquoi !

— J'étais furieuse à cause de la façon dont mon mari vous regardait. Je voulais vous faire du mal.

— Je ne suis pour rien dans la façon dont Bera me regarde ! » Elle revit les éclatants sourires, les clins d'œil, la manière dont il approchait son visage du sien quand il lui parlait. Cela aurait suffi à agacer n'importe quelle épouse. « Il n'a fait que m'aider à sortir de la situation sordide dans laquelle vous m'aviez flanquée. Sans vous je ne serais pas là, et alors il ne pourrait pas me regarder du tout. Je serais toujours à Prague, en sécurité chez moi. »

Lela poussa un soupir de fatigue. « Je le sais. Mais il vous a désirée dès le tout début. Je l'ai vu dans ses yeux. Et, qu'on le veuille ou non, vous êtes là maintenant. Aujourd'hui je lui ai donné un fils et ça va me l'attacher. Mon mari ne me sera pas infidèle. Ce n'est pas dans les mœurs des romanis. Mais il continuera à vous regarder avec du désir dans les yeux, et ça je ne peux pas le supporter. Par conséquent, Anna de Prague… » Elle serra à demi le poing, le desserra, le contracta de nouveau.

« Par conséquent je vous demande deux choses… »

Le ton calme et sincère sur lequel elle prononça ces dernières paroles apaisa quelque peu la colère d'Anna. À l'évidence, la jeune femme éprouvait des remords. La naissance de l'enfant leur avait fait partager quelque chose. Il n'y avait pas que leurs peaux qui avaient été en contact au moment où l'enfant s'était frayé un passage pour entrer dans le monde. On eût dit que leurs âmes s'étaient entremêlées assez longtemps pour que chacune vît l'intérieur de l'autre et y aperçût une personnalité.

« "Deux choses" ? répéta Anna, plus calme désormais, mais toujours prudente.

— D'abord votre pardon. C'était lâche et mal de ma part de faire ce que j'ai fait… Mais, en tant que chrétienne, vous avez le devoir de me pardonner », ajouta-t-elle, sûre d'elle, comme si cela allait de soi.

Comme si le pardon était une denrée qu'on pouvait se procurer ou donner facilement !

« Vous avez dit “deux choses”.

— Je veux que vous quittiez la caravane dès que nous atteindrons la prochaine étape du chemin des Pèlerins. Il paraît que la ville possède une grande cathédrale. Il y aura beaucoup de monde. Beaucoup d'hommes seront disposés à accorder leur protection à une belle femme. »

Quitter la caravane ! Elle avait craint d'être expulsée lorsque son pécule serait épuisé. Quand ce n'était pas arrivé, elle avait connu un regain d'espoir. En fait, son argent n'avait pas eu d'importance. Jamais. L'important avait toujours été sa chevelure… À cause de la ridicule superstition que ses cheveux roux assureraient à Lela la mise au monde d'un enfant sain. Et maintenant que l'accouchement s'était passé sans encombre, on la jetait comme un vêtement romani usé. Peut-être pourrait-elle demander son aide à Bera. Mais à présent plus que jamais son épouse aurait barre sur lui. Elle essaya de calculer à toute vitesse la valeur de l'or qui lui restait dans son coffre de voyage. Lela caressa la tête d'Anna comme si celle-ci était une enfant et non pas son aînée. « N'ayez pas l'air si apeurée, Anna de Prague. Je vais vous aider à trouver un homme. Quelqu'un de mieux que mon Bera. » Elle baissa le ton, chuchotant comme si elle était sur le point de régaler l'une des autres gitanes d'un ragot de tout premier choix. « Vous savez qu'il n'est pas vraiment roi. Il n'existe pas de roi romani. Il se donne ce titre parce qu'il veut être le patron… Mais c'est un bon patron », ajouta-t-elle avec fierté.

Une partie de la colère d'Anna se porta contre elle-même. *Espèce d'idiote, qu'espérais-tu ? Tu n'aurais pas dû dépenser tes shillings pour acheter du fil en vue de coudre les insignes. Tu savais bien au fond de toi que tôt ou tard ces pèlerins, qui ne sont pas réellement des pèlerins mais des vagabonds, en fait, t'abandonneraient quand tu ne leur servirais plus à rien. Tu aurais dû te fier à ton instinct et te préparer à cette éventualité.*

« Ne prenez pas cet air bougon, Anna de Prague. Ça risque de faire naître des rides de vieillesse sur votre front. Une belle femme comme vous n'aura aucun mal à trouver un mari. Et alors, vous n'aurez pas besoin du mien. » Elle prit à nouveau un ton de connivence. « Je connais un philtre d'amour qu'on pourra concocter ensemble. Pour l'heure, laissez-moi me reposer. On reparlera plus tard, à présent que nous sommes amies. Vous pouvez revenir demain pour prendre à nouveau le bébé dans vos bras. Ce sera un bon entraînement. Allez-vous-en maintenant ! »

Elle congédia Anna avec la même royale aisance que lorsqu'elle lui avait accordé son pardon. Assommée, Anna dégringola les marches du chariot et tituba vers le feu de joie rougeoyant. « *Les chrétiens doivent pardonner. C'est leur devoir.* » Dědeček lui avait jadis dit la même chose. En employant presque les mêmes mots. Pardonner, peut-être. Mais faire confiance ? C'était une tout autre affaire. À l'avenir, Anna ne se fierait qu'à son instinct.

SEIZE

Trente étrangers du pays d'Égypte […] arrivèrent sous la conduite d'un comte chargé de lettres de l'empereur […]. Les femmes avaient des corsages décolletés […]. Les femmes et les enfants portaient des boucles d'oreilles.

Extrait du compte rendu
d'un échevin de Bourgogne
du XVe siècle

Anna fut soulagée lorsque, levant trois doigts boudinés si près du visage de Bera qu'il aurait pu les mordre, la sage-femme annonça : « Trois semaines. » Elle agita les doigts trois fois afin qu'il comprît bien son message. « La mère ne pourra pas être transportée dans le chariot avant trois semaines. Ton fils l'a déchirée. Elle a saigné comme un porc égorgé. Il faut lui laisser le temps de guérir. » Le froncement de sourcils qui accompagna ces propos semblait indiquer qu'elle considérait tous les hommes comme des animaux. Ces trois semaines procuraient un certain répit à Anna.

Bera quitta le campement en grommelant, mais revint quelques heures plus tard, tout sourires. Il avait passé un « *brillant* » marché. Tous les marchés conclus par Bera étaient « *brillants* ». Il avait appris le mot anglais d'Anna et roulait le « r » en soulevant les épaules, augmentant ainsi sa taille de presque un pouce. Il avait conclu cet accord, expliqua-t-il, avec le seigneur d'un château voisin. Ils auraient le droit de camper dans ses champs, recevraient une ration quotidienne de foin pour les chevaux, du lait de brebis pour les enfants et des œufs frais, en échange du ferrage des chevaux du châtelain et de la réparation de ses récipients métalliques.

« Il possède aussi un fumoir et une cave à provisions pleins à ras bords. S'il manque un peu de bacon ou quelques pommes ridées, il ne s'en apercevra pas. »

Les vrais pèlerins qui voyageaient en leur compagnie poursuivirent leur route. L'avantage procuré par le sauf-conduit de Bera ne compensait pas l'inconvénient du retard, d'autant plus que la saison des pluies approchait et que depuis la traversée du Rhin aucune autorité ne leur avait demandé leurs documents de voyage. Mais l'un des pèlerins, un riche bourgeois flamand, avait laissé à Anna quelque chose de très important, en échange de la permission de jeter un coup d'œil à la Bible de Wycliffe… Le petit livre relié en cuir, très écorné et tombant en charpie, intitulé *Le Guide du pèlerin*, avait donné une nouvelle idée à Anna.

Le texte en latin indiquait toutes les étapes entre Paris

et l'ultime destination du pèlerin, le sanctuaire de saint Jacques, à Compostelle, en Espagne. Fascinée par le livre, Anna avait été aussi intéressée par la description des « Gascons » qui « parlaient pour ne rien dire », étaient « verbeux », « moqueurs » et « de petite taille »... Ils ressemblaient donc beaucoup aux romanis. Or, si son grand-père et la théologie de Wycliffe lui avaient légué un salutaire mépris des reliques et des sanctuaires, le « lumineux éclat des cierges célestes » et l'« angélique adoration » promis par le guide l'intriguèrent. Toutefois, la petite carte dessinée dans *Le Guide du pèlerin* montrait que l'itinéraire descendait très bas vers le sud avant de tourner vers l'ouest. Or Anna savait que même si les *vardos* des gitans roulaient dans cette direction, elle ne pourrait pas les accompagner. Lela se chargerait de l'en empêcher.

Tant mieux d'ailleurs ! Elle avait de toute façon décidé d'abandonner la troupe quelque part en France afin de prendre la route de l'Angleterre. Il lui serait néanmoins difficile de quitter le connu pour les vastes terres étrangères s'étendant devant elle. Le bourgeois flamand lui avait dit qu'un fleuve, un large cours d'eau, séparait la France de l'Angleterre.

« Plus large que le Rhin ? » avait demandé Anna, se rappelant avec quelle difficulté ils avaient traversé à gué cette étendue d'eau. Sans l'ingéniosité de Bera ils auraient perdu un cheval et un chariot.

« Oh, beaucoup plus large ! Ça ressemble plutôt à un bras de mer. L'Angleterre est une île. Vous serez obligée de prendre un bateau. »

Par conséquent, lorsque Bera annonça fièrement qu'après Reims il allait conduire les romanis en Espagne pour visiter le sanctuaire de Saint-Jacques-de-

Compostelle et voir le sarcophage contenant le corps de saint Jacques, Anna comprit que le souhait de Lela serait exaucé plus tôt que prévu.

Le petit groupe allait prendre la direction du sud, déclara Bera en pointant le doigt sur une carte sommaire où étaient marqués des « X » et des ronds dessinés pour lui par l'un des pèlerins, afin de gagner Paris puis Chartres.

Et Anna ?

Anna allait partir vers l'ouest en direction d'une petite mer qu'elle traverserait pour gagner l'Angleterre. Son cœur battait la chamade rien qu'à l'idée de se lancer toute seule dans une pareille odyssée. Mais elle obéissait au désir de son grand-père. Une fois là-bas elle trouverait lord Cobham. Une fois là-bas elle serait en sécurité.

En outre, elle avait finalement un projet. Et, grâce au ciel et à tous les saints, il ne s'agissait pas de coudre des insignes de pèlerins. Ayant abandonné l'idée d'effectuer des points complexes sur la croix, elle avait décidé de broder des coquilles destinées aux pèlerins adorateurs de saint Jacques. Hélas, elle s'était piqué un doigt qui s'était mis à saigner sur le coussinet de soie bleue. Apparemment, le maniement de l'aiguille requérait une autre compétence que celui de la plume ! Le nouveau projet d'Anna ne consistait pas non plus à élaborer une méthode ingénieuse ni quelque philtre d'amour pour dénicher un mari. Anna était convaincue que marcher toute nue durant une nuit de pleine lune autour d'un champ tout en jetant à chaque pas une poignée de sel lui apporterait un tout autre homme que l'amoureux de ses rêves.

Son nouveau projet – pourquoi n'y avait-elle pas songé plus tôt ? – reposait sur son unique talent, à savoir la production de livres. Son coffre de voyage contenait du papier et des plumes. Même un flacon d'encre, et lorsqu'il n'en resterait plus elle savait comment en fabriquer. Voilà pourquoi, tandis que Lela se relevait de ses couches, que Bera jouait du tympanon tout en manigançant de nouveaux coups, que Jetta faisait la lessive, cuisinait et s'occupait des feux de cuisson, que Petit Bek chantait de sa voix à la fois aiguë et plaintive, Anna recopiait *Le Guide du pèlerin* à la lumière d'une chandelle ou d'une torche, jusqu'à ce que ses doigts devinssent gourds de froid et de fatigue.

Mais la nuit, comme elle se tracassait à propos de son avenir tout en écoutant la pluie tambouriner sur le toit bombé du chariot romani, elle pensait plus d'une fois à la maison de Staroměstké náměstí, se demandant si elle retrouverait jamais un endroit où elle se sentirait chez elle.

Gabriel était en train de fouiller dans sa mallette, à la recherche de son rasoir et de sa pierre à aiguiser, lorsque l'un des novices frappa à la porte de sa cellule. Il reconnut le sceau d'Arundel sur le parchemin enroulé que lui tendit le jeune homme. Il congédia le messager et ouvrit la missive avec appréhension… Voici peut-être de bonnes nouvelles, après tout, se dit-il en lisant les instructions d'Arundel. D'habitude il aurait rechigné à entreprendre un long voyage à l'orée de l'hiver. Néanmoins, il crut sentir la main de Dieu, une intervention divine, car cela lui donnait le temps de guérir de sa maladie spirituelle avant son retour au château de Cooling.

Les directives de l'archevêque étaient claires. Le

frère Gabriel devait quitter Hastings sur-le-champ et gagner la France pour y effectuer une enquête sur l'éventuelle fourniture de textes interdits à sir John Oldcastle, le bon lord Cobham, par des Français. Une grande rébellion venait d'éclater en Bohême. Le pape Grégoire avait excommunié Jan Hus et menacé de frapper d'interdit toute la ville de Prague. Un clerc du nom de Jerome, qui faisait des allers et retours entre les universités de Prague et d'Oxford, avait témoigné, sous la torture, qu'un grand nombre de textes étaient fournis par un membre du Parlement britannique. Si l'Église pouvait se procurer des preuves indiquant qu'il avait acheté des quantités de copies des textes hérétiques à la corporation de Paris ou même chez des libraires de Reims ou de Cologne, cela suffirait à envoyer au bûcher un homme jouissant d'autant de pouvoir et d'entregent que Oldcastle.

Rome apprécierait cette initiative et Arundel avait même laissé entendre que la personne qui aurait fait du bon travail en ce domaine avait des chances d'obtenir le chapeau de cardinal, bien que Gabriel fût certain qu'il parlait de lui-même. L'archevêque n'avait pas caché que la tâche ne serait pas aisée. À cause des guerres contre la France, sans parler de l'existence du trône papal rival en Avignon, les Français ne seraient guère disposés à aider les Anglais à mener une telle enquête. Arundel avait affirmé qu'il aurait lui-même entrepris cette mission s'il n'eût pas été affligé de mauvaises humeurs. Il était d'ailleurs persuadé que le frère Gabriel dénicherait tout seul les renseignements nécessaires et, ce faisant, rapporterait des lauriers pour lui-même et son archevêque.

Puisque le frère Gabriel devrait se faire passer pour un

riche marchand, on lui accordait exceptionnellement l'autorisation, jusqu'à la fin de sa mission, de ne pas porter son habit de moine et de cesser de raser sa tonsure. Les espions de l'antipape étaient partout et si on l'arrêtait le Saint-Siège devrait payer sa rançon. Il avait en outre la permission d'utiliser l'argent provenant de la vente de ses dernières indulgences pour payer ses dépenses, tout en gardant à l'esprit les besoins de son Église en ce qui concernait la bonne gestion de ces fonds.

Gabriel passa la main sur sa tête. La repousse de ses cheveux était donc finalement la bienvenue. Il n'allait pas avoir besoin de son rasoir.

Par une journée d'automne, dans un brouillard épais, le frère Gabriel longea la côte jusqu'à Douvres, où il s'embarqua pour Calais. Au lieu de ses vêtements ecclésiastiques il portait un manteau de marchand écarlate et un bonnet carré pour cacher les traces de sa tonsure. Le jour où il avait enfilé son habit de novice, le frère Francis lui avait dit : « Cet habit sacré empêchera le diable et ses tentations de te sauter sur le dos. » L'étoffe en était si rêche et si grossièrement tissée que le frère Gabriel avait pensé que si un diable s'avisait de s'asseoir sur lui à califourchon il trouverait le siège sacrément inconfortable. Or il avait fini par s'y habituer et à présent la fine étoffe du manteau rouge de marchand lui donnait l'impression d'être quasiment nu.

Était-ce son imagination ou les passagers du bateau à bord duquel il traversait la Manche le traitaient-ils vraiment d'une façon différente maintenant qu'il était ainsi vêtu ? Une femme alla même jusqu'à l'aguicher ! Il se sentit rougir au souvenir des conseils du frère Francis, mais il avait décidé de ne pas emprunter la voie qu'il lui avait indiquée. De deux choses l'une : ou il respectait ses vœux, ou il jetait son froc aux orties. Confus, il détourna les yeux et fit semblant de contempler l'étendue brumeuse de la mer grise. La femme passa son chemin. La Manche était calme.

À Calais il loua une voiture pour se diriger vers Reims sur des routes boueuses et défoncées. Au cœur de la campagne française, il écoutait le tambourinement de la pluie sur le toit, le martèlement des sabots des chevaux et, de temps en temps, le coup de corne du cocher quand il se souvenait de s'en servir. Gabriel avait laissé sa haire à l'abbaye de Battle. Son dos et ses épaules constitueraient donc un confortable perchoir pour tout diable ayant envie de se faire transporter gratis.

DIX-SEPT

Dans un lieu nommé Lorca, à l'est de Puente la Reina, coule une rivière appelée Ruisseau salé […]

Abstenez-vous d'en boire l'eau […] car cette rivière donne la mort […] Sur ses rives deux Navarrais

Aiguisent leurs couteaux […] pour écorcher les montures des pèlerins qui trépassent après avoir bu de cette eau.

Libri Sancti Jacobi, livre V (XIIe siècle)

Au bout d'une semaine, Gabriel en avait déjà assez appris sur Reims pour savoir que les bourgeois y étaient trop occupés par la violente lutte que se livraient les puissants ducs de Bourgogne et d'Orléans pour se soucier du danger moins imminent des flammes de l'enfer. Dans les hôtels des corporations, où il put entrer grâce à son costume écarlate, on discutait d'impôts royaux mais pas d'hérésie.

Assis sur les bancs placés le long des murs de la grande salle, il bavarda avec des drapiers prospères. Ceux-ci l'accueillirent avec une telle chaleur qu'il dut se rappeler d'en dire le moins possible et de rester sur ses gardes. « *Je viens de Flandre. Je suis négociant en tissus** [1]. » Ah, de Flandre ! Un drapier. Ils se contentèrent de hocher la tête et de lui offrir un verre de vin rouge sombre, avant de continuer à se plaindre des lourds impôts levés par le roi fou pour acheter des armes destinées à repousser les incursions anglaises.

« *Satanés chiens d'Anglais* !* » Gabriel comprenait assez bien le français, langue assez proche de l'anglo-normand que parlait encore la vieille noblesse d'Angleterre. Moins sûr de son accent, il s'exprimait avec prudence de crainte d'être découvert comme l'un de ces « satanés chiens d'Anglais » accusés par les marchands de causer leur ruine. Grâce à son déguisement, ils lui parlaient plus franchement que s'il avait porté la soutane. Quand il les questionna sur l'Église, l'un des membres de la corporation roula les yeux et se plaignit de la corruption, des vices, et même du concile de Pise qui, loin de les avoir débarrassés du pape en trop, leur avait, en fait, imposé un deuxième pape italien. Étant donné que le premier pape italien n'avait pas voulu quitter son trône et que celui d'Avignon avait refusé d'abdiquer, le schisme avait accouché d'un troisième pape.

1. Les mots en italique et suivis d'un astérique sont en français dans le texte. (*N.d.T.*)

Lorsque Gabriel s'enquit d'un ton désinvolte de la propagation de l'hérésie hussite et de celle de Wycliffe, un haute-lissier de Paris haussa les épaules et lui répondit que s'il s'intéressait à la religion il n'avait qu'à aller en Avignon, mais qu'il était plus probable qu'il y trouverait un nid d'oiseaux merveilleusement empanachés de jolies plumes que des corneilles en robe noire et des prêtres pauvres.

« Êtes-vous surtaxés afin d'entretenir luxueusement les cours papales ? Le peuple ne se plaint-il pas ? avait demandé Gabriel dans son français étudié, dans l'espoir de débusquer des dissidents.

— Il se plaint davantage de l'entretien du dauphin que de celui du pape. Et de l'achat des armes par le roi pour se battre contre les Anglais. Au moins, l'Église dépense de l'argent pour permettre à ses évêques et à ses cardinaux de se draper dans le luxe, répondit le haute-lissier en faisant un clin d'œil. Plutôt de la fourrure française sur la chape de Sa Sainteté que du cuir italien sur ses souliers. Quant aux miséreux, je suppose qu'ils se sentent plus près du ciel en ayant un pape comme voisin. »

Mais il n'est pas pape, c'est un imposteur ! Gabriel ravala sa remarque juste à temps. Il leva son verre comme pour approuver la déclaration de son interlocuteur, puis but une petite gorgée du délicieux vin français. Tout est trop aisé, se dit-il en vidant son verre. Pour le salut de son âme il avait intérêt à accomplir sa mission le plus vite possible, car il s'accoutumait bien trop facilement au goût du vin français sur sa langue et au contact de la soie sur sa peau. Même les ampoules de son dos cicatrisaient.

Après avoir quitté l'hôtel des corporations il s'enquit de l'horaire des coches de Paris.

« *Demain à une heure de l'après-midi**. » Le postillon bouchonna le cheval, dont la robe était tachetée d'écume, et répéta : « *Demain**. »

Il faudrait donc attendre le lendemain, sauf s'il louait une voiture particulière, mais cela reviendrait très cher. Vu les maigres résultats obtenus, il trouvait que la mission était déjà fort coûteuse. Il gardait cependant bon espoir de dénicher quelque preuve à Paris, où se trouvait la plus grande corporation d'imprimeurs et de scribes. Lord Cobham devait bien se procurer ses copies quelque part.

Puisque aucun coche ne partait avant le lendemain, il lui restait tout le reste de la journée à tuer, quoique l'après-midi fût déjà bien avancé. Un soleil ardent brillait, une lumière dorée d'automne se déversait sur la place devant la cathédrale Notre-Dame. Il lui trouva un air guindé dans sa collerette à pointes en dentelle de pierre, qui lui donnait un aspect froid et morne. Si la première fois qu'il l'avait vue il avait été ému par sa beauté, ce jour-là il trouva plus accueillante la place ensoleillée, qu'animaient la foule, le bruit et les couleurs. Un balayeur des rues, chaussé de galoches de bois surélevées afin de se protéger des déchets qu'il rejetait dans le caniveau, se heurta à Gabriel, marchant presque sur ses beaux souliers de cuir. Or, même cela ne le refroidit pas. Si le soleil automnal lui réchauffait la peau, le vin des drapiers lui réchauffait le ventre. En outre, il devenait extrêmement conscient des regards intéressés que lançaient dans sa direction les dames vêtues de mantes en belle fourrure et qui choissaient avec soin les pavés les plus propres pour y poser le pied.

Des voix vantant la marchandise s'entremêlaient autour de lui : français, allemand, et, de temps en temps, quelques mots anglais. Ayant plusieurs heures à occuper sans endroit précis où se rendre, Gabriel hésita... La grotte sombre de la cathédrale, où, agenouillé devant un autel hérissé de bougies, il réciterait ses prières ? Mais n'obtiendrait-il pas davantage de renseignements en s'attardant devant les étals dressés sur la place ? N'était-ce pas la raison de sa venue dans cette ville ?

Il soupesait le pour et le contre des diverses options quand il l'aperçut.

Ce fut la chevelure qui le frappa en premier. Lumineux halo cuivré, toison étincelante de soleil encadrant un visage à l'ovale parfait, incrusté de deux yeux purs comme du verre de Murano. Le regard de Gabriel passa de la chevelure à la poitrine généreuse. Ce n'était pas le corps d'une jeune fille, mais celui d'une femme bien faite, dotée d'une taille qu'un homme aurait aimé enserrer entre ses mains. Non ! il empêcherait que son esprit s'égarât vers cet endroit défendu...

Il s'apprêtait à prendre la direction de la cathédrale lorsqu'il s'aperçut que la femme semblait vendre quelque chose. Elle tournait les pages d'un codex qu'elle tenait dans une main. Elle vendait donc des livres... S'il allait voir de quoi il retournait ? N'était-ce pas justement pour cette raison qu'il avait entrepris ce voyage ? Pour mener une enquête... Pour tendre l'oreille sur les marchés...

Elle rejeta la tête en arrière. Sa lumineuse chevelure ondulée se rebellait contre une toque de velours à la couleur passée qui l'ornait plutôt qu'elle ne la retenait. Désignant quelque chose dans le livre, la jeune femme se penchait vers le client et sourit au moment où celui-ci échangea ses ducats contre le petit codex grossièrement relié. Comme elle inclinait le buste, le corsage de linon comprima sa poitrine, soulignant la naissance des seins. *Le livre, Gabriel. C'est le livre qui t'intéresse, pas la libraire.*

L'attention de la femme étant fixée sur son client, elle sembla à peine remarquer l'arrivée de Gabriel. Doté de jambes grêles et d'une tête blonde trop grosse pour son corps fluet – trop grosse aussi par rapport à son visage de lutin et à ses minces poignets qui faisaient des mouvements désordonnés dans les airs –, assis juste derrière la jeune femme sur un lit de chiffons, un enfant ne la quittait pas du regard. Ses yeux étaient deux lacs tranquilles, seule zone de calme dans un corps agité de soubresauts. Le carillon sonore de la cathédrale fit sursauter l'enfant. Il cligna ses grands yeux gris et se mit à pleurnicher. Les sons qu'il émettait étaient déconcertants et Gabriel mit une bonne minute à comprendre que les lamentations de l'enfant s'accordaient avec le carillon, quoique deux octaves plus haut. On eût dit que la mélopée triste des cloches s'était incarnée en cet enfant à la voix aiguë et plaintive. Cette vision lui donna la chair de poule.

Sans interrompre sa conversation avec son client – un pèlerin, à en juger par son bâton et sa cape, et un Allemand, d'après son accent très prononcé en français –, la jeune femme tendit un bras derrière elle et caressa délicatement les cheveux blonds du gamin jusqu'à la fin du carillon. Pour une raison mystérieuse, le geste suscita un picotement sous les paupières de Gabriel. Et calma l'enfant.

« Le titre du livre est *Libri Sancti Jacobi.* Si vous suivez le chemin des Pèlerins, c'est le guide idéal », déclarait la jeune femme. Elle avait une voix agréable, bien timbrée, une voix de femme instruite. « C'est en latin, mais, en regard, j'ai fourni une traduction en anglais et, en appendice, un résumé en français, bien que mon français ne soit sans doute pas à la hauteur, car je ne le parle pas couramment... Je regrette de ne pas avoir de texte en allemand. Même si je connais un peu cette langue, je n'oserais pas me lancer dans une traduction.

— Je peux lire l'anglais et le français, répondit le client, en anglais cette fois-là. Mais j'avoue que, quoique je récite mes prières en latin, je ne comprends pas très bien le sens des mots. »

Gabriel dressa l'oreille. Il connaît l'anglais ? À quel point ? Où l'a-t-il appris ? Dans une bible anglaise peut-être ? Cette connaissance des langues pouvait rendre suspects et la libraire et le client. Mais elle ne vendait pas une bible, se rappela-t-il, simplement un guide du pèlerin.

L'enfant ayant cessé de pleurnicher, la jeune femme retira la main de sa tête et l'utilisa pour tourner les pages du livre. « Prêtez une attention toute particulière au livre V, dit-elle. Observez bien la mise en garde. Si vous vous dirigez vers le sud, il vous faudra traverser une rivière dont l'eau peut se révéler mortelle si vous en buvez. »

Elle se tut et jeta un coup d'œil sur la place envahie de monde tandis que le client examinait la page qu'elle avait indiquée. Son visage perdit de son animation, devint plus sérieux. « J'aimerais pouvoir afficher une mise en garde sur la rive de ce cours d'eau, déclara-t-elle, dans toutes les langues du monde, pour annoncer aux voyageurs les périls qu'ils encourent. » Un soupir souleva sa poitrine et Gabriel put presque sentir contre sa propre peau le souffle produit par ce soupir. « Mais je suppose que les méchantes gens qui habitent là-bas l'arracheraient. »

Le ton las suggérait qu'elle avait été en contact avec le mal. Gabriel se demanda quelle était son histoire. Le pèlerin la remercia de son avertissement. Elle glissa les pièces dans la bourse accrochée à sa ceinture mais cachée dans les plis de sa jupe. Apparemment ravi de sa trouvaille, l'Allemand s'éloigna en feuilletant le livre. Gabriel s'approcha et fit mine d'examiner ce qu'elle vendait.

« *Bonjour, monsieur**. »

Gabriel la regarda par-dessus la table qui les séparait.

Sa gorge se noua. Se détachant sur un teint pâle et encadrés par des cheveux lumineux, les yeux du plus pur bleu Murano paraissaient encore plus bleus. Elle lui rappelait un tableau représentant Marie Madeleine qu'il avait vu à Rome. Mais en plus innocent. En plus sage. Ne fût-ce que grâce à la franchise du regard blessé. S'il eût été peintre, il l'aurait peinte ainsi, entourée de ses livres. Mais il n'était qu'un clerc qui faisait semblant d'être un marchand.

« Salut ! lui lança-t-il en anglais, de crainte que la jeune femme ne connût bien mieux que lui le français et l'allemand et ne démasquât son imposture. Je suis content que vous parliez l'anglais. Je commerce beaucoup avec les Anglais et suis ravi d'avoir l'occasion de pratiquer leur langue. »

Elle eut soudain l'air méfiant. « Êtes-vous échevin, monsieur ? Si vous êtes venu vérifier mon permis, je l'ai là. » Elle se baissa pour fouiller dans le panier qui se trouvait à ses pieds, révélant la jolie courbe de ses hanches. Il détourna le regard et fixa une gargouille placée sur l'avant-toit d'une aile de la cathédrale qui surplombait l'étal. « Martin, mon défunt mari, était libraire à Prague. J'ai hérité des droits accordés à sa corporation et obtenu l'autorisation de vendre dans cette ville. » Elle déroula un parchemin et le lui tendit.

Gabriel jeta un coup d'œil au sceau d'aspect officiel appliqué sous la formule « *femme sole** » et le nom : Anna Bookman de Prague.

Prague. Le siège de l'hérésie. La destination finale de la longue enfilade d'hérésies partant de lord Cobham.

« Vous êtes Anna ? »

Elle hocha la tête et prit une brusque inspiration, qui souleva sa poitrine et tendit les lacets de son corsage. Il fixa alors le garçonnet qui se trouvait derrière elle, lequel le regarda d'un œil vide, sans ciller. Tous les membres du corps du garçonnet tressaillaient, étaient sans cesse agités de mouvements saccadés. Elle était donc veuve…

« Mes condoléances, fit-il. Votre deuil est-il récent ?

— Mes papiers sont-ils en ordre ? Vous constatez que j'ai l'autorisation de vendre sur la place du marché du moment que je n'installe pas de façon permanente un poste de libraire. » L'angoisse lui faisait serrer fortement ses lèvres pulpeuses et accentuait les fines rides qui sillonnaient son front.

Il éprouva sur-le-champ des remords de lui avoir causé cette inquiétude. Peu lui chalait que son permis fût faux ou authentique. Il enroula le parchemin, l'attacha avec le fil de soie qu'elle avait dénoué, et le lui rendit. Sa seule origine pragoise ne devait pas suffire à faire d'elle une suspecte. Toutefois elle pourrait peut-être lui fournir quelques renseignements.

« Vos papiers m'ont l'air tout à fait en règle, mais je

ne suis pas compétent en la matière, étant moi-même en visite dans cette ville. Si je me suis approché de votre étal, c'est dans le seul but d'acheter un livre. » Il palpa deux des cinq livres placés sur l'éventaire, guides du pèlerin, rudimentairement reliés à l'aide d'une alène avec des bandes de cuir, mais recopiés d'une jolie écriture. « Faites-vous vous-même les traductions ou sont-elles l'œuvre de votre défunt mari ?

— Je les fais moi-même, répondit-elle, la voix vibrant d'orgueil, avant d'ajouter précipitamment : J'ai vendu toutes celles de… toutes celles de Martin.

— Vous êtes une remarquable copiste », dit-il sincèrement. Certains des textes étaient même illustrés de croquis représentant des pèlerins et la première lettre majuscule de la première page était extraordinairement fignolée. « J'aimerais acheter cet exemplaire, déclara-t-il, avant de demander d'un ton désinvolte, comme en passant : Je suis également intéressé par d'autres traductions en anglais. D'un caractère religieux. En possédez-vous ? Les écrits d'un dénommé John Wycliffe, par exemple, voire les œuvres plus anciennes de Guillaume d'Ockham ?

— Non. Je ne vends pas ces livres. Ils ont été interdits par l'Église », répondit-elle vivement.

Trop vivement peut-être.

« Les Saintes Écritures en anglais, alors ?

— Je ne possède que l'Évangile de Jean. En latin de la Vulgate. » Il voyait que l'esprit de la jeune femme travaillait, qu'elle considérait la grande qualité des vêtements de son client et évaluait les risques, eu égard aux besoins de son enfant. « Je pourrais peut-être vous composer une traduction approximative, mais je dois vous avertir qu'une telle traduction est peut-être illégale en France. Je n'en suis pas sûre, mais en Bohême la peine est sévère. »

Une ombre passa sur son visage et sa bouche tressaillit au souvenir de quelque souffrance. Les hérétiques avaient été brutalement traités à Prague, certains ayant même été exécutés. Peut-être était-elle elle-même une fugitive. Ne vaudrait-il pas mieux laisser cette femme, s'éloigner et se renseigner ailleurs ? S'il avait deviné juste, elle avait déjà assez souffert. Dieu l'avait punie en lui enlevant son mari et en lui donnant un enfant idiot.

Mais il ne bougea pas.

« Nous ne sommes pas en Bohême, répliqua-t-il, mais en France. Les Français s'intéressent davantage à la mode et au bon vin de Bourgogne qu'aux hérésies. Je n'ai pas besoin de tout le livre. Juste de quelques chapitres. Les trois premiers devraient faire l'affaire.

— Combien de temps pensez-vous demeurer ici ? »

Le postillon avait dit « *demain** ».

« La durée de mon séjour ici dépend de nombreux facteurs. Une semaine vous suffirait-elle pour traduire ne serait-ce que deux chapitres ? »

Le carillon de la cathédrale se fit entendre une nouvelle fois. L'enfant gémit derechef à l'unisson, et la jeune libraire se tourna vers lui pour le prendre dans ses bras. « Je vais y réfléchir, répondit-elle par-dessus son épaule.

— Eh bien, je reviendrai demain pour entendre votre réponse. »

Il s'éloigna, le sang battant dans ses tempes. Quelles graines venait-il de semer ? En prévision de quelle moisson ? Il ne se demanda pas qui du moine espion en soutane noire ou du marchand jouisseur en manteau écarlate récolterait la moisson.

Le gamin détestait les cloches de la cathédrale, des cloches – d'autres cloches, mais qui produisaient le même son lugubre – ayant sonné à toute volée et martelé fortement sa cervelle le jour où son oncle l'avait abandonné au bord du pont. Il avait su que son oncle ne reviendrait pas. Il l'avait compris à la façon dont il s'était gratté la gorge et s'était éloigné d'abord d'un pas traînant, avant que le martèlement se précipitât – *clac, clac, clac*, vite, vite, vite.

La clameur des cloches : peur, peur, peur. Il sentait à nouveau sa peau racler les pavés brûlants, tandis qu'il se rapprochait de plus en plus du bord en rampant, le dépassait, puis laissait ses pieds pendre dans le vide. Chaque son de cloche l'avait rapproché de la rivière, de plus en plus près. Pas moyen de s'arrêter. Il ne pouvait faire cesser les soubresauts de son corps, ni le son de cloches.

Son oncle n'allait pas revenir.

D'autres pas sur le pont, qui ralentissaient, faisaient halte. Puis *clac, clac, clac*. Un autre carillon martelait sa cervelle.

Arrêtez-vous ! Au secours ! Les sons sortaient de sa gorge serrée. *Bek bek bek.* Plus il s'était efforcé de calmer les tressautements de ses membres, plus son corps avait avancé vers le bord du pont. *Bek bek aidez-moi.*

Les vaguelettes dans l'eau, les compter un deux trois. Compter les sons de cloche un deux trois. De plus en plus près.

Une main griffue l'avait arraché du bord.

Une autre main, douce celle-là, lui caressait les cheveux pour adoucir le carillon des cloches.

À présent deux personnes s'occupaient de lui. Une une et une deux. Une. Deux. Comme les deux premiers doigts de la main. Une. Deux. Comme les pierres lisses dans sa poche. La main griffue avait enlevé les pierres de ses poches. *Non. Non. Bek. Bek.* Et Anna – il connaissait son nom. Il fallait appuyer sur la deuxième partie : An na, An na les lui avait rendues. Ses pierres. Deux pierres. Il en cherchait une troisième.

Deux pierres. Une plate, l'autre ronde. Deux mains. Une douce, son contact léger et doux, comme la vase de la rivière réduite en poudre en été. L'autre rêche et rugueuse comme du sable.

Deux voix. Une gutturale et basse. Le coassement des grenouilles de rivière la nuit. Son oncle l'avait laissé sur le pont pour aller attraper au grappin des anguilles et autres poissons sous les branches d'arbres tombées. Une voix murmurant comme un gazouillis d'oiseau. Une mélodie de demi-tons montant et descendant. Il chantait avec cette voix.

La vieille, sa vieillesse visible dans la peau flasque de ses mains, l'avait laissé sur place. Attaché sur une chaise. Il s'était accroché à elle en pleurant. *Bek bek bek.* Sa peau s'écorchant contre les liens. Le rouge suintant de sa peau. Suinte, perle. Suinte, perle. Et pas moyen de l'arrêter.

Mais la jeune femme l'avait emmené avec elle. Il s'asseyait derrière elle dans la petite baraque du marché. Sa large jupe bleue était son horizon brouillé. Il jetait parfois un œil au-delà de cet horizon, regardait les gens changer devant ses yeux troubles – bâtons larges minces petits grands, chatoiement de couleurs, mélodie cachée de voix au son doux ou strident. Choisissant les sons des voix qu'il aimait, les enfilant comme des perles et chantant leur air dans sa tête. Pour elle, il tentait de maîtriser les saccades de ses bras et de ses jambes – An na, l'accent à la fin, An na An na –, il chantait constamment son nom en demi-tons pour calmer son corps agité de soubresauts. Il y arrivait, à part le tressaillement de ses jambes. Même lorsque les chiens aboyaient et que les portes claquaient il y arrivait. An na. An na. Mais pas quand les cloches sonnaient.

Trop faible maintenant pour chanter le An na dans sa tête. Toute la musique se dispersait. Des perles qui tombent. Il écouta pour essayer de rattraper les notes. Voilà. Une note de basse. C'est un début. Il avait entendu la même voix, la même note, un son de basse – un son de base – sur lequel fonder sa mélodie. Il l'entendait depuis cinq jours. Cinq jours. Comme les doigts d'une main, en comptant le petit doigt. Ou étaient-ils six ? Parfois le petit doigt tressautait sournoisement et se faisait compter deux fois.

La note de basse se fit à nouveau entendre. Il se tordit pour voir le chanteur derrière la toile bleue de son horizon. Un grand bâton vêtu d'une toile de la couleur du sang sous sa peau. Le dedans qui suinte dehors. Il fredonna puis se tut pour écouter.

Une nouvelle mélodie chanta dans sa tête. Les tons médians d'An na s'entremêlant aux notes basses. Il aimait le son des notes jouant ensemble.

Les tons s'accordaient à merveille.

Les battements du cœur d'Anna s'accélérèrent au moment où elle montra au marchand flamand le premier chapitre de sa commande. Il était passé chaque jour devant son étal, s'arrêtant pour s'enquérir des progrès du manuscrit et pour pratiquer son anglais, selon ses dires, car il parlait parfaitement la langue. Après sa deuxième visite elle s'était surprise à explorer la place à la recherche du manteau écarlate et, rougissante, s'avouait être déçue quand celui qu'elle avait aperçu de révélait ne pas être celui de son client.

Les tuniques écarlates semblaient être autant appréciées des riches marchands que des cardinaux romains.

Au début elle s'était méfiée du marchand flamand – le premier jour il s'était présenté sous le nom de Van Cleve. La façon dont il avait posé ses questions sur des textes hérétiques lui avait paru faussement désinvolte, mais à chaque visite leur rapport était devenu plus amical. Dieu seul savait qu'elle avait besoin d'un ami ! Les gitans allaient bientôt reprendre la route et elle se retrouverait toute seule. Si ce Flamand souhaitait devenir son ami, ne serait-ce que pendant une courte durée, que risquait-elle en pleine place du marché ? Et elle appréciait sa compagnie.

Si une once de méfiance subsistait dans l'esprit d'Anna, l'homme la dissipa à l'occasion de sa sixième visite.

Le soleil de cette fin d'automne avait cédé la place à des nuages bas et une bruine glaciale menaçait. Anna le repéra de l'autre côté de la place. Il semblait la fixer. Gênée, elle détourna le regard, et quand elle releva les yeux il avait disparu. Environ une heure plus tard, à en juger par l'annonce du crieur public, juste au moment où Anna pensait ramener Petit Bek au chariot de Jetta avant que la bruine ne pénétrât la couverture constamment rejetée par les tremblements de ses membres, elle aperçut à nouveau le marchand. Il se dirigeait vers sa baraque presque au pas de course, suivi d'un jeune homme chargé de deux piquets de tente et d'un auvent.

Quand elle protesta, arguant qu'elle ne pouvait se permettre un tel luxe, il leva la main pour lui intimer le silence et paya le jeune gars de sa propre poche.

« C'est trois fois rien si cela vous permet de rester là et à moi de jouir de votre compagnie une demi-heure », expliqua-t-il.

Son instinct la poussait à refuser.

« Cela protégera le gamin de la pluie par mauvais temps, reprit-il, et du soleil les jours de chaleur. Et pensez à ma luxueuse tunique. Vous savez bien qu'un homme de ma condition ne peut se promener sur la place dans un vêtement de soie maculé d'eau de pluie. Cela ne serait pas bon pour le commerce des étoffes. »

Il avait prononcé ces dernières paroles en riant, comme s'il se moquait de lui-même. En fait, il cherchait à lui rendre plus facile l'acceptation de son offre. Et comment la repousser ? Cette tente serait salutaire pour Petit Bek autant que pour sa marchandise. Elle la protégeait en effet à l'aide de toiles qu'elle passait son temps à enlever dès qu'apparaissait un client potentiel, puis à remettre après son passage.

« Je considère cela comme un prêt, dit-elle tandis que le jeune homme plantait à grands coups de maillet les piquets dans le bas-côté en terre de la place pavée. Jusqu'à ce que l'évangile soit terminé. Souhaitez-vous voir où j'en suis ?

— Si vous êtes disposée à le montrer. » Elle prit les pages détachées dans un panier posé à ses pieds, contente que l'auvent les protégeât.

« Désolée que ça n'avance pas vite, mais les jours

raccourcissent et le règlement de la corporation des libraires déconseille de travailler à la lumière de la bougie. Il paraît que le travail effectué ainsi est de qualité inférieure.

— Il n'y a rien d'inférieur dans cet ouvrage », fit-il en feuilletant rapidement les pages.

Elle fut déçue. Il n'accordait qu'une attention superficielle à son travail soigneux.

« Petit Bek est calme aujourd'hui, dit-il en lui rendant les feuillets.

— Il nous écoute.

— Comprend-il ce que nous disons ?

— C'est difficile à savoir. Il ne sait pas parler. Je crois qu'il aime simplement le son de nos voix. Il aime aussi la musique. Il n'est jamais aussi heureux qu'à l'arrivée du joueur d'orgue. J'ai dépensé tous mes demi-pennies pour quelques airs, mais ensuite il les fredonne durant des heures, ce qui lui fait passer d'excellents moments. Les mots qu'il chante sont du charabia, on dirait un langage d'elfes, mais il compose de parfaites petites mélodies à partir des notes qu'il chipe au joueur d'orgue.

— Pourtant il n'aime pas les cloches.

— Parce qu'elles sonnent trop fort, à mon avis. Les bruits violents l'effraient, sans doute parce qu'il voit mal. Il ne sait pas d'où ils viennent. »

Van Cleve plongea la main dans la poche de sa tunique.

« Je lui ai apporté quelque chose, dit-il. Puis-je le lui donner ? »

Sans attendre la réponse, il passa tout de suite derrière la table sur laquelle étaient disposés les livres. S'accroupissant près du gamin, il ouvrit la main, puis posa la paume de Petit Bek sur la pierre lisse, qui avait la forme, la taille et la couleur d'un œuf de rouge-gorge.

Un large sourire s'étala sur le visage du garçonnet. Le cœur d'Anna faillit se rompre devant ce sourire de bonheur. Petit Bek prit la pierre dans sa main et la frappa trois fois contre les chiffons de sa litière. Un filet de bave tomba de ses lèvres souriantes sur la manche de Van Cleve.

« Je suis désolée, dit Anna en tapotant la tache avec un chiffon propre pris dans son panier. Ç'a souillé votre belle tunique.

— Je m'en soucie comme d'une guigne. Ce n'est que du tissu et ce n'est pas la première fois qu'il est mouillé. » Sur ce, ôtant le chiffon de la main d'Anna, il essuya délicatement le visage du gamin. « Pas moyen d'effacer ce sourire, fit-il remarquer d'un ton satisfait avant de se lever et de lui rendre le chiffon.

— Mais comment le saviez-vous ?

— Je l'ai vu jouer avec les pierres. J'ai pensé qu'il aimerait en avoir une de plus. Trois est un chiffre parfait. » Il se tut, contemplant l'enfant quelques instants, puis leva les yeux vers Anna. « Il sait compter, vous savez ?

— Qu'est-ce qui vous fait penser cela ?

— Vous n'avez pas remarqué la façon dont il frappe le sol ? Trois fois. Regardez, il a aligné les pierres les unes à côté des autres. »

Quelque chose dans la tranquille compassion du drapier, ou peut-être sa capacité d'observation et de déduction, lui rappela son grand-père. Elle refoula des larmes inattendues, espérant qu'il ne remarquerait pas son émotion.

« Il possède une certaine intelligence, affirma-t-il.

J'ai lu des textes sur ce genre d'êtres doués de facultés qui dépassent de beaucoup les nôtres. Comme si Dieu leur avait accordé ce don pour les dédommager. »

Anna faillit lui sauter au cou. Non seulement pour le remercier de sa bonté mais parce que cela confirmait ce qu'elle devinait depuis longtemps. Elle l'aurait pris dans ses bras s'ils s'étaient trouvés dans la petite maison de Prague au lieu d'être sur la place d'une ville étrangère, et s'il avait été l'un des étudiants qui venaient étudier et traduire les textes de Wycliffe. Mais ce n'était pas le cas. Le marchand était un étranger, ils se trouvaient dans un pays étranger, et depuis son départ de Prague elle avait appris à se méfier des étrangers.

Protégés par l'auvent, ils se tenaient tout près l'un de l'autre, tandis que les nuages et la brume qui commençaient à les cerner transformaient l'endroit en une pièce intime. Elle dut résister à la tentation de toucher la manche écarlate de Van Cleve, de sentir le bras qu'elle recouvrait. Inconsciemment, elle se redressa et lissa sa chevelure des deux mains, comme si elle s'efforçait de la dompter. Quelque chose s'émut dans sa féminité, un élancement vif comme l'éclair, presque une douleur. Incapable de regarder l'homme en face, elle détourna son visage empourpré, faisant semblant de rectifier la position des livres et des brochures disposés sur l'éventaire.

« Avez-vous des enfants, monsieur Van Cleve ? » À l'évidence un tel homme devait posséder femme et enfants, des fils costauds, capables de prendre la relève dans ses affaires.

« Non, je suis… seul… Je suis célibataire.

— Quel dommage ! murmura-t-elle en essayant de

calmer le tressaillement de son cœur. Je veux dire, vous paraissez tellement aimer les enfants.

— “Laissez venir à moi les petits enfants”, a dit Notre-Seigneur, répondit-il en souriant. Il les aimait, lui aussi. »

Derrière elle, Petit Bek tapait ses pierres contre le sol. Un, deux, trois – sons assourdis par les chiffons de sa litière. Le brouillard céda la place à la pluie qui dégoutta du bord de l’auvent.

« J’espère que vous habitez tout près », dit-elle. Elle se sentit rougir, craignant qu’il ne se trompât sur le sens de ses paroles. « Parce que ça m’ennuierait que vos beaux vêtements soient mouillés deux fois de suite.

— J’ai une chambre de l’autre côté de la cathédrale. Rue Saint-Luc. Et vous, vous habitez près d’ici ?

— J’habite avec un groupe de… pèlerins, mais ils vont bientôt reprendre la route. Je compte rester à Reims durant tout l’hiver. On vend bien ici.

— Il se peut qu’il y ait des chambres libres dans la maison où je loge.

— Je ne suis qu’une pauvre libraire veuve. Je n’ai pas les moyens d’un riche marchand.

— La maison est simple mais propre et d’un prix raisonnable. Je serais disposé à me renseigner auprès du propriétaire si vous le souhaitez. »

Comme elle hésitait, cherchant une réponse adéquate, il ajouta : « Laissez-moi vous aider à ramasser vos livres et on va aller tout de suite rencontrer mon logeur. Votre enfant et vous risquez d’être trempés jusqu’aux os si vous tentez de vous débrouiller toute seule. »

Et avant qu’elle eût la possibilité de protester, il avait remballé les livres dans le panier qui se trouvait aux pieds d’Anna et soulevé Petit Bek dans ses bras.

« Tenez ! fit-il en lui tendant le panier. On va y aller en courant. C'est la deuxième maison de l'autre côté de la cathédrale. »

Sitôt dit, sitôt fait. Il s'élança sur la place, Petit Bek dans ses bras, drapé dans sa cape de fourrure.

Anna n'eut plus qu'à envelopper ses cheveux crêpelés dans son châle et à le suivre.

DIX-HUIT

Presque tout est écrit pour les Français
Que peut donc faire celui qui français ne connaît ?
Rarement la langue anglaise eut-elle la chance
D'être mise à l'honneur en France.

Extrait de *Cursor Mundi*,
XIVᵉ siècle, auteur inconnu

Il s'avéra que le propriétaire de la petite maison en clayonnage enduit de torchis, située rue Saint-Luc, avait une chambre à louer. Poussée par Van Cleve – et aussi par la pluie battante –, Anna y jeta un coup d'œil. La chambre était propre et confortable. Le mobilier se composait d'un lit de bois garni d'un matelas en vrai duvet, d'un banc à haut dossier recouvert d'une tapisserie brodée aux couleurs éclatantes, sous lequel se trouvait un coffre, ainsi que d'une table de toilette où étaient disposés bassine, broc d'étain et petit miroir de bronze poli. Une fenêtre aux petits carreaux cerclés de plomb s'inclinait légèrement au-dessus d'un jardinet. La pièce était chauffée par un braisier de charbon de bois.

Anna regarda la chambrette avec envie, cherchant à réprimer une soudaine bouffée de nostalgie. Elle ressemblait tellement à celle qu'elle occupait en haut de l'escalier tournant de la petite maison de Prague, celle qu'elle avait dû abandonner. « Je n'ai pas les moyens de m'offrir ce luxe », fit-elle en secouant la tête.

Van Cleve éclata de rire. « Vous n'avez même pas demandé le montant du loyer. Comment pouvez-vous donc savoir que vous n'avez pas les moyens de le payer ? Comme c'est tout près de la place vous pourrez sans doute vendre assez de livres pour régler le loyer durant les heures que vous passez aujourd'hui à faire le trajet à pied… Combien déjà ? Six, huit furlongs ? Je suis persuadé que le propriétaire proposera un prix avantageux à une jeune veuve avec un enfant, dit Van Cleve en jetant un coup d'œil au petit homme replet qui regardait le gamin en plissant des yeux de myope.

Anna regrettait de ne pas avoir expliqué à Van Cleve le premier jour qu'elle n'était pas la mère de Petit Bek, mais la fausse impression ainsi produite avait alors renforcé son histoire de veuvage. En forgeant cette histoire, elle avait rendu plus crédibles les faux documents qui lui avaient permis d'obtenir l'autorisation de vendre ses livres sur la place du marché. Ce serait à présent gênant de révéler la vérité, et même si le Flamand avait fait preuve de bienveillance, comment être sûre qu'il ne la dénoncerait pas pour s'être fait passer pour une veuve ayant pris légalement la relève de son défunt mari ? De toute façon, il allait bientôt quitter la ville. Dans une semaine environ, avait-il annoncé.

« *Quel est le prix de cette chambre* ? »

Le petit homme replet cligna des yeux et leva un doigt boudiné. « *Un écu par semaine** », répondit-il.

Une demi-couronne. Cinq shillings par semaine. Elle pouvait gagner cette somme rien que le jeudi, jour de marché. Mais il y avait également le coût de la nourriture, du linge et de la lessive. Et des bougies. En dépit de l'interdiction du maître de la corporation, pour gagner sa vie elle était forcée de travailler à la lumière de la bougie. Il lui faudrait d'ailleurs trouver rapidement un logement, Bera ne cessant de parler de leur départ pour le pèlerinage en Espagne. Ce n'était plus qu'une question de jours et avec l'arrivée de l'hiver il lui était impossible de se rendre seule en Angleterre.

Van Cleve plongea sa main dans sa bourse et plaça les pièces d'argent dans celle du propriétaire.

« *Nous prenons cette chambre**, dit-il.

— *Non**...

— Ce n'est qu'une avance pour le travail que vous faites sur le livre. Vous ne pouvez pas rentrer chez vous à pied sous une telle pluie. Vous ne pourriez pas porter l'enfant aussi loin. Restez ici ce soir et demain nous enverrons chercher vos affaires. »

Tandis que dehors la pluie tambourinait contre les vitres, dedans la chaleur invitait à rester. Petit Bek leur faisait un large sourire baveux, sa grosse tête penchée de côté et oscillant sur sa mince tige comme un bilboquet. Anna s'assit sur le matelas, les plumes soupirant sous son poids. Le gamin aime cet endroit, se dit-elle. Et il apprécie la compagnie d'un homme.

Van Cleve replongea la main dans sa bourse et en sortit une pièce en argent qu'il donna à l'hôte. « *De la viande, du pain, du fromage, s'il vous plaît**. »

Cinq shillings de plus pour ces denrées. La seule pensée de ces aliments fit gargouiller l'estomac d'Anna. Elle n'avait rien mangé depuis le moment où elle avait quitté le chariot des romanis ce matin-là, bien qu'elle eût acheté pour un liard de tartine au saindoux destinée à Petit Bek. L'aubergiste fit un signe de tête et s'en alla, refermant la porte derrière lui. Anna se sentit soudain mal à l'aise dans cette ambiance intime. Mais, étrangère dans une ville étrangère, elle n'avait guère à craindre pour sa réputation. Des roulements de tonnerre lointains dominèrent soudain le crépitement de la pluie.

Van Cleve ôta son manteau écarlate, l'étala sur le plancher et s'assit à côté de Petit Bek. « Quand l'aubergiste reviendra on fera un déjeuner sur l'herbe, dit-il en souriant à l'enfant idiot, comme si celui-ci comprenait tout ce qu'il disait. On fera semblant que le plancher est une prairie parsemée de fleurs et que les gouttes de pluie sont des rayons de soleil égarés.

— Votre manteau…

— Ça partira avec un coup de brosse », dit-il en fouillant dans le panier d'Anna à la recherche de la pierre en forme d'œuf de rouge-gorge. Il jongla avec la pierre, la faisant passer rapidement d'une main à l'autre, avant de présenter ses deux poings fermés au garçonnet. « Dans quelle main se trouve-t-elle ? » demanda-t-il.

À la grande surprise d'Anna, l'enfant frappa, comme au hasard, la main qui tenait la pierre. Un coup de chance ? Même elle, malgré son œil affûté, n'était pas sûre d'avoir deviné juste. Or, le gamin ne se trompa pas une seule fois. Anna finit par se lasser de tenter de suivre les vives allées et venues de la pierre entre les mains agiles, se contentant de regarder la façon dont les rides se formaient au coin des yeux de Van Cleve lorsqu'il riait et la manière dont ses cheveux coupés court ondulaient sous sa toque plate carrée. Les cheveux lui rappelaient les foulards de soie, onctueux comme de la crème, dont le rabbin avait enveloppé le rouleau de parchemin de la Torah, de peur que le texte sacré ne fût souillé par des mains impures. Pourquoi donc pensait-elle à ça ce soir ? Pour la seconde fois elle eut le mal du pays et sentit une bouffée de nostalgie monter en elle.

Qu'aurait pensé Dědeček de Van Cleve ? se demanda-t-elle. Il y eut un nouveau roulement de tonnerre, suivi d'un coup frappé à la porte.

« *Entrez* !* » lança Van Cleve.

La porte s'ouvrit et une odeur de viande rôtie et de pain au levain emplit la chambre.

Après avoir déposé les mets sur la nappe improvisée, l'aubergiste s'arrêta un instant sur le palier pour écouter les éclats de rire. Étrange trio… Mais c'est agréable d'avoir des gens heureux dans la maison, se dit-il. C'est bon pour les affaires.

Et ce qui se passait à l'intérieur des chambres ne le regardait pas. Absolument pas.

Jetta s'inquiéta de ne pas voir revenir au campement Anna et Petit Bek. Elle pensa partir à leur recherche, sachant où Anna avait dressé son étal de livres, à l'ombre de la grande cathédrale, mais la seule fois où elle s'était rendue sur la place elle en avait été chassée par le bailli quand elle avait essayé de *dukker* les *gorgios*. Même si la langue du bailli ne lui était pas familière, elle avait compris à son ton la menace, et elle n'avait aucune envie d'y retourner.

Lorsqu'elle alla demander à Bera si quelqu'un ne devrait pas partir chercher Anna et Petit Bek, il répondit qu'Anna s'était sans doute abritée de la pluie, de ne pas se faire de souci, avant de recommencer à faire sauter son fils sur son épaule, souriant de toutes ses dents lorsque le bébé émit un rot sonore. Relaçant sa blouse, l'air d'une chatte repue qui vient d'avaler un bol de crème, Lela aussi conseilla à Jetta de ne pas se faire de bile.

Il était facile pour eux, qui n'avaient pas sauvé des eaux l'enfant et la femme, de parler ainsi. Et eux n'étaient pas poussés par les voix.

Jetta n'avait d'ailleurs pas besoin des voix pour comprendre qu'elle ne faisait pas partie de cette scène de famille intime. Elle regagna donc son *vardo* humide où elle mâchonna une croûte de fromage et un quignon de pain rassis. La pluie ayant noyé les feux de camp, il n'y aurait pas de plats chauds pour le dîner. Ni danse. Ni musique. Ni éclats de rire.

Elle espérait que la femme rousse et le gamin avaient plus de chance. Sans eux le chariot semblait vide. Triste. Comme le ciel désolé qui déversait ses larmes sur le toit bombé du chariot. Elle s'allongea sur le dos dans l'obscurité qui s'épaississait et fixa le plafond, guettant le son des voix dans sa tête. Elles lui diraient quoi faire. Comme les voix se taisaient, Jetta tira sur elle une couverture de cheval rêche et rugueuse et s'endormit.

Seul le martèlement de la pluie troublait le pesant silence.

Lorsque Anna se réveilla, le soleil entrait à flots par les épais carreaux cerclés de plomb. Son cœur bondit dans sa poitrine. L'espace d'un instant elle se crut de nouveau à Prague dans la petite chambre en haut de l'escalier tournant en bois. Mais les gémissements de Petit Bek lui firent recouvrer totalement ses esprits.

Il était sans doute mouillé et avait besoin d'être changé. Elle espérait que le liquide n'avait pas traversé les caleçons en toile épaisse que Jetta lui avait fabriqués. Aucune des deux femmes n'avait jamais songé qu'il pût apprendre à ne pas se mouiller, même lorsqu'elles avaient commenté sa bonne maîtrise de sa vessie. Une vraie chance, vu le mal qu'il avait à maîtriser les mouvements de son corps. Il détestait être mouillé et pleurait toujours lorsqu'il se souillait, mais il ne les avait jamais réveillées en pleine nuit.

Elle vérifia son état. Le caleçon rembourré était complètement trempé mais il n'avait mouillé ni sa culotte ni ses couvertures. Tout en s'efforçant de le rassurer, elle fouillait dans son panier, persuadée de s'être servie des derniers chiffons propres pour effectuer le nettoyage après le festin de la veille, et se demandait ce qu'elle pourrait bien utiliser, quand elle entendit un coup discret frappé à la porte.

Elle reconnut la voix du propriétaire. « *Pardon, madame, s'il vous plaît* ! » disait-il avant de continuer en un anglais approximatif : « De la part de Monsieur Van Cleve, pour le garçon. » L'aubergiste replet se tenait sur le seuil, une pile de linge propre dans une main, un seau et un panier dans l'autre.

Quel plaisir de voir le petit homme poser la pile de linge et remplir d'eau la bassine de toilette !

« Monsieur Van Cleve, il est sorti ? » demanda-t-elle dans son assez bon français.

Soulagé, il lui fit un large sourire. « *Oui* », répondit-il en lui tendant un mot et un panier de pommes. « *Bonjour, madame. Avez-vous besoin de quelque chose d'autre ?*

— *Non, merci. Merci beaucoup**. »

La porte refermée sur le propriétaire, elle s'empressa de lire le mot. Van Cleve espérait seulement qu'elle trouvait tout à son goût et qu'elle avait bien dormi. Il reviendrait bientôt pour l'aider à apporter ses effets.

Or Anna n'avait pas la moindre intention de laisser Van Cleve l'accompagner au camp gitan. Elle ne pouvait pas dire quoi exactement, mais au grand jour quelque chose en cet homme ne lui inspirait toujours pas tout à fait confiance, même si Dieu seul savait à quel point elle eût aimé pouvoir se fier à lui sans réserve. Pourquoi donc cet étranger, à l'évidence un marchand prospère, s'intéressait-il soudain au bien-être d'une femme qu'il ne connaissait pas ?

Il n'y avait qu'une seule raison possible. Malgré son existence jusque-là protégée, elle devinait de quoi il pouvait s'agir, même si force lui était de reconnaître qu'il ne lui avait jamais manqué de respect, ne lui avait fait aucune avance indécente. Après le dîner il l'avait aidée à faire le nettoyage, avant de regagner ses appartements, l'invitant seulement à frapper à sa porte si elle avait besoin de quelque chose. Elle lui était reconnaissante de son aide et encore plus de sa gentillesse envers le gamin. Or, c'était cela le plus étrange. Pourquoi était-il attiré par cet enfant idiot que tant d'autres personnes méprisaient, leur regard perçant le dévisageant avec grossièreté ou, au contraire, ricochant sur lui comme s'il n'existait pas ?

Non, elle n'allait pas baisser la garde. Il ne fallait pas qu'il découvrît qu'elle n'était pas la veuve censée avoir repris le commerce de son défunt mari sous l'égide de la corporation des libraires. Toutefois, après une bonne nuit de sommeil, elle se félicitait d'avoir pris la décision de louer la chambre. Voilà au moins une bonne chose de faite ! C'était bon de savoir, en effet, que lorsque les romanis auraient levé le camp elle aurait toujours un toit au-dessus de sa tête. Et puisqu'elle vivait seule elle pourrait économiser assez d'argent pour se rendre en Angleterre au printemps.

Sir John Oldcastle. Elle avait assez souvent répété ce nom au cours des derniers mois afin de se rappeler sa promesse. Sir John Oldcastle, lord Cobham. Son grand-père lui avait dit : « Rends-toi chez lord Cobham, tu y seras en sécurité. » Se sentir en sécurité, voilà ce qu'elle désirait le plus au monde ! Or, depuis l'exécution de Martin, la première fois où elle se sentait à peu près en sécurité, c'était dans cette petite chambre, rue Saint-Luc. Aussi était-il tentant de faire confiance au marchand flamand. Comme ils riaient ensemble pendant leur dînette, dans l'intimité de la confortable petite chambre, elle avait failli lui révéler la vérité. Quel mal y aurait-il eu à le mettre dans la confidence ? Dans quelques jours il allait rentrer dans son pays et elle ne le reverrait jamais. Pourtant, quelque chose l'avait retenue. Et maintenant que la lumière crue d'un soleil d'hiver se déversait par la fenêtre, elle était contente de s'être tue.

« Tiens, Petit Bek, mange ta pomme, dit-elle en la coupant en petits morceaux. Ensuite je vais te ramener chez Jetta. Là-bas il n'y aura pas de cloches pour t'effrayer. »

Or, Petit Bek n'avait aucune envie de la pomme. Il la recracha et se mit à chantonner. Elle n'en était pas sûre mais elle avait l'impression qu'il chantait son nom.

« Ne t'en fais pas. Tu seras en sécurité avec Jetta. Les romanis vont s'occuper de toi. Et tu auras l'occasion d'aller en Espagne. Tu aimeras l'Espagne. Le guide dit que là-bas le soleil brille toujours. Et qu'il y fait chaud. Ce n'est pas comme ici. »

Si la pluie de la veille avait laissé place au beau temps, le mordant de l'hiver se faisait déjà sentir.

Elle frissonna en pensant aux longues nuits sombres à venir.

« Vous allez nous manquer, Anna de Prague, lui dit Bera quand elle annonça au roi des gitans qu'elle s'en allait. Mais puisque vous ne pouvez pas nous accompagner jusqu'à Saint-Jacques-de-Compostelle, tant mieux pour vous que vous ayez trouvé un logement. Notre départ est imminent. » Il la gratifia de son radieux sourire. « Imminent. » C'était son nouveau mot. De même qu'il collectionnait les ruses il collectionnait les nouveaux mots et s'en servait à la moindre occasion.

« Vous avez trouvé un homme ! Je l'avais deviné, couina Lela. Et bientôt vous serrerez votre propre bébé dans vos bras. » Elle berça avec vigueur le sien contre son épaule, comme pour montrer à Anna la bonne manière de s'y prendre. Puis elle passa le bébé à Bera, qui le fit sauter dans ses bras encore plus énergiquement. Vu la façon dont ce nourrisson était sans cesse secoué et ballotté, il était étonnant qu'il ne crachât pas du beurre.

« Non, Lela. Je n'ai pas trouvé d'homme ! Van Cleve n'est qu'un étranger plein de bonté qui nous a pris en pitié durant la tempête. Il va bientôt repartir.

— Van Clef. Ha, ha ! Quel nom huppé ! Ce Van Clef va tomber follement amoureux de vous. Il y a une semaine j'ai concocté un charme pour que vous trouviez un amoureux. Il n'aura pas la force de vous résister, Anna de Prague. Vous verrez. Mais vous n'avez pas besoin de me remercier. Vous avez aussi été mon amie et vous me manquerez à moi aussi. »

Lela bondit de son amas de coussins et étreignit Anna avec fougue. Anna s'efforça de lui rendre son étreinte, tout en se reprochant de ne pas réussir à lui pardonner de l'avoir dénoncée aux autorités de Prague, malgré ses efforts pour l'oublier. La jeune mère dégageait l'aigre-douce odeur de lait de son bébé, odeur qui suscita mystérieusement en Anna une si vive sensation de manque et de désir qu'elle fut comme prise de vertiges.

Lela, qui était plus petite qu'Anna de presque une demi-tête, leva la main et, d'un geste aussi vif qu'une attaque de vipère, arracha un long cheveu roux du crâne d'Anna.

Anna regimba, mais Lela s'esclaffa. « *Rawnie bal*, fit-elle. Vous ne noterez pas sa disparition. Il vous en reste tant ! »

Elle entortilla le cheveu et en fit un bracelet pour le bébé. Anna regarda la torsade s'encastrer dans le pli du poignet du bambin et la tache de rousseur à côté du mince bracelet écarlate. Elle souhaitait sincèrement que cela suffît à assurer une vie heureuse à cet enfant, mais le monde était un endroit cruel et dangereux pour ces petits êtres innocents. Aucun charme, aucun talisman ne pouvait les protéger contre le genre de malfaisance dont elle avait été témoin.

Je vais regretter ces gens et leurs stupides superstitions, pensa-t-elle. Elle se tourna vers Jetta, assise par terre dans un coin du chariot, tandis que Petit Bek, installé entre ses jambes croisées, frappait avec la pierre bleue, selon un rythme syncopé, les planches mal équarries. La vieille femme n'avait rien dit depuis qu'Anna avait annoncé son départ définitif.

« C'est surtout vous qui allez me manquer, Jetta », dit Anna.

Bera rendit le bébé à Lela, souleva le coffre de voyage d'Anna, poussant un grognement au moment où il le hissait sur ses épaules.

« C'est la Bible en anglais qui le rend si lourd », expliqua-t-elle, de peur que, devinant que son petit trésor de ducats et de nobles avait grossi, il ne tentât de lui soutirer un dernier liard.

Jetta repoussa délicatement Petit Bek de ses genoux et se leva. Elle n'étreignit pas Anna comme l'avait fait Lela, mais, lui saisissant la main, elle la retourna, la paume vers le haut.

« Qu'y vois-tu, Jetta ? demanda Lela. L'homme qui a apparu dans sa vie va rester, pas vrai ? Un mariage ? Des enfants ? »

Anna retira brusquement sa main. « Je ne crois pas à la divination, Jetta. Vous le savez. Je crois que notre destin est forgé par nos actions, et par la volonté de Dieu lorsque nous Le prions d'intervenir dans nos affaires. Il n'inscrit pas notre avenir dans la paume de nos mains. »

Quel mal y aurait-il eu à ce que Jetta lût dans les lignes de sa main si ça lui faisait plaisir ? Avait-elle peur, en fait, de ce que pourrait annoncer la vieille femme ?

Jetta plissa les yeux et lui décocha son sourire rusé. « Vous allez bientôt faire un long voyage. Je l'ai vu dans votre main, avant que vous la retiriez en toute hâte. »

Anna éclata de rire. « C'est ce que vous dites à tous ceux que vous *dukker.* »

Jetta haussa les épaules. Le mouvement fit osciller les pendeloques ornant ses oreilles. « Ça ne veut pas dire que ce n'est pas la vérité. La vie est un long voyage. Vous n'êtes pas d'accord, Anna de Prague ?

— Je pense que oui, Jetta. En effet. »

Lela fit la moue. « Mais je voulais en savoir plus sur son amoureux ! »

Le petit sourire pincé de Jetta disparut. « Faites attention, Anna. Que vous croyiez ou non que votre avenir est écrit dans la paume de votre main, un danger vous guette. Accomplissez votre voyage avec prudence. »

Anna n'avait jamais entendu la taciturne Jetta prononcer une aussi longue tirade, sauf lorsqu'elle marmonnait toute seule entre ses dents. « Soyez prudente vous aussi, Jetta. Vous savez que je vous serai à jamais reconnaissante.

— De rien. Votre destinée n'était pas de mourir dans cette rivière, ce jour-là. »

Anna se rappela de nouveau le baiser de l'eau sur son visage, la paix qui l'avait envahie au moment où la rivière l'avait enveloppée. Sans la vieille femme, le voyage de sa vie se serait terminé là. Peut-être aurait-il dû se terminer là, se dit-elle, dans les eaux fraîches et limpides de la Vltava. Emportée par le courant, elle aurait gagné l'éternité. La fin du voyage. Parvenue à bon port. Réunie avec Dědeček et Martin. Mais dans l'air vif et pur, dans l'éclatante lumière de ce jour ensoleillé, au milieu de ce groupe d'amis incongrus, elle était contente que les choses ne se fussent pas passées ainsi.

Bera était déjà en train de descendre du chariot. Anna se pencha pour embrasser Petit Bek sur ses beaux cheveux blonds, puis, refoulant ses larmes, elle s'apprêtait à suivre Bera quand Petit Bek commença à gémir : « An na An na.

— Chut, mon petit, lui dit Jetta. Tu vas revoir Anna. Bientôt. Tu vas la revoir. Bientôt. »

Promesse en l'air pour calmer un enfant, pensa Anna, espérant qu'il l'oublierait vite et qu'il n'aurait pas de chagrin. Il n'avait guère d'amis ici-bas.

Tout comme moi, se dit-elle, en suivant le roi des gitans pour sortir du campement où elle avait habité durant tant de mois. *Tout comme moi*.

Il était tard au moment où Bera déposa le coffre de voyage à l'auberge, s'apprêtant à repartir sur-le-champ. Anna était contente que Van Cleve ne fût pas présent ; elle aurait eu honte qu'il vît le gitan et en tirât des conclusions erronées, mais elle se repentit immédiatement d'avoir éprouvé un tel sentiment. Que lui importait son avis ? Ce n'était qu'un client qui avait été bon envers elle. Il quitterait la ville et elle ne le reverrait jamais.

« Je vais vous raccompagner jusqu'au centre, Bera. Et peut-être acheter du pain et du fromage à l'un des marchands pour mon dîner. Maintenant que je vais me retrouver seule. »

Il la regarda tranquillement, sans faire le sourire qu'il utilisait pour charmer ou soutirer des marks aux *gorgios*. Elle ne l'avait jamais vu aussi grave. « Il n'est pas trop tard pour changer d'avis, Anna de Prague. Vous pouvez nous accompagner en Espagne.

— Non, Bera. Je vous remercie, sincèrement, de tout cœur. Je ne sais pas ce que j'aurais fait sans vous et Jetta… et Lela. Mais c'est mieux ainsi. Mon pèlerinage me conduit vers l'est. »

Comme il s'éloignait, un sentiment de panique l'envahit et elle refoula l'envie de le rappeler.

Qui savait ce qui l'attendait en Angleterre ? Et si le lord Cobham en question refusait de la recevoir ? Elle pensa au *hrad* sur la colline au-dessus de la Vltava et frissonna à la perspective de s'approcher d'un tel château. Et si… ? *Eh bien, tu auras au moins tenu ta promesse. En Angleterre tu pourras gagner ta vie grâce à ta plume. Sois reconnaissante à Dieu de t'avoir accordé ce don.*

Apparemment Jetta n'était pas la seule à entendre des voix, se dit-elle avec ironie.

Le jour tombait, les cloches sonnaient à vêpres. Après avoir acheté son pain et son fromage, Anna passait devant le grand portail de la cathédrale quand, du coin de l'œil, elle aperçut une vive teinte écarlate. Elle reconnut la silhouette familière entrant dans l'église, bien qu'elle fût de dos. Oui, elle en était sûre. Quelque chose dans l'allure, dans la façon de marcher.

Par conséquent il était pieux, et catholique romain. Quelle déception ! Elle avait cru qu'ils étaient des âmes sœurs. Après tout, il avait demandé un évangile en anglais. Pourquoi l'aurait-il commandé s'il n'était pas en quête d'une plus grande vérité que celle enseignée par l'Église ? Mais, une fois de plus, elle se rappela que Van Cleve n'était pas du tout censé compter pour elle.

Une fois qu'elle eut dîné et copié une page, la bougie, pourtant soigneusement ménagée, était déjà presque entièrement consumée. L'obscurité entourait le rond de lumière jaune, ce qui rendait la pièce encore plus triste. Elle n'avait ouï aucun pas dans le couloir. Van Cleve avait dû se livrer à de longues dévotions. La chambre du marchand ne se trouvant pas loin de la sienne, elle l'aurait entendu rentrer. Mais en quoi cela la regardait-il, d'ailleurs ? Pourquoi prenait-elle seulement la peine de tendre l'oreille ?

Elle se disait qu'elle devrait simplement aller se coucher – allumer une autre bougie constituerait une dépense inutile – quand un coup discret fut frappé à l'huis. Elle entrebâilla d'abord prudemment la porte, avant de l'ouvrir tout grand.

Van Cleve occupait l'étroite embrasure, ses cheveux blonds coupés court luisant dans la lumière vacillante de la torche accrochée au mur.

« J'espère que vous n'étiez pas déjà couchée. Je ne voulais pas vous réveiller, mais j'ai cru apercevoir un rai de lumière sous la porte.

— Non. J'étais… »

Regardant par-dessus l'épaule d'Anna, il aperçut les plumes, le papier, le livre ouvert sur le lit. « Vous êtes en train de travailler. Puis-je entrer ? Je vous promets de ne pas réveiller votre fils », murmura-t-il en jetant un coup d'œil vers le tas de couvertures empilées sur la petite litière près du lit d'Anna. Elle ne les avait pas encore enlevées et, à la façon dont était placée la courtepointe, on pouvait croire, dans la pénombre de la chambre, qu'un enfant était recroquevillé dessous. Elle commença à s'expliquer, mais que dire ? Elle était trop fatiguée pour lui relater son histoire, trop lasse pour chercher à déterminer dans quelle mesure elle pouvait lui faire confiance.

« Il se fait tard. Et le propriétaire…

— Il est français. Il s'en fiche pas mal », s'esclaffa-t-il.

Cette réplique lui fit monter le rouge au front. Elle espéra que l'obscurité empêcherait Van Cleve de s'en apercevoir.

Il sortit un petit paquet soigneusement emballé. « Je vous ai apporté des bougies. »

Sa voix enjôleuse lui rappela celle de Martin. Tous les hommes se ressemblaient-ils ? Elle avait adoré les cajoleries de Martin, mais il l'avait aimée, alors qu'elle connaissait à peine cet homme.

« Monsieur, je vous en prie. Vous êtes extrêmement généreux. Mais je suis… »

Alors qu'elle avait juste fait un demi-pas de côté, il entra hardiment dans la chambre.

« Je comprends ce que vous êtes en train de faire. Vous lisez une bible en anglais. » Le ton sévère et le haussement d'un sourcil indiquaient sa désapprobation.

« Je ne la lis pas. Je la copie. Pour vous. L'Évangile selon saint Jean, vous vous rappelez ? » Elle parlait à voix basse, comme si l'enfant dormait effectivement dans la chambre.

« Je m'en souviens. Puis-je voir la bible ? »

Sans attendre son autorisation il avait saisi le livre et en feuilletait les pages. Ses façons irritèrent Anna.

Marchand prospère, il avait sans doute l'habitude d'agir à sa guise.

« Vous prétendiez être une pauvre veuve, or voici un travail absolument remarquable et ce livre possède une immense valeur. »

Ce commentaire fit monter l'agacement d'Anna d'un cran. Les heures passées par le marchand à la cathédrale semblaient produire un mauvais effet sur son comportement. Il semblait moins courtois, plus autoritaire. À moins que l'imagination d'Anna ne lui jouât des tours et que la jeune femme ne lui cherchât des défauts pour la seule raison qu'elle l'avait vu entrer dans la cathédrale. Et pouvait-elle le chasser de sa chambre alors qu'elle s'y trouvait grâce à sa générosité ? Sauf s'il avait agi pour quelque motif honteux. Elle n'aurait pas dû accepter de cadeaux de la part d'un inconnu.

« Je suis bien une pauvre veuve, rétorqua-t-elle, peinée de devoir répéter ce mensonge. Le livre appartenait à mon grand-père. C'était un copiste et un enlumineur renommé. »

Il fixait sur le livre un regard réprobateur, comme si en fait ce « travail absolument remarquable » le choquait. Mais cette impression ne pouvait être elle aussi qu'une illusion, puisque après tout il lui en avait commandé une copie.

« Je m'étonne que vous ne craigniez pas pour la sécurité de votre grand-père. Vous devriez être plus prudente, car il est illégal de posséder cette sorte de bible.

— Mon grand-père est mort. Au pays d'où je viens, beaucoup lisent le Verbe tout seuls. »

La bougie crachota. Il ouvrit le paquet, en sortit une autre, l'alluma et la mit à la place du bout restant. Puis, tandis qu'Anna restait debout, il s'assit sur le lit, aussi naturellement que si elle l'en avait prié.

« Posséder un tel ouvrage vous fait courir de grands risques, Anna. L'Église condamne ce genre de livre.

— Mais vous…

— Moi, c'est différent. Je suis un homme assez influent alors que vous êtes une femme seule. »

Elle sentit la colère monter en elle. « Savez-vous pourquoi l'Église condamne cette bible ? Eh bien, je vais vous le dire. Ceux qui la lisent directement risquent de découvrir que ce que prêchent les moines n'est qu'un tissu de mensonges motivés par la cupidité et l'appétit de pouvoir. »

Au mouvement des mâchoires de Van Cleve, elle devina qu'elle le vexait, mais c'était plus fort qu'elle. Certains étaient morts au nom de cette vérité et il n'était pas question de se taire rien que pour faire plaisir à quelqu'un qui s'était montré bon envers elle. Pas alors que ce qu'elle disait était vrai.

Elle désigna la bible. « La doctrine du purgatoire, par exemple. Indiquez-moi l'endroit de la Bible où se trouve la moindre allusion à un tel lieu ? Ça vous est impossible, monsieur, parce que c'est une invention. Et la vente des indulgences ? » Elle se gaussa de sa crédulité. Homme assez intelligent pour devenir un marchand prospère, il ne voyait pas plus loin que le bout de son nez. « Si les gens s'apercevaient que la grâce de Dieu et le salut peuvent être obtenus gratuitement, sur simple demande, pourquoi accepteraient-ils de payer ? »

Sa remarque avait dû faire mouche car ce fut au tour de Van Cleve d'élever le ton. « À votre avis, n'importe quel paysan est assez instruit pour interpréter l'Écriture sans la moindre aide ? demanda-t-il avec un sourire méprisant. La plupart d'entre eux sont incapables de déchiffrer un simple menu, alors ne parlons pas de la Sainte Écriture ! »

Il frappa la bible du poing. Le claquement fit grimacer Anna. Comment avait-elle pu le prendre pour un homme délicat ?

« Je sais de quoi je parle, Anna. J'ai voyagé parmi eux. J'ai vu… » Il se tut soudain, comme s'il voulait reformuler sa déclaration. « Un marchand rencontre beaucoup d'ignorants. »

Elle refusait de se rétracter et de se laisser intimider par les propos de cet homme affirmant que sa position sociale élevée lui accordait de plus grandes lumières.

« Eh bien, dit-elle, donnez à ces paysans ignorants le droit de choisir la personne qui doit interpréter pour eux les Saintes Écritures. Vous serez peut-être surpris de découvrir le degré de sagesse que possèdent les moins instruits d'entre eux.

— Je vois que vous croyez cela dur comme fer, dit-il d'un ton serein.

— Et moi, je sais que ce n'est pas votre cas, malgré votre curiosité à propos de la Bible en anglais. Je vous ai vu entrer dans la cathédrale à l'heure des vêpres. »

Il se leva et referma la bible d'un geste brusque. « Prenez garde, Anna. Nous ne sommes pas en Bohême. Il est grave d'être accusé d'hérésie, et l'Église… J'ai ouï dire que l'Église lance une campagne pour l'éradiquer. Vous devez penser à votre enfant. » Il jeta un coup d'œil au tas de couvertures sur le plancher. « Je vais vous souhaiter le bonsoir avant que notre querelle ne le réveille.

— Oui. Il vaut mieux que vous partiez. Merci de

l'avertissement. Je vais prendre garde, déclara-t-elle d'un ton guindé. Et merci pour les bougies.

— Les deux ont été donnés avec plaisir », répondit-il. Mais son amabilité naturelle avait disparu.

La prochaine fois que nous nous rencontrerons, m'accordera-t-il plus qu'un salut de pure forme ? se demanda Anna en refermant la porte.

DIX-NEUF

[Notre] humble auteur va continuer l'histoire avec le personnage de sir John,

[…] dans laquelle (autant que je sache) Falstaff mourra de la suette,

[…] car Oldcastle est mort en martyr et il ne s'agit pas du même homme.

William SHAKESPEARE, *Henri IV*,
deuxième partie, « Épilogue »

« Ah, sir John ! V'là du baume pour mes vieux yeux fatigués. Entrez, entrez donc ! »

Sir John tendit les mains en riant, pour tenir à distance l'hôtesse débraillée aux larges hanches qui s'apprêtait à l'étreindre à deux bras.

« Allons, Nell ! Pas de ça ! Ma dame n'approuverait guère ce genre de familiarité. Tu sais bien que j'ai pris femme depuis la dernière fois où l'on s'est vus, pas vrai ? »

Mi-espiègle, mi-sérieuse, elle lui donna une claque sur le bras, avant de rentrer des mèches grisonnantes sous son bonnet de chiffon. « À ce qui paraît… Doll est venue m'apporter la nouvelle. En grand deuil et en compagnie d'la moitié des catins d'Eastcheap. On aurait cru que quelqu'un avait passé l'arme à gauche. »

Elle le tint à bout de bras, le regardant de la tête aux pieds. « Mais quel bon vent vous amène ? Z'êtes pas déjà lassé de votre épouse huppée ? J'suis bien aise de vous voir. La belle époque est passée, Jack ! C'est plus du tout la même chose.

— Tout passe. La vie continue, Nell. Le monde change. Comment va Pistol ?

— Toujours l'même bon à rien.

— Tu ne le trouvais pas bon à rien quand tu lui courais après.

— Mais ça, c'était avant d'l'attraper ! »

Elle soupira et son visage s'affaissa. Il remarqua de nouvelles pattes-d'oie griffant le coin de ses yeux. D'un air gêné, elle tapota son tablier taché.

« Depuis vot' départ le commerce a périclité. Ce fêlé de Pistol a eu la fichue idée de se faire chiffonnier. Il a dégoté une brouette déglinguée et passe dans les ruelles à la recherche des vieux vêtements pleins de puces jetés par les rupins… On s'débrouille, ajouta-t-elle en détournant le regard. En tout cas, aujourd'hui, les voisins se plaignent plus du vacarme. » Elle fit un large sourire, dans l'espoir de retrouver un peu de sa bonne humeur d'antan. « Vous vous rapp'lez la façon que vous, le prince Hal, Pistol et Bardolph faisiez les fanfarons ? J'ai plus très souvent besoin d'appeler l'sergent. Et quand j'l'appelle il se déplace pas. »

Sir John jeta un regard tout autour de la salle de la Tête de Sanglier. Il avait oublié que la taverne avait l'air si louche. Les joncs répartis sur le sol auraient dû être changés, et des traînées souillaient les vitres craquelées – traces du contenu, solide et liquide, des pots de chambre ayant raté leur cible, c'est-à-dire le caniveau. Filtrée par la crasse, la lumière de l'après-midi prenait une teinte verdâtre. La mère Quickly avait toujours très bien tenu sa taverne. Sir John se demanda ce qu'aurait pensé Joan d'un tel endroit. En fait, il ne se posait guère la question : il le savait.

Dans un coin, devant une chope vide, deux vauriens concoctaient quelque mauvaise action. Sir John tapota les poches de son manteau afin de s'assurer que sa bourse était toujours là. Dans un autre coin, près de l'âtre où, étouffé sous les scories et les cendres, un feu s'éteignait, un vieil ivrogne cuvait sa bière, tassé sur lui-même.

« Je me rappelle la fois où tu as appelé le sergent. T'ai-je jamais réglé la dette de dix livres que tu tentais de recouvrer ? » Il plongea la main dans sa poche, à la recherche de sa bourse, conscient que les deux voyous assis à l'autre bout de la pièce s'étaient tus et le fixaient du regard. Il se déplaça de côté, s'arrangeant pour que son corps volumineux cachât la transaction, sans leur tourner radicalement le dos.

« Oh, Jack. C'est pas nécessaire de…

— Et puis, il y a les intérêts de la dette, lesquels, après cinq ans, se montent sans doute à une livre », déclara-t-il en retirant onze souverains d'or, ce qui allégea considérablement sa bourse.

Elle fixa d'un air cupide les pièces déposées dans le creux de sa main.

« Maintenant que j'ai retrouvé mon crédit, si tu me servais un pot de ton meilleur vin des Canaries ? »

Détournant le regard, elle fourra les pièces dans un étui accroché sous son tablier et lui sourit. « J'ai toujours vot' pot favori, celui qu'a la forme d'une femme avec de gros... », expliqua-t-elle en faisant mine de soulever son opulente poitrine.

Il installa son corps massif sur un banc à proximité tandis qu'elle remplissait le récipient aux formes obscènes de vin tiré d'un tonneau. « Allez-vous attendre le retour de Pistol ? demanda-t-elle.

— S'il ne rentre pas trop tard. J'ai rendez-vous ici avec quelqu'un. Un parcheminier de Smithfield, maître William Fisher. Il m'a demandé ? »

Les deux vauriens assis à la table du coin terminèrent la mise au point de leur projet et, après avoir jeté un dernier coup d'œil à sir John, eurent l'air de se demander s'ils allaient oser s'attaquer à un tel mastodonte. Décidant de s'abstenir, ils gagnèrent furtivement la sortie. Sur le seuil, ils se faufilèrent au moment même où un nouvel arrivant s'apprêtait à entrer dans la taverne.

« Comment est-ce qu'il est, ce maître Fisher ? »

Souriant avec délices, sir John laissa le vin blanc couler dans son gosier. « Aucune idée, dit-il en s'essuyant la moustache. Je ne l'ai jamais rencontré, mais le messager a affirmé qu'il s'agissait d'une affaire urgente. »

Le nouvel arrivant se tenait à contre-jour dans l'embrasure de la porte.

« On dirait que vous avez un nouveau client, mère Quickly », annonça sir John en fixant la silhouette.

Quittant le seuil ensoleillé, l'homme rejeta son capuchon en arrière et pénétra dans la salle. « Que faut-il faire pour obtenir à boire dans cette maison ? demanda-t-il.

— Votre Altesse », marmonna l'hôtesse, en faisant une maladroite révérence. Sir John eut un haut-le-corps en reconnaissant le nouveau client.

« Vous faites erreur, la mère. Je m'appelle William Fisher, de Smithfield. Et j'ai rendez-vous ici avec lord Cobham. » La voix était grave, bien timbrée. Et familière.

Le sourire de Nell se mua en moue de dépit. Elle lança un regard de biais à sir John, comme pour lui demander s'il s'agissait d'une des farces soigneusement préparées qui avaient jadis fait la renommée des deux hommes. Sir John répondit au regard de l'hôtesse par un haussement d'épaules. Après une vague esquisse de révérence, la tenancière s'éloigna en traînant les pieds pour aller servir le vin.

« Vous êtes bien maître Fisher, n'est-ce pas ? » s'enquit sir John au moment où les deux hommes s'installaient à une table sous la vitre craquelée. Nell plaça les boissons devant eux, questionnant sir John d'un haussement de sourcil avant de s'éloigner en se dandinant, sans avoir obtenu de réponse.

« Vous ressemblez énormément à un vieil ami, Hal, avec lequel j'ai jadis commis pas mal de facéties. Toutefois, à y bien réfléchir, c'était plutôt un jouvenceau qu'un homme fait. Même si je me rappelle qu'il buvait comme un homme. » Il fit un large sourire dans l'espoir que ses propos allumeraient une étincelle dans les yeux familiers de la personne assise en face de lui. En pure perte.

« Lord Cobham, je ne m'appelle pas Hal mais William. Je suis, je le répète, parcheminier à Smithfield. »

Soit ! Si c'était le jeu choisi par son jeune ami, eh bien ! sir John entrerait dans la partie…

« Vous venez de Smithfield, dites-vous ? Que puis-je faire pour vous, maître… Fisher ?

— La question est plutôt de savoir ce que moi je peux faire pour vous.

— Pourquoi donc aurais-je besoin d'un parcheminier ?

— Il paraît, milord, que vous êtes un grand consommateur de parchemins. Et que vous achetez souvent des plumes et de l'encre. On raconte également que vous exportez des livres. »

Sir John réfléchit à la meilleure réponse à donner. « Il s'agit donc d'un rendez-vous d'affaires, William. Vous souhaitez me vendre du parchemin », déclara sir John d'un ton espiègle, décidé à jouer le jeu jusqu'au bout, tout en tentant de deviner où voulait en venir son interlocuteur.

Hal était un brave gars, sir John devait en convenir. Le jeune prince avait toujours su déguiser son identité. Il se rappela la façon dont ils élaboraient ensemble – davantage pour s'amuser que pour le profit – quelque projet destiné à délester un grand benêt de sa bourse afin de se payer une nuit de beuverie. Utilisant son esprit tel un archet, Hal traitait le pauvre type comme un crincrin. Ensuite, sir John, son complice, se joignait à lui pour sonner l'hallali. Il leur arrivait souvent d'échanger les rôles, par pur ennui. Quel que fût le jeu à présent, sir John s'y prêterait par nostalgie du bon vieux temps, et il choisit d'esbroufer son interlocuteur, tactique qu'il utilisait souvent aux cartes.

« Eh bien, maître Fisher. Les rumeurs sont parfois fondées. D'autres fois, non. Votre informateur vous a induit en erreur. N'étant ni érudit ni fabricant de livres, je n'ai pas besoin de parchemin. Vous êtes venu de Smithfield pour rien. » Il saisit à deux mains le pot obscène, en frottant les protubérances du pouce, sûr que son compagnon allait saluer le geste de quelque remarque grivoise. Du coin de l'œil il voyait l'hôtesse les observer de derrière le long comptoir, tout en essuyant les chopes et les pots avec son tablier, ce qui d'ailleurs les encrassait davantage.

« Je ne suis pas venu vous vendre du parchemin. »

Hal – alias William – se pencha en avant d'un air de connivence, plaça ses deux mains à plat sur la table et se leva à moitié de son siège, posture dont sir John se souvenait parfaitement. Il en avait été assez souvent témoin lorsque l'irascibilité de Hal, exacerbée par la consommation immodérée de vin des Canaries, l'avait fait basculer dans la déraison. « Je suis chargé d'un message de la part du prince Harry, qui m'a enjoint de vous le porter en souvenir de la haute estime en laquelle il vous tenait jadis.

— Jadis ? »

Quelque chose dans le regard acéré de l'homme fait et dans la position de la mâchoire ne cadrait pas avec le souvenir qu'avait sir John du jouvenceau.

Il ne s'agissait pas d'une plaisanterie.

Sir John reposa son pot. Tout d'un coup, il aurait voulu être loin de là. Les taches et l'odeur de bière éventée, mêlée à celle des cendres chaudes, n'avaient plus rien à voir avec l'ambiance de la taverne où il s'était jadis cru si heureux. En cette fin d'après-midi, Joan devait être assise dans la roseraie, occupée à sa broderie ou plongée dans sa bible en anglais. Il aurait aimé être assis à côté d'elle sur la pelouse, humant le parfum de la rose qu'elle avait cueillie et glissée dans le décolleté de son corsage.

« Et quel est donc ce message, je vous prie, demanda-t-il à l'inconnu assis en face de lui. Votre missive parlait d'urgence.

— D'urgence pour celui qui tient à la vie. »

Mêmes yeux enfoncés, même bouche à la lèvre inférieure un rien boudeuse, mêmes cheveux bruns, jadis bouclant au niveau des épaules, selon la mode de l'époque, à présent coupés à ras du crâne, les oreilles bien dégagées, comme ceux de certains moines, mais sans la tonsure.

« Le prince souhaite vous faire savoir que le roi et l'archevêque sont décidés à purifier par le feu tout ce qui est entaché d'hérésie, où que ce soit. Et ils effectuent leurs recherches avec beaucoup d'ardeur. »

Chaque mot était détaché, le ton rauque, grave, comminatoire.

Mêmes sourcils arqués, mêmes pommettes saillantes. Tout était à la fois similaire et différent.

« Rien de nouveau à cela, répondit sir John du même ton calme que le prince. L'ardeur de ces gens-là n'a d'égal que leur goût de la calomnie. Mais en quoi suis-je concerné ?

— Ils fouillent les moindres recoins. Même les châteaux des nobles. Ils ne cherchent pas à l'aveuglette, car ils ont des informateurs. Ils montent des dossiers contre tous ceux qui propagent les écrits hérétiques, non seulement en Angleterre mais aussi à l'étranger. »

Rien de nouveau sous le soleil, en effet. Or, il ne suffisait pas de suspecter, encore fallait-il apporter des preuves. Et sans preuve il était impossible d'inculper un membre du Parlement, ami du roi de surcroît.

« Et qu'en pense le prince Harry ? demanda sir John. Le bruit court que Henri Bolingbroke est à l'agonie. Le prince Harry sera bientôt souverain de toute l'Angleterre. Ce prince n'a-t-il aucune loyauté envers cet ancien ami qu'il appelait jadis son "frère" ? »

Il y eut une pause, comme si son interlocuteur concoctait soigneusement sa réponse, soupesant chaque mot. Cela ne ressemblait pas du tout à Hal, qui avait toujours eu le sens de la repartie, et dont l'esprit possédait le tranchant d'une rapière. Enfin, le prétendu William répondit.

« Le prince m'a chargé de vous avertir qu'il se doit à l'Angleterre et à l'Église. Il s'acquitte de sa dette de loyauté envers vous en vous faisant transmettre cette mise en garde. »

La réponse de sir John jaillit bien plus rapidement. Hors de lui, il ne parvint guère à maîtriser l'âpreté du ton. « Eh bien, transmettez au jeune prince Harry ma gratitude pour l'intérêt qu'il porte à mon bien-être, mais assurez-le que ses craintes sont infondées. Dites-lui également que sir John sait à qui va son allégeance et qu'il sera loyal, quel que soit le prix à payer. »

William Fisher baissa la tête. D'un doigt il suivit la chaîne d'anneaux dessinés au fil des ans sur la table de bois par les innombrables chopes humides, souvenirs de non moins innombrables beuveries. Quand il leva les yeux le masque était tombé, et sir John découvrit le visage du prince Hal, dont le regard était fixé sur lui.

Le prince repoussa jusqu'au milieu de la table sa consommation intacte, puis se leva et se pencha au-dessus de sir John. Il avait grandi durant les dernières années. Sir John sentit le poids de ces années peser sur son cœur. Hal lui toucha l'épaule. Délicatement, comme une caresse de femme.

« Jack, un gros homme brûle plus vif que la plupart des condamnés au bûcher. »

La plaisanterie – si c'en était une – fut chuchotée à voix basse, d'un ton rauque, sans joie, mais également sans méchanceté.

Sans faire le moindre signe de tête à l'hôtesse, qui essuyait le comptoir en affichant l'indifférence, William Fisher rabattit son capuchon et se dirigea vers la porte.

Le soleil n'ayant plus la force de percer la crasse de la fenêtre, la salle de la taverne était plongée dans une profonde obscurité.

« Maître Fisher, il se peut que j'aie besoin plus tard de parchemin. Peut-être pourrons-nous nous revoir », lança sir John à la plaque de soleil découpée sur l'obscurité par la porte ouverte. Pour toute réponse, il n'y eut que les ronflements de l'ivrogne affalé dans un coin.

Il tira une pièce de six pence de sa bourse et la posa sur la table. « Tu as raison, Nell. Ce n'est plus comme au bon vieux temps.

— Pistol va regretter de vous avoir raté », entendit-il la tenancière crier comme la porte se refermait derrière lui. Il ne se retourna pas.

Will Jaggers n'était à Londres que depuis deux nuits lorsqu'il décida que la condition de prêtre pauvre ne rapportait pas grand-chose. Ç'avait assez bien marché sur la route et dans les chemins de traverse, quand les paysans lui donnaient du « mon père » et lui fournissaient gratuitement du pain et de l'ale, mais à la ville ça risquait même d'être plus dangereux que son ancien état de vide-gousset, qui le rendait seulement passible du fouet ou du pilori. Depuis son arrivée à Londres, il avait en effet entendu parler de prêtres pauvres accusés d'hérésie, enfermés dans la Tour blanche et dont on n'avait plus eu de nouvelles. Voilà pourquoi, lorsqu'il avait découvert des chausses bien chaudes et une tunique de laine en train de prendre l'air sur un buisson derrière une maison de Merchant's Row, il avait accepté ce don inattendu.

N'ayant guère envie de se séparer de la chaude soutane en bonne laine – les nuits étant de plus en plus fraîches, un habit de moine lui tiendrait chaud, s'il devait dormir à la belle étoile sur une meule de foin –, il la roula en boule et essaya de la fourrer dans la besace où se trouvait toujours le livre qu'il avait reçu à la réunion de sir John. Mais il avait beau forcer elle n'entrait pas… L'étoffe de laine serait utile les nuits d'hiver, tandis que ce livre, il ne pouvait même pas le lire. Il se rappela alors être passé devant une librairie sur Paternoster Row. Puisque c'était la Sainte Écriture, ça devait au moins valoir le prix d'un pot de bière.

Comme le soir tombait et que sir John n'était toujours pas arrivé, lady Cobham ordonna qu'on allumât des torches supplémentaires dans la cour pour l'accueillir. Entendant le martèlement des sabots d'un cheval, pleine d'espoir, elle se précipita vers la fenêtre de sa chambre, à travers laquelle elle discerna l'animal. Même dans la faible lumière des flambeaux, on ne pouvait se tromper sur l'identité du cavalier.

À l'affaissement des épaules de son mari, à sa façon

brusque de sauter à terre et de lancer les rênes au valet, elle comprit que la journée ne s'était pas bien passée. Sir John ne partagerait sans doute pas ses inquiétudes avec son épouse. Le désir de lui épargner les nouvelles désagréables – comme si cela pouvait la préserver des inévitables conséquences – constituait son seul défaut. Quel manque de jugeote chez un homme si brillant ! Cacher la vérité à son épouse n'empêchait-il pas celle-ci de se protéger, voire de le protéger, lui ? Elle savait néanmoins qu'il était inutile de l'interroger directement. Force lui serait, par conséquent, d'utiliser de plus subtils moyens pour apprendre la cause de son évident tourment.

Il ne s'agissait sûrement pas des comptes de la propriété. Elle ne s'en occupait plus personnellement, laissant ce soin à John et aux intendants, mais, le cas échéant, elle en savait assez pour deviner les problèmes. Le château de Cooling et ses environs produisaient une impression de prospérité. La moisson avait été bonne. Offices, garde-manger, celliers étaient pleins à craquer en prévision de l'hiver, et les petits fermiers autant que les serfs semblaient plutôt satisfaits de leur sort. On n'avait pas non plus reçu de nouvelles catastrophiques concernant les avoirs de John à Hereford. En outre, il était de bonne humeur ce matin-là quand il était parti pour son rendez-vous à Londres avec un parcheminier. Il ne restait donc plus qu'une cause possible.

L'opération concernant les lollards connaissait des difficultés.

Elle regrettait parfois d'avoir impliqué son mari dans les ennuis du château de Cooling avec l'archevêque. Pour avoir hébergé des prêtres lollards avant son mariage avec John, ses terres avaient été mises en interdit, disposition qui ne l'avait pas tracassée outre mesure, bien qu'à l'époque elle eût prononcé – pour la forme – les paroles de pénitence, afin de gagner du temps et de pratiquer sa foi à sa guise, en secret. Elle ne croyait pas au pouvoir du pape d'accorder ou de nier à quiconque l'eucharistie, puisqu'il s'agissait d'un droit donné par Dieu. Ni pape, ni prêtre, ni évêque ne pouvaient lui ôter la grâce que le Seigneur lui avait librement accordée. C'est ce que lui disait la Bible anglaise.

« Mais cela n'a aucune importance, mon cher mari. N'en faites aucun cas ! » avait-elle déclaré la fois où elle lui avait expliqué en quoi consistait l'interdit.

Alors qu'ils étaient pelotonnés l'un contre l'autre dans le petit lit à une place, il l'avait regardée d'un air inquiet, l'expression de son visage dissipant le bien-être qui avait suivi leurs ébats amoureux. Cela se passait dans la maisonnette du pays de Galles, le deuxième jour de leur lune de miel. Il l'avait emmenée dans la vallée de l'Olchon pour lui montrer l'endroit où le prince l'avait promu, en récompense de ses exploits dans la lutte contre les seigneurs de la frontière galloise, et celui où il avait rejeté la pratique des achats d'indulgences et des pèlerinages obligatoires imposés par Rome. Ainsi que son lieu de baptême – le lac sous la cascade dans un vallon dissimulé au milieu des bois, semblable au décor qu'il avait créé sur les terres du château de Cooling.

« C'est important pour les gens simples qui comptent sur ma protection, car je suis leur seigneur ! s'était-il récrié avec indignation. Chaque fois qu'on leur refusera l'eucharistie parce qu'ils sont liés aux terres des Cobham, ils croiront qu'ils iront en enfer.

— Alors fournissez-leur un prêtre lollard qui leur donne la communion. C'est ce que j'ai personnellement toujours fait. Ils s'en contentent. De toute façon, certains d'entre eux, et ils sont chaque jour plus nombreux, pensent comme nous. Quand ils seront majoritaires, cela paraîtra tout à fait normal. »

Le dur éclat qui brilla alors dans les yeux de son mari l'effraya. « Et les autres ? demanda-t-il. N'est-il pas atroce qu'ils vivent dans la peur qu'un prêtre romain corrompu leur dénie le droit de gagner le paradis, pour la simple raison qu'il n'aime pas la langue dans laquelle prient leurs maîtres ? Ou pis, parce qu'ils n'ont pas les moyens d'acheter une prière. »

Il avait agité les bras avec colère et failli casser un vase de jonquilles et de chatons de saule blanc placé sur la table de chevet. Ils s'étaient mariés au printemps, et chaque printemps, quand elle apercevait les premiers tendres bourgeons gris-vert, elle revivait la félicité qu'elle avait connue au cours de sa brève lune de miel dans la verdoyante vallée galloise. L'angoisse allait bientôt dissiper ce bonheur, car, à peine de retour avec elle au château de Cooling, John avait repris sa campagne en faveur des lollards avec autant d'ardeur qu'il en avait eu jadis à servir aux côtés du prince Harry. Si le prince l'avait alors remercié de ses faits d'armes en l'autorisant à s'allier à une famille noble, il n'y avait guère de chances qu'il le récompensât pour cette campagne-là.

De sa chambre elle l'entendit grommeler une réponse au salut du portier, et, après avoir lissé les plis de son bonnet de coton et pincé ses joues, elle se précipita au rez-de-chaussée. Elle l'accueillit sur le seuil en lui plantant un baiser sur les lèvres.

« Bonsoir, mon cher mari. Quelle joie de vous voir de retour ! lança-t-elle en le prenant par la main pour le conduire dans la petite salle. Les jours raccourcissent et au coucher du soleil un homme doit se trouver dans son foyer.

— En effet. Et ce n'est pas trop tôt ! » s'écria-t-il en s'affalant sur le banc à dossier placé tout près de la cheminée. Mais nul badinage, nulle taquinerie dans sa façon de la saluer.

Elle l'aida à ôter son surcot, lui retira ses bottes, avant de lui tendre une coupe d'hydromel gardé au chaud dans l'âtre en attendant son retour. Son valet de chambre aurait pu accomplir toutes ces tâches, mais sir John préférait que son épouse s'en chargeât. Et puisque cela faisait plaisir à son mari, cela ne la dérangeait vraiment pas de jouer les soubrettes. Debout derrière lui, elle lui massa les épaules pour soulager les courbatures du voyage.

« Le parcheminier vous a-t-il proposé un bon prix ?

— Non. Le prix à payer serait, à mon avis, exorbitant, répondit-il après une brève hésitation.

— Eh bien, nous ferons affaire ailleurs. Il n'est sûrement pas le seul fournisseur de parchemin », conclut-elle en faisant glisser son pouce le long de la colonne vertébrale jusqu'à la nuque.

Il roula la tête, facilitant la pression du pouce contre l'os et le tendon. « Mais je comptais sur lui », répliqua-t-il d'une voix neutre.

À son ton elle comprit qu'il ne parlait pas seulement du prix du parchemin. Malgré le massage, les muscles des épaules restaient tendus et noués sous ses doigts. Elle ravala des questions plus précises, car le moment était mal choisi.

« Vous avez dîné en chemin ? s'enquit-elle.

— J'ai mangé un en-cas à l'auberge où j'avais rendez-vous avec maître Fisher. Cela me suffira. »

Depuis quand un « en-cas » suffisait-il à son ours de mari ? Et qu'avait donc fait ce maître Fisher pour le mettre de si mauvaise humeur ? Elle lui ôta son couvre-chef, passa la main dans les cheveux clairsemés, avant de se pencher pour lui déposer un baiser sur le sommet du crâne.

« Ne vous en faites pas, John. Quoi que vous décidiez, votre décision sera la bonne. À propos du parcheminier, veux-je dire. À moins que vous ne vouliez me parler d'autre chose. D'un sujet qui vous tracasse, en plus du prix du parchemin. »

Il la fit pivoter pour l'attirer sur ses genoux. Mais toujours sans taquinerie, sans badinage. Il lui toucha le visage, faisant courir son doigt le long du nez et du menton.

« Non, ma douce. Il n'y a rien d'autre. Il s'agit seulement du prix à payer, rien de plus. » Il porta la main à sa nuque, sa grosse main recouvrant celle de sa femme. « Il se peut que je doive réfléchir au coût de l'opération.

— De toute façon, nous en paierons le prix tous les deux, répondit-elle, consciente qu'il ne s'agissait pas du coût du parchemin.

— C'est ma plus grande crainte », renchérit-il. Il l'embrassa d'un long baiser, plus tendre que passionné, avant de la repousser doucement.

« Venez ! Allons nous coucher ! Après une telle journée, j'ai besoin de dormir sous un édredon de plume, blotti contre le corps chaud de mon épouse. Sur le chemin du retour j'ai ressenti la morsure de l'hiver lancé à mes trousses. Je crains que l'été n'ait perdu la partie. »

VINGT

Tu ne laisseras pas vivre la sorcière.

Exode 22, 18

Gabriel prit une profonde inspiration, emplissant ses poumons de l'air froid et revigorant du matin. Le long de la chaussée pavée, les égouts à ciel ouvert avaient été nettoyés par les pluies nocturnes. La bise faisait voleter les feuilles empilées dès l'aube par les balayeurs au coin de la place, les éparpillant à ses pieds telles des pièces d'argent. Magnifique journée !

Il ne pouvait pas donner une explication logique à sa bonne humeur. Il n'avait sûrement pas bien dormi. Après s'être tourné et retourné sur sa couche, pensant à la libraire ambulante et à son enfant endormis sous le même toit que lui, il avait quitté son inconfortable lit – qui jusque-là lui avait tout à fait convenu – et était sorti pour jouir du soleil matinal. Il avait soudain découvert que de sa vie il ne s'était jamais senti en si bonne forme, aussi alerte. S'il avait pu suspendre le vol du temps, il aurait choisi ce moment. Non, pas maintenant, pas sur cette place ensoleillée. Plutôt la veille, dans l'intimité de la chambrette éclairée par la douce lumière de la bougie, où pour la première fois depuis qu'il avait atteint l'âge adulte son âme avait été vivifiée par la présence d'une femme.

Il lui fallait gagner Paris afin d'achever la mission que lui avait confiée l'évêque. Il aurait d'ailleurs déjà dû s'y trouver, avoir déjà fini son enquête et être rentré en Angleterre pour faire son rapport à Arundel sur les preuves accablantes qu'il avait découvertes contre lord Cobham. Or, jusqu'à présent, il n'avait absolument rien déniché. Au risque de rentrer bredouille, il avait décidé qu'il ne fournirait aucune preuve obtenue grâce à Anna Bookman, qu'il ne l'impliquerait pas dans un complot hérétique. Il prendrait la traduction qu'elle avait faite pour lui, lui conseillerait de ne pas en effectuer pour d'autres clients, et brûlerait le texte. Il lui avait fait peur la veille en lui parlant d'hérésie. Il l'avait vu dans son regard. Il espérait seulement l'avoir assez effrayée pour qu'elle cessât de colporter les inepties des lollards.

La main en visière, il parcourut du regard la place luisante de soleil, cherchant à se rappeler l'endroit. Ah, voilà ! Juste au bout de la venelle qui serpentait jusqu'à la rue de Vesle. L'enseigne joliment sculptée d'une menuiserie grinçait sur ses gonds, près du poteau zébré de sang du barbier, et la porte était ouverte. S'il se pressait il serait de retour dans la petite maison avant le départ d'Anna. Il était très tôt et la baraque était encore vide. La place, elle, ne comptait que quelques épiciers affairés à amonceler d'énormes tas de denrées sur leurs étals et quelques rares fidèles qui allaient écouter la messe à Notre-Dame. Il éprouva du remords en les voyant, car au réveil sa première pensée n'avait pas été de célébrer l'office divin mais d'accomplir cette démarche. En ôtant son habit ecclésiastique il semblait s'être également défait de son identité de prêtre. Il se promit de confesser ce péché de négligence et de faire pénitence plus tard.

Il baissa la tête pour passer sous l'énorme poutre qui servait de linteau, puis s'immobilisa, attendant que ses yeux s'habituent à la pénombre. L'atelier du menuisier sentait la gemme fraîche et les souliers de cuir de Gabriel foulaient la couche déjà épaisse des copeaux du matin. L'artisan, un vieil homme en lourd tablier de cuir, était en train d'expliquer à un apprenti le fonctionnement du tour. Levant les yeux, il salua le client d'un grognement.

« J'ai besoin d'une brouette particulière, une sorte de petit chariot qu'un enfant de six ans puisse manœuvrer », déclara Gabriel dans un français hésitant, indiquant avec ses mains la taille et la forme souhaitées.

« *Oui, oui**, fit le menuisier en fouillant dans la poche de son tablier, à la recherche d'un morceau de fusain et d'un bout de papier pour dessiner un binard.

— « *Quatre petites roues** », précisa Gabriel en désignant les deux roues que venait de représenter le menuisier. Il laissa un espace entre ses deux mains superposées pour indiquer que le chariot devrait être plus bas et plus petites les quatre roues requises.

Il montra le manche mais, incapable de se rappeler le mot français pour signifier la barre de direction, expliqua que, relié aux roues de devant, le manche devait permettre à Anna de tirer le chariot, mais qu'une fois rabattu Petit Bek devait être capable – Gabriel était certain que l'enfant pourrait apprendre la manœuvre – de guider le véhicule d'une main tout en se poussant de l'autre. Les jambes du gamin étaient frêles parce qu'il ne les utilisait jamais, mais les muscles de son dos et de ses bras se fortifieraient à l'usage. Vu la façon dont il agitait les bras en tout sens, frappant tout ce qui se trouvait à sa portée, il était clair qu'il n'était dénué ni de force ni d'énergie. Ni de maîtrise de soi, d'ailleurs... Gabriel avait en effet noté qu'il ne frappait jamais la poitrine d'Anna quand il était assis dans son giron et qu'alors il ne bougeait pas plus qu'un enfant deux fois moins grand que lui câliné par sa mère. Une forme d'intelligence était enfermée dans la tête du gamin, intelligence qu'on devait pouvoir libérer à force de soins et de persévérance.

Perplexe, le menuisier se gratta la tête.

« *S'il vous plaît* !* » fit Gabriel en arrachant le bout de papier des mains du vieil homme pour effectuer l'esquisse lui-même.

Le menuisier cessa de se gratter le crâne et plissa les yeux. « *Oui. Je vois*, fit-il. *Après-demain**.

— *Après-demain*, répéta Gabriel. *Merci**. »

Ce fut seulement après avoir quitté l'atelier du menuisier que Gabriel se rendit compte qu'il n'avait même pas demandé le prix de l'ouvrage. Mais au diable l'avarice ! L'offre du chariot ne constituait-elle pas un acte de charité au profit d'un petit paralytique ? Dieu avait placé cet enfant sur sa route...

Et Anna Bookman, frère Gabriel ? Dieu l'a-t-Il également placée sur ta route ? Afin de la sauver de l'hérésie ? Ou pour mettre tes vœux à l'épreuve ?

Toutefois, malgré sa conversation avec le père Francis, Gabriel avait décidé qu'il n'agirait pas à l'instar de tant de ses frères, qu'il ne succomberait pas aux diaboliques tentations de la chair. Ayant prononcé un vœu sacré, il était résolu à le respecter. Il avait surmonté d'autres épreuves : la femme qui l'avait aguiché sur le bateau en provenance d'Angleterre, les Rémoises qui lançaient des coups d'œil furtifs vers sa robe écarlate de marchand… Anna Bookman était une belle femme, mais Reims abondait en jolies filles. Non, si Dieu avait placé Anna Bookman sur sa route, Gabriel était sûr que c'était pour écarter la jeune femme du chemin de l'hérésie où elle s'était fourvoyée. Il ne serait peut-être pas capable de la faire changer de religion, mais il pouvait au moins la sauver du bûcher dressé pour les hérétiques. Ne fût-ce que pour le bien de son enfant.

Anna entendit le raffut au moment où elle s'apprêtait à remballer sa marchandise et à rentrer dans son nouveau logis. Vociférations, hurlements venant plus ou moins de la direction de la rivière… Elle n'avait eu qu'un seul client depuis son arrivée en milieu de matinée. Le marché était presque désert, les épiciers, qui arrivaient toujours tôt et pliaient boutique de bonne heure, étaient repartis depuis longtemps. Sur le cadran solaire, l'ombre de la cathédrale se détachait lentement de la deuxième marque après le zénith. Pourtant, dans l'espoir que Van Cleve s'approcherait de son étal, Anna était restée en dépit du marasme des affaires. Elle allait lui révéler que Petit Bek n'était pas son fils, qu'elle s'était seulement occupée de lui pour rendre service à l'un des pèlerins qui allaient bientôt reprendre la route.

Elle était restée éveillée longtemps après que le marchand eut quitté sa chambre, réfléchissant à la façon de lui annoncer la nouvelle. Autrement dit, la simple vérité.

Les cris venaient de très loin, apparemment de la porte de Mars, la vieille ruine romaine où, durant les après-midi de beau temps, les enfants jouaient à chat. Anna plissa les yeux pour voir au loin. Pour l'heure, seules quelques feuilles mortes jouaient à chat, pourchassées par le même vent léger qui faisait frissonner ses bras sous les manches de sa mince pèlerine. Dans la touffeur du mois d'août, son épais manteau de laine avait paru bien trop lourd pour qu'elle l'emportât dans ses bagages, aussi l'avait-elle laissé à Prague avec le reste de ses biens. Mais elle refusait de penser à cela en ce moment, préférant songer à la petite pièce de la rue Saint-Luc – sa chambre désormais – équipée de son chaleureux braisier. Si elle s'en allait tout de suite, l'éclatante lumière du jour se déverserait encore par la fenêtre et il ferait assez clair pour continuer à traduire l'Évangile anglais destiné à Van Cleve, s'il désirait toujours l'acquérir. Sinon, eh bien, un autre acheteur se présenterait.

En chemin elle s'arrêterait chez le foulon devant la boutique duquel elle était passée, à son arrivée en ville, le jour où elle s'était rendue à l'abbaye Saint-Remi pour demander si l'abbé avait besoin d'une copiste de plus. C'est ce qu'aurait fait son grand-père. Mais le prieur l'avait congédiée, lui indiquant, l'air renfrogné, que le travail de l'abbaye était effectué par les moines dans l'écritoire.

Elle n'avait pas perdu son temps, malgré tout. Tout près de l'écritoire elle avait trouvé une boutique qui vendait bon marché des feuillets de papier et du parchemin, feuillets qu'elle avait utilisés ce soir-là pour fabriquer son autorisation officielle de la corporation. Et elle avait également découvert cet atelier de foulon, situé près de la rue de Vesle, à environ un demi-mille au-delà de la cathédrale. Elle était sûre d'y trouver un manteau bon marché mais d'aspect respectable, laissé par quelque pèlerin pour être gratté et brossé mais qui n'avait jamais été récupéré. Le foulon le lui vendrait à bas prix. Peut-être n'aurait-il pas un joli capuchon doublé de fourrure et ne serait-il pas de la qualité à laquelle elle était – avait été jadis – habituée, mais il lui tiendrait chaud l'hiver, et cela lui éviterait de se démunir de ses petites économies destinées au voyage.

Or, au moment où Anna débouchait dans la rue de Vesle, elle découvrit que la cohue l'empêchait de voir les vitrines des boutiques. Voilà d'où venaient les cris. Une foule s'était amassée sur la berge de la rivière, une foule surexcitée. Et, à en juger par les hurlements, une foule en colère.

Anna chercha des yeux l'entrée de l'atelier du foulon, mais toutes les portes des magasins étaient cachées. Elle reconnut cette foule. Elle en avait déjà vu l'horrible face, l'avait déjà entendue pousser ses huées et ses invectives. La scène ne lui était que trop familière. À éviter.

Derrière la cohue occupant la berge, la Vesle serpentait tranquillement, avant de pénétrer dans les collines tapissées de vignes. Le soleil faisait étinceler ses eaux, tout comme il avait fait miroiter celles de la Vltava le jour où Anna avait rencontré cette même foule. La vision de la tête de Martin empalée se détachant sur le ciel bleu s'imposa soudain à son esprit. Elle cligna les paupières pour chasser ce souvenir, décidée à regagner en toute hâte sa chambrette de la rue Saint-Luc, l'objet de sa course désormais oublié. Or, comme si elles agissaient indépendamment de sa volonté, ses jambes la portèrent, au contraire, vers la populace.

Plus près.

Tout près.

Jusqu'à la lisière de la foule qui la happait, l'aspirait en son sein. Une odeur de sueur et d'haleine empestant l'ail lui coupa le souffle.

Derrière elle, une voix d'homme lui cria à l'oreille : « *C'est une vieille sorcière**. »

La foule psalmodia en refrain. « *Sorcière ! Sorcière* !* »

Tout autour d'Anna, des poings dressés frappaient les airs. Elle sentait un souffle chaud sur son cou, sur son visage. Elle avait du mal à respirer au milieu d'une telle fureur, d'une telle haine. Si près de la rivière, elle étouffait.

« *Faites flotter la sorcière ! Faites flotter la sorcière* !* »

Elle se fraya un chemin à travers cette houle humaine, cette cohue chantante, et réussit à atteindre l'espace dégagé entre la foule et la rivière. Deux costauds aux larges épaules, minablement vêtus, des manouvriers à en juger sur l'apparence, poussaient une vieille sanglée d'une corde de chanvre, les bras ficelés le long du corps, tandis que des femmes, des hommes et même quelques enfants lui lançaient des poignées de boue.

Le chœur devint plus sonore, le rythme plus rapide, les demandes psalmodiées plus pressantes. « *À la rivière ! À la rivière* !* »

Anna ne parvenait pas à distinguer le visage de la femme, mais les vêtements aux couleurs éclatantes, le foulard noué sur les cheveux gris dépeignés, les pendeloques aux oreilles… Tout lui était douloureusement familier.

Elle avança, passa devant la populace, se retourna, le dos à la rivière, ce qui l'effraya presque autant que la brusque découverte de l'identité de la vieille femme.

Jetta se tenait entre les deux hommes, le regard vague, s'adressant en marmonnant aux voix qu'elle entendait dans sa tête, apparemment indifférente aux menaces et aux invectives de la foule qui l'encerclait. Et, agrippé à la jupe de Jetta, se trouvait Petit Bek, qui poussait ses habituels cris aigus.

Le doigt pointé sur Petit Bek, un homme hurla : « *C'est l'acolyte de son diable* !* »

Petit Bek ! L'acolyte d'un démon ! Jamais être humain n'avait été aussi peu diabolique !

Anna se précipita vers la foule en criant : « *Non, non* !* » tout en essayant de se rappeler les mots français pour leur expliquer, tenter de leur faire comprendre que la personne qu'ils prenaient pour une sorcière n'était qu'une vieille femme innocente. Petit Bek vit Anna se précipiter vers eux et, cessant de crier, prononça un mot plus familier mais du même ton effrayé : « An na, An na. »

Anna le tira vers elle, essuyant la boue qui maculait son visage, tandis que Jetta marmonnait entre ses dents un charabia inoffensif, comme elle le faisait parfois lorsque sa cervelle déraillait. Plus elle marmottait, plus la foule s'énervait.

« Non, non ! cria Anna, sans chercher à parler français. Ce n'est pas une sorcière, elle est chrétienne. Tout comme vous. C'est une pèlerine chrétienne ! Jetta, montrez-leur. Récitez-leur le Notre Père. Le Pater. Dites-le en latin ! »

Mais Jetta continuait à bredouiller le même charabia, comme si elle n'entendait pas Anna, comme si elle ne se rendait même pas compte de sa présence.

« *Faites flotter la sorcière ! Jetez les trois dans la rivière* ! »*

Tous les trois ! Ils allaient les jeter tous les trois dans la rivière !

Tout doux, Anna ! Sauve l'enfant ! se réprimanda-t-elle en se penchant pour le saisir dans ses bras. Parcourant la foule du regard, à la recherche d'un visage avenant, de quelque brèche par où s'échapper, elle aperçut la boutique du foulon, le but de sa course, dont la porte était restée ouverte. Sans lâcher Petit Bek, elle se précipita vers elle.

Anna se rappela plus tard que son œil avait aperçu quelque chose, sans que son esprit en prît conscience. Si son cerveau avait noté la présence de Van Cleve, qui se tenait à l'écart de la foule, elle l'aurait appelé à l'aide. Mais il n'en fut rien. Son esprit se concentrait sur Jetta et Petit Bek, qu'elle ne lâchait pas, lui caressant la tête pour le rasséréner, tentant de rester suffisamment calme pour réfléchir, tandis que les deux hommes empoignaient et soulevaient Jetta, qui ne cessait de marmonner entre ses dents, puis la balançaient comme une bûche dans la rivière, la tête la première.

La foule se tut au moment où le corps de la vieille femme, telle une mouette qui plonge, tourbillonna dans les airs avant de briser la surface de l'eau.

Elle coula comme une pierre dans les eaux glaciales de novembre.

La populace retint son souffle, attendant de voir si, au

lieu de se noyer comme devait le faire une innocente, la sorcière remontait à la surface et flottait sur l'eau. Ils espèrent qu'il s'agit bien d'une sorcière, se dit Anna, car l'histoire serait alors plus passionnante. Elle s'entendit crier le nom de Jetta, cette femme qui l'avait sauvée des eaux.

La rivière sentait la mort… Les effluves qu'exhalaient les bouts de bois trempés échoués sur les berges et les déchets pourris se mêlaient à l'odeur âcre de sa peur.

Plusieurs secondes s'écoulèrent. Plusieurs heures.

Anna pria le ciel que Jetta survécut miraculeusement, que Dieu envoyât un ange pour secourir la vieille femme, comme il lui avait envoyé Jetta pour la sauver. Mais pas moi ! pria-t-elle en se rappelant le poids de l'onde sur sa peau, la façon dont elle avait emprisonné son souffle à l'intérieur de son corps. Elle eut honte de sa lâcheté. Repoussant Petit Bek de ses jupes, elle se rapprocha du bord de la rivière.

Comme les autres spectateurs elle contempla la surface lisse de l'eau.

Pas la moindre ride ne troublait la rivière.

Elle n'entendait plus qu'une voix derrière elle, qui s'élevait très haut, chantant un hymne mélodieux mais altéré par un tremblement. « An na, An na. An na. »

Elle fit un pas en avant.

« Tant pis ! » L'homme qui se trouvait tout près d'Anna, l'un de ceux qui avaient jeté à l'eau la vieille femme, haussa les épaules et murmura : « Ne cherchez pas à la sauver. Elle était innocente, mais vous l'êtes, vous aussi. » Des bras se tendirent pour la retenir, ceux-là mêmes qui avaient précipité Jetta dans la Vesle. « Le courant est rapide et l'eau glaciale. Vous vous noieriez vous aussi. C'était la volonté de Dieu. »

Les mêmes voix qui tout à l'heure avaient hurlé « Sorcière, sorcière ! » craignaient désormais, après avoir proféré de fausses accusations, d'accroître leur culpabilité. « Jugement par l'épreuve »… Procès diabolique, et non pas procès du diable.

Anna se débattit pour se libérer des bras qui l'enserraient, espérant voir Jetta remonter à la surface, mais elle ne reparut pas. Pas une seule fois. Preuve d'innocence. Innocence qui lui infligea la mort par noyade, lui épargnant ainsi le bûcher.

Son esprit nota confusément la présence de l'homme qui se tenait en aval, à l'écart de la foule, ôtait ses vêtements, restait en caleçon, laissait sa tunique écarlate et son manteau en vrac sur la berge. Elle reprit ses esprits en le reconnaissant tout à coup, au moment où il se jetait dans le courant glacial.

Van Cleve !

Son cœur cessa de battre en entendant le choc de l'eau froide contre la peau.

Il se dirigeait à la nage vers le milieu de la rivière.

Les muscles d'Anna se tendirent comme ceux de l'homme qui luttait contre le courant.

La tête blonde disparut sous l'eau, une, deux, trois fois. Le souffle d'Anna se bloqua dans sa poitrine. Une éternité passa. Sans air. Le vide.

La surface de l'eau se brisa. Van Cleve réapparut, traînant quelque chose derrière lui, cette fois-là. Recouvrant son souffle, elle courut sur la berge pour aller à sa rencontre, pataugeant dans la vase, dérapant, se rattrapant, glissant à nouveau. Son cœur cognait comme un fou dans sa poitrine, menaçait de briser ses côtes. Elle haletait, ahanait, respirait par à-coups.

Van Cleve nageait avec difficulté vers la rive, traînant

Jetta derrière lui. Anna se trouvait assez près à présent pour le voir tirer sur la berge le corps flasque, comme désossé. Et sans vie. Le seul mouvement était celui de l'eau dégoulinant des franges du châle et des longs cheveux gris qui pendaient jusqu'à la terre ferme.

« An na, An na… » La mélodieuse voix haut perchée s'éleva derrière elle, plus pure à présent, calmée. Elle jeta un coup d'œil par-dessus son épaule pour s'assurer que l'enfant allait bien. Quand elle se retourna, Van Cleve s'efforçait toujours de dégager son fardeau de l'emprise de la rivière. On aurait dit que celle-ci s'agrippait à sa proie, rechignant à la laisser s'échapper de ses griffes.

Un à un les spectateurs se retirèrent lentement, si bien qu'il ne resta plus personne pour aider le marchand flamand à tirer le cadavre hors de l'eau. À part Anna. Cette fois-ci, aucun ange n'était descendu du ciel. La rivière avait pris la vie qu'on lui devait.

Anna pleura ce soir-là. Pour la première fois depuis longtemps. Après avoir envoyé Van Cleve au campement des romanis. Après que Bera fut venu chercher le corps. Après avoir baigné, nourri Petit Bek et l'avoir couché dans son propre lit. Endormi sous l'édredon de plume d'Anna, avec ses cheveux blonds et ses cils pâles, longs et brillants sur sa joue laiteuse, il avait l'air d'un ange.

Il s'était accroché à elle lorsque Bera était venu chercher le corps de Jetta, et elle n'avait pas eu le courage de le renvoyer au campement. Jetta et elle avaient été les seules à s'occuper de lui. Pour les autres, c'était un *gadjé*, *mahrime*. Le monde recelait tant d'innocence, tant de douleur…

Mais ce ne fut pas à ce moment-là que les larmes coulèrent.

« Qui sont ces gens ? » avait demandé Van Cleve lorsqu'il était revenu du camp en compagnie de Bera, après que les gitans eurent emporté le corps de Jetta sur un brancard fabriqué avec des arbustes reliés par de la toile de soie. Une douzaine de pleureurs, hommes et femmes, la *familia*, suivirent la défunte, l'honorant en poussant de bruyantes lamentations et avec force démonstrations de douleur, de crainte que la défunte ne revînt les hanter parce qu'ils avaient mesuré leur chagrin.

« Ce sont mes amis », avait-elle répondu simplement, avant de se mettre à pleurer.

Au début il n'y eut qu'un filet de larmes, puis ce fut un torrent. On eût dit que la Vesle et la Vltava s'étaient infiltrées en elle et rejaillissaient par ses yeux.

« Tout doux ! Vous allez vous rendre malade ! » s'était écrié Van Cleve, mais elle ne parvenait pas à s'arrêter.

Il l'avait prise dans ses bras et l'avait entraînée hors de la pièce où dormait Petit Bek, de peur que les sanglots ne réveillassent l'enfant. Il l'avait conduite dans sa chambre, et ils s'étaient assis côte à côte sur son lit jusqu'à la chute du jour. Il ne s'était pas levé pour allumer une bougie mais l'avait gardée tendrement blottie dans ses bras, tandis que débordait la rivière qui coulait en elle. Sans lui elle se serait sans doute effondrée et aurait été emportée par le courant, tels des débris dérivant au fil de l'eau.

Il ne tenta pas de l'empêcher de pleurer, se contentant

de la tenir dans ses bras, apparemment consterné qu'elle pleurât la disparition de telles bizarreries.

« C'était une femme bonne et généreuse. Elle n'avait aucun commerce avec le diable et disait la bonne aventure seulement pour gagner sa vie. Il y avait toujours assez de prétendus chrétiens pour écouter ses stupides prédictions. » Les mots sortaient par à-coups et l'étouffaient.

Il lui avait donné une coupe de vin chauffé avec des clous de girofle et de la valériane. « Cela vous aidera à vous calmer », avait-il affirmé.

Elle avait bu le vin, puis, exténuée, avait posé la tête sur la poitrine de son consolateur et fermé les yeux.

Elle avait senti les lèvres effleurer le sommet de son crâne. Elle était à nouveau une enfant fiévreuse, blottie dans les bras de Dědeček.

Au milieu de la nuit, Anna se réveilla de son sommeil troublé, d'abord désorientée, incapable de se rappeler où elle était. Ils étaient à présent allongés côte à côte sur l'étroit lit de Van Cleve, sa tête enfouie dans le pli du coude du jeune homme, la main de celui-ci passée à l'intérieur de son corsage. L'haleine, chaude et humide, chuchotait son nom dans son cou. Une lune en son dernier quartier répandait un chatoiement de lumière sur le lit – un lit pour une personne –, dessinant la forme du corps de Van Cleve sous la courtepointe. Sa main caressait délicatement la poitrine d'Anna.

Je devrais l'arrêter, se dit-elle, *il n'est pas mon mari*. Mais elle n'en fit rien. Ses idées étaient embrouillées à cause du vin et du chagrin. Elle n'avait pas la force d'exiger de ses bras qu'ils le repoussassent. La protestation qu'elle aurait dû élever mourut sur ses lèvres, qui émirent seulement un soupir.

« Anna, Anna », fit-il, son haleine effleurant la gorge de la jeune femme. La voix était empreinte d'une ardeur intense, d'un âpre désir. Elle aimait la façon dont les lèvres prononçaient son nom, gonflé de son souffle. Les mains tiraient vigoureusement sur sa jupe, la remontaient, la boudinaient tout autour de son corps. Il se déplaça un peu, avec délicatesse, poussa son corps contre celui d'Anna, tout en la caressant et en couvrant sa gorge de baisers. Elle aurait cru qu'après avoir versé tant de larmes il ne resterait plus dans son corps une seule goutte d'humidité, qu'il devait être tout à fait desséché.

Elle s'était trompée.

Elle ferma les yeux, s'abandonnant à la chaleur et au brouillard qui avaient envahi son esprit, attendant, comme si son esprit assistait de loin à la trahison de son corps. Puis elle sentit un changement de position de la part du jeune homme, un mouvement de l'air autour d'elle, et, là où reposait auparavant une masse chaude, il y avait à présent une absence. Elle ouvrit les yeux et le regarda.

Il était assis au bord du lit, la tête entre les mains. Frissonnante, elle essaya de prononcer son nom, pour le rappeler. Comme il ne réagissait pas, Anna sentit son bras se tendre, indépendamment de sa volonté, afin de faire revenir la chaleur du corps de Van Cleve.

« Chut, Anna ! Rendormez-vous ! » dit-il d'une voix basse, presque bourrue. Il lissa les jupes de la jeune femme et la recouvrit d'une couverture. Elle referma les yeux.

Quand elle se réveilla à la pique du jour, Van Cleve

dormait dans le fauteuil à côté du lit. L'aube grise lui donnait un air défait, un teint blafard. Elle se leva et sortit de la pièce discrètement, sur la pointe des pieds, afin de ne pas l'éveiller ni d'accélérer les palpitations de ses propres tempes. Tout en regagnant sa chambre elle se demandait si, l'esprit enfiévré sous l'effet du vin, elle avait seulement rêvé qu'il était allongé à son côté. La seule pensée lui fit monter le rouge au front. Elle sentit à nouveau l'haleine du jeune homme sur son cou et comprit qu'il ne s'agissait pas d'un rêve, mais bien d'un souvenir.

« Vous êtes un homme de bien, Van Cleve », déclara Anna quand il apporta le petit chariot.

Ils savaient tous deux qu'elle ne parlait pas uniquement de sa générosité envers l'enfant. Et, pour alléger l'atmosphère, elle ajouta en riant : « Pour un papiste ! »

Il ne rit pas, ne sourit même pas. « Le fait que je n'ai pas déshonoré une femme ivre de chagrin et de vin ne suffit pas à faire de moi un homme de bien. » Il ne la regardait pas en face. Son œil était fixé sur le gamin, qu'il souleva et installa dans le chariot.

« Et n'avez-vous pas risqué votre vie pour tenter de sauver une vieille femme et… » Elle désigna l'enfant qui se balançait en riant dans le chariot, le faisant sans cesse basculer d'avant en arrière. « Vous êtes un homme de bien, parce que vous avez bon cœur. “Laissez venir à moi les petits enfants.”

— Citez-vous l'Écriture en anglais à tout propos ? demanda-t-il, une nuance d'agacement dans la voix.

— L'Écriture serait-elle plus vraie, plus réconfortante pour moi et moins déplaisante pour vous, si je la citais en latin ?

— En effet. »

Son air renfrogné la troubla. « Pour quelle raison l'appellation d'"homme de bien" vous déplaît-elle ?

— Vous ignorez que j'ai bien failli ne pas mériter cette appellation, Anna. »

Ce fut au tour d'Anna de détourner le regard. Elle sentit son visage s'empourprer. « Pensez-vous qu'il puisse apprendre à le conduire ? demanda-t-elle en désignant le chariot.

— Bien sûr. » Avait-il poussé un soupir de soulagement parce qu'elle avait changé de sujet ? « Si Dieu le veut.

— Pour quelle raison un Dieu d'amour ne le voudrait-Il pas ? Pourquoi ne voudrait-Il pas que ses enfants soient heureux ?

— Pourquoi, en effet ? » Mais elle avait l'impression qu'il parlait de tout autre chose.

Anna coucha Petit Bek de bonne heure, car il était épuisé à force de jouer avec son nouveau chariot. En outre, comme il n'en avait pas encore bien maîtrisé le fonctionnement, il s'était fait force bleus en butant contre des objets. Elle aussi était éreintée, et lorsque Van Cleve apparut sur le seuil de la chambre, chargé d'un pâté à la viande et d'un cruchon de cidre, sa première réaction fut de refuser.

« Bek dort déjà, chuchota-t-elle.

— Alors venez dans ma chambre.

— Je ne suis pas certaine que ce soit une bonne idée…

— Il faut que vous mangiez quelque chose, et moi aussi. Autant dîner ensemble. Nous devons discuter de la façon de vous protéger, vous et votre enfant.

— Pas de vin, cette fois-ci ?

— Pas de vin, seulement du cidre. » Il leva le cruchon pour le prouver.

« On laissera ouverte la porte de votre chambre ?

— Nous laisserons ouverte la porte de ma chambre, afin que le monde entier puisse constater l'innocence de notre conversation. »

Comme ils discutaient de la doctrine de la transsubstantiation – elle soutenait la théorie hérétique selon laquelle le pain et le vin n'étaient que des symboles et non pas le corps réel du Christ –, Anna fit un geste de colère et leurs mains se heurtèrent. Ils étaient si proches l'un de l'autre que Van Cleve pouvait sentir l'odeur des cheveux d'Anna, le parfum exotique au jasmin qui lui était propre. Cette senteur, le contact de sa peau, la passion qui animait la jeune femme lui faisaient perdre toute maîtrise, chaviraient son esprit et ses sens, l'empêchant de réfuter ses propos par des arguments mûrement réfléchis. Incapable de penser avec logique, il ne pouvait plus qu'éprouver des sensations.

Comme il avait été vaniteux, arrogant et stupide d'imaginer pouvoir résister à une telle tentation ! Il aurait dû la prier de s'en aller, mais c'était au-dessus de ses forces. Si elle partait, elle emporterait le monde avec elle.

Il l'embrassa.

Quand elle n'opposa aucune résistance, d'une main il délaça son corsage, et referma la porte de l'autre.

Le brusque arrêt de leur bruyante discussion poussa le petit aubergiste replet à jeter un coup d'œil dans le couloir. Apercevant la porte close, il eut un léger haussement d'épaules avant de retourner à sa partie d'échecs. Ils vont bientôt s'installer ensemble, se dit-il, et j'aurai, hélas ! une nouvelle chambre de libre. Mais il sourit en pensant qu'ils allaient devenir un couple. Dès le premier jour où il les avait vus ensemble il avait deviné que c'était inévitable. Ils étaient faits l'un pour l'autre. Alors, rien de plus normal.

Anna ressentit un choc, une douleur aiguë, comme un coup de poignard. Elle se rappela alors que, dans *Les Maux des femmes*, Gilbert de l'Egle précisait que la première fois serait douloureuse et qu'il y aurait du sang. L'hôte s'en apercevrait quand il changerait les draps, et il apprendrait ce que Van Cleve avait fait, ou plutôt ce qu'ils avaient fait tous les deux… Elle sentit son visage s'empourprer. *Tu aurais dû l'arrêter, Anna. Tu aurais dû l'en empêcher ! Tu aurais dû partir dès qu'il t'a embrassée.* Il répéta son nom, mais cette fois-ci on aurait dit une prière, et le ton était empreint d'une infinie tristesse.

Il roula sur son côté, collé à elle, la plaquant contre le mur. Il chuchota à nouveau son nom, simple souffle contre sa joue. Des larmes brûlèrent ses paupières. Que pouvait-elle lui dire à présent ? Comment pourrait-elle le regarder dans les yeux sans y apercevoir le reflet de sa honte ? Elle ne pourrait même pas imputer à l'ivresse son impudique conduite. Ni prétendre qu'il l'avait séduite, puisqu'elle n'avait opposé aucune résistance…

Quand elle l'entendit ronfler – discrets et mélodieux

ronflements –, elle pensa le repousser. Or cela risquait de le réveiller et elle serait alors contrainte de faire face à sa honte. Le corps compact qui plaquait le sien contre le mur était d'ailleurs étonnamment réconfortant, songea-t-elle, tout en réfléchissant au meilleur parti à prendre.

Cela se serait-il passé ainsi avec Martin ? Elle éprouva alors un brusque sentiment de culpabilité, comme si elle l'avait en quelque sorte trompé. Et pas seulement physiquement, car elle se sentait plus liée à cet homme, qu'elle connaissait à peine, qu'elle ne l'avait jamais été à Martin. *Mais je le connais*, se dit-elle. *Je connais son âme parce que j'ai vu sa bonté. J'ai vu comment il s'est comporté avec Petit Bek et comment il a risqué sa vie pour tenter de sauver Jetta.*

Elle contempla le corps allongé contre le sien, cherchant à se rappeler la forme des épaules, de la taille, des hanches. Dans la lumière lunaire, les cheveux avaient l'air plus platinés que dorés et au sommet du crâne il y avait un rond, un cercle parfait, où les cheveux étaient plus courts que les autres, à peine plus épais qu'un duvet. Elle s'interrogea vaguement à ce sujet. Elle le questionnerait là-dessus à son réveil. *Comment peut-il être couché là, contre moi, entièrement nu ? Comment cela est-il arrivé ?*

Elle retint son souffle, épousant inconsciemment le rythme de celui de son amant. Son amant… Elle, une femme célibataire, avait pris un amant. Grave péché. Elle entendit un bruit à l'extérieur de la chambre… Le cri d'un oiseau de nuit ? Ou bien était-ce Petit Bek qui s'était réveillé et avait peur ? Elle tendit l'oreille. Non, c'était le cri d'une chouette.

Mauvais augure, aurait annoncé Jetta. Elle ferma les

paupières, s'attendant que des larmes jaillissent encore. Mais ses yeux restèrent secs.

Elle écouta de nouveau. Elle espérait ne pas avoir à se rendre auprès de l'enfant, tout en sachant que, s'il criait son nom, elle répondrait à son appel. Mais elle n'entendit que le léger ronflement de Van Cleve, dont le rythme évoquait une berceuse.

Lorsqu'elle se réveilla, le soleil entrait à flots par la fenêtre ouverte et elle était seule dans le lit. Elle se leva lentement et tira la couverture. Une petite tache rouge, pas plus grosse qu'une larme, marquait le drap. Faisant pivoter sa chemise pour en examiner l'arrière, elle y découvrit une tache plus importante, déjà sèche et figée.

C'était le signe qu'elle n'était plus pucelle, alors qu'un futur mari risquait d'exiger une preuve de sa virginité. Elle avait donc cessé d'être une jeune fille pour devenir enfin une vraie femme, certes, mais bourrelée de remords.

Comment avait-elle pu offrir sa virginité avec une telle désinvolture ? Et à un quasi-inconnu ! Un homme qui avait peut-être une épouse, voire des enfants. Petite idiote ! Elle souhaitait désespérément que Van Cleve ne revînt pas avant qu'elle ait eu le temps de se nettoyer. Pour lui faire face, épreuve déjà assez pénible, il fallait au moins qu'elle fût rhabillée. Elle tira le verrou, ôta la chemise souillée, la roula en boule. Bon. Il y avait de l'eau fraîche dans la bassine, ainsi que dans le seau qui se trouvait par terre, tout à côté.

Elle trempa un chiffon dans l'eau – parfumée par les petits fragments de lavande qui flottaient à la surface – et le frotta avec vigueur, plus énergiquement que nécessaire, sur son visage et son corps, avant de le passer entre ses jambes. Délicatement d'abord – *Pourquoi, Anna ?*

Ce qui aurait dû rester intact est désormais brisé –, puis plus profondément, faisant jaillir l'eau du chiffon à l'intérieur, nettoyant, aussi soigneusement qu'elle le pouvait, l'élixir de vie qui s'était répandu en elle.

Qu'avait dit le manuel de Gilbert de l'Egle à propos de la première fois ? N'était-il pas plus difficile de concevoir la première fois ? Ô Dieu, faites qu'il en soit ainsi !

Mouillant à nouveau le chiffon, elle en tapota la petite tache du drap, l'élargissant, diluant la preuve de la perte de son pucelage jusqu'à ce qu'elle prît la teinte brunâtre d'une tache de bière.

Faisant fi de la pression dans sa vessie et désirant quitter la chambre au plus vite avant le retour de Van Cleve, elle vida l'eau sale de la bassine dans le pot de chambre placé sous le lit. Elle voulait que leur prochaine rencontre eût lieu dans des circonstances plus ordinaires, en territoire plus neutre. Peut-être l'avait-il deviné. Ou peut-être, regrettant lui aussi ce qui s'était passé entre eux, était-il déjà en train de confesser son péché à un prêtre. Le péché de fornication, à tout le moins. Ou même, qu'à Dieu ne plaise ! celui d'adultère. Non, elle refusait d'envisager cette possibilité… Il avait affirmé ne pas être marié. Et s'il avait menti ? Et elle, avait-elle participé au péché d'adultère si elle ignorait qu'il était marié ? La seule pensée des lèvres de Van Cleve en train de prononcer son nom dans un confessionnal – ces mêmes lèvres qui, la veille, appuyées contre ses cheveux, contre son cou, l'avaient chuchoté dans un souffle – la rendait malade. Elle se sentait souillée à l'idée que le prêtre entendrait son nom et les imaginerait tous les deux ensemble. *Dieu t'a vue, Anna.* Mais Lui comprendrait, pardonnerait. Le prêtre, lui, ne comprendrait pas et refuserait de pardonner. Quant à Van Cleve, il serait persuadé d'avoir laissé son péché dans le confessionnal. Elle lui envia presque cette croyance.

Dans le couloir elle chercha à entendre l'appel de Petit Bek. Sans doute déjà réveillé, il devait vouloir qu'elle l'aidât à s'installer sur le pot. Le fardeau de culpabilité s'alourdit davantage, car l'enfant était malheureux lorsqu'il se salissait.

Par tous les saints, en un clin d'œil, sa vie avait changé du tout au tout ! Seulement deux jours plus tôt, elle était encore pucelle – et même elle risquait de devenir vieille fille, n'ayant ni frère ni sœur au foyer auprès desquels filer sa quenouille – et n'avait à subvenir qu'à ses propres besoins. À présent, elle était passée de l'état de jeune fille à celui de femme déchue, chargée d'un enfant à élever, un enfant particulier, par-dessus le marché. Mais qu'aurait-elle pu faire d'autre ? Dieu lui avait donné l'enfant. À elle, parce que après la mort de Jetta il n'y avait plus personne pour s'occuper de lui. D'ailleurs, même quand Jetta était encore en vie, c'était surtout Anna qui en prenait soin. Et elle savait que les romanis auraient fini par abandonner le gamin à Reims, où il aurait rejoint la foule des mendiants – lépreux, paralytiques crasseux, et autres malheureux éclopés – qui languissaient à la grille des aumônes du prieuré, hurlant leur infortune aux passants.

Parvenue devant la porte, elle tendit l'oreille. Pas le moindre gémissement. Pas même les mouvements désordonnés des membres frottant contre la literie, bruits auxquels elle s'était tellement habituée qu'elle ne les entendait plus. « Petit Bek ! » murmura-t-elle en ouvrant la porte.

Le soleil emplissait la jolie petite chambre d'une chaude lumière qui se répandait sur le lit vide. Elle aurait dû se douter qu'il ne fallait pas le laisser sur le lit, qu'il risquait de tomber. « Où es-tu, Petit Bek ? Réponds-moi. Il ne s'agit pas d'un jeu. »

Un bref examen de la pièce révéla qu'il ne se trouvait ni sur sa paillasse ni sur le sol. Une tasse de lait à moitié vide et un reste de vaisselle se trouvaient dans la bassine sur la table de toilette placée dans un coin. Il n'existait qu'une possible solution au mystère : l'enfant avait poussé de grands cris et l'hôte était venu à son secours, l'avait peut-être même emmené dans le jardin. Un simple coup d'œil jeté par la fenêtre ne lui révéla qu'une unique feuille écarlate, dernier vestige de l'automne, qui tombait en voletant sur un sol tapissé de marron. Une chose était certaine, à tout le moins : le gamin ne s'était pas levé et n'était pas sorti tout seul… Il se trouvait forcément en compagnie d'un être généreux. Qui d'autre se serait préoccupé d'un tel enfant ? À moins que l'ange Gabriel ne fût descendu du ciel pour l'emporter avec lui. Mais avant de partir à la recherche de l'enfant, il lui fallait d'abord s'occuper de ses besoins naturels et trouver une chemise propre.

Elle s'affairait à dénouer les rubans de son chemisier quand elle entendit un raffut dans le couloir. De sa voix aiguë Petit Bek piaillait de plaisir. Quand la porte s'ouvrit elle pivota sur ses talons et découvrit Van Cleve qui, Petit Bek sur les épaules, se penchait comme un clown pour tenter de passer sous le bas linteau sans défoncer le crâne de l'enfant couinant de joie.

« J'espère que vous ne m'en voulez pas, Anna, déclara-t-il, un large sourire sur les lèvres, comme si tout était normal, comme s'il ne s'était rien passé durant la nuit et que le monde d'Anna n'eût pas été complètement chamboulé, mais vous dormiez et Bek avait besoin d'uriner. Alors je l'ai mené dehors pour lui montrer comment se comporter en garçon.

— "Garçon !" » La grosse tête de Petit Bek oscilla sur son mince cou pour acquiescer. « "Garçon !"

— Bon. Et maintenant allons chercher quelque chose à manger. Je meurs de faim ! » s'écria Van Cleve.

VINGT ET UN

[…] hors de la règle de son cloître un moine est comme un poisson hors de son lac.

Geoffrey CHAUCER,
Les Contes de Cantorbéry, Prologue

Pour Anna, les premiers jours après la mort de Jetta revêtirent les teintes crépusculaires de la douleur et du chagrin. Et de la honte, car elle était rongée de remords. Pourquoi avait-elle hésité au bord de la rivière ? Pourquoi n'avait-elle pas plongée pour s'acquitter de sa dette ? Pour Petit Bek, se disait-elle. C'était à cause de Petit Bek. Mais cela sonnait faux à ses propres oreilles. Elle savait qu'elle avait hésité parce qu'elle avait eu peur. Se rappelant le poids de l'eau sur son corps elle s'en était lâchement détournée.

Et puis il y avait l'autre source de remords. Elle s'était promis que cela ne recommencerait pas. Ce n'est pas parce qu'on glisse dans la fange qu'on doit s'y vautrer. Si Van Cleve ne s'était pas toujours trouvé dans les parages elle aurait pu tenir sa promesse. Mais pouvait-elle priver Petit Bek de sa compagnie alors que le gamin adorait le jeune marchand ? Était-ce possible ?

La présence de Van Cleve constituait un calmant pour sa douleur, un baume pour son esprit. Son sourire, le contact de sa main remplaçaient le chagrin par la joie et la peine par le bonheur. Au début elle avait exigé que la passion fût dorénavant exclue de leur relation, arguant que le chagrin avait été la cause de son inconduite, qu'elle n'était pas ce genre de femme. Il avait acquiescé, lui demandant pardon d'avoir exploité leur tristesse commune, car il semblait en effet extrêmement troublé par l'injustice de la mort de Jetta, bien qu'il ne l'eût pas connue personnellement.

Or, tous les sens d'Anna étaient avivés par la présence de Van Cleve. Même les couleurs automnales lui donnaient des frissons : les bruns dorés, les rouges sombres semblaient des épices, récemment enfermés dans un bocal de verre, attendant de libérer leur capiteux arômes. Chaque fois que son esprit évoquait son visage, sa voix, un tourbillon de désir se créait en elle, accélérant le rythme de son cœur et lui coupant le souffle.

Sa résolution se désintégra facilement. Elle ne tint que trois jours et ce fut elle qui fit le premier pas. Si elle eut honte d'être aussi délurée quand elle lui prit la main et la porta à ses lèvres, la douce main qui venait de donner la pierre bleue à l'enfant rieur, ce fut plus fort qu'elle. Une expression de frustration sur le visage, il tenta de retirer sa main, jeta un rapide coup d'œil au gamin, mais elle ne la lâcha pas avant d'avoir effleuré des lèvres le bout de chaque doigt. Et ce soir-là, dès que Bek se fut endormi, Anna apparut sur le seuil de la chambre de Van Cleve.

« Non, Anna. Il vaut mieux qu'on ne se voie pas seuls. Je… »

Je l'aime. Quel mal y aurait-il à cela ? se dit-elle en le faisant taire d'un baiser sur la bouche. Elle devait se poser maintes fois la même question, mais dans le feu de la passion il ne parlait que d'amour, jamais de mariage, et elle n'osa jamais l'interroger à ce sujet. Il faisait toujours bien attention à se retirer avant de lancer sa semence en elle, et elle lui en savait gré.

Était-ce la même personne qui avait fait patienter le malheureux Martin, alors qu'il lui avait non seulement parlé d'amour mais l'avait suppliée de devenir sa femme ? Non, ce n'était pas la même personne, l'autre étant morte avec Martin et Dědeček.

Elle ne savait rien du passé de Van Cleve. Or, tout en souhaitant le connaître, elle avait également peur de ce qu'elle risquait de découvrir. Elle en savait toutefois assez pour aimer le jeune homme. Pour tenter de sauver Jetta, il s'était comporté sur la berge en héros de romance courtoise. Il avait pris le malheureux enfant sous son aile, comme s'il s'agissait d'un agneau enfin retrouvé, allant jusqu'à lui fabriquer des béquilles avec de robustes bouts de bois auxquels il avait ajouté une traverse rembourrée. Le gamin avait même appris à se traîner du lit au chariot – le chariot que Van Cleve lui avait aussi fourni –, ce qui rendait la vie d'Anna plus facile et plus mélodieuse, Petit Bek chantant constamment.

Elle était émerveillée par l'extraordinaire gamme de

tons qui sortaient de la bouche de l'enfant. Il lui arrivait même de prononcer des mots. Il parlait rarement mais elle devinait le sens du jargon qu'il chantait – pot-pourri de romani, de bohémien et de sons anglais.

« Anna, traduis-moi ce que dit le petit. Il est trop intelligent pour moi. Je ne parviens pas à comprendre le langage qu'il fabrique dans sa tête. » Van Cleve faisait un clin d'œil, et Petit Bek arborait un large sourire, signalant ainsi qu'il avait saisi le moindre mot.

Anna et Van Cleve ne se disputèrent qu'une seule fois après que leur relation eut pris un tour intime. Ce fut le jour où Anna parla du chagrin que lui avait causé la mort de Jetta. Par une journée d'automne ensoleillée ils étaient en train de jouer dans le jardinet jonché de feuilles mortes. Elle se tenait debout au-dessus de lui tandis que, agenouillé à côté du gamin, Van Cleve lui apprenait à manœuvrer son nouveau chariot. « J'aurais tellement aimé que Jetta soit parmi nous pour assister à ses progrès », dit-elle, et soudain les larmes qu'elle croyait asséchées se mirent à sourdre de nouveau.

Van Cleve se releva, l'enveloppa de ses bras, essuya sa joue avec le poignet de sa manche en soie. « On achètera une indulgence pour son âme. »

Étouffée par les sanglots, elle se contenta de protester en secouant la tête .

« Je paierai, fit-il en lui caressant la tête, lissant les cheveux rebelles.

— Non. Pas d'indulgence, renifla-t-elle. Tu sais que je… »

Il écarta l'objection d'un geste abrupt de la main, accompagné d'un brusque secouement de tête. « J'ai les moyens de payer la rémission de ses péchés. Tu devrais faire cela pour ton amie.

— Non ! je refuse de graisser la patte à un valet du pape pour qu'il fasse ce que nous pouvons faire nous-mêmes. Et je refuse aussi que tu paies ! »

Elle sentit le corps du jeune homme se raidir. Il retira ses bras. Quand elle le regarda, elle vit que ses traits s'étaient durcis comme la première fois où ils avaient discuté de la Bible anglaise. Elle ne lui avait jamais revu cette expression depuis lors. Cependant, il n'était pas question que la désapprobation de Van Cleve la dissuadât de dire ce qu'elle pensait. « S'il faut réciter des prières pour le salut de l'âme de Jetta, je m'en chargerai moi-même ! Je n'ai nul besoin d'un prêtre cupide et je suis étonnée que tu me le proposes. Je croyais les bonnes gens de Flandre plus éclairés que cela. »

Si son visage s'empourpra violemment, si la colère étincela dans ses yeux, il ne répliqua pas, se contentant de pousser un peu le chariot de Petit Bek. « Tourne le manche ! Tourne-le ! »

L'enfant n'ayant pas suivi le conseil, le chariot heurta un arbre. Petit Bek poussa un cri aigu et Van Cleve tendit le bras pour dégager le véhicule, manœuvrant la barre pour montrer à l'enfant comment s'y prendre. « Anna, il y a…

— Désolée, s'empressa-t-elle de dire. Je n'avais pas l'intention de te blesser. Je sais que tu es très pieux. Je ne parviens pas toujours à retenir ma langue, parce qu'on m'a toujours encouragée à dire ce que je pense. Il paraît que le franc-parler ne sied guère à une femme », ajouta-t-elle en se forçant à rire pour alléger l'atmosphère.

Il s'était à nouveau agenouillé près du gamin assis dans le chariot, tournant le dos à Anna. « Nous avons déjà eu cette discussion, rappelle-toi, dit-il. L'époque est dangereuse pour ceux qui ne savent pas tenir leur langue. Fais davantage attention à ce que tu dis et à qui tu le dis. »

La dureté du ton la déconcerta. On eût presque dit que Van Cleve avait disparu et cédé la place à quelque austère inconnu. C'était sa faute à elle, car elle l'avait vexé en suggérant qu'il était ignare. Elle se pencha pour lui déposer un baiser sur le sommet du crâne, là où les cheveux avaient repoussé en un épais duvet blond. Délicatement, afin de ne pas raviver la blessure à cause de laquelle il avait dû, selon lui, pratiquer une tonsure, même si aucune cicatrice n'était visible.

« Trêve d'inepties, telles que le rôle des prêtres et autres marchands d'indulgences ! s'écria-t-elle. Ils n'ont rien à voir avec nous. Tu as eu raison de me rappeler que Jetta se trouve désormais entre les mains d'un Dieu miséricordieux. Quelle magnifique journée ! L'hôte va nous apporter le déjeuner. On le prendra dans le jardin. À la fin de novembre ces journées ensoleillées constituent un splendide don du ciel. Autant en profiter ! Tu seras mon chevalier servant et je serai ta dame. » Elle lui saisit les mains et l'attira doucement vers elle.

« Et Petit Bek ? Qui sera-t-il, lui ? »

À tout le moins, il souriait à nouveau.

« Eh bien, il sera un musicien de cour, répondit-elle. Et pour saluer ses merveilleux chants nous boirons du vin en mangeant du pain et du fromage. »

Le gamin se mit à chanter, comme si, ayant compris chaque mot, il entrait dans le jeu. Anna se dit que même l'ange Gabriel aurait ri en l'entendant.

Comme le fit Van Cleve.

Gabriel ouvrit la porte du confessionnal, étala sur l'étroit siège de bois ciré sa robe écarlate de drapier, tentant maladroitement d'ouvrir le petit guichet. Le confessionnal était pour lui une nouvelle expérience. N'ayant eu d'autre confesseur que le frère Francis, il s'était toujours agenouillé devant lui pour apprendre quelle serait la pénitence et recevoir la bénédiction. Dans l'attente de l'ouverture du guichet et de l'apparition du profil du prêtre dans la pénombre, il pensa à la façon dont Anna aurait rechigné à pénétrer dans ce placard qui dégageait une odeur de sueur humaine et de vieux bois. Comme elle le raillerait si elle l'apprenait !

Il pouvait quasiment l'entendre s'écrier, hors d'elle : *Ce n'est qu'un valet de Rome en soutane noire, un homme comme les autres. En rien différent de toi !* En effet, pensa-t-il, grimaçant au souvenir de la façon dont elle avait couvert de mépris le clergé romain. Il avait ravalé sa colère devant ses propos blasphématoires, se retenant de protester avec indignation en raison de la honte que suscitait en lui son imposture. C'est alors qu'il avait pris la décision qu'elle ne ferait jamais la connaissance du frère Gabriel, qu'elle n'aurait jamais affaire qu'à Van Cleve.

Le panneau fut tiré. Une forme s'installa de l'autre côté du petit guichet et émit une toux grasse. Gabriel sentit l'haleine chargée d'ail du prêtre. Un homme comme les autres. Non, pas comme les autres. Semblable à lui, ayant reçu les ordres et appelé « homme de Dieu ». Il avait le devoir de s'en souvenir. Il avait été trop facile de faire semblant d'être un homme ordinaire, de se laisser convaincre qu'il pouvait prétendre à l'amour d'une femme et qu'Anna et Petit Bek constituaient ses seules responsabilités ici-bas. Il risquait de croire ses propres mensonges.

« Pardonnez-moi, mon père, parce que j'ai péché. »

Il se confessa en latin, mais il ne dit pas tout, se gardant d'avouer qu'il faisait allégeance au pape de Rome – et non pas à celui d'Avignon –, considérant que le prêtre francais n'avait pas besoin de connaître cet aspect de la politique de l'Église. La confession de ses péchés devait suffire. Or, ce qui semblait intéresser le prêtre, c'était moins le péché de chair du frère Gabriel que le fait que celui-ci négligeait sa mission religieuse et utilisait les fonds de l'Église pour financer ses aventures galantes.

« Vous ne servez pas l'Église, mon père. »

Notez qu'il ne parle pas de servir Dieu mais seulement de servir l'Église. Mais ça c'était la voix d'Anna qui se faisait entendre dans sa tête. Servir l'Église, c'est servir Dieu. Voilà ce qu'aurait dit le frère Francis.

Le prêtre se mit à parler français, ce qui rendit ses propos plus difficiles à suivre, car Gabriel et Anna utilisaient entre eux toujours l'anglais du roi. Il apercevait la forme de son confesseur, dont le double menton tremblait quand il parlait et dont la voix était désagréablement rauque.

« Vous gaspillez les fonds de l'Église, mon père, pour financer cette aventure profane. Vous devriez vous trouver à Paris afin d'exécuter les ordres de votre évêque. Si des textes hérétiques sont copiés, vous l'apprendrez à Paris, où opère la plus grande corporation de scribes et d'enlumineurs. C'est à Paris, et non à Reims, que vous découvrirez la preuve que vous cherchez, car les Rémois sont des gens pieux. » Un bref mouvement de la main du prêtre indiqua à Gabriel que son confesseur faisait le signe de la croix. « Voici votre pénitence. »

Puis il intima à Gabriel l'ordre de ne plus toucher « cette femme », de la quitter sur-le-champ, et de passer la nuit en prière afin d'obtenir le pardon divin.

« Mon frère, l'abstinence est le pain de la piété et le célibat en est le vin. »

Il entendit le bruissement de l'étoffe frôlant le bois puis le claquement du petit panneau. La justice était dispensée, le pardon accordé. Facile comme bonjour, songea Gabriel. Pas si facile que ça, en fait.

Bien sûr, il l'avait toujours su. Su qu'il devrait la quitter au moins durant un certain temps, jusqu'à ce qu'il pût prendre des dispositions pour qu'elle le rejoignît. Il avait élaboré tout un plan dans sa tête. Il s'était réveillé la nuit pour la regarder dormir, la lumière lunaire soulignant la courbe des cils posés sur la pommette, la floraison de la crinière rebelle épanouie sur l'oreiller, tandis que sa cervelle élaborait une série de manigances afin de mener une double vie pour continuer à la fréquenter.

Un petit pavillon dans le Kent… Non, c'était trop près du frère Gabriel. Une maisonnette en bord de mer près des South Downs où elle pourrait s'occuper de Petit Bek et copier des livres pour compléter le petit revenu qu'il lui verserait. Maisonnette où Van Cleve lui rendrait visite, sanctuaire où le frère Gabriel ne viendrait jamais. Éden ou le serpent n'entrerait jamais.

Mais le confesseur avait raison : le frère Gabriel avait une mission à accomplir : gagner Paris. Ainsi il s'habituerait à vivre séparé d'Anna. Les seules indications obtenues à son sujet révélaient que c'était une hussite, mais qu'elle n'était aucunement liée à lord Cobham.

Non pas qu'il l'eût dénoncée si ç'avait été le cas ; il aurait préféré se dénoncer lui-même. Il était cependant certain de découvrir une piste à Paris. Oldcastle devait bien s'approvisionner quelque part.

Ainsi le frère Gabriel pourrait effectuer sa pénitence, au moins en esprit. Il ne la toucherait pas durant quelque temps, renonçant à la chair pour obtenir la rémission des péchés de Van Cleve… Où était-ce le contraire ?

« Il comprend ce que tu dis et ne veut pas que tu partes. »

Van Cleve souleva le gamin dans ses bras.

« Tu engraisses à vue d'œil, tu sais ? Tu seras bientôt un vrai petit homme. Veille bien sur Anna pour moi durant mon absence.

— An na, An na », acquiesça le gamin en hochant la tête. Van Cleve reposa l'enfant par terre, avant de fixer Anna qui évitait son regard.

« Anna, je vais revenir. Ton cœur devrait te le dire. Je serai absent quinze jours. Tout au plus. »

Un étroit espace les séparait, que ni l'un ni l'autre ne cherchait à réduire.

« Le cœur dit parfois à la tête ce que celle-ci désire entendre », répliqua-t-elle.

Lorsqu'elle leva ses yeux bleus vers lui, il put y lire l'incertitude et le trouble qui les voilaient, créant de petits froncements d'inquiétude dans les deux ailes des beaux sourcils. Comment pouvait-on exiger de Van Cleve qu'il effectuât la pénitence du frère Gabriel ? Il se pencha vers elle, comblant l'espace. Il sentit son parfum, l'odeur de jasmin.

Au diable le frère Gabriel ! Van Cleve allait emporter avec lui la saveur de la jeune femme.

« Eh bien, et ton cœur et ta tête peuvent entendre ceci. » Et il l'embrassa. Mais Anna ne réagit pas comme à l'accoutumée. Elle ne se donna pas tout entière.

Comme ils se séparaient, le regard de Petit Bek passa de l'un à l'autre, puis l'enfant agrippa la jambe de Van Cleve. Anna se baissa pour dégager délicatement les minces doigts pâles de Petit Bek, qui entre ses propres doigts roses paraissaient presque diaphanes, comme dépourvus d'os.

« Lâche-le ! » lança-t-elle d'une voix rauque, vibrant de larmes contenues, moins douce que d'habitude lorsqu'elle s'adressait au gamin.

Petit Bek écarquilla les yeux et commença à geindre, mais il lâcha prise.

« Deux semaines, Anna, je te le promets. À mon retour nous discuterons… et trouverons une solution plus stable. »

Elle ne répondit rien, se contentant de hocher la tête au moment où elle ouvrit la porte de la chambre pour qu'il s'en allât. Les gonds métalliques grincèrent, comme si la lourde porte en chêne lui reprochait son départ. Elle ne le regarda pas sortir. Il se retourna, espérant un dernier mot. Mais elle resta simplement là, attendant qu'il s'éloignât, serrant dans la sienne la main de l'enfant, dont les grands yeux étaient comme deux lacs translucides.

« Encore un mot, Anna. Je ne veux pas de la traduction anglaise. C'est une entreprise bien trop dangereuse. Il s'agit d'un texte interdit. Ne le garde pas ! Et brûle ce que tu as déjà traduit ! »

Mais elle avait déjà refermé la porte. Si à son retour

elle n'avait pas encore suivi son conseil il brûlerait le texte de ses propres mains. Anna Bookman ne détiendrait aucune preuve de culpabilité.

Et le frère Gabriel pourrait aller au diable, si ce n'était pas déjà fait.

Anna ne brûla pas l'Évangile selon saint Jean. Non point parce qu'elle n'avait pas entendu l'avertissement de Van Cleve, mais parce qu'elle ne pouvait pas plus brûler des pages contenant la vérité que Van Cleve n'eût pu cracher sur un crucifix. *Au commencement était le Verbe et le Verbe était Dieu.*

Le Verbe et aussi le mot. Voilà l'héritage de Dědeček. Et personne ne pourrait le lui ôter. Loin de brûler ce qu'elle avait déjà traduit, Anna acheva la traduction. *Je suis le chemin, je suis la porte, je suis la vigne, je suis le pain de la vie, je suis la lumière du monde, je suis la résurrection.* Comment aurait-elle pu brûler ce texte, ce livre en particulier que, depuis la chaire de Betlémská kaple, Jan Hus avait appelé le « cœur de l'Évangile » ? L'œil fixé sur les centaines de fidèles attentifs, en compagnie de son grand-père, elle avait si souvent entendu Jan Hus évoquer dans son prêche – énoncé dans la langue du peuple – les six signes de la divinité du Christ, selon Jean…

Une fois qu'elle eut fini de recopier l'Évangile elle regarda son œuvre et fronça les sourcils. C'était tout simple, sans la moindre fioriture, à part la tentative imparfaite pour orner la première lettrine. Elle était incapable de reproduire les magnifiques lettres enluminées de son grand-père. Petite fille, elle avait bien essayé de l'imiter mais, constatant que ses couleurs n'étaient pas aussi pures que celles de Dědeček ni ses arabesques aussi déliées, elle avait abandonné la partie par dépit, se contentant de recopier les mots de la plus jolie et de la plus soigneuse écriture possible. Les mots, en tout cas, étaient purs et vrais et elle pouvait être fière de son harmonieuse calligraphie.

Le lendemain elle se rendit à la tannerie pour acheter une reliure en cuir. Après avoir fait chauffer un petit style dans le braisier, elle inscrivit soigneusement le titre dans le cuir et en dessous les mots suivants : « Copie effectuée pour Van Cleve par Anna Bookman ». Puis elle enveloppa avec soin le livre dans de la soie et le plaça au fond du coffre, à côté de la bible de Wycliffe, dans l'attente du retour de Van Cleve.

La première neige tomba au début de la deuxième semaine. Cela le retarderait-il ? se demanda-t-elle en regardant les larges flocons s'entasser contre les carreaux cerclés de plomb des fenêtres. Était-il au chaud ? En sécurité ? Ses affaires marchaient-elles bien ? En quoi consistaient-elles exactement ? Il avait jadis évoqué le commerce des tissus de façon vague. Quand elle avait demandé des précisions, il avait répondu qu'il ne s'agissait que d'acheter et de vendre. Rien de très intéressant. Et il avait tout de suite changé de sujet. Or, le plus infime détail de sa vie eût intéressé Anna. Elle aurait voulu tout connaître de son existence, mais elle savait seulement qu'il n'avait pas parlé de mariage. « Nous trouverons une solution plus stable », avait-il annoncé, et elle n'avait pas osé l'interroger davantage.

Il n'y a aucune raison de se rendre sur la place aujourd'hui, se dit-elle en regardant la couleur du sol du jardin passer du marron au blanc. Rares seraient les passants qui s'attarderaient dans la neige et le froid glacial pour acheter un livre. Et Petit Bek avait commencé à éternuer. Quand elle essuyait le filet de morve qui n'arrêtait pas de couler le long du petit canal modelé au-dessus de sa lèvre, elle avait l'impression qu'il était fiévreux. Elle lui fit boire une infusion de fleur de sureau et de cynorhodon avant de le mettre au lit et de le veiller d'un air anxieux jusqu'à ce qu'il s'endorme.

Tandis que dehors la neige formait des congères, l'enfant dormit toute la journée et toute la nuit durant. Anna s'assoupit elle aussi, regrettant de n'avoir rien à faire. Elle avait déjà plus de livres en réserve qu'elle ne pouvait en vendre. Elle avait besoin de commandes. Peut-être pourrait-elle trouver du travail dans le quartier juif… Elle poserait la question chez le papetier. Les moines et les guildes refusaient de copier pour les juifs, alors que chez ces derniers il y avait toujours trop de travail de copie pour que les rabbins pussent l'effectuer tout seuls. Si elle ne comprenait pas l'hébreu, elle était tout à fait capable de recopier les lettres hébraïques. Elle ferait un essai pour prouver sa compétence au rabbin. Elle s'assoupit, les lettres hébraïques dansant dans sa tête comme des flammes.

Le lendemain matin, Petit Bek était en bien meilleure forme et son front était frais. Elle le porta jusqu'à la fenêtre. Il couina de plaisir en voyant le jardinet recouvert d'un épais duvet blanc.

« Neige », fit-elle.

Et, à la grande joie d'Anna, il répéta : « Neige ».

« Oui, oui. Neige, neige. » Et elle le fit tourbillonner dans la pièce.

Il commença à chanter « neige, neige, neige » d'une voix aiguë, avant de baisser le ton, montant et descendant la gamme. Elle se mit à chanter avec lui, dansant au rythme de la mélodie, formant une sorte de polyphonie. Elle riait et aurait voulu que Van Cleve fût avec eux pour les entendre et participer à la danse de la neige.

Quand elle reposa le garçonnet, il attrapa ses béquilles et, se dirigeant vers le coin presque à cloche-pied, décrocha son manteau à capuchon d'une patère et le lui tendit.

« Tu veux aller dehors ?

— Dehors, répondit-il en opinant du chef.

— Mais c'est impossible. Il fait trop froid. Brrr ! » fit-elle en faisant semblant de frissonner.

Il gonfla les lèvres, formant des bulles pour se moquer d'elle. « Dehors ! » Il fit un large sourire, la suppliant du regard, avant de se mettre à chanter le nouveau mot, montant et descendant la gamme à nouveau.

« Ce serait agréable d'avaler une soupe chaude », dit-elle en pensant qu'il n'avait pour toute nourriture que la viande froide et le fromage que l'hôte laissait devant la porte. La vieille femme qui préparait du potage sur un brasero se trouvait peut-être dans son coin sur la place. C'était un jour propice aux bonnes affaires, ne serait-ce que grâce aux ramasseurs et aux vendeurs de bois. Ce serait bien que Petit Bek avalât quelque chose de chaud et, en outre, cela leur donnerait l'occasion de sortir un petit moment. Dans la douillette petite chambre, Anna commençait à se sentir comme en prison.

Elle installa le garçonnet dans son chariot et l'emmitoufla dans une couverture supplémentaire jusqu'à qu'on n'aperçût plus de lui que ses grands yeux gris.

« Tu as l'air d'un lapereau », lui dit-elle.

Il refit « brrr » de ses lèvres et lui décocha un beau sourire.

Quand elle ouvrit la porte ils essuyèrent une rafale glaciale. Anna faillit immédiatement se raviser mais le gamin riait de joie. « Tiens, on va mettre ça entre tes genoux ! » dit-elle en plaçant sous ses couvertures le pot à bec, fermé par un couvercle, qu'elle gardait toujours au chaud sur le braisier. Ils videraient l'eau chaude et la remplaceraient par de la soupe fumante, et ainsi le gamin ferait l'aller-retour bien au chaud.

Se frayant difficilement un chemin à travers la neige empilée sur le seuil, ils sortirent dans un univers d'un blanc immaculé, si pur que la beauté de la scène – ou le froid glacial – lui fit monter les larmes aux yeux. Petite idiote ! se morigéna-t-elle, sachant que, comme tant d'autres choses, cela ne durerait pas, que sous la neige les feuilles mortes pourrissaient, formant un profond bourbier, et que, lorsque le beau manteau blanc finirait par fondre, on pataugerait dans la vase et la fange jusqu'aux chevilles. Rien de pur ne demeure, se dit-elle. En allait-il de même au paradis ?

Elle tira de toutes ses forces pour faire tourner les roues de bois du chariot enfoncées dans cinq pouces de neige. À nouveau, quelques flocons s'étaient mis à tomber. Mais au loin, au coin de la place, elle distinguait la silhouette de la vieille femme penchée au-dessus de son feu de cuisson dont la fumée parfumait l'air. Elle jeta un coup d'œil à Petit Bek. À cause du froid son nez s'était remis à couler, tout comme le sien d'ailleurs. Comme elle tirait le chariot dans la neige, le gamin s'accrochait aux deux bords pour ne pas tomber, mais un sourire illuminait son visage. Si elle ne sentait plus ni ses pieds, ni son visage, et si la main qui manœuvrait la barre de direction du chariot était gelée, l'expression de l'enfant suffisait à lui donner des forces pour continuer à avancer tant bien que mal.

Une chose était certaine en tout cas : quand ils retrouveraient leur chambrette ils en apprécieraient la chaleur. Et ils auraient de la soupe chaude pour le dîner.

Van Cleve reviendrait peut-être le lendemain. Peut-être la neige et le froid l'avaient-ils forcé à rebrousser chemin. Il avait dit « deux semaines, tout au plus ».

Or, il y avait déjà une semaine et trois jours qu'il était parti.

VINGT-DEUX

De son amour Il nous vêt, nous drape, nous enveloppe, cet amour entièrement nous entoure, jamais ne nous abandonne…

Julienne DE NORWICH,
Révélations de l'amour divin

« Révérende mère, vous nous avez demandé de vous réveiller à none. »

La voix de l'autre côté de la lourde porte de chêne était douce, étouffée, accompagnée d'un petit coup timide.

« Merci ! » lança l'abbesse, avant d'écouter s'éloigner les légers pas, sans doute ceux d'une novice.

Je n'aurais pas dû la congédier sans avoir ouvert la porte, sans l'avoir invitée à entrer pour l'écouter parler de sa solitude, le lot des petites jeunes. Je suis leur mère, désormais.

Or, elle avait horreur qu'elles l'appellent « mère », elle qui était si indigne du titre. Peut-être leur âge était-il trop proche de celui de la jeune fille qui l'avait jadis considérée comme sa mère. Peut-être était-ce un trop douloureux souvenir.

L'abbesse savait que son aspect et le ton de sa voix intimidaient les novices et les toutes jeunes sœurs. Elle s'efforçait d'adoucir son ton, de les complimenter quand elles le méritaient et de les morigéner d'une voix douce quand elles négligeaient leurs devoirs, comme cela arrive chez les jeunes personnes, même celles qui sont sur le point d'épouser le Christ. Mais elle ne pouvait modifier son apparence. Il n'était pas question d'enlever la voilette, de révéler les cicatrices de son visage, même à ses filles spirituelles. Lorsque était morte la cuisinière du château de Blackingham – la vieille servante qui avait fui l'incendie avec elle –, c'était non seulement la seule personne connaissant son visage défiguré qui avait disparu, mais aussi le dernier vestige de sa vie d'antan. En tout cas, c'est ce que croyait l'abbesse. Mais cela s'était passé dix ans plus tôt, et les souvenirs tourbillonnaient chaque fois qu'un faisceau de lumière automnale traversait la fenêtre de sa chambre.

Les mains tremblant de fatigue, la révérende mère posa sa plume. *Laborare est orare.* Travailler est prier. Et voilà trente ans qu'elle travaillait. Les pages des *Révélations de l'amour divin* de Julienne étaient étalées sur le bureau devant elle. Dieu merci, elle n'avait pas à en recopier l'ennuyeux latin ni à les traduire en anglais, puisque le livre était écrit en anglais. Et, grâce au ciel, il ne s'agissait pas d'un texte interdit. La sainte femme de Norwich avait réussi à maintenir un certain équilibre entre l'orthodoxie et l'hérésie, s'accrochant à celle-là tout en frôlant celle-ci.

L'abbesse avait accoutumé de donner ce genre de texte sans risque aux sœurs auxquelles elle ne faisait pas entièrement confiance – à sœur Agatha, par exemple. Or, celle-ci avait été reléguée dans le jardin potager pour un certain temps et l'abbaye avait reçu une commande pour ce livre : une copie d'une exceptionnelle qualité. (L'abbesse s'étonnait parfois que, malgré son grand âge, sa main fût miraculeusement ferme. Ce ne pouvait être qu'un don de Dieu.) L'abbaye avait besoin d'argent et, à ce moment précis, son âme avait besoin des paroles réconfortantes de ce livre.

« Tout ira bien », avait écrit l'anachorète de Norwich. « Tout ira bien. » L'abbesse venait de recopier ces derniers mots. Elle pria qu'il en fût ainsi. *Seigneur, je sais que Tu es aussi proche que mon souffle, et à cause de cette voilette mon haleine est très proche. Confirme-moi que tout ira bien.* Or, la pression à laquelle on soumettait l'abbaye et tous ceux qui osaient rejeter l'orthodoxie pesait sur ses épaules. Elle craignait pour tous les adeptes de la cause des lollards.

Si elle avait demandé qu'on l'appelât – il lui arrivait d'être si absorbée dans son travail qu'elle en oubliait l'heure, surtout lorsqu'elle recopiait les paroles de Julienne –, c'est qu'il lui restait à effectuer la corvée du tableau de service, à déterminer qui ferait le ménage, la cuisine, la lessive, qui récurerait le sol, qui s'occuperait des champs, et qui ferait la lecture durant les repas.

Laborare est orare.

Mais il lui fallait d'abord reposer ses yeux. Elle se

leva avec difficulté et se dirigea vers la fenêtre donnant sur le cloître. La fontaine à trois niveaux coulait dans le lavoir où les sœurs recueillaient l'eau pour leur bain. Elle ne leur permettait pas de s'y baigner, comme il était habituel, mais exigeait qu'elles versent l'eau dans les bassines alignées sur un établi dressé du côté le plus ensoleillé du cloître. Ce n'était que les jours fériés et lors des fêtes religieuses qu'elles avaient le droit de tremper leurs mains dans l'eau de la fontaine, en une sorte de purification rituelle, et seulement une fois qu'elles les avaient déjà lavées.

Il ne s'agissait pas d'une grande abbaye. La fontaine, choisie pour sa beauté et son ingénieux fonctionnement, y constituait un luxe. Une citerne placée derrière possédait une réserve d'eau apparemment inépuisable. Tour à tour, telle la grâce divine, l'eau s'écoulait, goutte à goutte, ou jaillissait en un abondant flot cristallin. Ce jour-là, après un automne fort sec, il y avait à peine un filet d'eau. Mais la lumière, recueillie dans les gouttelettes qui dégoulinaient dans les petits bassins, donnait à chaque goutte l'aspect d'une perle précieuse. Sous peu ces gouttes deviendront de minuscules perles gelées, pensa l'abbesse. Elle redoutait l'arrivée de l'hiver, époque où le cloître se recouvrait d'un linceul gris, où même la fontaine somnolait, tandis que ses doigts étaient si gourds qu'elle ne parvenait plus à écrire. Mais foin de ces pensées ! Elle allait se contenter de jouir du moment présent, de la beauté de la feuille brune qui voltigeait dans le halo de lumière entourant la fontaine.

Elle eut envie de s'asseoir dans cette lumière, de sentir les rayons du soleil sur son visage ravagé. La lumière automnale déclinante lui rappelait toujours davantage que la mortalité humaine. La maigre chaleur ressuscitait l'être qu'elle avait été jadis et qu'elle avait abandonné depuis longtemps. Dans l'éclat d'un magnifique automne anglais, Kathryn s'était jadis éprise de Finn.

Elle se détourna de la fenêtre et reprit le tableau de service. Soupirant, elle trempa résolument la pointe de sa plume dans l'encrier posé sur son secrétaire et commença à distribuer les tâches journalières.

Laborare est orare.

Si travailler c'est prier, alors Jane Paul avait passé toute sa vie à prier. Mais son labeur était désormais terminé... Le vieil homme était mort. Mame Clare n'avait plus qu'une tâche à effectuer. Une seule veille à assurer, songea-t-elle en lavant le corps, prenant bien garde à ne pas en déchirer la peau, la caressant presque en souvenir de ce qu'il avait été naguère. La Faucheuse était entrée en catimini durant la nuit. La servante n'avait rien entendu – malgré la légèreté de son sommeil –, guettant toujours sa toux, le moindre appel. Mais le frère Francis n'avait opposé aucune résistance quand l'ange de la mort était venu le chercher.

Elle lava les membres osseux, la fragile peau entre les doigts, les orteils, puis elle retrempa le chiffon dans l'eau avant de le passer sur ses parties intimes ratatinées. Elles n'avaient pas toujours eu cet aspect. À leur première rencontre, le frère Francis était dans la fleur de l'âge. Les filles avaient toutes fait de grossières plaisanteries et s'étaient toutes proposées pour découvrir ce qui pendait sous la soutane. Il avait toutefois indiqué clairement ses désirs à la vieille mère maquerelle : il voulait une jeune vierge pour en faire son attitrée. Refusant de la partager, il ne lésinerait pas pour en avoir l'usage exclusif.

Même Jane – à l'époque âgée de quatorze ans tout au plus – avait souri en entendant sa requête et s'était demandé laquelle des jeunes catins la tenancière chercherait à lui refiler. Margery et Alice minaudaient déjà, cambraient la taille, tiraient sur leur profond décolleté tout en s'efforçant d'avoir l'air de jeunes filles comme il faut. Elle pouvait presque entendre ce qu'elles se disaient mentalement. *Ce serait un revenu régulier assuré. Et c'est un moine, un homme dont les besoins seraient aisément satisfaits. Un homme qui ne serait pas brutal, puisque, après tout, c'était un serviteur de Dieu. Un client qui serait peut-être même reconnaissant.*

Comme elle se rappelait le petit salon étriqué de Bankside Street, l'image de la petite Jane – le moi d'alors depuis longtemps abandonné mais toujours vivant dans le souvenir – s'imposa à son esprit avec la force d'une hallucination.

Jane avait failli éclater de rire, trouvant les filles tout à fait ridicules, car même un prêtre était capable de faire la différence entre une jeune catin expérimentée et une vierge. La vieille tenancière devait le savoir, elle aussi. Elle plissait les yeux, fronçait le front, son opulente poitrine se soulevant et retombant comme un soufflet. Jane avait repris son époussetage, la patronne exigeant que le salon fût impeccable, alors que les chambres de certaines filles étaient de vraies porcheries.

Après la mort de sa mère, n'ayant nulle part où aller, elle avait été engagée deux ans plus tôt pour servir de bonne à la mère maquerelle et aux filles.

« Tu as de bonnes dents et de jolis cheveux blonds, et ils les aiment toutes jeunes... As-tu commencé à saigner ? » avait demandé la tenancière en l'examinant des pieds à la tête, arquant un sourcil, l'air songeur.

« Non, mame. » Elle ne mentait pas, pas vraiment, se persuada-t-elle. Elle n'avait saigné qu'une fois, et sa mère lui avait alors annoncé que cela arriverait chaque mois. Elle se faisait parfois du souci à ce sujet, mais ce jour-là elle en était ravie. Jane n'avait à l'époque que douze ans, mais elle devinait ce qui trottait dans la tête de la patronne.

« Dommage ! Car ma maison a des principes et je refuse de prostituer une enfant.

— Mille pardons, mame, mais j'cherche juste à faire le ménage. J'suis robuste, j'peux porter de l'eau, balayer et faire un peu de cuisine, car ma maman, elle est restée longtemps malade. »

Après cela la patronne n'aborda plus le sujet, mais Jane s'arrangeait pour qu'elle ne vît pas les chiffons pleins de sang, à cause des règles qui revenaient régulièrement depuis six mois.

La maquerelle avait clappé de la langue et secoué la tête. « Désolée, mon père. Je crains que… »

Jane se faufila entre sa maîtresse et la porte, tentant, comme d'habitude, de se rendre invisible. À cause de l'étroitesse du passage elle heurta sa patronne, qui, pivotant sur ses talons, la rattrapa par le bras. Le sourire de la vieille tenancière s'étala sur son visage.

« Désolée, mon père, je crains de n'avoir qu'une seule fille à vous offrir. » Jane sentit les doigts lui agripper les bras, les ongles écorcher sa peau, et la maquerelle la poussa vers le prêtre en soutane noire. « Elle est sur le point de commencer son apprentissage, et je suppose que vous serez un excellent pédagogue. »

Et c'est ainsi que Jane Paul devint putain.

Même si « putain » n'est pas exactement le terme, se dit-elle. Elle avait fini par devenir simple femme de ménage et par vivre aussi chastement qu'une bonne sœur. Le frère Francis cessa de la toucher dès qu'elle vint s'installer chez lui. Une fois qu'il lui eut enlevé son fils… Et après qu'elle fut devenue « mame Clare », nom emprunté aux clarisses qui l'avaient recueillie lorsque sa maîtresse l'avait mise à la porte à cause du gonflement de son ventre et parce que Jane refusait de tuer le second enfant qui poussait en elle. Mais sa petite fille était morte, de toute façon, et les clarisses, qui s'étaient montrées bonnes envers elle, lui avaient affirmé que c'était la volonté de Dieu. Que Dieu lui avait pris son enfant pour la punir de son péché. Auraient-elles parlé ainsi si elles avaient su que le père de l'enfant portait un habit de dominicain ? Elle avait pleuré quand elle avait accouché d'un enfant mort-né. Elle n'avait pas cru que la mort de son enfant était due à la colère de Dieu, mais plutôt à sa miséricorde.

« Jane Paul est morte », avait-elle annoncé au frère Francis, qui l'avait recueillie quand elle avait dû quitter l'abri du couvent. C'est à ce moment-là qu'ils avaient passé leur accord. Son vœu de silence en échange d'une place de servante. « À partir d'aujourd'hui, je m'appellerai "mame Clare", avait-elle déclaré.

— Peu m'importe le nom que vous prenez », avait-il répondu, et il ne l'avait plus jamais touchée, alors même que le corps de Jane aurait désiré un simple contact humain. Quant à lui, elle devinait qu'il avait trouvé une autre femme, plus jeune, pour lui procurer un soulagement physique, mais elle ne la vit jamais et ne sut jamais son nom.

Comme elle cousait le linceul du vieux prêtre, elle se

piqua le pouce. L'aiguille ne traversa même pas le cal, restant plantée dedans jusqu'à ce qu'elle la retirât. Elle regarda ses mains qui maniaient l'aiguille sur la toile de serge cirée. Jadis ç'avaient été de jolies mains, alors qu'à présent c'étaient celles d'une femme de ménage, rougeaudes et rugueuses. Mais désormais elle ne ferait le ménage et la cuisine que pour elle-même, car Jane Paul n'avait aucune famille.

Sauf son fils.

Et nul besoin d'être tenue par une promesse pour se garder de lui révéler que sa mère venait d'un milieu aussi peu recommandable. (N'avait-elle pas merveilleusement bien choisi le nom de ce beau et fier garçon ? Chaque fois qu'elle le voyait elle tremblait en pensant qu'un tel être avait été nourri dans son sein.)

Elle se disait qu'elle était mieux lotie que la plupart des personnes de son âge. Elle songeait au petit pécule de piécettes d'argent qu'elle avait mis de côté et à la maisonnette au bord de la mer dotée de son minuscule jardin potager, offerte en paiement de sa discrétion. Elle élèverait quelques poulets pour avoir des œufs et préparer une fricassée de temps en temps. Elle se débrouillerait.

La seule partie du linceul restant à fermer était celle qui couvrait le visage. Par ultime mesure de précaution elle alluma une chandelle et tint la flamme devant les lèvres du vieux prêtre. Pas le moindre souffle d'air. Pas le moindre souffle de vie.

Elle se pencha et déposa un léger baiser sur ses lèvres. Pas une seule fois dans sa vie elle n'avait embrassé ou un homme ne l'avait embrassé. Ses lèvres s'attardèrent quelques instants, frôlant délicatement celles du mort, exactement comme elle avait rêvé de le faire dans sa jeunesse, exactement comme, dans un de ses tout premiers souvenirs, elle avait une fois vu son père embrasser sa mère.

Les lèvres du vieux prêtre étaient froides.

Elle plia maladroitement le bord liseré du tissu, puis recommença plus soigneusement, afin que la couture fût parfaite. Il méritait ce dernier hommage, un linceul bien cousu. Il avait dû être un assez bon prêtre, avait reçu d'importants visiteurs. Au début. Avant de vieillir. Avant d'être oublié. Quand les visites cessèrent elle inventa des excuses pour lui éviter des blessures d'amour-propre.

« Frère Francis, l'évêque vous envoie ses amicales salutations. »

« Frère Francis, vous avez eu la visite d'un envoyé de Cantorbéry, mais je lui ai dit que vous dormiez. »

Ce dernier mensonge lui avait valu une verte semonce.

Elle se piqua de nouveau. Cette fois-ci l'aiguille traversa le cal et elle ressentit une vive douleur. Il ne l'avait jamais battue, ne s'était jamais montré brutal envers elle. Simplement, il ne lui avait jamais prêté la moindre attention. Jane n'était aux yeux du prêtre qu'une créature inférieure créée par Dieu pour servir Son serviteur. Si le frère Francis avait remarqué son désespoir, jamais il n'en avait éprouvé la moindre responsabilité.

Toutefois il s'était montré bon envers son fils.

Dès que l'enfant avait commencé à grandir, il lui avait fait quitter Bankside Street. Ayant noté la vive intelligence de Gabriel, il avait pris des dispositions pour assurer son avenir, interdisant à sa mère de le voir. Et il ne l'avait engagée chez lui qu'après le départ de leur enfant. Elle avait donc honoré ses engagements. Assez bien, à tout le moins, pour réclamer son dû. Mais elle avait décidé de lui rendre ce dernier service.

En outre, elle le veillerait dans la chapelle. Une fois qu'elle se serait rendue chez l'abbé et aurait obtenu le droit de propriété de la maisonnette promise.

Et après avoir envoyé quérir le fils pour assister à l'enterrement de son père.

VINGT-TROIS

Un véritable amant est constamment, sans le moindre répit, hanté par la pensée de son aimée.

CAPELLANUS *(XIIe siècle), Règles de l'amour courtois*, règle XXX

Seule la vertu rend un homme digne d'amour.

Idem, ibidem, règle XVIII

1er décembre. Deux semaines s'étaient déjà écoulées. Anna se disait que le mauvais temps retardait peut-être Van Cleve. La neige avait cessé aussi rapidement qu'elle était apparue, laissant derrière elle un tel bourbier marécageux que même le plus puissant coche aurait eu du mal à rouler sur les routes. Le temps se réchauffa suffisamment à midi pour qu'elle pût installer Petit Bek dans son chariot et se diriger péniblement vers la place du marché. En deux jours elle n'avait vendu qu'un seul guide du pèlerin. En hiver, rares étaient ceux qui empruntaient le chemin des Pèlerins. Il lui faudrait donc trouver une autre source de revenus. Grâce à Dieu, le loyer était réglé jusques après Noël, comme le lui avait appris l'hôte quand elle avait voulu le payer.

« *Monsieur Van Clef a payé le loyer pour le mois entier** », lui avait-il annoncé, avant de lui remettre un rouleau de parchemin sur lequel était inscrit son nom : « Anna Bookman, rue Saint-Luc, Reims, France. » Il lui tardait de lire la missive, mais le petit homme grassouillet tapotait la tête de Petit Bek en souriant, feignant de s'intéresser au chariot de l'enfant, alors qu'Anna voyait qu'il la surveillait du coin de l'œil. Elle se tenait près de la porte encore ouverte, triturant le cordon qui attachait le parchemin. L'hôte finit par faire sa petite révérence courtoise. « *Adieu, madame** », dit-il.

Brûlant d'impatience, elle faillit lui claquer la porte au nez. Les doigts tremblants, elle dénoua le cordon et brisa le sceau, toujours intact, en dépit des mauvaises conditions du voyage.

« Très chère Anna. » C'était l'écriture serrée de Van Cleve. Elle pouvait aisément l'imaginer en train de tracer les mots, les longs doigts guidant la plume sur la page, formant les barres du « T », faisant une tache d'encre au moment où il s'attardait sur la pointe du « A ». « Très chère Anna. » La formule était comme une caresse effleurant son esprit.

« Comme le mauvais temps te le laisse sans doute deviner, il est probable que je ne pourrai pas revenir auprès de toi aussi vite que je l'avais espéré. » Il devait cependant revenir ! Il n'avait pas rejoint son épouse, son autre maîtresse, retrouvé sa vie flamande ! « Mon retard ne sera pas seulement dû aux intempéries… Dès mon arrivée à Paris, je me suis inscrit à la corporation des drapiers, où m'attendait un message contenant de bien mauvaises nouvelles, qui vont m'obliger à entreprendre un nouveau voyage. Mon parrain est mort et je vais me précipiter à ses côtés, pour m'assurer qu'il sera enterré avec les honneurs qui lui sont dus et faire une donation afin que des messes soient dites pour le repos de son âme. Si son décès n'est pas une surprise, vu son grand âge et sa très mauvaise santé, je me sens malgré tout étrangement bouleversé, et sa mort me cause un immense chagrin. Seuls ton doux visage, ta voix, ton sourire pourraient me mettre du baume au cœur… »

À partir de là, l'écriture se faisait moins précise. Il éprouvait un immense chagrin et elle n'était pas auprès de lui pour le réconforter, comme il l'avait consolée après la mort de Jetta. Elle n'était pas auprès de lui pour faire cesser ses pleurs en l'embrassant.

« Ma seule joie, c'est la pensée que tu m'attends à Reims. J'espère ne pas être trop retardé. Au moment où tu recevras cette missive j'aurai sans doute déjà traversé la Manche. »

Traversé la Manche ? Pour aller de Paris en Flandre ?

« En même temps que cette lettre j'envoie au propriétaire assez d'argent pour couvrir le montant du loyer jusqu'à mon retour. Il semble honnête, mais ne cherche pas à le payer une deuxième fois, car la tentation risquerait de se révéler trop forte. Serre Petit Bek dans tes bras de ma part. Je rêve de toi chaque nuit, pense à toi toute la journée et sais que je te tiendrai bientôt à nouveau dans mes bras. Van Cleve. »

La signature était hésitante, comme si l'encre avait pâli.

Elle avait reçu cette lettre trois jours plus tôt. Elle l'avait lue et relue tant de fois que le bord du parchemin commençait à s'effranger. Elle la relut encore pour se rassurer, comme l'air froid s'infiltrait par les interstices de la fenêtre et transissait son âme, la grisaille de cette journée de décembre la narguant de son infinie mélancolie.

Il va revenir, se disait-elle, serrant le parchemin contre sa poitrine. Puisqu'elle ne pouvait étreindre son auteur, elle étreindrait la lettre.

« Il l'a promis. »

« Il ne s'agit que d'un retard. » Elle prononça les mots à haute voix à l'adresse du gamin. Les grands yeux gris paraissaient comprendre ce qu'elle ne disait pas.

Le visage battu par le vent, le frère Gabriel s'appuyait au bastingage du *Petre de Dartmouth*. La traversée de la Manche était mouvementée, surtout sur le pont inférieur, où les quelques passagers se blottissaient les uns contre les autres. Il avait l'estomac tout barbouillé car, même si les pèlerins étaient rares à cette époque de l'année – seuls les voyageurs obligés d'entreprendre la traversée se risquaient sur les eaux durant les sinistres mois d'hiver –, la puanteur émanant des corps sales empestait l'atmosphère. Les embruns lui fouettaient agréablement le visage, le piquaient, comme la réalité qui lui écorchait l'esprit depuis qu'il avait repris le costume dominicain.

Des mouettes criaient dans le sillage du bateau, se disputant en hurlant quelque déchet jeté par-dessus bord. Leurs piaillements rauques, incessants, tels des cris de harpies fondant sur l'eau, ajoutaient la migraine à sa détresse. Il se penchait dans le vent.

« Vous êtes pas tout à fait dans votre assiette, pas vrai, mon père ? »

Gabriel se retourna. C'est lui qu'on devait interpeller, puisqu'il n'y avait personne d'autre à la proue. Oui, bien sûr. « Mon père », c'était bien lui. Vêtue d'un manteau gris à capuchon, une femme, dont il était difficile de préciser l'âge, se détachait sur l'arrière-plan où le ciel se fondait dans l'eau sans qu'on pût repérer la ligne de démarcation.

« J'ai un p'tit bout d'gingembre dans la poche, si ça peut vous requinquer. »

Il distinguait mieux ses traits maintenant qu'elle s'était rapprochée de lui. Elle venait à peine de quitter l'enfance, cette toute jeune fille dotée de jolis yeux. Il l'avait vaguement remarquée quand elle était montée à bord en compagnie d'une femme plus âgée, sa mère, sans doute. Il n'y avait pas si longtemps, elle aurait pu susciter en lui des pensées lascives, alors qu'à présent il n'était sensible qu'à sa douceur. Sans la soutane noire elle n'aurait jamais osé l'aborder. Il doutait qu'elle eût osé interpeller Van Cleve.

« C'est un peu sec et affreux d'aspect, dit-elle en lui offrant la racine noueuse. Ça se transporte mieux ainsi. Un minuscule morceau suffit... Ç'a un p'tit goût poivré.

— Merci », fit-il en regardant la racine d'un air sceptique. Un des deux bouts semblait avoir déjà été mâchonné.

« Tenez ! » Elle sortit vivement un petit couteau de son réticule et coupa un fragment de l'autre bout, puis sourit en agitant le couteau. « Par mesure de protection.

Nous venons de Boulogne. Jusqu'à présent j'ai été forcée de m'en servir une seule fois… Pour chasser un tire-gousset. »

Elle lui décocha un nouveau sourire, révélant une denture complète et presque parfaite. Elle avait un joli teint. Pourquoi était-elle obligée de voyager sans la protection d'un homme ? La traversée était risquée pour des femmes seules, même voyageant par deux. Une certaine effronterie dans le ton lui rappela Anna, Anna qui était venue de Bohême toute seule.

Il prit le morceau de gingembre qu'on lui offrait. « Je me sens mieux, dit-il. Je vais le garder pour plus tard.

— À vot' guise, mon père. »

La mère de la jeune fille était assise parmi les autres passagers, serrés les uns contre les autres au milieu du bateau pour se tenir chaud. Vus depuis la proue, à travers la brume et le brouillard, ces pauvres gens entassés avaient l'aspect de masses informes, mais l'un d'eux se tourna vers lui, avant de dire quelque chose à une personne placée à son côté. Il était inutile de surveiller sa fille, puisqu'elle était en compagnie d'un prêtre, devait penser la femme. Il éprouva un vif sentiment de culpabilité et ses yeux se dessillèrent. Qu'elles étaient vulnérables, ces ouailles qui faisaient aveuglément confiance à leur bergers romains vêtus de noir !

« Vous allez loin, mon enfant ? » demanda-t-il d'une voix de prêtre et en employant des mots de prêtre. Mais le cœur n'était pas celui d'un prêtre.

« Seulement jusqu'à Douvres. Mon promis doit venir m'y chercher. »

« Mon promis. » Quelle fierté dans la façon de prononcer la formule ! Il imagina les lèvres d'Anna en train de former ces mots. Mais Anna ne pourrait jamais les employer… Pas en parlant de lui, en tout cas.

Une mouette cria et s'abattit très bas au-dessus de leur tête, se posa quelques instants sur le bastingage, avant que le vent qui la poussait fortement par-derrière ébouriffât les plumes de sa queue et la soulevât, l'obligeant à quitter le rebord. La mouette prit son envol en criant. Van Cleve est semblable à un oiseau, se dit-il. Posé sur un perchoir précaire, à l'abri du vent, il prend quelques instants de répit. Le bateau plongea en avant. Gabriel eut un nouveau haut-le-cœur. Peut-être, après tout, aurait-il besoin du gingembre.

« Votre promis a beaucoup de chance », déclara-t-il en pensant toujours à Anna. Et à Van Cleve.

Le visage de la jeune fille s'empourpra. « Il est temps que je rejoigne ma mère, dit-elle.

— Que Dieu vous bénisse, mon enfant. »

Ces mots. Cette voix. Il avait l'impression de regarder le prêtre de loin, comme s'il n'avait rien à voir avec l'homme qui prononçait machinalement ces paroles rituelles.

Quels conseils pourrait lui donner le frère Francis ? Et d'un seul coup il se souvint.

Désormais le frère Francis resterait à jamais muet sur ce sujet et sur tous les autres. De ce côté-là plus aucune lumière ne parviendrait pour le guider. À qui vais-je confesser mes péchés, dorénavant ? se demanda-t-il en se rappelant la voix froide et impersonnelle du confessionnal de la cathédrale.

Il fut pris d'une nausée. Mais ce n'était pas à cause du tangage et du roulis du petit bateau ballotté par la mer d'hiver démontée. Il n'avait jamais eu autant besoin d'un confesseur. Les paroles du psaume VI, le psaume pénitentiel, lui vinrent à l'esprit : « *Domine, ne in furore tuo arguas me*... Ô Seigneur, dans ta colère ne me réprimande pas, dans ta fureur ne me châtie pas. Aie pitié de moi, ô Seigneur, car je dépéris. »

Mais sans confesseur, comment savoir si sa prière était entendue ? Il ne possédait pas la foi d'Anna. Aucun signe n'apparut. Le ciel de plomb qui l'entourait demeura inchangé. Le vent lui crachait toujours des embruns au visage. Les mouettes continuaient à fondre sur les eaux et à crier. La jeune fille avait rejoint les autres masses informes au milieu du bateau.

Il mordit dans la racine de gingembre qu'elle lui avait donnée. Ç'avait un goût amer.

Le premier jour de soleil, Anna emmitoufla chaudement Petit Bek et ils se rendirent chez le libraire-papetier.

Les affaires étaient médiocres là aussi et la papetière sembla contente de la voir entrer dans la boutique. Elle parlait toujours en anglais avec Anna. C'était l'une des catins ayant suivi les troupes anglaises en France, mais, contrairement à la plupart d'entre elles, elle avait bien réussi, ayant attiré l'attention d'un commerçant français. Elle avait été ravie de découvrir qu'Anna parlait l'anglais et espéré une amitié à laquelle Anna n'avait pas répondu.

« Faites entrer le chariot dans la boutique. Comme ça vous n'aurez pas à soulever le gamin. »

Mais Petit Bek avait déjà attrapé ses béquilles et se hissait tout seul hors du chariot. Notant son air résolu, Anna résista au désir de l'aider. Il voulait montrer à la femme qu'il était indépendant.

« Il a beaucoup grandi, dites donc, depuis la dernière fois où j'l'ai vu ! »

Anna réprima un sourire en voyant le garçonnet s'étirer encore plus sur ses jambes grêles, mais cela lui fit également mal au cœur. Elle savait à quel point il lui était pénible de rester debout et de garder la tête droite. « Viens ici, Bek, dit-elle, tu peux rester assis là, pendant que nous traitons notre affaire… » Omettant le diminutif, elle l'appelait désormais Bek tout court, parce que c'était ainsi qu'il s'appelait lui-même : « Bek veut » ou « Bek aime », disait-il.

La papetière leur décocha son sourire édenté. « J'suis ben contente d'voir une cliente. Les affaires vont pas fort, après la pluie, et maintenant la neige. »

Anna regarda attentivement le garçonnet se jucher sur le tabouret en se contorsionnant. « Je crains que mes achats ne vous aident guère. J'ai juste besoin de deux plumes et d'un flacon d'encre de seiche. » Elle compta les liards puis jeta un coup d'œil à une pile de beaux vélins.

« Je peux vous proposer un bon prix.

— Plus tard, peut-être. Ma bourse est plate en ce moment. J'ai pensé à chercher du travail dans le quartier juif. Pourriez-vous m'indiquer le chemin ?… »

La papetière ravala d'un seul coup son sourire et ses yeux devinrent deux petites fentes. « Chez les juifs ! Qu'est-ce que vous avez à faire avec cette engeance ?

— Mon… mari travaillait souvent pour eux. C'est un peuple fort savant qui aime les beaux livres. Et ils paient bien. »

Elle darda sur Anna un regard acéré. « Eh ben, c'est pas chez eux que vous trouverez du boulot. Y a pas eu de juifs dans le pays depuis avant ma naissance. Le roi a eu l'bon sens de tous les bouter hors de France.

— “Bouter” ?

— Et ils ont eu d'la chance de pas tous être parqués dans une synagogue et brûlés vifs. C'est, paraît-il, ce qu'on a fait ailleurs. Non que j'sois pour, vu que j'suis bonne chrétienne et tout ça. Ça a suffi de les bouter hors de France. »

Anna se rappela le quartier surpeuplé de la Judenstadt, séparé du reste de Prague par un mur. Elle se souvint également que chaque année à Yom Kippour, dans l'« ancienne-nouvelle synagogue », les juifs célébraient le souvenir d'un massacre similaire à Prague. Elle ravala une vive repartie, soucieuse de ne pas se mettre à dos la seule papetière chez qui elle pût se rendre à pied depuis son logis. De toute façon, à quoi cela lui eût-il servit de protester ?

La libraire-papetière la regardait d'un air songeur. « Si les livres juifs vous intéressent, j'ai quelque chose à vous montrer. Vu que je suis bonne chrétienne j'aurais préféré m'en débarrasser, mais ça me semblait dommage de le brûler. Je vous le vendrai bon marché. » Comme si Anna n'était pas elle aussi une bonne chrétienne…

Elle plongea la main sous le comptoir et tira un paquet enveloppé dans de la toile à sac. « Ne dites surtout pas où vous l'avez acheté ! Je le nierai jusqu'à mon dernier souffle ! Ça fait partie du marché. » Avant de défaire le paquet elle jeta un coup d'œil furtif vers la vitrine. « Mon rustre de mari l'a acheté à un brocanteur ambulant, sans savoir c'que c'était, le nigaud ! Il m'a dit que le grand-père du brocanteur l'avait rapporté de la dernière croisade. M'est avis que c'est d'la magie noire juive, mais c'est magnifique, pas vrai ? »

Anna en eut le souffle coupé. Le livre possédait une belle reliure en cuir repoussé, rehaussé d'émail cramoisi et de feuille d'or. Il y avait quelques trous dans le cuir, sans doute à l'endroit où avaient été incrustées des pierreries, depuis longtemps volées et sans doute désormais pendues à la gorge de l'épouse de quelque chevalier de l'ordre du Temple ou d'un riche prélat romain. Anna connaisait assez bien les lettres hébraïques pour déchiffrer le titre. חכו פהחלחככו השלכות. *La Clef de la sagesse de Salomon.*

Elle avait entendu parler de ce livre. Le rabbin de Prague lui en avait jadis montré un exemplaire. Et, en effet, c'était une sorte de livre de magie. Mais il ne s'agissait pas de magie noire. Ni de sorcellerie. Le livre contenait des incantations magiques destinées à appeler les anges. Du bout des doigts elle effleura les lettres hébraïques dorées du titre. Son esprit la mit en garde. Laisse tomber ! Si la possession de ce livre fait courir de grands risques à un habitant du pays, alors qu'en serait-il d'un étranger ? Elle revit brusquement la scène où le corps sans vie de Jetta avait émergé de la rivière, le cou flasque, la tête pendant sur le bras de Van Cleve, l'eau dégoulinant des longues mèches grises. Elle écarta la vision.

« Combien ? » demanda-t-elle.

La libraire sembla se livrer à de savants calculs. Anna pouvait presque entendre ses réflexions. Voilà un bon moyen de se débarrasser du livre interdit !

« Pour vous, ce sera deux florins d'or. »

Le prix était absolument exorbitant. Oserait-elle dépenser ses petites économies pour l'acquérir ?

« Mon mari veut le brûler ! s'écria la femme en poussant un soupir théâtral. Ce serait dommage, non ?

— Et si on effectuait un troc ? Je possède deux exemplaires de *La Cité des dames* et trois guides du pèlerin. Vous ne devriez pas avoir de mal à les vendre... Puisque de toute façon vous alliez le brûler... »

La libraire fit semblant d'hésiter, mordant sa lèvre inférieure de ses petites dents aussi pointues que celles d'une scie. « Eh bien, y a le cuir de la couverture de derrière. Je pourrais récupérer ça.

— Mes cinq livres, plus un ducat pour le cuir.

— Marché conclu !

— Je reviendrai demain. »

La libraire refourra le livre dans son emballage neutre et le tendit à Anna. « Tenez ! Prenez-le, je vous fais confiance. Nous sommes toutes les deux de bonnes chrétiennes », déclara-t-elle, à l'évidence ravie de s'en débarrasser.

Elle s'empressa de remettre le livre dans l'écharpe de prière qui l'enveloppait, comme si elle craignait que son acquéreuse ne changeât d'avis. Au moment où Anna le plaça sous les couvertures du chariot de Bek, elle fut à nouveau saisie de scrupules. Avait-elle commis une erreur ? Mais on disait aussi de la Bible de Wycliffe qu'il était dangereux de la détenir. Or, sa possession ne lui avait jamais causé le moindre ennui. Mais son esprit la trahit derechef et elle fut mentalement transportée jusqu'au pont de la Vltava, où elle revit le crâne de Martin luisant au sommet de la perche. Martin et les autres n'étaient toutefois pas morts parce qu'ils possédaient le Livre, mais à cause de leur orgueil. Dědeček avait souvent mis en garde son petit groupe de dissidents contre la sorte d'arrogance intellectuelle et philosophique qui risquait de saper la vérité de leurs croyances et de mettre leur vie en péril. Il n'était pas nécessaire qu'Anna clamât ses idées par-dessus les toits. Elle avait raison de sauver le livre.

Elle se dit que c'était ce qu'aurait fait Dědeček.

VINGT-QUATRE

[L]aissons le célibat aux évêques [...]. La plus sainte vie est celle du mariage, purement et chastement conduite.

Déclaration contre le célibat faite par ÉRASME dans *Encomium Moriae*

La traversée avait épuisé Gabriel. Il avait peu dormi et encore moins mangé depuis qu'il avait reçu le message de l'archevêque Arundel l'informant de la mort du frère Francis. Cependant, après l'accostage du bateau à Douvres, il avait été soudain impatient de gagner le logis du vieux prêtre, tout en sachant qu'il n'y trouverait aucun ami pour l'accueillir. Il avait loué un cheval et, dans l'épais crépuscule et le froid brouillard qui se plaquait sur son visage comme une coiffe, s'était rendu directement à l'abbaye de Battle. Il n'avait aucune idée de l'heure lorsque les murs de l'abbaye surgirent soudain dans la nuit devant ses yeux. Il savait seulement qu'il était très tard. À travers un voile de nuages un pâle croissant de lune éclairait le domaine comme lors de sa dernière visite, ultime fois où il avait vu le frère Francis vivant. Je n'aurais jamais dû rester absent si longtemps, se réprimanda-t-il. Il connaissait le très mauvais état de santé du vieux prêtre.

« Réveille-toi, mon garçon ! » lança-t-il au valet d'écurie somnolent qui apparut en se frottant les yeux au moment où Gabriel franchit la porte du corps de garde, dépourvu de sentinelle maintenant qu'avaient cessé les incursions françaises. L'abbaye n'ayant pas comblé ses pertes en hommes depuis que le fléau de la peste s'était abattu sur l'Angleterre au siècle précédent, elle ne contenait plus assez de monde pour garder les murs devant lesquels ne campait aucun ennemi.

« Donne-lui un sac d'avoine. Un palefrenier de Hastings viendra le chercher demain.

— Oui, mon père. » Le cheval hennit tandis que le jeune valet le conduisait à l'écurie.

De l'avoine pour le cheval, mais rien pour le cavalier, pensa Gabriel, en jetant un coup d'œil aux fenêtres sombres du réfectoire vide, les frères ayant depuis longtemps terminé leur dîner silencieux. Pas une seule miette ne resterait sur les longues tables de bois blanc récurées et les cuisines seraient fermées.

La cloche piqua deux coups.

On était au cœur de la nuit. Anna et Bek devaient dormir dans la petite maison de la rue Saint-Luc. En réponse aux coups de cloche on entendit le pas traînant des moines qui longeaient les galeries du cloître pour aller à matines. Gabriel décida de se joindre à eux ; cela faisait trop longtemps qu'il avait négligé l'office divin. En outre, le prieur étant mort seulement trois semaines plus tôt, nul doute qu'on n'y chantât toujours l'office des morts.

Il rabattit son capuchon sur son visage, baissa la tête, croisa les bras en signe de pénitence et se joignit à la file qui pénétrait dans la chapelle. Il entra dans le chœur qu'il connaissait si bien, son regard embrassa les miséricordes dont, enfant, il avait palpé les sculptures, en attendant avec impatience la fin de l'office. Quelques années plus tard, alors que le frère Francis était en train de célébrer la messe, le jeune Gabriel pensait à la jeune fille à laquelle il avait donné sa virginité. Au lieu de réfléchir au mystère qu'on célébrait sous ses yeux, il songeait aux plaisirs de la chair. Le péché de la chair ! Ah ! n'était-ce pas un mystère, ça aussi ?

Pensant toujours aux péchés de la chair qu'il avait commis – comme ils pesaient sur sa conscience ! –, il s'empara de l'antiphonaire, sans grande nécessité d'ailleurs, le frère Francis ayant exigé de son jeune protégé qu'il connût absolument tous les textes par cœur.

« *Dirige, Domine, Deus meus.* » Il psalmodia le premier antiphone, joignant sa voix de basse au chœur de l'abbaye.

Peut-être parviendrait-il à s'assoupir ensuite – il avait tellement mal dormi ces dernières nuits. Il irait s'allonger sur un petit lit du dortoir des moines… Aucun rêve de femme rousse ne devrait s'imposer à lui au milieu de ce chaste groupe. Demain, après avoir présenté ses derniers respects au vieux prieur, il se rendrait chez l'abbé afin de financer des messes supplémentaires pour le repos de son âme.

Après la messe, il suivit à nouveau la file des moines le long des galeries du péristyle. Parvenu au coin de la cour, il jeta un coup d'œil à la maisonnette érigée un peu à l'écart. Une ombre passa devant la fenêtre… Était-ce celle du frère Francis alité, malade ? Il frotta ses yeux irrités. La silhouette avait disparu.

Mame Clare… Il l'avait complètement oubliée. Il l'aurait crue partie depuis longtemps. Que va-t-elle faire maintenant que sa tâche est terminée ? songea-t-il vaguement. Avait-elle de la famille qui puisse l'héberger ?

Peu lui importait, en fait.

Le petit déjeuner. Pain au levain bis et croustillant, tout juste sorti du four et encore chaud, accompagné d'une tranche de bacon pour le prêtre en visite, le questeur qui détenait la clef du trésor des grâces. Gabriel, premier de la file, remplit son écuelle de bois puis s'installa à la table à tréteaux, suivi de très près par les autres frères, qui se passaient le pain sans un mot, chacun en rompant un morceau. Le silence n'était brisé que par le lecteur, qui, depuis le pupitre placé très haut au-dessus des moines, psalmodiait les psaumes.

Gabriel écoutait les psaumes pénitentiels d'une oreille. Choix logique puisqu'ils faisaient partie de l'office des morts, célébré en l'honneur de frère Francis. La monotonie de la voix ainsi que les divers bruits produits par l'absorption des aliments – qui eût cru qu'une vingtaine d'hommes en train de mastiquer leur nourriture en observant la règle du silence pouvaient faire un tel raffut et se montrer à ce point agaçants ? – ne suffisaient pas à faire oublier à Gabriel un reste de courbatures après une nuit passée sur un petit lit dur. À cause du manque de repos et de la médiocre qualité de son sommeil, il n'avait pas retrouvé la forme. Il avait une douleur au creux de la hanche. Rien d'étonnant à cela.

Il avait à nouveau rêvé d'Anna. Cette fois-ci elle était apparue sous les traits de l'ange luttant contre Jacob au pied de l'échelle d'or. Comme Jacob dans son rêve, Gabriel s'était battu contre la créature ailée, lutte farouche digne d'un adversaire céleste. Gabriel avait saisi et retenu la créature comme l'avait fait Jacob dans le livre de la Genèse, et l'ange aurait fui et regagné le ciel grâce à l'échelle si Gabriel ne l'avait pas retenu de toutes ses forces. Mais dans le songe de Gabriel c'était le prêtre et non l'ange qui avait été finalement vaincu, défait par la puissance du battement des ailes qui l'avait blessé à la hanche et lui avait coupé le souffle.

Il avait essayé de crier dans son rêve, mais sa voix était prisonnière. Sa gorge était toujours nouée et il avait du mal à déglutir. Il s'était finalement affalé sur le sol, le corps nu et glacé, immobile, les yeux clos, recroquevillé sur lui-même comme un enfant. Or, l'ange n'en avait pas terminé avec lui, il demeurait penché au-dessus de lui, si bien que Gabriel avait fini par humer son essence. Douce et familère. Un parfum de jasmin. Alors Gabriel avait ouvert les yeux et scruté le visage de la créature.

Ce n'était pas un visage masculin comme celui de l'être contre lequel il avait lutté, ni celui de quelque créature androgyne, comme il avait toujours imaginé les anges, mais le visage d'Anna, entouré d'un halo de cheveux embrasés, incandescents mais intacts, tel le buisson ardent de Moïse. Il en sentait la chaleur sur sa peau, la percevait encore à présent, se rappelant le visage parfait, même au milieu du glacial et silencieux réfectoire de l'abbaye. Au coin des étincelants yeux bleus d'Anna, des larmes d'ange brillaient, tels des diamants, mais sans jamais couler.

Gabriel regretta amèrement que le frère Francis ne fût plus de ce monde pour interpréter son rêve, même si, tapi en lui, sournois et pervers, un moi secret se réjouissait de ne pas avoir à subir la réprimande.

Domine, ne in furore tuo arguas me... Du haut du pupitre les mots du psaume s'égrenaient et pénétraient le souvenir du songe. « *Ô Seigneur, dans ta colère ne me réprimande pas, dans ta fureur, ne me châtie pas.* »

Un frère lui donna un petit coup de coude, le pressant de prendre le pain. Il eut un haut-le-cœur, sa gorge menaça de refuser d'avaler la cuillerée de porridge qu'il venait de porter à sa bouche. Il secoua la tête. Le frère fronça les sourcils et passa le pain devant Gabriel, tandis que celui-ci enjambait le banc et sortait de la salle en courant.

Il ouvrit la porte donnant sur le jardin potager desséché, appréciant la bouffée de vent glacial, ravi de laisser derrière lui les frères et le lancinant bruit de mastication et de déglutition, semblable à celui de porcs à la mangeoire. Il était encore plus content de s'éloigner de la voix qui récitait le psaume et priait que la miséricorde fût accordée aux morts, tout en vilipendant les péchés des vivants. David suppliait qu'on lui pardonnât ses péchés, le péché de la chair commis avec Bethsabée, assez semblable à celui de Gabriel.

Domine, ne in furore tuo arguas me. La psalmodie résonnait toujours à ses oreilles. Il se dirigea vers la chapelle en titubant. La vision de l'ange continuait à le hanter, l'ange qui avait le visage d'Anna.

Le corps du frère Francis était enterré dans la chapelle Saint-Martin, la rotonde située à gauche du chœur. On avait soulevé des dalles du sol et déposé le corps du prieur, enseveli dans son linceul, dans la fosse tout près de l'autel dédié à saint Martin. Honneur insigne, car cela signifiait que, une fois que la tombe – appelée par certains « la dévoreuse de chair » – aurait accompli son œuvre, les ossements du prieur ne seraient pas transportés au charnier mais demeureraient à proximité du saint. Depuis cette place d'honneur, l'âme du vieux prêtre pourrait plus facilement quitter le purgatoire. La plupart des pèlerins venus honorer le saint accorderaient une prière au prieur enterré tout à côté, sur lequel s'épancherait ainsi un surplus de miséricorde divine.

La lumière matinale se déversait par le vitrail représentant saint Martin vêtu de son demi-manteau, tandis qu'il drapait l'autre moitié sur les épaules d'un mendiant en guenilles. À l'arrière-plan, l'oie, son emblème, vantant, le bec large ouvert, la charité de l'humble saint, regardait la scène d'un air approbateur.

Gabriel s'agenouilla sur le sol, passa la main le long de la jointure rugueuse, là où avaient été replacées les dalles près de l'autel. Même dans le clair-obscur de la chapelle il voyait que le ciment était encore frais. Il suivit du doigt les lettres du nom du frère Francis, grossièrement gravées dans la plaque funéraire mais lisibles, puis, se penchant en avant, il appuya les lèvres sur la pierre froide. Soudain envahi par le remords et une bouffée de mélancolie, il essaya de se rappeler avec précision quelles avaient été les dernières paroles qu'il avait adressées à l'homme qui avait été pour lui comme un père. Avait-il exprimé son affection ? Sa reconnaissance ? De toute façon, le vieil homme ne connaissait-il pas l'amour que lui portait Gabriel ?

« Votre nom est le dernier mot qu'il a prononcé. »

Une voix féminine, familière et inconnue à la fois, titillait sa mémoire. Il leva les yeux pour voir qui parlait et découvrit une personne d'âge mûr, au port altier, vêtue d'une cape à capuchon d'où s'échappaient des mèches de cheveux gris.

Mame Clare.

Venue sans doute réclamer quelques miettes du maigre héritage du vieux prêtre.

Il s'efforça de cacher l'agacement que lui causait l'interruption de son recueillement. Ayant servi fidèlement le frère Francis, sans doute avait-elle droit à quelque chose.

« Je suis venu me recueillir. Je m'occuperai de vous tout à l'heure », répondit-il sans se relever. Réverbéré par le mur de pierre de la chapelle, le ton semblait acerbe.

Elle était aussi immobile que la statue placée au-dessus d'eux dans la niche du mur. Seules ses lèvres bougeaient. « Je ne serai plus là tout à l'heure. Je suis venue vous dire adieu. Je vous ai attendu depuis l'enterrement. »

Irrité par son intonation, comme si elle avait le droit de réclamer son attention, il s'apprêta à lui demander de le laisser pleurer tranquillement la mort de son mentor. Ne méritait-elle pas cependant un minimum de courtoisie en récompense de sa peine ? Nul doute qu'elle désirât en outre quelque rémunération plus tangible.

Pour cela il l'enverrait voir l'abbé, sauf si elle avait déjà asséché cette source. Lorsqu'il se releva avec difficulté, une décharge glaciale sillonna sa jambe, allant du creux de la hanche jusqu'à la plante du pied.

« Un cataplasme chaud allégera la douleur, dit-elle. Le frère Francis souffrait de la même affliction. »

À l'entendre on aurait dit qu'elle tirait quelque jouissance secrète de sa douleur. Cela le surprit et le déconcerta. Elle s'était toujours montrée distante, mais il n'aurait jamais cru qu'elle éprouvait une aussi profonde antipathie envers lui.

« C'est la première fois que j'ai cette douleur, qui est sûrement due à ma longue chevauchée depuis le rivage.

— Ça ou le temps. »

Il s'assit sur le seul banc prévu pour les pénitents de la chapelle dédiée à saint Martin. Un arc-en-ciel, filtré par le vitrail, colorait l'autre bout du banc.

« Asseyez-vous donc là, dit-il. Pour discuter de vos demandes. »

Elle s'installa à côté de lui, sa robe terne d'un seul coup pleine de couleurs et son visage empourpré baigné par le flot de rouge répandu par le vitrail. Elle avait dû être jolie dans sa jeunesse. Il se rendit soudain compte que, bien qu'elle se fût trouvée dans les parages depuis des lustres, il ne savait pas grand-chose de mame Clare. Il tenta de se rappeler le moment où il l'avait rencontrée pour la première fois. Il n'était alors guère plus qu'un jouvenceau : il venait de terminer ses études à Rome et elle était déjà là. Le frère Francis l'avait simplement présentée comme mame Clare, avant qu'elle ne disparût dans l'ombre, comme chaque fois qu'il était venu rendre visite au frère Francis.

« Je ne formule aucune demande ! s'écria-t-elle d'un

air offusqué, apparemment vexée qu'on eût osé faire une telle supposition. Je vous ai attendu pour vous relater les circonstances de sa mort, poursuivit-elle, et pour vous assurer qu'on a pris bien soin du corps de votre père avant de l'inhumer.

— C'est gentil de votre part », répondit-il d'un ton hésitant, toujours incertain de ce qu'elle voulait de lui. Il se frotta la jambe pour soulager la douleur qui avait empiré quand il s'était assis sur le banc dur.

« Préparez-vous un bain de siège bien chaud et faites-y une bonne trempette, déclara-t-elle. Cela calmera la douleur.

— Merci du conseil, répondit-il, tout en se demandant ce qu'il pourrait ajouter. Sa mort a-t-elle été douce ?

— Il est mort dans son sommeil.

— Je le considérais comme un père, vous savez.

— Et vous aviez raison… C'était votre père.

— Oui. Mon père spirituel. Mais plus que cela, puisque c'était le seul père que j'aie jamais connu.

— En effet. C'est pourquoi je suis restée. Pour vous le dire. J'ai pensé que vous deviez l'apprendre. De son vivant, il avait interdit qu'on vous le dise. »

Elle parlait extrêmement bien pour une simple servante. Elle n'avait pas du tout l'accent saxon à couper au couteau des femmes de sa classe. Elle avait dû adopter la façon de parler et le vocabulaire de la classe supérieure qu'elle servait.

« Excusez-moi, je vous prie. La douleur dans ma jambe doit m'empêcher de me concentrer, déclara-t-il en se frottant le tibia. Qu'avait donc interdit le frère Francis ?

— Il m'avait interdit de vous révéler qu'il était votre père selon le sang. »

Un nuage voila le soleil. La lumière rougeoyante devint grise, et la peau de la femme prit la couleur du mur de pierre qui se dressait derrière elle.

Avait-il bien entendu ? L'espace d'un bref instant il souhaita que ce fût bien le cas. Mais non, elle avait seulement recueilli quelque ragot. Elle était venue s'installer chez le frère Francis lorsque celui-ci était déjà assez âgé. Elle ne pouvait absolument pas savoir de quoi elle parlait et devait seulement répéter quelque diabolique commérage, sans doute pour avoir barre sur lui maintenant qu'elle avait perdu son emploi.

« Vous faites erreur. Il m'a pris comme pupille de l'Église alors que j'avais six ans. J'étais orphelin, précisa-t-il, incapable d'avouer que sa mère avait été une putain.

— Vous n'étiez pas du tout orphelin. Vous êtes son fils naturel. Il vous a pris dans un bordel de Southwark, vous a enlevé à votre mère, vous a emmené ici, vous a donné de l'instruction.

— Comment osez-vous répéter de tels ragots sans fondement ? Je…

— Votre mère venait vous voir de temps à autre lorsque vous étiez très jeune, puis il l'a renvoyée, car les projets qu'il nourrissait pour vous excluaient une femme de son milieu, précisa-t-elle avec amertume, avant d'ajouter à voix basse : Vous en souvenez-vous ? Vous rappelez-vous ses visites ? »

Soudain, il avait à nouveau huit ans, et sa mère lui disait adieu en l'embrassant. Il se souvenait qu'elle avait les yeux pleins de larmes, même s'il ne se rappelait pas son visage. Elle avait des cheveux d'or dont une mèche bouclée s'était échappée de son bonnet, un bonnet de velours vert attaché sous le menton par un bout de dentelle. La dentelle et la mèche lui avaient frôlé la joue. Il ne lui avait pas rendu son baiser.

« Elle portait toujours le même parfum… » La gorge serrée, il avait tant de mal à former les mots qu'il n'était pas certain de les avoir prononcés à haute voix.

« "Essence de rose", c'était son parfum préféré.

— Elle s'appelait Jane. Jane Paul. »

La honte, la tristesse et une sorte de rage lui nouaient la gorge. Il en voulait au frère Francis d'avoir commis un aussi énorme mensonge, même s'il était conscient que c'était pour son bien. Il en voulait à cette femme de lui avoir fait cette révélation, et au garçonnet d'avoir ce jour-là laissé partir sa mère pour toujours sans un baiser, sans même une parole d'adieu.

« Comment se fait-il que vous sachiez tout cela ? demanda-t-il.

— On ne sert pas un homme aussi longtemps que j'ai servi votre père sans apprendre tout sur lui. Si vous doutez toujours de la véracité de mes propos, vous n'avez qu'à vous regarder dans la glace. Remarquez la petite ride qui commence à se former de la tempe au menton en traversant la joue. Le jour viendra où ce sera un profond sillon comme celui tracé sur son visage. Le menton saillant, la petite fossette qui se creuse à gauche quand vous souriez, et même la douleur à la jambe, vous les avez hérités de votre père. Ainsi, bien sûr, que votre grande intelligence et votre corps vigoureux. »

L'arc-en-ciel avait bougé et n'éclairait plus le visage de la servante. La lumière du vitrail teintait d'une couleur différente chacune de ses deux mains posées sur un genou. La forme de ses longs doigts lui rappelait celle des doigts de sa mère. Il se rappela la légèreté et la chaleur du contact de ses mains, lorsqu'elles lui caressaient la joue… Où n'était-ce qu'un rêve d'enfant et non pas un souvenir ?

Non. Cette femme usait de la ruse afin de demander de l'argent comme prix de son silence. Gabriel se rendrait alors compte qu'il ne s'agissait que d'un mensonge éhonté, d'une histoire inventée pour le rançonner.

« Je n'ai jamais eu mal à la jambe jusque-là. J'ai simplement mal dormi cette nuit.

— Vous avez à peu près l'âge où votre père a commencé à se plaindre de cette douleur. »

Pas à moi, en tout cas, pensa Gabriel. Mais il se rappela soudain le frère Francis en train de se frotter la cuisse. Sans doute n'était-ce qu'une vision suscitée par les propos de la servante. Or – souvenir ou hallucination ? – il revit la grimace de douleur de son confesseur, les fois où il l'avait vu marcher en boitant.

Comme si elle lisait dans ses pensées, la servante déclara : « Les crises étaient intermittentes. Il avait mal quand il faisait mauvais temps.

— Il a… avait les cheveux châtain foncé, presque noirs.

— Votre mère était blonde. »

C'était vrai, ça aussi.

« Connaissiez-vous ma mère ? Connaissiez-vous Jane Paul ?

— Dans le temps.

— Dans le temps ? Où est-elle aujourd'hui ? »

Il attendit sa réponse, inconscient du fait qu'il retenait son souffle, voulant savoir et ne pas savoir à la fois.

Elle ferma les yeux, comme si la lumière lui faisait mal, bien que son visage fût dans l'ombre.

« Jane Paul est morte », répondit-elle.

Son souffle revint.

« Pourquoi me dites-vous cela aujourd'hui ?

— Parce que je n'avais pas le droit de vous le dire auparavant.

— En quoi ces révélations peuvent-elles m'être bénéfiques ?

— J'ai pensé que vous deviez savoir. Afin que le fils ne commette pas les mêmes péchés que son père.

— Les “péchés” ? Vous vous permettez donc de le juger ?

— Dieu le jugera. Ce n'était pas un mauvais homme, j'imagine. Mais peut-être aurait-il pu être meilleur. Il avait fait un vœu, qu'il a violé. Pour votre père un poste élevé valait plus qu'un être humain. Il vous a inculqué les mêmes valeurs. Je voulais que vous connaissiez ses défauts avant de décider de le prendre pour modèle, voilà tout. Je voulais aussi que vous sachiez que vous n'êtes pas le bâtard enfanté par quelque grossier ivrogne dans un lupanar londonien. Votre mère n'était pas une putain. Le frère Francis l'a recueillie quand elle était très jeune. Elle était vierge la première fois où il l'a connue. Peut-être… »

Il y eut un mouvement dans le chœur, un rapide bruit de pas, puis un discret raclement de gorge. Le frère Gabriel leva les yeux et découvrit le jeune novice.

« Veuillez m'excuser, mon père, mais on m'a envoyé vous chercher. L'archevêque est avec l'abbé et requiert votre présence. »

Mame Clare se leva du banc. « Il est temps que je m'en aille. Je tenais juste à ce que vous connaissiez la vérité. Le savoir peut guider vos pas, vous servir de miroir. »

Il se leva lui aussi, si troublé par la convocation – *On me convoque pour que je fasse un compte rendu… C'est bien le moment !* – qu'il s'aperçut à peine que mame Clare tournait les talons et s'éloignait.

Ce fut seulement plus tard, beaucoup plus tard, qu'il se dit qu'il n'aurait jamais dû la laisser partir sans lui demander où elle allait.

Le mardi de la semaine suivante, Anna se trouvait de nouveau à son poste, Bek à ses pieds. Le soleil brillait, mais comme il faisait froid et que le vent soufflait, rares étaient les clients qui s'arrêtaient devant son petit éventaire.

La vieille marchande de bouillon l'avait avertie que les clients ne reviendraient pas avant le printemps, lorsque les pèlerins recommenceraient à voyager de sanctuaire en sanctuaire. Elle avait raison. Seuls cette vieille femme, Anna et un vendeur de charbon de bois bravaient le froid et le vent ce jour-là. Personne n'achetait de livres.

« Froid, An na. Bek froid, gémit l'enfant derrière elle. Part. »

Il était difficile de réfuter sa logique, alors qu'elle n'avait pas vendu un seul livre de toute la journée.

Elle était en train de démonter son auvent et de remballer la marchandise dans son panier lorsqu'un homme s'approcha, un rupin, à en juger par son manteau doublé de fourrure.

« Vous renoncez si tôt ? demanda-t-il.

— Vous êtes anglais ? C'est agréable d'entendre parler l'anglais, répondit-elle tout en sanglant la tente.

— Vous êtes anglaise, vous aussi ?

— Non. En fait, j'ai vécu toute ma vie sur le continent. Mais mon grand-père était anglais. »

L'homme avait environ l'âge de son grand-père. Il avait de bons yeux et la barbe nettement taillée. Il feuilleta l'un des guides d'Anna.

« Vous avez une bonne écriture. Dommage que vous ne viviez pas en Angleterre. Je suis premier scribe à l'hôtel des douanes de Londres. Je pourrais vous fournir du travail à la commande durant votre saison calme, bien que votre condition de femme vous empêche de devenir membre à part entière de la corporation.

— Part. Froid ! » reprit Bek d'un ton sans réplique.

Une femme s'était jointe au scribe, tenant entre les mains une tasse de soupe chaude, qu'elle tendit à son mari. Il secoua la tête.

« Voici mon épouse. Elle a insisté pour m'accompagner, sous prétexte qu'elle n'avait jamais visité Paris. Nous sommes sur le chemin du retour. »

Il reposa le livre. Anna essaya de l'intéresser à un autre ouvrage mais comprit vite qu'elle perdait son temps. On ne vendait pas du pain à un boulanger.

« Je crois qu'elle sera contente de rentrer à Londres, dit-il. Elle ne trouve pas Reims aussi intéressante que Paris.

— On part vendredi, dit la femme en roulant les yeux. Vivement qu'on s'en aille ! ajouta-t-elle en trempant ses lèvres dans la soupe.

— Part ! An na ! »

Anna regarda la place vide. Voilà deux semaines qu'elle n'avait pas gagné un sou. Et elle n'avait reçu aucune nouvelle de Van Cleve. Il avait sans doute complètement oublié sa promesse d'« une solution plus stable. » Ce scribe et sa femme étaient peut-être sa dernière chance.

« Moi aussi je vais en Angleterre, dit Anna. Comme je suis veuve, accepteriez-vous que… mon fils et moi voyagions avec vous ? J'ai de l'argent pour payer la traversée. Nous ne serions pas un fardeau pour vous. Simplement, voyager est dangereux pour une femme seule avec un enfant. J'espérais me joindre à un groupe de pèlerins, mais… »

Jetant un coup d'œil par-dessus l'épaule d'Anna, l'homme regarda Bek, qui tremblait désormais si fort qu'il agitait violemment les bras. « Eh bien je ne sais pas si…

— Mais bien sûr que vous pouvez vous joindre à nous, s'interposa la femme. Je serai ravie d'avoir de la compagnie. Nous partirons demain. Rendez-vous ici. Si vous voulez toujours faire le voyage avec nous, soyez prête !

— An na, part ! »

Anna se retourna pour le réprimander. « Chut, Bek ! On part », s'écria-t-elle en s'efforçant de maîtriser son agacement. Quand elle se retourna pour confirmer le rendez-vous, le couple avait déjà traversé la place. La femme lui fit un signe de la main.

« À demain ! » lança Anna.

La femme répondit quelque chose, mais Anna ne comprit pas la réponse. Elle était apparemment en pleine discussion avec son mari.

Eh bien, pensa-t-elle, *s'ils ne reviennent pas, tant pis !…*

VINGT-CINQ

Vieux pommier, vieux pommier, nous sommes venus te fêter,
Pour cueillir et transporter assez de pommes,
De pleins chapeaux, de pleins bonnets, trois pleins sacs, d'un boisseau chacun,
Pour en couvrir le sol de maints greniers et en garder un petit tas sous l'escalier.

Chant à boire de Noël

Elle avait beau se considérer comme une bonne chrétienne, lady Joan Cobham n'avait pas la moindre intention de se priver du plaisir de fêter Noël à l'ancienne manière. Elle ne voyait pas ce qu'il y avait de mal à embraser la bûche de Noël, à recouvrir de feuilles de laurier et d'if tous les manteaux des cheminées du château de Cooling, à orner de serpentins et de guirlandes de lierre tous les chambranles des portes. Des brassées de grands rameaux de Noël étaient accrochées aux poutres de la grande salle où seraient données les fêtes – festins et assemblées des lollards –, parfumant l'atmosphère d'une piquante odeur de résine. Mais la place d'honneur revenait au gui accroché à tous les linteaux des portes et qui, orné de rubans, s'entortillait aux quatre colonnes du lit qu'elle partageait avec son mari.

Joan croyait toujours plus ou moins aux pouvoirs magiques des pâles petites feuilles et des baies exsangues. Les anciens affirmaient qu'elles possédaient des vertus aphrodisiaques. Non qu'elle et John eussent jamais eu besoin de recourir à ce genre d'adjuvant. Jusque-là, en tout cas. Ces derniers temps, depuis son rendez-vous avec le parcheminier, en fait, John avait été soucieux, avait perdu sa vigueur habituelle. Voilà pourquoi Joan avait attaché le gui autour d'un cadre de bois qu'elle avait orné de pompons de satin et de rubans de velours, afin qu'on pût s'embrasser sous le gui. Puis elle avait suspendu le cadre ainsi enguirlandé au dais surplombant son lit.

« Bon. Maintenant, opère ta magie ! » chuchota-t-elle en le regardant osciller après une petite tape d'encouragement.

Elle redescendit du tabouret en soupirant, lissa l'étoffe de sa robe et épousseta les brindilles qui s'y accrochaient. Précaution supplémentaire, elle avait ajouté aux plantes du cadre des brins d'herbe des druides, herbes sacrées qui fertiliseraient sa matrice et l'aideraient à concevoir l'enfant de John : jusquiame, primevère et aconit. Elle avait eu des filles de son premier mariage et un fils du second, mais, tous adultes désormais, ils avaient quitté le nid. Une jolie fillette rieuse au visage rond, dotée des yeux étincelants de John, en train de jouer au ballon avec son père dans le parc ou de plisser sa jolie bouche en s'escrimant sur sa maladroite broderie d'enfant, petite fille qui deviendrait une gente dame et servirait de bâton de vieillesse à sa mère, voilà ce que Joan désirait de tout son cœur.

En pure perte. Et la situation des lollards rendant John très anxieux les occasions avaient été rares, ces derniers temps. Il y avait eu de moins en moins de temps pour les distractions, quelles qu'elles fussent. Aucune joyeuse célébration de Noël, par exemple. Quel mal y avait-il à allumer des feux de joie, à donner des coups de bâton aux arbres ou à faire un raffut de tous les diables en poussant des cris, en soufflant dans une corne de vache, pendant qu'on dansait autour de l'arbre le plus chargé de fruits ?

Quand elle avait demandé qu'on mît de côté deux tonneaux de cidre pour boire à la santé des gardiens des arbres, John avait froncé les sourcils, sa petite barbe pointue piquant la chair flasque du second bourrelet de son triple menton et en chatouillant le troisième, qu'il avait gratté du bout de l'index, selon son habitude quand il était mécontent.

« Je ne participerai pas à ces jeux, ma chère femme. Et…

— Mais, John, c'est la coutume. Les serviteurs comptent dessus.

— Et vous non plus. S'ils se livrent à ce genre de débauche, leur âme en pâtira. On ne fournira pas la moindre goutte de cidre pour des beuveries liées aux rituels de l'adoration druidique des arbres.

— “L’adoration druidique” ! Mais, mon cher mari, il ne s’agit que d’un rituel sans portée, inoffensif. Il ne s’agit que de se divertir un brin.

— Pas pour certains. Trop de gens s’accrochent aux anciennes pratiques, mêlant le rituel catholique et les rites païens en un pot-pourri de superstitions sur lequel l’Église ferme les yeux jusqu’au moment où cela devient gênant.

— Les paysans travaillent dur, leur vie est triste... Voulez-vous les priver de quelques réjouissances ? Vous êtes trop sévère, mon cher mari.

— Invitez-les à une réunion de lollards. Servez-leur du jus de pomme, des rôtis et des galettes à la graine d’œillette trempées dans de l’hypocras. Je ne manque pas de générosité, mais nous devons leur apprendre à ne s’enivrer que de l’esprit du Christ. Cette sorte d’ébriété ne fait pas vomir et n’est pas suivie de regrets le lendemain matin. C’est décidé, nous allons remplacer les anciennes coutumes par de nouvelles. Il s’agit de remplacer, ma chère femme, pas d’ajouter. »

Elle aurait pu lui rappeler que les serviteurs, les pommiers, ainsi que la terre où ils poussaient lui appartenaient, à elle. Or cette pensée ne lui effleura même pas l’esprit. Sir John était le seigneur des lieux. Il avait le dernier mot.

Presque.

« Mon cher mari, je pense que vous avez besoin d’une purge. Et je vais vous la préparer moi-même. »

Après cette dernière sortie, elle s’était dirigée vers le jardin d’herbes aromatiques, afin d’y extraire une pincée d’*Helleborus niger*, un minuscule fragment de la racine de l’ellébore noir ou « rose de Noël ». Elle farfouilla sous les fleurs pendantes verdâtres, sous les feuilles abîmées, déchiquetées par les rigueurs de l'hiver. Encore un petit bout... Son John était corpulent. Mais peut-être était-ce trop, elle risquait de le tuer. Il s'agissait juste de le débarrasser d'un peu de bile.

Mais à présent, en entendant les bruits qui venaient de la garde-robe – grognements, gargouillis, giclées –, elle se dit qu'elle avait peut-être mal dosé le breuvage. Reposant ses ciseaux et ses rubans, elle se précipita vers la cuisine, dont elle revint quelques minutes plus tard. John était toujours sur le trône et l'abattement qui se lisait sur son visage ajouta aux remords de sa dame.

« Tenez, mon cher époux, buvez ceci.

— Un contrepoison, ma chère épouse ? Je pense que pour le moment j'ai tout mon saoul de vos élixirs.

— Allons, John ! répondit-elle, penaude, le petit vase à bec dans une main, tandis qu'elle lui caressait le sommet du crâne de l'autre. Il s'agit d'une infusion de graine d'aneth et d'eucalyptus poivré. Cela va vous calmer les intestins. »

Elle rabattit le couvercle en bois sur le trou à côté de son mari et, tentant d'oublier l'odeur, s'assit dessus. Tout à l'heure il faudrait répandre des herbes fraîches sur le sol, se dit-elle en attrapant le petit bouquet d'herbes aromatiques accroché au-dessus du siège et dont les fleurs étaient désormais séchées et friables. Elle le pressa contre ses narines et respira délicatement. Sans grand succès.

John avala l'infusion et poussa un rot sonore.

« Désolé, John. Peut-être ai-je un peu forcé la dose.

— Peut-être », grommela-t-il, pince-sans-rire.

Un coup discret fut frappé à la porte de la garde-robe.

« Milady ?

— Qu'est-ce que c'est ?

— Des visiteurs. Un ecclésiastique du nom de Flemmynge. Il dit qu'il est envoyé par l'archevêque et qu'il est porteur d'un message urgent pour sir John.

— Dommage pour le vieil Arundel si mes instestins et ma chère épouse me tuent avant que je puisse m'occuper de lui, grogna John.

— Vous dites cela pour vous venger de moi. C'est mal de faire ce genre de plaisanterie. » Mais elle eut un pincement au cœur.

Une nouvelle giclée résonna dans le trou, dont le contenu se vidait par le tuyau en pente dans le marécage situé entre le château et la mer. L'air songeur, elle porta à ses narines le petit bouquet de fleurs séchées, ce qui provoqua un sonore éternuement.

« Ah ! Quelque chose choque les délicates narines de ma dame. Sortez donc d'ici ! Permettez-moi au moins de souffrir cette indignité en privé.

— John…

— Retirez-vous ! Cette potion sera peut-être plus efficace que la précédente. Fichez-moi la paix ! Et débarrassez-nous de Flemmynge ! »

Elle se releva à contrecœur. Il n'était guère prudent d'obliger l'émissaire de l'archevêque à faire le pied de grue trop longtemps. « Je reviens incontinent.

— Et rapportez d'autres torche-cul, lui lança-t-il en lui tendant le petit vase en verre vide. Ramenez-en plusieurs, ajouta-t-il comme elle s'éloignait. Et, en parlant de torche-cul, dites au valet de l'archevêque que sir John est indisposé et qu'il lui rendra visite un autre jour…

— John ! Les domestiques ! » Mais, comme elle refermait la porte, elle l'entendit maugréer. « Sir John Oldcastle accordera une audience au valet de l'archevêque quand le diable attrapera des engelures aux roupettes. »

Elle entendit également gargouiller les intestins de son mari en signe d'approbation.

À peine s'était-elle débarrassée de messire Flemmynge et avait-elle ordonné qu'on plaçât dans la chambre de sir John du linge propre et de l'eau fraîche pour la toilette que la servante revenait annoncer que quelqu'un d'autre demandait sir John.

« Enquérez-vous seulement du motif de ce visiteur, quel qu'il soit, et renvoyez-le. Sir John est souffrant et je dois m'occuper de lui séance tenante. » Elle savait qu'elle parlait d'un ton plus sec que d'habitude, mais elle ne parvenait pas à maîtriser son irritation, comme si elle avait été contaminée par l'humeur bilieuse de son mari.

— C'est une visiteuse, milady, pas un visiteur.

— Visiteur ou visiteuse, peu me chaut ! J'ai des tâches plus pressantes à effectuer.

— À vos ordres, milady. » La jeune servante fit la révérence et repartit, mais Joan voyait bien que la réponse ne lui plaisait pas. Quel ennui ! Joan s'entendait bien avec ses servantes, déployant de grands efforts pour qu'il en fût ainsi. Leurs yeux et leurs oreilles jouaient un grand rôle durant une époque aussi périlleuse, et leur fidélité était primordiale. Mais elle devait s'occuper d'affaires plus urgentes. Si les intestins de John s'étaient quelque peu calmés il n'en allait pas de même de son humeur. Elle ne pouvait guère lui en vouloir en la circonstance, pensa-t-elle en se précipitant dans la chambre de son mari, en réponse à son appel agacé. Elle passa par la porte qui séparait les deux chambres contiguës.

« Refermez donc cette foutue porte ! Le courant d'air est si froid qu'il ratatinerait la virilité de Zeus lui-même ! »

Comment pouvez-vous invoquer une divinité païenne, mon cher mari ? Quelle impiété ! Ravalant sa repartie, elle arbora un charmant sourire, referma la porte et, pour mieux entraver le courant d'air, tira les lourds rideaux de brocart devant la fenêtre à petits carreaux.

« Tenez, mon chéri… » Elle décrocha sa plus chaude tunique d'une rangée de portemanteaux et en brossa vigoureusement la doublure de renard fauve. « Mettez ceci. Cela va vous réchauffer. J'ai demandé à la cuisinière de vous envoyer du bouillon chaud. »

Ni l'un ni l'autre ne prêtèrent attention au gargouillis de l'estomac du châtelain qui semblait se rebeller à l'annonce d'un nouveau breuvage.

« Que voulait donc Flemmynge ? » grogna-t-il en enfilant ses chausses.

Elle tendit la main pour l'aider à nouer les lacets de devant, devinant que ce n'était pas le moment de laisser s'attarder ses doigts mutins. Puis elle passa aux lacets de la chemise de batiste propre qui sentait la lessive. Si son John était un brin corpulent, il était bien bâti, sa barbe était soigneusement taillée, ses vêtements à la mode et son linge d'un blanc immaculé. Elle avait remarqué que les poignets des manches ballon de messire Flemmynge, en étoffe d'excellente qualité, étaient maculés de sauce. Comment son épouse pouvait-elle le laisser accomplir dans cet état des missions ecclésiastiques ?

« Il m'a prié de vous dire qu'une sainte procession se

rendra au sanctuaire de Becket à Cantorbéry pour la fête du saint, le 29 décembre. L'archevêque vous demande de fournir un détachement d'hommes en armes, une garde portant la livrée officielle des Oldcastle, afin de former une haie d'honneur le long du chemin qu'empruntera la procession.

— Par le saint dont il couvre de baisers les ossements moisis, je refuse de participer à ce grotesque spectacle ! Le vieil Arundel sait fort bien que si la protection de ce genre de mascarade autour des reliques, dont raffolent les adeptes de l'Église romaine, est assurée par des hommes portant la livrée des Oldcastle, cela signifiera que j'approuve publiquement tout ce contre quoi je m'insurge, en fait. Pas question ! Laissez-moi passer, je vais l'en informer moi-même ! » s'écria-t-il en l'écartant doucement.

Elle tendit le bras pour le retenir. « L'irriter ne fera qu'envenimer la plaie. Il a annoncé la présence du prince Harry et a insisté pour que vos hommes flanquent la procession.

— Hal ? fit sir John en se grattant le crâne. La fête de Thomas Becket, le saint qui connut le martyre parce qu'il avait tenu tête à un roi… Oui, c'est bien ça, je crois. C'est typique de Hal de jeter le gant, ajouta-t-il avec un petit sourire suivi d'un gloussement.

— John, il ne s'agit pas d'une partie d'échecs entre vous deux. Il s'agit d'une affaire grave.

— Jeu ou non, c'est du pareil au même. Je refuse ! Flemmynge est-il toujours là ?

— Non. Il était froissé que vous refusiez de le recevoir. Il a prétendu ne pouvoir attendre, devant se rendre à l'abbaye pour effectuer une mission dont l'a chargé l'archevêque. L'homme me déplaît. Il prend des airs supérieurs et joue les personnages importants. L'archevêque lui aurait demandé de vérifier que les talents des sœurs sont "employés à célébrer la gloire de l'Église et non pas à soutenir quelque cause frivole ou hérétique". Son ton m'a déplu.

— Envoyez un messager à l'abbaye pour annoncer sa venue à l'abbesse. Flemmynge est un sacré sournois. Je l'ai plus d'une fois entendu vanter les enseignements de Wycliffe, or, maintenant qu'il a été nommé "inquisiteur", il voit soudain de l'hérésie partout. Mieux, je vais me rendre moi-même à l'abbaye pour avertir l'abbesse et faire face au valet de l'archevêque.

— Non, John. Vous n'êtes pas assez bien portant pour cela, et j'ai déjà envoyé un messager. L'abbesse est trop intelligente pour se laisser manœuvrer par ce genre de… »

Elle fut interrompue par un coup frappé à la porte.

« Oui ? »

On entendit la voix de la servante à travers la lourde porte de chêne. « Milady, j'apporte le bouillon de sir John. »

Joan ouvrit la porte et se saisit du bol de bouillon fumant. Elle s'apprêtait à la refermer quand la servante esquissa une timide révérence et ajouta : « Milady, la femme que je vous ai annoncée… Excusez, mais m'est avis que vous devriez accepter de la recevoir. Elle demande à voir sir John. Elle dit qu'il s'agit d'une affaire extrêmement importante concernant… (la servante baissa le ton et Joan ouvrit la porte)… la cause des lollards.

— Je vous ai déjà dit que sir John ne peut recevoir personne.

— Je vous en prie, milady. Voyez-la vous-même.

À sa façon de parler je vois bien qu'il s'agit d'une dame et non d'une simple paysanne. Elle paraît aux abois et elle ne tient presque plus sur ses jambes tant elle est épuisée. Elle affirme venir de Bohême et dit qu'elle ne repartira pas sans avoir vu sir John. Elle dit aussi qu'elle vient de la part de… Je ne me rappelle pas le nom de l'homme. Finn, il me semble. Un enlumineur de beaux livres ou quelque chose comme ça pour l'université. »

La servante regarda sir John, qui avait rejoint sa femme dans l'encadrement de la porte. « Elle est accompagnée d'un enfant qui a l'air malade ou paralytique et qu'elle traîne dans un chariot, une sorte de litière roulante.

— Vous dites qu'elle vient de Bohême ? Alors il se peut qu'elle nous apporte des nouvelles de Jan Hus et de la cause des lollards là-bas. Je vais la recevoir. »

Joan poussa un soupir. La servante avait deviné juste. Elle savait qu'une femme accompagnée d'un enfant malade ne serait pas éconduite et qu'à l'évidence John n'allait pas fermer sa porte à quelqu'un qui partageait ses convictions. « Non, je vais moi-même descendre la recevoir et je vous l'amènerai si je juge que… Vous êtes trop confiant, John, ajouta-t-elle en tournant le dos à la servante et en baissant la voix. N'avez-vous pas songé que cette femme est peut-être une espionne d'Arundel ? »

Elle fit de nouveau face à la servante. « Servez une collation aux visiteurs. Je vais bientôt m'occuper d'eux. »

Sir John se triturait la barbe. « Elle vient de la part de Finn l'enlumineur. Je le connais de réputation. Je devrais aller l'accueillir sur-le-champ.

— Je suis la maîtresse de maison, John. En matière d'hospitalité c'est moi qui décide. Ne vous inquiétez pas ! Vous verrez personnellement cette fille si je pense qu'elle est ce qu'elle prétend être. Commencez par avaler votre bouillon. »

Décidée à ne pas baisser sa garde, elle referma la porte et descendit derrière la servante, jusqu'aux cuisines du château. Une femme seule et un enfant venant de Bohême – ce pays devait, sans aucun doute, se trouver au fin fond du continent –, voilà une histoire peu crédible, au bas mot. Elle écouterait patiemment la visiteuse et lui donnerait quelques pennies. Avant de lui souhaiter bonne route…

VINGT-SIX

L'Èbre donne de la bonne eau […] ses eaux regorgent
de poissons […]
à Estella le pain est bon, le vin, excellent,
la viande et le pain abondent.

Libri sancti jacobi, livre V
(Guide du pèlerin, XIIe siècle)

Anna était glacée jusqu'à la moelle des os. Assise sur un trépied près de la vaste cheminée, elle tenait entre ses mains le bol de bouillon chaud que lui avait donné le cuisinier. Elle y trempa prudemment les lèvres. Ce n'était pas trop chaud.

« Tiens ! » dit-elle à Bek, assis dans son petit chariot, les jambes passées autour du coffre en bois. Cela n'avait pas été facile mais elle avait réussi à installer et le coffre et l'enfant sans que l'un ou l'autre pâtît de l'exiguïté de l'espace. Le coffre était plus léger à présent, puisqu'elle avait vendu tous ses livres, à part la Bible de Wycliffe et les écrits de charmes hébreux, qu'elle avait dissimulés sous leurs vêtements de rechange. Elle avait laissé l'Évangile selon saint Jean chez leur logeur. « À son retour, pourrez-vous remettre ceci à monsieur ? » lui avait-elle demandé en le lui confiant, ainsi qu'un mot expliquant où elle était partie.

« Fais attention, ne le renverse pas ! C'est chaud », avertit-elle l'enfant en lui tendant le bol.

Le cuisinier lui en donna un autre, et Anna but avec plaisir une petite gorgée de bouillon. Ils avaient voyagé toute la journée depuis Londres à l'arrière d'un fardier, et la somme que lui avait réclamée le fermier lui avait coûté son dernier demi-penny. Elle était recrue de fatigue, si épuisée qu'elle ne parvenait même pas à réfléchir à ce qu'elle ferait si sir John la mettait à la porte. Mais il ne l'éconduirait pas, n'est-ce pas ? Son grand-père ne pouvait pas s'être trompé à ce point sur son compte. La servante avait cependant annoncé que sir John était souffrant. Et s'il était trop malade pour la recevoir ? S'il était mort ? Ou devenu fou ? Ou encore si les domestiques l'empêchaient de le voir ? Elle avait menacé la pauvre servante de tous les maux, mais cette sortie l'avait vidée de sa dernière once d'énergie.

Ils auraient dû rester à Londres chez le scribe et sa femme. Il lui avait offert un emploi, mais lorsqu'elle avait appris que sir John Oldcastle ne demeurait qu'à quelques heures de Londres elle avait compris qu'elle ne pouvait attendre un jour de plus. *Je suis là, grand-père. J'ai tenu ma promesse. Le reste dépend de Dieu.* Elle appuya sa tête contre le mur.

« Vous avez l'air complètement épuisée », lui dit le cuisinier. Homme jovial, son sourire révélait des dents mal alignées et le feu des fours en brique qui bordaient les murs empourprait son visage. La chaleur rendait maintenant Anna somnolente. Les nuages matinaux avaient préparé une pluie glaciale et le jour tombait. Le cuisinier les laisserait-il dormir près de l'âtre de la cuisine ? Les dalles seraient dures mais Bek avait sa couverture et elle son manteau. En tout cas, ils seraient à l'abri des intempéries.

« Restez assis un moment et chauffez-vous auprès du feu », dit-il avant de se tourner vers l'énorme four de brique pour retirer un grand plateau métallique chargé de plusieurs pains. L'odeur lui mit l'eau à la bouche.

« Pourrais-je vous en demander un morceau pour mon fils ? Nous venons de très loin. Il ne me reste plus d'argent pour le payer, mais je suis persuadée que vous avez des casseroles à récurer. »

Il trancha le bout d'un pain tout chaud, y étala du beurre doux et crémeux avant de l'offrir à Bek. Le gamin lança un coup d'œil à Anna pour obtenir sa permission et ne le prit que lorsqu'elle hocha la tête. Le cuisinier coupa une seconde tranche et la tendit à Anna. « N'ont pas l'air d'avoir récuré des tas d'casseroles, ces mains-là ! »

Elle fixa ses doigts pâles qui encerclaient le bol. Même la chaleur du bouillon ne leur avait pas donné de couleur. « D'accord, répondit-elle. Mais je suis une assez bonne copiste. Peut-être avez-vous une lettre à écrire.

— Moi ? Non, s'esclaffa-t-il. Je suis que marmiton. Mais p't-êt' ben qu'le cuisinier vous trouvera un p'tit boulot à faire. Par exemple l'aider à faire l'inventaire du garde-manger. Vous savez compter, aussi ? »

Tout en se forçant à ne pas avaler le pain goulûment, elle tendit la main pour essuyer un filet de bave qui coulait de la bouche de Bek.

« Qu'est-ce qu'il a, le gamin ? Il est pas malade, hein ? Si c'est ça… »

Anna s'empressa de rassurer le jeune gars dont la bonne volonté semblait fondre comme le beurre sur le pain chaud. « Non, il est en bonne santé, mais il souffre de cette malformation depuis sa naissance.

— Bon, fit-il, avec réticence. Mais même s'il avait la fièvre ou què'qu' chose de pire, Madame me demanderait pas de vous mettre dehors par une nuit comme ça. »

Elle manqua défaillir de soulagement.

« Mais je sais pas si Madame va vous recevoir.

— C'est sir John que je suis venue voir, répéta-t-elle. Je suis porteuse d'un message pour lui et je dois le lui remettre en main propre.

— Excusez, s'esclaffa-t-il, au château de Cooling, aucune femme peut voir sir John sans d'abord passer par son épouse. Surtout une qu'a votre allure. » Ses joues semblèrent s'empourprer davantage encore.

« Où est la donzelle qui demande à voir sir John ? »

Levant les yeux, Anna découvrit une jolie femme rondelette aux yeux ambrés – de la même couleur que ses vêtements de soie miel – qui se dirigeait vers elle d'un bon pas. Lâchant le pain, qui tomba par terre, Anna se leva gauchement et fit une révérence encore plus gauche. La tête lui tournait comme si elle avait bu trop d'hydromel.

« Milady, je viens de Bohême et suis porteuse d'un message important pour sir John. Si je pouvais… »

Le passage voûté s'ouvrant dans le mur en face des fours de brique se mit à onduler comme un serpent. Anna s'efforça de secouer la tête pour reprendre ses esprits. « Milady, si je... »

Elle entendit Bek crier son nom au moment où elle perdait connaissance aux pieds de lady Joan Cobham

L'abbesse ne pouvait préciser le moment exact où cela s'était passé... En fait, si, en y réfléchissant bien : le jour de l'arrivée du prêtre. Un simple coup d'œil au beau clerc aux habitudes de catholique romain lui avait révélé le but de sa visite. Ensuite, le pressentiment s'était affirmé peu à peu... Prémonition, angoisse oppressante, certitude que les activités de l'abbaye devenaient de plus en plus dangereuses.

Et pas seulement pour elle-même, mais aussi pour les sœurs dont elle avait la charge. Pour sir John et pour la cause des lollards qu'il servait. Voire pour le marchand d'indulgences, aveuglé comme Judas par son allégeance dévoyée.

Il fallait cacher « les autres textes » – comme elle appelait, même en son for intérieur, les manuscrits clandestins, n'osant plus prononcer le mot hérétique de « lollard », ni même parler de « Bible anglaise » –, de peur que le prêtre ou l'un de ses congénères n'y fourrent leur nez. Ce secret l'épuisait. Le vendeur d'indulgences avait le don d'intervenir dans la conversation apparemment la plus innocente et d'amener sa victime à commettre une bévue. L'abbaye avait connu un bref répit ces trois derniers mois, mais le frère Gabriel était revenu la semaine précédente. Retour qui avait ravivé son mal de tête.

Elle ferma les yeux pour se protéger de la flamme vacillante de la bougie qui l'éblouissait dans la pénombre crépusculaire. Dieu merci, cette douleur céphalique s'était amoindrie avec l'âge, même si elle revenait quand l'abbesse était inquiète. Mais elle n'était plus aussi vive qu'autrefois, comme si Dieu avait décidé de la répartir dans les mains, le dos et les chevilles, afin que l'abbesse ne fût pas libérée complètement de cette souffrance qui renforçait son âme.

Il y avait très longtemps qu'elle avait commencé à recopier ces textes clandestins, sans savoir comment ils pourraient être un jour distribués. Elle accomplissait cette tâche autant pour apaiser son chagrin que pour servir une cause.

Au début elle avait seulement cherché à alléger sa peine après son immense perte, à honorer le souvenir de tout ce qui comptait alors pour elle en se vidant entièrement. On eût dit que le sang coulait depuis son cœur jusqu'à ses doigts et se déversait dans la plume courant sur le vélin.

Criss crac, criss crac… La mort de deux fils.

Seul le crissement de la plume brisait le silence… La perte d'un amant, l'amour de sa vie… La jolie fillette, plus poupée qu'enfant de chair… Le criss crac rompait le profond silence où elle baignait. Son cœur battait si faiblement qu'elle n'était même pas certaine qu'il battît encore.

Mais, grâce à son travail de copiste, l'Écriture s'était emparée de son âme.

Criss crac… Au commencement était le Verbe.

La Parole.

La création était née de la parole de Dieu. La parole avait séparé l'homme des animaux. Le don du langage, qui fait des hommes des dieux, leur permet de distinguer le bien du mal. La faculté d'exprimer ses pensées, ses sentiments, et d'utiliser ensuite la parole pour parler du Verbe qui s'est fait chair. Quelle cause plus noble pourrait-elle servir ? Mais, noble ou non, elle n'avait pas d'autre cause à servir.

Les manuscrits avaient crû en nombre. D'abord les Psaumes de David : « Le Seigneur est mon berger. » Du baume pour son cœur blessé. Puis les Béatitudes : « Bienheureux les doux. Bienheureux les pauvres. » Ensuite l'histoire de la Crucifixion, celles de Madeleine et des autres femmes qui avaient soutenu Jésus, premiers témoins de sa résurrection. (Pourquoi aucun prêtre n'avait-il souligné ce fait ?) Les copies s'empilaient au fur et à mesure que son esprit guérissait au prieuré Sainte-Foy. Mais si elle était découverte, la sécurité de la maison qui l'avait recueillie ne serait-elle pas menacée ? s'était-elle demandé.

Et puis un jour sir John était venu au prieuré Sainte-Foy et avait commandé sans détour un exemplaire de l'Écriture en anglais comme s'il passait commande pour un simple livre d'Heures. Elle se rappelait la façon dont il avait gloussé le jour où elle lui avait fait assez confiance pour sortir la pile de manuscrits cachés à l'intérieur de son coffre. C'était lui qui avait financé leur installation dans une plus petite abbaye, à deux pas du château de Cooling, pour servir Gravesend et Rochester, maison qui n'était pas assez puissante pour faire naître les soupçons et dont la mission secrète serait de copier l'Écriture en anglais et les textes de Wycliffe.

La prieure de Sainte-Foy avait donné sa bénédiction, allant jusqu'à permettre à Kathryn d'emmener avec elle trois de ses meilleures copistes, mais Kathryn avait deviné qu'elle était soulagée de les voir déguerpir, ces hérétiques qu'elle avait accueillies chez elle.

La petite abbaye perdue en pleine nature – minuscule groupe de bâtiments comprenant chapelle, prieuré, écritoire, cloître et réfectoire – avait pu reproduire ces textes interdits sans être inquiétée. Jusque-là. Mais depuis peu quelque chose dans l'atmosphère lui rappelait l'odeur redoutée de la poix qui brûle.

Elle craignait que les chiens de l'enfer n'eussent à nouveau flairé le fumet.

Posant sa plume, l'abbesse se leva pour s'étirer le dos et détendre ses doigts en en frottant les jointures enflées. Peut-être était-ce seulement à cause de l'atmosphère lugubre de l'hiver qu'elle se sentait mélancolique et que toutes ses articulations lui faisaient mal. Peut-être le prêtre n'était-il pas un espion de l'archevêque. Peut-être était-ce seulement la pluie et la somme de travail effectuée qui rendaient ses articulations douloureuses et qui déformaient les doigts de sa main droite au point que celle-ci ne pouvait rester ferme sur le parchemin.

La pluie ou le diable. Ou les deux.

Il lui était plus difficile de voir dans la lumière du jour tombant. Même son œil intact faiblissait. Quand elle ne serait plus capable de faire le travail, qui fournirait alors à sir John les évangiles en anglais destinés au continent ? On ne pouvait faire confiance qu'à une sœur ou deux. Sœur Agatha s'était révélée un mauvais choix. Même si on l'avait libérée des travaux de jardinage et qu'on lui eût rendu son poste de copiste, l'abbesse veillait à ce qu'on ne lui donnât à copier que des œuvres profanes. Et maintenant que le prêtre était revenu, il lui faudrait accroître sa vigilance.

Elle ne pouvait pas définir exactement quoi, mais

quelque chose avait changé en lui. D'abord, il avait l'air fatigué, son visage était émacié et son regard moins assuré. Quand elle s'était enquis de sa santé, il lui avait répondu qu'il pleurait la mort de son père confesseur. Il avait cependant offert d'entendre les sœurs en confession – moyen commode pour sonder une conscience déchirée entre l'orthodoxie et l'hérésie lollarde –, même si la plupart du temps il était resté confiné dans la résidence des visiteurs.

Une fois ou deux, passant devant la chapelle, elle l'avait entendu célébrer l'office et lui avait trouvé la voix tendue, chargée de quelque péché pesant sur sa conscience. À moins que ce ne fût le chagrin ? Un jour elle avait commencé à lui expliquer que, maintenant que son confesseur n'était plus, il pouvait dire ses prières lui-même. Il n'avait pas besoin d'intermédiaire, pouvait se confesser directement à Dieu. Or, elle savait que, même si son conseil n'était pas écouté, cet aveu d'hérésie n'était sûrement pas tombé dans l'oreille d'un sourd. En outre, pour trouver un confesseur il n'aurait que l'embarras du choix. L'archevêque lui-même serait ravi de confesser à la curie une telle étoile montante.

Mais trêve de vaines ruminations ! se réprimanda-t-elle. Il faisait toujours assez jour pour travailler encore un peu, avant que la cloche n'appelât les sœurs à vêpres. Traversant la pièce pour aller prendre une nouvelle bougie, elle jeta un coup d'œil par la fenêtre qui donnait sur la cour ornée de la jolie fontaine, spectacle qui l'apaisait toujours.

Mais pas ce jour-là.

Car, assise sur un banc au bord de la galerie du cloître, se trouvait sœur Agatha, le corps à moitié dans l'ombre, son teint terreux illuminé par le soleil couchant, en train de parler à un inconnu, qu'on n'aurait pas dû laisser entrer dans le cloître sans la permission de l'abbesse. Sauf, bien sûr, s'il s'agissait d'un homme d'Église. Sans doute un autre clerc chargé de fureter partout. Elle avait intérêt à mettre son voile et à descendre mettre fin à cet entretien... Comme il était étrange que ces clercs eussent à ce point l'instinct de détecter quelle sœur serait la plus disposée à les renseigner ! Pourquoi n'avait-il pas interrogé Matilde ? Ou même l'une des novices ignorant la vraie mission de l'abbaye ?

Or, avant même qu'elle ait eu le temps d'ajuster son voile, on frappa à la porte de sa chambre.

« Mère, un messager du château de Cooling vient d'arriver. Il affirme que c'est urgent. Dois-je le faire entrer ? »

Urgent. Du château. Sans doute une mise en garde. Trop tard ! pensa-t-elle en refermant la porte derrière elle.

« Je descends au cloître. Je le recevrai sous peu. Servez-lui une collation et priez-le d'attendre. »

Quelles que fussent les braises que sœur Agatha étaient en train d'attiser de son souffle, il fallait éteindre le feu sans plus tarder !

Lorsque l'abbesse arriva dans le cloître un troisième larron s'était joint au couple. Venant de la résidence des hôtes de passage, dont la fenêtre du coin donnait également sur la fontaine, le frère Gabriel avait lui aussi traversé la cour.

« Commissaire Flemmynge, quel plaisir inespéré de vous rencontrer si loin de Cantorbéry ! » Apercevant l'abbesse, il ajouta : « Révérende mère, nous avons une visite. »

Elle nota le « nous ». Comme il était malin ! Quelle

façon sournoise de discrètement suggérer une sorte de connivence ! On pouvait aisément s'apitoyer sur le sort d'une jeune femme sensible à cette chaleur humaine et à ce charme. Quelle imprudence de le donner comme confesseur aux sœurs !

« Notre visiteur est le bienvenu, il va sans dire. Mais permettez-moi de vous prier tous les deux de gagner soit la résidence des hôtes de passage soit mon bureau. Nous sommes ici dans un cloître de sœurs et les cloches vont bientôt les appeler à vêpres. Votre présence en ce lieu gênerait nos prières. »

Elle lança un regard sévère à Agatha, qui rougit et baissa la tête.

« J'étais sur le chemin de l'écritoire, ma mère. »

Elle avait été libérée des travaux de jardinage seulement la semaine précédente.

« Bon. Retournez à vos occupations, ma sœur. Je suis certaine que nos visiteurs comprennent l'appel du devoir. La poésie de Christine de Pisan vous attend.

— Oui, ma mère. » Elle parlait d'un ton plus docile que d'habitude. Avait-elle honte d'avoir été surprise en flagrant délit de commérage ?... Ou pis. Quelle que fût son habileté de copiste, vu sa conception erronée de la piété et sa stupidité invétérée, rien ne serait plus facile que de l'amener à trahir. L'abbesse lui fit un signe de tête impératif et la sœur traversa la cour d'un pas traînant. À travers le mince tissu de la guimpe, Kathryn pouvait presque apercevoir ses oreilles se tendre.

L'inconnu parla le premier d'une voix onctueuse. « Pardonnez-moi, ma mère. Loin de moi l'intention de vous déranger... C'est seulement que j'ai ouï parler de l'œuvre que vous accomplissez dans votre écritoire et lorsque cela ne vous gênera en rien j'aimerais avoir le plaisir d'y effectuer une inspection. Cantorbéry s'intéresse beaucoup à vos travaux. »

Paroles mielleuses. Menaces à peine voilées proférées du ton de la flatterie.

« Les sœurs accomplissent une œuvre exemplaire, en effet, répliqua-t-elle. Leurs hagiographies sont connues dans tout le royaume. Elle ont même produit une *Vie de Catherine de Sienne* pour Son Excellence. Nous serons fières de vous les montrer, mais vous comprenez, n'est-ce pas, qu'une visite à l'improviste risque de troubler le déroulement normal de la journée des sœurs, consacrée au travail et à la prière. Si vous pouviez nous prévenir un peu à l'avance, nous serions à même de vous faire passer un meilleur moment.

— Il ne s'agit pas de passer un bon moment, ma mère, même si je suis certain que vous accueillez vos hôtes avec une grande générosité », rétorqua-t-il avec un sourire étudié.

Devait-elle le recevoir dans son bureau ? Avait-elle recouvert le texte qu'elle était en train de copier sur sa table de travail ? Elle ne pouvait pas prendre ce risque. Peut-être, afin de se débarrasser de lui au plus vite, devait-elle lui faire faire un rapide tour de l'écritoire. Elle lui montrerait en premier le pupitre de sœur Agatha – là, rien de répréhensible –, ce qui donnerait à sœur Matilde le temps de recouvrir le sien.

« C'est avec plaisir que je vous ferai visiter l'écritoire, monsieur le commissaire Flemmynge, reprit-elle. Les sœurs seront en train d'assister aux vêpres, bien sûr. »

Elle ne s'attendait guère que l'aide vînt de ce côté-là.

Le frère Gabriel plaça une main amicale sur l'épaule du visiteur. « Dans l'abbaye l'écritoire est l'un de mes endroits favoris. Mais le jour tombe. Peut-être devriez-vous vous installer dans la résidence des hôtes de passage et repousser votre inspection à demain. Vous pourrez alors voir les copistes en plein travail. Pour l'heure, je suis certain que les sœurs seraient honorées de vous entendre lire l'office des vêpres. Ce n'est pas souvent qu'elles reçoivent la visite de distingués émissaires de Cantorbéry. »

L'abbesse fut si stupéfaite de l'intervention du frère Gabriel qu'elle faillit ne pas voir le visiteur se rengorger en entendant le compliment flatteur, si joliment tourné. Si la façon dont le marchand d'indulgences manœuvrait son collègue ne la surprit pas (ne devait-il pas avoir la langue bien pendue pour vendre des bouts de papier doués d'une valeur imaginaire ?), elle fut néanmoins étonnée du clin d'œil de connivence qu'il lui lança, tout en guidant le commissaire vers la chapelle.

Il ne fait aucun doute, se dit-elle en se dirigeant vers la cuisine où l'attendait le messager du château de Cooling, porteur d'un avertissement tardif, que le frère Gabriel est un homme excessivement dangereux.

Il souhaite pêcher un plus gros poisson, songea-t-elle. Il n'est pas ici pour accuser quelques nonnes d'hérésie. La personne qui l'intéresse, c'est sir John.

« Tenez ! Faites-lui renifler cela. Je crois qu'elle reprend conscience, John », chuchotait une harmonieuse voix féminine.

Pour la deuxième fois de sa vie, Anna reprit conscience dans un lieu comme elle n'en avait jamais vu auparavant. Mais alors que le *vardo* des romanis lui avait donné l'impression d'être en enfer, cette fois-ci elle était certaine de se trouver au paradis. Le matelas de plume sur lequel elle était allongée était douillet comme un nuage, et lorsque ses yeux s'ouvrirent en papillotant elle découvrit un ciel indigo brodé d'un millier de fleurs dorées et cramoisies. Un petit bouquet de verdure et de serpentins violets était incongrûment suspendu à l'apex.

Une senteur piquante de résine de pin assaillit ses narines, suivie l'instant d'après de l'odeur poussiéreuse de lavande séchée, placée si près que cela lui chatouilla le nez. Elle éternua et leva les yeux. Trois visages, telles des lunes accrochées très bas dans le ciel, planaient entre elle et le ciel de lit indigo. L'avenant visage en forme de cœur de la femme était joli quoiqu'un rien fané. Des mèches châtain foncé s'échappaient d'un bonnet de dentelle écrue pour encadrer des joues rebondies et une grande bouche. Dans un autre visage des sourcils grisonnants, froncés d'inquiétude, surmontaient deux yeux de jais perçants. Deux mentons arrondis étaient séparés par une barbichette pointue que tiraillaient des doigts nerveux.

Écartant le petit bouquet placé devant son nez, Anna tenta de se redresser.

« Tout doux ! dit la voix féminine tandis que bougeaient les lèvres de la grande bouche. Donnez le temps à vos idées de se remettre en place.

— Où suis-je ? » demanda Anna, qui reprenait peu à peu ses esprits. Avant même de prononcer les mots elle s'était rappelé la cuisine du château de Cooling et sa rencontre avec la maîtresse des lieux.

« Au château de Cooling. »

Le château de Cooling. Enfin ! Des larmes lui piquèrent les yeux. Le voyage, la traversée et le mal de mer dont elle ne voyait pas la fin… Le château de Cooling. *J'y suis, Dědeček. J'ai fait ce que tu voulais.*

« Dans le Kent, en Angleterre. »

Les mots sortirent de la petite bouche aux lèvres plissées qui bougeaient au-dessus de la drôle de petite barbe, laquelle, vue par Anna allongée sur le dos, paraissait à l'envers. Elle eut envie de rire de l'effet produit, de rire de soulagement d'être enfin arrivée à bon port. Ce visage blanc tout rond qui planait juste au-dessus d'elle appartenait sans doute à sir John Oldcastle. Elle étouffa son rire en simulant une quinte de toux.

« Et z'êtes dans le lit de milady ! » s'écria le troisième visage d'un ton un rien offusqué. C'était une jeune fille dont la bouche formait un cercle parfait au milieu du triangle du visage.

Anna se rendit immédiatement compte de son aspect débraillé et de ses vêtements de voyage crottés, notant avec soulagement qu'avant de la coucher sur le lit on lui avait au moins ôté ses bottines et son manteau maculés de boue. Elle essaya derechef de se dresser sur son séant.

Les visages s'éloignèrent et un bras recouvert de soie, plus robuste que ne le laissait deviner son apparence, se glissa prestement derrière son dos pour la soutenir.

Le reste de la pièce se précisa… Petit feu pétillant, chandeliers accrochés au mur déjà allumés, chambre assez éclairée dans la pénombre du jour déclinant pour qu'on pût distinguer le dessin des tapisseries destinées à isoler les murs des courants d'air hivernaux. Un grand coffre, chargé de sculptures orientales, servait également de buffet. Un fauteuil et un banc à dossier garnis de coussins soyeux aux vives couleurs avaient été placés si près de l'âtre que la lumière du feu permettait de discerner les franges de soie. De vertes guirlandes de

Noël ornaient le manteau de la cheminée et les colonnes de l'énorme lit sur lequel elle était allongée.

« Où se trouve Bek ? Sans moi il va avoir peur. Il faut que j'aille le rejoindre, s'écria Anna en tentant de se lever.

— Reposez-vous encore un peu. Je vous assure qu'on s'occupe bien de l'enfant. » La dame fit un signe de tête à sa servante. « Descendez chercher le garçonnet à la cuisine et ramenez-le ici… Et maintenant, déclara-t-elle sans ambages en se retournant vers Anna, j'espère que, installée comme vous l'êtes dans ma chambre, vous vous sentez assez forte et à l'aise pour me dire à propos de quelle affaire urgente vous souhaitez voir mon mari. »

VINGT-SEPT

Et maintenant je reste seule. Ce qui est fait
Ne me permet plus de boucler ma gaine.
Plus la peine
De chercher à cacher
Les jolis fruits de l'amour.

Chanson d'amour française du XIIe siècle

Dans la résidence des visiteurs de l'abbaye, le frère Gabriel pignochait le chapon rôti placé sur la table entre lui et le commissaire Flemmynge. Il regardait d'un air dégoûté les profonds plis de la manche du clerc traîner sur le flanc de la volaille tandis qu'il arrachait une cuisse de ses doigts graisseux, avant de la présenter sans enthousiasme à son commensal. Le frère Gabriel déclina l'offre. Il n'avait guère d'appétit ces derniers temps. Depuis son départ de l'abbaye de Battle. Depuis sa dernière rencontre avec mame Clare.

« Je suis ravi que nous ayons eu l'occasion de nous rencontrer, affirma le visiteur entre deux claquements de langue. L'archevêque m'avait demandé de vous rendre visite. Il s'inquiète pour votre santé depuis la disparition de votre père confesseur. »

Le commissaire avait-il légèrement accentué le mot « père » ? Ou Gabriel se faisait-il des idées ? Avait-il été le seul à ignorer qu'il était le bâtard du frère Francis ? Non, il n'avait pas été le dernier à l'apprendre, puisque personne n'avait jamais rien su. Il n'y avait d'ailleurs rien à apprendre puisqu'il ne s'agissait que de commérages sans fondement inventés par une servante aigrie. Il revit immédiatement mame Clare dresser son petit menton pointu et déclarer : *« Vous êtes son fils naturel. »*

Mais comment pouvait-il être certain qu'elle mentait ? Il se rappela les conseils du père à propos de ses désirs charnels. La douleur à la hanche le fit se tortiller sur sa chaise.

« La mort du frère Francis a été une grande perte, finit par répondre Gabriel. Pour moi il était davantage qu'un confesseur. C'était mon père spirituel… Vous avez entendu Son Éminence s'inquiéter de mon état de santé ? poursuivit-il pour changer de sujet.

— Il a affirmé – et je cite ses paroles exactes, me semble-t-il – que cela le peinait de voir un homme promis à un si brillant avenir dans l'Église perdre de vue sa mission, déclara Flemmynge en se passant la langue sur les lèvres, comme si ce n'était pas seulement la volaille qui lui faisait se lécher les babines.

— A-t-il précisé quelle négligence de ma part l'avait conduit à penser que je perdais de vue ma mission ?

— Seulement qu'après toutes ces sommes dépensées et tout ce temps passé en France, vous avez découvert fort peu d'éléments concernant les sources d'approvisionnement de lord Cobham en matière de manuscrits hérétiques. »

Rien de nouveau dans ces propos. L'archevêque lui avait déjà fait part de ces griefs et Gabriel lui avait fourni la même réponse que celle qu'il allait à présent donner à Flemmynge.

« J'ai éliminé les copistes français, n'ayant trouvé aucune source capable de fournir le grand nombre de manuscrits dont sir John aurait besoin pour exporter des copies sur le continent.

— Voilà donc une raison supplémentaire pour chercher plus près d'ici. »

Et voilà pourquoi tu es venu, se dit Gabriel en son for intérieur. La condamnation de morts tels que Wycliffe ne renforce pas une réputation comme brûler des hérétiques.

Flemmynge trempa son pain dans la sauce où baignait la carcasse de la volaille, et lorsque la graisse dégoulina sur son col de dentelle il le tapota d'un doigt bagué.

« Vous en avez donc terminé avec vos recherches françaises ? Avez-vous l'intention de retourner en France ?

— Non. Je n'ai aucune raison d'y retourner.

— Eh bien, je suppose que nous allons devoir ratisser nos campagnes pour débusquer les scribes hérétiques. » Il tira sur un bout de nerf coincé entre deux dents et s'essuya le doigt sur la serviette couvrant la planche qui se trouvait entre eux deux. « Et autant commencer dès demain ici même. Si la vieille grosse nonne dit vrai, on a des chances de dénicher dans l'abbaye un ou deux textes illicites. Ce serait assez logique, non ? À deux pas du logis de sir John…

— L'abbaye est trop petite, répliqua Gabriel en secouant la tête. Je ne nie pas qu'elles aient pu produire à l'occasion un psautier en anglais sur commande. Mais quelle écritoire ne l'a pas fait ? C'est l'une des raisons qui m'ont conduit jusqu'ici et je n'ai rien trouvé de suspect. Mais vous pourrez le constater vous-même dès demain. » Il s'agita sur sa chaise pour tenter de soulager la douleur de sa hanche, qui se propagea dans sa jambe comme une coulée de lave en fusion.

« Si elles n'ont pas déjà tout bien caché. Je ne fais pas confiance à une femme qui dissimule son visage derrière une voilette. Et la vieille sœur m'a dit…

— La sœur Agatha ? Elle cherche seulement à se faire remarquer. Je vous l'affirme, Flemmynge, vous ne trouverez rien ici. L'abbesse porte une voilette pour dissimuler les cicatrices d'une ancienne blessure. En outre, c'est une vieille femme malgré son port altier. Bien trop âgée pour diriger une fabrique de textes hérétiques. Les sœurs sont toutes fort dévotes. Laissez-les à leurs prières et à leurs gribouillages. Ne perdez pas votre temps à courir après la lune.

— Alors, pourquoi êtes-vous venu là ?

— Parce que cela me permet de demeurer tout près de sir John sans habiter au château de Cooling. Et lady Joan ne souhaite pas que j'habite chez eux. À dire vrai, après… »

Il ne pouvait pas dire « après avoir séduit une femme et l'avoir abandonnée ». « Abandonnée » était le mot exact, puisqu'il savait désormais qu'il ne retournerait jamais en France. Qu'ils avaient été égoïstes, les rêves de Van Cleve et de sa maîtresse ! Il n'allait pas suivre l'exemple de son père et faire un bâtard à une femme innocente. Heureusement, après la première fois, il avait eu la sagesse de se retirer au moment crucial. Il n'allait pas non plus l'empêcher de trouver un vrai mari, quelqu'un de plus digne de confiance que lui.

« Après la mort du frère Francis je trouve bizarrement réconfortant de séjourner ici, parmi les sœurs, poursuivit-il en se levant. Veuillez m'excuser, ajouta-t-il en jetant un coup d'œil au petit lit dans le coin de la pièce. Je vous souhaite une bonne nuit. Je vais aller me coucher, moi aussi.

— Ce n'est pas exactement le grand luxe, n'est-ce pas ? fit Flemmynge en se renfrognant.

— En effet. Mais vous constaterez que les draps sont propres et que le matelas a été bien aéré. Malgré son grand âge, l'abbesse sait tenir sa maison. Prenons le petit déjeuner ensemble après laudes, puis je vous accompagnerai à l'écritoire. Vous pourrez alors juger par vous-même que tout est comme il se doit. »

Comme il se tournait et se retournait sur son étroit lit en cette nouvelle nuit blanche, interrompue plus d'une fois par les coups qu'il s'infligeait avec sa petite discipline – alors qu'il aurait pu considérer que la douleur à la hanche suffisait comme mortification –, Gabriel se demanda pourquoi il était intervenu afin de donner à l'abbesse le temps de cacher ses manuscrits, allant jusqu'à mentir pour la protéger. Quel démon l'avait possédé ? Durant ses allées et venues nocturnes, pendant que toutes les honnêtes gens dormaient, il avait aperçu la lumière de la bougie à travers la fenêtre de la chambre de l'abbesse. Il écoutait à présent le son des cloches appelant à matines, suivi du bruit des pas des sœurs qui longeaient les galeries du cloître pour aller réciter leurs prières d'une voix endormie dans la chapelle glaciale.

Le sommeil ne venait toujours pas.

Sa tête bourdonnait de questions et de désirs à propos de deux femmes. L'image de deux visages se peignait sur l'intérieur de ses paupières closes. L'un encadré par une chevelure d'or et l'autre par une crinière rousse. L'un fané et spectral, sans qu'on en pût distinguer clairement les traits, comme dans un souvenir lointain, l'autre, les yeux toujours brillants de larmes retenues, aussi net que les rêves de sa nuit agitée. L'un, regret du cœur, l'autre, désir ancré dans l'âme.

Quoi qu'il en fût, l'une des deux femmes se trouvait en sécurité dans la petite maison de la rue Saint-Luc. Avec le temps elle finirait par oublier le marchand flamand.

Et l'autre… *Jane Paul est morte*, avait affirmé mame Clare. Il se rappelait clairement la vive lueur de sincérité qui brillait dans son œil au moment où elle avait annoncé la nouvelle.

« Vous êtes l'une d'entre nous. Vous êtes enfin arrivée à destination », déclara sir John à la fin du récit d'Anna. Elle avait relaté son long voyage après les persécutions subies à Prague, la promesse qu'elle avait faite à son grand-père sur son lit de mort, le martyre de Martin, qu'elle appelait toujours son mari. Elle s'était tellement habituée à se faire passer pour une veuve qu'elle perpétuait ce mensonge.

« Je ne connaissais votre grand-père que de réputation, mais il est connu pour avoir été un serviteur zélé de Notre-Seigneur. Vous et votre fils pourrez rester chez nous aussi longtemps que vous le souhaitez, même si je crains que votre grand-père n'ait surestimé la tolérance dont l'Angleterre fait montre envers notre cause.

— Il n'est pas le seul ! » déclara lady Joan en se renfrognant.

Elle était demeurée silencieuse durant le récit d'Anna, les yeux fixés sur Bek, qui, maintenant qu'on l'avait ramené auprès d'Anna, paraissait se contenter de rester assis sur une paillasse près du feu. Les jambes agitées de légers tremblements, il tambourinait des doigts sur le sol, tout en fredonnant d'une voix douce. Elle planta sur Anna un regard interrogateur.

« Votre fils est-il infirme de naissance ?

— Ce n'est pas mon fils. Je… Nous l'avons recueilli. C'est un enfant abandonné. » Un mensonge suffisait. Inutile d'en commettre un second.

« Tant mieux que ce ne soit pas votre fils. Ce doit être un lourd fardeau pour une femme seule. On doit vous féliciter de votre charité.

— Loin d'être un fardeau, c'est une consolation de m'occuper de lui. Et puisque Dieu a voulu me confier cette tâche, je le considère autant comme mon fils que si j'étais sa vraie mère. »

Lady Cobham haussa les sourcils. « Je n'avais pas l'intention de vous blesser. John dit que je parle souvent trop franchement. Je veux simplement dire que, vu votre état, vous pourriez vous faire davantage de souci à propos de l'enfant que vous portez, si son frère… »

Elle écarquilla les yeux, son regard passant vivement d'Anna à sir John, avant de revenir sur Anna. Elle esquissa un petit sourire. « Vous l'ignoriez, n'est-ce pas ? John, il me semble que notre jeune veuve n'a pas envisagé l'hypothèse que son mari lui a peut-être laissé plus que son souvenir.

— Je ne comprends pas ce que… Un enfant ?… Non, c'est impossible. » Mais, alors même qu'elle le niait, elle savait que ce n'était pas impossible. Ne sachant pas comment faire face à cette éventualité, elle l'avait chassée chaque fois qu'elle s'était présentée à son esprit. L'épuisement, la nausée ressentie au lever et qui désormais ne se dissipait plus, l'absence de règles depuis deux mois… Elle se rappelait les symptômes mentionnés dans *Les Maux des femmes* qu'elle avait recopiés. Mais le manuel expliquait également que les règles risquaient d'être irrégulières en période de difficultés, par exemple durant une époque de famine, de privations, voire à cause d'un chagrin. Cette dernière raison était plausible dans son cas.

Heureusement qu'elle s'était prétendue veuve ! S'ils avaient connu la vérité, s'ils avaient su qu'elle avait couché avec un homme hors des liens du mariage et que sa semence était peut-être en train de lever en elle, auraient-ils été capables de la jeter dehors ?

« Quand votre mari a-t-il été exécuté, déjà ? »

Elle effectua un rapide calcul mental. En juillet. Cela aurait fait six mois et son ventre eût été énorme.

« En octobre. » Nouveau mensonge.

C'était au début de novembre que Van Cleve et elle avaient été ensemble pour la première fois dans la petite chambre de la rue Saint-Luc. Trois mois. Puisqu'elle ne leur avait pas parlé de l'intermède de Reims, ils croiraient que le voyage, qui avait en fait pris six mois, n'en avait duré que trois. Elle devait être enceinte de trois mois. Si elle l'était vraiment. Je T'en supplie, mon Dieu, fais que ce ne soit pas vrai, pour le bien de l'enfant ! Cependant, en un sens, elle souhaitait que ce fût vrai. De sa vie, elle n'avait éprouvé un si ardent désir. Et pourtant, quelle folie !

« J'ai fui Prague deux semaines après sa mort », dit-elle. Ça au moins, c'était la vérité !

Sir John émit un petit gloussement. Lui et lady Joan échangèrent un regard.

Après ce rapide calcul mental, la tête lui tournait toujours. « J'avais espéré vivre de ma plume, reprit Anna. Je suis une bonne copiste. J'ai recopié pour mon grand-père un grand nombre de textes en latin, en anglais et en tchèque. Je connais très bien les textes de Wycliffe et puis en recopier certains de mémoire.

— Vous êtes donc une lettrée !

— Je possède même des notions d'allemand et de français. Nous faisions des copies pour toutes sortes de gens. »

Sir John sifflota et échangea plusieurs regards avec sa femme.

« Ma chère épouse, il semble que le Seigneur ait répondu à nos prières. » Il tourna de nouveau son regard vers Anna. « Demain, je vous conduirai à une abbaye voisine. Vous y serez sans doute plus en sécurité qu'ici. » Il fronça les sourcils, qui prirent la forme de deux points d'interrogation hérissés de poils. « L'abbesse est une femme animée de la vraie foi. Vous serez à l'abri chez elle et elle tirera le meilleur parti de vos talents.

— Demain ! Pas question ! Elle restera ici jusqu'à ce

qu'elle soit complètement reposée. Le chagrin, le voyage, les soucis l'ont épuisée. Sans parler des soins qu'elle a dû apporter à ce petit. » Elle fit un petit sourire contraint à Bek. Il doit être si mal à l'aise de se retrouver au milieu de tant de monde, pensa Anna. Il fit un joyeux sourire à la châtelaine, sa tête se balançant telle une fleur dans le vent.

« Il comprend ce que vous dites. Il n'est pas sourd. Vous lui plaisez. Tout comme moi, il vous est reconnaissant de votre généreuse hospitalité.

— Eh bien, je l'aime bien moi aussi », répondit lady Joan, si gauchement qu'Anna faillit s'esclaffer. Lady Joan tapota la tête blonde du garçonnet comme s'il s'agissait d'une couronne de houx piquant. « Je suis persuadée que nous allons devenir de bons amis. » Elle fit signe à son mari de la suivre. « Bon. Nous allons vous laisser vous reposer tous les deux et nous reparlerons demain. Mais ne vous tracassez pas, vous êtes désormais chez vous. Quand vous aurez repris des forces, nous vous conduirons à l'abbaye. L'abbesse vous plaira. Mon mari m'assure que c'est une véritable sainte. Et, comme vous, c'est une lettrée. »

Ce fut seulement après le départ des châtelains qu'Anna se rendit compte qu'elle se trouvait toujours dans la luxueuse chambre de lady Cobham, dont la bonté était plus grande que ses manières ne le laissaient supposer. « Tu as entendu ça, Bek ? Lady Cobham a dit qu'on était chez nous.

— Sez nous, sez nous, An na sez nous. » Allongé sur sa paillasse devant la cheminée, l'enfant fredonnait un air harmonieux, une sorte de berceuse qui donnait à Anna envie de dormir. Mais elle ne se sentait pas chez elle. Lord Cobham avait annoncé qu'il les conduirait à l'abbaye. Devrait-elle appeler l'abbesse « ma mère » ?… Elle n'avait jamais utilisé ce terme.

« Pas aujourd'hui, John ! » lança lady Joan, comme chaque matin au moment où sir John passait la tête par la porte de la chambre de milady, alors que les deux femmes dégustaient des nonnettes tout en parlant du passé d'Anna. Lady Cobham posait des tas de questions sur Prague et sur les activités des lollards. Elle n'avait pas caché son effroi lorsque Anna lui avait raconté comment les étudiants avaient été décapités pour avoir brûlé la bulle papale octroyant le droit de vendre des indulgences.

« Anna a besoin de repos pour se remettre de son voyage, déclara lady Cobham. Je suis en outre ravie d'avoir de la compagnie féminine. Allez donc jouter, chasser ou faire ce que vous faites lorsque vous m'abandonnez. Et assurez-vous que le garçonnet mange à sa faim et qu'il a un camarade de jeu. »

Sir John fit la grimace, mais déposa un baiser sur la joue de son épouse. Anna rougit en le voyant glisser la main sous la mante de lady Joan et lui pincer discrètement l'arrière-train. Les regards complices qu'ils échangeaient, leur façon de se comprendre sans avoir besoin de se parler ne lui échappaient pas non plus. Anna leur enviait cette connivence. Son imagination la trahissait quand elle remplaçait le visage rond de sir John par celui de Van Cleve.

« Je pense qu'il est temps de décrocher ce bouquet druidique, ma chère femme. Cessez votre magie noire ! Sans ça je ne réussirai jamais à partir.

— Je le décrocherai à l'Épiphanie, mon cher époux.

Cela porterait malheur d'agir autrement. Bon, maintenant, ôtez-vous d'ici ! »

Anna rougit à nouveau lorsque lady Joan lui expliqua le rôle de la petite gerbe de gui accrochée au ciel de lit. Après la première nuit, Anna avait été logée dans une autre chambre, une jolie petite pièce non loin de la chambre de la châtelaine. Assez près pour entendre à l'occasion un gloussement ou un gémissement, alors que tout le monde dormait dans le château.

« Ce n'est qu'une chambre de domestique, mais elle est confortable et je souhaite que vous logiez tout près de moi. »

Afin que vous puissiez me garder à l'œil, pensa Anna. Elle eut immédiatement honte d'avoir imaginé que lady Cobham ne lui faisait pas entièrement confiance. Peut-être était-ce le souvenir de Lela qui lui faisait apercevoir de la jalousie dans les yeux de chat ombrés de longs cils.

« Bien, ma chère dame, déclara lady Joan, une fois sir John enfin parti, cherchons les vêtements que vous allez porter pour la fête de ce soir. »

C'était l'Épiphanie. On avait déjà dressé les tréteaux dans la grande salle, non seulement pour les résidants du château de Cooling, mais également pour les invités, nobles et ecclésiastiques. Anna ne savait guère à quoi s'attendre. S'agissait-il de clercs lollards ou romains ? Sir John n'allait sûrement pas prendre le risque de mêler les deux. Quant à la noblesse, c'était là un concept tout à fait étranger à son éducation égalitariste.

La seule fois où Anna et son grand-père avaient reçu quelqu'un pouvant s'apparenter à un dignitaire, ce fut le jour où Jan Hus s'était joint à eux. Or, même si à l'époque le recteur de l'université de Prague prêchait tous les dimanches devant des milliers de fidèles dans

Betlémská kaple, quand il se trouvait dans la salle de la petite maison il était seulement l'un d'entre eux. Tous égaux à la réunion, place de la Vieille-Ville. Si certains, tels Hus, Finn l'enlumineur, ou maître Jerome, étaient plus admirés que les autres, c'était uniquement parce qu'ils le méritaient.

Ce n'était pas comme en Angleterre. Anna ne connaissait pas les règles de ce pays, où certains étaient nés pour diriger et pas les autres, où certains tenaient le haut du pavé sans avoir rien accompli d'admirable, tandis que d'autres, plus méritants, leur rendaient hommage. En Angleterre, Anna se sentait socialement extrêmement mal à l'aise.

« Milady… » Que cette appellation lui semblait peu naturelle quand elle la prononçait ! Pourquoi pas seulement « madame Joan » ? « Si cela ne vous dérange pas, je préférerais ne pas assister à cette fête.

— Vous "préféreriez" ? »

Pourquoi les commissures des lèvres de lady Joan tressaillirent-elles, comme si Anna était une enfant ou une demeurée qui n'avait pas le droit d'exprimer une préférence ?

« Eh bien, cela me dérange ! poursuivit la châtelaine. Je souhaite exhiber ma jolie pupille… C'est ainsi que je vais vous présenter : ma pupille. Comme cela vous pourrez vous asseoir à la table d'honneur, sur la plate-forme. Personne n'osera vous contester le droit de vous y trouver. Vous jouirez de la protection de sir John Oldcastle, lord Cobham… Même si cette protection risque de se révéler finalement un bouclier moins solide qu'il n'y paraît », ajouta-t-elle dans un souffle.

Anna devinait qu'elle évoquait la cause des lollards. Son grand-père, qu'elle avait toujours considéré comme l'homme le plus sage du monde, s'était trompé à ce sujet. L'Angleterre n'était pas moins dangereuse que Prague pour les lollards. Peut-être même l'était-elle davantage, en fait.

Joan tira d'un coffre en bois une houppelande de soie damassée couleur crème. Elle en secoua vigoureusement la longue jupe à traîne. De petits fragments de lavande voltigèrent jusqu'au sol. Elle fronça les sourcils, avant de la laisser retomber en tas. « Non. Plutôt celle-ci, je pense. »

La mante était en brocart d'un vert soutenu. Joan plongea la main au fond du coffre, en tira un corsage en velours vert doté de manches à crevés et orné de rubans.

« Un pli ici et un pincement là… Votre poitrine et votre fessier sont plus petits que les miens. Et peut-être faudra-t-il défaire l'ourlet du bas… Hilda, allez chercher une aiguille et du fil », lança-t-elle à la femme de chambre. Puis elle plaça sur la tête d'Anna une coiffure à cornes munie d'une voilette, mais, au grand soulagement de la jeune femme, lui préféra un cercle en métal. « Vu votre abondante chevelure, vous n'avez pas besoin de grand-chose de plus sur la tête. D'où vous vient cette crinière rousse, d'ailleurs ?

— Selon mon grand-père je l'aurais héritée d'un oncle. Ainsi que ce qu'il appelait un "caractère à l'occasion orageux". » Elle pouvait presque l'entendre prononcer la formule. Sa gorge se serra en y repensant.

Lorsque la robe fut ajustée selon les exigences de lady Joan, Anna se tint devant le trumeau. Elle se sentait gauche et tous ces beaux atours lui donnaient l'impression d'être trop richement vêtue. Au contraire, lady Joan s'amusait beaucoup, à l'évidence. S'affalant sur la pile de coussins du banc le plus proche, elle fit signe à Anna de pivoter sur elle-même.

« Ce sera parfait », déclara-t-elle, un sourire irrépressible, mi-joyeux, mi-moqueur, frémissant à nouveau au coin des lèvres.

Tandis qu'Anna délaçait puis ôtait la lourde mante de brocart, elle sentit le regard ardent de lady Joan posé sur elle.

« Il vous reste encore une chose à faire avant de vous habiller. Tenez ! » dit-elle en lui tendant un petit récipient translucide, plus vase que coupe, doté d'un bec évasé. Anna n'en avait jamais vu de semblable, sinon sur un autel.

Elle le fixa d'un air perplexe.

« Il ne s'agit pas d'un verre à boire, on fait pipi dedans. »

Avait-elle bien entendu ? « Vous voulez dire…

— Allez donc dans la garde-robe et urinez dans le récipient. Afin qu'on puisse déterminer si oui ou non vous allez garder votre taille de guêpe. »

Le visage d'Anna s'empourpra. Elle se sentait tellement mieux, la nausée avait quasiment disparu, sauf au réveil. Elle était presque rassurée. Pourvu qu'elle eût raison ! Elle avait prié jour après jour, heure après heure, minute après minute, promis à Dieu qu'elle vivrait chastement le reste de sa vie.

« Mais je me sens en si bonne forme…

— Vos menstrues sont-elles revenues ?

— Eh bien, non… Mais j'ai perdu la notion du temps et je ne sais plus quand je devrais les avoir. »

La bouche de lady Joan tressaillit à nouveau. « Prenez le vase.

— Mais comment…

— Savez-vous ce qu'est un "lecteur de pisse" ?

— Quelqu'un qui lit l'avenir dans l'urine, peut-être ?

— En quelque sorte. Votre avenir, en tout cas. Certains médecins prétendent pouvoir évaluer la santé de quelqu'un grâce à l'aspect, l'odeur, voire le goût de son urine.

— Vous voulez dire qu'on peut…

— Avant la naissance de mon dernier fils, un lecteur de pisse a examiné mon urine et a prédit que j'étais enceinte.

— Mais, sommes-nous… êtes-vous capable de lire dans l'urine ?

— J'ai fait bien attention. Je fais toujours bien attention. » Elle saisit la main d'Anna et la plaça autour du pied du vase. « Tenez. Nous verrons. »

Anna prit le petit vase, étonnée qu'il ressemblât à ce point à un calice, à la grande coupe rebondie qui était devenue le symbole du mouvement lollard en Bohême parce qu'elle indiquait que tous les pénitents, et pas seulement les prêtres, avaient le droit de tenir la coupe contenant le sang du Christ. Elle s'efforça de chasser cette image de son esprit, de peur de profaner mentalement le calice, même si ce n'était qu'une vision et qu'elle sût que les visions n'ont rien de sacré. Elle rougit malgré tout en portant le récipient jusqu'à la garde-robe. Pour le moment elle avait d'ailleurs d'autres sujets d'angoisse que la bonne ou la mauvaise utilisation des icônes sacrées. Toutefois, Gilbert de l'Egle ne disait pas que les urines d'une femme enceinte différaient des autres.

Ensuite, elle remit le vase à lady Joan, qui en scruta le contenu en faisant bien attention à ne pas le renverser.

« Vous n'allez pas…

— La goûter ? Non. »

Anna attendit, le regard fixé sur lady Joan. Elle se sentait idiote, tout en suppliant mentalement le ciel et en répétant son sempiternel vœu de chasteté.

Or, ce jour-là, semblait-il, Dieu n'avait pas envie de marchander.

« Couleur citron pâle, presque coquille d'œuf, nuage sur le dessus », psalmodia lady Joan.

Anna retint son souffle.

« En effet, ma chère petite, il semble bien que votre défunt mari vous ait laissé davantage que son seul souvenir. »

VINGT-HUIT

À la table d'honneur, sur l'estrade [les seigneurs et les évêques] faisaient bonne chère, ainsi que maints féaux assis aux longues tables, en bas.

Puis vint le premier plat au son d'une trompette à laquelle étaient accrochées d'éclatantes et magnifiques bannières.

Extrait de *Sire Gauvain et le chevalier vert* (XIVe siècle)

Quand arriva l'Épiphanie, l'indisposition d'Anna avait cédé la place à une sensation de bien-être inattendue, accompagnée d'une faim canine. Elle dévorait des yeux le chapon rôti posé sur le tranchoir qu'elle partageait avec lady Joan. Le simple fait de piquer son couteau dans la volaille lui mettait l'eau à la bouche.

Mais, malgré son vorace appétit, elle veillait attentivement à ne pas lâcher la moindre goutte de graisse sur ses beaux atours d'emprunt. Le morceau de chapon qu'elle glissa dans sa bouche était tendre et succulent. Elle ferma les yeux pour mieux le déguster, avant de se rappeler que, installée à la table d'honneur sur l'estrade, aux côtés de milord, milady et trois autres dignitaires, face au groupe d'invités attablés dans la grande salle, elle devait déguster les mets avec davantage de délicatesse.

La noblesse et le clergé étaient venus en nombre. L'archevêque Machin Truc – si Anna ne se rappelait pas son nom, elle n'oubliait pas son air maussade et la rapidité avec laquelle il s'était détourné quand elle lui avait été présentée –, un ecclésiastique du nom de Flemmynge, ainsi qu'un évêque étaient assis à la table d'honneur à côté de lady Joan, de sir John et d'elle-même. La table la plus proche de l'estrade était celle des chevaliers. Une trentaine de chevaliers du Kent, du Sussex et même de Norwich avaient, au cœur de l'hiver, effectué le voyage sur des routes boueuses et défoncées afin de célébrer la fête de l'Épiphanie dans la grande salle du château de Cooling. Leurs épouses et eux-mêmes étaient parés comme des paons.

« John déteste ce genre de chose, chuchota lady Joan derrière sa main. Il troquerait avec joie sa coupe de vin de Gascogne pour une chope de bière bue avec les francs tenanciers au fond de la salle. »

Anna regarda un joyeux groupe de familles assises au bout de la salle et qui semblaient en effet bien s'amuser. Elle eut un pincement au cœur en repensant soudain aux réunions de la petite maison de Prague.

« Alors pourquoi ne s'installe-t-il pas parmi eux ? »

Lady Joan reposa son couteau et planta un regard acéré sur Anna, comme si elle n'en revenait pas qu'on pût proférer une telle ineptie.

« Mais, ma chère, sir John est un noble. Il siège au Parlement. Il a certaines… responsabilités et ne peut s'asseoir, en présence de nobles, au milieu de roturiers. »

Elle prononça « roturiers » comme si le mot était couvert de puces.

« Je suis une roturière et vous êtes pourtant assise à mon côté ! » ne put s'empêcher de s'écrier Anna, mue davantage par le désir d'apprendre que de se plaindre.

Lady Joan poussa un soupir théâtral. « Non, ma chère, je ne suis pas assise à votre côté ; c'est vous qui êtes assise à côté de moi, parce que je vous y ai invitée. C'est tout à fait différent. »

Anna ravala sa réplique, préférant garder sa salive pour savourer la tartelette aux pommes tapie près du rôti de porc que l'écuyer tranchant était en train de placer sur leur tailloir. Cela sentait merveilleusement bon. Le fumet était vraiment paradisiaque. Anna reprit son couteau.

Une fois rassasiée, elle respira profondément, inspira l'air surchauffé par les nombreux braisiers au charbon de bois qui flanquaient les tables et par la chaleur de tant de corps réunis en un même lieu. Les lacets de son corsage étaient trop serrés… Rien d'étonnant à cela, pensa-t-elle en regardant les maigres restes du rôti de porc.

« Milady, je suis repue. Puis-je envoyer à Bek le reste de cette tartelette aux pommes ?

— Bek a sa propre tartelette aux pommes.

— Je l'ignorais », s'excusa-t-elle, craignant d'avoir

vexé la châtelaine. Aggravant son cas, elle ajouta : « J'ai remarqué que plus on s'éloignait de la table d'honneur, moins les mets se faisaient délicats. Alors j'ai pensé…

— Bek mange la même chose que les chevaliers, à part le vin, bien sûr. Il a du lait. Vous mangez pour deux, soit, mais vous devriez peut-être vous rappeler, Anna, que lorsque vous ne porterez plus le bébé, vos hanches garderont toujours le souvenir de sa présence. Alors cessez de manger dès que vous avez votre content. N'ayez crainte, il n'y aura aucun gâchis ! Ce ne sont pas les mendiants qui manquent à la grille des aumônes, surtout un jour de festin. »

Lady Joan détourna la tête pour chuchoter quelque chose à l'oreille de son mari, qui gloussa.

Ils se gaussent de mon ignorance, se dit Anna, mais il n'y avait aucune méchanceté dans leur rire. Malgré la nouveauté de l'atmosphère, elle se sentait au moins au milieu d'amis.

Le ventre repu, elle écouta les bribes de conversation de ses commensaux. De l'autre côté de sir John se trouvait l'évêque Henri Beaufort. Lady Joan lui avait murmuré que c'était l'oncle préféré du roi et qu'il aurait sans doute été nommé chancelier s'il n'avait été de la main gauche.

« Lui et l'archevêque sont des ennemis. Ce serait passionnant de regarder jaillir les étincelles si, malgré son humble naissance, Beaufort devenait influent à la Cour. »

Sir John paraissait être en pleine discussion avec Beaufort, mais Anna ne pouvait comprendre ce qu'ils disaient. Toutefois, force lui fut de remarquer l'intérêt que portait lady Joan à leur conversation.

« Je fais toujours bien attention », avait-elle dit. Et

Anna en avait la preuve. À en juger par le plissement du front et le pincement des lèvres – pas de sourire frémissant aux commissures à présent –, ce qu'elle entendait ne lui plaisait guère.

À la droite d'Anna, plongés dans leur propre discussion, le vieil archevêque et Flemmynge ne faisaient aucun cas d'elle.

Ils n'étaient apparemment pas satisfaits du spectacle.

« De la part d'un lollard avéré que peut-on attendre sinon de l'ennui ? » s'écria le cadet des deux clercs, tout en époussetant des miettes sur le devant de sa tunique très ornée. Ses amples manches avaient épongé la graisse qui dégoulinait du tranchoir en quantité suffisante pour huiler un gril.

Il ne cherchait pas le moins du monde à baisser la voix, peut-être certain qu'elle serait couverte par le vacarme de la salle. À moins qu'il n'eût jugé que peu importait ce qu'une personne du rang d'Anna pouvait entendre.

« Ni pape des fous ni le moindre jongleur. Pas même un musicien ambulant. »

L'archevêque se racla la gorge. « Un ménestrel aurait risqué de jouer des hymnes lollards. Mais ne vous y trompez pas ! Sir John n'est pas idiot. Il est assez malin pour deviner qui sont ses ennemis. Si je suis là c'est que je lui ai extorqué une invitation lorsque je l'ai rencontré la semaine dernière à la chasse du manoir de Colcut. »

Flemmynge fit un sourire entendu et opina du chef. « Étant donné que je l'ai rencontré à l'abbaye de Rochester, il a été contraint de m'inviter moi aussi.

— Eh bien, à nous deux nous avons effrayé notre proie. Il n'y a aucun risque que Cobham reçoive ici un prédicateur lollard. Son audace ne va pas jusque-là.

N'est-il pas bizarre que l'abbesse ne soit pas présente aux côtés de son bienfaiteur ?

— Je me suis laissé dire qu'elle ne quitte jamais l'abbaye.

— C'est une contemplative ?

— Non. Pas exactement. L'abbaye n'abrite que des scribes, mais l'abbesse souffre de quelque infirmité qui l'empêche d'aller dans le monde. Je ne l'ai rencontrée qu'une seule fois… »

Il baissa la voix en jetant cette fois-ci un coup d'œil dans la direction d'Anna, qui grignotait du blanc-manger tout en feignant l'indifférence.

« Par-dessus sa coiffure et sa guimpe elle porte un fin voile noir qui lui dissimule complètement le visage. »

Ils parlaient de la femme qu'Anna allait appeler « ma mère ». Elle se plongea profondément dans ses pensées afin que leur conversation ne devînt plus qu'un bavardage insignifiant. Ressentant vivement son isolement social sur l'estrade, elle se demanda si elle retrouverait jamais le sentiment d'appartenance qu'elle avait connu dans son enfance. Son regard parcourut la foule des dîneurs et s'attarda sur les grandes dames assises en compagnie de leurs nobles maris. Elle n'avait rien en commun avec elles non plus, sauf peut-être avec une ou deux d'entre elles, qui, malgré les divers pans de satin, de velours et de fourrure qui recouvraient leur ventre proéminent, paraissaient elles aussi enceintes.

Quand le sien commencerait-il à enfler ? Un frissonnement parcourut sa moelle épinière. Comment pouvait-elle ressentir ce frémissement, ce plaisir coupable, chaque fois qu'elle pensait au minuscule petit être qui poussait en elle ? Quand elle imaginait son fils – car l'enfant à venir ne pouvait être qu'un garçon –, elle voyait un gamin blond doté des yeux bleus intelligents et du grand front de Van Cleve. Et elle l'aimait déjà. Comme elle avait aimé le père. Comme elle aimait toujours le père. Car elle savait que Van Cleve serait revenu, s'il l'avait pu.

Une fois de plus, elle se demanda s'il était mort ou s'il avait été victime de quelque malheureux accident. Ou même s'il avait été empêché de la retrouver par le deuil qu'il avait évoqué dans sa dernière lettre. Elle refusait d'imaginer qu'il menait une autre vie, voire qu'il avait une épouse en Flandre, bien que la pensée lui en eût traversé l'esprit plus d'une fois. Non, elle ne pouvait pas le croire. Il l'avait aimée, elle en était certaine. Voilà pourquoi elle avait laissé un mot au petit aubergiste pour indiquer à Van Cleve où elle se trouvait.

Aurait-elle attendu si elle avait su qu'elle était enceinte ? Non. Il valait mieux qu'elle fût là, puisqu'elle avait promis à son grand-père de se rendre en Angleterre. Elle ne pouvait attendre un homme qui risquait de ne jamais revenir.

« Sir John essaie d'influer sur la couronne par l'intermédiaire de Beaufort, déclara Flemmynge à sa droite.

— Il perd son temps. Beaufort ne sera jamais chancelier.

— Mais c'est le favori du prince !

— Peu importe. Tant que je serai archevêque un bâtard ne portera jamais le grand sceau d'Angleterre. Pas même le bâtard de Jean de Gand. »

Le mot « bâtard » écorcha les oreilles d'Anna. Mais son fils ne serait jamais désigné par ce terme. Le monde croirait son enfant orphelin de père. Et elle dirait à son fils que Martin, son père, étudiant à l'université, était mort en défendant la véritable foi.

Le poids de tous ces mensonges à venir pesait sur son cœur aussi lourdement que sur son estomac la nourriture dont elle venait de se gaver.

L'écuyer tranchant vint enlever le tailloir et le remplaça par un autre tout propre, mais Anna n'avait plus d'appétit pour ce qui suivait. Son estomac était plein, et sa vessie aussi. Elle s'apprêtait à demander à lady Joan si elle pouvait disposer quand la châtelaine lui tapota l'épaule.

« Vous avez sans doute envie de vous éloigner un peu d'un si grand nombre d'hommes. En tout cas, moi, j'en ressens le besoin », lui dit-elle en la prenant par la main. Descendant de l'estrade, elles se dirigèrent vers les trois passages voûtés par lesquels on entrait dans la grande salle. Elles s'arrêtèrent brièvement devant la table des chevaliers, où lady Joan posa des questions polies à propos de la santé de ses invités. « Vous avez bonne mine, milady... Quel plaisir de vous voir, milord !... Les mets ont-ils été à votre goût ? »

Plus les politesses duraient, plus la pression se faisait forte dans la vessie d'Anna. Après chaque présentation elle s'efforçait de donner les réponses adéquates, consciente qu'à leur tour les invités évaluaient son importance, sa place dans la noble maisonnée, afin de déterminer le degré de politesse qu'ils devaient lui montrer. S'ils avaient osé lui poser franchement la question au lieu de se contenter de la sonder du regard, Anna leur aurait carrément répondu qu'elle ne détenait aucun rang dans cette maison aristocratique.

Lady Joan se dirigea vers la table des ecclésiastiques où étaient placés les clercs de moindre envergure, car n'appartenant pas à la noblesse, et où plusieurs places étaient restées vides – celles des lollards auxquels, selon lady Joan, on avait conseillé de ne pas venir quand l'archevêque s'était invité à la réception.

« Prieur Timothy, dit lady Joan en s'adressant à un grand homme mince à l'air austère, j'avais espéré voir le frère Gabriel, car je voulais lui présenter ma pupille. »

Le frère Gabriel doit soutenir le mouvement des lollards, pensa vaguement Anna, tout en souhaitant que les présentations se terminassent au plus vite, avant que sa vessie n'éclatât.

« Il est père confesseur de l'abbaye. C'est un moine et un marchand d'indulgences, expliqua lady Joan. Il a l'autorisation personnelle du pape. Il s'agit d'une position fort enviable. J'avais pensé que vous aimeriez le rencontrer hors du confessionnal », poursuivit-elle en faisant son énigmatique petit sourire, sa bouche frémissant comme celle d'un chat.

Ah non ! il ne s'agissait pas d'un sympathisant des lollards… Un marchand d'indulgences ! L'un des prédateurs officiels de Rome. Elle ne risquait pas non plus de le rencontrer à l'intérieur du confessionnal, comme lady Joan le savait d'ailleurs parfaitement. C'était sa façon de se moquer et du prieur et du marchand d'indulgences, sans les insulter ouvertement.

Bien sûr, le prieur ne saisit pas l'ironie du commentaire. « Le frère Gabriel a eu un malaise. Peu après le début du festin. Juste au moment où votre groupe s'approchait de l'estrade d'honneur. Ç'a été tout à fait étrange. Il est devenu tout pâle, a murmuré qu'il ne se sentait pas bien, avant de se précipiter vers la porte. Comme il ne revenait pas, je suis allé le chercher, mais je n'ai pas réussi à le retrouver.

— Il ne s'agit sûrement que d'un peu de fièvre. Dès

demain, j'enverrai prendre de ses nouvelles à l'abbaye. »

Toutefois, Anna n'entendit guère ces derniers mots. Elle avait déjà franchi le passage voûté et filé vers la garde-robe du rez-de-chaussée qui desservait la grande salle.

VINGT-NEUF

Même si vous avez de pleines poches d'indulgences [...]. Même si on vous trouve parmi les frères des quatre ordres. Même si vous détenez des doubles indulgences [...] J'accorde à vos bulles papales et à vos indulgences la valeur d'une gousse de pois !

William LANGLAND,
Pierre le laboureur (XIVe siècle)

L'abbesse avait tellement l'habitude d'apercevoir les visages à travers sa voilette noire que les êtres humains avaient tous à ses yeux quasiment le même teint et la même couleur de cheveux. Or, même vue à travers les fines mailles du voile, la jeune femme qui se tenait à présent devant son bureau possédait quelque chose de différent.

« Abbesse, je vous ai apporté un cadeau. » Sir John passa le bras sur les épaules de la nouvelle venue et la poussa doucement en avant. « Je vous présente Anna Bookman. Elle est de Prague où elle travaillait avec son mari, martyrisé pour la cause que nous servons, et est venue courageusement jusqu'à nous pour trouver refuge et travail. »

C'était la chevelure. Voilà d'où venait la différence. Presque inconsciemment l'abbesse souleva son voile afin de mieux distinguer les traits de la jeune personne. Elle n'avait connu qu'un seul autre être doté d'une telle chevelure. Elle se leva pour saluer la jeune femme, qui était aussi grande qu'elle. Elles se tenaient face à face, séparées seulement par le bureau. L'abbesse triturait sa plume pour empêcher sa main gauche couverte de cicatrices de se lever spontanément et de caresser les mèches cuivrées qu'un petit fichu de dentelle avait du mal à contenir. En un geste réflexe, la jeune femme rajusta son foulard.

« Un refuge, sans aucun doute, répondit l'abbesse. Et un chaleureux accueil. Mais comment lui procurer un emploi parmi des nonnes qui font tout elles-mêmes, y compris les plus humbles besognes ? »

Les yeux bleus grands ouverts de la jeune femme fixaient ceux de l'abbesse, clignant à peine lorsque celle-ci révéla son visage marqué de cicatrices. Elle ne se détourna pas d'un air gêné comme les autres le faisaient, les rares fois où Kathryn soulevait son voile. Même sir John parla en fixant un point derrière l'épaule de l'abbesse. Pour dissiper le malaise, celle-ci abaissa la voilette, et le regard du châtelain se posa de nouveau sur son visage.

« Anna est une excellente copiste. Elle recopiait l'Écriture avec son mari et elle peut traduire du latin en anglais et en tchèque. Elle a travaillé à l'université de Prague avec les disciples de Jan Hus. »

L'abbesse avait entendu parler de Hus. Elle savait que, sous sa direction et grâce à ses prédications enflammées, le mouvement lollard était devenu très puissant en Bohême. Elle savait également que Prague constituait l'ultime destination pour un grand nombre des copies de l'enseignement de Wycliffe produites par l'abbaye. Si la jeune femme pouvait vraiment traduire directement en tchèque, cela permettrait de sauter une étape. Ce serait un vrai don du ciel.

« Est-elle consciente du risque encouru ? » s'enquit l'abbesse. Elle avait une telle confiance en sir John qu'elle n'imaginait pas un seul instant que la nouvelle venue pût être une espionne. « Sait-elle que ces transcriptions sont illégales et que ceux qui les effectuent sont passibles de graves châtiments ?

— Elle le sait parfaitement. Son mari a été exécuté et elle a été expulsée de son logis pour cette raison. Son voyage jusqu'ici a été jalonné d'embûches. Elle obéissait aux dernières volontés de son mari. »

Les yeux de la jeune femme papillotèrent. Sans doute assaillie par d'angoissants souvenirs, elle baissa le regard, parut étudier ses mains.

« Est-ce vrai, madame Bookman ?

— En effet, répondit Anna en relevant les yeux. C'est la vérité. Je suis copiste et je suis toute disposée à traduire les Écritures pour vous. Il est également vrai que je partage votre croyance que la sainte parole de

Dieu doit être accessible dans leur propre langue à tous ceux qui savent lire. » Les yeux de la jeune femme étaient d'un bleu insolite.

« Eh bien, madame Bookman, vous êtes tout à fait la bienvenue et…

— Appelez-moi Anna, s'il vous plaît.

— Et vous "ma mère". »

La gorge nouée, Anna hocha la tête. « Oui, ma mère », souffla-t-elle, avant d'ajouter : « Merci de nous recueillir.

— "Nous" ? »

Sir John se racla la gorge. « Il y a autre chose. Quelqu'un d'autre… Un garçonnet infirme. Mais si l'abbaye ne peut pas le recevoir nous pouvons…

— Quel âge a ce garçonnet ? demanda l'abbesse à Anna.

— Entre six et huit ans. Je ne connais pas son âge exact. Il a été abandonné à cause de son infirmité. » Anna tritura de nouveau le fichu de dentelle et glissa une mèche dessous.

« Et vous vous en occupez toute seule ?

— Oui…, ma mère. Il y avait une autre femme, mais elle est morte.

— Eh bien ici on vous aidera, et il trouvera parmi les sœurs d'autres personnes pour l'aimer. »

Pour la première fois depuis le début de l'entretien, les traits d'Anna se détendirent, même si l'abbesse remarqua que ses épaules restaient raides.

« Il y a encore une chose, dit-elle. Il y en aura un autre.

— Un autre ? »

La jeune femme plaça son bras sur son ventre, comme pour le protéger.

« Ah ! je vois, fit l'abbesse.

— Cela s'est passé avant... que Martin ne soit exécuté. »

L'abbesse se tourna vers sir John, dont le regard semblait une nouvelle fois fixé sur un point fascinant du mur derrière elle. Il était rouge comme une pivoine.

« Eh bien, sir John, il semble qu'aujourd'hui vous nous ayez apporté non pas un mais trois présents. Vous pouvez me confier Anna et nous l'installerons dès ce soir. Après que nous aurons eu le temps de faire connaissance, dès demain j'imagine, vous nous amènerez le garçonnet. Si cela vous agrée, bien sûr. »

Sir John fit un large sourire, le troisième bourrelet de son menton devenant rose pâle.

« Cela m'agrée. Le jeune Bek et moi viendrons vous voir demain. Quand je suis parti il jouait avec un flûtiau métallique, heureux comme un pape. » Il fit une révérence de cour puis pivota sur ses talons.

« Je pense que sir John est ravi d'être libéré de ces papotages de femmes, dit l'abbesse en riant. Bon, asseyez-vous ! Je vais sonner pour qu'on nous apporte une collation. Nous pourrons ainsi mieux faire connaissance. Ensuite je vous installerai dans vos chambres. L'appartement des hôtes de passage est occupé par un ancien frère résident, mais il y a deux chambres derrière le réfectoire, petites mais plus spacieuses que les cellules des sœurs. Vous et vos enfants y serez à l'aise. »

Une cloche de la chapelle émit un son monotone. « C'est l'appel à la prière. Les sœurs vont être occupées. Je vais aller nous chercher moi-même du pain et du beurre, ainsi que du cidre chaud. Reposez-vous en attendant. »

Quand elle revint peu après chargée d'une cruche en

faïence, la jeune femme était appuyée contre le haut dossier du fauteuil, la tête rejetée en arrière, les yeux fermés. Un très léger ronflement signalait le rythme régulier de sa respiration. Elle avait ôté son fichu, qu'elle tenait toujours à la main. Sa lumineuse chevelure se déversait sur ses épaules, mais c'est la façon dont une mèche traversait le grand front qui causa à Kathryn un pincement au cœur. Comme il est bizarre qu'un tout petit détail, telle une couleur de cheveux, puisse évoquer un ancien souvenir, une vie oubliée. Tu es une vieille femme sentimentale et stupide, se morigéna-t-elle. Elle ne put s'empêcher cependant de tendre la main et d'écarter la mèche de la paupière close.

Une braise bougea dans la petite cheminée qui chauffait le bureau, faisant fuser une gerbe d'étincelles, mais le bruit n'altéra même pas le rythme de la respiration de la jeune femme. L'abbesse se souvint de l'épuisement qui avait accompagné sa grossesse, même si cela s'était passé il y avait si longtemps qu'elle avait l'impression que c'était arrivé à quelqu'un d'autre. Elle avait à peu près l'âge d'Anna – âge avancé pour une première grossesse – quand elle était tombée enceinte de ses jumeaux. Dans un soupir, elle couvrit la jeune femme du châle de laine accroché à son propre fauteuil puis alluma la chandelle posée sur sa table de travail. Combien de temps Anna allait-elle continuer à dormir ?

Elle prit sa plume. Elle pouvait au moins copier quelques lignes supplémentaires avant la chute complète du jour. Quelque chose chez la jeune femme endormie rendait moins lugubres les ombres envahissantes. Kathryn se sentait l'âme mystérieusement légère.

Dans les chambres douillettes de l'abbaye, Anna se sentit chez elle. Le lendemain, comme promis, sir John amena Bek, et lui et Anna s'installèrent confortablement près de leur petite cheminée. Le jour suivant, une pluie froide se mit à tomber, emprisonnant l'abbaye dans son étroit univers de grisaille.

La nuit, Anna dormait profondément, bercée par la pluie dégouttant des toits, et le jour elle dévorait les plats simples mais nourrissants préparés à la cuisine : soupes épaisses à base d'avoine bouillie, de moelle, et de tubercules trop secs et ratatinés pour être mangés autrement. Il y avait toujours abondance de pain frais et de crème, produite par le petit troupeau de vaches laitières dont s'occupaient les sœurs.

Dans l'écritoire, on assigna à Anna un pupitre doté de deux encriers – un pour le rouge et l'autre pour la sépia –, miraculeusement remplis chaque matin, ainsi qu'un haut tabouret. Sa voisine était une aimable vieille sœur appelée Matilde. Les seize sœurs étaient assises par rangs de quatre, séparées par une allée courant sur toute la longueur de la longue salle rectangulaire et traversée par une autre allée. Les pupitres ont dû être placés volontairement assez loin les uns des autres, se dit Anna, de façon à décourager les bavardages et, vu la nature du travail de l'abbaye, à empêcher les regards de s'égarer. Le pupitre d'Anna était le dernier, près de la fenêtre donnant à l'ouest, afin qu'elle pût profiter des derniers rayons de soleil, tandis que celui de Matilde se trouvait au bord de l'allée. Anna nota que plusieurs des pupitres était inoccupés avant de se rappeler que l'abbesse avait précisé que de nombreuses copistes effectuaient également des tâches à la cuisine et au jardin. Mais elle remarqua que son pupitre, celui de

Matilde, ainsi que quatre autres étaient presque toujours occupés.

« Nous devons être discrètes, ma chère », avait expliqué sœur Matilde en tendant à Anna un *bifolium* – feuille de vélin pliée en deux pour faire deux pages – à demi utilisé. Plusieurs *bifolia* constituaient une « main » et plusieurs « mains » étaient cousues ensemble pour former un livre. Ce *bifolium* était un poème de Christine de Pisan qu'elle devait placer sur son vrai travail chaque fois que des visiteurs entraient dans l'écritoire. Sur le lutrin, au-dessus de son pupitre où était posé le mince texte des sermons de John Wycliffe qu'elle était en train de traduire en tchèque, se trouvait également un livre de Christine de Pisan.

Pour lui faire une démonstration, sœur Matilde fit glisser une feuille sous l'autre. « Même certaines sœurs ignorent tout de ce que nous copions », déclara-t-elle en désignant d'un hochement de tête significatif une sœur corpulente qui les fixait d'un air maussade à l'autre bout de l'écritoire.

Mais cette semaine-là Anna n'eut pas à faire son tour de passe-passe. Sœur Agatha ne s'arrêta pas près de son pupitre pour bavarder avec la nouvelle copiste, quoiqu'elle eût lancé moult regards sombres ou curieux en direction d'Anna lorsqu'elle promenait ses larges hanches le long de l'allée.

Aucun visiteur ne vint à l'abbaye, le brouillard et les pluies d'hiver décourageant les voyageurs de s'aventurer trop loin de leur foyer. Anna passait ses journées à effectuer le travail qu'elle aimait, et même Bek avait trouvé une occupation. Il tolérait bien le son harmonieux des cloches qui appelaient les sœurs à la prière et se jetait avec empressement dans leur sillage chaque fois que celles-ci se rendaient à la chapelle. Elles chantaient l'office divin accompagnées par les notes frêles et aiguës de son flûtiau. Les sœurs avaient commencé par l'ignorer, avant de tolérer sa présence et de finalement l'accepter dans leur monde. Certaines lui faisaient un clin d'œil et un sourire amicaux quand elles passaient devant le coussin posé au pied du tabouret d'Anna, sur lequel il s'installait pour pratiquer sa musique. Au grand soulagement d'Anna, sœur Matilde lui avait assuré que cela ne la dérangeait pas. Grâce à son souffle délicat les sons du flûtiau étaient légers et mélodieux et rappelaient à Anna le carillon de sa maison de Prague, lorsque le vent soufflait dans les coquilles accrochées dans la petite cour.

Les cloches de la chapelle sonnèrent trois fois, appelant les sœurs à none, la dernière « petite heure », au milieu de l'après-midi. Elles posèrent leur plume d'un seul mouvement et se levèrent, certaines s'étirant discrètement, d'autres étouffant un bâillement, sans doute ravies d'interrompre leur fastidieux travail d'écriture. Bek se remit debout tant bien que mal, se redressant en agrippant d'une main puis de l'autre un pied du tabouret d'Anna avant d'attraper celle de Matilde pour garder l'équilibre. Ils se joignirent à la file des sœurs. Sœur Matilde fermait toujours la marche à cause de l'infirmité de Bek, mais Anna considérait comme un véritable miracle que le gamin pût marcher sans s'appuyer sur la béquille que Van Cleve lui avait fabriquée. Si ses jambes flageolaient et avançaient toujours par à-coups, en tout cas elles le soutenaient.

L'écritoire se vida, laissant Anna toute seule, dispensée qu'elle était de l'obligation d'assister aux offices. Bizarrement, cette exclusion ne la peinait pas autant que celle que lui avaient infligée les gitanes. Pouvait-on d'ailleurs vraiment parler d'exclusion puisque les sœurs auraient sans doute vu d'un bon œil sa présence parmi elles ? Si Anna n'avait pas le moindre désir de psalmodier les prières rituelles, elle se sentait en un sens liée à ces femmes par une cause commune, et même par la prière, préférant cependant prier toute seule, réciter une action de grâces personnelle pour remercier Dieu d'avoir permis que Bek et elle trouvassent enfin un havre.

Son grand-père avait eu raison de l'envoyer là. Elle aurait dû venir plus tôt. Non ! pas question de regretter son séjour rémois. Comment pourrait-elle le regretter ? Pas lorsqu'elle se revoyait enlacée par les bras de Van Cleve, souvenir qui risquait d'être à jamais son seul réconfort au milieu de toutes ces femmes. Et comment pourrait-elle regretter leur « liaison coupable », comme d'aucuns auraient appelé leur relation, alors qu'elle savait que leur fils croissait en elle, fils qu'elle aimait déjà ? Elle éprouvait malgré tout un vague remords. Que dirait la mère supérieure si elle apprenait la vérité à propos de son enfant ?

Elle jeta un coup d'œil par la fenêtre à la galerie du cloître et au-delà, à la fontaine à trois étages, où les gouttes de pluie tombaient comme des larmes dans l'eau calme de la vasque du niveau inférieur. Eau tranquille comme l'étang de larmes qui s'infiltrait dans les trous béants de son cœur. Des larmes pour Martin, pour son grand-père, pour Van Cleve, qui l'avait abandonnée. Toutefois elles n'étaient pas toutes amères, ces larmes. Certaines recelaient de l'espoir. Van Cleve lui avait laissé cette partie secrète de son être qui encourageait en elle un sentiment de charité assez fort pour lui permettre de nourrir l'espoir que tôt ou tard il retournerait, comme il l'avait toujours prévu, à la petite auberge de la rue Saint-Luc. Découvrant qu'elle avait quitté les lieux, il partirait à sa recherche. L'aubergiste lui remettrait l'Évangile de saint Jean et le petit mot lui indiquant où elle était allée. Cette pensée lui mettait du baume au cœur. Elle se sentait aussi ragaillardie lorsqu'elle songeait à quel point son grand-père aurait été heureux de savoir qu'elle avait tenu sa promesse et poursuivait la tâche à laquelle il avait consacré son existence.

Bientôt les sœurs – et Bek – allaient revenir. La pièce allait à nouveau résonner du chuchotis des plumes sur le parchemin, du grattement des canifs sur la peau de veau préparée, ainsi que de la complainte de Bek. (Désormais, il ne chantait plus « An na » mais certains mots des prières : *kyrie eleison* et *Je su Je su*.)

Elle devait aller à la garde-robe avant le retour des sœurs. Depuis quelque temps les exigences de sa vessie paraissaient suivre le rythme des heures canoniales. Elle n'aimait pas laisser Bek tout seul, de peur que les sœurs ne crussent qu'elle se servait d'elles. Elle enfila la mante à capuchon accrochée à la patère près du tabouret et fouilla dans les papiers à la recherche du poème français qu'elle posait soigneusement sur son travail, laissant sa plume sur le dernier mot inachevé, comme si elle s'était arrêtée au milieu d'une phrase. Ensuite, elle plaça le recueil de poèmes sur le texte de Wycliffe avant de se diriger vers le *necessarium* situé derrière le prieuré.

Elle releva le capuchon pour couvrir sa chevelure puis poussa la porte derrière elle. Inutile de la fermer au loquet, les sœurs ne le faisaient jamais lorsqu'elles allaient prier. Et qui par ce temps allait venir farfouiller dans une innocente abbaye pleine de femmes ?

Le frère Gabriel était confortablement assis devant la petite cheminée et se frottait le mollet, grimaçant lorsqu'il touchait la partie sensible. Le retour de Cantorbéry sous la pluie avait aggravé le mal. Qu'avait dit mame Clare à propos de la douleur à la jambe dont souffrait le frère Francis ? Qu'il la sentait par temps de pluie ? La douleur courait de la hanche à la cheville, telle une coulée de lave. Il se dirigea vers le petit placard en bois et en sortit un flacon acheté chez un apothicaire de Londres, en versa quelques gouttes dans sa main et se massa la jambe avec précaution, tandis que l'odeur de menthe poivrée se répandait dans l'air.

À coup sûr la douleur était envoyée par le diable pour punir l'oint du Seigneur. Ou peut-être par Dieu lui-même ? Le frère Francis avait subi le même châtiment vers le milieu de sa vie. Après qu'il eut défloré une vierge. Puis qu'il l'eut renvoyée après lui avoir volé son enfant.

« Votre mère n'était pas une putain. Elle était vierge la première fois où le frère Francis l'a connue », avait affirmé mame Clare. Il entendait encore le ton de reproche, l'accent mis sur « connue » ne laissant guère de doute sur le fait que le mot devait être compris au sens biblique. Au moins le frère Gabriel avait-il cru qu'Anna était veuve quand il lui avait fait l'amour pour la première fois. Van Cleve, lui, s'en fichait éperdument. Cependant, le marchand nourrissait de bien plus pures intentions à l'égard d'Anna que le prêtre. Van Cleve avait été aussi naïf à propos de la pureté de ces intentions que le frère Gabriel avait été fourbe… Où commençait une personnalité et où finissait l'autre ? La douleur à la jambe était-elle envoyée par Dieu ou par le diable ? « Les pères mangent du raisin vert et les dents de leurs enfants sont agacées. » Les péchés des pères…

Il reposa le flacon d'huile de menthe poivrée et se releva avec précaution, grimaçant au moment où tout son poids reposa sur son pied. Van Cleve avait peut-être disparu, mais Anna Bookman s'attardait dans les pensées du frère Gabriel. Assoté de cette femme, il était incapable de discipliner ses pensées, telle une malheureuse victime de la mythologie grecque. Il voyait partout son enchanteresse. Son image tapissait l'intérieur de ses paupières closes comme quelque merveilleuse tenture, son visage se plaquait sur celui des saintes des tableaux, le halo de sa lumineuse chevelure chatoyait dans des coupes pleines de vin immobile. Deux semaines plus tôt, son imagination la lui avait montrée dans la personne que les Cobham présentaient comme leur pupille, installée à la table d'honneur à côté de lady Joan. Il s'était comporté en véritable imbécile, Seigneur Dieu ! Il avait été si bouleversé que ses genoux s'étaient dérobés sous lui, même le lendemain quand on l'avait chargé de raccompagner l'archevêque à Cantorbéry.

Ce voyage à Cantorbéry avait suffi à aggraver la douleur de sa jambe. Le frère Gabriel, le commissaire Flemmynge et l'archevêque Arundel avaient voyagé tous les trois dans l'espace restreint de la voiture tendue de lourdes draperies. Tandis que Flemmynge, le flagorneur, vitupérait les hérétiques, Gabriel avait appuyé sa tête contre la boiserie de la voiture et fermé les yeux, dans l'espoir que ses deux compagnons le croiraient endormi. Mais comment aurait-il pu dormir alors qu'Anna se tenait sur le seuil de la petite maison rémoise, dans l'attitude où il l'avait vue pour la dernière fois, les yeux luisant de larmes non versées ?

« D'après Flemmynge, on devrait se concentrer sur l'abbaye. »

Il y avait eu un silence et il s'était rendu soudain compte que c'était à lui que s'adressait l'archevêque. Il avait ouvert les yeux.

« Je vous demande pardon, Votre Excellence ?

— J'ai dit que nous devrions nous concentrer sur l'abbaye. L'avez-vous fouillée ? » Les paroles de l'archevêque montaient et descendaient selon les mouvements de la voiture cahotée par les ornières des routes hivernales.

« Je me suis rendu maintes fois à l'écritoire pendant que les sœurs travaillaient à leurs copies, la dernière fois en compagnie de Flemmynge », avait-il répondu en regardant droit dans les yeux l'évêque, qui s'était assis à côté de l'archevêque pour pouvoir plus facilement chuchoter derrière sa main.

« Alors peut-être devriez-vous la fouiller quand il n'y a personne », avait rétorqué Arundel, d'un ton ironique.

Flemmynge avait fait un sourire sarcastique.

« Oldcastle, avait poursuivi l'archevêque, va être convoqué pour expliquer ses actes à l'occasion de la fête du bienheureux saint Thomas Becket.

— Pourquoi ? Qu'a-t-il fait ? » avait demandé Gabriel.

Les rides en forme de parenthèses qui encadraient le visage de l'archevêque s'étaient creusées. « Le prince Harry lui avait enjoint de fournir une garde pour border le chemin emprunté par la procession de la Sainte Croix.

— Il a refusé ?

— Il a fait pis. Au passage du cortège, tous les vassaux portant l'armure et la livrée du châtelain ont tourné le dos à la Sainte Croix où figurait l'image de Notre-Seigneur. »

Gabriel avait eu un haut-le-corps. Quelle témérité, même de la part de sir John ! Quelle imprudence ! Il s'agissait d'un véritable défi lancé non seulement à l'Église mais aussi au roi, qui lui avait donné l'ordre de participer à la procession. Force était d'admirer le courage de l'homme. Ou de déplorer sa sottise.

Flemmynge avait altéré son sourire figé pour faire un commentaire. « Le prince Harry est mécontent. Oldcastle est convoqué la veille de la Chandeleur pour répondre de ce crime contre Dieu. »

La Chandeleur. Le moment idéal pour mettre en évidence les tendances hérétiques de sir John. La bénédiction des chandelles était l'un des nombreux rituels vilipendés par les lollards.

« Au moment où vous avez accepté son hospitalité, avez-vous annoncé à sir John qu'il allait être convoqué sous peu ? » s'était enquis Gabriel sans pouvoir maîtriser son ton narquois.

L'archevêque avait roté et froncé les sourcils avant de répondre. « Non. Il vaut mieux le laisser croire qu'il s'en est bien tiré, en attendant que nous recueillions davantage de preuves. Vous retournerez à l'abbaye avant la fin de la semaine… Ainsi vous aurez tout le loisir d'offrir des indulgences à Cantorbéry aux pèlerins qui ont le courage de braver le mauvais temps. À votre retour à l'abbaye, effectuez une fouille complète de l'écritoire, et agissez cette fois en l'absence des sœurs. Vous jouirez de deux semaines pour recueillir de nouvelles preuves avant la convocation. »

Deux semaines, avait dit l'archevêque. À partir d'aujourd'hui.

Quand les cloches de l'abbaye appelèrent à none, Gabriel replaça l'onguent dans le placard et enfila délicatement sa botte par-dessus son mollet endolori. Puis il releva son capuchon et sortit discrètement de la résidence des hôtes de passage. None était un office plus court que certains autres, mais il était sûr que l'écritoire serait inoccupée pendant une quinzaine de minutes. Il aurait le temps de commencer la fouille.

Lorsque Anna revint du *necessarium*, les sœurs commençaient déjà à sortir de la chapelle en une longue file qui serpentait, tel un cordon de soie noire, le long du péristyle du cloître. Traversant la cour en diagonale, elle ouvrit la porte de l'écritoire la plus proche de son pupitre et fut surprise de découvrir qu'elle n'était pas la première à revenir. À l'autre bout de la longue salle rectangulaire quelqu'un se penchait au-dessus de l'un des pupitres.

Si, à cause de la faible clarté de cet après-midi d'hiver, le côté est de l'écritoire était déjà plongé dans la pénombre, on voyait néanmoins distinctement que la personne penchée au-dessus du pupitre de sœur Agatha portait un capuchon et non pas une guimpe. Anna était sur le point de saluer le visiteur, quand, sans doute surpris par le souffle d'air froid provoqué par l'ouverture de la porte, il sortit prestement par celle située à l'autre extrémité de la pièce et qui donnait non pas sur le péristyle mais sur le réfectoire.

Était-ce l'« ancien frère résident » signalé par l'abbesse ? Mais alors que faisait-il devant le pupitre de sœur Agatha et pourquoi avait-il fui, tel un lièvre effrayé qui se précipite dans son terrier ? Cela ne tirait sans doute pas à conséquence, mais elle en parlerait quand même à la mère supérieure la prochaine fois qu'elle la verrait. Soufflant sur ses doigts gelés pour les réchauffer, elle s'installa sur son tabouret, posa ses pieds sur les briques agréablement chaudes qui, plusieurs fois par jour, semblaient être aussi miraculeusement changées que les encriers étaient remplis. Pour la maintenir en place, elle plaça sous les cordons chargés de poids la liasse contenant les pages une et deux, puis prit dans une main son canif pour gratter les erreurs, sa plume dans l'autre, et se remit à la tâche. Elle leva les yeux juste assez longtemps pour sourire à Bek au moment où le garçonnet s'installa à ses pieds.

Le moine fureteur sortit de son esprit aussi promptement qu'il avait quitté l'écritoire.

Le frère Gabriel attendit deux jours avant de faire une nouvelle tentative, persuadé que la jeune postulante – ses vêtements indiquaient qu'il ne s'agissait pas d'une nonne – avait signalé son espionnage à l'abbesse. Il n'aurait jamais dû tenter de fouiller l'écritoire durant les « petites heures » ; il aurait dû savoir qu'il ne disposerait pas d'assez de temps.

Je n'ai pas le cœur à l'ouvrage, se dit-il. Voilà pourquoi je me montre un si piètre espion. Pour quelle raison les gens qu'il admirait le plus semblaient-ils se trouver dans l'autre camp ? Sir John, par exemple. Force était d'admettre que l'homme avait le courage de ses convictions. Et l'abbesse. Il avait étrangement envie de baigner son âme blessée dans les eaux limpides de son esprit. Et puis, bien sûr, il y avait eu Anna, qui rejetait l'idée même que la grâce pût être dispensée par les prêtres, les moines et autres marchands d'indulgences. Ces gens ne comprennent pas la fragilité de l'esprit humain, voilà ce qu'aurait dit le frère Francis. Ils ne comprennent pas pourquoi une âme n'a ni la force ni la pureté pour rencontrer Dieu sans le soutien de l'oint du Seigneur.

Les clefs du royaume n'appartenaient pas à quiconque les réclamait, il en était intimement convaincu. Cependant, quelque chose faisait pencher son esprit du côté des hérétiques ou, à tout le moins, lui permettait de commencer à saisir comment leur étaient venues leurs idées hétérodoxes.

L'abbesse ne l'ayant pas convoqué dans son bureau, il osa se décider à faire une nouvelle tentative, mais il attendrait jusqu'aux vêpres. Les sœurs prenaient leur dernier repas juste après cet office. Cela lui donnerait assez de temps pour se livrer à une fouille complète.

Mais que ferait-il s'il dénichait quelque chose ? Voilà la question à laquelle il lui faudrait alors répondre. Il les dénoncerait, bien sûr. Que pourrait faire d'autre un fidèle fils de l'Église ?

Lorsque les cloches appelèrent à vêpres, il attendit que s'estompât le bruit des derniers pas, puis alluma une petite lampe et sortit dans le cloître. Il pourrait prendre tout son temps. Les fenêtres de l'écritoire étaient déjà sombres. Les sœurs n'y reviendraient pas ce soir-là.

Anna se demanda plus tard ce qui aurait pu se passer si elle s'était inquiétée de la flamme vacillant derrière les fenêtres de l'écritoire, les éclairant l'une après l'autre, comme quelque luciole fantôme au milieu de l'hiver. Il s'agissait sans doute d'une des sœurs de retour des vêpres en train de remplir les encriers en prévision du travail du lendemain ou de ramasser les copies terminées, se dit-elle, avant de penser à autre chose. Bek et elle avaient été invités à dîner chez l'abbesse dans ses appartements. Elle ne voulait pas arriver en retard, car elle adorait ces moments d'intimité passés auprès de la mère supérieure.

TRENTE

S'il était possible que toi, Conscience, tu te trouves toujours à la cour des rois, et que la Grâce, tant vantée par vous, les clercs, soit votre guide à tous.

William LANGLAND,
Pierre le laboureur (XIVe siècle)

Dans sa chambre à l'abbaye de Westminster, le prince Harry terminait la composition musicale que l'on devait jouer aux funérailles de son père. Les médecins avaient indiqué qu'il ne s'agissait plus que d'une question de jours, peut-être d'heures, après qu'Henri Bolingbroke, le roi Henri IV, eut subi une attaque alors qu'il était en prière dans la salle Jérusalem de l'abbaye de Westminster. Il ne pouvait plus ni parler ni même bouger, était incapable de manger ou de boire. Il se trouvait donc à l'article de la mort, et le prince Harry, qui avait été appelé au chevet de son père, devait être couronné immédiatement après le décès. Il avait d'ailleurs déjà essayé le diadème royal.

Cela lui seyait plutôt bien.

Harry avait écrit la musique sur deux pages et inscrit avec soin les neumes, ces signes placés au-dessus de chaque syllabe qui indiquent si la ligne mélodique monte ou descend. Il n'y avait pas une seule mélodie mais deux, polyphonie qu'on chanterait en contrepoint.

Il allait d'abord envoyer chercher l'archevêque – qui veillerait lui aussi le mort – pour solliciter son accord. Puis il ferait copier la partition afin de la faire distribuer aux musiciens de la Cour. Tandis que la mélodie jouait dans sa tête, il réfléchissait à la signature qu'il y apposerait. Comment la signer ? Henri V ? Prince Harry ? Non, il faudrait un nom spécialement choisi pour signer sa musique. Il prit la plume et apposa son parafe d'un geste large. « Roy Henri ». La signature avait fière allure.

Le prince Harry était en train de jouer l'une des deux mélodies sur son luth, tout en indiquant à lord Beaufort comment jouer l'autre, quand, répondant à sa convocation, l'archevêque surgit sur le seuil.

« Non, Excellence, pas encore ! lança Harry, comme Arundel se précipitait dans la pièce. Aucune nouvelle concernant Sa Majesté. Je vous ai convoqué à propos d'une autre question. Préparez-vous à écouter un morceau composé par votre prince. » Harry fit signe à Beaufort de commencer. « Psaume vingt-trois. Il sera chanté aux funérailles de mon père. Mais il ne s'agira pas d'un chant funèbre. Je ne raffole pas des chants funèbres. » Il égrena les notes de la seconde mélodie.

L'archevêque se renfrogna. Son attitude demeura inchangée pendant que jouaient les deux luths. Après la dernière note, le silence se fit dans la pièce.

« Eh bien ? Qu'en dites-vous ? demanda Harry, incapable de maîtriser son impatience.

— Votre Altesse, c'est un air… digne du passage à trépas d'un monarque. Je suis sûr qu'il le serait encore plus si l'accompagnateur de Votre Grâce était moins inepte… Mais lorsque Votre Altesse aura le temps de m'écouter, je discuterai avec elle de sujets plus graves. » L'archevêque esquissa un semblant de révérence et recula d'un pas. « Je reviendrai lorsque Votre Grâce sera seule. »

Irrité par le dédain que l'archevêque affichait envers son favori – ainsi que par son manque de goût musical –, Harry répliqua d'un ton sec : « Je vous en prie, Excellence, parlez-nous de ces “sujets plus graves”. Nous n'avons aucun secret pour notre oncle. »

Maintenant tu vas avoir une bonne raison de te renfrogner, pensa Harry, avant de se rappeler qu'il n'était pas encore roi et qu'Arundel pouvait être un puissant ennemi. Il fit un signe de tête d'excuse à Beaufort. « Revenez nous voir, mon oncle, dès que vous aurez terminé votre dîner. »

Ne faisant aucun cas d'Arundel, comme s'il ne se trouvait même pas dans la pièce, Beaufort fit une profonde révérence. « À vos ordres, Votre Altesse, dit-il, avant de quitter les lieux à reculons.

— Voilà, Excellence, dit le prince à l'archevêque, je suis tout ouïe.

— Il s'agit de lord Cobham, Votre Grâce. La

Chandeleur est passée. Lord Cobham ne s'est pas rendu à votre convocation et ne s'est pas présenté à Leeds pour répondre de son hérésie.

— À cause des inondations, les routes ne sont guère praticables.

— Il n'a même pas pris la peine d'envoyer un messager pour expliquer son retard, rétorqua l'archevêque.

— Si sir John n'a pas pu emprunter la route, comment un messager en aurait-il été davantage capable ? » répliqua Harry sans parvenir à maîtriser son agacement.

L'archevêque se contenta de hocher la tête, reconnaissant à contrecœur le bien-fondé de l'argument. « Il y a quelque chose de pis, Votre Grâce. »

Quelque chose de pis ? Que pouvait-il y avoir de pis que de désobéir à son maître et seigneur ? « Eh bien, dites de quoi il s'agit, avant que cela ne vous brûle les lèvres, puisque vous êtes si pressé de faire traîner devant vous, chargé de chaînes, l'ami de votre prince.

— Le frère Gabriel a fouillé l'écritoire de l'abbaye, qui est protégée par lord Cobham, et il y a trouvé des preuves à charge absolument irréfutables.

— Quelle sorte de preuves ?

— Les sœurs copient les textes interdits.

— Vous voulez dire les Écritures en anglais ?

— Pas seulement les Écritures, Votre Grâce. Elles copient et traduisent les enseignements de l'hérétique Wycliffe. » Il plongea la main dans les plis de son volumineux manteau de laine rouge et en retira une mince liasse de parchemins, qu'il remit à Harry. Les mots étaient tracés d'une fine écriture dans une langue que le prince ne comprenait pas. Il reconnut cependant le nom de John Wycliffe dans le titre.

« Comment vous êtes-vous procuré ce texte ? Qu'est-ce qui nous prouve que ce n'est pas un faux ?

— Un faux, Votre Grâce ? Vous n'accusez quand même pas la sainte Église…

— Je n'accuse personne. Je cherche seulement à connaître la vérité en la matière.

— Le frère Gabriel m'a remis cette preuve en main propre. Il a bravé l'état des routes inondées afin de servir son Église et son roi. Et ce n'est pas tout. Une bible en anglais, semblable à celles utilisées par les lollards, a été trouvée dans Paternoster Row. Elle contenait une facture au nom de sir John Oldcastle. »

Pas moyen de se débarrasser de l'importun… Aussi Harry décida-t-il de lui donner un os à ronger.

« Demandez au frère Gabriel de venir nous voir.

— Le frère Gabriel est en voyage. Il devait s'occuper d'affaires personnelles. Je lui ai permis de partir en remerciement de son courage. Mais il sera de retour à temps pour témoigner au procès.

— Au procès ! Votre Excellence, prenez garde à ne pas tirer des conclusions hâtives ! Nous ne souhaitons pas que notre premier acte royal soit de faire passer en jugement une abbaye de sœurs.

— Les sœurs ne seront que le moyen de faire tomber lord Cobham. Il suffira de les effrayer pour qu'elles avouent…

— Laissez-nous les documents, le livre et la facture. Nous les examinerons pour déterminer s'ils présentent le moindre intérêt.

— Mais, Votre Grâce, il est certain…

— Votre Excellence, maintenant vous pouvez nous laisser étudier ces “preuves”.

— À votre guise, Votre Grâce. »

Une fois l'archevêque parti, Harry prit son luth et se mit à jouer sa mélodie. Finalement, on dirait bien une mélopée funèbre, pensa-t-il.

Sa mission terminée, le frère Gabriel avait décidé de partir à la recherche de mame Clare. Il souhaitait la rencontrer maintenant que son esprit n'était plus embrumé par le chagrin, la regarder droit dans les yeux et l'entendre répéter l'accusation selon laquelle le frère Francis était son géniteur. Elle avait affirmé que Jane Paul était morte, mais peut-être pourrait-il découvrir les circonstances de sa mort, apprendre si elle avait d'autres enfants… S'il était frère ou oncle. Bien que cette hypothèse fût troublante, elle était aussi, étrangement, agréable. Si Jane Paul était effectivement morte, il pourrait déposer quelque offrande sur sa tombe, assurer le repos de son âme. Il pouvait bien faire ça pour la femme au doux visage qui avait pleuré quand il ne lui avait pas rendu son étreinte.

L'archevêque avait effectué des recherches pour lui. Par l'intermédiaire de l'abbaye, mame Clare avait acheté une maisonnette près d'Appledore, à Romney Marsh, où les maisons ne coûtaient pas trop cher. Elle s'y était sans doute retirée après la mort du frère Francis. Le frère Gabriel était décidé à s'y rendre sans plus tarder.

Et ensuite ? Ensuite, il retraverserait la Manche. Il lui fallait revoir Anna une dernière fois, pour lui dire… pour lui dire quoi ? La vérité… s'il trouvait le courage de la lui dire. Il lui devait au moins ça. Il lui avait promis que Van Cleve reviendrait. Si Van Cleve n'en avait pas la possibilité, alors le frère Gabriel lui fournirait une explication.

Toutefois il lui restait une mission à accomplir avant d'avoir la force d'affronter ses propres démons. Lorsqu'il atteignit Wrotham, au lieu de se diriger vers le sud-est, vers Romney Marsh, son cheval se tourna vers le nord, vers Gravesend. Direction Rochester. Retour à l'abbaye.

Il allait prévenir l'abbesse qu'elle serait bientôt convoquée pour s'expliquer sur le témoignage qu'il avait fait contre elle. Elle préviendrait sans doute sir John. Mais où était-il stipulé qu'ils n'avaient pas le droit de se défendre ? Sir John était un homme assez puissant pour prier le roi d'agir dignement, de ne pas terroriser une abbaye de nonnes – dont la plupart étaient probablement innocentes – en procédant à des fouilles brutales, en brandissant des menaces de torture et de bûcher.

Après tout, le frère Gabriel avait accompli sa mission avec efficacité. L'archevêque avait été content, l'avait appelé un loyal fils de l'Église, félicitations que Gabriel avait ressenties davantage comme un châtiment que comme une bénédiction. Quelque chose lui déplaisait dans toute l'opération. La loyauté envers l'Église et celle envers le Christ n'étaient-elles donc pas une seule et même chose ? C'est ce qu'aurait affirmé le frère Francis. Or Gabriel avait déjà assisté à ce genre d'enquêtes. Il savait comment on obtenait les confessions. Il n'y avait pas grand-chose de chrétien dans la procédure. Peu de justice et encore moins de charité.

La seule pensée des preuves accablantes qu'il avait dénichées – les essais de Wycliffe déjà traduits en tchèque et naïvement dissimulés sous le poème français de Christine de Pisan – lui faisait éperonner vigoureusement sa monture. La pluie s'était remise à tomber et il ne restait plus qu'une heure ou deux de lumière du jour. Pour gagner Rochester il avait intérêt à louer une voiture et un cocher à Wrotham.

Sa jambe recommença à lui faire mal dès qu'il imagina le trajet à effectuer sous les trombes d'eau. Et la perspective de la rencontre qui devait avoir lieu seulement quelques heures plus tard lui donnait mal à la tête.

Gênée de déranger l'abbesse, Anna frappa discrètement à sa porte.

« Oui ? fit une voix à la fois lasse et agacée, par-dessus un bruit de papiers remués.

— C'est Anna. Les sœurs étaient toutes occupées. Je vous ai apporté votre dîner. Voulez-vous que je le laisse devant la porte ?

— Anna… Non. Ne le laissez pas devant la porte, poursuivit la voix en montant de plusieurs tons. Entrez donc ! »

Anna souleva le loquet de la main gauche, la droite portant avec précaution le petit plateau chargé de pain, de fromage, d'un cruchon de cidre chaud et de langue de bœuf bouillie. Les sœurs ne mangeaient de la viande que lorsqu'elles étaient malades, et depuis peu la mère supérieure était pâle et sujette à la fatigue. Alors, pour lui redonner des forces, la sœur qui dirigeait l'infirmerie avait prescrit de la viande. Lorsque Anna entra dans la pièce, la mère supérieure, qui était assise à son bureau, abaissa son voile. Anna posa le plateau sur le seul coin du bureau qui n'était pas recouvert de plumes d'oie et de parchemins et s'apprêta à ressortir.

« Attendez ! Ne partez pas. Asseyez-vous avec moi et dites-moi si le jeune Bek apprécie son nouveau luth.

— Si je reste, allez-vous soulever votre voile pour pouvoir manger tant que la nourriture est encore chaude ? »

Sa propre hardiesse stupéfia Anna et elle se sentit rougir.

« Vous négociez comme un marchand affilié à une corporation ! s'esclaffa la mère supérieure, comme elle éloignait un rien son fauteuil de la fenêtre en face de son bureau, juste assez pour placer son visage dans l'ombre. Elle souleva son voile et le replia en arrière.

« Vous devez me croire coquette, dit-elle, mais je le porte seulement par égard pour les autres… et un peu pour moi. Le voile les empêche d'être mal à l'aise et évite leurs questions.

— Je ne vous crois pas coquette. Je vous trouve belle, courageuse, bonne, et… »

L'abbesse fit un geste de la main qui signifiait : « Ça suffit ! » Anna se sentit devenir encore plus rouge.

« C'est seulement que je vous suis très reconnaissante, ma mère.

— Moi aussi je suis reconnaissante, Anna. Reconnaissante que Notre-Seigneur ait jugé utile de nous accorder une copiste d'un talent et d'un zèle exemplaires. Ainsi qu'un jeune musicien. » Elle coupa la langue de bœuf en deux, en plaça un morceau sur une tranche de pain, qu'elle tendit à Anna. « Mangez cela pour l'enfant que vous portez. J'aurais dû y penser plus tôt. Je vais demander à la cuisine de vous donner de la viande rouge une fois par semaine et un œuf tous les jours. Nous voulons que votre petit ait des os robustes. »

Le goût salé et la texture compacte du bœuf lui rappelèrent des souvenirs. Son grand-père avait toujours exigé qu'il y eût de la viande sur la table – au moins une fois par semaine –, viande qu'il partageait avec les étudiants de l'université. « S'ils viennent pour la nourriture du corps, disait-il, ils reviennent pour la nourriture de l'âme. »

Si l'abbesse remarqua que des larmes se formaient dans les yeux d'Anna, larmes provoquées par les souvenirs de Prague, elle ne fit aucun commentaire. Elles mâchèrent quelque temps dans un silence complice.

« Bek a-t-il appris à jouer un air sur son nouveau luth ? demanda l'abbesse entre deux bouchées.

— Oui. » Anna déglutit et lécha délicatement une tache de graisse sur ses doigts. « Merci, ma mère, de lui avoir offert ce luth. Il vous remercierait s'il le pouvait, mais il a beaucoup de mal à articuler.

— Je n'étais pas sûre qu'il puisse maîtriser suffisamment ses doigts pour pincer les cordes.

— C'est stupéfiant. La musique le pousse à surmonter les faiblesses de son corps. Il parvient déjà à tirer des airs mélodieux de l'instrument. Et le son est plus harmonieux que celui de son flûtiau de métal », ajouta Anna en riant.

Le rire d'Anna fit sourire l'abbesse, et la jeune fille fut la première surprise d'entendre ce son sortir de sa gorge, car elle n'avait pas eu le plaisir de rire depuis longtemps. C'était grâce à l'abbesse. Cette femme donnait l'impression de baigner dans un lac de tranquillité et tous ceux qui vivaient à ses côtés y recevaient une sorte de baptême. Anna se demanda ce que Dědeček aurait pensé de la mère supérieure. Il aurait été amusant de les voir tous les deux ensemble : deux fortes personnalités visant le même but. Quelle puissante alliance ils auraient formée !

Une fois ou deux, Anna avait tenté d'organiser une rencontre entre lui et une aimable veuve ou quelque vieille fille attrayante. Or son grand-père avait toujours regimbé. « J'ai aimé deux femmes de toute mon âme. Cela suffit à un sage. » Ses yeux bleus étaient alors devenus vitreux et Anna s'était bien gardée de le questionner davantage sur ce sujet.

L'abbesse lui versait à nouveau du cidre et le glouglou tira la jeune femme de sa rêverie.

« Veuillez m'excuser, ma mère. C'est moi qui devrais vous servir.

— Nous devons tous nous servir les uns les autres, Anna, répondit l'abbesse en reposant le cruchon sur le plateau. J'ai peur que le risque encouru à cause de nos activités ne vous angoisse. Vous dormez bien ?

— Très bien, merci, ma mère. J'aime ce travail et je ne ressens aucune angoisse. » Anna s'apprêtait à dire qu'elle avait déjà encouru ce genre de risque, qu'elle avait eu sous les yeux un modèle de courage, quand un coup fut frappé à la porte.

« Mère, c'est le frère. Je lui ai dit qu'on ne devait pas vous déranger durant votre dîner, mais il insiste pour vous voir sur-le-champ. Il affirme qu'il s'agit d'une affaire urgente. »

Reconnaissant la voix de sœur Matilde à travers la lourde porte de chêne, Anna se leva et ramassa les restes du dîner.

« Non, Anna, restez. Il s'agit du frère résident dont je

vous ai parlé. J'aimerais que vous le rencontriez. C'est un marchand d'indulgences. Peut-être même est-ce un honnête marchand d'indulgences. Je n'en suis pas certaine, mais vous pourrez m'aider à me faire une idée à ce sujet. »

Elle abaissa son voile juste au moment où la porte s'ouvrait sur sœur Matilde. Derrière elle se trouvait un prêtre catholique romain. De l'eau dégoulinait de son capuchon et de sa soutane, éclaboussant les joncs du sol. Anna recula de quelques pas, se tourna pour placer le plateau sur le coffre à l'autre bout de la pièce. Elle resta à cet endroit afin de céder son fauteuil au nouvel arrivant, face à celui de l'abbesse, de l'autre côté du bureau, et de se donner le temps de se composer un visage qui ne trahît pas son animosité invétérée envers les vendeurs d'indulgences.

« Je suis désolé de vous déranger, abbesse, mais je suis venu faire œuvre de charité. »

Le timbre de la voix fit sursauter Anna.

« Il faut que vous sachiez que sir John va bientôt faire l'objet d'un mandat d'amener pour hérésie. »

Anna était si bouleversée par le timbre de la voix qu'elle ne comprit pas tout de suite l'importance du message. La voix était à la fois extrêmement semblable à celle de Van Cleve et fort différente, à cause du ton impérieux.

« L'arrestation se fondera sur des preuves recueillies dans votre écritoire. Il ne fait aucun doute que vous ou certaines des sœurs serez interrogées, voire sommées de témoigner contre lord Cobham. »

L'abbesse ne réagit pas tout de suite. La pièce semblait retenir son souffle. Où était-ce seulement Anna qui avait le souffle coupé ? Lorsque l'abbesse finit par répondre, son ton était glacial et acéré.

« Des preuves recueillies par quelle main ? » demanda-t-elle.

Le frère n'hésita pas. « Recueillies et remises par ma propre main, au service de l'Église. Toutefois, bien que ces preuves soient irréfutables, si vous préparez une bonne défense, et grâce à ma recommandation, l'abbaye a des chances de ne recevoir qu'un simple avertissement. La preuve la plus accablante est un document trouvé du côté ouest de l'écritoire, sur le pupitre le plus proche de la fenêtre. »

Anna avait fini par saisir le sens des paroles du frère. Elle se rappela la flamme de la bougie qui vacillait derrière la fenêtre, le frère qu'elle avait surpris à fouiller. Pourquoi avait-elle été aussi négligente ? Lorsqu'elle avait constaté l'absence de sa traduction en tchèque achevée, pourquoi avait-elle supposé qu'elle avait déjà été ramassée par la personne qui remplissait les encriers ? Pourquoi n'avait-elle pas été plus vigilante ?

« Pour quelle raison me prévenez-vous ? Une telle mise en garde ne va-t-elle pas à l'encontre de votre loyauté envers l'Église ? demanda l'abbesse dans le dos d'Anna.

— Je vous préviens parce que je sais que vous êtes une fidèle servante de Notre-Seigneur. Cette abbaye peut constituer un précieux moyen de le servir. Elle est simplement tombée sous une mauvaise influence. On ne gagnerait rien à fermer l'abbaye et à vous emprisonner. »

Le ton était exaspéré. L'homme avait-il espéré qu'on lui montrerait de la reconnaissance ?

« Permettez qu'on interroge la sœur qui occupe ce

pupitre et plaidez l'ignorance en ce qui concerne le complot destiné à fournir aux lollards l'Écriture en anglais et en tchèque. »

Anna se sentit défaillir. Sa main, secouée de tremblements, renversa le cruchon de cidre, qui tomba du plateau et s'écrasa bruyamment sur le sol. Elle dut s'agripper au bord du coffre pour ne pas vaciller, telle une énorme fleur à l'extrémité d'une frêle tige.

La voix qui répondit à la demande du prêtre était ferme.

« Je refuse de donner l'identité de la sœur qui occupe ce pupitre. Vous pouvez retourner dire à votre archevêque que, quelle que soit la faute reprochée à l'abbaye, l'abbesse en endosse l'entière responsabilité. En attendant la convocation de l'archevêque, je serai soutenue par le Paraclet et par la certitude que j'obéis à la volonté de Dieu. Voyez-vous, frère Gabriel, moi aussi j'ai ma propre forme de loyauté. »

Son ton était si calme qu'on avait l'impression qu'elle discutait de l'annulation d'une commande pour cause d'encre trop diluée ou d'une piètre qualité du parchemin.

« Mais je vous présente mes excuses pour une chose au moins : ma négligence en matière de politesse... Anna, je vous présente l'ancien frère résident dont je vous ai parlé. L'appartement des hôtes de passage sera finalement bientôt libre. Le frère Gabriel semble avoir terminé sa mission à l'abbaye. »

Il était étonnant que ses lèvres ne se fussent pas recouvertes de givre au moment où les mots sortaient de sa bouche.

Anna se retourna et avança en titubant. Elle esquissa

une demi-révérence et fit un petit signe de tête pour répondre à la présentation.

« Anna est une jeune veuve qui vient du continent. C'est l'invitée de l'abbaye. Elle et son fils resteront parmi nous seulement jusqu'à ce que le temps s'améliore et qu'elle puisse terminer son pèlerinage. »

L'ensoutané s'approcha et Anna vit pour la première fois son visage de près.

Sa première pensée, jaillie de quelque abondante source de désirs enfouie au plus profond d'elle-même, fut que Van Cleve était enfin venue la chercher. Mais c'était impossible. Vu la conversation qui venait de se dérouler, il ne pouvait s'agir de Van Cleve. Peut-être était-ce alors son jumeau malfaisant.

D'un geste hésitant, le frère leva la main et repoussa son capuchon. Ses yeux le trahirent.

« Le frère Gabriel et moi nous connaissons déjà, ma mère, dit Anna d'une voix tremblante. Nous nous sommes rencontrés à Reims. »

Il blêmit. « Vous faites erreur… Je veux dire que… Je suis sûr que c'est la première fois que nous nous rencontrons. Je ne suis jamais allé à Reims…

— Il me serait tout à fait impossible d'oublier une telle rencontre, mon frère. Je me rappelle tous mes clients et vous m'avez acheté un livre, une fois, murmura-t-elle. Vous vous êtes montré d'une extrême générosité lors de l'achat, quoique, si j'avais connu votre véritable état, j'eusse pu craindre que les pièces que vous m'avez données étaient aussi fausses que votre marchandise. »

Il demeura longtemps bouche bée, comme frappé de mutisme. Mais son regard était éloquent. Si elle devinait la lutte qui se déroulait dans son âme, elle s'interdit toute pitié. Pleine d'amertume, elle éprouvait un sentiment de haine à son égard.

« Quel genre de livre a-t-il acheté, Anna ? » s'enquit l'abbesse. L'incrédulité et un impérieux besoin de comprendre sous-tendaient la question.

« Il a acheté une traduction anglaise de l'Évangile, ma mère. Je crains qu'il ne soit pas en fait un honnête marchand d'indulgences mais un espion à la solde de Rome. »

Il tendit la main en un geste de supplication. « Anna, révérende mère, il y a…

— Bon. Si vous voulez bien m'excuser, dit Anna, je vais laisser le frère Gabriel vous fournir les explications qu'il souhaite. Si vous avez besoin de moi, je serai à mon pupitre. » Puis, se tournant vers Gabriel, elle plongea son regard dans les yeux de Van Cleve. « Il s'agit du pupitre le plus proche de la fenêtre sur le côté ouest de l'écritoire. »

TRENTE ET UN

Dieu, j'ai perdu mon amant, si beau, si charmant.
Qui m'avait fait un grand serment…
Ce jeune seigneur, où a-t-il fui,
Qui me suppliait jour et nuit ?
Me voilà toute seule aujourd'hui…

Chanson d'amour française
du XIIe siècle

Quand le message arriva, lady Cobham était en train de faire l'inventaire de l'office afin de s'assurer qu'il y aurait assez de provisions jusqu'à la moisson d'été. Après tant de pluie, une partie du seigle ayant moisi, elle ordonna qu'on le donnât aux cochons. Certains le distribuaient aux paysans, mais pas Joan. Elle avait vu trop de serfs souffrir de maladie mentale – hallucinations, folles divagations – après avoir mangé du seigle moisi. Elle déverserait le tonneau de farine de froment infestée de charançons au vu et au su de tous, afin que les mendiantes vinssent ramasser la farine par terre. Elle savait qu'après en avoir soigneusement enlevé les bestioles elles en feraient du pain pour leurs enfants. La seule pensée lui tournait le cœur, mais elle savait aussi que, lorsqu'au printemps les réserves s'amenuisaient et que la farine venait à manquer même dans les hospices, la farine souillée pourrait peut-être sauver la vie d'un petit paysan.

« Ne la déversez pas directement sur le sol. Placez le tonneau près de la porte de la cuisine. Il ne tardera pas à se vider », dit-elle au maître d'hôtel.

Elle se dirigea vers un autre tonneau parmi la douzaine alignée contre le mur, en extirpa elle-même quelques charançons, les écrasa entre ses doigts, en faisant une grimace de dégoût.

« Celui-ci aussi », dit-elle. À ce rythme il allait falloir qu'elle extirpât les charançons du pain de sir John.

« Milady, voici un message envoyé par l'abbaye. Le messager dit que c'est urgent. »

Elle s'essuya les mains sur son tablier et brisa le sceau apposé sur le parchemin plié. Un seul coup d'œil suffit pour découvrir le court texte, d'une fine écriture féminine : « Le faucon doit s'envoler vers l'ouest, le nid est nettoyé. Partez en toute hâte. »

Elle reconnut le sceau de l'abbaye. Le message était fort clair.

« Dites à sir John qu'il faut que je le voie dans sa chambre. Il se peut qu'il soit à l'écurie, car une de ses juments est malade. »

Elle avait désormais de plus graves soucis que la diminution des provisions d'hiver.

« Je veux partir avec vous », lui dit sa jolie épouse tandis que sir John entassait dans un sac des livres et des sous-vêtements. Les flammes jaillirent dans la cheminée au moment où il y jeta de nouveaux feuillets de papier chiffonnés, qui se consumèrent très vite. C'était l'une des raisons – en plus du prix – pour lesquelles il préférait le papier au parchemin pour copier les textes illicites. S'il avait jeté au feu les essais de Wycliffe, il n'avait pas le courage de brûler les évangiles, même s'il ne pouvait pas tous les emporter. Il refusait cependant de les laisser au château ; le risque encouru était trop grand pour Joan.

« Non, ma chérie, je filerai plus vite tout seul. » Il s'arrêta de remplir son sac pour griffonner à toute vitesse quelques mots d'une écriture désordonnée sur un morceau de papier. « Quand ils viendront fouiller le château, montrez-leur ceci. Je prétends vous avoir abandonnée parce que vous ne vouliez pas servir ma cause. Jouez les épouses bafouées.

— Je suis une épouse bafouée, en effet. Vous m'abandonnez pour une maîtresse avec qui je ne peux guère rivaliser. Votre religion nous sépare, monsieur. »

La jolie et irrésistible petite moue dont elle s'était toujours servie pour gagner la partie disparut. De grosses larmes roulèrent sur ses joues. Sir John prit une profonde inspiration et s'obligea à ne pas l'enlacer, sinon il risquait de ne jamais partir.

« Parfait ! s'écria-t-il, en faisant mine de plaisanter. Faites cette tête quand ils viendront vous interroger.

Quand le nuage passera et que le roi s'amadouera, je vous enverrai quérir. Si Harry était roi, je répondrais aux accusations dès maintenant, mais Bolingbroke s'attarde et Hal reste sur les talons d'Arundel comme un toutou effrayé. Je vous abandonne pour vous protéger.

— Je refuse d'être protégée. Je veux partir avec vous.

— Si des prêtres pauvres viennent au château, éconduisez-les. Des espions pourraient se trouver parmi eux. »

Et crac, et crac ! Les flammes dans la cheminée jaillirent derechef. Quel dommage ! Mais pas le temps de penser à ça pour le moment… Il s'agissait d'une opération de survie.

« Dites-leur que sir John a fui au pays de Galles et qu'ils ne sont plus les bienvenus ici. »

De grosses gouttes de sueur perlaient sur son front. L'une d'elles dégoulina sur son visage ; il l'essuya du coude.

« Eux aussi, vous les abandonnez ? Vous abandonnez leur cause ? demanda-t-elle, stupéfaite, les yeux écarquillés et brillants de larmes.

— Bien sûr que non ! Leurs dirigeants connaissent le lieu où je me rends.

— Et l'abbaye ?

— Vous devez continuer à protéger l'abbaye, mais dites à l'abbesse de ne traduire en anglais que les Évangiles en latin et des textes laïques. Elle a déjà brûlé le reste : "Le nid est nettoyé." Quand le prince Harry sera vraiment roi, on pourra le raisonner. »

À sa grande surprise elle cessa de lui tenir tête. Il la fixa du regard. Il ne méritait guère cette belle épouse passionnée. Dieu, comme il l'aimait et comme c'était dur de s'en aller !

« Comment pourrai-je entrer en contact avec vous ?

— Envoyez vos lettres à mon château du Herefordshire. Je ferai mon possible pour les récupérer. N'écrivez rien de dangereux, donnez-moi seulement des nouvelles de vous-même et du château de Cooling. D'un ton exaspéré. Je lirai votre amour dans vos récriminations et répondrai du mieux que je pourrai, vous suppliant de me pardonner de vous avoir abandonnée et vitupérant votre orthodoxie. »

Il plaça son menton dans sa main. « Chaque mot, chaque pâté sur le feuillet vous parlera de mon amour. »

Il attira son épouse vers lui pour l'embrasser, la serrant si fortement contre sa poitrine qu'il pouvait entendre battre son cœur.

« Je prends votre jument. Le cheval de chasse est essoufflé et ma jument ne va pas tarder à pouliner. » Il la maintint à bout de bras, lui essuya une larme. « La naissance du poulain constituera un bon signe. Je serai de retour avant qu'il puisse porter votre petite croupe rebondie sur son dos. » Il hoqueta en essayant de rire, l'embrassa à nouveau, puis, dégageant son cou des bras de Joan, s'efforça de reprendre une attitude virile.

Elle le suivit et l'accompagna jusqu'à la cour, où la jument attendait, déjà toute harnachée. Le valet tendit les rênes à sir John au moment où celui-ci monta en selle, puis se retira. John se pencha, déposa un baiser sur le sommet du crâne de sa femme et lui chuchota à l'oreille : « Tout va bien se passer, vous verrez. Ce ne sera qu'une brève séparation. Il paraît que le roi est à l'agonie. »

Les yeux baissés, elle se contenta d'acquiescer en donnant de rapides petits coups de tête.

Il se redressa, tira sur les rênes et partit au trot, laissant sa dame debout dans la cour. Il crut entendre un reniflement derrière son dos. Il ne se retourna pas.

Au cœur de la nuit, le palefrenier porta la nouvelle au guetteur du donjon. Le guetteur réveilla l'intendant et celui-ci le chambellan. Ce fut le chambellan qui décida de ne pas réveiller milady. On attendrait le matin pour lui apprendre que la jument favorite de sir John était morte et que le poulain était mort-né.

Anna était éveillée sur son lit étroit. Le bruit intermittent de ses sanglots étouffés se mêlait au léger ronflement et aux reniflements de Bek, couché dans la chambre contiguë. Depuis peu il avait acquis assez de sérénité pour accepter de dormir ailleurs qu'aux pieds d'Anna. Tant mieux ! parce que ce soir-là elle éprouvait le besoin d'être seule. Elle avait commencé à sangloter au moment où les cloches appelaient à complies, or, quand on sonna matines, elle n'avait toujours pas dormi ni cessé de pleurer.

Elle fut presque soulagée quand arriva enfin la convocation qu'elle redoutait.

Un coup discret fut frappé à la porte, suivi de l'appel d'une voix douce. C'était l'une des novices.

« Mame Bookman ? » Derrière la porte, dans le couloir sombre, la jeune fille chuchotait à peine. « L'abbesse vous prie de venir chez elle. »

Anna se mit sur pied avec difficulté… Alourdie par le poids du rejeton du marchand d'indulgences ? par les morceaux du rêve brisé d'une petite idiote ? ou paralysée par l'angoisse ? Même à Prague on avait entendu parler des procédés utilisés par l'Inquisition pour arracher les aveux d'hérésie. Et Anna avait vu de ses propres yeux les effets de la fureur d'un archevêque vengeur. Elle tenta de chasser de son esprit les images du pont sur la Vltava. L'abbesse avait clairement tenté de la protéger, mais, par arrogance et orgueil, cette imbécile, cette idiote d'Anna s'était dénoncée au frère. Dans l'espoir de lui faire du mal. Et, comble de bêtise, de blesser Van Cleve ! Elle ressassait les questions qu'il lui avait posées à propos du livre. En fait, il avait toujours essayé de lui tirer les vers du nez ! Même lorsqu'il lui murmurait des mots d'amour à l'oreille, même lorsqu'il avait lâché sa semence en elle.

Van Cleve... Un moine ! Ce soi-disant drapier flamand ! Un menteur aussi malfaisant et aussi sournois ne pouvait être qu'un rejeton du diable ! Ce n'étaient pas des étoffes qu'il vendait, mais de la grâce volée, extorquant de l'argent aux pauvres et aux ignorants, alors que par le sang du Sauveur tous bénéficiaient gratuitement de la grâce divine. Le « frère » Gabriel ! Le « père » Gabriel... Si elle le détestait, elle se détestait encore plus. Qu'aurait dit son grand-père s'il avait su qu'elle portait l'enfant d'un vendeur d'indulgences ? Pour la première fois depuis sa mort, Anna se réjouissait qu'il ne fût plus de ce monde, qu'il ne pût jamais apprendre la vérité.

Mais il fallait qu'elle dise la vérité à l'abbesse. Peut-être la connaissait-elle déjà. Peut-être l'avait-elle lue sur le visage d'Anna. Continuerait-elle à la protéger si elle apprenait que l'enfant qu'elle portait n'était pas celui de son « mari » mais le rejeton d'un moine ? Il s'agissait d'un péché, qu'on appartînt ou non à la religion catholique romaine.

Un nouveau petit coup à l'huis. « Mame Bookman ?

— Oui. Je viens tout de suite. » Anna s'approcha du seuil. Le crissement du bois sur la pierre résonna dans la nuit comme elle entrebâillait la porte, juste assez pour que la novice l'entendît mais pas suffisamment pour qu'elle pût la voir dans la lueur de la chandelle qu'elle tenait à la main. « Dites-lui que je viens tout de suite.

— Veuillez m'excuser, mame, mais l'abbesse m'a demandé de vous guider. Elle a dit que vous risquiez de trébucher dans le noir.

— Très bien. Laissez-moi une minute pour m'habiller. »

Trébucher ou m'enfuir ? L'abbesse avait-elle pris l'horreur peinte sur son visage pour de la peur ? Avait-elle décidé de la remettre aux autorités afin de sauver les sœurs ? Était-ce la raison pour laquelle elle l'avait convoquée en pleine nuit ? Comment lui en vouloir ? Nul doute que la priorité à ses yeux fût de protéger l'abbaye. Quoi de plus normal ?

Anna s'aspergea d'eau le visage, pensa, pour gagner du temps, simplement jeter son manteau par-dessus sa chemise, avant de se raviser. On l'attendait peut-être déjà. Si elle devait aller en prison elle n'avait pas l'intention de s'y rendre en chemise. Elle s'attarda encore un peu pour nouer sur sa nuque ses cheveux rebelles en un chignon. Mais la novice qui attendait dans le couloir risquait de prendre froid… « Un petit moment », lui murmura Anna. Elle s'enveloppa dans son manteau, fourra dans sa poche un peigne et un foulard, avant de se diriger vers la chambre de Bek sur la pointe des pieds. Il dormait à poings fermés, le flûtiau serré dans ses doigts. Le luth se trouvait sur une chaise près de son lit, à portée de main. Si elle ne revenait pas il aurait beaucoup de chagrin. Mais elle savait que les sœurs prendraient bien soin de lui. En tout cas, il avait sa musique.

« Vous pouvez nous laisser, maintenant, et retourner vous coucher », dit l'abbesse à la novice. Elle fit un signe de tête à Anna. « Vous frissonnez… Venez donc vous asseoir près de l'âtre. »

La jeune femme avait l'air si bouleversée que l'abbesse eut peur pour l'enfant qu'elle portait. Elle prit le châle drapé sur le dossier de son fauteuil et en ceignit les épaules d'Anna, remarquant à la lumière des flammes que les yeux rougis de la jeune femme fouillaient la pénombre.

« Nous sommes seules. Ne craignez rien. Je ferai tout ce qui est en mon pouvoir pour vous protéger, bien que vous ayez à demi-mot révélé au frère que nous copions des textes illicites. Bien que vous ne soyez pas plus coupable que nous, par vos aveux vous nous avez toutes impliquées.

— Je sais que c'était stupide de ma part, répondit Anna à mi-voix.

— Tout à fait stupide parce que cela met en danger non seulement votre personne mais également votre bébé. Or je n'ai pas du tout l'impression que vous êtes stupide. »

Anna resta coite. Les ombres de minuit dansaient sur les murs au rythme du mouvement des flammes. L'abbesse alluma la lampe à huile de son bureau afin d'égayer la pièce. Elle approcha son fauteuil de l'endroit où Anna, image de la douleur, s'était effondrée. Elle saisit les mains de la jeune femme dans les siennes.

« Anna, y a-t-il quelque chose que vous souhaitiez me

dire ? À propos de votre relation passée avec le frère Gabriel ? »

Anna ferma les yeux, mais une larme s'échappa néanmoins. Ses mains tremblèrent et elle secoua la tête comme pour dire qu'il lui était impossible d'en parler.

« Vous avez affirmé l'avoir rencontré à Reims. Et, bien qu'il l'ait nié en votre présence, après votre départ il a admis vous y avoir connue… D'assez près, me semble-t-il. Il était bouleversé, Anna. Il n'a pas cessé de répéter qu'il y avait eu un malentendu et qu'il fallait à tout prix qu'il vous parle. Je lui ai demandé de partir. J'espère avoir agi à bon escient.

— J'espère ne jamais le revoir. »

L'aigreur du ton troubla l'abbesse. Elle savait que si une telle rage ne s'extériorisait pas, la blessure interne s'envenimerait et pourrait même infecter l'enfant à naître. Il était évident qu'il ne s'agissait pas seulement d'un différend spirituel. L'abbesse n'avait pas l'habitude de fouiller dans les secrets des gens, mais cette histoire débordait le cadre d'une affaire personnelle. L'abbaye était concernée, la rencontre inopinée avec Anna ayant visiblement bouleversé le prêtre.

« Que faisait-il à Reims, Anna ? Le savez-vous ?

— Il espionnait ! s'écria-t-elle, crachant presque les mots dans les flammes. Au profit de l'Église. Se faisant passer pour un marchand, il se pavanait, vêtu de beaux habits de soie. Il jouait les bons amis, offrait des cadeaux à Petit Bek, tout en jetant ses filets pour tenter d'attraper des scribes et des copistes lollards.

— En a-t-il attrapé ? »

Elle releva la tête, les yeux étincelants. « Une seule ! Deux, peut-être, précisa-t-elle en posant les mains sur son ventre. Lui avez-vous parlé du bébé ? s'enquit-elle d'une voix tremblante.

— Non. Bien sûr que non. Je… Anna, vous a-t-il offert plus que son amitié ?

— Il est le père de mon enfant. » Elle éclata si violemment en sanglots que l'abbesse mit plusieurs minutes à la calmer avant que la jeune femme pût lui raconter son histoire. Comment, à cause des menaces de persécution, elle avait fui Prague, seule, sans amis. Comment elle avait voyagé en compagnie des pèlerins romanis jusqu'à Reims. Comment, à l'ombre de la grande cathédrale Notre-Dame, elle avait rencontré un marchand appelé Van Cleve, qui lui avait offert le gîte et affirmé qu'il l'aimait.

Bien plus tard – longtemps après les premières lueurs de l'aube, après que les sœurs furent allées à complies d'un pas traînant et qu'Anna se fut endormie d'épuisement –, l'abbesse se dit soudain que la conversation avait ressemblé à celle qu'elle avait eue de nombreuses années plus tôt lorsqu'elle avait tenu dans ses bras pour la consoler une autre mère sans époux. Mais ce souvenir appartenait à une autre vie et n'avait rien à voir avec la scène qui venait de se dérouler, sauf que celle-ci lui rappelait aussi la fois où elle avait fait éloigner un autre homme.

Le choc, la douleur qui se lisaient dans les yeux du frère Gabriel lui avaient fait de la peine. Finn avait-il eu le même regard quand la prieure l'avait renvoyé ? Mais ce n'était pas le moment d'y réfléchir. Cela s'était passé dans une autre existence et n'avait plus guère d'importance. Dans sa vie présente elle devait protéger son abbaye et elle ferait bien de s'atteler à la tâche sans plus tarder. Les soldats de l'archevêque ne tarderaient pas à arriver. Ils trouveraient l'écritoire et les quartiers des sœurs entièrement nettoyés. Il ne resterait nulle part une seule miette d'hérésie.

Je T'en prie, Dieu. Fais qu'il en soit ainsi.

Depuis sa maisonnette aux abords du village d'Appledore, mame Clare, appuyée sur son balai, contemplait Romney Marsh dans l'air vif et glacial, tandis qu'au loin, tapi dans les roseaux, le butor poussait son cri sonore. Si d'aucuns eussent pu juger désolée la vue qu'elle avait de chez elle, elle la trouvait simplement paisible. Il y avait belle lurette qu'elle avait vaincu la solitude et qu'elle ne la considérait plus comme une ennemie. Là au moins elle n'était la servante de personne.

La maisonnette lui convenait parfaitement. Son âtre arrondi, sa cheminée de pierre et son toit bien recouvert de joncs la rendaient plutôt confortable. Vivement le printemps, qu'elle puisse cultiver le petit parterre d'herbes aromatiques, flétries par l'hiver, situé près des marches ! Après avoir réglé la dernière traite, grâce au legs que lui avait fait le frère, il lui restait encore une petite somme, assez pour lui permettre de vivre si elle y ajoutait le produit de la vente d'œufs au village. Elle était fière de s'être montrée assez économe pour avoir pu enfin acheter sa liberté.

Sa maisonnette était tournée vers l'est. Du seuil, la vieille femme voyait Romney Marsh et, au-delà, dans le lointain, le port très actif. Vers le sud, la Rother serpentait à travers les marais. Juste au nord, au-delà de son jardinet, elle apercevait le clocher de l'église du village.

Par temps clair, comme ce jour-là, elle voyait parfois

les ouvriers travailler sur le clocher. Quand elle avait acquis la maisonnette avec son premier paiement, il y avait des années de cela, les gens du cru lui avaient conté la violente histoire d'Appledore. Durant des siècles le port maritime avait été très apprécié des bateaux de guerre. D'abord les Danois, et tout récemment les Français, qui lançaient des incursions, pillaient, incendiaient. Voilà pourquoi elle avait acheté la maison si bon marché, et aussi à cause de son isolement. Durant la rébellion paysanne de quatre-vingt-un, même la chapelle de pierre d'Appledore avait été pillée et brûlée, ainsi que Horne's Place, le manoir du village. Mais William Horne s'était vengé, lorsqu'il avait été nommé l'un des commissaires chargés de mater la rébellion. Il avait été généreusement récompensé de sa fidélité, la vaste ferme et ses fortifications ayant été reconstruites entre-temps grâce aux fonds fournis par les évêques. Et à présent ses héritiers faisaient ravaler la chapelle.

Le prévôt du village lui avait aussi appris autre chose. La veille, un clerc avait demandé de ses nouvelles. « Je ne lui ai rien dit. Mais s'il revient fureter dans les parages dois-je lui indiquer votre présence ? » Son cœur battait la chamade quand elle donna son accord.

La cloche de la chapelle se mit à carillonner. Elle en aimait le son. Abritant ses yeux de la main pour ne pas être éblouie par l'éclatant soleil, elle se tourna vers elle et plissa les paupières pour voir au loin. Le glacial vent du nord soulevait son foulard. Frissonnante de froid, elle rentra en se frottant les mains. Aucun signe d'un cavalier avançant avec précaution sur le sentier qui menait du village à sa maisonnette.

Mais il ne manquerait pas de venir.

Le prévôt avait déclaré qu'il paraissait très désireux

de lui rendre visite. Elle avait intérêt à raviver le feu et à préparer un frugal repas. Au cas où… Son fils aurait froid après sa longue chevauchée.

Comme il traversait les marais avec moult précautions, le frère Gabriel se demandait quel démon l'avait poussé vers cet endroit désolé. Le seul signe de vie était un panache de fumée montant de la maisonnette juchée sur le plateau. Il ne la quittait pas des yeux. On eût dit qu'il s'agissait d'un phare annonçant le havre, alors qu'aucun motif rationnel ne pouvait expliquer pourquoi il désirait tant voir la vieille femme qui y habitait. Quel secours pouvait-elle lui apporter ? Elle ne l'avait jamais accueilli avec chaleur.

Au loin, un chaland abandonné ne cessait de heurter la rive couverte de galets. Je suis comme ça, pensa-t-il. Sans gouvernail, à la dérive. L'abbesse l'avait éconduit, refusant même de le laisser parler à Anna, malgré ses supplications et alors qu'il lui avait avoué plus qu'il n'eût dû. Sans être discourtoise, elle s'était montrée ferme. Il avait été content néanmoins de ne pas voir ses yeux derrière le voile, de ne pas y lire sa désapprobation. Il avait envisagé de s'arrêter au château de Cooling pour avertir sir John, mais, incapable de faire face à l'homme qu'il avait trahi, il était passé devant le corps de garde sans tirer sur les rênes de sa monture. L'abbesse n'allait pas manquer de le prévenir. Vu son état d'esprit, le frère Gabriel n'avait pas la moindre envie de témoigner contre sir John.

« Félicitations ! » avait lancé l'archevêque. Étaient-ce là les termes exacts employés par le grand prêtre pour remercier Judas Iscariote ? Si jadis il se fût rengorgé en entendant ce compliment, à présent la louange pesait sur son cœur comme du plomb. Il avait quitté le palais de Lambeth comme s'il avait le feu aux trousses.

Il regarda à nouveau le panache de fumée. *Mame Clare peut te dire qui tu es*, chuchotait une petite voix dans sa tête. Dans la tempête, tout port fait l'affaire. De là, peut-être pourrait-il mettre les choses en perspective. Car le frère Gabriel ne savait plus à qui il devait allégeance.

Mais le pis était qu'il avait trahi Anna. Anna… Il pouvait quasiment entendre les éclats de rire du diable.

Assise près de l'âtre où flambait un joyeux feu, Mame Clare attendait. Sur la table était déjà posé un frugal repas, comme les deux soirs précédents, depuis sa conversation avec le prévôt. Ce qui ne l'empêcha pas quand on frappa à la porte de sauter comme un cabri.

Donc, il était enfin venu. Ses vœux avaient été exaucés.

Il avait tardé plus longtemps qu'elle ne l'avait prévu, mais cela lui avait permis de prendre une décision. Il avait des ennuis. Sinon pourquoi serait-il venu à sa recherche ? S'il s'était abstenu, elle aurait respecté son choix. Mais il avait pris un autre parti. Elle était sa mère et elle avait le droit de le lui révéler. Elle avait le droit de le consoler. Elle avait honoré les termes du contrat. Et puisqu'il était venu à la recherche de Jane Paul, il allait la trouver.

TRENTE-DEUX

Le jour où le bon Constantin donna des biens à la sainte Église,
Terres, baux, serviteurs, seigneuries,
Les Romains ouïrent un ange s'écrier tout là-haut :
« Dos ecclesiae *a bu du poison aujourd'hui.* »

William LANGLAND,
Pierre le laboureur (XIVe siècle)

L'archevêque Arundel rabattit sur son front son capuchon doublé de zibeline. Le vent de mars ne cessait de le rejeter en arrière, exposant au froid la peau sensible de son crâne chauve. Le château de Cooling apparut enfin ! Ce n'était pas trop tôt. Une brume glaciale se levait ou s'effilochait, difficile à dire. Mais il voyait le donjon et la tour crénelée se dresser sur le plateau marécageux, tel un énorme fantôme blanc.

Il émit un puissant rot. Tandis qu'il éperonnait son cheval pour tenter de galoper au rythme des soldats du roi, lesquels semblaient n'avoir aucune envie de ralentir l'allure pour faire plaisir à l'archevêque, les aigreurs lui brûlaient la gorge. Vu son mauvais état de santé, il aurait dû rester au palais de Lambeth. Le grand médecin consulté, qui l'avait fait languir dans la salle d'attente comme un vulgaire roturier, ne lui avait été d'aucun secours ! Après avoir humé l'urine de l'archevêque, une grimace d'évident dégoût sur le visage, il s'était contenté de discourir sur l'excès de bile noire dans ses humeurs avant de l'envoyer subir une saignée chez un chirurgien-barbier. Et la consultation de cette sommité de la Faculté lui avait coûté la coquette somme de soixante-quinze livres et avait retardé son départ pour Rochester. Sur l'ordonnance griffonnée à la hâte, le médecin lui avait prescrit une atroce potion d'herbes médecinales qui n'avait fait qu'aggraver l'acidité de son gosier.

Mais quel que fût son état de santé, en tant qu'archevêque de Cantorbéry son devoir envers l'Église l'obligeait à être présent durant la perquisition. En outre, s'il était resté dans son lit douillet il n'aurait pas joui de l'indicible plaisir de voir frémir le grand ennemi de la sainte Église, d'entendre le sergent lire le mandat de perquisition portant la signature de l'homme par lequel Oldcastle s'était toujours targué d'être protégé. Un jour prochain il obtiendrait un mandat d'amener royal et aurait la joie de voir lord Cobham mis aux fers… Si Dieu lui prêtait vie jusque-là !

Tout essoufflé, l'archevêque rejoignit les six soldats

en armes au moment où ils atteignaient le corps de garde et présentaient le mandat au portier du château.

Le sergent déroula le parchemin où était apposé le sceau flambant neuf de Henri V. Les cloches de Londres sonnaient encore le glas saluant la mort de Bolingbroke quand l'archevêque avait apporté le mandat au roi. Arundel avait manœuvré afin que ce fût le premier acte officiel – accompli à contrecœur – du prince Henri en tant que roi. Autant que ce jeunot sût tout de suite qui tenait réellement les rênes du pouvoir…

« Nous avons un mandat pour perquisitionner chez sir John Oldcastle, lord Cobham, sur ordre de Henri V, souverain roi de toute l'Angleterre, ainsi qu'une convocation, psalmodia le sergent. Nous exigeons qu'il soumette sa personne à l'autorité de l'archevêque afin d'être interrogé sur des questions concernant l'hérésie. »

Le vieux portier ne parut guère impressionné. Il sortit dans la cour et, se grattant la tête, extirpa de ses cheveux un pou qu'il empala sur l'ongle de son pouce. Puis il toussa et, par une brèche entre deux dents, cracha un jet de salive qui atterrit sur le sabot du cheval du sergent. L'animal fit un brusque écart, la croupe frissonnant d'indignation.

« La "personne" de milord, elle est pas là, répondit le portier.

— Où est-il alors ? » demanda d'un ton agacé le sergent, sans doute moins exaspéré qu'Arundel, lequel enrageait d'avoir effectué un si long trajet pour rien.

— Sais pas. Milord a pas coutume d'me fournir son *itinéraire*, répondit le portier en s'éclaircissant la voix avant de cracher derechef, ratant de peu, cette fois-ci, la bordure de fourrure du manteau de l'archevêque. Mille excuses, Vot' Excellence ! C'est juste un brin de consomption, m'est avis. »

La brume s'épaississait et le temps tournait à la pluie. Arundel était glacé jusques aux moelles. On était loin de la scène qu'il avait imaginée lorsqu'il s'était extrait de son lit de malade.

« Eh bien, appelez donc lady Cobham ! » lança-t-il.

Le misérable petit portier osa le regarder droit dans les yeux. « Pas moyen non plus, répliqua-t-il. Elle est pas là.

— Est-elle partie avec lord Cobham ?

— Nenni. Elle est allée rendre visite à sa fille. En fait, y a plus personne ici, à part moi et quelques petits fermiers, vu qu'elle a emmené les domestiques avec elle.

— Où demeure la fille de lady Cobham ?

— Aucune idée. »

Le sergent regarda Arundel comme pour l'interroger sur la marche à suivre. L'archevêque désigna le trousseau de clefs accroché à la ceinture du portier.

« Ouvrez le château ! »

Le vieux portier tritura sa ceinture et en détacha lentement les clefs. « Suis pas sûr…

— Sur ordre du roi, portier, remettez les clefs, immédiatement ! »

Le portier tendit les clefs à l'archevêque, qui les lança au sergent. « Ouvrez le château ! J'ai l'intention de fouiller le moindre recoin de cet antre du diable. »

Lorsque la fouille, supervisée par l'archevêque, fut achevée, il faisait déjà nuit. Celui-ci se tenait à présent recroquevillé près du maigre feu qu'il avait fait allumer dans la chambre d'Oldcastle. C'était un feu de tourbe qui brûlait d'une lueur jaune aussi bilieuse que son humeur.

La fouille n'avait produit qu'un tas de lettres laissées au vu et au su de tous, sans doute par Cobham pour protéger sa femme. La proie ne s'était pas laissé prendre au piège. Cette fois-ci, en tout cas. Toutefois l'archevêque possédait le mandat de perquisition signé de la main de Henri. Bientôt il obtiendrait le mandat d'arrêt. Il pouvait patienter, mais pas trop longtemps, comme le lui rappelait la bile noire remontant dans sa gorge. Pas trop longtemps, sinon ce serait le prochain archevêque qui attraperait le renard pour lequel Arundel avait placé le piège.

« Allez chercher à la cave quelques bouteilles du vin de Cobham ! Je suis transi. Préparez-vous à partir à la pique de l'aube. Nous allons passer la nuit ici. Dès demain, nous fouillerons l'abbaye. »

L'abbesse les attendait depuis trois jours. Au matin du troisième jour, alors qu'elle travaillait sur un livre d'Heures, l'archevêque et les soldats apparurent à l'entrée de l'abbaye, juste après prime. Inutile de couvrir le texte latin.

L'espace d'un instant elle éprouva de la pitié pour le vieillard pâle et frêle que fit entrer la novice. Mais l'escouade de soldats qui l'accompagnait et le ton cassant sur lequel il lui parla eurent vite raison de sa compassion.

« Mère supérieure, nous avons appris que votre abbaye abrite peut-être des copistes qui transcrivent des textes hérétiques pour lord Cobham et les lollards. Je suis venu perquisitionner dans votre écritoire et dans les appartements privés de l'abbaye. »

Aucune allusion à un mandat officiel. Or, elle ne pouvait pas l'exiger puisque l'abbaye, ses terres, les vêtements mêmes portés par l'abbesse appartenaient à l'Église. Seuls un cardinal ou le pape lui-même avaient sous leur coupe un plus grand territoire.

« À votre guise, Votre Excellence. Mais il est très tôt et il semble que vous ayez effectué une longue chevauchée. Souhaiteriez-vous déjeuner avant de commencer votre tâche ? Vous et vos hommes pourraient être servis au réfectoire. Toutes les sœurs sont au travail.

— Il ne s'agit pas d'une visite de courtoisie, ma mère. Mais je ne refuserai pas un petit bol de gruau, sans épices mais saupoudré d'amandes pilées. Instructions de la Faculté, précisa-t-il en faisant la grimace. Je le mangerai ici pendant que les soldats procéderont à la fouille. »

Il avait le teint gris, même en tenant compte du fait qu'elle le regardait à travers son voile.

« Il nous sera assez facile de vous offrir le gruau. Je ne suis pas certaine cependant de pouvoir le saupoudrer d'amandes pilées… Nous sommes une abbaye modeste qui ne s'octroie pas le luxe dont jouissent les évêques au palais de Lambeth », répondit-elle en souriant, dans l'espoir d'atténuer le reproche sous-jacent.

Il parut n'être conscient ni de la teneur de la réponse ni du sourire.

Elle fit un signe à la novice, qui s'éclipsa en silence pour se rendre à la cuisine et aussi aller donner l'alarme. Kathryn savait cependant que si la résidence des sœurs n'avait pas déjà été épurée c'était trop tard.

« Si vous perquisitionnez dans les résidences privées, puis-je regrouper les sœurs dans la chapelle ? Elles seraient gênées par la présence d'hommes. »

Il opina du chef. « Il vaut mieux qu'elles soient toutes regroupées au même endroit. Je pourrai ainsi les y interroger. »

Les y interroger ? Que Dieu lui pardonne si elle les avait mises indûment en danger. Mais c'était pour une juste cause. L'abbesse en était intimement convaincue, et elle ferait tout ce qui était en son pouvoir pour les protéger. La plupart d'entre elles ignoraient d'ailleurs tout de la transcription des textes illicites. Cela se verrait sans aucun doute. Les autres étaient des femmes robustes. Elle les avait préparées à cette éventualité, avait même répété avec elles les réponses à fournir. À part Agatha, qu'elle avait envoyée travailler à l'infirmerie, dans l'espoir que les soldats n'oseraient pas s'y aventurer par peur de la contagion. Et elle avait donné l'ordre que la sœur de service à l'infirmerie ne répondît à aucun son de cloche.

« Demandez à la sonneuse de convoquer les sœurs, dit-elle à la novice, qui, de retour avec le bol de gruau, le servit à l'évêque après une révérence. Trois coups brefs.

— Oui, ma mère », répondit la jeune fille, le regard apeuré.

Kathryn lui tapota l'épaule. « N'ayez aucune crainte, ma petite. Nous n'avons rien fait de mal. Il ne s'agit que d'une formalité. Quand l'archevêque s'apercevra qu'il n'y a ici qu'un groupe de sœurs pieuses qui servent Dieu avec dévotion, il nous laissera tranquillement reprendre nos prières.

— Je crois comprendre qu'il ne s'agit pas seulement d'un ordre contemplatif, ma mère, dit l'archevêque. La prière ne constitue pas votre seule occupation.

— Nous ne dissimulons pas nos autres tâches. Nous subvenons à nos besoins en copiant des textes. Je suis persuadée que vous irez inspecter notre écritoire.

— Commencez par là, dit-il au sergent, qui, à

l'évidence moins enthousiasmé par cette mission que l'archevêque, avait l'air mal à l'aise.

— Attendez les coups de cloche, je vous prie. »

À ce moment précis, comme si elles n'attendaient que l'ordre de l'abbesse, les cloches sonnèrent. Trois coups brefs, vite suivis d'un bruit de pas dans les galeries du cloître. L'abbesse nota que le rythme de la marche n'avait pas la régularité habituelle ; elle percevait une accélération, voire une précipitation, dans le raclement et le claquement du cuir sur les dalles. (Les sœurs n'allaient pas abandonner leurs bas à semelle de cuir avant le 1er mai.) On entendait même des chuchotements. Il était rare, en effet, qu'elles fussent convoquées à l'improviste. La dernière fois avait été lors d'une menace d'épidémie de dysenterie.

L'archevêque posa sa cuiller et fit un signe de tête au sergent.

L'abbesse se leva et prit le trousseau de clefs accroché au-dessus de son bureau. « Je vais vous ouvrir l'écritoire », dit-elle aux soldats, laissant l'archevêque fouiller dans les papiers posés sur son bureau. Il n'en trouverait pas d'autres, nulle part. Son placard était aussi vide qu'un nid d'oiseaux abandonné.

Anna répondit elle aussi à l'appel. Elle assura à Bek qu'il n'y avait rien à craindre mais que les sœurs n'allaient pas chanter les heures. Oui, il venait lui aussi. Viens ! Dépêche-toi ! Non, il n'avait besoin ni de son luth ni de son flûtiau. Qu'il les laisse dans l'écritoire, près du pupitre. Inutile de cacher les papiers sur lesquels elle travaillait. À part un livre de poèmes de Christine de Pisan il n'y avait sur son pupitre qu'un nouveau morceau de musique qu'elle copiait pour Bek. Miraculeusement, il semblait suivre les étranges petits signes placés au-dessus des mots, même s'il était incapable de lire les mots eux-mêmes.

Son cœur battait la chamade au moment où elle entra dans la chapelle avec les sœurs. Le responsable était Van Cleve. Pourquoi l'appelait-elle toujours ainsi ? Et pourquoi pensait-elle toujours à lui ? Tout était la faute de cet homme. Et la sienne à elle, pour être tombée dans le piège qu'il lui avait tendu.

Les sœurs se tenaient par petits groupes et chuchotaient, serrées les unes contre les autres. Un grand nombre d'entre elles étaient totalement perplexes. Quand la mère supérieure entra dans la chapelle, elles se turent, attendant qu'elle s'adressât à elles.

« Mes sœurs, il n'y a aucune inquiétude à avoir. Je vous ai convoquées parce que nous avons été envahies par une petite escouade de visiteurs qu'accompagne Thomas Arundel, archevêque de Cantorbéry. J'ai voulu vous éviter leurs regards inquisiteurs. Ils vont conduire une inspection de routine dans l'abbaye, après quoi Son Excellence posera peut-être quelques questions à certaines d'entre nous. Répondez à toute question aussi sincèrement que possible, en gardant à l'esprit que nous sommes avant tout fidèles au Christ dont nous sommes les servantes et, en second lieu, à Son Église. Je suis sûre que l'archevêque ne fera pas entrer les soldats dans la chapelle. »

Anna fut émerveillée par la sérénité de l'abbesse.

Elle rencontra le regard de sœur Matilde, qui lui fit un signe de tête et un sourire rassurant.

« Les hommes vont-ils fouiller nos effets personnels ? demanda l'une des jeunes oblates d'une voix tremblante.

— Ne vous en faites pas, sœur Teresa, répondit l'abbesse en souriant. Ils veulent simplement juger par eux-mêmes du genre de travail que nous effectuons. Ils ne s'intéressent pas à la propreté de vos chemises, à la brosse à cheveux ou au petit miroir que vous auriez pu dissimuler sous vos matelas. »

Petits gloussements. Soupirs. La tension s'allégea quelque peu.

« Puis-je suggérer qu'on mette à profit cette convocation inopinée ? Sœur Mary, entonnons un psaume sous votre direction ! »

Elles eurent le temps de chanter tous les psaumes qu'elles connaissaient avant que l'archevêque n'entrât dans la chapelle. Ne voulant pas attirer l'attention sur elle, Anna s'efforça de ne pas le regarder, mais, les yeux baissés, elle jaugea l'homme. Si, comme elle s'en doutait, il avait un aspect sévère, rébarbatif, elle n'avait pas imaginé qu'il aurait si piètre allure. Recroquevillé dans la chaire, se confondant presque avec les personnages sculptés du jubé derrière lui, il s'adressa au groupe de sœurs, qui paraissaient toutes retenir leur souffle.

« Bonjour. »

Le personnage de bois avait donc une voix, laquelle était d'ailleurs un peu faible pour un homme.

Quelques sœurs lui rendirent son salut en balbutiant. C'était déjà l'après-midi, et Anna avait l'impression qu'elles étaient enfermées là depuis des heures. Son estomac commençait à gargouiller. Elle émit une petite toux discrète pour couvrir le bruit. L'archevêque la fixa en fronçant les sourcils. Elle ne pouvait évidemment pas se fondre dans le groupe. Si le gargouillis de son estomac ne l'avait pas trahie, ses vêtements suffisaient à la distinguer des autres. Elle et Bek étaient les deux seules personnes présentes qui ne portaient pas l'habit des sœurs. Assis à côté d'elle, le garçonnet, qui après une si longue attente ne parvenait plus à se maîtriser, attirait davantage encore l'attention sur eux par les mouvements désordonnés de ses membres.

« Je vous transmets les salutations de Cantorbéry, et je suis venu vous exprimer l'inquiétude de votre archevêque à propos de l'hérésie des lollards qui se propage comme une peste à travers le royaume. Cette infection s'est répandue jusqu'à votre porte et a peut-être déjà franchi le seuil de votre cloître. »

Il se tut pour laisser l'auditoire digérer la nouvelle. Une ou deux sœurs eurent un hoquet de stupéfaction.

« Votre voisin et protecteur, sir John Oldcastle, lord Cobham, est soupçonné de répandre cette hérésie par l'intermédiaire de copies de textes… »

Il s'interrompit, dans l'attente des hoquets de surprise. Il ne fut pas déçu.

« Si certaines d'entre vous ont connaissance de ce genre de transcription, si on leur a demandé de copier un texte de l'hérétique John Wycliffe ou une traduction anglaise de l'Écriture, laquelle est considérée par le Conseil de l'Église et la loi du pays comme un texte profane et dont le détenteur est passible de la peine de mort… » Il fit une nouvelle pause pour que les sœurs saisissent bien l'importance de ses propos. « Dans ce cas, le moment est venu de passer aux aveux. »

La lumière filtrant à travers le vitrail grisaillé de la chapelle donnait à son teint une pâleur maladive. « Si vous avouez maintenant, vous et votre abbaye pourrez peut-être bénéficier d'une amnistie, au motif que, ne sachant pas que cette activité relevait de l'hérésie, vous n'étiez que l'instrument d'autres personnes. »

Ce ne peut être mon cœur qui cogne ainsi dans mes oreilles, se dit Anna. Ou est-ce le bruit de tous les cœurs battant à l'unisson ? Elle fouilla l'assemblée du regard à la recherche de sœur Agatha. Elle était absente, Dieu soit loué ! Si l'expression de son visage était dissimulée par le voile, la mère supérieure paraissait aussi imperturbable que si l'évêque eût été en train de prononcer quelque banale homélie.

Il attendit quelques instants.

« Qui sera la première à avouer afin de protéger l'abbaye ? »

Les sœurs fixèrent toutes le sol, aucune n'osant même lever les yeux.

« Bon. Fort bien. Vous devez savoir que des preuves à charge ont été recueillies. Quoique nous n'ayons rien trouvé aujourd'hui, des textes illicites avaient été confisqués auparavant. » Le teint grisâtre de l'archevêque lui donna envie de vomir. « Laquelle d'entre vous occupe le pupitre placé le plus près de la fenêtre, sur le côté ouest de l'écritoire ? »

Anna sentit ses oreilles bourdonner et crut qu'elle allait s'évanouir.

« Les copistes n'occupent pas toujours le même pupitre, intervint l'abbesse.

— Dans ce cas, remettez-moi le programme de l'occupation des pupitres.

— Cela m'est impossible car nous ne le gardons pas. À la fin de chaque semaine nous grattons le parchemin afin d'y inscrire le nouveau programme. »

Pour la première fois depuis le début de la séance, le visage grisâtre de l'archevêque prit quelque couleur.

« Abbesse, je vous préviens. Nous pouvons vous considérer comme responsable de ce que copient vos sœurs. Un seul mot de ma part et le sergent vous arrêtera. Vous serez alors jugée pour hérésie par un tribunal ecclésiastique. Si vous êtes déclarée coupable, votre abbaye sera fermée et les sœurs seront mises dehors… Est-ce ce que vous souhaitez pour votre abbesse et vos sœurs ? » ajouta-t-il en s'adressant à toutes les nonnes.

Anna se leva. L'abbesse était trop âgée. Elle ne survivrait jamais à l'interrogatoire. Et Anna lui devait trop pour la laisser payer pour toutes les autres. Il valait mieux qu'une seule d'entre elles se sacrifiât. Près d'elle Petit Bek émit un gargouillement de protestation, comme s'il pouvait lire dans ses pensées. Elle sentait tous les regards dirigés sur elle. La lumière glauque se déversant par le vitrail baignait désormais tous les visages relevés.

« C'est moi qui occupe le pupitre sur le côté ouest de l'écritoire », déclara-t-elle.

L'archevêque eut l'air surpris. « Vous n'êtes pas religieuse. »

L'abbesse se leva elle aussi, puis, se tournant vers Anna, parla assez fort pour être entendue de tous. « Votre Excellence, Anna n'appartient pas à notre communauté. Elle est notre invitée. C'est une veuve étrangère que nous avons recueillie et qui doit bientôt repartir. Elle copie la poésie de Christine de Pisan pour payer sa pension et celle de son fils infirme, le garçonnet assis à ses pieds. C'est une bonne copiste, mais elle n'a pas la vocation religieuse et ne s'intéresse guère à la théologie. Elle ne copie que ce que nous lui donnons à copier.

— Abbesse, nous sommes impressionné par votre

compassion et par votre désir de protéger l'étrangère à qui vous accordez l'hospitalité, répliqua-t-il d'un ton excessivement narquois, avant de se tourner vers Anna. D'où venez-vous, madame ?

— Je suis de Prague, en Bohême. »

Il fit un sourire béat, comme s'il se délectait de la réponse. « Prague. La ville de Jan Hus. Ce foyer d'hérésie ! »

Anna était furieuse de lui avoir procuré l'occasion de se réjouir.

« Je ne vais pas vous demander, madame, si vous avez copié les Écritures en anglais, puisque vous avez avoué être la personne qui occupe le pupitre sur lequel ont été trouvés les textes hérétiques confisqués. Peu me chaut d'ailleurs que vous ayez ou non copié ces textes. Tout ce qui m'intéresse, c'est si vous êtes en relation avec sir John Oldcastle. Répondez-moi à ce sujet. »

On aurait entendu une mouche voler. Même Petit Bek restait absolument immobile.

« C'est un homme généreux qui m'a recueillie lorsque j'étais dans l'embarras et qui nous a placés, mon fils et moi, sous la protection de l'abbaye.

— Voilà une prudente réponse, madame, mais qui n'est guère avisée… Sergent ! lança-t-il au soldat qui attendait dehors. Nous allons procéder à une nouvelle fouille de l'appartement de cette femme en sa présence et en celle de l'abbesse. »

Il se tourna ensuite vers l'assemblée des nonnes. « Retournez à vos occupations ! dit-il d'une voix bourrue en faisant le signe de la croix. *Laborare est orare.* »

TRENTE-TROIS

La position du pape est sans pareille, un empereur lui cède en tout le pas, ainsi qu'un roi. Un grand cardinal vient ensuite […] puis un prince, dont l'archevêque est l'égal […].

Offices dans une maison noble
(XVe siècle)

Quelle preuve avez-vous pour étayer vos dires ?

La formulation manquait de chaleur, mais ce fut la seule question que Gabriel trouva à poser à l'étrangère qui venait de lui offrir une tartelette aux pommes confites parfumées à la cannelle. Dans des circonstances plus sereines il aurait pu se demander comment elle avait pu se procurer une épice aussi chère ou si elle en avait précieusement gardé ces quelques onces pour une telle occasion. Mais il était alors trop bouleversé pour penser à de telles broutilles.

Le récit que venait de lui faire mame Clare sapait les fondations de tout ce en quoi il croyait… Qu'il avait été choisi par Dieu, qu'il était l'oint du Seigneur, que le frère Francis avait été son sauveur et la sainte Église son refuge. Car si ce qu'affirmait cette femme était vrai, non seulement il était le bâtard d'un prêtre débauché mais sa mère et lui avaient été cruellement utilisés pour satisfaire la concupiscence, les caprices et l'ambition de l'homme qui, selon Gabriel, portait dans sa poitrine le cœur même du Christ. C'était impensable. Il devait exister une autre explication.

Gabriel n'avait jamais assisté au moindre acte d'intimité sentimentale, physique ou spirituelle entre le frère Francis et la femme qu'il appelait mame Clare. En fait, le frère Francis avait indiqué à maintes reprises qu'il l'employait comme bonne par pure charité. En outre, cette femme réservée et froide ne ressemblait en rien à la jolie et affectueuse personne dont il se souvenait. Comment avait-il pu, comment auraient-ils pu vivre ainsi, si ce qu'elle affirmait était la vérité ?

Elle se leva de table et se pencha pour attiser le misérable feu qui brûlait dans l'âtre. « Je crains qu'il n'ait endurci ton cœur, reprit-elle d'un ton triste qui l'émut. La preuve que tu cherches y est pourtant scellée.

— Désolé, mais vous êtes si différente de…

— De celle que j'étais dans le lupanar de Bankside Street… » Comme elle tisonnait le feu, une minuscule flamme orange se mit à danser dans l'âtre pour saluer ses efforts. Elle tourna vers lui le regard discret, indéchiffrable dont il se souvenait. « Te rappelles-tu un peu Bankside Street ? »

Il revit le petit salon, sa fenêtre encrassée et l'escalier menant à l'enfer du premier : « *Eh bien, mon père, si ce nom vous plaît, pour vous je serai Jane.* » Il l'encouragea à continuer d'un hochement de tête.

Elle reposa le tisonnier, se dirigea vers la petite fenêtre vitrée – son unique luxe, lui avait-elle annoncé avec fierté lorsqu'elle lui avait fait les honneurs de sa maisonnette bien tenue – et contempla le désert marécageux. « Toi et moi on vivait au premier étage avec les autres. Il y avait un petit cagibi dans notre chambre. Chaque fois que… chaque fois que… » Elle prit une profonde inspiration. Le souvenir était apparemment aussi douloureux pour elle que pour lui. « Il insistait pour que je t'y enferme avant son arrivée. »

Elle parlait si bas qu'il était obligé de tendre l'oreille pour la comprendre. « Tu avais horreur d'être enfermé de la sorte. Tu te plaignais qu'il y faisait noir. Mais je ne l'ai jamais fermé à clef malgré son ordre. Ce n'était pas nécessaire, tu étais un enfant si sage. Tu n'en es jamais ressorti avant son départ. Mais parfois je t'entendais pleurer. »

Elle agita en l'air une longue main fine aux doigts bien formés malgré les callosités. Il reconnut le geste censé indiquer l'indifférence. Elle avait eu ce geste le jour où elle l'avait pris dans ses bras et où il l'avait repoussée brutalement, agacé d'être étreint, furieux qu'elle vînt si rarement et qu'elle fût enceinte. Il ne l'avait plus jamais revue. Le frère Francis lui avait dit qu'elle l'avait abandonné.

On avait du mal à respirer dans la maisonnette. L'odeur de cannelle et de pommes mêlée à la fumée écœurait Gabriel et lui coupait le souffle. Ne venait-elle pas de lui donner la preuve qu'il avait exigée ? Mais était-ce bien sûr ? Cette femme n'avait-elle pu recueillir les confidences de Jane Paul ?

Le dos tourné, mame Clare continuait à regarder par la fenêtre. La main tremblotante essuya des yeux qu'il ne pouvait voir. Les épaules bougeaient à peine.

« Il ne voulait pas me voir, n'est-ce pas ? Est-ce la raison pour laquelle il vous demandait de me cacher ? »

Elle se retourna. Son visage reflétait l'amertume de son cœur. « Il ne voulait pas te voir ! Il ne s'intéressait pas à toi le moins du monde. Il n'avait aucune envie de se rappeler ton existence… Jusqu'au jour où il est venu le matin et t'a vu jouer dans la salle du bas. Les jours de soleil tu jouais devant la fenêtre. » Son visage s'adoucit. « Tu avais un petit cheval en peluche. Il t'a vu jouer et a découvert que tu étais un très beau garçon. Et que tu étais aussi très intelligent. Tu jouais avec ton cheval à des jeux très compliqués dans lesquels tu faisais plusieurs voix. Je l'ai vu te regarder. "Voici votre fils", lui ai-je dit. Je voulais qu'il t'aime. Quelle innocente ! Quelle petite idiote !

» Quand il m'a annoncé qu'il allait t'emmener avec lui, je me suis sentie soulagée, en fait. Je voulais que tu aies un bien meilleur avenir, Gabriel. C'est moi qui t'ai donné ce nom, tu sais. Quand la lumière auréolait tes cheveux, tu avais l'air d'un ange. »

Cette femme taciturne qu'il n'avait jamais entendue prononcer plus d'une phrase ou deux semblait intarissable. Il aurait voulu pouvoir faire cesser le flot de paroles, qui lui donnaient mal à la tête. Il avait besoin de réfléchir, mais elle continuait à parler.

« Au début, après t'avoir emmené avec lui, il m'a permis de venir te voir, même si c'était seulement de temps en temps. Je l'ai vu te construire à son image, en plus jeune, tandis que Jane Paul mourait à petit feu, chaque jour un peu plus. »

Gabriel retrouva sa voix. « Vous avez cessé de venir me voir à l'abbaye. Pourquoi ? » demanda-t-il, tout en redoutant quelque peu la réponse. Même à l'époque il avait regretté de s'être dégagé si brutalement, craignant qu'elle n'eût pris son ressentiment d'enfant pour un rejet.

« Il me l'avait interdit.

— Et vous avez obtempéré ?

— Non. Au début, j'ai discuté sa décision. À cette époque je portais déjà son second enfant. Il m'a dit que je n'étais pas digne d'être ta mère et que la sainte Église serait désormais ta seule mère, que tu n'en aurais pas besoin d'autre. Il m'a traitée de putain, alors que je n'avais jamais connu d'autre homme. Tu dois savoir que ta mère n'était pas une putain et que je lui étais aussi fidèle que s'il avait été mon mari. Mais il m'a dit que ma présence te porterait tort.

— Et le second enfant ? Est-ce que j'ai un frère ou une sœur ? »

Elle eut un sourire contraint, amer. « C'était une fillette parfaite. Mort-née.

— Comment se fait-il que vous soyez venue vivre chez lui ?

— Il m'a recueillie par charité, comme il ne se lassait pas de le répéter. Ce n'était pas un mauvais homme… Il avait juste des œillères. Il était aveuglé par son ambition. Je n'avais pas d'autre endroit où aller et je lui ai promis que tu n'apprendrais jamais que j'étais ta mère et que je ne tenterais pas de te voir. »

Il essaya de se rappeler la première fois où il avait vu mame Clare. Le frère Francis lui avait toujours rendu visite dans l'abbaye dominicaine, mais Gabriel n'était allé chez lui que longtemps après la fin de ses études à Rome. Il se souvint qu'elle l'avait alors étudié avec une grande attention. Il avait cru que c'était parce qu'elle ne l'aimait pas.

Elle se retourna vers la fenêtre, fixant à nouveau le paysage. La lumière déclinante soulignait les bulles dans les petits carreaux sertis de plomb. Une silhouette sans visage se tenait à contre-jour, une femme inconnue. Sa mère.

« C'est mon père qui était la putain », murmura-t-il à la silhouette, ou à lui-même.

Tout était mensonge. Du début à la fin. Gabriel n'avait pas été appelé par Dieu. Il avait été appelé par son père… Non pour servir le Christ, mais pour servir une vaine ambition ecclésiastique. Et à présent son père avait emporté au purgatoire la défroque de cette ambition.

Or, qu'avait accompli ce fils au service de cette ambition ?

Le fils avait livré aux autorités un homme de bien et jeté la femme qu'il aimait dans la gueule du loup. Si le père était au purgatoire, le fils se trouvait en enfer. Il entendit des sanglots et se rendit compte que c'étaient les siens. La silhouette se détacha de la fenêtre et s'approcha de lui.

Il ressentit sur son visage la fraîcheur des mains de sa mère.

Il n'existait pas beaucoup d'endroits à fouiller dans la petite pièce et dans le minuscule vestibule où logeaient Anna et Bek. Deux petits lits aux couvertures soigneusement bordées, un étroit placard en coin et, placés contre le mur nu et brillant d'un éclat froid, une table de toilette sur laquelle se trouvaient une bassine et un broc. De chaque côté de la table de toilette quatre portemanteaux étaient fichés dans le mur. Les deux autres robes d'Anna y étaient accrochées, l'une vermillon et l'autre gris pâle, cadeaux de lady Cobham, ainsi que le manteau doublé de petit-gris.

Au quatrième portemanteau étaient suspendus la deuxième chemise, la culotte de rechange et le gilet de laine de Bek. Les soldats avaient déjà vidé le petit coffre de l'enfant, jetant son flûtiau sur le sol recouvert de joncs. Anna se félicita de l'avoir envoyé rejoindre sœur Matilde, soulagée qu'il ne fût pas là pour assister à la scène. Au moment où le sergent palpa de ses mains crasseuses la fine laine anglaise de son manteau, elle se mordit la lèvre, bouillant de rage contenue.

« Y a rien ici, Votre Excellence. » Seul le sergent procédait à la fouille, en présence de l'abbesse, de l'archevêque et d'Anna. Ils se tenaient tous les trois si près les uns des autres qu'Anna pouvait presque apercevoir les pupilles de la mère supérieure à travers les fines mailles de sa voilette. On entendait le bavardage et les rires rauques des soldats qui attendaient à l'extérieur.

« Qu'est-ce qu'il y a là-dedans ? » Ravalant un rot, l'archevêque désigna un coffre de bois sculpté placé au pied du lit d'Anna.

Avant que celle-ci ait eu le temps de répondre, l'abbesse, qui était restée aussi immobile qu'une statue, intervint. « Votre Excellence, croyez-vous qu'il soit convenable que vos soldats fouillent dans les sous-vêtements d'une femme ?

— Eh bien, faites-le vous-même, par conséquent ! »

Le sergent fit un pas en arrière. L'abbesse s'agenouilla et ouvrit le coffre. Elle en sortit les chemises et les jupons d'Anna, un vêtement après l'autre, se relevant et les posant soigneusement en piles sur le petit lit. Quand elle eut terminé, la seule chose qui restait au fond du coffre était une sorte de collier.

« Qu'est-ce ? demanda l'archevêque.

— C'est ma croix. Elle appartenait à ma mère. Il s'agit d'un bijou de famille.

— Alors pourquoi ne la portez-vous pas ? demanda-t-il d'un ton narquois. Serait-ce parce que, à l'instar des lollards, vous considérez que le port et l'utilisation de ces icônes relèvent de la "superstition" ? »

Il caressa sa croix pectorale en or dont les perles et les rubis étincelaient, même dans la pâle lumière filtrée par le parchemin huilé qui servait de vitre.

« La chaîne en argent est cassée et je n'ai pas les moyens de la faire réparer. »

L'abbesse se pencha pour ramasser le collier, mais l'archevêque l'avait déjà saisi et l'examinait avec attention. Il se contenta de hausser les épaules et de le lâcher sur la pile de linge. Il fixa longuement le coffre, les yeux plissés et la bouche de travers.

Puis il fit un brusque signe de tête dans la direction du coffre. « Soulevez-le, ordonna-t-il au sergent. Et retournez-le. J'ai l'impression qu'il contient autre chose. »

Le sergent souleva le coffre, le retourna et le posa sur le lit. Il l'examina méticuleusement. « Ç'a l'air massif, déclara-t-il en tapotant dessus.

— Rien de plus normal, rétorqua Arundel, si un double-fond contient quelque chose de compact. Des briques, par exemple… » Il lança un regard sournois à

Anna, tel un renard humant l'odeur de sa proie. « Ou seraient-ce des livres ? »

Il se pencha en avant, fit courir ses doigts lourdement bagués sur les moulures, s'arrêtant sur deux roses sculptées sur le coin du coffre. Il appuya ses pouces au centre des roses et un couvercle s'ouvrit d'un seul coup. Un large sourire s'épanouit sur sa face.

Anna demeurait impassible, refusant de lui donner le plaisir d'avoir l'air effrayée.

« Dispositif fort ingénieux… Qu'avons-nous là-dedans ? fit-il en scrutant le fond du coffre.

— Je suis copiste, dit Anna. Ces livres m'appartiennent. Je les garde là par mesure de sécurité.

— Sortez-les afin que nous puissions examiner ces livres qui possèdent tant de valeur aux yeux de notre copiste. Elle les cache comme s'il s'agissait d'un trésor, alors que la plupart des gens de sa classe font étalage de leurs richesses. »

Le sergent prit les deux livres et les posa l'un à côté de l'autre sur le lit, près des jupons impeccables. D'abord le plus petit des deux, le codex à la couverture de cuir dont les pierreries avaient été enlevées, ensuite l'autre, la bible de Wycliffe. L'archevêque écarta le sergent et ouvrit le grand livre à la page de garde décorée de délicates enluminures – les seules illustrations du texte –, cette page de garde que Finn avait si amoureusement enluminée. « *C'est notre Bible, Anna. Elle t'appartiendra lorsque je ne serai plus de ce monde. Et ensuite, eh bien, un jour tu la légueras à tes enfants.* »

Mais l'archevêque n'admirait pas la magnifique page de garde. Anna suivit son regard qui se posait sur la page de titre. Il sursauta comme s'il avait découvert une vipère.

Il lut d'une voix rauque, vibrant de haine : « "La sainte Bible. Traduction des Saintes Écritures en langue d'Angleterre".

— Oh, Anna ! » s'écria l'abbesse, d'une voix voilée, très déçue.

En essayant de protéger l'abbesse, Anna avait offert à l'archevêque la preuve qu'il cherchait. Si elle n'avait pas avoué, il n'aurait peut-être jamais trouvé les livres.

« Ces livres m'appartiennent. L'abbesse ignorait leur existence. Je les ai gardés dans ce coffre depuis mon arrivée, à l'endroit où vous les avez trouvés. C'est la première fois qu'on les sort. »

L'archevêque n'avait même pas l'air de l'entendre. Il tournait les pages de la bible. Anna se retenait de lui crier d'en ôter ses doigts osseux, flétris, chargés de bagues. Il n'était pas digne de toucher des pages copiées avec tant d'amour. La pièce se mit à chavirer. La mère supérieure apparut à son côté, ses bras passés autour d'elle pour la soutenir.

« Venez vous asseoir, Anna. Vous êtes sur le point de défaillir, lui dit-elle en la guidant vers la chaise.

— Il vaut mieux, en effet, qu'elle soit assise pour entendre ce que j'ai à dire, déclara l'archevêque. Avez-vous ouï parler, madame, d'une loi intitulée *De haeretico comburendo* ? »

Anna entendit le hoquet d'effroi de l'abbesse et sentit ses bras se raidir autour de ses épaules.

« Excellence, cette loi ne peut guère s'appliquer à une étrangère qui n'est pas au fait de notre législation anglaise. La possession d'un livre n'entraîne sûrement pas un aussi sévère châtiment, d'autant plus qu'il s'agit d'un objet précieux reçu en héritage et que mame

Bookman ne pouvait pas savoir que la simple détention de ce livre était illégale ! »

Il écarta ses paroles d'un geste, comme s'il chassait un moucheron, avant de grommeler sa réponse. « Nul n'est censé ignorer la loi. Autrement n'importe quel maraud, n'importe quel escroc pourrait alléguer l'ignorance de la loi du pays. Quant à sa condition d'étrangère sur notre territoire, n'oubliez pas que les lois et les croyances de la sainte Église sont universelles. » Il se pencha un tantinet – il n'était pas grand de taille – et approcha son visage si près de celui d'Anna qu'elle sentit son haleine fétide. « Madame, *De haeretico comburendo* peut se traduire par "Sur le brûlement des hérétiques", et le texte stipule que la simple possession d'une bible en anglais suffit à rendre le pécheur passible de la peine de mort.

— Votre Excellence ! hoqueta la mère supérieure. Je vous en prie, faites preuve de la compassion que Notre-Seigneur vous conseillerait. Cette jeune femme est innocente et sachez qu'en menaçant sa vie vous en menacez une seconde. Mame Bookman attend un enfant.

— Apportez-moi l'autre livre, ordonna-t-il au sergent, qui fixait le petit manuel d'un air perplexe.

— C'est écrit dans une langue bizarre. C'est pas de l'anglais. Ni la langue de la sainte Église. » Il tendit le livre à l'archevêque, qui le lui arracha des mains.

« C'est de l'hébreu. Je suis incapable de le lire, mais ce n'est pas la première fois que je vois ce gribouillis du diable. » Il feuilleta le livre, le retourna, puis le mit à l'envers. « Hem ! fit-il, plissant fortement les yeux. Apparemment, sergent, il est possible que nous ayons attrapé non seulement une hérétique, mais peut-être bien une sorcière, par-dessus le marché ! »

« *Faites flotter la sorcière* !* » Ce cri résonnait dans les oreilles d'Anna et elle revoyait le corps sans vie de Jetta qu'on retirait de la rivière. « *Faites flotter la sorcière* !* »

Elle sentit la soupe aux poireaux du déjeuner remonter dans sa gorge. Elle s'efforça de la ravaler et eut un hoquet. La mère supérieure joignit ses mains ouvertes devant Anna. « Allez-y, Anna. Ça ne fait rien ! »

Anna vomit dans les mains de l'abbesse, puis posa sa tête sur ses genoux.

On versait de l'eau dans la bassine. Le bruit semblait lointain, tout comme la voix de la mère supérieure. « Ce n'est qu'un livre. » Anna l'entendit se laver les mains, puis l'abbesse lui tendit un linge mouillé afin qu'elle s'essuyât le visage.

« "Qu'un livre", abbesse ! Il s'agit d'un manuel de magie juive. Un livre pour convoquer des anges, répliqua-t-il en indiquant un dessin représentant une étoile à six branches.

— Anna est libraire de profession. Elle peut l'avoir acquis rien que pour le parchemin.

— Alors nous allons l'interroger. Si elle est innocente, ses interrogateurs le découvriront.

— Archevêque Arundel, montrez un peu de compassion, supplia la mère supérieure. Que va-t-il advenir de l'enfant ?

— Elle pourra le mettre au monde à la Tour. À sa naissance l'enfant sera confié à un monastère. Ce sera au moins une âme de sauvée. »

Anna se mit sur pied d'un bond. La pièce tournoyait autour d'elle. Elle fixa son regard sur la lampe à huile posée au-dessus du placard. La chambre s'immobilisa, la lampe servant de pivot central. Mais la rage que la jeune femme avait refoulée pendant qu'on fouillait dans ses effets personnels et qu'on profanait son livre saint fit chavirer sa raison. Elle se tenait face à l'archevêque, sentant sa sueur, ses dents gâtées, la puanteur des eaux stagnantes de son âme.

L'haleine de la mère supérieure frôlait son oreille. « Calmez-vous, Anna. Pensez à l'enfant. Tout ira bien », chuchotait-elle.

Mais oui, je pense au bébé, se disait Anna en son for intérieur. C'est désormais le seul objet de mes pensées. Comment puis-je être calme, alors que mes pensées ne sont qu'un maelström de colère rouge et violet ? Rejetant la tête en arrière, elle partit d'un rire de démente qui se mua en hurlement effrayant – même à ses oreilles – et se répercuta contre les murs.

« Elle est possédée du diable ! » s'écria l'archevêque en reculant d'un pas.

Lorsque la crise cessa, un calme soudain envahit la jeune femme. Elle se sentait épuisée. Elle répondit à voix basse, d'un ton serein.

« Vieillard, essayez donc de me ravir mon enfant, et je vous retrouverai en enfer ! »

Elle entendit à peine le sergent avancer derrière elle. Elle restait figée sur place, l'œil dardé sur l'archevêque, qui évitait son regard. Le sergent lui saisit les mains et commença à lui attacher les poignets à l'aide d'une lanière de cuir.

« Pas si serré ! protesta l'abbesse, d'une voix si ferme qu'Anna sentit qu'on desserrait un peu ses liens. Ne vous en faites pas, Anna. Tout ira bien. Nous allons prier pour vous et le bébé, dit-elle en drapant son manteau sur ses épaules et en l'attachant sous le menton.

— Pensez-vous réellement, ma mère, que quelqu'un entendra vos prières ?

— Bien sûr, Anna. Il écoute toujours. Ne perdez pas la foi ! Votre foi vous aidera à surmonter cette épreuve. Tout ira bien ! »

Tout ira bien... La formule de Julienne de Norwich que l'abbesse citait toujours quand elle s'adressait aux sœurs. Elle l'avait tant de fois entendue dans la bouche de son grand-père ! Où était-il à présent ? Anna doutait que tout allât bien. Mais elle s'abstiendrait de le dire. Que l'abbesse garde sa foi ! Elle allait en avoir besoin. Peut-être, comme jadis Finn l'enlumineur, pourrait-elle en avoir assez pour elles deux.

Le sergent l'aida à garder l'équilibre lorsqu'elle monta maladroitement sur le palefroi qu'on lui fournit. « Je suis désolée, ma mère », dit-elle sans regarder l'abbesse, les yeux fixés sur la bordure d'hermine du manteau de l'archevêque. Jadis blanche, elle était à présent d'un gris sale et traînait derrière lui dans la boue.

Du clocher, Bek vit Anna partir en compagnie de plusieurs hommes. Il la reconnut grâce à la couleur de sa robe. Mais elle allait revenir, car Anna ne s'en allait jamais sans lui.

Au lieu d'aller rejoindre sœur Matilde comme le lui avait demandé Anna, il avait grimpé jusqu'au clocher de la chapelle en traînant ses jambes frêles le long de l'escalier. Il n'avait pas envie de rester assis avec les sœurs dans l'écritoire et d'attendre que Matilde l'aidât à gravir les marches en bois. Et si les cloches commençaient à sonner sans lui ? Il avait sa béquille. D'ailleurs ce n'était pas la première fois qu'il montait tout seul au clocher, même après s'être fait gronder par sœur Matilde, car il risquait d'attraper des échardes aux jambes sur les marches de bois, et par sœur Agatha, qui avait ajouté qu'il allait déchirer sa culotte. Mais ses bras étaient robustes et grâce à sa béquille il n'était pas obligé de monter les marches à quatre pattes.

La première fois c'est Anna qui l'avait emmené voir les cloches. Elle lui avait montré comment les faire chanter. Et comment les faire taire. « Pour dompter la bête », avait-elle dit. Et cela avait marché, pourvu qu'il se trouvât dans le clocher au moment où commençait le carillon. Parfois pourtant, les sœurs montaient au clocher sans lui, certaines le trouvant trop lent. Mais s'il était déjà sur place, même sœur Agatha lui laissait tirer sur la corde qui faisait carillonner la cloche.

Il se recroquevilla dans un coin, s'emmitouflant dans son gilet pour se protéger du froid matinal, les yeux fixés sur le cadran solaire qui se trouvait au centre. L'une des sœurs allait bientôt apparaître et elle le laisserait sonner tierce.

Il attendit.

Une rafale de vent ébouriffa les bords effrangés de la corde de la cloche. Il frissonna et se mit à fredonner. Anna allait bientôt revenir, elle n'allait pas l'abandonner. An na An na. L'ombre traversa la ligne en haut à droite du cadran, dépassant l'heure de tierce.

Un roitelet entra dans un nid, là-haut au-dessus des solives. Mais personne ne venait. L'une des petites jeunes dont c'était le travail avait oublié les cloches, mais elle n'allait sûrement pas oublier le prochain carillon. L'une d'elles allait venir sonner sexte. Il attendrait.

Il prit les trois pierres dans le petit étui de cuir attaché par une lanière passée autour de son gilet et en frappa le sol. Un-deux-trois, trois-deux-un, deux-un-trois. Toc, toc, toc.

Le roitelet s'envola de son nid, le réprimanda, éparpillant de la paille sur le flanc de la plus grosse cloche.

L'ombre glissait vers sexte. Quelqu'un allait venir. Quelqu'un allait remarquer que les cloches se taisaient et qu'elles avaient sauté les « petites heures ». Les sœurs ne pouvaient pas oublier les cloches.

Trois cloches. Immobiles, chacune dans sa niche carrée. La grosse cloche longue était la plus dure à faire bouger. Les gonds s'étaient grippés avec l'âge et parce qu'elle était inutilisée. Les sœurs ne tiraient jamais dessus. Ses bras à lui étaient forts et il aurait pu la faire sonner si on l'avait laissé faire. Les deux autres cloches, la *nola* pour le chœur et la *squilla* pour le réfectoire, étaient plus récentes, plus petites et plus faciles à manœuvrer. Chaque cloche avait une voix différente, si bien que les sœurs savaient ce que chacune annonçait. Bek, lui, ne les appelait pas par leur nom, mais leur avait donné à chacune un numéro. Celle qui était longue et grosse, il l'appelait numéro un. La cloche moyenne, la *nola*, numéro deux. Et la troisième, la *squilla*, celle qui avait la grande bouche, numéro trois.

Un. Deux. Trois. Ding, ding, dong.

Sur le cadran solaire l'ombre se déplaça vers les trois marques, l'heure de sonner la troisième cloche. À l'heure du soleil, et aussi à celle de son ventre.

Mais l'ombre dépassa sexte et personne ne vint sonner les cloches.

Bek plissa les yeux, scrutant le toit en pointe du clocher, à présent totalement plongé dans l'ombre. Il compta les grosses taches noires sur les poutres. Des chauves-souris, avait dit Anna. Quatre chauves-souris.

Pourquoi personne ne venait-il le chercher ? Anna était partie. Est-ce que toutes les sœurs étaient parties, elles aussi ? Depuis des heures personne n'avait bougé en bas, dans le cloître. Le seul mouvement dans le jardin était le chatoiement des eaux de la fontaine.

Elles doivent toutes dormir, se dit-il. Il allait sonner les cloches, toutes les cloches. Ça les réveillerait. Il élabora le programme dans sa tête. La numéro un en premier. Puis la *nola*, la numéro deux. Ensuite la *squilla*, la trois.

Il repassa dans sa tête l'ordre des numéros. Un-deux-trois, trois-deux-un, deux-trois-un, un-trois-deux, ainsi de suite, ainsi de suite, ainsi de suite… S'il y avait eu quatre cloches, cela aurait pu durer éternellement !

Il tira la corde effrangée de la longue cloche étroite. Elle bougea à peine sur ses gonds grippés. Il tira avec ses deux mains et, se soulevant du sol, dégagea la cloche, qui effectua un petit quart de tour en grinçant. Le mouvement suffit à faire bouger le battant. Après une deuxième tentative la cloche émit un demi-ton. Puis un ton plein. Un. Deux. Trois… Le carillon retentissait joyeusement, merveilleusement dans le clocher. Sonnez, les cloches ! Résonnez, les cloches !… En bas toutes les sœurs se précipitèrent hors de la chapelle où elles veillaient devant l'autel. Elles levèrent les yeux vers le clocher en criant et en le pointant du doigt.

« C'est Petit Bek, cria la plus vieille. Nous l'avons oublié. Sœur Matilde, montez le chercher avant qu'il ne réveille les morts. »

Petit Bek entendit sœur Matilde monter l'escalier. Du haut du clocher son regard trouble crut apercevoir en bas une compagnie de gros oiseaux noirs. Pas un seul oiseau aux vives couleurs parmi eux.

Mais Anna ne le quitterait jamais.

« Conduisez la prisonnière à Londres, mais louez pour elle un chariot et les services d'un cocher », ordonna l'archevêque lorsqu'ils firent halte dans High Street, la grand-rue. « Renvoyez son cheval à l'abbaye. »

C'est de moi qu'ils parlent, se dit Anna, incrédule. *Je suis « la prisonnière »*. Mais, quoi qu'il en fût, elle appréciait l'idée du chariot. Jusqu'à Londres il y aurait une pénible journée de chevauchée. C'était dur pour une femme, et encore plus dur pour l'enfant dans son ventre.

« Moi, je m'arrête à la cathédrale afin de faire une visite de courtoisie à l'évêque de Rochester. Il faut qu'il soit informé des soupçons qui pèsent sur son diocèse. Bien que je doute qu'il ne le sache déjà. »

Le sergent tendit la main à Anna pour l'aider à mettre pied à terre. « Dois-je conduire la prisonnière à la prison de Newgate, Votre Excellence ? »

L'archevêque lança un regard noir à Anna. « Non. Même si cette créature infernale mériterait qu'on l'y envoie. Par respect pour l'abbesse emmenez-la à la Tour blanche. Newgate n'est pas faite pour une femme instruite, et encore moins pour une femme enceinte. »

Sa voix n'était empreinte d'aucune compassion. la Tour blanche était-elle donc plus confortable ? Allait-on l'y traiter avec une certaine courtoisie ?

Le beau destrier blanc de l'archevêque renâcla d'impatience, les clochettes de son luxueux harnais d'argent tintant dans l'air du matin. L'archevêque dirigea sa monture vers Boley Hill, vers la grande cathédrale, laissant le sergent et deux autres soldats former l'escorte de la prisonnière. À l'arrière du chariot étaient entassés plusieurs tonneaux. Anna s'installa à même le sol sur une peau fourrée fournie par le cocher, qui fit claquer les rênes et siffla pour faire partir les deux chevaux.

« Qu'est-ce que la Tour blanche ? cria Anna au cocher par-dessus le martèlement des sabots.

— C'est le palais royal de Londres, répondit-il en tournant à demi la tête vers elle.

— Un palais royal ?

— Vos pareilles logent sûrement pas dans les appartements royaux, mame ! s'esclaffa l'homme. Vous, vous êtes plutôt bonne pour le cachot, m'est avis. »

Anna savait très bien ce qu'était un cachot. Il y en avait un au *hrad*, le château sur la colline qui domine la Vltava. Elle avait entendu parler de personnes qui y avaient été envoyées et qui n'avaient plus donné signe de vie. Elle était donc venue jusque-là pour se retrouver au fond d'un cachot, accusée d'hérésie, voire d'un crime plus grave… Martin avait eu au moins une mort plus rapide.

« La peur de la solitude ne doit pas tracasser votre jolie tête rousse, car vous aurez pas mal de compagnie. Son Excellence affirme qu'on va sans doute être obligé de construire une tour à Lambeth pour loger tous les lollards qu'il a l'intention d'attraper dans ses filets. »

Elle ferma les paupières pour se protéger du vent de mars qui la giflait et faisait couler ses yeux. Elle avait mal au bas du dos, à cause des cahots du chariot sur la route défoncée. Elle s'appuya contre l'un des tonneaux.

Si le cercle de métal lui entrait dans les épaules, le tonneau lui fournissait un certain soutien.

Le sergent qui trottait à côté du chariot riait avec ses hommes, ne lui accordant guère d'attention. Le cocher fouetta ses chevaux, les encourageant de la voix à aller plus vite. Et si elle se jetait sous les chevaux, sous les roues du chariot ? Ce serait à tout le moins un moyen de priver de leur plaisir l'archevêque et ses acolytes, puisque de toute façon elle allait mourir. Elle savait comment tout cela allait finir.

Non, tu n'en sais rien, Anna. Seul Dieu sait comment les choses vont se terminer. Fais-Lui confiance. Pense à ton enfant. Tout ira bien.

Mais c'étaient là les mots de son grand-père, pas les siens. Elle ne possédait ni sa foi, ni son courage.

Ils firent halte dans une auberge de campagne. Anna n'avait pas faim mais sa vessie était près d'exploser.

« Le cabinet d'aisances est derrière », dit le cocher en faisant un signe de tête bien qu'elle n'eût posé aucune question. Il défit la lanière de cuir qui liait ses poignets. « On vous surveillera de la fenêtre. Ne songez même pas à vous échapper, mame. »

Elle regarda au bout de la route, à l'endroit où, en cette fin d'après-midi, les arbres se fondaient déjà en une masse obscure menaçante. Elle était davantage en sécurité ici que là-bas, car, voulant livrer une marchandise intacte, le sergent la protégerait des vauriens.

Après être restée dans le cabinet le plus longtemps possible, préférant l'odeur nauséabonde à la compagnie des brutes qui peuplaient l'auberge, elle entra dans la salle enfumée. Elle s'assit à côté du cocher et parcourut du regard la pièce à la recherche d'un visage amical.

Aucune femme en vue, pas même une serveuse à qui elle eût pu demander secours.

« Mangez, mame ! lui lança le cocher en arrachant la chair d'un os de poulet. À votre place, j'en profiterais.

— Je n'ai pas d'argent.

— Qu'est-ce qu'ils vont faire si vous ne pouvez pas payer ? Vous jeter en prison ? » s'esclaffa-t-il.

Anna sourit malgré elle. « Je n'ai pas faim, de toute façon. » Puis elle pensa à son bébé. Elle n'avait rien mangé de la journée. « Du pain et du fromage, s'il vous plaît, demanda-t-elle.

— Ça fera deux pence, dit l'aubergiste en posant sa commande.

— C'est lui qui paie », répondit-elle en indiquant le sergent d'un signe de tête.

Comme elle entamait le pain, le cocher lui fit un clin d'œil d'approbation. Toutefois, incapable d'avaler plus qu'un petit morceau, elle déchira un avis accroché à un clou au-dessus de la table et, constatant qu'il était relativement propre, s'empressa d'y envelopper le reste de la nourriture avant de glisser le paquet dans sa poche. Qui savait quand elle allait avoir l'occasion de manger à nouveau ?

« On a intérêt à reprendre la route tout de suite, dit le cocher, si on veut arriver à Londres avant la tombée de la nuit. »

Le sergent paya l'aubergiste et, au grand soulagement d'Anna, ne discuta pas l'addition. Il lui offrit même sa main pour l'aider à monter dans le chariot, où elle s'installa plus confortablement maintenant après s'être ainsi dégourdi les jambes et avoir soulagé sa vessie. Mais la lumière déclinante suscita en elle un tel désespoir que l'espace d'un instant elle entendit son cœur cogner dans ses oreilles comme le jour où son grand-père était mort. *Calme-toi, Anna. Tout ira bien. Fais-Lui confiance.* Elle percevait si nettement sa voix qu'elle tendit la main pour le toucher. Mais elle ne rencontra que le bois éraillé de la grosse barrique de bière.

Il faisait presque nuit quand ils entrèrent dans la ville. Des lumières clignotaient derrière les fenêtres des hautes maisons bâties sur le London Bridge.

« La Tour blanche, c'est par là, mame », annonça le cocher en faisant un geste de la main vers la droite. Le fleuve se trouvait à leur gauche. Si elle n'était plus visible, Anna sentait l'odeur iodée de la mer qui refoulait la Tamise à cet endroit. En aval, elle apercevait un gros bateau illuminé qui se détachait dans le noir. Qui peut s'offrir tant de bougies ? se demanda-t-elle. Et comment se réchauffent les passagers ? Recroquevillée derrière les tonneaux pour se protéger du vent, elle frissonnait malgré son manteau de laine. Elle regarda dans la direction qu'avait désignée le cocher. Une grande muraille encerclait plusieurs tours plus grises que blanches. Tout en haut des tours elle crut distinguer une bougie ou deux, reflets vacillants parmi les gigantesques ombres. Des rires montèrent du chaland voguant sur le fleuve, ainsi que de la musique, jouée à la harpe et au luth.

« À coup sûr, c'est le chaland du nouveau roi. Sa Majesté aime promener les élégants de la cour sur le fleuve. Il paraît qu'il se croit musicien.

— Fais le tour pour passer par le portail du quai, lança le sergent d'un ton sec. On va entrer par la porte des Traîtres. »

Quel nom atroce et quelle atroce vision ! pensa Anna quand, levant les yeux, elle découvrit le haut portail métallique et les marches qui descendaient vers le fleuve.

« Holà, gardien ! cria le sergent. J'ai une prisonnière pour vous. De la part de Son Excellence, Thomas Arundel, archevêque de Cantorbéry. »

Le portail s'ouvrit en gémissant et en grinçant.

Le cocher fouetta son cheval, qui entra à contrecœur. Ce n'était plus le glacial vent de mars mais l'appréhension qui faisait frissonner Anna.

Des rires, suivis de la musique aiguë d'un pipeau, se firent entendre, en provenance du fleuve.

« Bienvenue à la prison de la Tour ! » dit le gardien en tendant la main pour aider Anna à descendre du chariot.

TRENTE-QUATRE

C'est vraiment l'argent qui a tué les juifs. S'ils avaient été pauvres et si les seigneurs féodaux n'avaient pas été leurs débiteurs, on ne les aurait pas brûlés. Après le partage de leurs richesses [...] certains bénéficiaires, sur les conseils de leur confesseur, donnèrent leur part [...] à l'Église.

Jacob von KÖNIGSHOFEN,
Le Brûlement des juifs de Strasbourg

Le troisième jour, le frère Gabriel arriva à l'abbaye aux aurores, exténué, presque incohérent, implorant d'être reçu dans les appartement privés de la mère supérieure. N'ayant pas dormi depuis deux nuits, l'abbesse était elle aussi épuisée. Elle était obsédée par le sort réservé à la jeune femme qu'elle avait hébergée et mêlée à leur périlleuse entreprise. Cette fois-ci, cependant, contrairement à ce qui s'était passé jadis, il y avait bien longtemps, elle n'était pas responsable. Non seulement la jeune femme avait de son plein gré proposé de copier ces textes, mais elle s'était elle-même dénoncée.

Pourtant cette pensée ne lui mettait guère du baume au cœur et chaque fois qu'elle fermait les yeux Kathryn voyait le visage d'Anna au moment où on l'emmenait.

C'était à la fois le visage d'Anna et un tout autre visage.

Le frère Gabriel arpentait sa chambre. Dans la lumière grisâtre de l'aube naissante qui filtrait à travers les vitres, elle apercevait la soutane chiffonnée et crottée, et les cernes noirs autour des yeux.

« Je n'ai pas à vous juger, mon père. C'est le privilège d'un être bien au-dessus de moi. » L'abbesse ne pouvait s'empêcher d'éprouver une grande pitié à son égard. « Comment avez-vous appris la nouvelle ? demanda-t-elle.

— Par un avis affiché à la porte d'une église d'Appledore. Son nom se trouvait sur la liste des personnes arrêtées pour être interrogées. En rapport avec la recherche de sir John. »

Elle poussa un profond soupir. « Le palais de Lambeth n'a guère perdu de temps. Les copistes ont beaucoup travaillé, les messagers ont été très rapides.

— L'archevêque est décidé à abattre lord Cobham, coûte que coûte. Il considère que son devoir sur terre est d'exterminer les lollards et de libérer l'Église de l'hérésie. Je crains qu'il ne traite sévèrement Anna pour la contraindre à impliquer l'abbaye. »

Sévèrement ? Oubliait-il donc les abus commis par son Église au nom de Dieu ?

« S'il est prouvé que l'abbaye a fourni à sir John des textes interdits, alors ils auront un dossier inattaquable contre lui. » Pivotant sur ses talons, il s'adressa à l'abbesse avec une certaine agressivité. « Je vous avais prévenue. Pourquoi n'avez-vous pas détruit ces textes ? »

Malgré le ton acerbe, son sentiment de compassion lui conseilla la patience.

« C'est que j'ai fait, répondit-elle. Anna avait apporté ces livres avec elle. Je crains que vous n'ignoriez le pire. Non seulement elle possédait une bible de Wycliffe dissimulée dans son coffre à linge, mais également une sorte de manuel de magie juive. » Elle se tut. « Le mot "sorcellerie" a été prononcé, reprit-elle.

— Sainte Mère de Dieu ! » Il ponctua ses paroles en tapant du poing sur le plateau impeccable et bien rangé du bureau de l'abbesse. « C'est une tête de mule, une petite idiote. Je l'avais mise en garde lorsque nous étions ensemble en France. »

Il savait qu'elle possédait ces ouvrages. Voilà pourquoi il était en colère. Une accusation de sorcellerie permettait de torturer plus facilement. Si l'on se battait contre le diable, qu'importaient les atroces souffrances du corps du moment qu'il s'agissait de sauver l'âme ?

« Vous avez de l'influence, mon père. L'archevêque vous écoute. Ne pouvez-vous intercéder pour elle ? »

Il partit d'un rire triste, amer. « Quelle naïveté, ma mère ! Arundel considère que sa mission ici-bas est d'anéantir tous ceux qui menacent son Église, sans exception. Il en a le pouvoir et il parviendra à ses fins.

— Alors il faut que vous connaissiez un élément

supplémentaire, qui vous permettra peut-être de gagner un peu de temps, et vous aidera à choisir votre camp. »

Il se redressa et frotta son thénar avec une telle force qu'il en aurait sans doute un bleu.

« Anna est enceinte », poursuivit-elle.

Le teint de Gabriel prit la couleur grise de l'aube naissante. Il était pénible de voir se défaire un visage d'homme. Autant en terminer d'un seul coup, arracher le reste du masque et voir si derrière il y avait bien un être humain.

« Elle porte votre enfant, mon père. Elle est enceinte de cinq mois. Elle l'a déjà senti bouger dans son ventre. »

Il n'eut aucune réaction de protestation ou d'approbation. Il resta là, stupéfait, tel un homme souffleté, son hébétude se changeant peu à peu en incrédulité.

Comment cela peut-il t'étonner ? se dit l'abbesse. *Comment n'y as-tu pas pensé ? N'as-tu pas remarqué que sa silhouette s'était arrondie quand tu l'as revue ici ? Lorsque tu as lâché en elle ta semence, le désir te submergeait-il à ce point que tu n'as pas prévu les conséquences de ton acte ? Ou était-ce le cadet de tes soucis ? Et tu as le front de me traiter de naïve !* Elle était tentée de prononcer ces paroles à haute voix, mais à quoi cela servirait-il de causer de tels remords à ce pauvre bougre ? Le monde était déjà assez perclus de culpabilité.

Elle lui tourna le dos. Le regarder eût été mal. C'eût été comme le surprendre dans un moment profondément intime. Dans la pièce régnait la fraîcheur de l'aube. L'humidité des cendres se mêlait à l'odeur de mousse moite que dégage la terre au début du printemps. Dans le jardin du cloître les bulbes devaient grossir, s'épanouir dans la terre et se préparer à naître, tel l'enfant dans les entrailles d'Anna.

« Je vais aller voir le roi, dit-il. Bolingbroke est un cadavre gisant à Westminster. Le nouveau roi est un ami de sir John. C'est l'unique moyen », déclara-t-il d'une petite voix incertaine, soutenue par sa seule volonté.

En tout cas, pensa-t-elle, il a une stratégie. Cela lui redonna espoir.

Elle se retourna pour lui faire face et souleva son voile. Elle voulait qu'il vît ses yeux quand elle ferait cette déclaration. Il ne sembla même pas remarquer les cicatrices sur le côté gauche du visage. « Frère Gabriel, vous comprenez ce que cela signifie pour un fils de la sainte Église romaine de s'allier au roi contre l'archevêque ? »

Il la regarda droit dans les yeux, sans ciller. « Cela signifie la fin de ma carrière dans l'Église », répondit-il. Puis, comme s'il avait eu une révélation, pensa l'abbesse, et même une illumination, comme s'il venait de découvrir une vérité, il ajouta : « Mais cela ne compte plus pour moi.

— Cela pourrait entraîner des conséquences plus graves que la fin de votre ascension dans la carrière cléricale ou même que la perte de votre habit de dominicain. Si l'archevêque découvre votre liaison avec Anna, il affirmera qu'elle vous a ensorcelé, et vous risquez de subir les méthodes qu'il utilise pour pratiquer le sauvetage des âmes. »

Il ne parut même pas entendre les propos de l'abbesse. Comme si, maintenant qu'il avait trouvé son dessein, il avait également recouvré son courage et se moquait des risques personnels encourus. Voyant l'esprit du frère s'emballer, elle reprit espoir.

« Ils ont saisi les livres pour servir de preuves, je suppose, dit-il. Arundel est on ne peut plus méticuleux. Qu'ont-ils pris d'autre ? Savez-vous s'ils ont découvert d'autres preuves à charge ?

— L'abbaye avait été nettoyée. Grâce à l'avertissement d'un ami… dont j'ai oublié le nom. Les vieilles femmes ont la mémoire défaillante, vous savez », répondit-elle en souriant. Il lui fit un pâle sourire en retour, scellant une nouvelle complicité entre eux. « Ils ont emporté ce qui se trouvait sur le pupitre d'Anna dans l'écritoire, ajouta-t-elle. Rien d'illégal. Un livre de poèmes. Et un morceau de musique qu'elle copiait pour Bek. »

Une nouvelle ombre d'inquiétude passa sur le visage du frère. « Comment va Bek ? Il est très attaché à Anna. Il va bien ? »

Elle fut agréablement touchée par sa question. Rome ne lui avait donc pas ôté toute compassion. « Sœur Matilde s'occupe de lui. Une certaine relation s'est établie entre eux. Elle lui apprend à sonner les cloches de la chapelle.

— Les cloches de la chapelle ! Mais il déteste le son des cloches ! »

Le sourire tira la peau marquée de cicatrices de l'abbesse. Quel plaisir de penser à ces petites réussites ! « Si des choses sont belles, pense à ces choses », avait écrit saint Paul dans une lettre aux Philippiens. Voilà un bon conseil pour des temps troublés.

« Il ne les déteste pas s'il peut les maîtriser. Il compose des variations, et sœur Matilde l'aide à les mettre par écrit. Bien sûr, il continue à psalmodier le nom d'Anna à l'heure du coucher, sa propre version des complies ou une berceuse qui l'aide à s'endormir.

— Pourriez-vous lui transmettre un message de ma

part quand il se réveillera ? Dites-lui que Van Cleve est revenu et qu'il est allé chercher Anna.

— Allez-vous vous reposer avant de repartir ?

— Je n'ai pas le temps de me reposer, ma mère. Pas avant de l'avoir revue. Pas avant de lui avoir demandé pardon.

— Eh bien, alors, que Dieu vous garde ! »

Le carillon appelant à prime se fit entendre. Pas seulement le son monotone d'une seule cloche, mais une cacophonie de merveilleux sons, d'une surprenante énergie.

« C'est le carillon de Bek, expliqua-t-elle. Il utilise une mélodie différente pour chaque office – si on peut appeler "mélodie" ces joyeuses clameurs –, quelque enchaînement mathématique qu'il a en tête. »

Gabriel sourit. « Cela suffit à prouver l'existence des miracles, ma mère. Maintenant, priez pour qu'un deuxième se produise. »

Comme il s'éloignait, Kathryn se joignit à la procession qui se rendait à la chapelle. 5 avril. La fête de sainte Irène, la jeune vierge du IVe siècle qui avait été brûlée vive parce qu'elle lisait les Saintes Écritures. Quelle ironie ! pensa Kathryn. Mais ce genre de pensées douloureuses était seulement dû à la fatigue. Tout irait bien. Le frère Gabriel trouverait la jeune femme. Il userait de son influence pour la sauver. Henri IV était mort. L'ancien règne était terminé. Je T'en supplie, mon Dieu, fais que le nouveau roi se montre plus tolérant envers notre cause !

Épuisée, l'abbesse s'assoupit au milieu de l'office.

« Ma mère, l'office est terminé. » La novice qui était attachée à sa personne la secouait gentiment pour la réveiller.

« Oui, oui, bien sûr », répondit-elle avant de murmurer la dernière ligne du Te Deum. Grâce au voile la novice la croirait peut-être perdue dans sa contemplation. Ankylosée après être restée si longtemps dans la même position, elle saisit la jeune main offerte. Comme elles sortaient de la chapelle, elle sentit soudain la chaleur du soleil sur son visage.

Elle s'arrêta. « Je crois que je vais rester ici encore un peu pour méditer. » Puis elle réfléchit aux tâches qui l'attendaient. « Ce n'est peut-être pas une bonne idée, après tout », soupira-t-elle.

Lorsqu'elles arrivèrent devant la porte de la chambrette d'Anna, l'abbesse fut à nouveau accablée par l'horreur de la situation. « Je vais mettre quelques-unes de ses affaires dans un petit coffre et peut-être trouverai-je quelqu'un pour le lui apporter… » Or, tout en prononçant ces paroles, elle se demandait : *Qui ?* Maintenant que sir John et lady Joan avaient fui tous les deux, il n'y avait plus personne au château de Cooling. Si seulement elle pouvait faire parvenir un message à Anna, quelques paroles de réconfort. Des vêtements. Et même de l'argent. Elle avait entendu dire que les prisonniers devaient payer leur nourriture. Quand on l'avait arrêtée la jeune femme n'avait que les vêtements qu'elle portait. L'abbesse ne savait même pas où on l'avait emmenée. Dieu vous garde, frère Gabriel ! Dieu vous garde !

Entre-temps, elle allait écrire une lettre aux bureaux de l'archevêché pour demander où se trouvait Anna. Après tout, elle était abbesse et amie de sir John

Oldcastle, lui-même ami du roi. L'un des clercs ne pouvait manquer de répondre ! Sauf s'ils redoutaient eux-mêmes d'être accusés d'hérésie.

Voilà trois jours qu'on avait emmené Anna. Petit Bek s'étant installé chez sœur Matilde – sa cellule était la plus proche du clocher –, la chambre d'Anna sentait le renfermé et le moisi. Kathryn enleva le parchemin huilé de la fenêtre pour aérer la pièce, puis décrocha les deux robes de la jeune femme et les plia soigneusement avant de les placer au fond du coffre. Comme il faudrait bientôt les élargir, elle mettrait une aiguille et du fil dans le coffre. Peut-être le travail de couture ferait-il un peu oublier ses malheurs à Anna.

S'il y avait assez de lumière pour faire de la couture... Elle alla chercher trois précieuses chandelles dans sa réserve.

Le contenu du coffre était toujours éparpillé sur le lit, exactement comme l'avaient laissé les soldats de l'archevêque. Elle plia deux chemises impeccables et les mit avec les autres effets, glissa une savonnette odorante et un gant propre posé à côté de la table de toilette. Ainsi que la brosse à cheveux d'Anna. Elle sourit en pensant à la crinière ondulée et ajouta une petite résille.

Un rayon de lumière tomba sur le lit, faisant étinceler le collier d'argent. Kathryn le ramassa. Elle en ferait réparer la chaîne et le joindrait aux autres effets. Anna ayant indiqué qu'il s'agissait d'un bijou de famille, cela la réconforterait de le porter.

C'était un collier inhabituel. La croix différait un peu d'une croix ordinaire. Elle avait déjà vu quelqu'un en porter une semblable, dont les perles étaient serties d'une façon similaire. Elle ferma les yeux... Il fallait vraiment qu'elle prît quelque tonique pour équilibrer ses humeurs et fouetter son vieux sang. Serrant le collier dans sa main, elle palpa les minuscules branches filigranées où les perles étaient incrustées comme au hasard… Non, pas du tout au hasard, mais selon un ingénieux dessin, qui formait une étoile à six pointes !

Kathryn se laissa tomber sur le lit. Elle examina la croix, réveillant de vieux souvenirs depuis trop longtemps endormis. Et la mémoire lui offrit la vision de cette même croix accrochée au cou svelte d'une jeune femme aux cheveux d'ébène, aux yeux éclatants et au teint crème. Tout à fait différente d'Anna. Anna dont les cheveux rutilaient comme ceux… comme ceux d'Alfred ! Dont les yeux étaient aussi bleus que ceux de Colin. Et la peau d'albâtre aussi douce que celle de Colin. Malgré la fraîcheur qui régnait dans la chambrette la sueur perla au front de Kathryn. Elle se revit en train de tenter de persuader une fillette récalcitrante aux boucles flamboyantes et à la peau laiteuse d'enfiler une veste de fourrure. La nostalgie étreignit son cœur.

Non, cela dépassait les bornes de la raison et ne faisait que contenter quelque désir enfoui. D'ailleurs, l'enfant se prénommait Jasmine.

« *Je lui ai donné un nom chrétien, le nom de la mère de la Vierge* », avait dit la vieille sage-femme. « *Nous l'avons appelée Anna* », avait annoncé Kathryn à Finn. Anna qui avait hérité le tempérament de feu de son oncle et les yeux calmes et limpides de son père. Anna qui parlait avec tant d'amour de son vieux grand-père bien-aimé.

Finn… Le grand-père dont Anna pleurait la mort.

Finn, l'amour de la vie de Kathryn, l'homme qu'elle avait trahi.

Son vieux cœur s'ébroua comme un oiseau sauvage. Un douloureux élancement, parti de la poitrine, lui parcourut le bras. Elle tenta de se lever, d'appeler à l'aide, mais ses jambes se dérobèrent sous elle.

« Ça va, ma mère ? » Sœur Matilde était penchée au-dessus d'elle.

L'abbesse entendit la sœur l'appeler mais, le souffle coupé, elle ne parvint pas à répondre. Toutes ses pensées, toute son énergie se concentraient sur la recherche de la réponse à la question qui l'obsédait.

« Rendez-vous chez l'apothicaire. Demandez à la sœur de la digitale ! » cria Matilde aux autres nonnes qui s'attroupaient.

Jasmine ! C'était Jasmine que l'archevêque avait emmenée en prison. Jasmine, l'enfant que Kathryn avait choyée et aimée et dont l'existence l'avait réconfortée après la perte de ses enfants. Non. Dieu ne pouvait être un si cruel plaisantin. Il ne pouvait lui avoir envoyé l'enfant rien que pour le plaisir de la lui enlever. Exactement comme on lui avait jadis enlevé le grand-père, les fers aux poignets.

Elle avait la poitrine dans un étau. Elle s'efforça de reprendre son souffle et de calmer son cœur. Ce n'était pas le moment de mourir. Pas encore. Alors que Jasmine avait besoin d'elle.

Elle devait au moins cela à Finn.

Lady Joan paya le messager et fouilla à toute vitesse dans le paquet de lettres, sans prêter attention à son petit-fils de deux ans qui s'efforçait de grimper le long de ses jupes. Elle l'avait emmené dans la cour pour donner un peu de répit à sa fille, lady Brooke, lassée par les incessants pleurnichements de l'enfant, que les deux femmes gâtaient excessivement, le dernier enfant de lady Brooke étant mort-né et le précédent ayant été emporté par une fièvre à quinze mois. « Un petit instant, mon poupon ! »

« Monter, monter ! » criait le bambin en tendant ses bras potelés et en secouant les poings. Lady Joan s'assit sur la murette de pierre qui entourait la cour et le souleva d'une main pour l'installer sur ses genoux. De l'autre elle plaça la lettre dans la lumière du soleil pour mieux la lire.

Son John se trouvait dans le Herefordshire, sain et sauf ! Que Dieu et tous les saints en fussent remerciés !

Ses yeux parcoururent avidement le texte. Sir John avait répondu à la convocation ecclésiastique par une déclaration écrite concernant ses croyances. Il contestait la pratique de la vente des indulgences, celle de la confession à un prêtre et affirmait que la seule vraie doctrine était celle fondée sur le texte de la Sainte Écriture.

Comment, ai-je déclaré, ma chère femme, un homme ou une femme peuvent-ils connaître cette vérité s'ils n'ont pas la possibilité de lire et d'interpréter eux-mêmes les paroles de Notre-Seigneur ? Doivent-ils se fier à des prêtres cupides et à des moines dépravés qui cherchent à leur vendre ce que Dieu, dans les Écritures, offre gracieusement à toute l'humanité ?

Son regard passa vite sur les déclarations théologiques de John, à la recherche des mots qu'elle souhaitait lire. Ah, les voici ! Loin d'être codés, ils étaient hardiment tracés sur le feuillet. John devait sans doute croire que l'orage était passé.

Je suis absolument certain qu'Arundel ne peut rien proposer de pire que l'excommunication, et puisque mon Christ, et non pas quelque Antéchrist de pape, détient les clefs du véritable royaume des cieux, je ne la crains pas. Quant à vous, mon amour, vos terres sont depuis toujours en interdit, par conséquent vous ne courez sans doute aucun risque à rentrer. Sans un mandat royal – grâce à la loi que nous avons réussi à faire voter au Parlement –, l'archevêque n'a pas le pouvoir de nous harceler davantage. Je vais demeurer ici un moment pour donner au feu d'Arundel le temps de s'éteindre. Henri IV est mort et Harry a hérité de la couronne. J'espère qu'il se montrera plus clément en souvenir de notre ancienne camaraderie de soldats. Nous devrions bientôt pouvoir reprendre nos « activités normales ».

Il croyait énormément à la camaraderie !

Entre-temps, ma chère épouse, rentrez au château de Cooling et rendez visite à nos amis pour leur conseiller d'être prudents et d'attendre patiemment mon retour. Je vous tiendrai sous peu dans mes bras, mais serai peut-être contraint de venir sous le manteau de la nuit jusqu'à ce que l'atmosphère s'éclaircisse, mais la nuit n'a-t-elle pas toujours été notre amie ?

Elle se leva, fit passer l'enfant de ses genoux à sa hanche, puis entra dans le vestibule.

« Bridget ! lança-t-elle à la servante. Préparez mon coffre de voyage… Nous rentrons à la maison ! »

Une semaine plus tard, sir John était couché au côté de sa femme dans le grand lit à baldaquin de la chambre du maître, au château de Cooling. Le froid régnait dans la pièce dès l'aurore car le feu n'avait pas encore été allumé dans les chambres. Lady Joan n'avait pas demandé qu'on alimentât le feu au moment du coucher, John et elle fournissant assez de chaleur à eux deux.

« C'est bon d'être de retour au logis, ma douce épouse. Mais je ne puis m'attarder et je dois repartir avant le chant du coq. Tant que je me trouve dans le diocèse d'Arundel, je suis soumis à l'autorité de l'archevêque, qui n'aura aucun mal à me retrouver.

— Êtes-vous donc sûr, monsieur, que l'amitié qui vous lie au roi peut résister à une telle épreuve ? Arundel n'est pas homme à abandonner facilement la partie. »

Elle ne lui avait rien dit au début, ne voulant pas gâter la joie des retrouvailles. Il avait d'autres soucis en tête, qui faisaient passer au second plan les questions politiques et religieuses. Mais il fallait bien l'informer.

La tête enfouie dans le creux du bras de son mari, elle sentit les lèvres de celui-ci lui frôler le sommet du crâne.

« Vous avez pris des nouvelles de l'abbesse ? Tout va-t-il bien là-bas ? demanda-t-il comme s'il avait lu dans ses pensées.

— L'abbesse a été très malade, mais il paraît qu'elle va mieux désormais. Je lui ai deux fois apporté du pas-d'âne macéré dans de la confiture de fruits au miel. La dernière fois elle paraissait plus forte. Nous avons passé une heure ensemble sous le soleil printanier à regarder les premiers bourgeons verts. Elle n'était pas très bavarde, cependant, et si son voile m'empêchait d'en être sûre, à la façon dont elle piquait du nez je crois qu'elle somnolait. Une fois elle s'est réveillée pour me demander si je connaissais sa petite-fille. Quand j'ai essayé d'obtenir des renseignements plus précis elle a émis un petit rire et a affirmé avoir rêvé. Elle n'a pas dit un mot de plus.

— Eh bien, elle va avoir le temps de se reposer. Je crains qu'il n'y ait pas d'autres copies à effectuer pendant quelque temps. J'imaginais qu'Arundel allait fouiller l'abbaye.

— Il l'a fait.

— Mais il n'a rien trouvé, n'est-ce pas ? Le nid avait été nettoyé. Elle avait tout brûlé, pas vrai ?

— Pas tout, hélas ! » Sachant qu'il avait de l'affection pour Anna, elle répugnait à lui apprendre la nouvelle. Comme elle, il se sentirait coupable de l'avoir mise en péril.

« La jeune veuve de Prague… On a trouvé une bible de Wycliffe dans ses affaires, ainsi qu'un autre livre… un manuel de magie juive. On l'a arrêtée, John, et emmenée au palais de Lambeth pour l'interroger. »

Il jura entre ses dents. Ils entendirent un coq chanter dans la basse-cour. « Voici le signal, ma chère épouse, dit-il en se levant et en attrapant ses chausses qu'il avait dans sa hâte jetées sur une chaise. Je vais aller demander à Harry de faire relâcher cette petite. »

C'était typique de sa part que d'agir avant de réfléchir. En avant, et au diable les conséquences ! Cela lui avait certes rapporté une médaille sur le champ de bataille, mais ce combat-ci n'était pas aussi simple.

« Réfléchissez, mon cher époux ! Arundel a l'intention de la questionner pour obtenir des preuves contre vous. Il va l'accuser de sorcellerie afin de faire pression sur elle. Sous la menace du bûcher quelle jeune femme pourrait tenir le coup ? Si vous allez voir le roi dans l'intention de plaider sa cause, vous ne ferez qu'étayer le dossier qu'Arundel a monté contre elle et vous.

— Mais on ne peut pas l'abandonner à…

— Le frère Gabriel est allé chez le roi pour parler en sa faveur.

— Le frère Gabriel !

— Durant votre absence, on a appris moult choses, mon amour. Mais le jour se lève et il vous faut partir. »

Elle se leva du lit, s'enveloppant dans les draps car le froid lui donnait la chair de poule. « Je vous raconterai toute l'histoire plus tard. Sachez seulement que le frère Gabriel fait tout ce qui est en son pouvoir à la Cour pour obtenir sa libération.

— Mais je croyais…

— Chut ! Vous entendez ? Les domestiques sont levés. Il faut que vous partiez avant même qu'ils se doutent de votre présence au château. Les bruits de couloir se répandent très vite. »

Elle lui fit un baiser d'adieu. Bridget frappa à la porte seulement quelques minutes plus tard, au moment où les premiers reflets d'une lumière grisâtre apparaissaient sur les vitres.

« Milady, je vous ai apporté du charbon pour la cheminée.

— Entrez », dit-elle, en se remettant frileusement au fond du lit, dont les draps gardaient encore la chaleur du corps de sir John.

Comme Bridget tisonnait le feu, Joan entendit le clop clop des sabots d'un cheval au galop qui s'estompait rapidement.

TRENTE-CINQ

Par conséquent, celui qui résiste au pouvoir du prince, résiste aux décrets de Dieu... Car ce n'est pas la volonté personnelle du prince qui s'exerce lorsqu'il traite cruellement ses sujets, mais bien celle de Dieu...

John DE SALISBURY,
La Nature d'un vrai prince

Les deux archères percées haut dans le mur de la chambre qu'occupait Anna dans la tour indiquaient les divers usages du château. Tous les matins elle se juchait sur le rebord de pierre afin d'apercevoir le monde extérieur. Parfois, dans le faible soleil de l'après-midi, elle voyait des jeunes fillcs vêtues de robes aux vives couleurs et des damoiseaux de la cour en tuniques doublées de fourrure et en bas de soie jouer aux boules sur la grande pelouse au pied de la tour. Ce matin-là, ses doigts rencontrèrent du givre sur la corniche de pierre au moment où, dressée sur la pointe des pieds, elle s'y accrochait pour se soulever. En bas, la pelouse déserte était couverte de gelée blanche. Les seuls mouvements qu'elle percevait étaient ceux des corbeaux noirs qui tourbillonnaient et faisaient des piqués dans l'air du matin. On se trouvait dans un monde de silence et de glace. Même les cloches de Westminster, qui n'avaient pas cessé de sonner le glas durant les deux premiers jours, avaient fini par se taire.

« Le roi est mort, vive le prince Harry ! » avait grogné pour répondre à sa question le vieux gardien qui lui apportait à manger une fois par jour. Le premier jour il ne lui avait donné qu'un quignon de pain et un peu d'eau, mais elle ne s'était pas plainte, l'avait courtoisement remercié, sachant qu'il constituait son seul lien avec l'extérieur. Cela lui avait beaucoup coûté de se retenir ainsi – elle avait mal à la langue à force de la mordre –, mais sa politesse et son apparente docilité avaient porté leurs fruits. Dès le lendemain il y avait eu une amélioration dans la quantité sinon dans la qualité de son repas, et la veille le pain avait été accompagné d'un œuf. Aujourd'hui elle avait même droit à un bout de mouton bouilli grisâtre et à deux morceaux de pain. Elle en avait gardé un pour plus tard.

Ses voûtes plantaires lui faisaient mal et la fumée de charbon de bois qui jaillissait des nombreuses cheminées du château lui piquait les yeux. Elle descendit du rebord de pierre, avec moult précautions pour ne pas blesser son bébé en perdant l'équilibre. Pas de foyer auprès duquel se recroqueviller, mais une cheminée de l'autre côté de la paroi, dont la chaleur filtrait à travers la pierre. Elle avait tiré sa paillasse contre ce mur. Elle s'installa dessus, appuya le dos contre la pierre vaguement tiède, s'emmitoufla dans son manteau et ferma les yeux. Comment allait-elle passer la journée ? On ne pouvait dormir qu'un temps avant que les rêves ne surgissent.

Après un certain laps de temps – elle n'avait aucun moyen de compter les heures, sauf en observant les rayons de lumière qui se glissaient par les deux rayères et couraient sur le sol de pierre –, elle entendit grincer la serrure.

« Apparemment vous êtes pas sans amis, mame. V'là ce qu'on vous a apporté. Vu l'poids, ç'a pas été facile d'le hisser dans l'escalier. »

Elle faillit éclater en sanglots en voyant son coffre de voyage. Au moins elle n'était pas oubliée. Elle se jeta sur sa malle dès le départ du vieil homme, qui maugréait entre ses dents. Elle palpa le chêne, humant la senteur du bois. Des vêtements propres… Elle enfouit son visage dans le linge odorant. Je vendrais mon âme pour le plaisir de prendre un bain, se dit-elle.

Le pas traînant du gardien dans le couloir étant toujours perceptible, elle cogna contre la porte et hurla. « Je vous en prie, maître chambellan, je sais que c'est un dérangement supplémentaire, alors que vous avez déjà été si bon pour moi, mais si vous pouviez m'apporter juste une petite bassine d'eau pour que je puisse me laver… »

Quelques instants plus tard, le petit volet métallique qui fermait l'étroit guichet percé dans la porte s'ouvrit en grinçant. La face ridée du gardien, ou plutôt la partie couverte de poils hirsutes, apparut. Les lèvres bougèrent, elle l'entendit marmonner de nouvelles récriminations, des remarques sur les grands airs qu'on se donne, puis le visage disparut.

Elle regagna sa paillasse, s'assit avec précaution à cause du poids supplémentaire qu'elle portait, tout en se frottant les bras pour se réchauffer. La chemise qu'elle n'avait pas changée depuis plusieurs jours sentait la sueur et la peur, mais elle répugnait à en enfiler une propre avant de s'être lavée. Elle pensa à utiliser la petite cruche d'eau potable, mais elle avait déjà du mal à étancher sa soif. En tout cas elle avait maintenant du savon et le gant de toilette. Elle s'était résignée à attendre la prochaine pluie pour se servir de l'eau qui passait par les archères et coulait sur le sol quand elle entendit la clef jouer dans la serrure.

Un broc et une bassine firent leur apparition, puis la porte se referma en claquant.

Elle se lava et enfilait la chemise propre au moment précis où elle entendit la serrure grincer à nouveau. Elle s'enveloppa prestement dans son manteau pour éviter que le gardien ne la surprît ainsi. Mais il s'agissait d'une vieille femme. « Je viens vider vot' pot d'chambre », annonça-t-elle avant de s'emparer du vase malodorant posé dans un coin.

Voilà au moins un problème de résolu, pensa Anna.

« Le mardi et le samedi », siffla la vieille femme entre les brèches laissées par ses dents manquantes.

Voilà donc la réponse à une deuxième question.

« Pourrais-je vous demander de laisser ouvert le petit guichet de la porte, ma brave femme ? Ça aérerait un peu la pièce. »

Avant de répondre la vieille l'étudia quelques instants, la mine sournoise. « Oui-da. J'vais faire ça pour vous, mam'selle. Et je m'en vais porter la chemise sale à la lavanderie du château. »

Anna frissonna en pensant que si la vieille femme voulait sa chemise sale elle devait être encore plus misérable qu'elle. Ou peut-être y avait-il vraiment une buanderie où l'on frottait et faisait bouillir les montagnes de linge sale du château. De toute façon, il était probable qu'Anna ne reverrait jamais sa chemise.

« J'espère que vous êtes pas du genre à saigner à flots, car alors ça nous compliquerait la vie à toutes les deux », lança-t-elle en jetant la chemise souillée sur son épaule, avant de sortir de la chambre à reculons en tenant le pot de chambre entre ses deux mains.

Quelques instants plus tard, elle était de retour. Elle s'était sans doute contentée de jeter le contenu du vase par quelque fenêtre propice.

« Merci de l'avoir vidé pour moi, et sachez que vous n'avez pas de souci à vous faire, je ne vais pas saigner, la rassura Anna. Pas constamment, à tout le moins, ajouta-t-elle en se rappelant ce que Gilbert de l'Egle avait dit à propos de la métrorragie. Je suis enceinte.

— Ah ben ! Alors vous avez d'la veine, mam'selle. Ça va vous assurer un sursis de què'ques semaines. » Elle fixa Anna, l'air songeur, avant d'ajouter : « P't-êt' même de què'ques mois. »

Le ton était si désinvolte qu'elle aurait pu être en train de discuter de l'achat de céréales.

« En général, les occupants d'cette chambre, y font pas d'vieux os. » Un air de compassion apparut sur son visage. « Pour soulager vot' dos j'm'en vais vous apporter un coussin qu'a laissé un joli monsieur à l'aut' bout du château. Il a eu la hache du bourreau plutôt qu'le nœud coulant. Un noble, comme la plupart des prisonniers ici. Les aut' vont à Newgate ou au Clink, la taule de Southwark. » Puis, se rendant sans doute soudain compte que ses propos n'étaient guère réconfortants, elle chercha à se rattraper. « Le mardi et le samedi, j'm'en vais aussi vous apporter de l'eau propre pour vous laver... D'habitude on m'donne què'ques pence pour le supplément d'travail, mais ça fait rien... J'devine que vous avez pas l'sou, car autrement vous auriez un peu plus de confort dans cet antre du diable. » Elle gratifia Anna d'un sourire édenté. « Je vais l'faire pour le p'tit qui pousse dans vot' vent'. »

Après son départ, Anna s'assit un long moment, les mains sur son ventre arrondi, à l'étroit dans la chemise trop serrée, pensant au « p'tit qui poussait dans son vent' ». Une larme brûlante coula sur sa joue. *Foin des larmes, Anna !* Elle fixa le coffre posé par terre. *Ce pourrait être pis. Tu n'es pas sans amis.*

Elle prit la brosse à cheveux et la passa dans sa crinière emmêlée en faisant la grimace.

« La guerre contre la France, monseigneur. Elle épuise les fonds du Trésor. Et il y a la question des lollards. Arundel veut que...

— Arundel n'est pas le roi, répondit Harry d'un ton brusque à son lord chancelier.

— Vous non plus, Votre Majesté. Permettez-moi de vous faire respectueusement remarquer que vous ne serez roi qu'une fois que l'archevêque de Cantorbéry aura placé la couronne sur votre tête et qu'il vous aura donné la bénédiction de Rome.

— Il est étrange que vous me présentiez les arguments de l'archevêque. Vous savez qu'il m'en veut beaucoup de vous avoir nommé chancelier. » Cette précision devait remettre Beaufort à sa place.

« J'en suis bien conscient, monseigneur. Et, bien que je regrette que ma nomination puisse causer des ennuis, je peux vous assurer que ma loyauté envers vous rétablira l'équilibre en les compensant largement. C'est en fait pour vous prouver ma loyauté que je présente sur ce sujet précis les arguments de l'archevêque. Vous savez que les lollards prêchent contre la vente des indulgences papales et je me permets de signaler à Votre Majesté que la perte des revenus engendrés par la vente de ces indulgences appauvrirait davantage le Trésor, déjà mis à mal par les guerres contre la France. »

Harry savait que le chancelier disait la vérité. « Et ils prêchent également contre les pèlerinages qui aident beaucoup nos finances, renchérit-il.

— Je ne vous le fais pas dire, Votre Majesté ! C'est tout à fait exact. Si demain tous les sanctuaires venaient à disparaître et si les pèlerins cessaient de voyager, les vendeurs de médailles n'auraient plus de clients, pas plus que les tavernes et les auberges... Et alors qu'adviendrait-il de l'économie du royaume ? Quel que soit le caractère religieux de ces activités, monseigneur, il s'agit nonobstant de commerce. »

Harry s'agita sur son grand fauteuil à haut dossier. « Oui, oui, je sais cela, mon oncle, mais Arundel veut que je signe un mandat d'amener pour faire arrêter sir John. En dépit de tous les bruits qui courent sur lui, nous n'avons pas affaire à un bouffon pansu mais à un noble seigneur courageux qui a fort honorablement servi l'Angleterre.

— Sir John ne vous laisse pas le choix. Vous avez lu le texte qu'il a envoyé pour répondre à la convocation ecclésiastique. Il s'agissait d'une déclaration d'hérésie éhontée ! »

Harry éclata de rire. « Vous devez admettre, mon oncle, qu'il a les couilles d'un taureau.

— Eh bien, Arundel a l'intention d'en faire un bœuf ! Il y a des témoins. Ici même, une femme attend d'être interrogée à ce sujet. Doutez-vous que ses interrogateurs lui arrachent des aveux ? Le courage de sir John n'est pas en question, mais bien son orthodoxie et sa loyauté envers le roi. Je vous supplie de renoncer au luxe superflu de l'amitié et de signer le mandat d'arrêt.

— Et que faites-vous de la fidélité due à un ami ?

— Vous ne lui devez que ce qui est en votre pouvoir de lui accorder. Vous ne lui devez pas l'Angleterre. Un roi n'a pas d'amis. Il doit être loyal envers son royaume.

— Vous semblez transformer un léger accroc à l'orthodoxie religieuse en une affaire d'État. Qu'importe si quelques personnes veulent lire la Bible elles-mêmes et décident de l'interpréter à leur guise !

— C'est une affaire d'État, en effet. Chaque fois qu'on a prêché le lollardisme des émeutes ont éclaté. Lorsqu'ils lisent eux-mêmes la parole de Dieu les manants se sentent pousser des ailes et se passent alors de l'Église. Ils prétendent ne devoir des comptes qu'au Christ et non pas à l'archevêque. » Il se tut afin de donner plus d'importance à ce qu'il allait ajouter. « Ni au roi.

— La Bible n'enseigne-t-elle pas que les rois règnent de droit divin et qu'on leur doit obéissance ?

— Je ne l'ai pas lue moi-même, monseigneur, mais il semblerait que ce ne soit pas le cas.

— Mais il s'agit de sir John Oldcastle, lord Cobham,

et non pas de quelque agitateur de prêtre ! Sangdieu, mon oncle, il siège au Parlement ! »

Le chancelier poussa un soupir. « Signez le mandat, Votre Majesté. Qu'on l'amène ici, et peut-être que grâce à votre amitié vous parviendrez à lui faire abjurer ses croyances. S'il refuse, alors c'est lui qui aura brisé le lien qui vous unit, pas vous. »

Un coup timide frappé à la porte créa une diversion bienvenue.

Le chambellan ouvrit et inclina le buste. « Votre Altesse, le fabricant d'armures est arrivé. Vous m'aviez demandé de vous prévenir. Il y a un autre visiteur, un certain frère Gabriel, qui sollicite un entretien concernant une affaire urgente.

— Un clerc, dites-vous ?

— Oui, Votre Majesté. Pour se présenter il m'a prié de vous dire qu'il a siégé au comité du palais de Lambeth concernant le problème de l'hérésie. »

Harry se renfrogna. Un nouveau harceleur, sans doute. Autant s'en débarrasser tout de suite ! « Faites-les entrer tous les deux, répondit-il. Nous écouterons le prêtre pendant que le fabricant d'armures prendra nos mesures.

— Un nouveau costume, Votre Majesté ? s'enquit Beaufort en souriant.

— Oui-da. Et j'espère qu'il ne pèsera pas aussi lourd que la couronne… »

TRENTE-SIX

Mais quand seul Dieu peut désormais vous consoler, Il vous console vraiment et avec Lui tout ce qui procure de la joie vous console.

Extrait d'un sermon prononcé au XIVe siècle par maître ECKHART, mystique allemand

Voilà cinq jours qu'Anna se trouvait emprisonnée à la Tour et personne n'était venu la questionner ni l'inculper officiellement. Ses bourreaux attendaient-ils qu'elle fût débilitée par ses angoisses, ou l'avaient-ils oubliée ? Ses nuits étaient hantées par des cauchemars. Des femmes hurlaient et se tordaient de douleur tandis qu'on allumait des feux sous leurs pieds. Du sang dégoulinait de têtes sans corps, la sienne et celle de

Martin. Empalées sur le pont de la Vltava. À la place des mouettes, de noirs corbeaux tourbillonnaient tout autour.

Chaque matin elle se disait : *Ce sera aujourd'hui.* Elle priait que Dieu lui donnât le courage de ne pas causer du tort à sir John et à l'abbesse. Chaque soir elle pensait : *Cette nuit. Ils viendront durant la nuit, comme les soldats à Gethsémani, pour me faire descendre l'escalier à vis, la terreur flamboyant dans leurs torches.*

Une autre journée tirait à sa fin et elle attendait toujours.

Elle était assise sur sa paillasse, son dos endolori appuyé sur le beau coussin de soie du noble décapité. La perpétuelle obscurité de la chambre s'était encore intensifiée. La première étoile vespérale avait apparu par la rayère indigo percée en haut du mur. La journée avait été plus chaude, et le courant d'air entre le guichet ouvert et les archères avait un peu assaini l'atmosphère. La précieuse chandelle empêchait la nuit d'envahir trop tôt la pièce, mais la lumière n'était pas assez vive pour lui permettre de poursuivre sa tâche.

Il ne s'agissait pas seulement d'un manque de lumière mais aussi de compétence. La fastidieuse opération consistant à défaire les ourlets puis à les recoudre était plus ardue que lorsqu'elle avait tenté sans succès de broder les médailles des pèlerins. Si elle avait renoncé au précédent projet, elle ne pouvait guère se permettre d'abandonner celui-ci, car elle aurait alors été contrainte de déchirer sa chemise pour donner un peu d'espace au bébé qui poussait dans son ventre. Les robes, dont la taille était placée haut, pourraient toujours faire l'affaire mais pas les chemises étroites. Desserrer les coutures ne lui accorderait qu'un répit de quelques semaines.

« Quelques semaines », avait dit la vieille. *Je T'en prie, mon Dieu, fais que cela suffise ! Ne laisse pas mon enfant naître dans ce trou à rats !* pria-t-elle. Elle priait en effet lorsqu'elle ne donnait pas des coups d'aiguille dans la toile en se piquant les pouces. Ou même lorsqu'elle cousait en se piquant. Elle priait et parfois récitait de mémoire les vers qu'elle avait si souvent copiés. Elle ne pouvait pas vraiment affirmer qu'ils lui apportaient un grand réconfort – le réconfort était éphémère dans un tel lieu –, mais force lui était de reconnaître que sans eux elle ne pouvait supporter la puanteur, l'inconfort et l'angoisse à la fois fébrile et glaciale.

Elle avait composé mentalement de longues et complexes prières, les traduisant du latin en anglais et en tchèque… *Quelle langue, Seigneur Dieu, Te plaira le plus ? Ou, comme l'affirmait mon grand-père, peux-Tu lire dans mon cœur sans passer par le langage ? Eh bien, Seigneur, si Tu peux lire dans mon cœur, Tu sais que, quel que soit le langage, il est en morceaux et que seul un miracle divin peut le réparer.*

Elle se rappela soudain Jetta. Personne n'avait répondu à cette prière, à moins qu'Anna ne fût censée être l'ange, Anna qui, tremblant de peur, avait hésité sur la berge de la rivière, tandis que Jetta s'enfonçait sous les vaguelettes ridant la surface de l'eau. Le souvenir lui fit monter le rouge au front. *Si Tu as choisi un ange terrestre pour exécuter tes ordres, Seigneur, choisis-le mieux cette fois-ci. Qu'il ne soit pas aussi lâche que moi.* Puis elle ajoutait toujours : *Si Tu ne le fais pas pour moi, alors fais-le pour la vie innocente qui croît en moi.*

Elle ponctuait ses points de couture de ses prières, ou ses prières de ses points de couture. Ses conversations avec Dieu avaient pris un tour si familier qu'elle Lui parlait parfois à haute voix comme s'Il était assis à côté d'elle sur sa paillasse. Il lui arrivait de Lui demander en hurlant : *Pourquoi ?* D'autres fois elle gémissait, souhaitant seulement se blottir dans Son amour. « *Venez à moi, vous tous qui êtes faibles et chargés d'un lourd fardeau, et je vous apporterai le repos.* »

« C'est moi, Seigneur. C'est moi, Anna. Je suis là. Je porte un lourd fardeau. Et j'attends. » Frissonnant sur sa paillasse, elle lui criait : « Abba, mon Père. »

Était-ce ce que voulait dire l'apôtre Paul lorsqu'il disait de prier sans cesse ? Ou Dieu considérerait-Il comme profane une telle familiarité ? Dans une brève vision elle aperçut les sœurs en prière, le rituel des offices. Et si son grand-père s'était complètement trompé ? Et si Dieu était offensé par son langage familier ? S'Il jugeait indigne de prier dans cet endroit fétide et nauséabond ? Elle se rappela soudain Gethsémani. Au moment fatidique le Christ ne s'était pas rendu au temple pour prier.

Mais vois ce qu'Il lui est arrivé, lui chuchota le diable dans sa tête.

Elle sentit l'enfant bouger. Elle retint son souffle lorsque son cœur tressaillit soudain de joie, comme chaque fois qu'elle avait perçu le mouvement. Elle posa les mains sur son ventre pour le réconforter. « Chut, mon petit ! Tout ira bien. » Le mouvement cessa et elle s'efforça de se calmer en imaginant le corps minuscule recroquevillé dans la matrice, de peur que, tel Dieu, son enfant n'eût pas besoin de mots pour comprendre le langage de son cœur.

Sa nouvelle couture achevée, elle s'apprêtait à couper le fil lorsque la porte tourna sur ses gonds en grinçant.

« Sommes-nous samedi ? demanda-t-elle sans

relever la tête. J'espère que votre tournée s'achève par moi afin que nous puissions bavarder. J'ai senti le bébé bouger…

— Non. On est seulement jeudi. Je vous ai amené un visiteur, mame. »

À l'endroit où elle frôlait le sol, la soutane noire du visiteur lui rappela les corbeaux qui nichaient dans les tours crénelées. Les corbeaux de ses cauchemars. « Je n'ai pas besoin d'un prêtre », lança-t-elle en redressant la tête afin de défier l'intrus.

Il se tenait hors du cercle de lumière projeté par la chandelle, le capuchon relevé, le visage dans l'ombre. Comme les images de la Faucheuse qu'elle avait vues. Était-ce le motif qui l'amenait là ? Venait-il pour l'entendre en confession avant le supplice ? Était-ce là le début ? Elle posa instinctivement les mains sur son ventre pour le protéger.

« Vous pouvez disposer, ma bonne femme », lança le visiteur de son ton autoritaire de prêtre.

Elle reconnut le timbre de la voix…

Son cœur battit la chamade. « Non ! Ne me laissez pas seule avec lui. Je vous répète que je n'ai pas besoin d'un prêtre !

— Je s'rai au bout du couloir, mon père. Quand vous voudrez repartir vous n'avez qu'à appeler fort. » La vieille femme referma la porte derrière lui.

Il s'avança et rejeta son capuchon en arrière.

« Je t'en prie, Anna, n'aie pas peur, supplia-t-il. Je suis venu pour t'aider ! » Il entra dans le petit cercle de lumière et tendit le bras pour lui saisir la main.

Elle laissa tomber par terre la chemise qu'elle cousait, refusant son contact. « Ne me touchez pas ! Vous m'avez déjà assez aidée comme ça ! »

Il laissa retomber son bras.

« Je ne serais pas étonné que tu sois une sorcière, murmura-t-il avec douceur. Tu m'as complètement ensorcelé.

— Eh bien alors, mon père, abracadabra ! Je vous libère, siffla-t-elle en agitant les bras d'une façon caricaturale et grotesque. Si j'étais une sorcière, je vous aurais métamorphosé en la vile créature que vous êtes en fait. En quoi ? En crapaud ? Non, en serpent ! Un serpent à la langue fourchue qui mue et change de peau aussi facilement qu'il ment. »

Il s'assit à côté d'elle et prit sa tête entre ses mains. Elle s'écarta. Il releva la tête et, sans la regarder en face, fixant ses propres mains, leur déclara : « Mais c'est là le problème, Anna. Tu ne peux pas me libérer. Tu fais partie de ma chair, de mes os, de mon sang. Tu as infecté jusqu'à mon âme. Seul Dieu peut me libérer. Et Il ne l'a pas fait. »

Elle partit d'un rire dont elle perçut l'amertume et qu'elle aurait réfréné si elle l'avait pu. « Vous avez un joli bagout, frère Gabriel, pour enjôler une demoiselle qui ne l'est plus à cause de vos propos trompeurs. D'abord j'étais une sorcière et maintenant je suis une maladie contagieuse. Regardez autour de vous, frère Gabriel, père Gabriel… Choisissez le titre qui vous convient… Humez l'odeur fétide que je respire. Touchez ces murs rugueux et glacials. Tout cela est votre faute. Vous m'avez trahie au profit de votre Église ! J'espère que vous avez bien reçu les fruits de votre trahison. »

Ne semblant faire aucun cas de sa colère, il répondit simplement, sans même élever la voix. « L'abbesse m'a appris que tu étais enceinte.

— De vos œuvres également. » Si les mots tombèrent telles des pierres dans le silence, ils furent prononcés d'un ton calme, sa fureur de mégère s'étant épuisée. « Allez-vous-en ! Je vous ai déjà dit que je n'avais pas besoin d'un prêtre. De toute façon vous êtes un imposteur, puisque vous avez violé le vœu de chasteté et que vous vendez ce qui ne vous appartient pas. Vous vendez la grâce que Dieu accorde gratuitement à tous ceux qui en font la demande. Allez donc colporter vos indulgences ailleurs ! Je n'ai pas de sous pour les payer.

— J'ai renoncé à mon sacerdoce.

— Renoncé ? Mais vous en portez toujours l'habit ! Et vous transportez toujours les indulgences. » Elle désigna l'étui en velours de soie noire accroché à sa taille, l'étui qui contenait les reçus de la rémission.

« Uniquement pour pouvoir entrer ici. Seulement pour être reçu par le roi chez qui je me suis rendu aujourd'hui même afin de solliciter ta libération. »

Elle ressentit à la fois un fol espoir et une forte crainte que ce ne fût qu'un mirage, puisque c'était cet homme qui lui apportait cette nouvelle. Un espoir aussi fallacieux que ses certificats d'indulgence. Lui tournant le dos, elle regarda l'étroite bande de ciel qui avait viré au bleu roi, tel un grand « I » taillé dans le mur de pierre. « I » pour « illégitime », comme l'enfant qui croissait dans son ventre.

« Mon fils ne naîtra pas bâtard, déclara-t-il au dos de la jeune femme. Il ne sera pas non plus un pion de l'Église. »

Le ton était empreint d'une amertume qu'elle ne lui avait jamais connue. Qu'est-ce qui pouvait donc le rendre amer ?

« Le roi étudie personnellement ton cas. Je dois retourner le voir demain ou après-demain pour recueillir sa réponse. Je porterai encore l'habit ecclésiastique. S'il refuse d'accorder sa grâce je serai obligé de continuer à le porter pour pouvoir parvenir jusqu'à toi. S'il te fait libérer, je renoncerai à ma vocation afin de t'épouser. Nous partirons. Peut-être irons-nous jusqu'à Reims, dans la ville où nous avons été heureux. »

Elle avait le souffle coupé. Oserait-elle lui faire de nouveau confiance ? Et s'il lui jouait un mauvais tour ? Il l'avait déjà trahie une fois. Elle se retourna pour tenter de percevoir dans ses yeux une lueur de vérité. Il lui saisit la main. Son contact brûlait comme un tison. Elle retira vivement sa main.

« Et si le roi refuse ? Et même s'il me fait libérer, vous devez savoir, frère Gabriel, que mon pardon ne peut pas être aussi facilement acheté que les indulgences papales que vous portez dans votre étui. Je ne me laisserai plus jamais toucher par vous de mon plein gré. »

Il écarta sa main, puis plongea son regard dans celui de la jeune femme, calmement, sans ciller. « Ainsi soit-il. Si cela constitue ma pénitence je l'exécuterai. Je ne te toucherai pas sans ton consentement. » Il se redressa, se dirigea vers la porte et cria à travers le guichet grillagé. « Gardien, apportez-nous un petit braisier ! Il fait extrêmement froid dans la pièce. »

Le gardien revint bientôt, chargé d'un seau plein de braises ardentes.

« Dans ce mur-là il y a un petit âtre et un conduit pour évacuer la fumée », expliqua-t-il en indiquant la plinthe du mur de droite contre laquelle Anna s'appuyait. Il ouvrit une petite grille et, à l'aide d'une pelle, y enfourna les braises qu'il tisonna ensuite avec un bâton.

« Nous n'avons pas encore terminé notre entretien, lui déclara Gabriel de sa voix d'ecclésiastique. Je vous rappellerai tout à l'heure. »

Anna ne dit rien. Le bébé bougea en elle. Le vieil homme sortit en traînant les pieds, laissant la porte entrebâillée. Gabriel la ferma complètement, mais il n'y eut aucun grincement métallique, aucun bruit de clef tournant dans la serrure. Son habit ecclésiastique lui donne tant d'autorité ! pensa-t-elle. Allait-il renoncer à une telle position, à un tel pouvoir pour un autre être humain ? Le puissant clergé n'était pas réputé pour son désintéressement.

L'enfant s'agitait beaucoup. Il donnait des coups de pied. Elle ne put s'empêcher de rire de plaisir.

« Votre enfant bouge en entendant votre voix. Aimeriez-vous le toucher ?

— J'ai donc ton consentement ? » L'espace d'un instant les yeux de Van Cleve la fixèrent, avant que le regard à la fois plus froid et plus pénétrant du frère Gabriel ne prît le relais.

« Seulement pour le bénir en posant vos mains sur lui, frère Gabriel. »

Il secoua la tête et se détourna. « Je ne suis pas digne de le bénir. »

Vraiment ? Ou ne se souciait-il pas de bénir son enfant ? Quoi qu'il en fût, la pensée l'attrista. Elle fut également surprise d'éprouver de la pitié pour un prélat romain qu'elle détestait.

Il ouvrit l'étui, en retira les indulgences, puis, s'agenouillant à côté de la petite cheminée, il en jeta une dans les flammes.

« Que faites-vous ? demanda-t-elle, sentant la panique monter en elle. Non, vous ne pouvez pas… »

C'était la cause précise de la mort de Martin, la mise au feu d'indulgences papales.

« Ne faites pas cela ! Pas pour moi. Je refuse que… N'abjurez pas votre foi pour moi. Je n'abjurerais pas la mienne pour vous.

— C'est peut-être que la tienne est plus forte, répliqua-t-il en jetant dans le feu une autre indulgence. Ou ton amour plus faible », ajouta-t-il en réitérant son geste. Il détourna le regard avant de poursuivre, à voix basse mais assez fort pour qu'elle pût entendre ses paroles. « Par ce geste, Anna Bookman de Prague, moi, Gabriel, je te donne ma foi. »

Les flammes jaillirent, bleues en leur centre. Il jeta le dernier bout de papier dans le feu, puis l'étui. Le feu toussota et siffla, s'étouffant presque en avalant l'étui de velours.

« Non ! Arrêtez ! » Elle s'agenouilla près de lui et voulut arracher l'étui papal aux flammes mais il l'en empêcha. Elle pleurait, les larmes baignaient son visage, elle en sentait le goût saumâtre au coin des lèvres. Elle ferma les yeux pour effacer la vision qui se formait sous ses paupières. Trois pieux plantés sur le pont de la Vltava. Or cette fois-ci ce ne seraient pas les boucles brunes de Martin qui se trouveraient sur le pieu du milieu. Elle perçut la chaleur du feu sur sa joue, sentit la fumée âcre dégagée par le velours, mais elle ne se releva pas. Elle était consciente de la grande ombre noire qui se dressait au-dessus d'elle.

« Anna », murmura-t-il d'une voix douce, vibrante d'émotion. Mais elle restait figée sur place. « Anna, n'aie pas peur. J'ai bon espoir qu'on peut convaincre le roi de te faire libérer. Il a demandé à l'archevêque de lui montrer les preuves. Je lui ai dit que je ne me souvenais pas du pupitre sur lequel j'avais trouvé les textes interdits. Je ne témoignerai pas contre toi. J'ai déclaré que l'abbaye copiait un texte hérétique seulement de temps en temps, peut-être à son insu, pour quelque client lollard. L'abbesse est elle aussi décidée à te protéger. J'ai demandé au roi qu'il t'accorde sa grâce en ce qui concerne les livres trouvés en ta possession. Anna ? Refuses-tu de me regarder ? »

Cela lui était, en effet, impossible. La peur la paralysait. Elle redoutait de voir les yeux de Van Cleve lorsqu'il l'avait laissée à Reims en lui promettant de revenir.

Finalement, elle entendit le frôlement du bas de la soutane sur le sol, sentit son ombre s'éloigner. Quand elle rouvrit les yeux, la porte se refermait sur lui. Elle était seule dans la pièce.

Cela n'était qu'une vision engendrée par l'angoisse, se dit-elle.

Mais les braises continuaient à ronger l'étui de velours, atténuant le froid de la chambre de pierre.

Elle tenta de susciter la vision de Van Cleve et elle, heureux dans la petite maison de la rue Saint-Luc. Mais elle n'y parvint pas. Le souvenir s'était enfui à jamais, comme des mots totalement grattés sur un parchemin.

Harry se carra dans son fauteuil, se préparant à affronter le conseil du matin. Il savait que depuis deux semaines le moine dominicain attendait dans l'antichambre la réponse à sa requête. Mais le roi avait maints sujets de préoccupations en tête, et tout d'abord le dauphin de France. Henri V, roi d'Angleterre… et de France. Cela sonnait bien. Certains de ses conseillers le poussaient à rechercher avant tout la paix, tandis que d'autres étaient favorables à la guerre. Harry écoutait les deux clans mais penchait pour la guerre, étant plus doué pour les combats que pour la diplomatie.

Et puis il y avait la question de sir John. Harry avait examiné tout le dossier et les déclarations de lord Cobham constituaient des preuves à charge. L'homme se targuait lui-même d'hérésie ! Force était au prince de signer le mandat d'amener exigé par Arundel, s'il voulait la bénédiction de l'archevêque de Cantorbéry. Car sans elle comment pourrait-il gouverner ? Sans elle Henri V, roi d'Angleterre – et de France – ne serait qu'une baudruche. Mais il ne pouvait pas repousser plus longtemps son entrevue avec le moine. Pourquoi ce dernier s'intéressait-il tant à cette fille ? Il devait y avoir anguille sous roche… Quelque intrigue amoureuse qu'il n'avait guère envie de connaître. Harry était un guerrier, pas un amant.

Il ne se souciait pas davantage de la donzelle, d'ailleurs. En fait, il avait été sur le point de la livrer à l'archevêque avant de tomber sur un fort agréable document, qui fit pencher la balance en faveur de la fille.

Il desserra les cordons de sa robe aux parements d'hermine. La journée s'annonçait plus radieuse, et, se déversant déjà à travers les carreaux, le soleil dessinait sur le sol de lumineux diamants.

« Lord chambellan, nous sommes prêt. L'archevêque est-il arrivé ?

— Oui, Votre Majesté. Il attend dehors. Tout comme Sa Grâce, le lord chancelier Beaufort. Ainsi que le moine.

— Et la fille ? A-t-elle été convoquée ?

— Oui, Votre Majesté. Elle attend dans l'antichambre en compagnie du lord haut-commissaire.

— Faites-les tous entrer, par conséquent. »

S'il pouvait expédier cette affaire au plus vite, il aurait le temps de jouer du luth dans le jardin avant le dîner.

Quand le commissaire fit pénétrer Anna dans la salle du trône des appartements royaux, elle parcourut du regard la pièce à la recherche du frère Gabriel. Le voilà… Il se tenait juste sous le trône du roi, entre l'archevêque et un autre noble richement vêtu qui portait un grand collier d'or. Le commissaire lui donna une petite tape pour qu'elle avançât.

Elle fit une sorte de révérence, ignorante de l'étiquette que devait suivre une prisonnière. Elle reçut alors une sèche bourrade dans les côtes.

« Vous êtes devant le roi d'Angleterre, mam'selle, pas devant quelque minable hobereau. À genoux ! siffla-t-il.

— Vous ne prenez pas la posture du suppliant ? » lui demanda le roi.

Sa jeunesse la surprit, en dépit de son austère coupe de cheveux monacale. Il était son cadet de plusieurs années. Elle rougit. « Veuillez m'excuser, Votre Majesté, je suis enceinte et il m'est difficile de m'agenouiller. Mais je m'efforcerai d'exécuter les ordres de Votre Majesté.

— Vous pouvez demeurer debout », répondit-il en lui faisant signe d'approcher. Les quelques pas lui parurent très longs.

Le roi se taisait. Le silence était lourd. Les yeux

d'Anna se mirent à papilloter. Un rayon de lumière, jailli du feu perpétuel, bleuit un nuage de fumée. Les paupières à demi closes, elle contempla le roi, qui paraissait penser à tout autre chose. Il ne la regardait pas mais suivait le rayon bleuté jusqu'à sa source : le flot de soleil incandescent. Un œuf de rouge-gorge brisé se trouvait sur le rebord de la fenêtre. Un nuage passa devant le soleil et le rayon bleu disparut.

« Qui est le père de votre enfant, mame ? Il devrait se trouver ici pour vous soutenir et plaider votre cause. »

Elle jeta d'abord un coup d'œil au frère Gabriel, puis à l'archevêque, qui la toisa d'un air suffisant.

« Cette femme est accusée de sorcellerie, Votre Majesté. Son enfant, quel qu'en soit le père, a dû être engendré sous une lune diabolique, au milieu de vieilles femmes nues, au cours d'une réunion de sabbat. »

Quelle vicieuse imagination a ce vieillard ! se dit Anna. C'était donc là l'homme censé conduire les âmes anglaises au paradis ?

Le roi sourit. « Est-ce vrai, madame ? Vous réunissez-vous avec le diable à la pleine lune ? » demanda-t-il, un soupçon d'ironie dans la voix. Le chancelier sourit. L'archevêque fronça les sourcils. Le frère Gabriel prit la parole : « Votre Majesté… »

Non, tu ne l'avoueras pas. Je refuse que tu coures le moindre risque pour me sauver. Je ne veux t'être redevable de rien.

« Le père de mon enfant est un homme que j'ai rencontré en France. Il m'a acheté un livre, avant de me séduire et de m'abandonner. Je ne l'ai pas revu depuis. »

Il ne s'agissait pas d'un mensonge. L'homme qu'elle avait connu en France n'avait existé que dans son imagination. Et comment revoir un personnage imaginaire ?

Elle gardait les yeux fixés sur la tapisserie accrochée derrière le trône. Un cerf avait été blessé par la flèche d'un chasseur et gisait, mourant, cerné par une meute de chiens. Saisissant soudain la condition du cerf, elle sentit les larmes lui monter aux yeux.

« N'ayez crainte, Votre Majesté. Quel que soit le sort subi par la sorcière, son enfant sera baptisé chrétiennement, même si on doit l'arracher à son ventre. Son âme sera nourrie par les moines afin d'anéantir les effets de la mauvaise graine dont il est issu. »

Quelle véhémence ! Il croit réellement ce qu'il dit. Il croit vraiment que je suis malfaisante.

« Votre Majesté, puis-je prendre ma propre défense ? » Les solives renvoyèrent le faible écho de sa petite voix tremblante.

« Je vous en prie, mame… Puisque personne ici ne semble vouloir parler en votre faveur.

— Votre Majesté… », commença le frère Gabriel d'un ton suppliant.

D'un geste le roi lui intima le silence. « Nous avons déjà entendu votre point de vue, mon frère. Poursuivez, je vous en prie, madame.

— Je suis innocente. Je vends des livres. Le manuel de magie trouvé parmi mes effets, je l'ai acheté à un libraire en France. La reliure et le parchemin possèdent une grande valeur pour une copiste et une marchande de livres. Je ne sais pas ce qui y est écrit, car je ne connais pas l'hébreu.

— Et que répondez-vous à l'accusation d'hérésie ? Pourquoi possédiez-vous la Bible en anglais ?

— Elle appartenait à feu mon grand-père. C'est le seul souvenir que je garde de lui. » Elle songea à saint Pierre reniant le Christ près du feu de camp des soldats romains. Elle pensa à son grand-père et à son courage. Elle défia Arundel en le fixant droit dans les yeux. « Je la lis souvent, et les paroles du Seigneur m'apportent un immense réconfort.

— Vous voyez, Votre Majesté, hoqueta le vieillard. Et quand on met la main sur l'un d'eux, cela signifie que tout un nid d'hérétiques n'est pas loin. Elle peut nous y conduire. Faisons-la interroger ! L'accusation d'hérésie au moins… »

Le roi leva la main.

« Êtes-vous consciente, madame, que les hérétiques sont ou livrés aux flammes ou marqués au fer rouge ? On marque même les jolis minois comme le vôtre… ? Si un fer brûlant traçait la lettre "H" sur votre peau, votre beauté en serait considérablement altérée. »

Le moine – elle ne se permettait pas de considérer autrement Gabriel – fit un pas en avant et ouvrit la bouche. À nouveau, le roi leva la main pour lui intimer le silence.

« Avez-vous déjà lu personnellement les Saintes Écritures, Votre Majesté ? demanda Anna d'un ton serein.

— Quelle insolence ! Sire, elle devrait être fouettée pour son insolence ! »

Le roi frappa l'air de la main comme s'il chassait un moucheron. « Notre latin n'est pas… à la hauteur, répondit-il.

— C'est cela même, Votre Majesté. Voilà pourquoi il a été traduit pour vous. Pour vous et pour tous ceux qui ont le désir de lire la Bible. Vous pourriez y trouver d'excellents avis. Des conseils donnés au roi d'Angleterre par le roi des rois. Vous pourriez également découvrir que bien des choses présentées par l'Église comme des vérités bibliques ne s'y trouvent pas du tout. »

L'archevêque eut un nouveau hoquet, suivi cette fois-ci d'une quinte de toux.

Anna reprit. « Comme, par exemple, l'existence du purgatoire, la vente des indulgences, ainsi que…

— Suffit ! soupira le roi. Comment se fait-il que les hérétiques cherchent tous à se détruire eux-mêmes ? Vous ne me laissez pas le choix, madame. Si nous constatons qu'il n'y a pas assez de preuves pour vous accuser de sorcellerie – aucun témoin ne s'est présenté pour vous dénoncer –, force nous est de convenir avec le savant archevêque que l'accusation d'hérésie tient toujours. Vos propres paroles vous accusent. »

L'archevêque effectua une si profonde révérence qu'il faillit faire la culbute.

Le frère Gabriel fit à nouveau un pas en avant. « Je vous en prie, Votre Majesté, je vous supplie de considérer…

— Quoi qu'il en soit, reprit le roi, la semaine sainte approche, la semaine où le Sauveur, Notre-Seigneur Jésus-Christ, a été crucifié pour expier les péchés de l'humanité, avant de ressusciter. Dans l'esprit de la célébration de la grâce, nous vous accordons un pardon pascal, Anna de Prague. Vous retournerez sous la garde du frère Gabriel à l'abbaye de Rochester où vous vous repentirez de vos péchés et, sous sa tutelle, étudierez la vraie doctrine de la foi.

— Votre Majesté, je vous demande avec la plus extrême vigueur de réfléchir, car vous commettez une grave erreur, éructa Arundel entre deux quintes de toux. Vous la renvoyez à la source même de l'hérésie. Puis-je rappeler à Votre Majesté que votre couronnement est imminent ? »

Les paroles que prononça alors le roi n'avaient aucun sens pour Anna. Il devait s'agir de quelque lutte personnelle entre le roi et l'archevêque.

« Ne nous menacez pas, archevêque. Ne poussez pas le roi à des extrémités. L'Angleterre a déjà un archevêque martyr dont le sanctuaire est un lieu de pèlerinage. Vous aurez votre mandat d'amener pour faire arrêter lord Cobham, mais ne me demandez pas de vous aider à lui tendre un piège. Pas question que vous utilisiez cette femme pour parvenir à vos fins ! »

À ces mots, même le visage du chancelier s'assombrit.

« Avant que vous ne repartiez, je souhaiterais échanger deux mots avec vous, Anna Bookman. J'aimerais vous interroger sur un morceau de musique que vous avez transcrit… Nous aimerions rencontrer le jeune homme qui joue notre musique, ajouta-t-il en souriant. Je crois comprendre qu'il est votre pupille. »

La perplexité d'Anna devait se lire sur son visage.

Le roi fouilla dans les papiers qui se trouvaient devant lui. Il brandit le feuillet sur lequel elle travaillait le jour de son arrestation. « Il s'agit de la composition musicale signée "Roy Henri". Nous aurions grand plaisir à entendre votre pupille jouer notre musique. Avec votre permission, il se peut qu'un jour ou l'autre il la joue à la Cour. »

Anna mit un certain temps à saisir le sens de ces propos. Puis elle éclata de rire. En fin de compte, ce n'était pas le frère Gabriel qui avait obtenu sa liberté. Ni l'éloquence de sa courageuse tirade. C'était Bek ! Le roi avait simplement été flatté que cet enfant demeuré sût jouer sa musique. Puis elle se rembrunit tout aussi vite en pensant à la folie du monde dans lequel elle vivait, puisque son sort dépendait de ce genre de caprice.

« Pour tous, les désirs de Votre Majesté sont des ordres », répondit-elle. Sur ce, elle fut remise aux bons soins du frère Gabriel.

TRENTE-SEPT

Dans le monde entier les juifs furent vilipendés et accusés de l'avoir causée [la peste] en empoisonnant l'eau des puits […]. Voilà pourquoi ils furent livrés aux flammes […] sauf en Avignon, où ils furent protégés par le pape.

Jacob von KÖNIGSHOFEN,
Le Brûlement des juifs de Strasbourg

Anna et le frère Gabriel n'échangèrent que quelques paroles durant le long voyage de retour à Rochester. Il loua pour elle une litière couverte tirée par un cheval et chevaucha à ses côtés. Deux gardes royaux caracolaient en tête du convoi afin d'assurer leur protection, la bannière royale étant dissuasive pour les bandits de grand chemin. Le moine – c'est ainsi qu'elle avait décidé de continuer à le désigner, car comment protéger son cœur autrement ? – était aux petits soins, comme s'il était un chevalier et elle sa dame dans un récit de chevalerie. Il lui avait procuré une couverture chaude et un coussin pour son dos, s'arrêtant fréquemment pour lui permettre de se dégourdir les jambes. Hélas, il n'était pas chevalier et elle n'était pas une gente dame.

Cependant ce voyage de retour ne ressemblait en rien à celui de l'aller. Et tout cela parce qu'elle avait copié pour Bek la musique du roi. Ils s'arrêtèrent à la même taverne, mais cette fois-ci le frère Gabriel étendit une nappe dans la cour sous le soleil d'avril afin que les grossiers clients n'offensassent pas Anna.

« Je vous remercie, frère Gabriel, d'être intervenu en ma faveur auprès du roi », dit-elle. Elle ne l'avait pas encore officiellement remercié, or il méritait au moins sa reconnaissance. « Et merci également pour votre courtoisie », ajouta-t-elle, tandis qu'il préparait leur déjeuner sur l'herbe.

Elle regretta sa froideur en apercevant la lueur de tristesse dans les yeux de son compagnon. Elle se souvint du cerf blessé de la tapisserie accrochée au-dessus de la tête du roi. Le moine aussi se rappelait leur dînette rue Saint-Luc.

« Ne pense plus à moi sous ce nom, Anna. La soutane noire n'est qu'un déguisement que je suis obligé de porter jusqu'à ce qu'on puisse s'en aller.

— Vous n'êtes pas drapier. Vous ne vous appelez pas Van Cleve. Comment devrais-je penser à vous ?

— Que je sois Gabriel pour toi. Le père de ton enfant. Ton mari. Celui qui le sera bientôt. »

Comme on était vendredi, à leurs maigres légumes s'ajouta un morceau de hareng saur.

« Où est-il dit dans la Bible, mon père, que les fidèles doivent manger du poisson le vendredi ? Ah, j'oubliais, vous n'avez pas lu la Bible en entier. Vous ne pouvez donc pas le savoir, mais, croyez-moi, frère Gabriel, cela n'est dit nulle part. »

Il se contenta de la fixer. Elle songea à nouveau au cerf blessé. Elle aurait voulu se couper la langue.

Ils terminèrent leur repas en silence et reprirent la route sans mot dire. Elle entendit Gabriel intimer au postillon l'ordre de hâter le pas, parlant de sa voix d'ecclésiastique mais employant un ton inhabituellement sec. Ils atteignirent l'abbaye un peu après la chute du jour.

Comme elle s'apprêtait à quitter enfin sa litière, il lui offrit sa main pour l'aider à descendre, mais elle préféra s'accrocher au bord du véhicule tandis que ses pieds cherchaient appui sur le tabouret fourni par le postillon.

Sœur Matilde sortit du bâtiment en courant et l'étreignit avec fougue.

« Oh, Anna, nous avons été si inquiètes ! Je vais réveiller l'abbesse. Elle ne va pas très bien mais elle voudra apprendre la nouvelle.

— Non, ma sœur. Attendez demain. Ce sera assez tôt. Ah, quel plaisir d'être de retour à la maison ! » Les larmes lui montèrent immédiatement aux yeux.

Lorsqu'elle se tourna afin de souhaiter le bonsoir à Gabriel et de le remercier plus chaleureusement pour le rôle qu'il avait joué dans son retour au logis, il était déjà parti.

« Le voyage a dû fatiguer le frère Gabriel, dit sœur Matilde. Il n'est pas si discourtois, d'habitude.

— Il a beaucoup de soucis en tête, répondit Anna. La

fonction de larbin de l'archevêque n'est pas une sinécure. »

Le lendemain matin, Anna fut réveillée par le son des cloches. Quel joyeux carillon ! Un peu étrange à prime, malgré tout, et la cacophonie ne paraissait pas vouloir s'arrêter. Elle ne comprit pas tout de suite qu'elle était dans sa chambre à l'abbaye, où la veille Bek l'avait accueillie avec de grands battements de bras, le visage illuminé par ses sourires rayonnant d'amour. An na An na. Mais il n'était plus dans la pièce.

Lorsqu'elle eut fini d'enfiler ses vêtements et de tresser ses cheveux en une longue natte, les sœurs s'étaient déjà rendues à prime. Elle se demandait où Bek était allé si tôt quand il passa la tête dans l'encadrement de la porte. « Les cloches de Bek ! annonça-t-il fièrement. An na aime ? »

Elle mit quelques instants à comprendre de quoi il parlait. « C'est toi qui as sonné les cloches ? » Il la gratifia de son large sourire baveux. Elle tendit les bras et l'étreignit. « Anna aime.

— Anna grosse, dit-il en lui touchant le ventre.

— Oui, Anna grosse », s'esclaffa-t-elle. Elle le tint à bout de bras. « Tu as sauvé la vie d'Anna, Bek. Avec ta musique. Tu es mon ange gardien.

— Ange gardien ? » Il répéta l'expression lentement et sans bien articuler.

Regardant la grosse tête et les yeux troubles qui semblaient toujours osciller dans leurs orbites au rythme de ses membres agités de tics, elle songea qu'il avait l'air d'un drôle d'ange. « Je t'expliquerai un de ces jours, dit-elle. Quand j'aurai compris moi-même ce qui s'est passé. »

Lorsqu'ils eurent pris leur petit déjeuner ensemble au réfectoire, Anna lui enfournant la nourriture dans la bouche pour éviter qu'ils ne fussent tous les deux éclaboussés de porridge, elle se mit en quête de la mère supérieure et fut étonnée de trouver au lit cette femme si forte et si énergique. La pression que sa main exerça sur celle d'Anna n'était pas vigoureuse.

« Le frère Gabriel avait promis qu'il vous ramènerait à nous et je vois qu'il a tenu sa promesse.

— Êtes-vous malade, ma mère ?

— Ce n'est que la maladie de la vieillesse, Anna. Certains organes sont usés. Mon cœur s'agite comme un oiseau en cage et je m'affaiblis. »

Son sourire était pourtant toujours aussi chaleureux et lumineux. La peau de ses joues gardait leur douceur et leur couleur de rose, celle d'une joue, en tout cas. L'abbesse ne portait pas son voile, mais la toile blanche de la guimpe qui enveloppait partiellement son visage ombrait le côté blessé.

« Le savant médecin envoyé par l'évêque déclare que j'ai besoin de repos. Mais je préférerais me reposer dans le jardin, où les perce-neige et les roses de Noël me mettraient du baume au cœur.

— Peut-être pourrons-nous y faire un tour un peu plus tard dans l'après-midi, proposa Anna. Quand il fera plus chaud.

— Asseyez-vous à côté de moi, Anna, dit l'abbesse en tapotant le petit lit. Je veux que vous me racontiez votre aventure. Avez-vous eu affreusement peur ? Craignez-vous que votre enfant n'en ait pâti ?

— Même si j'ai vécu dans la terreur, l'enfant et la

mère se portent bien, ma mère. L'envoi des vêtements m'a été d'un grand réconfort, parce que cela m'a indiqué que je n'étais pas oubliée. Et ma connaissance de l'Écriture m'a donné beaucoup de courage. Je suis plus certaine que jamais que tout le monde devrait lire…

— Et le frère Gabriel ? Est-il venu vous voir ? Il semblait extrêmement bouleversé par la nouvelle de votre arrestation et il a juré de faire tout ce qui était en son pouvoir pour vous faire libérer. » Elle ne lâchait pas la main d'Anna, exerçant à nouveau une légère pression. « Anna, je lui ai parlé de l'enfant et il a reconnu en être le père. Il a affirmé qu'il allait renoncer à sa vocation pour vous épouser. »

Gênée, Anna évita de la regarder en face et fixa le crucifix au-dessus du lit. Elle ne l'avait jamais remarqué jusque-là mais il semblait avoir été endommagé puis restauré. Le corps du Christ était déformé et un coin de la croix en bois calciné. Il était étonnant qu'elle eût accroché ce crucifix à la place d'honneur alors que tout dans l'abbaye, y compris le mobilier, était d'une excellente qualité.

« Il m'a déclaré la même chose, répondit Anna. Mais je ne sais pas si je peux lui faire confiance.

— Il paraissait sincère. Mais vous seule pouvez en être certaine. Vous devez prier pour que Dieu vous éclaire. Que votre cœur vous guide ! Votre cœur et le bien de votre enfant. » Elle s'appuya sur l'oreiller en soupirant.

« Vous avez besoin de repos, ma mère. Le médecin a raison. Je vais revenir cet après-midi et nous nous assiérons ensemble dans le jardin. Que voulez-vous que je fasse entre-temps ?

— N'allez pas à l'écritoire. Elle est peut-être

surveillée. Les sœurs ne copient que les Écritures en latin et de la poésie anglaise. Mais votre présence peut éveiller de nouveaux soupçons.

— Le roi a signé un mandat d'amener pour faire arrêter sir John, dit Anna.

— Cela ne me surprend pas. C'est une raison supplémentaire pour que nous ne copiions aucun texte lollard pendant un certain temps. »

Anna lâcha la main de l'abbesse, lui caressa le front, puis se pencha pour y déposer un baiser.

« Une chose encore, avant que vous ne repartiez, Anna. Comment s'appelait votre grand-père ? Et quelle était sa profession ? »

Quelle étrange question de la part d'une femme malade et à bout de souffle.

« C'était un enlumineur de grand renom et de grand talent, ma mère. Il s'appelait Finn. »

L'abbesse ferma les yeux, émit une sorte de râle, mais ne prononça pas la moindre parole. Anna n'était même pas sûre qu'elle eût entendu sa réponse. Elle se dirigea vers la porte à pas de loup.

« Revenez cet après-midi, Jasmine. Nous nous assiérons au soleil dans le péristyle et nous parlerons de Finn l'enlumineur. »

Jasmine ! L'abbesse l'avait-elle appelée « Jasmine » ? « *Ma petite fleur de jasmin* », disait souvent son grand-père. Non. Elle avait sans doute mal compris. L'abbesse parlait d'une voix rauque et faible.

Anna s'apprêta à l'interroger, mais elle avait l'air de dormir. De peur de la déranger, elle gagna la porte sur la pointe des pieds et prit la direction des cuisines. Elle avait soudain terriblement envie de lait caillé mélangé à du miel.

Vendredi saint. Les métayers du domaine de Cobham Hall apportèrent leurs œufs à la grande cuisine. Lady Joan les remercia courtoisement de leurs présents, leur donnant en retour des petits pains au lait du Vendredi saint légèrement épicés et marqués d'une croix. Après avoir appelé la bénédiction pascale du Sauveur sur la maisonnée de chaque donneur, elle les invita à une messe de Pâques « pour fêter la résurrection de Notre-Seigneur », qui devait être célébrée dans la chapelle le dimanche suivant. On donnerait ensuite un festin dans la grande salle : ragoût d'agneau aux petits oignons pour les francs tenanciers, os de gigot d'agneau bouillis avec les restes de tubercules séchés de l'année précédente pour les vilains. Et il y aurait un autre miracle de Pâques : les œufs qu'ils avaient offerts à leur seigneur leur seraient rendus sous forme de crème, de pudding, de chaudeau et, délice suprême, de gâteau de la mi-carême, décoré de douze boulettes de massepain, une pour chaque apôtre.

Pour célébrer la messe lady Joan avait trouvé un prêtre lollard, à qui elle savait pouvoir faire confiance. On n'annonça pas l'office de Pâques, contrairement à ce qui passait avant que sir John ne prît la fuite, et s'il était possible qu'il revînt pour Pâques il recevrait alors la communion en secret. Le seigneur de Cobham ne serait pas présent à la messe de Pâques célébrée à l'aube, face à la mer, face à l'est.

Mais nul doute qu'il n'assistât à la cérémonie secrète qui la suivrait et aux célébrations qui l'accompagneraient. Voilà pourquoi ce samedi matin, pareille à n'importe quelle bonne maîtresse de maison, les jupes relevées et accrochées à sa ceinture, ses cheveux châtains noués sous un fichu à poussière, lady Joan fredonnait en brandissant son balai pour chasser les araignées des recoins du faîtage de la chapelle. Elle avait déjà ordonné qu'on balayât la grande salle et qu'on plaçât des joncs frais sur le sol. Elle avait également engagé un joueur de pipeau et un luthiste, car on danserait ensuite. Les temps sont durs et les paysans ont besoin de faire un peu la fête, songea-t-elle en disposant un drap violet et des cierges sur l'autel. John rentrait à la maison et il allait y avoir un mariage !

« Les lollards risquent de s'emparer de votre âme, mon frère... Les lollards ou le diable », s'était-elle esclaffée lorsque le frère Gabriel était venu lui présenter sa requête, avant de redevenir sérieuse et d'ajouter le plus sincèrement possible : « Vous savez que cela va plus loin qu'un simple abandon de sacerdoce. Arundel va considérer cette renonciation comme un affront personnel et il deviendra votre ennemi. À moins, bien sûr, que vous n'ayez l'intention de garder secret votre mariage, comme beaucoup d'autres clercs. Sans doute pourrait-il fermer les yeux sur un mariage clandestin.

— Je ne peux pas le garder secret, madame. En tout cas, pas longtemps, car j'ai l'intention de reconnaître l'enfant. »

Elle ne lui avait posé aucune question, ne lui avait pas révélé qu'elle doutait depuis longtemps du veuvage d'Anna. « Prenez garde que l'enfant n'hérite non seulement de votre nom mais aussi de vos ennemis ! » Elle ne dit pas « votre enfant », même si elle avait également des doutes sur la paternité de celui-ci.

« Je le sais. J'ai déjà réfléchi à cette question. Je vais devoir porter l'habit ecclésiastique quelques semaines de plus. Mais je souhaite tranquilliser Anna.

— On peut compter sur la discrétion du prêtre. »

En tout cas le mariage de la jeune femme serait joyeux. Joan allait veiller à ce qu'il le fût. Elle avait décoré la chapelle avec des fleurs de pommier entassées au pied de l'autel et derrière lui ; toutes les fenêtres étaient elles aussi garnies de cette odorante dentelle. Anna méritait au moins cela, après toutes les souffrances qu'elle avait endurées. Peut-être ce matin de Pâques marquera-t-il le début d'une époque plus heureuse, se dit lady Joan, tout en brandissant son balai de paille au-dessus de l'autel où une araignée était suspendue à son fil de soie. Elle la précipita par terre d'un coup sec et l'écrasa sous son talon.

Le jardin du cloître sentait le muguet sauvage qui poussait dans la cour et que les sœurs appelait « larmes de la Sainte Vierge ». Humant le parfum et appréciant la chaleur du soleil, Anna était assise avec l'abbesse dans un coin ensoleillé du péristyle. Dans un silence complice, elles écoutaient le jaillissement des eaux de la fontaine.

« Avez-vous assez chaud, ma mère ? »

Peut-être n'était-ce pas une bonne idée de sortir, avait pensé Anna avant d'exprimer son opinion à haute voix. Mais l'abbesse avait insisté. Elle avait l'air très fragile et ne portait plus son voile. Depuis son accès de faiblesse, comme elle disait, les cicatrices ne semblaient plus la gêner. Un vent léger plaquait contre le coin de son œil une mèche gris argenté échappée de la guimpe. Anna l'en écarta et ses doigts frôlèrent la cicatrice, qui était lisse et douce mais plus ferme que le velours souple de la joue.

Une chenille arpenteuse tomba de la barbe d'un

apôtre sculpté sur le chapiteau d'un pilier et atterrit dans le giron de la mère supérieure. Anna la ramassa et s'empressa de la jeter au loin. « Va mesurer un autre terrain ! » lança-t-elle à l'insecte.

L'abbesse sourit. « Tôt ou tard, nous sommes tous mesurés pour nos linceuls, Anna. En outre, il s'agit là d'une ridicule superstition.

— Je le sais, ma mère. Mais, en ce qui vous concerne, je souhaite que cela arrive le plus tard possible. »

Se cambrant à nouveau, l'arpenteuse commença à mesurer la cape de pierre de l'apôtre.

« Anna, parlez-moi de Finn l'enlumineur. Parlez-moi de votre grand-père.

— C'était un homme merveilleux, un homme plein de talent, de sagesse et de compassion. Un homme qui n'avait pas le rire facile, mais lorsqu'il riait on aurait dit que le monde entier était plus heureux. » Puis, se rendant compte que ce commentaire risquait de paraître infantile, elle ajouta : « Mon monde à moi, en tout cas. Je cherchais toujours à lui faire plaisir.

— Et c'était facile ?

— Pas toujours. Il était très exigeant. Il voulait que tout soit… parfait.

— Cela devait être dur pour vous.

— Parfois. Mais c'était aussi utile. » On la sentait sur la défensive.

« Vous l'aimiez beaucoup…

— Il était tout pour moi. Je n'ai jamais connu ni mon père ni ma mère. »

L'arpenteuse avait disparu dans un repli de la cape de pierre de l'apôtre.

« Pourquoi ne s'est-il jamais remarié ? Un tel parangon de vertu devait être très recherché. » Le ton était gentiment ironique et Anna appréciait le sens de l'humour de l'abbesse.

« Lorsque j'étais beaucoup plus jeune, je me rappelle qu'on le harcelait à ce sujet. Des amis de l'université le pressaient de rencontrer une sœur veuve, une tante célibataire ou bien quelque cousine, lui affirmant que j'avais besoin de la présence d'une femme. Je lui ai une fois demandé pourquoi il repoussait toutes ces propositions et il m'a répondu qu'il avait aimé deux femmes, et que leur disparition lui avait brisé deux fois le cœur. Puis il a éclaté de rire et a déclaré qu'une femme par foyer suffisait. Je n'étais alors guère qu'une enfant, mais il m'a toujours donné envie d'être plus âgée, plus raisonnable, la maîtresse de maison, en fait. »

L'abbesse opina du chef en souriant, comme si, étrangement, ces paroles lui faisaient plaisir.

« A-t-il eu une vie agréable ?

— Relativement. Nous étions à l'aise dans notre petite maison de ville. Il avait des amis et il avait son travail. Il considérait comme sa mission de propager l'enseignement de Wycliffe, chaque année avec plus d'ardeur. Cela paraissait l'occuper suffisamment. La plupart du temps, à tout le moins. Parfois une vague de morosité le submergeait, mais cette tristesse ne durait jamais longtemps… Je crois qu'il reprenait le dessus grâce au travail. »

L'abbesse hocha la tête comme si elle comprenait parfaitement de quoi parlait Anna. *C'est grâce à son immense compassion qu'elle peut s'intéresser à ce point à la vie de quelqu'un d'autre*, se disait Anna. *C'est sans doute parce qu'ils servaient la même cause.*

L'abbesse baissa les yeux et de ses longs doigts tritura le bord de sa guimpe. Ils semblaient si maigres, les os paraissaient aussi frêles que des brindilles desséchées par l'hiver.

« Et sa mort ? A-t-elle été douce et aisée, elle aussi ? »

Anna fut surprise de constater que parler de Finn lui apportait un certain réconfort. Son chagrin n'était plus aussi douloureux. Elle n'avait plus l'impression d'avoir perdu son grand-père ; elle le sentait toujours avec elle, surgissant dans son esprit chaque fois qu'elle l'invoquait.

« Il a un peu souffert, et puis il est mort dans son sommeil.

— Souffrir seulement un peu et puis mourir dans son sommeil, c'est la dernière récompense pour avoir mené une vie de juste. » L'abbesse soupira et ferma les yeux.

Elle pense à sa propre mort, songea Anna.

« Il a dû avoir beaucoup de chagrin de vous laisser toute seule, dit l'abbesse, les yeux toujours clos.

— En effet. Il m'a fait promettre que je viendrais ici. Il faisait confiance à sir John. Il travaillait avec lui pour la cause des lollards depuis quelques années. Quand la persécution a commencé à Prague, il a pensé que je serais en sûreté ici, sous la protection de sir John. Il ne pouvait pas deviner…

— Non, évidemment…, répondit-elle d'une voix mourante.

— Êtes-vous prête à rentrer, ma mère ? Le vent est-il trop fort ?

— Non, Anna. Je suis en train de rassembler toutes mes forces pour vous dire ce que j'ai à vous dire. »

Une angoisse s'empara d'Anna. Elle avait l'impression que quelque chose s'effondrait en elle. *Elle va me renvoyer*, se dit-elle. *Comme mame Kremensky. Elle va me dire que ma présence dans l'abbaye met en péril la sécurité des autres sœurs. Sa compassion lui rend pénible cette décision. Je ne devrais pas la forcer à m'annoncer cette nouvelle. Je devrais lui dire que je vais partir. Mais pour aller où ? Où donc, Dieu du ciel ?*

« Ma mère, je pense… »

L'abbesse secoua la tête. « Chut, Anna ! Laissez-moi vous dire ce que j'ai à vous dire. »

La chenille arpenteuse avait déjà mesuré un morceau de la robe de l'apôtre. Elle perdit l'équilibre, tomba par terre avant de recommencer sa progression. L'abbesse fouilla dans l'étui accroché à sa taille et en retira un objet qu'elle tendit à Anna.

« J'ai fait réparer votre collier, dit-elle en le plaçant dans la main de la jeune femme, et je vais maintenant vous en raconter l'histoire. Avez-vous remarqué que les petites perles au centre de la croix forment une étoile à six pointes ? » Elle les suivit d'un ongle.

Anna plissa les yeux pour examiner le collier. Maintenant qu'on la lui montrait elle distinguait parfaitement l'étoile, alors qu'elle ne l'avait absolument jamais remarquée, ne voyant que la croix. À présent elle reconnaissait l'emblème.

« On dirait… C'est l'étoile de David, dit-elle.

— Vous la reconnaissez, par conséquent. Votre grand-père vous l'avait indiquée.

— Je la reconnais parce qu'il travaillait pour les juifs de la Judenstadt. Il enluminait pour eux de magnifiques manuscrits. Je les livrais au rabbin de l'endroit.

— Votre grand-père ne vous a donc jamais rien dit ? À propos du collier ?

— Seulement qu'il appartenait à ma mère, et à la mère de celle-ci auparavant. C'était le cadeau de mariage de mon grand-père à ma grand-mère Rebecca. Je n'avais jamais remarqué l'étoile, mais je suis sûre qu'il m'en aurait expliqué le sens si je l'avais demandé. »

L'abbesse fronça les sourcils. « Je suis surprise que Finn ne vous en ait jamais parlé. C'était lâche de sa part, mais je pense que cette lâcheté était due à son amour.

— Qu'il ne m'ait jamais parlé de quoi ? Et c'était l'homme le plus brave que j'aie jamais…

— Vous aviez deux grand-mères, Anna. Votre grand-mère Rebecca était juive. »

Rebecca… Ce n'était pas un nom chrétien. Pourquoi n'y avait-elle jamais réfléchi ? Sa grand-mère était juive ! Comment était-ce possible ? Pourquoi son grand-père ne lui avait-il jamais rien dit ?

Elle revit le quartier surpeuplé de la Judenstadt, les terribles humiliations que subissaient les juifs à Prague, l'un des derniers lieux de toute la chrétienté où ils pouvaient se réfugier. Elle se rappela la pitié qu'ils lui avaient inspirée et à quel point elle s'était réjouie de ne pas être née juive. Comme Dieu avait dû se gausser d'elle !

Elle comprenait à présent l'étrange sympathie que son grand-père ressentait pour les juifs alors que les autres Pragois les évitaient. Elle était trop stupéfaite pour se demander comment l'abbesse pouvait avoir connaissance de ces détails intimes de sa vie, trop abasourdie pour penser à autre chose qu'aux conséquences de cette révélation.

« Je suis donc juive moi aussi ? Et mon bébé…

— Non, Anna, vous êtes chrétienne. Si vous souhaitez l'être. Vous avez été baptisée. Mais il est temps que vous l'appreniez. À vous de choisir. Deux grand-mères, Anna. Moi, je suis Kathryn et je suis votre deuxième grand-mère. »

Elle tendit la main pour saisir celle d'Anna mais la laissa suspendue dans les airs avant de la retirer.

« Vous ? Vous êtes Kathryn ? » Non, se dit Anna, elle avait dû mal comprendre ce qu'avait dit l'abbesse. « Vous ne pouvez pas être Kathryn… Pas cette Kathryn-là. Elle est morte au cours d'un incendie pendant la grande révolte. Mon grand-père ne m'aurait pas menti… »

L'abbesse ne regardait pas Anna, fixant ses mains nouées dans son giron. Seul signe de son émoi, ses doigts trituraient son habit.

« Le mensonge n'était pas de son fait. Il croyait que j'avais péri. Je l'ai trompé, et ce n'était pas la première fois, je l'avoue. Mais j'ai payé cette duperie au centuple. » Elle se tut et regarda Anna droit dans les yeux. « C'était la seule façon, Anna. Il ne serait pas parti s'il avait su que j'étais toujours vivante, et s'il était resté c'en aurait été fini de sa vie. L'évêque qui l'avait gardé prisonnier ne l'aurait jamais laissé partir et j'étais trop malade pour le suivre. Je savais que sa seule chance, votre seule chance, était de fuir et de gagner le continent.

— Mais comment avez-vous compris la situation ?

— Dès le début j'ai su qu'un lien existait entre vous et moi. Je croyais que c'était la cause que nous servions toutes les deux. Jusqu'au moment où j'ai reconnu le collier. »

Les deux femmes se taisaient, ni l'une ni l'autre ne brisant le silence qui régnait dans le jardin. Une foule de questions assaillaient la cervelle d'Anna et elle ressentait une certaine rancœur au souvenir du chagrin qu'avait éprouvé toute sa vie son grand-père à cause de cette femme. Puis, finalement, d'une voix si basse qu'Anna dut se pencher pour l'entendre, l'abbesse reprit la parole pour évoquer Rose, la mère d'Anna, Finn, l'enlumineur, ainsi qu'une femme nommée Kathryn de Blackingham qui les aimait tous les deux. « J'aimais votre mère comme une fille, dit-elle. Et durant des années j'ai pleuré sa perte… et la tienne. »

Lorsque l'abbesse eut fini son histoire, ses mains tremblaient et Anna refoulait des larmes suscitées par le récit des malheurs de Finn et de Kathryn. La chenille arpenteuse était remontée sur le bord de l'habit de l'abbesse. Anna l'écrasa sous la pointe de son soulier.

« Ne te mets pas en colère, ma chérie. On ne peut pas tuer la mort. D'aucuns la considèrent même comme une amie. Tu comprendras un jour ce que je veux dire, lorsque tu seras aussi épuisée que moi. Je sais que tu aimerais me poser plusieurs questions, mais je souhaiterais aller m'allonger, maintenant. Aide-moi à rentrer. »

Anna la releva avec moult précautions, l'accompagna jusqu'à sa chambre et l'aida à s'étendre sur son lit. « Grand-mère, dit-elle – le terme semblait tout naturel dans sa bouche –, j'aimerais que grand-père puisse voir à quel point tu es belle. » Elle embrassa alors délicatement la tempe abîmée, sentant sous ses lèvres le grain de peau rêche des cicatrices.

L'abbesse tapota la main d'Anna. « On parlera plus tard. Lorsque tu auras eu le temps de réfléchir à ce que je t'ai dit. Le frère Gabriel s'est enquis de toi tout à l'heure. Je lui ai dit que tu serais à la chapelle cet après-midi et qu'il pouvait venir t'y retrouver. Il a ses défauts, Anna, mais je crois que c'est un brave homme. Il peut être sauvé, avec l'aide de Dieu et d'une bonne épouse. »

Anna ne put s'empêcher de rire. Mais le rire s'estompa vite. Elle n'avait pas la même conviction que sa grand-mère ; elle avait vu le caméléon changer de couleur.

Elle gagna d'abord sa chambre pour effacer le rouge de ses yeux. Puis elle se rendit à la chapelle. Pas pour voir le frère Gabriel. Elle voulait demander des comptes à un autre être. Elle avait tant de questions à poser. Et où invoquer l'Esprit saint sinon dans l'un des lieux où d'aucuns affirment qu'il réside ?

TRENTE-HUIT

[…] Une femme avec des mots séduis.
D'un ton léger fidélité promets-lui
Uniquement pour avec elle coucher.
Ta duperie la fera se donner,
Mais vous apportera à tous deux des ennuis.

Robert MANNING,
Le Manuel des péchés, 1303

Le frère Gabriel ne vint pas à la chapelle bien qu'Anna s'y fût attardée jusqu'aux vêpres. *Que je suis idiote d'y avoir cru un tant soit peu !* Toutefois elle avait trop de sujets de réflexion en tête pour s'occuper de lui. Même l'angoisse que suscitait en elle le simple nom du moine ne pouvait altérer son bonheur. Elle n'était pas seule, elle avait une grand-mère. Une abbesse. Une femme de prestige qui possédait un certain pouvoir, bien que, reconnaissait-elle avec sagesse, sa relation avec sir John la rendît suspecte. Et une femme si malade et si frêle qu'elle risquait de mourir dans son sommeil.

« Tu n'aurais jamais dû le renvoyer, grand-mère », marmonna-t-elle d'une voix étouffée, comme une prière. *Que toutes nos vies eussent été différentes !* Cette pensée la fit souffrir comme si l'événement venait de se produire. Mais qui pouvait le savoir vraiment ? *Pense au bien que tous les deux ont accompli séparément pour la cause, Anna. Pense aux livres qu'ils ont recopiés, pense aux âmes qu'ils ont ainsi touchées.*

Quand le tonitruant carillon des cloches appela à vêpres et qu'elle entendit les sœurs se diriger vers la chapelle pour chanter leurs prières, Anna en sortit discrètement et traversa le jardin obscur pour regagner son petit appartement. Elle s'arrêta devant la porte de la mère supérieure – de sa grand-mère – et tendit l'oreille. Aucun son ne lui parvint. Elle ouvrit doucement la porte et jeta un coup d'œil à l'intérieur. Couchée sur son lit, l'abbesse possédait l'immobilité d'une statue. D'une statue ou d'un cadavre. *Non, je T'en prie, Seigneur Dieu, pas maintenant, alors que je viens de la retrouver !* Puis, voyant la poitrine bouger imperceptiblement, soulagée, elle s'éloigna sur la pointe des pieds, passa le seuil et referma la porte sans bruit.

Elle jeta un coup d'œil vers la résidence des hôtes de passage. La porte en était également close. La chambre de Gabriel paraissait vide, l'unique fenêtre vitrée, tel l'énorme œil d'un cyclope, brillant d'un éclat obscur. Elle savait pertinemment qu'elle ne pouvait lui faire confiance, alors pourquoi son cœur se serra-t-il à la pensée qu'il l'avait à nouveau abandonnée ?

Le discours qu'il lui avait tenu dans la chambre de la Tour n'avait-il donc pas été sincère ? S'agissait-il d'une duperie ? Quoi d'étonnant à cela ? La langue de vipère d'Anna lui avait-elle arraché une promesse faite à la légère ? Quoi de plus aisé que de la renier, par conséquent, malgré les belles résolutions et les protestations d'amour. Le brûlement des indulgences n'était qu'un vain spectacle. Il les avait sans doute déjà remplacées. En y réfléchissant bien, elle n'avait jamais vraiment vu ce qui était écrit sur les bouts de papier.

Ou avait-il été effrayé par les révélations de l'abbesse sur les quelques gouttes de sang juif coulant dans les veines de sa fiancée ? *Alors tu n'as pas le courage de mon grand-père*, pensa-t-elle. *Et je refuse un homme moins courageux que lui.*

Elle avait ôté sa robe… Bientôt elle devrait également desserrer les coutures de celle-ci, malgré la mode des robes à haute taille. Elle était en chemise quand on frappa discrètement à la porte. Son cœur tressaillit. Non, il ne pouvait pas venir dans sa chambre, ce n'aurait pas été décent.

« Mame Anna ! » C'était la voix de la novice. « J'ai un paquet pour vous.

— De la part de qui ? Le savez-vous ? demanda-t-elle en prenant le paquet.

— Non. C'est un jeune page du château qui l'a apporté. »

Quel beau présent lui offrait lady Joan ! Elle devait se douter que les vêtements d'Anna devenaient vite trop étroits, et, malgré ses graves soucis à propos de sir John, la châtelaine s'était rappelé les besoins de la jeune femme.

Anna s'empressa d'étaler la robe sur son petit lit. En

effet, elle était considérablement plus ample, même au niveau du corsage. Taillée dans un délicat damas bleu roi et garnie de rubans d'un bleu plus foncé, elle avait des manches à crevés doublées de satin crème. Anna n'avait vu une aussi jolie robe.

Quelle générosité ! Mais ce n'était pas du tout ce dont elle avait besoin. Pour quelle occasion pourrait-elle porter un aussi luxueux vêtement ? Cette robe ne siéra pas à une humble copiste comme moi, pensa-t-elle amèrement, encore moins à l'épouse d'un prêtre défroqué.

Enveloppée dans la robe se trouvait une couronne de fleurs de muguet et de roses séchées, ornée de nœuds de satin crème. Une couronne de mariée.

Elle la saisit avec délicatesse. Un petit mot tomba par terre. Elle le ramassa et le lut fébrilement.

> *Anna de Prague, accepte cette robe et revêts-là avant de te rendre à la chapelle le matin de Pâques, le jour de la résurrection de Notre-Seigneur, le jour du renouveau de toute chose et de la rédemption du monde. Après la messe de Pâques, je te rejoindrai sur les marches de la chapelle, et, en présence de lady Cobham, des témoins assemblés et d'un prêtre, que tu approuveras sans aucun doute, je ferai de toi mon épouse. Le port de cette robe indiquera ton consentement. Mon cœur désire ardemment te la voir porter. Quel que soit l'avenir qui nous est réservé, nous y ferons face ensemble et accueillerons ensemble notre enfant dans le monde. Avec le temps je parviendrai à regagner ta confiance.*

La missive était signée « Gabriel » d'un vigoureux trait de plume.

Elle enleva son bonnet, plaça la couronne sur sa tête, et, cherchant à apercevoir son reflet à la lueur de la flamme, tint une chandelle devant le dos de la brosse en argent que lady Joan lui avait offerte. La femme qui la regarda en retour n'avait pas du tout l'air d'une juive ! Elle avait les yeux bleus et sa tête rousse était ceinte d'une couronne de fleurs. *J'ai l'air d'une mariée, d'une mariée chrétienne*. Mais la lumière de la chandelle fit scintiller les perles de la croix suspendue à son cou. Maintenant qu'elle savait que l'étoile se trouvait là, elle la verrait chaque fois qu'elle regarderait le bijou.

Elle s'assit sur le lit, ramassa le mot de Gabriel et le relut. Puis encore une fois. Elle ne savait pas comment l'interpréter. Était-ce une mise en scène ? Quelque nouvelle duperie de la part d'un espion à la solde de Rome pour la faire tomber dans un piège ? Elle ne pouvait pas croire, ne voulait pas croire, qu'il était capable d'une telle fourberie. Mais que pouvait-il sortir de bon de cet antre de fausse religion et de cupidité ? Elle n'avait jamais cru que ce fût possible. Et s'il était aussi désemparé qu'elle ? aussi désespéré ? aussi esseulé ? Se pouvait-il qu'il fût plus Van Cleve que moine dominicain ? « Dis-moi ce que je dois faire, Dědeček. » Mais aucune présence spectrale ne se manifesta pour la réconforter.

Soulagée que Bek ne fût pas là pour l'entendre pleurer, elle se coucha en travers du lit et sanglota, la tête dans l'oreiller. La couronne de fleurs se retrouva de guingois, l'une de ses fragiles roses se défit, semant ses pétales desséchés, qui formèrent sur le sol un petit tas de poussière rose pâle.

À la nuit tombée, le frère Gabriel revint à l'abbaye, mit sa monture à l'écurie et traversa la cour. Aucune lumière n'émanait de la chambre d'Anna. Il avait bien eu l'intention de revenir avant la chute du jour, afin de la rencontrer dans la chapelle et de lui arracher une réponse, mais le prêtre lollard l'avait retardé. Gabriel eut un certain mal à le convaincre qu'il n'était pas qu'un moine lascif et corrompu de plus, décidé à séduire quelque petite naïve, à l'épouser en secret, puis à l'abandonner.

L'interrogatoire avait duré deux bonnes heures. L'ironie de la scène ne lui avait pas échappé. Comme la situation s'était retournée ! Un moine dominicain appartenant à l'ordre qui dirigeait l'Inquisition et pourchassait les hérétiques depuis des siècles devait à présent défendre sa foi devant un prêtre laïque… Sans y réussir. Utilisant les paroles mêmes de Wycliffe, le lollard avait démonté, brique par brique, la structure de la théologie que Gabriel avait passé sa jeunesse à apprendre. Il avait souligné les abus du clergé : vente de ce qui aurait dû être gratuit, importance indue donnée aux pèlerinages et aux saintes reliques, habitude de considérer que seuls les hommes ordonnés prêtres étaient dignes de boire dans le calice. Or, qui parmi les moines et les prêtres que Gabriel avait connus en était digne ? Pas l'archevêque, qui ourdissait un complot afin de prendre au piège un honnête homme, ni le père Francis, dont la vie n'avait été qu'un long mensonge, et sûrement pas le frère Gabriel. Non, personne n'en était digne, même si tous l'étaient par le sang du Christ.

Heureusement qu'il avait envoyé à l'avance la robe offerte par lady Cobham. Il avait proposé de la payer mais avait été soulagé quand elle avait refusé, arguant qu'il s'agissait d'un cadeau. Avec quels fonds aurait-il pu acheter une robe à sa promise ? Malgré son immense fortune, l'ordre des Dominicains ne permettait pas la possession de biens personnels. Même si les prêtres « pauvres » dormaient sur des oreillers de duvet, montaient de beaux chevaux et buvaient du vin français, ils ne possédaient rien en propre. Le moindre liard dépensé par Gabriel, le moindre morceau de nourriture qu'il mettait dans sa bouche appartenaient à l'ordre. Il était lié par le règlement de l'ordre mendiant et tout était propriété de l'institution à laquelle il renonçait. Cela n'allait pas être facile de briser cette sorte de liens.

La gravité de son acte l'oppressant terriblement, il avait beaucoup de mal à respirer. Comment allait-il nourrir son épouse et leur enfant, deux enfants, en fait, car Anna ne considérait-elle pas Bek comme son fils ? Il avait parlé de son appréhension à lady Joan lorsqu'il l'avait remerciée pour la robe.

« Vous êtes instruit, Gabriel. Tout comme votre future épouse. Vous trouverez un moyen… sans vendre votre âme ! »

Elle était la première personne qui l'appelait « Gabriel », à part mame Clare, sa mère… Même Anna, après l'avoir vu brûler les indulgences et entendu annoncer son intention de briser ses vœux afin de l'épouser, avait continué à lui donner du « frère » d'un ton railleur.

Viendrait-elle le lendemain ? Serait-elle là dans son costume de mariée ?

Il ôta son habit noir et son scapulaire, sa belle tunique blanche, les plia soigneusement avant de les ranger dans un coffre. Il sortit ses vêtements sacerdotaux de son placard, approcha l'amict et l'étole de ses lèvres, puis, les pliant avec respect, les posa au-dessus du reste. C'était la fin. La prochaine fois qu'il les porterait il s'agirait d'un déguisement.

Il se déguisait facilement, avait dit Anna. Avait-elle raison ? Quelle était sa foncière et véritable personnalité ? Celle d'un homme d'honneur courageux et vertueux ? Ou bien n'était-il qu'un mime qui agissait et parlait en accord avec le personnage dont il avait revêtu le costume ? Jeune homme, à l'époque où il vivait dans le monde clos du monastère, il avait adopté les croyances des clercs, imaginant que c'étaient les siennes. Mais la foi, contrairement aux cuillers en argent et aux livres précieux, ne pouvait être recueillie en héritage. Dans le creuset de la vie une telle foi était réduite en cendres aussi facilement que les indulgences de papier.

Comment se faisait-il que la foi d'Anna fût si forte ? Ainsi que celle du prêtre lollard qui l'avait interrogé, et même celle de lord et lady Cobham et de la vieille abbesse ? Où trouvaient-ils le courage moral de défier l'autorité de siècles de savoir établi et consacré ?

Au fond du coffre se trouvaient la haire et la discipline. Il prit le petit fouet et en frappa la paume de sa main. Il maîtrisait si bien son esprit qu'il en sentit à peine la morsure. Mais la zébrure que traça la lanière lui rappela les légions de pèlerins, les flagellants qui, n'ayant pas d'argent pour payer leur pénitence, marchaient nu-pieds, traversaient les villes en se fouettant le dos, tandis que des femmes se précipitaient pour recueillir leur sang et s'en barbouiller le visage parce qu'il était censé être béni de Dieu.

Il lança la discipline à travers la pièce. La petite lanière de cuir tressé enroulée, hérissée de bouts d'os pareils à des dents, atterrit sur les roseaux en crissant. Où dans la Bible précisait-on que le Christ et les apôtres mutilaient leur corps ? D'autres ne s'étaient-ils pas chargés de la besogne ? Ne se trouvait-il pas toujours quelqu'un pour maltraiter l'homme ou la femme qui choisissaient la voie étroite ?

Il était capable de citer des passages entiers du catéchisme en latin, pouvait lire les philosophes de l'Antiquité en grec, mais il ne parvenait pas à se rappeler un seul verset des paroles du Christ qui pût le réconforter. Aux malheureuses âmes qui pataugeaient dans la fange de leurs péchés et de ceux des autres il avait prêché l'enfer et la damnation, cherché à leur vendre de la grâce. Il n'avait pas alors invoqué un Dieu personnel, tandis qu'à présent il avait grand besoin d'une présence qui l'accompagnât tel un ami, d'un Esprit saint qui lui apportât un réel réconfort, et non pas d'une litanie pieuse, d'une incantation en latin, ni d'un bout de papier orné du sceau du pape. Un tel être existait-il ? Et si oui, que fallait-il faire pour le trouver ?

Il s'allongea en travers de son lit et ferma les yeux. Soit Anna venait le lendemain – peut-être en partie à contrecœur –, soit elle ne venait pas. Quoi qu'elle fît, il ne reprendrait pas sa vie d'antan. Pour Gabriel, fils de Jane Paul de Southwark, le matin de Pâques marquerait un renouveau.

En milieu de matinée Gabriel attendait tout seul dans la petite chapelle du château de Cobham, réfléchissant encore à ce qu'il avait fait et à ce qu'il s'apprêtait à faire. Mais il ne demeura pas seul très longtemps.

« Étiez-vous à l'office de l'aube ? » demanda lady

Joan en entrant, les bras chargés d'un vêtement et de nouvelles fleurs de pommier. Elle plaça les rameaux sur le drap violet à côté du calice et des chandeliers. « Je ne vous y ai pas vu, mais il est vrai que je ne vous ai guère reconnu à l'instant. Avec ces guêtres et ce simple pourpoint, vous vous fondriez bien dans la foule.

— Je suis à la recherche de l'homme simple qui existe en moi.

— Mais c'est le jour de votre mariage ! Il ne faut pas que ce soit trop simple. Tenez ! fit-elle en lui tendant le vêtement. Je vous ai apporté cette houppelande. Elle appartient à John. La couturière l'a resserrée hier soir », dit-elle.

Il y glissa ses épaules. Lady Joan lissa la frange d'hermine et recula d'un pas pour l'examiner. « Elle est encore un peu trop ample, mais cela devrait aller pour un marié.

— Merci, lady Cobham. À part mon habit sacerdotal, ces guêtres et cette tunique achetées hier soir composent toute ma garde-robe.

— Eh bien, monsieur, ces vêtements vous vont mieux que la soutane noire. »

La lumière du jour s'estompait au moment où une silhouette se profila dans l'encadrement de la porte. Gabriel découvrit un ange doté d'une crinière ondulée qui se répandait sur les épaules et le dos. L'ange portait la robe de brocart bleu et sa tête était couverte d'un léger voile de tulle maintenu par une petite couronne de fleurs.

Seigneur, jusqu'à mon dernier souffle ne permets pas que j'oublie cette vision !

C'était la première prière en anglais qu'eût jamais

prononcée Gabriel. Il fut surpris de constater avec quelle aisance elle avait surgi dans ses pensées.

« Je suis désolée. J'étais sûre que la chapelle serait vide..., dit Anna en scrutant l'obscurité.

— Que vous êtes belle, Anna ! »

Elle reconnut la voix de lady Cobham, mais la châtelaine semblait ne pas être seule. Dans la pénombre de la chapelle on avait du mal à distinguer la personne qui l'accompagnait, un franc tenancier peut-être, car même les prêtres lollards portaient la soutane.

« J'avais peur que tu ne viennes pas. »

C'était la voix de Van Cleve. Ou celle du frère Gabriel. Ni l'une ni l'autre, en fait. Ou les deux à la fois.

Ses yeux s'adaptèrent à la pénombre. Il portait des vêtements laïques.

« Il est déjà assez difficile comme cela de se frayer un chemin dans le monde. Voilà pourquoi je refuse que mon enfant souffre de la tare de la bâtardise, dit Anna.

— Notre enfant, Anna.

— Je dois aller vérifier que les préparatifs du festin de noces sont terminés », murmura lady Cobham. Elle quitta la pièce avant qu'Anna ait eu le temps de protester.

« Par conséquent, dit Anna pour rompre le silence gêné, si j'en juge par vos vêtements, l'archevêque n'a pas été invité. » Elle n'avait pas eu l'intention d'employer un ton aussi fielleux.

« Pour le moment notre mariage doit demeurer secret, afin de vous protéger, toi et l'enfant, des ennemis que cet acte va me valoir. Mais nos vœux auront pour témoin l'entourage et les tenanciers de lord Cobham. Il y aura une messe nuptiale, un prêtre lollard ayant accepté de nous marier. Tu considéreras donc ces vœux comme inviolables.

— Vous aussi ?

— Moi, je m'engage devant toi, devant Dieu et devant nos témoins. »

Elle entra plus avant dans la chapelle afin de mieux distinguer son visage. « Bien dit… Mais, frè… Gabriel, je dois te faire une révélation, bien que la nouvelle puisse te faire résilier l'engagement que tu as pris dans l'ignorance de la réalité. Mais continuer à te cacher ce fait serait tout à fait indigne. Il vaudrait mieux que notre fils soit bâtard plutôt qu'il ait une mère dépourvue du sens de l'honneur. » À sa grande surprise, elle se rendit compte que son grand-père aurait pu prononcer cette courte tirade.

Elle porta la main à la croix suspendue à son cou et la palpa soigneusement, recherchant les pointes de l'étoile. Lui faisait-elle assez confiance pour lui dire la vérité sur ses origines ? L'ordre du frère Gabriel persécutait les juifs depuis longtemps. Son sang juif pouvait suffire à la faire expulser d'Angleterre, du seul logis où elle se sentait chez elle. Mais comment pourrait-elle l'épouser si un tel secret pesait sur sa conscience ? Ce serait hypocrite de sa part, alors qu'elle lui avait reproché de l'avoir dupée. Elle regrettait presque que l'abbesse lui eût fait ces révélations.

« Ma grand-mère était juive », déclara-t-elle.

Alors qu'elle s'attendait à un renfrognement du visage, à un froncement de sourcils révélateur, elle ne vit qu'un imperceptible clignement de paupières. Il fixa sur elle un regard ferme, droit et sincère.

« Ma mère était une putain, répliqua-t-il. Mon père

était un moine dépravé, même si je le juge d'après mes propres critères religieux. Qu'ont-ils à faire avec nous ?

— Beaucoup », répondit-elle calmement. La réponse spontanée de Gabriel avait dissipé l'amertume de sa réponse. « Nous devons savoir d'où nous venons afin de savoir où nous allons.

— Tu le diras donc à notre enfant ? Qu'il a du sang juif ? »

Elle revit soudain le garçonnet juif devant les murs de la Judenstadt, son ridicule petit chapeau, ses larmes. Elle entendit les quolibets des autres gosses. « Je… je n'en sais rien. C'est un lourd destin à porter.

— On décidera ensemble », dit-il.

Ensemble… Comme elle souhaitait croire en ce mot !

« Je peux lire tes pensées sur ton visage, reprit-il. Tu ne me fais pas confiance. Mais, Anna, rappelle-toi, je t'en prie, que je n'ai pas été le seul à déguiser la réalité. Tu n'es pas veuve et c'est une vierge que j'ai déflorée dans notre petit nid d'amour de la rue Saint-Luc. »

Elle s'apprêtait à fournir des explications, mais il l'arrêta d'un geste. « Je comprends que la confiance ne sera pas rétablie entre nous du jour au lendemain. En attendant, comme promis, je ne chercherai pas à accomplir le devoir conjugal contre ton gré. »

Les fleurs de pommier embaumaient la petite chapelle. Anna s'installa près de lui sur l'unique banc.

« Je n'ai pas de dot, dit-elle.

— Je ne peux rien mettre dans la corbeille de mariage, moi non plus, s'esclaffa-t-il. À part ce qui se trouve dans mon cœur, dans ma main et dans ma tête. Je n'apporte que les vêtements que j'ai sur le dos et qui ont été achetés avec l'argent de l'Église que tu détestes. »

Dehors, des voix se faisaient entendre et les appelaient.

Il la conduisit jusqu'aux marches de grès de la chapelle où devaient être prononcés les vœux avant que les jeunes mariés ne rentrassent à nouveau dans l'édifice pour assister à leur première messe en tant que mari et femme. Le prêtre lollard les attendait en compagnie de lady Joan et de lord Cobham. L'abbesse était également présente, appuyée sur le bras de sir John. Son visage étant caché sous le fin voile noir, Anna ne pouvait voir ses yeux. Il n'y avait là qu'une petite foule de paysans et d'ouvriers du coin, la plupart assistant à ce moment-là aux mystères de Pâques présentés à Rochester par l'hôtel des corporations.

Le prêtre se racla la gorge. « Les bans ont-ils été publiés ?

— C'était inutile, intervint lady Cobham. La mariée n'est pas de la région. Vous pouvez commencer, mon père. »

Le lollard parut s'apprêter à la contredire, avant de se raviser. « Y a-t-il quelqu'un parmi les présents qui connaisse une raison empêchant de célébrer ce mariage ? »

Il n'y eut pas le moindre murmure.

« Il est clair que le couple est majeur, reprit le prêtre. Jurez-vous que votre lien de parenté ne tombe pas sous l'interdit de la consanguinité ?

— Nous le jurons, mon père, répondit Gabriel.

— Consentez-vous donc librement à cette union, Anna de Prague ?

— Oui, répondit-elle, en hochant la tête.

— Et vous, Gabriel, fils de moine, contractez-vous

avec Anna de Prague le lien sacré du mariage de votre plein gré ? »

L'appellation « fils de moine » déclencha un murmure qui parcourut la rangée des métayers, et plusieurs serviteurs s'approchèrent pour mieux voir. Un sourire narquois apparut sur certains visages, comme pour dire : « Et un de plus ! »

« Oui, répondit Gabriel.

— Alors joignez vos mains droites. Gabriel, avez-vous l'anneau, emblème de votre engagement ? »

Gabriel prit l'anneau, lui aussi fourni par lady Cobham. « Tenez, vous aurez besoin d'une alliance ! » avait-elle dit, en lui tendant, comme s'il s'agissait d'une bagatelle, le petit anneau incrusté de grenats. Il le donna au prêtre, qui le saisit et le plaça tour à tour sur les trois premiers doigts de la main d'Anna, tout en psalmodiant : « Au nom du Père, du Fils et du Saint-Esprit », avant de le laisser sur l'annulaire tremblant de sa main gauche.

Puis le prêtre prononça une petite homélie sur le lien sacré du mariage, mais Anna ne parvenait pas à calmer son esprit assez longtemps pour l'écouter. Elle n'avait qu'une seule pensée : comment se faisait-il qu'elle se trouvât là, tandis qu'un enfant croissait en son ventre, en train de jurer sa foi à un inconnu qui incarnait tout ce que son grand-père lui avait enseigné à mépriser ?

Elle aurait aimé voir le visage de sa grand-mère derrière son voile. Or, puisque l'abbesse n'avait rien fait pour l'en empêcher, cela ne signifiait-il pas qu'elle consentait à ce mariage ?

Gabriel lui tenait légèrement la main mais elle sentait la transpiration de la paume, ce qu'elle trouvait, étrangement, touchant. Elle leva les yeux pour voir l'expression de son visage, mais il ne regardait pas sa nouvelle épousée. Fixant le prêtre, il l'écoutait avec une attention particulière.

L'homélie se termina soudain, et ils traversèrent la chapelle décorée de fleurs puis s'agenouillèrent devant l'autel pour communier, pour la première fois en tant que mari et femme. Quand le prêtre présenta à Anna non seulement l'hostie mais également le calice, Gabriel sembla surpris, ouvrit la bouche, et Anna craignit qu'il ne protestât. Elle savait que l'Église romaine ne propose pas le calice aux laïcs, seuls les prêtres ayant le droit de boire le vin. Cela avait constitué une énorme pomme de discorde à Prague. Toutefois, son mari referma la bouche et garda le silence pendant qu'elle buvait le sang du Christ.

À la fin de la messe, le prêtre offrit le baiser de paix à Gabriel, posant les lèvres sur la joue du jeune marié. Lorsque celui-ci passa le baiser à son épouse, Anna sentit à peine le frôlement des lèvres, tant il fut délicatement déposé.

TRENTE-NEUF

Les femmes ont le pouvoir et l'autorité de prêcher et de faire le corps du Christ, elles détiennent également le pouvoir des clefs de l'église, celui de lier et de délier.

Walter BRUT, 1391,
lors de son procès pour lollardisme

Le festin des noces était presque terminé. Anna et Gabriel étaient assis non pas sur la plate-forme de la grande salle, mais à la tête de la table, courte et bien garnie, de la petite salle. Anna avait lu des histoires de grands personnages, des princes royaux, par exemple, qui ne s'étaient jamais vus avant le jour de leur mariage. J'épouse un inconnu, pensa-t-elle. Je le connais aussi peu que si on ne s'était jamais rencontrés à Reims.

Lord Cobham leva son verre à la santé des personnes

présentes : francs tenanciers, membres de sa suite attachés à son domaine, sa « belle épouse depuis plusieurs années heureuses », l'abbesse, qui les honorait de sa présence, et, finalement, les jeunes mariés. Sa gaieté augmentait à chaque nouveau nom et le rythme accéléré du cœur d'Anna se calma quelque peu. Un joueur de pipeau interpréta une charmante mélodie et un ménétrier fit entendre un chant d'amour. Les accents plaintifs rappelant à Anna les crincrins des gitans, elle se demanda où se trouvaient à présent Bera et Lela, s'ils avaient jamais réussi à gagner l'Espagne.

Quand elle pensa qu'il ne la regardait pas elle jeta un coup d'œil à son mari, dont elle ne reconnut qu'une seule caractéristique : les mèches blondes ondulées s'échappant du bonnet plat en daim qu'il portait pour cacher sa tonsure, exactement comme jadis ces mêmes mèches sortaient du chapeau de soie rouge de Van Cleve.

Le vin et la nourriture étaient bons. Il y eut les traditionnelles et délicieuses friandises de Pâques – confiseries en forme de croix et d'œufs –, ainsi que deux petits mariés de massepain qui se tenaient sur les marches minuscules d'une chapelle en gâteau. Et moult présents. L'abbesse, alléguant la fatigue, se retira très tôt mais remit au couple une bourse pleine de florins d'or avant de partir. Milord et milady offrirent un berceau de bois accompagné d'un petit mot exprimant le vœu que « le couple le garnisse bien et souvent ».

Anna se sentit rougir. « C'est pour notre enfant, Gabriel, chuchota-t-elle à l'oreille de son mari. Il est magnifique.

— Oui, en effet. » Mais Gabriel paraissait s'adresser davantage à toute la compagnie qu'à son épouse en particulier. Il n'attacha pas le petit mot au berceau, comme l'eût sûrement fait un jeune marié plus enthousiaste.

Elle ne chercha plus à gagner son attention et fut en fait soulagée lorsque, le festin terminé, ils reprirent le chemin de l'abbaye. Puisqu'il n'y avait qu'une courte distance entre le château et l'abbaye, Anna s'installa devant Gabriel sur le cheval, le corps en retenue, évitant de s'appuyer trop lourdement contre lui. Elle aurait voulu que le cheval avançât moins solennellement, tout en sachant que Gabriel modérait l'allure pour ménager l'enfant.

Aucune troupe d'invités bruyants et goguenards ne les suivit jusqu'à la chambre nuptiale. Ils atteignirent l'abbaye au coucher du soleil et la solitude crépusculaire qui précède la nuit imprégnait déjà toute chose.

Il l'accompagna jusqu'à la porte de la chambre et, inclinant légèrement le buste avec raideur, lui dit d'une voix tendue : « Je ne te verrai pas demain. Je dois me rendre au palais de Lambeth. L'archevêque a convoqué son conseil pour traiter du cas de lord Cobham. »

Elle sentit la colère l'envahir et sa langue se délia. « Mais tu ne vas quand même…

— L'archevêque ne doit rien savoir de ma décision. Si je veux sauver lord Cobham du feu, il doit toujours me croire décidé à extirper l'hérésie.

— Le véritable hérétique, c'est lui. C'est lui qui offre un faux salut. Qui s'empare de ce qui est pur, sain et naturel et le déforme pour s'enrichir. Et enrichir cette institution diabolique dont il est le serviteur. »

Il planta sur elle un regard effaré. « Prends garde, Anna ! Tes propos peuvent non seulement causer ta perte mais également celle de ton mari. Si cela ne te pousse pas à te taire, pense alors à ton enfant ! Autrement tout cela n'aura servi à rien. »

Son mari... Comme cela faisait bizarre de l'entendre se désigner ainsi.

Il ne la fixait pas et regardait par-dessus son épaule. Un léger sourire se dessina sur les lèvres de Gabriel. Quel plaisir ! Elle s'aperçut soudain qu'elle ne l'avait pas vu sourire de toute la journée.

« Je vois que le cadeau de lord Cobham est déjà arrivé, dit-il en désignant le berceau placé près du lit d'Anna.

— Son cheval a été plus rapide que le nôtre.

— Son chargement était peut-être moins précieux. »

Il parle de l'enfant, se dit-elle.

Il tendit la main comme s'il allait saisir la sienne, avant de laisser mollement retomber son bras. « Au revoir, chère épouse. Je vais revenir le plus tôt possible. Prends bien soin de toi durant mon absence. »

Elle savait que ce n'était pas seulement d'elle-même qu'elle devait prendre soin. Il lui tendit à nouveau la main. Elle ne la saisit pas. Le lendemain, il allait revêtir son habit noir et la quitterait. Elle ne savait pas ce que cela signifiait.

« Eh bien, Dieu te garde, cher époux ! »

Elle le regarda s'éloigner, notant une fois de plus la façon dont les belles mèches ondulées s'échappaient du chapeau de daim marron.

Ce n'était pas la première fois qu'il la laissait ainsi en promettant de revenir.

Le 1er mai, une troupe de danseurs arrivèrent dans la cour de l'abbaye. Anna emmena Bek les voir danser autour du mât enrubanné. Elle leur envia leur corps souple.

Elle se sentait lourde, désormais. Et toujours lasse. En outre, elle se faisait du souci à propos de sa grand-mère, qui ne quittait plus guère son lit, sauf lorsque Anna l'emmenait au jardin contempler les abeilles, les papillons et les fleurs printanières.

« Tu ne vas pas tarder à avoir de ses nouvelles, Anna. C'est un brave homme, et il n'est pas facile d'être pris entre deux mondes. »

Quand l'abbesse ne somnolait pas au soleil elle lui parlait de sa mère, Rose, et de son père, Colin. Anna était tout ouïe, voulant toujours en savoir plus. « Ton zèle religieux, tu l'as hérité de ton père, dit l'abbesse. Tes cheveux et ton bouillant caractère, tu les tiens de ton oncle Alfred. »

Ces souvenirs semblaient revigorer autant l'abbesse qu'Anna.

« Et qu'ai-je hérité de ma mère ?

— La grâce, la beauté et un lignage qui remonte à Notre-Seigneur.

— Tu ne détestes pas les juifs par conséquent, grand-mère ?

— Notre-Seigneur était juif. Comment pourrais-je haïr les juifs ?

— À Prague, un dimanche de Pâques, on les a tous enfermés dans une synagogue à laquelle on a mis le feu. Trois mille juifs sont morts. » Si elle avait souvent entendu cette histoire, c'était la première fois qu'elle se représentait la scène. Elle entendait les cris monter tout autour d'elle, imaginait les nuages de fumée et les flammes, sentait l'odeur du feu et de la peur. Elle plaça sa main sur son ventre en un geste protecteur. « Certaines des victimes étaient des enfants », dit-elle.

Mais l'abbesse ne l'avait pas entendue. Elle dormait au soleil.

Au mois de juin, elle reçut une courte missive de son « mari », comme le disait la signature. Anne, elle, n'avait pas l'impression d'être mariée. Le message était bref et cryptique.

Je crains que mon déguisement ne devienne de plus en plus transparent. Mon absence soulèverait des questions ici et ma présence là-bas te mettrait en danger. Tu es en sécurité à l'abbaye. Salue l'abbesse de ma part. J'ai averti notre ami commun des risques qu'il court. Il se peut que je passe le voir avant de revenir là-bas.

Ton mari.

Bizarrement, la froideur du ton la réconforta quelque peu, car, à Reims, les mots d'amour avaient rimé avec « abandon ». Peut-être le devoir plus que l'amour guidait un tel homme. Toutefois, le devoir ne réchauffait pas un logis.

La rancune non plus, se rappela-t-elle.

Les douleurs de l'enfantement se firent sentir à la mi-juillet. *Vingt élancements environ !* pensa-t-elle après six heures de souffrances. Que savait donc Gilbert de l'Egle ? Puis elle se rappela avec quelle facilité Lela avait accouché de son fils.

« Elle est âgée pour mettre au monde un premier petit,

déclara la sage-femme en clappant de la langue. C'est plus dur quand on n'est plus toute jeune. »

Sœur Matilde tenait la main d'Anna et lui essuyait le front, soulevant son épaisse chevelure trempée de sueur. Anna sentait la brise lui rafraîchir le cou avant de se raidir en prévision de la prochaine vague de douleur. « Ne l'écoutez pas, Anna ! Ne pensez qu'au bébé. Imaginez seulement le moment où votre enfant sera dans vos bras. »

Douze heures plus tard, livide et épuisée, Anna tenait son bébé dans ses bras.

« C'est un beau garçon ! » annonça la sage-femme en se rengorgeant comme si elle y était pour quelque chose. Comme si Anna n'avait pas accompli tout le travail.

« Où est le père ? Voulez-vous que j'appelle un prêtre du village pour qu'il le baptise, ou bien allez-vous l'emmener à la chapelle demain ?

— On s'en occupera nous-mêmes », chuchota Anna, sans quitter son enfant des yeux.

« Grand-mère le baptisera, précisa-t-elle, une fois la sage-femme repartie. Elle a encore assez de force pour plonger un enfant dans les fonts baptismaux. » Elle savait que sœur Matilde n'émettrait pas d'objections. Les sœurs célébraient elles-mêmes les messes quand aucun prêtre n'était disponible.

« Comment souhaites-tu l'appeler, Anna ? » demanda l'abbesse, qui était apparue dans l'encadrement de la porte pendant que la sage-femme effectuait le nettoyage.

— Il s'appelle Finn. Finn, fils de Gabriel. »

L'abbesse sourit. Elle ne portait pas son voile. Le sourire s'étalait jusqu'aux yeux.

Son fils avait six semaines quand Gabriel le vit pour la première fois.

« Elle se trouve dans le jardin potager avec le petit, mon frère », lui dit la novice qui ouvrit le portail de l'abbaye.

Assise à l'ombre d'un poirier, la blouse dégrafée, Anna allaitait son bébé. La tête appuyée contre le tronc de l'arbre, les yeux clos, elle semblait rire aux anges. À ses pieds, dans un panier, se trouvaient les poires qu'elle avait cueillies et dont la peau à peine rosée rappelait celle de son cou et de ses épaules. Dans la chaleur de l'après-midi, les fruits blets embaumaient l'atmosphère. On n'entendait que le bourdonnement d'une abeille qui voletait au-dessus du panier et les petits bruits de succion émis par le fils de Gabriel. La vision lui fit tourner la tête. Voici Ève, enfin. Voici l'Éden.

Il sentit une vague de désir monter en lui et, arrachant son regard de la poitrine dénudée de son épouse, il le posa sur le crâne chauve de son fils. Son fils ! Vorace petit lutin ! Le bébé déglutit bruyamment. Gabriel éclata de rire.

Anna ouvrit les yeux. Ses traits se durcirent.

« Tu es enfin revenu. Pour voir ce que tu as… ce que nous avons fait ensemble. Voilà quatre mois que tu as promis d'être mon mari.

— J'ai tenu ma promesse. »

Elle sembla ne savoir que répondre.

« Je veux dire que je t'ai été fidèle. Et me voici enfin de retour. Puis-je le prendre dans mes bras ?

— Tu n'as pas besoin de demander la permission. C'est ton fils. Je suis contente que tu portes tes habits de mari. Il aurait pu baver sur ta belle soutane noire. »

Ce n'était pas l'Éden, en fin de compte.

Il recueillit l'enfant avec précaution. S'il avait baptisé un grand nombre de bébés, celui-ci lui procurait une sensation différente, paraissait faire partie intégrante de son bras comme s'il y avait poussé. L'enfant plissa les lèvres, comme sur le point de pleurer, puis ferma les yeux et s'endormit. Gabriel essuya une trace de blanc laiteux au coin de la bouche, s'efforçant de ne pas regarder Anna, qui triturait la fine étoffe de son corsage pour le refermer.

« De toute façon, à l'avenir, je ne vais guère avoir besoin de la soutane », dit-il en donnant à l'enfant son doigt à téter. Le beau mamelon rose d'Anna procurait-il une sensation plus intense ? Écartant énergiquement cette pensée, il ajouta : « L'archevêque s'impatiente. Il soupçonne que ma quête de preuves supplémentaires n'est qu'un prétexte. Je cherche à gagner du temps pour que toi et le bébé soyez assez robustes pour partir.

— Mais… où irons-nous ? Comment allons-nous vivre ? L'as-tu instruit de notre mariage ?

— Non. Pas encore. Mais il devine que j'ai trahi ma foi. Sir John a été arrêté, alors que j'avais essayé de le prévenir. Quand ma démarche a échoué, je l'ai défendu et je suis même allé voir le roi pour plaider sa cause. Je vais être convoqué comme témoin à son procès et j'ai l'intention de témoigner en sa faveur. Si l'archevêque découvre ce que tu es, alors vous ne serez plus en sécurité, toi et mon fils. Il risque même de t'utiliser pour me contraindre à témoigner contre sir John. Je vais t'emmener dans un lieu sûr, la maisonnette de ma mère, à Appledore. Si je survis au procès, je viendrai te chercher. Sinon, toi et… Comment l'as-tu appelé ? »

Si je survis au procès ! « Finn *Gabrielson* : Finn "fils

de Gabriel”. En l’honneur de mon grand-père », se contenta-t-elle de répondre.

Il caressa la tête duveteuse, dont la fontanelle lui rappela la vulnérabilité du bébé. « Tu lui as aussi donné mon nom.

— C’est la raison pour laquelle je t’ai épousé, tu t’en souviens ? Pour lui donner ton nom… *Friarson*, “fils de moine”, ne me plaît pas.

— À moi non plus !

— Et la mère supérieure ? Et Bek ? Sont-ils en sécurité ici ?

— Je ne crois pas qu’Arundel s’intéresse encore à l’abbaye. Il n’y a pas trouvé assez de preuves. Quant à Bek, il jouit de la protection du roi. Tu peux l’emmener si tu le désires, mais s’il est plus heureux ici… De toute façon, c’est à vous deux de décider.

— Ma maison est ici. Je ne peux pas partir…

— Il faut que tu partes, Anna. Et sur-le-champ !

— Sur-le-champ, Gabriel ? Tu crois qu’il te suffit de…

— Tout de suite, Anna. Pour l’enfant. Pas pour moi. Pour lui. Si Arundel apprend qu’il est mon fils, il risque de se retrouver dans quelque monastère, élevé dans la religion que tu considères comme une fausse religion, comme moi je l’ai été. Est-ce ce que tu souhaites pour lui ?

— Donne-moi le temps de dire adieu à l’abbesse. » Posant sur lui un regard mouillé de larmes, elle ajouta : « Gabriel, savais-tu que l’abbesse est en fait ma grand-mère ?

— Mais tu m’avais dit que ta grand-mère était juive, chuchota-t-il, comme si même les poiriers avaient des oreilles.

— J'avais deux grand-mères. L'autre est Kathryn de Blackingham. Mon père est mort au service de la cause des lollards. Tu vois donc qu'en matière d'hérésie je possède un lourd héritage. »

Elle tendit les bras pour reprendre l'enfant, puis se dirigea vers les cuisines de l'abbaye, laissant Gabriel contempler tout seul son Éden déserté.

QUARANTE

Ce tènement par toi octroyé fait de moi ton homme lige, ton vassal à vie, m'oblige à te vénérer comme mon seigneur sur cette terre avant tout homme […] à part Henri, roi d'Angleterre, et ses héritiers […].

Serment d'hommage tiré
d'un manuel anglais du XIIIe siècle

Le roi n'avait pas bien dormi. Le jour qu'il redoutait depuis une semaine était arrivé : le 23 septembre de l'année de grâce 1413. C'était la date fixée par le mandat royal, la date avant laquelle sir John Oldcastle, lord Cobham, devait se rendre aux gardes du roi.

Tandis qu'il regardait anxieusement par la fenêtre de la chambre, Harry espérait un peu en secret que son vieil ami éviterait l'arrestation, tout comme il avait réussi à échapper au mandat de perquisition de l'archevêque. Mais comment pouvait-il se soustraire à un mandat d'amener signé de la propre main du roi ?

Le grand chambellan entra dans la pièce, suivi d'un valet portant un lourd plateau. « Une tranche de bacon et quelques poires cuites, Votre Majesté, comme vous l'avez demandé. » Ils posèrent le plateau tout près de l'âtre, car le froid matinal imprégnait encore les murs du château.

« Il y a un marchand qui demande justice et toujours le même dominicain, ainsi qu'un…

— Renvoyez-les tous. Nous ne recevons aucune requête aujourd'hui », répliqua Harry.

Tandis que le lord chambellan chauffait son linge devant la cheminée, le roi mâchonna sans appétit un morceau de bacon, avant de faire signe qu'on remportât tout. Entendant le grincement de la herse sarrasine par-dessus le cliquetis de la vaisselle du petit déjeuner que débarrassait le valet, Harry se précipita à la fenêtre. Mais il ne s'agissait que de quelques charretiers livrant les denrées quotidiennes.

« On doit nous annoncer immédiatement l'arrivée de tout noble visiteur, dit-il au chambellan.

— Oui, Votre Majesté, acquiesça-t-il en lui tendant son pourpoint. Dois-je apporter votre harpe ? »

Le roi secoua la tête. Il n'était pas d'humeur à faire de la musique. « De quoi écrire, peut-être », répondit-il, comme le chambellan l'aidait à lacer ses chaussures.

À midi, le chambellan et le valet chargé d'un autre plateau refirent leur entrée.

Harry jeta sa plume et grimaça en fixant les quelques vers qu'il venait de biffer. Puis, soulevant la serviette qui recouvrait le plateau, il regarda de travers le bouillon d'anguille et le beignet de poisson. « On n'est pas vendredi. Emportez ça et ramenez-moi un pâté de veau et de la soupe de pois. »

Le chambellan fit un signe au valet. « Vous avez entendu le roi, dit-il d'un ton bourru en lui tendant le plateau. Le lord chancelier attend dehors, Votre Majesté. »

Harry soupira. « Qu'il entre ! »

Beaufort pénétra dans la pièce en faisant la révérence. Ils discutèrent impôts et campagnes contre les Français.

« Votre Majesté semble préoccupée, fit observer Beaufort à la fin de l'entretien.

— Lord Cobham s'est-il rendu ?

— Non, répondit Beaufort en se renfrognant. On vous tiendra informé, Votre Grâce. »

Ils partagèrent un cruchon d'hypocras, puis l'oncle du roi s'en alla en marmonnant dans sa barbe.

Harry entendit à nouveau grincer la herse. Il retourna à la fenêtre. Il voyait la Tamise et la ville de Londres s'étendre au-delà des quais. Seul un toucheur de bestiaux conduisant quelques bœufs traversait la douve à sec en direction de la boucherie du château. Les sabots claquaient sur le pont-levis de bois. Il y aurait du rôti de bœuf le lendemain, pensa-t-il, la tête ailleurs.

Il envoya chercher son luth, mais la muse n'était toujours pas au rendez-vous.

Quand il regarda derechef à la fenêtre, la herse était relevée, mais le porche vide.

L'après-midi, Beaufort apporta des papiers à signer.

« Toujours pas de nouvelles, mon oncle ?

— On vous informera, Votre Grâce », répéta le

chancelier de son ton résigné. Il ramassa les papiers et s'en alla, une fois encore en marmonnant.

Harry réfléchit à la possibilité d'appeler le fauconnier afin de faire sortir son faucon pèlerin par cette magnifique journée de septembre, mais sir John risquait d'arriver pendant son absence. Il s'affala dans son fauteuil, se triturant la cervelle pour trouver la meilleure façon d'attraper son vassal s'il ne se rendait pas. Il faudrait commencer par les marches galloises, mais il existait une myriade de cachettes où pourrait se tapir Joyeux Jack, qui les connaissait toutes.

L'angoisse s'empara de lui lorsque l'après-midi s'assombrit.

Au crépuscule il entendit un vacarme à l'extérieur. Un héraut sonna du cor. Depuis sa fenêtre il aperçut, rassemblée sur la pelouse, une petite foule surexcitée qui criait en montrant quelque chose au loin.

Des cavaliers. Une cinquantaine ou une soixantaine d'hommes, casqués et portant l'armure, galopaient au milieu d'un nuage de poussière, traversaient le pont-levis et franchissaient la sarrasine. Une attaque surprise ! Sûrement pas, pas en si petit nombre. Harry contempla l'horizon : aucune machine de guerre ne grinçait à l'ouest, aucune troupe d'archers venant de l'est ne fondait sur le château. Aucune gabare sur la Tamise. Il faisait un rapide calcul du nombre de ses gardes de service – il aurait dû y en avoir au moins six cents, mais il en avait envoyé certains à Calais – quand apparut un héraut qui portait les couleurs familières.

Gueules et croix d'argent. Croix argentée sur fond rouge.

Le pennon flottait dans le vent avec arrogance.

Voilà ! Cobham était enfin arrivé, accompagné d'une

suite de cavaliers armés, même si ce n'était pas la centaine d'hommes avec laquelle il avait précédemment offert de défendre sa foi, se soumettant à l'épreuve du combat. Henri V prenait le même chemin que Henri IV, il allait devoir lutter contre ses propres nobles. Sangdieu ! Il avait deviné que cela se terminerait ainsi. Et parmi tous ses barons, que ce fût sir John qui prît les armes contre lui ! Il maudit Arundel dans sa barbe.

« Abaissez la herse ! hurla le gouverneur du château au moment où les cavaliers entraient en trombe. Sonnez l'alarme ! »

Un sergent se précipita vers le clocher.

Harry reconnut la silhouette de sir John en tête, juste derrière le héraut. La herse se mit à gémir et à grincer, mais le mécanisme fonctionnait trop lentement. Les cavaliers envahiraient la cour en quelques secondes, graviraient l'escalier et, en quelques minutes, se retrouveraient dans la chambre du roi. Or, au moment où il aurait dû pénétrer dans la cour à la tête de sa troupe, sir John tira sur les rênes de son cheval, enleva son casque et le coinça sous son bras. Il leva ensuite la tête, et, se protégeant les yeux de la réverbération du soleil couchant sur le mur d'enceinte, il parut chercher les fenêtres de l'appartement du roi dans la Tour blanche. Puis il salua en brandissant son épée.

Maudit sois-tu, Jack ! Il ne s'agit pas d'un jeu. Le bûcher t'attend si tu perds la partie.

« Retenez la herse ! C'est un homme du roi », cria le gouverneur.

Non ! C'est une ruse, espèce d'imbécile. Mais avant que le roi hurlât une mise en garde, Oldcastle se retourna et fit signe à sa suite de se retirer. Sans pouvoir s'empêcher d'éprouver un certain respect pour sir John et un fort soulagement pour lui-même, Harry regarda son vassal remettre son épée au gouverneur et passer seul sous la herse.

Harry partit d'un rire sonore. Le geste, typique de Joyeux Jack, signifiait ceci : *J'agis ainsi par pure courtoisie. Pour t'éviter la gêne et le dérangement de venir me chercher.* Sir John devait savoir qu'un défi venant d'un des nobles du roi au début du règne serait dur à avaler.

Mais le sourire du roi s'estompa vite. Le procès se tiendrait le lendemain. Harry avait vu les preuves fournies par Arundel et cela n'annonçait rien de bon pour sir John.

Dès l'aube, Gabriel enfila sa soutane pour la dernière fois et quitta ses appartements de Lambeth pour le monastère des Blackfriars. Dans la pénombre qui précède l'aube, il avait récité sa prière de Gethsémani, mais il savait qu'il devrait tremper ses lèvres dans cette coupe avant qu'elle ne fût retirée. Il espérait seulement qu'il n'aurait pas à la boire jusqu'à la lie.

Il conduisit son cheval le long d'East Cheap et remontait High Street vers Ludgate Hill lorsqu'il aperçut la charrette de la prison. Sa gorge se noua quand il reconnut son unique occupant. Sir John ! Traîné sur la claie le long des rues comme un vulgaire criminel, au vu et au su de tous, jusqu'au lieu où allait se tenir son procès pour hérésie. Gabriel n'aurait pas cru qu'on infligerait cette humiliation à un noble. Pourtant, se rappela-t-il, c'est ainsi qu'Arundel traitait ses ennemis, et Gabriel risquait d'être bientôt considéré comme l'un d'eux.

À cette heure matinale la plupart des mauvais sujets

étaient encore au lit. Un seul, qui revenait de la taverne en titubant, criait à la cantonade : « Y aura un pendu ce soir ! » Puis il se mit à fredonner d'une voix d'ivrogne : « Pendu ce soir… Pendu ce soir… » Les honnêtes gens qui se trouvaient dehors à cette heure s'écartaient largement pour le laisser zigzaguer de droite à gauche avant qu'il n'aille s'écrouler finalement dans un fossé.

Gabriel s'arrêta pour laisser passer la charrette d'infamie. Sir John le regarda droit dans les yeux, l'air d'abord surpris puis déçu. Gabriel eut envie de lui lancer une parole de réconfort pour lui assurer que le moine en soutane noire qui se dressait devant lui n'était pas un Judas. Mais ce n'était ni le moment ni le lieu.

La charrette passa en bringuebalant. Le cheval de Gabriel renâcla et secoua la tête, faisant cliqueter les clochettes d'argent de son harnais. Sous le regard accusateur du prisonnier, Gabriel tressaillit et détourna les yeux pour ne pas assister à son avilissement. Il n'aurait pas dû se faire de souci ; le vieux chevalier portait cette humiliation comme une armure d'acier, l'air aussi fier et arrogant que si c'eût été lui qui chevauchait le noble coursier tandis que Gabriel roulait dans la charrette. Celui-ci fit prendre au cheval un autre chemin pour gravir la côte de Ludgate Hill.

Quelques minutes plus tard, il entrait dans la salle des Blackfriars. Il s'assit sur le côté droit de la table du conseil, en face de sir John, qui se tenait dans le box des accusés, flanqué du sergent et de l'huissier. Après le trajet dans l'éclatant soleil de septembre, la grande salle paraissait sombre. Gabriel plissa les yeux pour scruter l'assistance – composée surtout d'ecclésiastiques, de quelques courtisans et de curieux –, à la recherche du roi. Henri V avait constitué le dernier espoir de Gabriel.

Dès qu'il avait appris la nouvelle de l'arrestation de sir John, à maintes reprises il avait tenté de se faire recevoir par lui. Mais le roi avait constamment refusé de lui accorder une audience. Henri Beaufort, le chancelier, était le seul représentant de la couronne.

Trois juges étaient assis sur une estrade à un bout de la salle. Celui qui se trouvait immédiatement à gauche portait un habit de dominicain. Gabriel reconnut le prieur du monastère de Blackfriars, qui avait assisté à son ordination. Il reconnut également l'évêque assis à droite, disparaissant presque tout entier derrière ses manches à crevés très ornées : le commissaire Flemmynge, enchanté d'avoir reçu cette prestigieuse mission, preuve qu'il était de plus en plus apprécié d'Arundel.

Il s'agissait, certes, d'un procès arrangé ; néanmoins, malgré la toute-puissance de l'Église, s'ils souhaitaient que la couronne fît appliquer une sentence de mort, les jurés ne pouvaient trop s'écarter des règles de la justice anglaise.

Ils ne pouvaient pas dresser eux-mêmes le bûcher. *Ecclesia non novit sanguinem.* L'Église ne verse pas le sang. Il était d'ailleurs assez facile de contourner ce petit obstacle : depuis 1184, sous le règne du pape Lucius III, les cours ecclésiastiques avaient remis leurs condamnés aux autorités laïques. Il leur faudrait cependant des témoins convaincants pour persuader un roi réticent. Gabriel se sentit crouler sous le poids de ses responsabilités. Le Christ n'avait eu ni femme ni enfant quand il s'était soumis à la volonté de Dieu. Lui devait penser à Anna et à leur fils.

Au milieu trônait Thomas Arundel, archevêque de Cantorbéry. Telle une pâle lune ovale, son visage amer flottait au-dessus de sa cape fourrée et de son étincelante croix pectorale. Le mince filet de voix s'accordait avec la minceur de la barbe. « Lord Cobham, savez-vous pourquoi vous avez été cité à comparaître devant cette cour ecclésiastique ? » demanda-t-il, l'air gourmand.

Sir John répondit d'une voix sonore et profonde : « J'en ai une vague idée. L'accusation ne vaut pas la peine qu'on y réponde, sauf en disant que mon roi me l'a ordonné et que je suis un loyal sujet. Autrement je ne me serais pas dérangé ; j'ai à traiter de plus importantes affaires et à assister à de plus saintes réunions. »

La foule murmura, certains gloussèrent. Gabriel devinait que s'ils avaient osé ils auraient acclamé l'inculpé.

Arundel s'étrangla. « Prenez garde, milord, à ne pas trop compter sur votre ancienne relation avec le roi. Sa Majesté ne prendra pas à la légère le mépris dont vous faites montre envers cette cour et envers votre Église. » Il déroula un parchemin et psalmodia : « Vous êtes accusé de distribuer les sermons hérétiques interdits de John Wycliffe, de tenir des réunions de lollards, de transporter et de répandre les traductions en anglais de la Bible, non seulement en Angleterre mais aussi à l'étranger.

— Avez-vous des témoins pour soutenir cette accusation ? demanda sir John en lançant au frère Gabriel le regard que le Christ avait dû lancer à Judas durant la Cène.

— Un texte anglais profane des Saintes Écritures a été trouvé à Paternoster Row. Il contenait un reçu libellé à votre nom. Auriez-vous la bonté de nous dire où vous vous êtiez procuré un tel texte ? »

Ces paroles firent à Gabriel l'effet d'un soufflet. Il ne connaissait pas cette preuve, qui suffisait à sceller le sort de l'accusé. Ce serait pure folie, se dit-il, de sacrifier ma sécurité, celle d'Anna et de Finn, pour chercher à sauver un homme condamné d'avance.

« Je ne sais pas de quel ouvrage vous parlez, rétorqua lord Cobham. J'achète des livres en maints endroits. Ma maison les apprécie beaucoup. »

Gabriel lui fut reconnaissant de son courage. Lord Cobham protégeait l'abbesse, ainsi qu'Anna.

Arundel sourit. « Un petit coup de pouce peut parfois aider à… revigorer une mémoire défaillante. »

Nouveaux murmures.

« Un membre de cette cour va témoigner que vous avez organisé de grandes réunions d'hérétiques lollards où l'on a lu des sermons de Wycliffe, poursuivit l'archevêque, que vous avez en outre profané la messe en donnant lecture des Écritures sacrilèges en anglais et nié publiquement le miracle de l'Eucharistie. Frère Gabriel, faites-nous part, je vous prie, de ce que vous avez observé au château de Cooling. »

Le moment crucial était arrivé. Gabriel se leva et s'avança, comme pris d'une sorte de vertige. Quel homme était-il ? Jusqu'où irait-il au service de la vérité ? Jusqu'où iraient ses révélations ? Lorsqu'il ouvrit la bouche, il n'était pas sûr de ce qu'il allait dire.

« J'ai… observé que… lord et lady Cobham… tenaient une bonne et noble maison, Votre Excellence, commença-t-il d'une voix assez forte pour être entendue de tous les présents. Exemplaire de l'hospitalité chrétienne qui a fait la réputation de lord et lady Cobham. »

Arundel eut l'air agacé.

« Soit, soit, frère Gabriel. Mais ce n'est pas son hospitalité qui est en question. »

Gabriel avait pris sa décision. S'il avait jamais eu le choix.

« J'avais mal compris, Votre Excellence, répondit Gabriel d'un ton égal. Je croyais qu'il s'agissait justement d'hospitalité. Vous dites qu'il est accusé d'avoir reçu des prêtres lollards. Au château de Cooling, je n'ai jamais vu quiconque être éconduit.

— Par conséquent, vous y avez vu des prêtres lollards ?

— J'y ai vu beaucoup de prêtres. J'ai moi-même été souvent reçu à la table de lord Cobham… Comme Votre Excellence, me semble-t-il, de temps en temps.

— Ne vous moquez pas de cette cour, mon frère, je vous préviens ! » s'écria l'archevêque. Élevant la voix d'un cran, il demanda lentement, articulant chaque mot : « Avez-vous jamais assisté à une réunion de prêtres lollards, au rituel de leur messe et à leur lecture des Écritures en anglais, en présence de lord Cobham ? »

Comme s'ils venaient de quelque part hors de sa tête, Gabriel entendit les mots suivants : *Gabriel, tu n'as qu'à dire la vérité. C'est aussi simple que cela.*

Étonné de constater que sa voix ne tremblait pas, il répondit alors : « Jamais, Votre Excellence. Les témoignages que je pourrais apporter en ce domaine seraient de seconde main, et je suis persuadé que la cour ecclésiastique ne condamnerait pas un noble de ce royaume en se fondant uniquement sur des rumeurs. »

Arundel semblait sur le point d'avoir une attaque d'apoplexie.

Un large sourire s'étala sur le visage de sir John.

« Frère Gabriel, avez-vous jamais vu un exemplaire de la Bible de Wycliffe au château de Cooling ? »

s'enquit Arundel, sa voix aiguë montant de plusieurs tons.

Ah ! Ce n'était pas aussi simple que ça finalement, car voilà une vérité qui va à l'encontre de la justice.

Il ouvrit la bouche, hésitant sur la réponse à donner, car comment servir à la fois la vérité et la justice ? « Je…

— Bien sûr qu'il en a vu une, tonna lord Cobham. Je ne cherche pas du tout à la cacher. La Bible de Wycliffe est posée sur un guéridon de ma petite salle, à côté d'une copie de la Vulgate en latin, afin que tous mes visiteurs puissent lire les paroles de Notre-Seigneur. Vous n'avez pas besoin de questionner ce frère. Je vous confesserai ma foi. Je n'ai rien à cacher. »

Cette réponse emplit Gabriel à la fois de gratitude et d'inquiétude.

« Je pense que le salut vient directement du Christ, sans intermédiaire », reprit sir John.

Arundel s'agita sur son siège. Ces propos s'inscrivaient plutôt bien dans la doctrine catholique.

« Voilà une prudente réponse, sir John. Mais n'est-il pas vrai que vous niez le miracle de la messe et la nécessité du confessionnal ? »

Nouveaux murmures parmi l'assistance.

« Je ne nie pas le miracle de la messe. » Il se tut, comme pour mesurer le coût de la vérité sur sa propre balance, avant de pointer le menton en avant et de déclarer d'une voix assez forte pour être entendu de ceux qui se tenaient à l'extérieur de la salle : « Je nie que dans la bouche le pain devient le véritable corps du Christ et que le vin se transmue en Son sang. Ces substances symbolisent le sacrifice de Notre-Seigneur. Le miracle de la messe ne réside pas dans des bouts de chair et des gouttes de sang, ni dans l'art du boulanger et du vigneron, mais dans la grâce salvatrice de Notre-Seigneur Jésus-Christ. »

Arundel sourit et se cala dans son fauteuil.

« Et le confessionnal ?

— Le prêtre facilite seulement la confession. Tout homme et toute femme peuvent se confesser directement à Jésus-Christ sans l'aide d'un prêtre. »

Le sourire d'Arundel s'étala sur son visage. « Et le Saint-Père ? Et les reliques sacrées ? Il est de notoriété publique que vous avez tourné le dos à la croix lors de la procession pascale. » Le ton geignard d'Arundel était devenu quasiment chuchotement.

Toute la salle semblait retenir son souffle.

Gabriel ferma les yeux, résigné à l'inévitable.

« Je crois que placer ses espoirs, sa foi, sa confiance dans des images constitue le grand péché d'idolâtrie. Je déclare que tout pape qui sanctionne la vente d'indulgences et de reliques est l'Antéchrist. De telles pratiques n'accordent en rien la grâce aux pécheurs crédules et ne servent qu'à remplir la bourse des vendeurs d'indulgences sans scrupules et à grossir le trésor de Rome, tout en condamnant à l'enfer le pécheur ainsi dupé. » Puis, craignant que certains n'eussent pas bien entendu, il répéta d'une voix sonore : « Je déclare que tout pape qui sanctionne la vente de la miséricorde de Dieu est l'Antéchrist. »

Le souffle coupé, les présents hoquetèrent à l'unisson. Puis des cris se firent entendre, poussés par les vendeurs d'indulgences et les moines. « Hérétique ! L'hérétique au bûcher ! » Certains, en ayant assez entendu, commencèrent à se faufiler vers les sorties. L'angoisse imprégnait l'atmosphère, tandis que sir John paraissait extraordinairement serein. Gabriel lui envia son calme, car la peur le saisit soudain, sûr que sa propre arrestation était imminente et qu'il serait torturé jusqu'à ce qu'il avouât être hérétique.

Il jeta un regard circulaire, à la recherche d'une issue.

Vert de rage, Arundel ne souriait plus. Il frappa violemment la table de son marteau. « Vous vous accusez vous-même d'hérésie, lord Cobham. Tout autre témoignage à charge est inutile. » Il s'entretint brièvement avec les deux autres juges. « Si vous avouez et si vous faites amende honorable, nous vous donnerons l'absolution. »

C'est le moment où jamais de prendre la fuite, se dit Gabriel, car Arundel bout de colère et ne pense qu'à allumer les fagots sous les pieds de son ennemi. Certains des dominicains des Blackfriars avaient fait un bond en avant. Gabriel traversa la foule, releva son capuchon et regarda par-dessus son épaule.

Un faisceau de lumière matinale, qui entrait à flots dans la salle, barrait le visage de sir John. Au moment où, pour se protéger les yeux, il leva ses mains, attachées devant lui, on eût dit un saint dans un livre enluminé.

« Je ne me confesserai pas à vous, dit-il. Je ne confesse mes nombreux péchés qu'à Dieu. Vous pouvez condamner mon corps, mais vous ne pouvez pas faire de mal à mon âme.

— Par conséquent, lord Cobham, force nous est de vous condamner pour hérésie et de vous remettre aux hommes du roi en vue de l'exécution capitale. Que Dieu, dont vous vous dites si proche, ait pitié de votre âme ! » À nouveau, il frappa la table de son marteau.

C'était le moment qu'attendaient tous les présents. Au milieu du tumulte qui s'ensuivit, Gabriel s'enfuit en empruntant le passage voûté menant au réfectoire. Il pensait à Anna et à leur fils, et à la tempête dans laquelle tous trois se trouvaient désormais pris à cause de lui.

Chaque jour Anna surveillait le sentier menant du village d'Appledore à la maisonnette de sa belle-mère. Or les jours se suivaient et se ressemblaient : le chemin restait désert. Anna songeait qu'il serait absolument sinistre de passer l'hiver là, mais son avis ne semblait pas être partagé par mame Clare. Malgré son tempérament sombre, Anna l'entendait parfois fredonner en vaquant à ses occupations. Aujourd'hui, le brouillard enveloppait le sentier, et le ciel gris et la mer se fondaient l'un dans l'autre, au point qu'il était difficile de dire si le ciel avalait la mer ou l'inverse. On ne voyait qu'un immense désert.

« Il vous faut être patiente », déclara mame Clare.

Anna avait du mal à se faire à l'idée que cette femme était la mère de Gabriel. Elle ne reconnaissait que les belles mains, à la forme parfaite, malgré les rougeurs et les gerçures. Anna avait pour la première fois remarqué celles de Van Cleve le jour où, agrippant les genoux maigres de Petit Bek, il avait porté le garçonnet sur ses épaules.

« Ce qui est dur, dit Anna, c'est d'être dans l'ignorance.

— Il reviendra », répondit la vieille femme taciturne.

Ses yeux reflétaient une détermination forcenée, regard qui rappelait à Anna celui du frère Gabriel et qu'elle n'avait aperçu chez Van Cleve que le jour où ils s'étaient disputés à propos des indulgences.

Le bébé se réveilla et se mit à pleurer. Il se tut lorsque Anna fit osciller son berceau.

Je n'aurais jamais dû le laisser m'emmener ici, se dit-elle, sur ce plateau battu des vents. J'aurais dû rester là-bas avec grand-mère et Bek. À l'abbaye, j'aurais au moins reçu des nouvelles.

« Je descends au village », annonça-t-elle. Elle s'enveloppa dans un châle et se pencha pour soulever l'enfant endormi.

« Je vais le surveiller, dit la vieille femme.

— Merci beaucoup. » Anna lissa la couverture, la desserra un peu autour de l'enfant. Qu'il avait l'air minuscule et fragile ! « Je ne resterai pas longtemps absente. »

Le village n'était éloigné que de quelques furlongs. Elle s'arrêta à la première boutique, celle du chandelier, et acheta quelques chandelles de suif. « Quelles nouvelles de Londres ? Que dit-on de la cour du nouveau roi ? » demanda-t-elle du ton désinvolte d'une commère en quête de ragots.

« Le prix d'la cire d'abeille vient d'augmenter, à cause d'une nouvelle taxe pour financer la guerre du roi contre la France, grommela le marchand en lui remettant les chandelles. Quelques pèlerins sont passés par ici hier, venant de Cantorbéry. Y paraît qu'l'archevêque fait juger sir John Oldcastle pour hérésie. Ça sent l'roussi. Tout ça l'conduira sans doute au bûcher, m'est avis. »

Anna vit mentalement son enfant dormir en paix dans son berceau – le berceau que lui avait donné sir John –, inconscient que le monde était devenu fou à cause d'hommes violents qui utilisaient la parole de Dieu pour mutiler et tuer.

« Est-il le seul ? demanda-t-elle en pensant à l'abbaye et à lady Joan, ainsi qu'à son mari.

— Le seul quoi ?

— La seule personne arrêtée. » Elle régla les chandelles.

« On m'a parlé que d'lui. »

Le chandelier posa sur elle un regard interrogateur. « C'est pas vous qui vivez avec la vieille dans la maisonnette sur le plateau ?

— Oui. Je m'appelle Anna.

— Y avait un messager en livrée huppée qu'a demandé pour vous, y a moins d'une heure. »

Anna en eut le souffle coupé. « Quelles étaient ses couleurs ? »

Le chandelier se gratta la tête. « Rouge et què'qu'chose… argent… Je pense. »

Les couleurs du château de Cooling étaient rouge et argent. Mais le marchand n'était pas certain pour l'argent. Elle chercha désespérément à se rappeler les couleurs de l'archevêque. « Lui avez-vous dit où me trouver ?

— Oui. J'suis étonné que vous l'ayez pas croisé en ch'min. »

Elle aurait remarqué un cavalier traversant le marais sur le sentier désert. Même dans le brouillard… Et si c'était quelque espion envoyé par l'archevêque ? « *Si l'archevêque découvre ce que tu es, alors vous ne serez plus en sécurité, toi et mon fils.* »

D'un bond, elle fut dehors, sans même prendre la peine de dire au revoir au chandelier.

Le cœur cognant dans la poitrine, elle resserra son châle fortement autour de ses épaules et prit le chemin du retour. Dans l'épais brouillard, la maisonnette rougeoyait comme un phare. Le dos courbé pour lutter contre le vent du nord, elle se dirigea vers la lumière. Dès qu'elle aperçut la forme d'un cheval accroché à un arbuste, elle releva ses jupes et se mit à courir sans reprendre son souffle jusqu'à ce qu'elle pût distinguer le rouge et l'argent de la livrée des Cobham.

Tressaillant de froid et de soulagement, elle se rappela qu'il pouvait quand même s'agir d'un piège, mais lorsqu'elle entra dans la maison elle reconnut la silhouette familière du garde-chasse des Cobham, qui, penché au-dessus du berceau, clappait de la langue à l'intention du minuscule occupant. Mame Clare se tenait à côté, attentive telle une mère rouge-gorge. L'homme se redressa et tendit à Anna un rouleau de parchemin portant le cachet de l'abbaye.

« C'est de la part d'une des sœurs, mame. Elle m'a prié d'attendre la réponse. »

Anna s'empressa de briser le sceau et découvrit l'écriture familière de sœur Matilde.

« C'est ma grand-mère, dit-elle à mame Clare. Elle est très malade et me réclame.

— Alors vous devez vous rendre à son chevet.

— Mais comment faire ? Je ne peux pas emmener le bébé avec moi, c'est trop dangereux. Et il faut l'allaiter. »

Même après sa brève absence, ses seins lui paraissaient gorgés de lait.

« Non, ce n'est pas nécessaire. Il existe d'autres méthodes. Je peux porter à sa bouche une tasse de tisane d'orge au miel.

— Je ne sais pas… Je n'ai jamais…

— Cela suffira. Nous avons alimenté mon petit frère de cette façon, lorsque ma mère était trop malade pour l'allaiter. Il est devenu très vigoureux, assez robuste pour se faire marin à seize ans. Après ça je n'ai plus eu de ses nouvelles. » Elle fixa le messager droit dans les yeux : « Acceptez-vous de l'emmener à l'abbaye ?

— C'est la raison pour laquelle j'ai attendu.

— La ramènerez-vous ici après sa visite ?

— Oui-da. En ce moment y a pas grand-chose à faire au château, puisque lady Joan est repartie.

— Je ne sais pas... »

L'enfant remua dans son berceau et se mit à vagir. Anna tendit les bras pour le prendre, mais mame Clare l'en empêcha en plaçant sa main sur le bras d'Anna. « Non. Attendons d'abord qu'il ait faim. Je vais faire bouillir l'orge pour vous montrer que ça marche. Vous pourrez alors partir l'esprit tranquille. »

Deux heures plus tard, Anna regardait avec stupéfaction son bébé de deux mois avaler goulûment la tisane au miel que l'on portait à ses lèvres. Quand vint l'heure du repas suivant, elle lui donna le sein, davantage pour soulager son inquiétude à elle que pour apaiser la faim de l'enfant.

Le lendemain matin elle partit à l'aube en compagnie du garde-chasse.

« Si je ne suis pas revenue à l'arrivée de Gabriel, et s'il y a le moindre danger, dites-lui de gagner un lieu sûr avec notre enfant. Il ne faut pas qu'il vienne me chercher. Je reviendrai, sauf si... »

Mame Clare eut un petit hochement de tête pour montrer qu'elle comprenait. « Nous le protégerons », répondit-elle.

QUARANTE ET UN

À quoi sert un bon chevalier ? [...] J'affirme que sans de bons chevaliers le roi est semblable à un homme qui n'aurait ni mains ni pieds.

Gutierre DÍAZ DE GÁMEZ,
L'Idéal chevaleresque (XVe siècle)

« L'imbécile ! » Harry faisait les cent pas dans sa chambre. Beaufort venait de lui annoncer que sir John avait avoué. « Je l'avais mis en garde ! Qu'attend-il de moi ? »

Une rafale de vent secoua la vitre, faisant vaciller la flamme des bougies dans les chandeliers circulaires accrochés aux solives. Des ombres dansèrent.

« À mon avis, Votre Majesté, il s'attend à bénéficier d'une grâce royale.

— Alors il se fait des illusions. Il connaît les règles du jeu. Je n'ai pas encore été sacré roi. M'opposer à Arundel équivaudrait à un régicide… à un suicide. »

Le visage de Beaufort s'assombrit. « Les hommes liges de lord Cobham risquent d'accourir à sa défense et il est très aimé des paysans. Même le moine qui avait été envoyé pour l'espionner a refusé de témoigner contre lui… Je n'aimerais pas être à sa place en ce moment, d'ailleurs, ajouta-t-il dans sa barbe.

— Ainsi donc, mon règne commence comme jadis celui de mon père, puisque je dois faire face à une révolte de ma noblesse. » Il s'immobilisa. « Que me recommandez-vous, mon oncle ? Aidez-moi de vos conseils avisés. »

Beaufort se mit à son tour à arpenter la pièce.

« J'ai beaucoup réfléchi à la question, Votre Grâce. Il n'y a pas de réaction idéale. Ou vous encourez la colère de l'archevêque, dont vous avez besoin pour être couronné et ainsi légitimer votre règne, ou vous risquez de déclencher une guerre civile entre vous et votre noblesse. »

Il se pencha pour tisonner le feu qui crachotait dans la cheminée. Harry savait qu'il s'agissait d'un prétexte pour gagner du temps. Beaufort était un fin stratège, c'était d'ailleurs la raison pour laquelle il était chancelier. Contrairement à ce que certains avaient osé suggérer, il ne s'agissait pas de népotisme.

« Vous avez parfaitement raison, acquiesça Harry, mais vous oubliez un autre élément : la fidélité qu'on doit à un ami.

— Soit, sire. Mais la fidélité n'est pas à sens unique. En s'opposant à vous, lord Cobham n'a-t-il pas trahi cette amitié ? Êtes-vous obligé d'honorer un lien déjà brisé ? »

Harry demeura silencieux. Il se revoyait, assis à une table de taverne, en train de faire une partie de bras de fer avec Joyeux Jack, tandis que la mère Quickly, Bardolph et Pistol encourageaient leur favori. Il sentait presque l'odeur de sueur et de bière renversée qui empestait la salle.

Beaufort se racla la gorge, grattant l'empreinte du souvenir de la cervelle de Harry par la même occasion.

« Voici mon avis, Votre Majesté. Ne le graciez pas, mais repoussez son exécution de quarante jours, alléguant que ce report est dû à un chevalier du royaume. Affirmez que vous allez vous efforcer de lui faire entendre raison, de l'amener à résipiscence. Bien que cette argumentation risque d'agacer Arundel, elle ne constituera pas un motif suffisant pour lui permettre de retarder votre couronnement, surtout s'il est certain d'obtenir, au bout de quarante jours, l'exécution par le feu qu'il désire.

— Mais comment peut-il en être sûr ?

— Parce que quiconque a assisté au procès le sait, répondit Beaufort sans ciller. Sir John Oldcastle ne viendra pas à résipiscence. À tort ou à raison, il se considère comme l'homme lige d'un seigneur plus puissant que Votre Majesté, et il est prêt à mourir pour sa foi.

— Par conséquent, à quoi sert de… ?

— Cela vous fera gagner du temps. Et qui sait ce qui peut se passer d'ici là ? En outre, cela vous évitera d'avoir sa mort sur la conscience. Vous aurez fait votre possible pour le sauver. La pitié sied à un monarque. »

Harry réfléchit un long moment. Une autre rafale de vent, plus violente que la précédente, secoua bruyamment la fenêtre. Il s'assit à son bureau, prit une plume et un parchemin, et les tendit à Beaufort.

« Écrivez ici, mon oncle, ce que vous pensez que je dois dire à l'archevêque à ce propos. J'apposerai ma signature au document. Faites-le porter par l'un de mes messagers. Arundel ne doit pas savoir que c'est vous qui l'avez rédigé. »

Une fois que le chancelier eut écrit la missive, Harry griffonna au bas du texte en s'appliquant : « Sa Royale Majesté, Henri V, roi d'Angleterre. » Puis il frappa la cire chaude du sceau royal et tendit le parchemin à son oncle.

« Une dernière chose, chancelier. Essayez de retrouver ce moine. Nous souhaiterions lui parler.

— Je vais essayer, Votre Grâce, mais cela risque d'être difficile. À sa place, je filerais bien avant que l'aube ne se lève sur un autre jour. »

Gabriel ôta l'habit dominicain qui cachait les simples chausses et pourpoint qu'il avait portés le jour de son mariage et enfonça son bonnet jusqu'aux yeux. S'il arrivait à éviter l'archevêque en se mêlant à la foule des visiteurs du prieuré des Blackfriars, il pourrait reconnaître le terrain et fuir à la première occasion. Peut-être pourrait-il aider également sir John à s'échapper. Mais quand les hommes du chancelier le rattrapèrent devant le prieuré, il prit ses jambes à son cou.

Avant de se raviser.

Les deux soldats, qui portaient des armes de poing, l'informèrent qu'il devait se rendre sans tarder à la Cour. Gabriel pensa qu'il valait mieux éviter d'être poursuivi et par le roi et par l'archevêque. Après tout, sir John était censé être un ami du roi, et celui-ci s'était déjà une fois montré un précieux allié.

Comme il suivait les soldats dans les appartements royaux, il craignit soudain qu'il ne s'agît d'une ruse. Arundel n'était pas le genre d'homme à laisser une trahison impunie ; il était même possible qu'il utilisât le roi comme appeau. Mais lorsque Gabriel entra dans la chambre du roi, et non pas dans la salle d'audience, il vit que Henri était seul. Le roi fit signe aux soldats de se retirer. Gabriel effectua la révérence protocolaire.

« Nous voyons que vous avez quitté l'habit, mon frère.

— J'ai découvert que je ne suis pas capable de respecter les vœux monastiques, Votre Majesté. »

Le roi sourit. « Nous souhaiterions que vous renfiliez votre soutane, frère Gabriel », déclara-t-il en la lui rendant.

C'était donc bien une chausse-trape. Nul doute que ce jeune roi était le sbire d'Arundel.

« Pour une dernière bénédiction, dit le roi. Comme une faveur accordée à votre roi. Et ensuite libre à vous de vous enfoncer dans l'obscurité laïque en compagnie de votre jolie épouse.

— Mon épouse ? » bredouilla Gabriel. Arundel avait-il déjà lui aussi eu vent de son mariage ? Sans doute aurait-il pu digérer la nouvelle – il avait fermé les yeux sur de plus graves péchés –, mais c'était le témoignage de Gabriel, ou plutôt l'absence de son témoignage, qui risquait de déclencher la fureur de l'archevêque. Quant au roi, il semblait trouver amusante l'idée du mariage.

« Oui. Quoi d'autre que l'amour pourrait pousser un

homme comme vous à renoncer à un avenir aussi prometteur ? Vous ne seriez guère le premier.

— Ne peut-on simplement se rallier à une plus saine doctrine ? » demanda Gabriel en sentant son visage s'empourprer, sempiternelle menace qui pèse sur les êtres au teint clair.

Le roi se renfrogna. « Je constate que sir John s'est converti. »

Gabriel préféra ne pas confirmer ni démentir cette déclaration.

« Surtout n'avouez rien ! Nous avons entendu une confession d'hérésie de trop aujourd'hui. Je vous prie de revêtir votre habit une dernière fois. Peu m'importent vos raisons, car j'ai les miennes, qui relèvent davantage de l'amitié que de la théologie. Et cela, frère Gabriel, nous met dans le même camp. Aujourd'hui, en tout cas. »

Sur ce, il lui expliqua son plan pour libérer sir John. Le projet était à la fois si simple et si audacieux que Gabriel faillit éclater de rire.

« Vous appelez un "dîner" ce bouillon clair et ce bout de pain rassis ? Comment se procure-t-on de la vraie nourriture en ce lieu ? » hurla sir John au gardien de la tour du Lion au moment où le vieil homme déverrouillait la lourde porte pour laisser passer le visiteur. Sir John ne vit que la soutane noire.

« Par les ossements de saint Pierre, l'ami, je n'ai que faire d'une sangsue de prêtre ! Si j'ai moins de quarante jours à vivre, ce qu'il me faut, c'est du pain, de la viande et de l'ale. Même un condamné a besoin de nourriture. Autrement il n'y aura rien à brûler. »

Puis il reconnut le frère. « Je ne m'attendais pas…

— Laissez-nous, dit le frère Gabriel au gardien. Lord Cobham va se confesser en privé.

— Vous n'auriez pas, par hasard, un rôti de bœuf dans vos manches ? demanda sir John quand la porte se referma en claquant.

— J'ai mieux. Je vous ai apporté des nouvelles, chuchota le visiteur.

— À moins que ce ne soit une grâce royale ou des nouvelles de ma noble femme, je préférerais un morceau de bœuf. Si j'ai le choix. »

Le moine secoua la tête et mit un doigt sur ses lèvres. Il devrait savoir mieux que quiconque, pensa sir John, que l'archevêque a des espions partout.

« Je suis venu vous offrir la chance d'abjurer vos erreurs et vous annoncer que si vous restez sur vos positions, votre noble épouse a payé une fondation afin qu'on dise des messes pour le repos de votre âme », lança-t-il, assez fort pour être entendu de l'autre côté de la lourde porte de chêne.

John savait qu'il s'agissait d'un mensonge, car Joan ne paierait jamais un prêtre pour dire des messes pour le repos de l'âme de son défunt mari. Alors que faisait là cet homme ? Pourquoi un moine qui avait rompu avec son archevêque demeurait-il dans les parages ? À moins que ce ne fût une nouvelle ruse d'Arundel pour donner au prisonnier un fallacieux sentiment de sécurité et le pousser à témoigner contre d'autres. Joan lui avait souvent reproché sa naïveté, sa crédulité et sa confiance en la parole d'autrui.

« Je n'ai pas l'intention d'abjurer ma foi. Vous perdez votre temps, monsieur le prêtre. »

Le frère Gabriel se mit alors à psalmodier d'une voix forte : « *De profundis*... »

Sir John commença à protester, mais le père Gabriel secoua la tête et se pencha en avant pour continuer d'un ton plus bas, mais sans briser le rythme : « Un parcheminier de Smithfield m'a prié de vous saluer et de vous souhaiter une bonne santé.

— Je ne connais pas…

— *Requiem eternam*... Maître Fisher… *Domini*… » Le ton montait et descendait, selon une certaine cadence. « William Fisher… m'a dit de vous dire… *Et lux perpetua*... que certaines peaux ont plus de valeur que d'autres. »

Le roi ! C'était un message de Harry.

« Dites à maître Fisher de me présenter ses vœux en personne, siffla sir John.

— Il affirme qu'il risque d'avoir du mal à se libérer de ses obligations, mais il fera ce qu'il pourra… *Gloria Patria*… Vous devez vous tenir prêt. »

Avant que sir John ait pu répondre, le prêtre cria : « Gardien, notre tâche est terminée. »

La clef crissa dans la serrure presque immédiatement. « Allez chercher quelque chose à manger pour cet homme. À ce régime il ne survivra pas longtemps, or le roi a ordonné qu'il jouisse d'un sursis de quarante jours. Sa Majesté serait mécontente d'apprendre que vous n'avez pas correctement traité l'un de ses nobles. J'ai d'autres visites à effectuer dans la Tour blanche et je souhaite revenir voir sir John une fois ses dévotions terminées. Laissez la clef dans la serrure et je vous la rendrai ensuite. »

Le frère suivit le gardien et la clef resta dans la serrure.

Sir John eut à peine le temps de réfléchir au sens du message et à ce qu'il devait faire exactement pour se tenir prêt ; déjà, la clef tournait à nouveau dans la serrure.

Cette fois-ci le visiteur n'était pas un prêtre en soutane.

Il le reconnut sur-le-champ.

« Maître Fisher, vous êtes venu m'offrir votre commisération, j'imagine. Mais c'est une grâce que je supplie qu'on m'accorde.

— "Supplie" ? Le fier lord Cobham ? »

John sentit une bouffée de colère monter en lui. « Fort bien. Je ne supplie pas mon roi de m'accorder une faveur. J'exige d'un compagnon d'armes le paiement d'une ancienne dette.

— Alors on doit se presser, répondit Harry, en sortant de dessous ses vêtements une soutane noire qu'il lança à sir John. Enfilez ça ! L'archevêque pense que le roi vient de quitter la salle d'audience pour aller pisser. »

John sourit malgré lui. « Comme au bon vieux temps, hein, Harry ? »

Maître Fisher ne lui rendit pas son sourire. « L'époque des facéties est terminée, Jack. Vous jouez à un jeu dangereux.

— Et le frère qui portait cet habit ? demanda sir John, qui s'efforçait de faire entrer tant bien que mal son volumineux corps dans la soutane. Est-ce qu'il se cache tout nu quelque part ?

— Il est déjà parti retrouver son épouse, vêtu des simples chausses et pourpoint d'un homme de bien moindre ambition.

— Ah bon. » Sir John rabattit le capuchon sur son front. « Ravi de l'entendre. C'est une bonne fille qui mérite un honnête mari. En outre, j'aurais horreur d'avoir la mort de cet homme sur la conscience.

— Je comprends ce sentiment, milord, mais certaines morts sont inévitables et vous feriez bien de vous en souvenir à l'avenir. Il est des devoirs qui prennent le pas sur la loyauté envers un ami.

— Tout à fait d'accord, Votre Grâce », acquiesça sir John, sans sourire lui non plus.

Lorsque maître William Fisher et un prêtre dominicain sortirent dans le couloir désert puis descendirent l'escalier de la prison de la Tour, le portier ne leur accorda guère d'attention. « Au r'voir, mon frère ! » lança-t-il, sans remarquer à quel point le moine élancé qui était entré il y avait moins d'une heure avait crû en hauteur et en largeur.

Le roi, le chancelier et l'archevêque étaient en train de discuter de questions relatives au couronnement, au moment où le messager pénétra dans la pièce. Arundel sortit avec lui et rentra immédiatement, le teint blafard. Il jeta à Beaufort un regard noir avant de chuchoter quelque chose à l'oreille du roi.

« Vous me dites qu'il s'est échappé ? » demanda le roi, simulant la stupéfaction et la fureur, à l'archevêque au visage renfrogné, tout en notant la mine ravie du chancelier. Si Beaufort n'aimait guère les lollards, il se délectait de tout ce qui remettait l'archevêque à sa place.

« Comment ? Quand ? » Le jeu était si passionnant que Harry avait du mal à ne pas sourire. L'espace d'un instant, il regretta que sir John ne fût pas là pour partager ce plaisir. Mais si tout s'était passé comme prévu, il se trouvait déjà dans High Street, toujours vêtu de l'habit d'un moine dominicain, sur le chemin du pays de Galles. « A-t-il bénéficié d'une aide ? »

L'archevêque fit la grimace, comme s'il avait du mal à éjecter dans son pot de chambre un étron particulièrement dur. « Apparemment, un parcheminier de Smithfield était de mèche avec une vipère que nous avions nourrie dans notre sein. Un certain frère Gabriel, auquel j'accordais toute ma confiance.

— Tst, tst ! fit Beaufort en ricanant. Un moine de plus qui a tourné casaque. Eh bien, eh bien ! monsieur l'archevêque, ne pouvez-vous tenir vos troupes en lisière ?

— Puis-je vous rappeler, milord Beaufort, que vous étiez évêque avant d'être chancelier et qu'un de ces jours vous risquez de le redevenir. Et il se peut que je doive alors vous rendre le compliment.

— Allons, allons, les enfants, ne vous bagarrez pas ! les sermonna le roi. Dès demain nous ferons rechercher lord Cobham et le désignerons à la vindicte publique. Peut-être l'Échiquier pourra-t-il trouver les fonds nécessaires à l'octroi d'une récompense… Mais, pour le moment, revenons à nos moutons. L'Angleterre a besoin que son roi soit oint et couronné. »

Malgré la tension qui se lisait toujours sur le visage de l'archevêque, il se contenta de répondre à contrecœur : « À votre guise, Votre Grâce. Je suppose qu'on peut attendre jusqu'à demain. Il n'ira pas loin. »

Gabriel arriva à Hastings, qui se trouvait à quelques milles au sud-ouest d'Appledore, à la pique du jour. Il ne s'arrêta que pour faire une brève visite à l'abbaye Saint-Martin.

Debout dans la chapelle, le regard fixé sur l'endroit du sol où était enterré le père Francis, il n'éprouvait que du regret. Toutes ses croyances gisaient là, pourrissantes, telle la chair enfouie sous ces dalles. La violente douleur qui lui tordait les entrailles au début s'était muée en un profond engourdissement.

Il ne savait plus que penser ni des dominicains ni des lollards. Il ne savait plus si le pape était le véritable successeur de saint Pierre ou l'Antéchrist. La rémission des péchés est-elle accordée par le Saint-Père de Rome ou par Dieu le Père qui est aux cieux ? Dieu préfère-t-Il les prières en latin, en tchèque ou en anglais ? Le vin se transmue-t-il en sang dans la bouche ou seulement dans le cœur ?

Et il ne savait plus si tout cela, le dogme en somme, avait la moindre importance.

Mais il savait qu'il ne voulait pas que son fils éprouvât cette sensation de vide le jour où il se tiendrait devant la tombe de son père. Et il savait aussi autre chose : Dieu entend les prières, dans n'importe quelle langue. Comme aurait-il pu en douter ? Même si Gabriel avait abandonné son Église, il sentait que le Paraclet, le véritable Esprit, l'accompagnait depuis quelques jours, tel un vent soufflant dans son dos, qu'il l'encourageait, l'aiguillonnait, l'attirait dans des directions qu'il n'aurait peut-être pas choisies. *Pastor Dominus est.* Le Seigneur doit être désormais mon berger, se dit-il, puisque je n'en ai plus d'autre.

Avant de repartir il s'arrêta au bureau du prieur. « Il y a un cheval à l'écurie qui appartient à l'archevêque.

Veillez à ce qu'il soit ramené à Cantorbéry », dit-il au secrétaire qui se trouvait là.

Le frère semblait s'efforcer de reconnaître le visiteur. « Y a-t-il une commission, maître… ? »

L'habit fait le moine, pensa Gabriel.

« Ayez la bonté de dire à l'archevêque que le frère Gabriel lui rend son bien. Qu'il n'en a plus l'usage. »

L'ayant reconnu, le clerc, bouche bée, ne quitta pas Gabriel du regard au moment où il franchit la porte.

Il se fit transporter par un charretier qui se dirigeait vers Appledore. Il allait rejoindre sa mère, Anna et leur fils. Il ne se détendit qu'au moment où il huma l'odeur de la mer. Un radieux soleil de septembre dissipait le brouillard. Un bateau se balançait sur les vagues du port. Il ne connaissait pas sa destination, mais peu lui chalait. Le lendemain, le surlendemain, voire la semaine suivante, Anna, le bébé Finn et Gabriel seraient à bord, quel que fût le jour de l'appareillage du navire et sa destination. S'il plaisait à Dieu, et à Anna…

QUARANTE-DEUX

Souvent vous ne savez ce que l'Église prêche au sujet du salut que par votre prêtre ou votre chapelain... Si notre leçon atteint vos oreilles, souvenez-vous-en afin que l'ignorance qui risquerait de vous égarer n'entrave pas votre salut.

Christine de PISAN,
Le Livre des trois vertus (XVe siècle)

Mame Clare se pencha au-dessus du berceau de son petit-fils, le rebordant pour la énième fois, car, malgré le froid qui régnait dans la pièce, il n'arrêtait pas de rejeter ses couvertures. Afin d'éviter que la fumée dégagée par le feu de tourbe ne gênât la respiration de l'enfant, elle avait étouffé les flammes du braisier et transporté dehors le feu de cuisson.

La pièce s'assombrit lorsqu'une ombre apparut sur le seuil. Tournant la tête, elle découvrit la haute silhouette de Gabriel, qui courbait la tête pour passer sous le linteau de la petite porte. Il en franchit le pas sans avancer dans la pièce. Il affichait un visage émacié, mal rasé et des traits tirés.

« Où est Anna ? demanda-t-il en désignant le berceau, la voix rauque d'inquiétude. Pourquoi fait-il si froid ici ? Il va bien ?

— Ton fils se porte comme un charme. Ce n'est guère le cas de son père… »

Bien qu'elle eût assuré Anna du retour de Gabriel, elle était soulagée de le voir rentrer. Si elle n'avait pas mis en doute sa bonne foi, elle savait quel terrible pouvoir il devait affronter. Elle avait envie de le serrer dans ses bras, mais un gouffre trop profond les séparait. Et s'il s'arrachait à elle ? Elle avait jadis subi un tel rejet, elle ne le supporterait pas une seconde fois.

« Il respire mieux sans la fumée du braisier. Il est chaudement couvert et étroitement bordé, et je garde des briques brûlantes sous le berceau.

— "Je" ? Où est donc Anna ? demanda-t-il, sa voix montant de plusieurs tons.

— Elle est retournée à l'abbaye pour…

— À l'abbaye ! Tu veux dire qu'elle l'a abandonné ? C'est impossible. Je sais que c'est impossible. Je l'ai vue…

— Évidemment qu'elle ne l'a pas abandonné, Gabriel ! Calme-toi. L'abbesse, sa grand-mère, est au plus mal. Peut-être est-elle mourante. Le garde-chasse `de lord Cobham est venu chercher Anna et je lui ai conseillé de le suivre. »

Il se frotta le visage des deux mains, en un geste de désarroi. « Comment as-tu pu la laisser partir ? C'est peut-être un piège. Tu ne comprends pas. » Il tourna en rond, comme un animal en cage. « J'ai trahi l'archevêque, et s'il sait qu'Anna est ma femme, il se servira d'elle pour m'atteindre par…

— Anna est consciente du danger et elle restera sur ses gardes, lui répondit-elle d'un ton calme, mesuré, pour le rasséréner. Elle était obligée d'y aller. Autrement elle aurait eu des remords toute sa vie. Et je sais de quoi je parle… » Parce qu'elle avait promis de le faire, elle ajouta : « Elle m'a priée de te dire de ne pas partir la chercher ; que si elle ne revenait pas tu devrais prendre l'enfant et t'enfuir sur le continent. »

Mais il avait déjà refranchi le seuil et s'éloignait sur le chemin d'Appledore. Elle le rappela.

« Attends ! Tu as besoin d'argent pour louer un cheval », lança-t-elle, pillant une nouvelle fois ses petites économies.

Il fourra les pièces dans sa poche et l'étreignit. « Prends bien soin de toi ! Prends bien soin de mon fils ! Je me suis fait de puissants ennemis, aujourd'hui. Si je ne reviens pas, tu risques d'avoir un autre fils à élever. »

Elle le tint à bout de bras, plongeant son regard dans le sien. « Ne t'en fais pas ! L'Église m'a déjà volé un fils et je n'ai pas l'intention de m'en laisser prendre un second. »

Anna ne pleura pas lorsque Matilde lui fit part de la nouvelle.

C'était juste avant l'aurore. Ils avaient voyagé d'une aube à l'autre, ne s'arrêtant que pour laisser se reposer les chevaux. À Headcorn Manor, le garde-chasse avait emprunté un second cheval pour Anna afin de presser le pas. Ils s'arrêtèrent à nouveau à Maidstone pour se restaurer, mais après la première bouchée la gorge d'Anna se noua et elle ne put plus rien avaler.

Malgré leur hâte ils étaient arrivés trop tard.

« Je suis désolée, Anna. La mère supérieure est morte hier soir, annonça la sœur, les yeux brillants de larmes. Elle est morte paisiblement. Elle a simplement souri, puis a fermé les yeux, comme si elle faisait un merveilleux rêve céleste.

— Je veux la voir, dit Anna.

— Son corps est exposé dans la chapelle, veillé par plusieurs sœurs. Mais vous devez d'abord vous reposer. Vous avez effectué un si long trajet à cheval, si peu de temps après avoir accouché… Anna, vous avez besoin de repos.

— Je me reposerai après l'avoir vue, répondit-elle d'un ton calme.

— Bon. D'accord. » Quand elles entrèrent dans la chapelle, sœur Matilde fit signe aux sœurs de sortir. « Nous serons devant la porte », déclara-t-elle tandis que la petite troupe s'ébranlait.

La chapelle n'était éclairée que par la flamme tremblotante des cierges posés aux deux extrémités de la bière, ainsi que par quelques flambeaux placés dans des torchères le long du mur. Les flammes dansaient au moment où Anna s'approcha du cercueil. Le parfum écœurant de l'encens ne parvenait pas à masquer l'odeur de la mort et menaçait de la faire défaillir. La tête lui tournait, mais elle fixa son attention sur le visage qui se trouvait devant elle.

Elle ne pleurait toujours pas.

Debout devant l'autel, l'esprit et le corps engourdis, elle contemplait en silence la femme qui était entrée si tard dans sa vie tout en en ayant toujours fait partie. Qu'elle est belle dans son habit neigeux ! pensa-t-elle. Pas étonnant que mon grand-père l'ait tant aimée ! Sa guimpe, tirée en avant, encadrait l'ovale parfait de son visage, dissimulant presque les cicatrices de la joue. La fine ride barrant le front ainsi que les ridules autour de la bouche semblaient tracées dans l'albâtre. On eût dit la statue d'un saint vénéré, devant laquelle prient les pèlerins. C'est ma grand-mère, se dit Anna. Où sont mes larmes ? Je n'avais plus qu'elle… Elle m'aimait et elle mérite mes larmes.

Elle demeura là longtemps, dans la lumière vacillante des cierges, le corps si rigide qu'elle avait l'impression d'être figée sur place, les seins gorgés de lait, lourds et douloureux. Elle entendait les chuchotements des sœurs et le bruit de leurs pas dehors, tandis qu'une cloche sonnait les petites heures.

Elle défit les lacets de son corsage. Sa chemise était humide et elle craignait que son enfant n'eût faim, que son lait ne s'asséchât avant qu'elle pût retourner s'occuper de lui. La croix en argent suspendue à son cou était tombée dans la fente étroite entre ses seins et piquait sa peau. Elle ouvrit le fermoir et, comme elle recueillait le collier dans sa main, elle revit le jour où son grand-père lui avait donné ce bijou qui était passé de sa grand-mère, Rebecca, à Rose, sa mère. Elle se rappela aussi que Kathryn l'avait fait réparer pour elle. Ç'avait été leur signe de reconnaissance.

Les doigts tremblants, elle porta la petite croix filigranée à ses lèvres avant de la placer entre les mains jointes de Kathryn. L'argent étincela dans la main gauche couverte de cicatrices, les minuscules perles de l'étoile brillant d'un éclat crémeux sur la blancheur marmoréenne.

« Quand tu verras Finn l'enlumineur, donne-lui ceci, murmura-t-elle. Il saura ainsi que j'ai tenu ma promesse. »

Les flammes des torches dansèrent dans la rangée d'appliques. Les pas d'Anna crissaient sur les dalles de la chapelle silencieuse tandis qu'elle s'éloignait du corps de Kathryn, aussi froid et immobile que la pierre sur laquelle il reposait.

Elle ne pleurait toujours pas.

Anna se tenait seule devant la tombe de Kathryn quand Gabriel vint la chercher.

C'était le lendemain, à l'heure des vêpres, après que la dernière pelletée de terre eut été jetée sur le cercueil. Les voix fluettes des sœurs chantant les vêpres en l'honneur de Kathryn montaient du chœur. Dans la pénombre du crépuscule, Anna prit l'homme qui approchait pour le fossoyeur qui avait fini de fixer le crucifix, celui qui était suspendu naguère au-dessus du bureau de l'abbesse. Malgré les protestations de sœur Agatha, Anna avait insisté pour qu'on utilisât le crucifix partiellement fondu comme emblème. « On ne dirait même pas que c'est un homme ! » s'était écriée sœur Agatha. Mais, connaissant l'histoire du crucifix, Anna s'était montrée ferme. « Puisqu'il l'a protégée dans la vie, il la protégera dans la mort. La prochaine abbesse ne s'en servira pas, de toute façon. »

« Anna… », fit Gabriel.

Son corps se raidit en entendant Gabriel prononcer son nom d'un ton bas, triste, suppliant, empreint cependant d'un reste d'autorité cléricale. « Je suis désolé, reprit-il, je sais que tu es en deuil, mais tu dois revenir avec moi. Tu n'es pas en sécurité ici et ton enfant a besoin de toi. »

Son cœur qu'elle croyait pétrifié tressaillit. Elle se retourna pour lui faire face. « Tu l'as vu ?

— Il va très bien, Anna. On s'occupe bien de lui.

— Ta mère est une brave femme. Notre enfant est en sécurité avec elle. »

La contrariété tordait la belle bouche de Gabriel. Anna aurait voulu lui redresser les lèvres de ses mains.

« Oui, c'est une brave femme, répliqua-t-il. Mais un enfant a besoin de sa mère.

— Je n'ai pas besoin que tu me le rappelles, Gabriel, alors que je suis devant la tombe de la seule femme que j'ai appelée "ma mère", et cela bien tardivement. » Elle avala brusquement sa salive pour étouffer un sanglot, coincé dans sa gorge, à sa grande surprise.

De la rangée d'ifs qui bordaient le cimetière vint le cri mélancolique d'une tourterelle appelant son compagnon.

« Anna… » Il tendit la main, mais elle resserra son châle autour d'elle, se repliant sur elle-même, incapable d'accepter sa main.

« A-t-on des nouvelles de sir John ? s'enquit-elle.

— Il a été condamné à mort.

— Oh non, Gabriel ! Non ! Mon Dieu, je T'en supplie ! » Ses paroles se mêlaient aux murmures des branches, comme si les ifs priaient eux aussi pour sir John.

La main de Gabriel se posa sur le bord du châle. « Il y a au moins une bonne nouvelle : il a pris la poudre d'escampette et il est déjà bien loin.

— Où donc ?

— Au pays de Galles, sans doute. Je n'en sais rien et je ne veux pas le savoir », répondit-il sans la regarder, ses doigts triturant la frange du châle et frôlant la peau de son épouse.

Le contact déclencha une vague de chaleur en elle. Elle frémit pourtant en se rappelant le regard de prédateur d'Arundel le jour où il était venu l'arrêter, et en repensant au noble dont on lui avait donné le coussin à la prison. Sa condition de noble ne l'avait pas sauvé, lui non plus. Serrant davantage les bras autour de son corps, elle s'écarta de Gabriel comme pour se refuser le réconfort de la caresse et s'écria avec colère : « Quel rôle avez-vous joué dans son arrestation, *frère* Gabriel ? Avez-vous témoigné contre lui ? Avez-vous aidé l'archevêque à condamner à mort un homme de bien parce qu'il a eu l'audace de propager l'Évangile du Seigneur que vous prétendez également servir ? »

Elle retint son souffle, regrettant son ton acrimonieux, désolée d'avoir crié sa rancœur à côté de la tombe de sa grand-mère. Elle ne savait même pas quelle réponse elle attendait. S'il lui disait qu'il avait témoigné contre sir John, cela signifierait qu'il l'avait trahie à nouveau. S'il répondait par la négative, cela voudrait dire que la vie de Gabriel valait moins que les instruments de torture qu'on utiliserait sur son corps. Et il en irait de même pour la sienne, et celle de leur fils.

« J'ai témoigné en sa faveur, Anna. Je l'ai aidé à

s'enfuir. Et, ce faisant, il se peut que je nous aie condamnés tous les trois. »

S'écartant de lui, elle se pencha vers la tombe de Kathryn, sentant des larmes brûlantes piquer ses paupières. C'était la réponse qu'elle espérait de toute son âme, et celle qu'elle redoutait le plus.

« Tant qu'Arundel vivra, Anna, je serai un homme traqué. Si je reste ici, ma vie, la tienne, celle de notre fils, et même celle de ma mère seront en danger. J'ai l'intention de prendre le premier bateau en partance. Je ne sais pas si je pourrai jamais revenir. S'il apprend qu'on s'est mariés – et il le sait peut-être déjà –, l'archevêque pensera que je t'ai abandonnée, comme j'ai violé mes autres engagements. Tu seras en sécurité, car tu ne lui serviras plus à rien. Toi et notre fils pourrez rester quelque temps à Appledore. Ensuite peut-être pourras-tu retourner chez toi, à l'abbaye.

— Dans ce cas l'archevêque aurait donc raison sur un point, non ? N'est-ce pas précisément ce que tu fais, m'abandonner ? Ce ne serait pas la première fois, pas vrai, Gabriel ? »

Rentrer chez elle à l'abbaye ! Sans Kathryn, que représentait désormais l'abbaye pour elle ? Même sir John et lady Joan ne seraient plus là, ils se cacheraient, ou connaîtraient un sort pire. Le chagrin la submergea et, pour la première fois depuis l'épisode du pont, la fois où elle était tombée dans la rivière, elle ressentit un immense désespoir. Mais cette fois-ci aucune rivière n'était là pour la recevoir. Il n'y avait que la terre nue, et ses genoux s'enfoncèrent dans le tumulus humide de la tombe de Kathryn.

Une pluie fine s'était mise à tomber. On eût dit que le ciel avait travaillé toute la journée, empilé ses nuages tristes, accumulé ses larmes afin de les répandre à présent en même temps qu'Anna déversait les siennes. Se mêlant à la pluie, un flot de pleurs coulait sur son visage. Un sanglot déchirant secoua son corps. Un autre suivit, et alors elle fut incapable de se maîtriser. Elle frappa le tumulus de ses deux poings, arracha de grosses poignées de terre qu'elle mouillait de ses larmes, en barbouillant ses mains, ses bras, son visage même, humant l'argile gluante, ses lèvres en goûtant l'âcreté.

La voix de Gabriel ne cessait de crier son nom. Elle avait l'impression qu'il se trouvait très loin, tout en étant consciente qu'il était agenouillé à côté d'elle, les genoux dans la boue, qu'il l'enveloppait de ses bras et qu'il lui parlait d'un ton suppliant.

« Arrête, Anna ! Arrête ! Je t'en prie. L'abbesse n'aurait pas voulu que tu te rendes malade de chagrin. Une vie comme la sienne mérite qu'on la vénère. »

Mais Anna pleurait tous ses morts. Finn, Martin, Jerome, Jetta, Kathryn et même le noble décapité. D'autres encore… Sir John et tous ceux qui allaient mourir. Tous ceux que la mort lui avait arrachés ou s'apprêtait à lui prendre. Pourquoi la mort ne l'emportait-elle pas elle aussi ? Elle eût voulu s'enfouir dans la terre de la tombe pour rejoindre le corps qui y gisait.

Or ce n'était pas l'haleine de la mort qu'elle sentait sur sa nuque, mais celle de Gabriel, chaude et vibrante. Il lui chuchotait à l'oreille les mêmes mots que ceux que Van Cleve lui avait glissés le soir où il l'avait tenue dans ses bras après la mort de Jetta.

« Chut, Anna ! Allons nous abriter de la pluie. Notre enfant a besoin de toi. »

C'était la voix de Van Cleve. Non, ce n'était pas la voix de Van Cleve, mais celle de Gabriel. C'étaient les bras de Gabriel qui l'enserraient comme un bandage. Les bras de son mari. Et elle percevait les battements de son cœur.

« Je t'aime, dit-il. Je t'ai aimée dès l'instant où je t'ai vue sur la place du marché de Reims. Tu as fait un si long chemin depuis… Il ne faut pas que tu t'abandonnes au désespoir. Pour Finn, sinon pour moi. Et pour la foi dont tu te réclames. »

Finn ? De quel Finn parlait-il ? Parlait-il du vieil homme qui dormait dans le cimetière de Týn ? Ou du bébé qui somnolait dans son berceau, caché comme le petit Moïse, dans les marais de Romney Marsh ?

Un violent éclair déchira les nuages. Anna scruta le rougeoiement du ciel et y vit la mort galoper vers eux sur son cheval pâle, brandissant sa faux comme dans les sculptures du portail des cathédrales. Sous le capuchon, elle crut distinguer les traits d'Arundel dont le crâne apparaissait à travers les lambeaux de chair. Ses genoux s'enfoncèrent plus profondément dans le tumulus.

Les bras, la voix de Gabriel cherchaient à l'attirer. « Finn a besoin de toi, Anna. Il a besoin de sa mère. J'ai besoin de toi. »

Un sanglot se forma dans sa gorge et se mua en un rire incoercible, hystérique. Elle brandit les poings vers l'image de la Faucheuse qui hante toutes les âmes.

Tu entends ça, vieillard ? Tu ne m'as pas tout pris. Mon mari est près de moi, mon mari qui m'aime, et notre fils dort dans son berceau. Tel est pris qui croyait prendre ! Il y a deux Finn. Ils se rencontreront un jour sous l'immense dais d'or et de lumière… Tous les Finn, les Kathryn, les Rebecca, les Martin et les Jan que tu as fauchés de ta lame émoussée. Et alors où seras-tu, toi ? En train de pourrir au purgatoire inventé par toi-même, et personne ne priera pour que ta misérable âme soit admise au paradis.

Des éclairs aveuglants déchirèrent à nouveau le ciel, puis de violents coups de tonnerre semblèrent annoncer la fin du monde. Le cheval pâle se cabra, ses jambes de devant tailladant les nuages, et le cavalier tomba par terre, tel Satan projeté hors des cieux. La mort, l'ennemie redoutée, fut réduite à un tas d'os et de chiffons. Sa colère s'apaisant en ce moment d'éblouissante clarté, Anna aurait pu plaindre la mort, voire le vieil archevêque, s'il lui était resté assez de force pour éprouver des sentiments.

Les éclairs cessèrent.

Les roulements de tonnerre s'apaisèrent et s'éloignèrent. Les nuages s'entremêlèrent, ne formant plus qu'un seul mur gris.

Comme le tonnerre les sanglots d'Anna se calmèrent.

Gabriel la souleva pour l'arracher à la tombe, l'entraînant jusqu'au refuge du portail couvert du cimetière. Il ôta son pourpoint et l'en enveloppa. Puis il la prit dans ses bras et, écoutant la pluie dégouliner des bords de l'auvent pointu, ils s'assirent sur le banc où, seulement quelques heures plus tôt, s'était trouvé le cercueil de Kathryn.

Lorsqu'elle eut recouvré un minimum de sérénité, sans cesser de l'enlacer, il lui déclara : « Il ne faut pas rester là, Anna. Je vais te ramener à Appledore. À toi de décider si toi et le bébé m'accompagnez ou non. Tu m'as épousé pour épargner l'opprobre à notre fils. Mais toi seule peux faire de moi ton mari. »

Elle se dégagea. Il se leva et de sa manche essuya la boue du visage de son épouse.

« Comment peux-tu dire cela après tout ce à quoi tu as

renoncé, Gabriel ? » Elle avait la voix rauque et cela lui faisait mal de parler.

« Je n'ai renoncé à rien, Anna. Le jour où je t'ai vue derrière ton étal de livres, je me suis dit que Dieu t'avait placée là pour que je te sauve. »

Dans le silence qui suivit, la tourterelle poussa un roucoulement mélancolique pour appeler une nouvelle fois son compagnon. L'esprit de Kathryn l'entendait-il lui aussi ?

« Mais c'était le contraire, en fait, reprit Gabriel d'une voix douce. Dans sa miséricorde Dieu t'avait placée là afin de me sauver, moi. La seule chose qui soit vraie dans ma vie, la seule chose dont je sois sûr, c'est mon amour pour toi et notre enfant. » Il désigna la nouvelle tombe. « Elle était plus proche du Christ que n'importe lequel de mes frères ensoutanés.

— Tu portes tes habits de marié », dit-elle, l'allusion aux soutanes lui ayant fait remarquer la façon dont il était vêtu.

Elle le regarda attentivement, comme si elle voyait pour la première fois ce bourgeois las, appuyé au chambranle du portail, les chausses maculées de boue, les manches mouillées de la chemise lui collant à la peau. Qu'aurait-elle pensé de lui si elle avait rencontré en premier ce Gabriel-là ? L'aurait-elle aimé ? Notant le dos voûté, le regard douloureux, elle se dit qu'il avait dû avoir beaucoup de courage pour remettre en question toutes ses croyances et garder l'équilibre tandis que le sol se dérobait sous ses pieds. Mi-Van Cleve, mi-frère dominicain, il était les deux, sans être ni l'un ni l'autre. Meilleur, plus noble que chacun des deux pris séparément. Elle pensa à Finn l'enlumineur et à Rebecca, sa bien-aimée, et se rappela que son grand-père avait renoncé à ses privilèges de noble pour épouser une juive.

« J'ai également bénéficié de la miséricorde divine, dit-elle. Je n'ai pas d'autre logis que celui que toi, moi et Finn allons construire ensemble. »

Elle le regarda droit dans les yeux, tentant de lire dans ses pensées. Elle décida que le relâchement de la tension des muscles autour de la bouche et l'imperceptible demi-soupir qu'il se permit d'afficher révélaient un certain soulagement.

« Anna, es-tu certaine ? Es-tu sûre que c'est ce que tu souhaites ? Tu pourrais rester chez ma mère. Toi et l'enfant y seriez en sécurité. Je ne vous abandonne pas et je vous enverrai ce que je peux.

— Tu ne veux donc pas de nous, Gabriel. Est-ce ce que tu sous-entends ?

— Non ! Par ma foi, je le jure. Je te veux près de moi, avec lui. Mon cœur ne désire rien d'autre. Mais votre sécurité… »

La sécurité… Kathryn avait chassé le grand-père d'Anna pour qu'il fût en sécurité, en lui laissant croire qu'elle était morte. Elle avait renoncé à lui par amour. Était-ce ce que Gabriel était en train de faire ? Sa vie durant son grand-père avait pleuré la mort de Kathryn. Séparément Kathryn et Finn avaient accompli une grande tâche, mais n'auraient-ils pas pu faire davantage encore s'ils étaient restés ensemble ? Et quelle somme de bonheur avaient-ils perdue ?

« Notre sécurité ne dépend que d'un Dieu miséricordieux qui nous l'accorde gracieusement. » Elle saisit les mains de Gabriel dans les siennes et les porta à son cœur. « Je suis ta femme, Gabriel. Ce que nous devons affronter, nous devons l'affronter ensemble, en faisant confiance à la même bonté divine qui nous a permis de nous rencontrer.

— Par conséquent, tu pardonnes à Van Cleve sa duperie ?

— Si tu peux pardonner son amertume à Anna. »

L'ombre de l'ancien sourire narquois de Van Cleve adoucit sa réplique. « Une langue aiguisée est un atout pour une copiste, je suppose, et la tienne l'est assez pour affûter les plumes les plus coriaces...

— Eh bien, tant mieux, maître scribe, que vous pensiez ainsi, parce que vous n'avez pas fini de m'entendre ! » Elle lui déposa un léger baiser sur les lèvres, avant de murmurer d'un ton plus doux : « Nous apprendrons le pardon et la confiance ensemble. »

Il s'apprêtait à lui rendre son baiser mais elle l'en empêcha. Sœur Matilde, insoucieuse de la bruine, se dirigeait vers eux aussi vite que le lui permettaient ses larges hanches. « Anna, Dieu merci, je vous ai trouvée avant lui ! s'écria-t-elle, tout essoufflée. Il faut que vous partiez ! Sur-le-champ ! Sœur Agatha m'a envoyée vous prévenir.

— Sœur Agatha ! »

Matilde secoua la tête. « Ne cherchez pas à comprendre le motif d'un don. Acceptez-le avec reconnaissance ! Les voies du Seigneur sont impénétrables... Messire Flemmynge est au salon des visiteurs. Il vient présenter ses condoléances, à ce qu'il dit. Il ne faut pas qu'il vous trouve là... Ni vous non plus, ajouta-t-elle en fixant Gabriel droit dans les yeux, sans évoquer son étrange accoutrement.

— Ne puis-je même pas dire au revoir à Bek ?

— Vous n'en avez pas le temps. Sœur Agatha ne peut pas retenir indéfiniment l'évêque... Quant à Bek, il est heureux ici. S'il vous voit maintenant vous lui manquerez encore plus après. » Un bras passé autour de chacun des deux époux, elle les poussa hors de l'abri, sous la pluie. « Le serviteur de lord Cobham vous attendra à Rochester Cross avec des montures fraîches. Et quand vous serez très loin, Gabriel, veillez à ce qu'elle se repose. »

Anna tendit les bras pour l'étreindre, mais, se rappelant que ses vêtements étaient maculés de boue, elle se recula. « Sœur Matilde..., vous avez été pour moi comme une sœur, au sens le plus strict du terme...

— Partez vite tous les deux, avant que je ne fonde en larmes ! Et que Dieu vous garde... »

La voix stridente de sœur Agatha leur parvint alors depuis la porte ouverte de la chapelle. « Messire Flemmynge, c'est si gentil de votre part de vouloir rendre visite à la tombe de la mère supérieure, malgré la pluie. Mais je crains que tout le monde ne soit déjà parti. » La voix était particulièrement forte, même pour sœur Agatha.

Matilde fourra un ballot dans les mains d'Anna. « Voici quelques vêtements secs et quelques provisions. Ne repassez pas par le cloître. Partez d'ici ! » Elle serra Anna dans ses bras, apparemment insoucieuse de la boue qui tachait sa robe d'un blanc impeccable.

Sœur Agatha se trouvait toujours dans l'encadrement de la porte, empêchant Flemmynge de voir à l'extérieur. Anna entendit l'ecclésiastique grommeler quelque chose et sœur Agatha s'écarta pour le laisser scruter le cimetière désert. Sans jeter le moindre coup d'œil au portail du cimetière, il rentra dans la chapelle de peur que la pluie ne mouillât ses beaux habits. Agatha referma la porte.

Comme elle s'éloignait de l'abbaye en compagnie de son mari, Anna se retourna. On apercevait la lumière des cierges par les fenêtres de la chapelle, où les sœurs devaient être en train de terminer leurs prières du soir. *C'est la dernière fois que je la vois*, se dit-elle en s'efforçant d'en graver l'image dans sa mémoire.

Puis elle jeta un dernier coup d'œil à la tombe de Kathryn. À cause de la bruine et de l'ombre des arbres, elle apercevait tout juste la forme du crucifix d'où la tourterelle têtue continuait à appeler son compagnon. Le sentiment de solitude et le chagrin ressurgirent. Elle ne pouvait pas partir ainsi. Où iraient-ils ? Qu'allaient-ils faire ? Que se passerait-il si Gabriel se lassait d'elle et regrettait tout ce à quoi il avait renoncé ?

Alors, quittant l'une des plus hautes branches d'un if bordant le cimetière, un autre oiseau s'abattit brusquement et se posa sur le bras du crucifix, près de sa compagne.

« Regarde, Gabriel ! s'écria Anna. C'est un couple. »

C'est un signe, pensa-t-elle, sans le dire, de peur que le savant moine ne la trouvât stupide. Un signe que Finn et Kathryn sont enfin ensemble. *Je vais considérer cela comme une bénédiction du ciel.* Et elle se sentit soudain moins triste.

« Comme il se doit, répondit-il en lui prenant la main. Mais nous devons nous hâter, Anna. Autrement le larbin de l'archevêque risque de nous découvrir.

— Ne t'en fais pas, mon cher mari. Il ne s'intéresse guère à deux pèlerins ordinaires seulement en quête de la miséricorde divine. »

ÉPILOGUE

Le 31 décembre de l'an de grâce 1417

Très chère Anna,

Quelle merveilleuse nouvelle que la naissance de vos jumelles, Rebecca et Kathryn ! Mon seul regret est que Mère ait disparu trop tôt pour connaître son homonyme. Bien que je sois contente qu'elle soit partie avant d'apprendre la triste nouvelle dont je dois à présent vous faire part. Nous avons appris hier que sir John a donné sa vie pour la cause à laquelle il croyait. On nous a indiqué qu'il est mort courageusement et que beaucoup ont été convertis grâce à l'admirable exemple qu'il a donné. Je crains que sa mort ne soit qu'un début dans notre pays.

C'est pire en Bohême, où la guerre civile a éclaté après l'exécution par le feu de Jan Hus. Je prie Dieu que vous, Gabriel, Finn et ses deux petites sœurs ayez trouvé refuge à Paris, en prévision des persécutions à venir, et que vous ne retourniez pas en Bohême. Puisque Gabriel a été admis dans la corporation comme maître copiste, j'en déduis que tout va bien pour vous. Vous évoquez les lectures de la Bible que vous organisez chez vous. Prenez bien garde, je vous en supplie !

Sœur Agatha est désormais abbesse. Nous n'effectuons plus le bon travail d'antan. Nous ne copions que les œuvres approuvées par l'archevêque Chichele. Il persécute les lollards avec encore plus d'acharnement que jadis l'archevêque Arundel. Et le roi soutient son action. Toutefois, avec sœur Agatha comme abbesse, nous ne risquerons jamais d'avoir des livres hérétiques dans notre écritoire.

À propos de livres, le roi Henri est venu lui-même rapporter les vôtres à l'abbaye et a indiqué qu'à son avis vous n'en faisiez pas du tout un usage hérétique. Je vous les envoie par le même courrier. De toute façon, mère Agatha refuse de les garder à l'abbaye.

Vous avez demandé des nouvelles de Bek et de lady Joan. Sir John avait été capturé au pays de Galles, mais lady Joan ne se trouvait pas en sa compagnie. Le château de Cooling est vide et nous n'avons aucune nouvelle de la châtelaine. Il paraît qu'elle habite chez sa fille, lady Brooke. Je prie Dieu que ce soit le cas et que malgré son chagrin elle y trouve un certain réconfort.

Ne vous faites pas tant de souci au sujet de Bek. Il a beaucoup grandi depuis votre départ, et, s'il est évident que son corps ne sera jamais fort, il a l'esprit vigoureux. Il compose de la musique pour notre chœur. Vous lui manquez mais il a l'air heureux. Il chante constamment, quand il n'est pas en train de sonner les cloches. Le roi est venu lui rendre visite, oui, Sa Majesté en personne, le jour où elle a rapporté vos livres. C'était tout à fait extraordinaire de les voir ensemble… Bek se pressait contre le roi, lui indiquant comment placer correctement ses doigts sur les cordes de la harpe. Bek paraissait se croire son égal, et cela ne semblait pas déranger Sa Majesté. J'ai perçu une profonde tristesse chez le roi. On dit qu'il est amer à cause du complot ourdi par sir John contre lui. Je ne sais pas grand-chose de ce supposé complot ni de l'exécution de sir John, et je vous en épargnerais les détails si je les connaissais.

Anna, il me faut maintenant retourner à mes tâches. Sans la protection de sir John, nous devons beaucoup travailler pour gagner notre vie. Que Dieu vous garde ! Je vous quitte sur la formule de Julienne de Norwich si souvent citée par Mère : Tout ira bien !

Votre sœur qui vous aime,
Matilde.

POSTFACE DE L'AUTEUR

Après la révolte paysanne de 1381, l'Église s'efforça d'éteindre l'incendie déclenché par les écrits du théologien d'Oxford John Wycliffe, instigateur du mouvement qu'on appela plus tard le lollardisme. Si les évêques parvinrent à réduire ce mouvement à la clandestinité en Angleterre, ils ne réussirent pas à l'empêcher de se propager à l'étranger, surtout après le mariage de Richard II, qui régnait à l'époque de Wycliffe, avec une princesse appartenant à la maison royale de Bohême. La reine Anne étant plus réceptive aux idées de Wycliffe et ayant contribué à tisser de nouveaux liens entre son pays d'origine (aujourd'hui République tchèque) et l'Angleterre, un programme d'échange d'étudiants entre Oxford et l'université Charles de Prague apporta en Bohême les idées radicales de Wycliffe, que les prédications de Jan Hus firent fleurir et prospérer. Dès le début du XVe siècle, les graines du lollardisme germaient à nouveau en Angleterre, constituant un défi direct à l'autorité de l'Église établie et à celle du roi.

Le plus grand titre de gloire de Henri V, qui régna de 1413 à 1422, est sans doute sa victoire sur les Français à la bataille d'Azincourt, durant la guerre de Cent Ans entre la France et l'Angleterre. Grâce à William Shakespeare, qui l'utilisa comme modèle du grossier Falstaff, on se souvient surtout de sir John Oldcastle pour son amitié de jeunesse avec le prince Harry, avant que celui-ci ne monte sur le trône. Compagnons d'armes, ils devinrent aussi, selon Shakespeare, compagnons de bouteille. Toutefois, lord Brooke, le grand maître des divertissements à la cour du roi Jacques Ier, considéra que Shakespeare avait pris trop de libertés avec la personnalité de son célèbre ancêtre. Afin de ne pas offenser un membre aussi important de la cour de son protecteur, Shakespeare rédigea un démenti et changea en « Falstaff » le nom du joyeux mais couard sir John.

Sir John Oldcastle était tout le contraire d'un couard. L'histoire retient qu'il mourut courageusement ; en martyr, selon certains, en traître, selon d'autres. Lorsque, à l'instigation des archevêques Arundel et Chichele, Henri V devint impitoyable dans sa persécution des lollards, sir John fut accusé d'avoir fait partie d'un complot visant à s'emparer du roi à Eltham, durant les célébrations de la fête des Rois, en vue d'instaurer une république qui autoriserait la dissidence religieuse. Après l'échec de cette conspiration, il y eut de nouvelles insurrections et de nouveaux complots, dont on rendit Oldcastle responsable. On promit une récompense de mille livres pour sa capture. Blessé, il fut capturé et ramené à Londres dans une litière tirée par des chevaux. Là il fut condamné sans jugement, sur la base de la première sentence de mort à laquelle il avait échappé grâce à l'aide d'un parcheminier du nom de William Fisher.

Afin d'étoffer les personnages de Henri V et de sir

John, je me suis fondée non seulement sur les archives mais aussi sur le portrait que Shakespeare fit d'eux. À ma connaissance, il n'existe aucune preuve officielle, ni même la moindre hypothèse, suggérant que William Fisher et Henri V aient pu être en réalité une seule et même personne, bien que la réticence de Henri V à envoyer au bûcher son vieil ami soit un fait historique. Les archives officielles indiquent également que, le 14 décembre 1417, sir John Oldcastle fut amené à Saint Giles Field, près de la Tour, où, après avoir été éventré, il fut pendu (en tant que traître) au-dessus d'un feu lent et brûlé vif (en tant qu'hérétique).

La persécution des lollards se poursuivit jusqu'à la Réforme. Un grand nombre d'hommes et de femmes furent torturés et exécutés pour dissidence religieuse, notamment Jan Hus en Bohême. Malheureusement, la Réforme ne mit pas fin à ce genre d'intolérance religieuse.

REMERCIEMENTS

Je souhaite remercier Harvey Klinger, mon agent, envers qui j'ai une forte dette de reconnaissance, car jamais écrivain ne fut mieux représenté. Je souhaite également exprimer ma gratitude à Hope Dellon, ma conseillère littéraire, pour sa franchise, sa compréhension, sa patience et ses indéfectibles efforts en vue de l'aboutissement du projet. Je remercie tous les collaborateurs de St Martin's Press pour tout le travail qu'ils ont accompli pour moi.

Je ne m'attendais pas à un soutien aussi vigoureux de la part de ma famille et de mes amis durant les premières semaines, toujours critiques, du lancement de la carrière d'un nouvel auteur. Sans leurs encouragements enthousiastes, ce deuxième roman n'aurait jamais vu le jour. Si ces êtres chers à mon cœur sont trop nombreux pour que je puisse tous les nommer, j'espère qu'ils savent à quel point je les estime et combien j'apprécie l'aide qu'ils m'ont apportée.

Je suis également très reconnaissante à ma

communauté pour son précieux soutien et je voudrais tout particulièrement remercier Carolyn Wilson, Saralee et Larry Woods, qui ont dès le début cru en moi et en mon travail.

Merci aussi à Bernice Rothstein pour m'avoir mise en contact avec Miriam Halachmi, de la synagogue du West End, et à Miriam elle-même qui a traduit pour moi les phrases d'hébreu dont j'avais besoin. Comme toujours, je remercie mes confrères écrivains, Meg Clayton, Mac Clayton et Leslie Lytle, qui ont lu des extraits du manuscrit et dont les encouragements m'ont aidée à élaborer l'intrigue de ce roman.

Et surtout je remercie Dieu de m'avoir donné le bonheur de connaître tous ces êtres et accordé le don béni de savoir utiliser les mots.

Le drame d'un amour fou

(Pocket n° 10640)

En 1611, à Rome, dans un atelier du quartier des artistes, la jeune Artemisia se bat avec fureur pour imposer son talent.
Son adversaire le plus redoutable n'est autre que son père, son maître, le célèbre peintre Orazio Gentileschi. Il voudrait cacher au monde sa sensualité et surtout son génie. Mais le destin bouleverse les plans d'Orazio : son meilleur ami viole Artemisia. Commence alors un duel dont le père et la fille seront tour à tour la victime et le vainqueur.

Il y a toujours un Pocket à découvrir

Composé par Facompo
à Lisieux (Calvados)

Imprimé en France par

MAURY-IMPRIMEUR
à Malesherbes (Loiret)
en septembre 2010

POCKET – 12, avenue d'Italie - 75627 Paris cedex 13

N° d'impression : 158862
Dépôt légal : octobre 2010
S19370/01